Karl Grienberger

Das landesfurstliche Baron Schifer'sche Erbstift

oder Das Spital in Eferding

Karl Grienberger

Das landesfurstliche Baron Schifer'sche Erbstift
oder Das Spital in Eferding

ISBN/EAN: 9783741174223

Hergestellt in Europa, USA, Kanada, Australien, Japan

Cover: Foto ©Raphael Reischuk / pixelio.de

Manufactured and distributed by brebook publishing software
(www.brebook.com)

Karl Grienberger

Das landesfurstliche Baron Schifer'sche Erbstift

Das landesfürstliche

Baron Schifer'sche Erbstift

oder

Das Spital in Eferding.

Eine geschichtliche Darstellung dieser Humanitäts-Anstalt

von

Karl Grienberger

Dechant.

Linz a. d. Donau 1897.

Verlag der F. J. Ebenhöch'schen Buchhandlung (Heinrich Korb).

Akad. Prefverlagsbuchdruckerei in Linz.

Das Erbstiftsgebäude und die Spitalskirche in Eferding.

Vorwort.

Das altadelige, längst schon ausgestorbene Geschlecht der Freiherren Schifer hat Hoheneck im zweiten Bande seiner genealogisch-historischen Beschreibung der Stände von Oberösterreich in genealogischer Beziehung ausführlich behandelt, nicht minder hat auch Strnadt in seinem »Peuerbach« für dieses Geschlecht sehr wünschenswerte Aufschlüsse gegeben, auch hat Baron Starkenfels in seinem Werke über den oberösterreichischen Adel in kurzen Notizen eine Geschichte der Schifer mitgetheilt und es finden sich auch in manchem anderen Geschichtswerke, wiewohl zerstreut und ohne allem Zusammenhange, Notizen über dieses einst so blühende Geschlecht. Aeußerst wenig ist aber bisnun von dem Wirken und der Thätigkeit der Schifer, die auch sonst dem Staate wesentliche Dienste im Kriege und im Frieden geleistet haben, und insbesondere von ihrer herrlichen Stiftung, dem Spitale in Eferding und der damit in Verbindung gewesenen kirchlichen Beneficien veröffentlicht worden.

Der Verfasser dieser Monographie, dem nicht unbedeutendes, bisher nicht benütztes historisches Materiale, theils vom Landesmuseum, dem Schifer'schen Erbstifte in Eferding, dem Pfarrarchive Eferding und andernorts zu Gebote stand, hat es sich zur angenehmen Pflicht gemacht, über die vorgenannte humanitäre Stiftung, durch welche sich die Schifer wahrhaft verewiget haben, das vorhandene Materiale in Zusammenhang zu bringen und der Oeffentlichkeit zu übergeben.

Es dürfte dies wohl nicht eine unnöthige Arbeit gewesen sein, wenn man sieht, dass die Gegenwart sowenig mehr weiß von jenen edlen Menschenfreunden, die eine so wohlthätige, segensreiche Anstalt gründeten, wie kaum eine zweite im Lande sich an ihre Seite stellen kann.

Der Verfasser verhehlt sich nicht, dass bei dieser Darstellung dem Leser so manches lückenhaft vorkommen wird, der Leser wird aber auch die Schwierigkeit einer solchen Arbeit nicht verkennen dürfen, zumal der bearbeitete Gegenstand ein bisher wenig bebautes Feld ist. Der Verfasser glaubt auch nicht ohne Beruf gearbeitet zu haben, da er durch seinen langjährigen Aufenthalt im Orte der Stiftung diese in ihrem segensreichen Wirken zu kennen und zu würdigen Gelegenheit hatte.

Das Bewusstsein, die Geschichte dieser Stiftung und der Gründer derselben der Vergessenheit entrissen und damit einen Beitrag zur Heimatskunde geliefert zu haben, wird ihm der schönste Lohn für seine Arbeit sein.

Eferding, am 10. April 1897.

Grienberger.

Abkürzungen.

Czerny I., Bauernaufstand = Albin Czerny, Erster Bauernaufstand in Oberösterreich 1525. Linz, 1882.

Gilge = Gilge Ignaz, Topographisch-historische Beschreibung von Oberösterreich. Linz, 1814. ff.

Hoheneck = Hoheneck, Johann Georg von, Genealogisch-historische
Beschreibung der Stände von Oberösterreich. Passau, 1732--1735.

Kopal, Geschichte der Stadt Eferding im 34. Berichte des Museums in
Linz. 1876.

Libell-Urkunde. Im Pfarrarchive Eferding befindet sich ein Libell auf
Papier aus der zweiten Hälfte des vorigen Jahrhunderten, welches auf
144 Seiten 29 auf das Schifer'sche Erbstift und auf die Familie der
Schifer bezugnehmende Urkunden-Abschriften, im ganzen 46 Nummern,
enthält, in welchen die Dotations-Güter in Gilten, Zehenten, Ländereien
und auch das Urbar des Siegmund Schifer I. (1405--1442) genau verzeichnet sind. Im Museumsarchive in Linz befindet sich auch ein diesbezügliches Libell auf Pergament aus der zweiten Hälfte des 15. Jahrhundertes, im ganzen aus 23 Blättern bestehend, aber mit nur 17 Nummern,
worunter nur elf Urkunden sind, während die übrigen sechs Nummern
die Gilten, Zehente u. s. w. enthalten. Der Text des im Pfarrarchive
befindlichen Libells stimmt mit dem Texte des im Museum befindlichen
wörtlich überein.

Pfarrschriften = Schriften im Pfarrarchive Eferding.

Pillwein = Pillwein Benedict, Geschichte und Topographie von Oberösterreich. Linz, 1832. ff.

Schifer-Schriften im Museum = Schriften-Fascikel im Museum »Francisco
Carolinum« in Linz unter der Aufschrift: Schifer, Freiherrn, Heirats-
contracte u. And., meist Originalien. Ebendaselbst. Genealogischer Pack.
Schifer, ebenfalls mit Heiratsabreden u. And.

Spitalarchiv = Archiv der Verwaltung des Schifer'schen Erbstiftes in
Eferding.

Starkenfels = Freiherr von, Der oberösterreichische Adel im IV. Band von
Siebmachers Wappenbuch. Nürnberg, 1885. ff.

Stieve = Felix Stieve, Der oberösterreichische Bauernaufstand des Jahres
1626. München, 1891.

Strnadt = Strnadt Julius, Peuerbach, ein rechtshistorischer Versuch.
27. Bericht des Museums in Linz. 1868.

Stülz = Stülz Jodok, Zur Geschichte der Herren und Grafen von Schaunberg. Sonderabdruck aus dem zwölften Bande der Denkschriften der
philosophisch-historischen Classe der Akademie der Wissenschaften
zu Wien.

Urkundenbuch = Urkundenbuch des Landes ob der Enns. Wien, 1852. ff.

Widels Schriften = Widel Leopold von, Protokoll im Pfarrarchive
Urfahr-Linz.

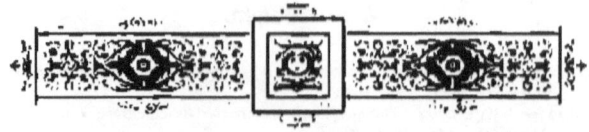

In dem südöstlich, etwas tiefer vom Stadtplatze gelegenen
Theile des freundlichen Landstädtchens Eferding, im sogenannten
Thal, befindet sich ein altehrwürdiger Kirchenbau, an welchen sich
ein stattliches Gebäude mit einem gegen Süden gelegenen Flanken-
bau anschließt. Es ist dies die Spitalskirche und der Zubau, das
Spital mit Wohnungen für Armenpfründner und einer geräumigen
Krankenabtheilung; officiell heißt das Spital das landesfürstliche
Baron Schifer'sche Erbstift. Diese Bauten nebst dem nahegelegenen
Verwaltungsgebäude, dem früheren Herrenhause, verdanken ihre Ent-
stehung und Forterhaltung dem nun ausgestorbenen, altadeligen
Geschlechte der Schifer, welche seit der Mitte des 13. Jahr-
hundertes (seit dem Jahre 1249) urkundlich vorkommen.

Sie sollen Nachkommen der Natternbacher sein, die um
vorgenannte Zeit aus ihren Stammsitzen verschwinden und in deren
Besitze nun die Schifer auftreten und gleich bei ihrem Auftreten eine
ansehnliche Stelle unter dem Schaunberg'schen Dienstadel einnehmen
und auch das Wappen der Natternbacher führen. [1])

Eine Linie der Schifer war seit dem Jahre 1278 zu Klosterneuburg in Niederösterreich angesessen, in dessen Umgebung sie zu
Nussdorf, Heiligenstadt u. s. f. Besitzungen hatten und gewöhnlich
die Stelle eines Amtmannes des Stiftes Klosterneuburg bekleideten,
ohne dadurch ihrem Ansehen Eintrag zu thun, denn Wernhard und
Dietrich erlangten die Ritterwürde. Sie entstammten Wernhard dem
Schifer, einem Bruder Ludwigs und Ulrich des Schifer, welch letztere
in Oberösterreich begütert waren. Um 1394 herum scheint diese
Linie der Schifer in Niederösterreich ausgestorben zu sein. [2])

[1]) J. Strnadts Peuerbach, S. 180, 181, 322. — Das Wappen der Schifer ist
ein durch die Mitte getheilter Schild, oben auf der Theilungslinie steht ein
Rabe, welcher einen Ring im Schnabel hält; auf dem gekrönten Helm ist ein
durch die Mitte getheilter Ballen, auf dessen oberer Hälfte wieder der Rabe
mit dem Ringe steht. — Mehreres über das Schifer'sche Wappen, das wir weiter
unten in Abbildung bringen, ist im oberösterreichischen Adel von Freiherrn von
Starkenfels, S. 331, enthalten. (J. Siebmachers Wappenbuch, IV. Band).

[2]) Strnadt l. c. 322, 323.

Wir befassen uns hier nur besonders mit jenen aus dem Geschlechte der Schifer, welche als Stifter, Mehrer und Erhalter des Spitales, der Kirche und des dahin gestifteten Beneficiums erscheinen und welche auch als Majoratsherren des nachher freiherrlichen Geschlechtes fungierten.

Der Stifter und Gründer des vorerwähnten Spitales, dieser segensreichen Anstalt, aus deren Einkünften dermalen 40 großtheils ehemalige, verarmte Unterthanen mit je 25 Kreuzer täglich betheilt werden, ist R u d o l f d e r S c h i f e r. Nach dem Register der Einkünfte des Bischofes von Passau vom Jahre 1321 besaß Rudolf auch schon damals ein Haus in Eferding, von welchem zehn Pfen. Dienstgeld entrichtet werden mussten, auch geschieht schon in selbem Register eines Spitales in Eferding Erwähnung, welches fünf Pfen. zu zahlen hatte;[1] ob nun aus diesem das Schifer'sche Spital hervorgieng und schon früher sein Entstehen dem genanten Schifer verdankte, oder ob es doch nur ein von der Bürgerschaft gegründetes Spital war, kann nicht aufgeklärt werden, jedenfalls wird es nicht von Bedeutung gewesen sein. Der Stiftbrief über das Spital ist nicht mehr vorhanden, es dürfte aber die Stiftung in das Jahr 1325 fallen, da in diesem Jahre unterm 24. Juni H e i n r i c h, B e r n h a r d, R u d o l f, W i l h e l m und F r i e d r i c h Brüder, Grafen von Schaunberg, die ihnen übertragene Vogtei des von ihrem Getreuen »Herr Rudolf der Schifer« in Eferding gestifteten Spitales übernehmen, nicht bloß über alles, jetzt gegebenes oder auch künftig zu erwerbendes Gut, mag es nun für die Siechen gehören oder zu der von ihm gesifteten »ewigen Messe«; die Grafen verzichten auch auf jedes weitere vogteiliche Recht und jede weitere Forderung, es sei an Tagwerken oder sonstiger Steuer an die Unterthanen, da ihnen der Stifter für diese vogteilichen Rechte fünf Pfund alter Wiener Pfennig Gilten auf dem Hof in S i e g h a r t s w a n g (Pfarre Haibach bei Aschach an der Donau) angewiesen hat.[2]

Rudolf der Schifer, der urkundlich vom Jahre 1276 bis 1329[3] auch unter den Ministerialen der Grafen von Schaunberg sehr oft als Zeuge vorkommt, war wahrscheinlich der Sohn Ulrich des Schifer.[4]

[1] Kopal, Geschichte von Eferding. S. 155.

[2] Urkundenbuch von Oberösterreich. V. 425. 1325 24. Juni. Schaunberg. Zeugen waren: Weikhart der Strochner, Bernhard von Pattenfeld, Sieghard von Grub, Hr. Albrecht von Parzheim, Hr. Lewtohl von Kirchberg, Ulrich von Anhang, Ulrich der Schreyer, Dietrich, Rudolf und Ulrich die Schifer. Ist auch in einem Libell des Pfarrarchives Eferding enthalten.

[3] Urkundenbuch. III. 440. V. 542.

[4] Strnadt l. c. 347.

In einer Urkunde des Grafen Heinrich von Schaunberg vom Jahre 1289 erscheint Rudolf unter den Zeugen hinter den Herren Hartnid und Rudolf von Lichtenwinkel zuerst als »Herr«;[1]) auch ist er im Jahre 1290 Zeuge eines Kaufbriefes um den Hof zu Goldarn[2]) (Pfarre Eferding), welchen Konrad von Hartheim an Ulrich von Weidenholzer verkauft.

Rudolf der Schifer soll im ledigen Stande gestorben sein und hatte in der von ihm gestifteten Spitalkirche seine Begräbnisstätte vorne im Chore der Kirche. An der Evangelienseite des Hochaltares der Spitalkirche befindet sich ein sechs Wiener Schuh und elf Zoll und drei Schuh drei Zoll breiter in die Mauer eingelassener Gedenkstein aus rothem Marmor. Der Stein enthält die lebensgroße Gestalt des Ritters Rudolf des Schifer in voller Rüstung. Der Ellbogen des linken Armes ist auf die linke Seite gestützt, mit der umgekehrten Hand trägt er da als Stifter und

Das Grabsteinbild Rudolfs.

Gründer der Spitalkirche ein Kirchlein mit Thurm und an eben dieser linken Seite hat er auch das Schwert; in der rechten hält er

---

[1]) Urkundenbuch. IV. 111.

[2]) Urkundenbuch. IV. 141. Das Loidlgut zu Gollern, Ortschaft Raffelding; Pfarrhofgründe sind im Gollinger Felde, das ist in dem Feldercomplex von der Ortsgrenze der Stadt Eferding bis zum Gasthaus im Gollenberg hinaus.

die Panierstange mit dem Fahnentuch, zu den Füßen lehnt der
Dreieckschild mit dem behelmten Wappen.

Die Umschrift ist schon theilweise zerbröckelt und nicht mehr
gut leserlich; sie lautet:

Hie . ist . anfanger . vnd

Stifter . ruedolf . der . schifer . vnd . her . dytreich . her . vlreich ...

.... hizunder . Sigmund ....

.... yung (?) . prynnst. . daz . Gotzhaus . czum . andern . mal . (erbaut). [1]

Nach dem Contexte dieser Umschrift erscheint es glaublich, dass
auch die Vorgänger Siegmunds, Dietrich und Ulrich, sich irgendwie
am Baue des Spitales betheiligten, worüber wir aber keine Gewissheit
haben; eine Feuersbrunst kann aber vom Jahre 1432 urkundlich
nachgewiesen werden. In einem Verzeichnisse [2] von 130, sehr kurz
gehaltenen Notizen und Regesten, zu welchen nur ein kleiner Theil
der Urkunden aufgefunden werden konnte, ist in einer Regeste d. d.
27. Mai 1432 »ein Brief« des Grafen Johann von Schaunberg mit den
Worten erwähnt: »wie das Spital abgebrunnen und wieder
zu Bau bracht worden«. Unter diesem Grafen, der auch dem
Spitale sehr wohlwollend gesinnt war, war Siegmund (1405—1440)
»Erbstifter« des Spitales, dann Pfleger zu Schaunberg und erscheint überhaupt als großer Wohlthäter des Spitales und als Mehrer
der Einkünfte desselben. Siegmund hat sehr wahrscheinlich den
Gedenkstein selbst anbringen lassen, denn derselbe entspricht auch
in der Ausführung der Zeit, in welcher Siegmund lebte. [3]

Das Werk Rudolf des Schifer, die Stiftung des Spitales und
der »ewigen Messe« fand nachhaltige Unterstützung und viele Wohl-

<hr>

Diese Bezeichnung Feld wird in der nächsten Umgebung der Stadt und
weiterhin verschiedenen Aecker- und Wiesencomplexen beigelegt: Zum Beispiel
Wolfsbruckfeld, Gaßl-, Schütt-, Spiegel-, Sehecker-Feld u. Anl.

[1] Zeichnung im Linzer Museum Nr. 44 und im österreichischen Jahrbuch
von Freiherrn von Helfert, 5. Jahrgang, 1881, S. 199 und 203, wo aber die
Umschrift nicht ganz genau gegeben ist.

[2] Dieses Originalverzeichnis führt die Aufschrift: Inventarium aller brieflichen Urkunden zum Schifer'schen Spital, beschrieben anno 1699 und 1707.
Die in diesem Inventare enthaltenen Regesten, zu welchen 20 Urkunden aufgefunden wurden, sind ganz richtig, aber leider nur sehr kurz gegeben, was
auch auf die Correctheit der übrigen Regesten, zu welchen die Urkunden
bisnun sich nicht vorfanden, einen Schluss zulässt.

[3] Jahrbuch von Helfert, 5. Jahrgang, S. 199, setzt seine Entstehung etwa
in die Mitte des 15. Jahrhundertes.

thäter nicht bloß von der Familie seines Stammes, sondern auch solchen, die derselben nicht nahe standen. Zuerst finden wir unter Ulrich dem Schifer (1318 — 1348), der seinen Sitz zu Steinsulz[1]) (jetzt Steinholz) und Agnes, die Tochter Albers von Parzheim, zu einer Gemahlin (1331 — 1345) hatte, ein Vermächtnis seines Schwiegervaters über all sein rechtmäßig oder unrechtmäßig erworbenes (»es sei mit Raub oder mit switanen sachen[2]) erworben«) Gut, welches in verschiedenen Burgrechtsdiensten bestand, für das Spital zu Eferding. Die eingegangenen Dienstgelder soll der Spitalpfleger alljährlich am Andreastag zur Besserung des Gewandes der Dürftigen vertheilen lassen. Geschehe dies nicht vierzehn Tage nach St. Andrä, so gehören die eingegangenen Geldbeträge dem Pfarrer zu Eferding, der dann alle Samstage eine Messe in dem Spitale halten soll.[3]) Immerhin eine sonderbare und nicht recht verständliche Verfügung; der Pfarrer sollte das Geld für die Messen bekommen, den Dürftigen sollte es aber entzogen werden. War damals für die von Rudolf gestiftete »ewige Messe« noch kein ständiger Priester an der Spitalskirche angestellt? Dem widerspricht aber, dass im selben Jahre (1336) Bischof Albert von Passau einen Ablassbrief »für das Spital« ausstellte,[4]) den

---

[1]) Siehe Beilage Nr. 1.

[2]) Oder »soitanen« zu lesen (?), in diesem Falle ist es vielleicht dialectisch verdorben für »sollten sachen«, das ist bezahlten Sachen, von dem mittelhochdeutschen »soht« bezahlt, was im passenden Gegensatze zu den mit Raub erworbenen Sachen stehen würde.

[3]) 1336 24. Juni a. l. Burgrecht: Auf Ülleins Haus in Emling, der Wasch von einem Acker bei der Donau 6, die Ödin von einem Acker auf dem Wagrein 6 und von einem Acker gegen Hillingloh gelegen 3 Pfg. die Weissag (Küchendienst) 1 Pfg. von einem Acker, Heinrich der Messner von einem Acker 2, Sunamne (?) Walchun des Fleischhackers Sohn 3 Pfg. von einem Acker, Wensel des Fleischhackers Friederich Sohn 3 Pfg. von ... gang (?), VII der Wasch 3 Pfg. von einem Acker, bei Hunzenbach (Hinzenbach) gelegen, das Spital 2 Pfg. von einem Acker, welchen der Wäsinger dazu geschafft, die Wagnerin 14 Pfg. von das Mozpurger Hofstatt, Wenzl der Lederer Ülleins Sohn 1 Pfg. von einem .... gang (?). Stefan der Schreiber 12½, Pfg. von einem Garten, er bleibt aber ihm Parzheimer und seinen Erben noch zwei Faschinghühner schuldig, von dem Garten in dem Pruel 3½, und 20 NeuPfennig, von des Weidenholzer-Haus in dem Thal 15 Pfg., von zwei ober des Parzheimer Stadel gelegenen Häuser 30 Pfg., ein Gütl, das er von Üllein herbekommen mit 6 Pfg. und eines mit 14 Pfg., von einer Fleischbank, die er gekauft hat und vom Spitale Burgrecht ist und auf einem Haus, welches das Weigleln Sohn innehat, hat das Spital 41 Pfg. und Wernhart der Seppel 30 Passauer Pfennige. Siegler: Alber Parzheimer und sein Eidam Ulrich der Schifer. Original Spitalarchiv.

[4]) Regeste, Spitalarchiv.

er doch nur für die Spitalskirche und nicht ausschließlich etwa nur für die Spitalsbewohner gegeben haben wird.

Weiters finden wir nach einer Regeste eine Vergabung an das Spital (Brief vom 12. Mai 1337) von Anna Agnes, Gräfin von Schaunberg, geborne von Montfort, zweite Gemahlin des Grafen Konrad von Schaunberg [1]) von etlichen Burgrechten [2]) auf Häusern in Eferding, und zwar zuerst vor einem Hause auf dem Marktplatze 6 Schilling Pfennig und von einem Hause in der Schmidgasse 60 Pfennig. [3])

Der vorgenannte Schwiegervater des Ulrich Schifer, Alber von Parzheim, stiftete im Jahre 1340 für einen Jahrtag und für Messen in dem Gotteshause zu Hartkirchen den Hof zu Reischau und das Gut in der Schwent, beide in Haichenbach (Haibach) gelegen, davon 6 Schilling Wiener Pfennig zu entrichten waren; würde der Jahrtag nicht begangen, so soll das Gut in der Schwent, welches besonders für den Jahrtag gewidmet war, dem Spitale zu Eferding zufallen und sollen die Grafen von Schaunberg den betreffenden Pfleger des Spitales hierin schützen und schirmen. [4])

Unter demselben Alber von Parzheim, der damals Pfleger des Spitales war, versetzten im Jahre 1341 Dietrich Pek und seine Hausfrau Elsbeth dem Spitale ihren Acker unter dem Wagrein bei dem Hunzenbach, [5]) hüben und drüben, mit Zustimmung des Peter Poppen, der das Burgrecht davon hat, um 14 Pfund Passauer Pfennige, einlösbar zu Lichtmessen künftigen Jahres, im Nichteinlösungsfalle verfällt der Acker dem Spitale. [6])

---

[1]) Hiermit dürfte die zweite Gemahlin des Grafen Konrad († 1453), welcher derselben in seinem Testamente als einer noch lebenden erwähnte und deren Name und Herkommen Jodok Stülz unbekannt war, gefunden sein. Man sehe hierüber Sitzungsbericht der kaiserlichen Akademie der Wissenschaften vom 6. Jänner 1862, S. 170. — Im Nekrologe der Geschichte von Wilhering von Jodok Stülz, S. 436. kommt unterm VIII. Kal. Mart. eine *Agnes Comitissa de nnnfurt* vor, vielleicht ist sie identisch mit der Obigen; in Wilhering war die Erbbegräbnis-Stätte der Schaunberger.

[2]) Burgrecht ist eine Giebigkeit von Häusern, Gärten, Aeckern und andern liegendem Gute.

[3]) Regeste, Spitalarchiv.

[4]) Copialbuch der Pfarre Eferding; Urkunde datiert vom 26. Jänner 1340, Siegler: Graf Heinrich von Schaunberg, Alber von Parzheim, sein Eidam Ulrich der Schifer und Niclas Unterholzer.

[5]) Ueber diesen Acker existierte nach einer Regeste auch ein Kaufbrief von Ostern 1344.

[6]) Urkunde vom 21. Jänner 1341 s. I. Burgrecht davon: 5 Pfg. dem Peter Poppen und 10 Pfg. in das Licht der Pfarrkirche Eferding. Original Spitalarchiv.

Einen neuen Zuwachs von Einkünften erhielt das Spital im Jahre 1351 durch Ankauf einiger Burgrechte, und zwar auf dem Rosskopf 60 Pfennig und 16 Pfennig auf der Hofstatt, auf dem Acker zu Pupping 13 Pfennig und 16 Pfennig auf einem Weingarten, den Otto Ziwckhl von Karling innehat.[1]) Im darauffolgenden Jahre kaufte Alber von Parzheim, Spitalpfleger in Eferding, von Dietrich Zistler, Bürger zu Aschach, und Agnes seiner Hausfrau, für das Spital zu Eferding deren im oberen Markte zu Aschach gelegenes Burgrecht, worauf jetzt Rudel Vogel aufsitzt und welches sie von Dietrich dem Schifer geburgrechtet haben.[1])

Dietrich III. (1325—1361), der hier in einer Spitalurkunde als Siegler auftritt, war ein Sohn Dietrich II., er war vermählt mit Agnes, Witwe des Konrad Hauser (1361).

Hans der Schifer II. (1363—1394), ein Sohn Ulrich II. von Steinsulz, siegelt mit Jakob dem Strachner und Haas dem Kirchberger einen Vermächtnisbrief Cathrei der Gottschallchine vom 7. Februar 1366 über einige Güter in der Nähe von Eferding, wovon etwelche später unter den dienstbaren Gütern des Spitales vorkommen.[1]) Im Jahre 1375 kaufte er mit seiner Gemahlin Elsbeth, einer gebornen Schönauer, das Schloss Freiling von Margareth Dietrich des Aspan Witwe und ihrem Sohn Mathias dem Aspan sammt allem Zugehör,[4]) welche Herrschaft 300 Jahre im Besitze der Schifer geblieben ist. Hans Schifer II., der nun mit seinem Vetter Hans Schifer I. und älterem als Vorsteher des Spitales auftritt, war vom Jahre 1384—1386 Burggraf auf Waxenberg und vom Jahre 1386 bis 1394 Pfleger zu Falkenstein. Seine erste Gemahlin war, wie wir schon gehört haben, Elsbeth Schönauer, nach deren Hingang eine Johanna N.

In der Fehde zwischen Herzog Albrecht von Oesterreich und dem Grafen Heinrich von Schaunberg, wobei es auch zur Belagerung der Feste Schaunberg (1380) gekommen und welche Fehde erst im Jahre 1383 ihr Ende gefunden hat, standen im Jahre 1379 auf Seite des Herzogs nebst Jakob dem Strachner und vielen anderen auch

[1] Regeste, Spitalarchiv.
[2] 1352 6. Februar. Dienst davon zu Weihnachten 15 Wiener Pfennig und zwei Hühner, dem Rudel Vogel zu Burgrecht jährlich 80 Wiener Pfennig und zwei Hennen und auch seinem Nachfolger auf dem Haus und Baumgarten dem Konrad Tretel [?] ebenfalls zwei Hennen. Siegler: Zistler Albrecht, Dietrich der Schifer und Albrecht usprechen [?], Richter zu Aschach. Original Spitalarchiv.
[3] Original fürstliches Archiv Eferding.
[4] Hoheneck, II. 324.

16

Hans der Schifer der ältere und Hänslein der Schifer der
jüngere,[1]) da sie doch Vasalen des Grafen Heinrich von Schaunberg
waren, und diese ihre Lehensherren auch als Vögte des von den Schifern
gegründeten Spitales in Eferding fungierten. Dieses missliche Verhältnis
dürfte aber für die Schifer doch nicht solange gedauert haben, denn
im Jahre 1388 kauft Hans Schifer der jüngere den Hof zu
Ůsting (Vöst, Pfarre Peuerbach) Lehen vom Grafen Heinrich von
Schaunberg; im Jahre 1410 siegelt Caspar von Starhemberg, Pfleger
zu Schaunberg mit Tibold Pakiter, Schaffer in der Herrschaft Schaunberg eine Spitalurkunde, und 1418 siegelt Graf Johann von Schaunberg als Vogtherr des Spitales ebenfalls eine solche.[1])
      Wie gleich oben erwähnt, erwarb im Jahre 1388 Hans Schifer II.
der jüngere von Freiling von Hans Unterholzer, des seligen Niklas
Unterholzer Sohn, käuflich den Hof zu Ůsting, Lehen von Heinrich
zu Schaunberg, ferner den Hof in der Lengau (nun Pfarre St. Marienkirchen, früher Pfarre Eferding), Erbrecht vom Gotteshause Kremsmünster und ein Gut in der Au, gelegen an der Inn (Pfarre Eferding), Lehen von den Herren von Capellen, dann zwei Güter zu
Ödenbaumgarten (Pfarre Taufkirchen an der Trattnach) ein Gut
zu Hayberg und eines zu Keppling (Pfarre Waizenkirchen) und
das Gut zu Würgling und die Mülle dabei (Pfarre Neukirchen am
Wald).[1]) Diese Güter treffen wir später großtheils als zur theilweisen
Dotierung des Spitales und der da gestifteten Messe gewidmet. Wie
wohlgeneigt auch man von Seite der Bürger von Eferding dem Spitale
gewesen ist, mag aus dem Stiftbriefe vom Jahre 1385 eines gewissen
Simon Kürschner, Bürgers zu Eferding, für einen Jahrtag in der
Pfarrkirche St. Hippolyt in Eferding erhellen, dass im Unterlassungs-
falle dieses Jahrtages die für die Entrichtung desselben entfallende
Gilte von einem halben Pfund Wiener Pfennig ohne Widerrede des
Pfarrers dem Spitale zufallen solle;[1]) ingleichen hat auch Niklas von

---

      [1]) Judok Stülz, Grafen von Schaunberg, S. 46, und Regeste Nr. 623.
      [1]) Man sehe: Sirnadt, Peuerbach, S. 320.
      [1]) 1388 5. April. Linz. Siegler: des Unterholzer Schwager, Albrecht
Hautzenberger . . . ., Herlein von Bruck und für Cristein des Unterholzer
Schwester . . . . (das Auspunktierte ist erosiert). Original Spitalarchiv.
      [1] Libell-Urkunde. Während der Periode Hans des älteren und Hans des
jüngeren (1362—1394) Schifer, welche nicht bloß als Wohlthäter, sondern auch
als Vorsteher des Spitales erscheinen, sind im vorerwähnten Verzeichnisse der
Urkund-Regesten nachstehende Regesten enthalten: 1371 21. December Brief
über ein Gut am Hayberg.   1373. Frauentag, Brief über ein Pfund Pfennig,
so vom Haus im Thal zu Eferding dem Spitale gedient. — 1391 5. April Kaufbrief
um ein Gut zu Rudling, eines zu Lichtenwinkl, eines zu Ammansberg (?)

Au im Jahre 1397 die für einen Jahrtag auf seinem rittermäßigen Eigen, dem Hof in Kürnberg (Pfarre Eferding) gewidmete Gilte von 10 Schilling Wiener Pfennig im Unterlassungsfalle für das Spital oder die Pfarrkirche in Eferding bestimmt. ')

Hans I. der ältere tritt auch mit Hans II. dem jüngeren handelnd für das Spital auf. Er war ein Sohn Rudolf Schifer II. (1302–1348), der urkundlich nachweisbar den Sitz Hub in der Pfarre Peuerbach (nach den Schifern Schiferhub genannt) in den Jahren 1344 und 1348 innehatte,') so auch gehörte ein Waldgebiet, gelegen in der Pfarre Natternbach, dazu, welches erst später (1429) unter der Benennung Schiferwald urkundlich vorkommt. Hans Schifer I. war (1362—1368) Pfleger zu Frankenburg und dann (1384—1388) Wallsee'scher Schaffer. Im Jahre 1368 verkaufte er die Hueb an die Grafen von Schaunberg. Für das Spital zu Eferding verkaufte er zu Erbrecht Heinrich dem Maier zu Rewtts (Pfarre Taufkirchen) und Elsbeth seiner Hausfrau den zum Spital gehörigen Hof zu Rewtts.')

In die Zeit Hans Schifer des älteren und des jüngeren fällt im Jahre 1385 auch die Stiftung einer »ewigen Messe« in der Spitalkirche, das nachherige St. Margareten-Stift durch Hans Puecher von Oezlstorf, damaligen Stadtrichters von Eferding, und dessen Hausfrau. Von dieser Stiftung werden wir zum Schlusse das Nähere bringen.

Aus dem Schirmbriefe der Grafen von Schaunberg vom Jahre 1325 für das Spital erhellet, dass der Stifter desselben Rudolf I. auch eine »ewige Messe« dazu gestiftet habe, wie aber dieselbe und die Spitalskirche dotiert wurde, ist nicht bekannt, da der Stiftbrief, wie schon eingangs erwähnt wurde, nicht mehr vorhanden ist. Wahrscheinlich war die Mess-Stiftung zu geringe bedacht oder es sind deren Einkünfte im Laufe der Zeit verringert worden, weil im Jahre 1404 Rudolf IV. und sein Vetter Siegmund zu der schon gestifteten

---

und eines zu Hagleiten (alle drei in der Pfarre Eferding). — 1393 11. September Kaufbrief um das Gut zu Sikling (Pfarre Waizenkirchen). — 1394 Montag vor dem Auffahrtstag Kaufbrief um den Hof zu Polsens nebst dem Stieglhof (beide in der Pfarre Eferding). Spitalarchiv.

') Pfarrarchiv.

') Strnadt, Peuerbach. 319.

') Urkunde 1394 5. Februar a. l. Dienst davon zu Frauendienstzeit 4 Pfund Pfennig weniger 60 Pfg., zu Ostern ein halbes Pfund Eier und zu Pfingsten zwölf Käse, jeden 12 Pfg. Werts. Abfahrt und Anleit je ein halbes Pfund Pfennig und dann soll weiter all sein Gut gefreit sein. Siegler: Hans Schifer und sein Vetter Hans Schifer. Pfleger zu Valkenstein. Original Spitalarchiv.

Messe einen »stätten« Kaplan mit Zustimmung des Pfarrers von Eferding stifteten. Rudolf (1349—1410) war ein Sohn Rudolf III. aus dessen Ehe mit Anna, Tochter des Friedrich Lengauer; er kaufte im Jahre 1404 von Hans Panhalm Schloss und Herrschaft Schlieölberg, womit ihn im selben Jahre Herzog Albrecht von Oesterreich belehnte (Enenkl, II., 137). Bevor noch die beiden Vetter Rudolf und Siegmund zur Stiftung des Kaplans kamen, widmete ersterer zur Messstiftung in der Spitalskirche zwei Pfund Wiener Pfennig auf seinem Zehent um die Stadt Eferding herum, Lehen von dem Bisthum Passau, welchen Zehent der jeweilige Spitalmeister zu den Bedürfnissen der Messe geben und verwenden solle.[1]

Im selben Jahre schritten nun die zwei Vettern, wieder mit Zustimmung des Pfarrers von Eferding, zur Stiftung und Dotation eines »stätten« Kaplanes zu der von ihnen geordneten Stiftung einer täglichen Messe in der Spitalskirche. Sie widmeten dazu 14 Pfund Wiener Pfennig jährliche Gilten von verschiedenen in der Herrschaft Schaunberg gelegenen Gütern, die ihr freies rittermäßiges Eigen waren. Diese Güter sollte ein jeweiliger Spitalmeister oder Verweser des Spitales verwalten und davon jährlich ihrem Kaplan 14 Pfund Wiener Pfennig in vier Raten geben, und zwar zu Pfingsten vier Pfund, zu Maria Geburt ebensoviel und in der Quatember zu Weihnacht und in der ersten Fastenwoche je drei Pfund Pfennig. Im Falle der Spitalmeister dies verabsäumen würde, hätte der Kaplan das Recht, selbst diese Bezüge hereinzubringen.[2]

Der Spitalmeister soll auch dem jeweiligen Pfarrer zu St. Pölten in Eferding jährlich ein Pfund Wiener Pfennig für den Entgang des Opfers, welches auf den Altar der gestifteten Messe eingeht, geben, welches Opfer, ob es viel oder wenig sei, dem Kaplan zufallen solle, wie sich die Stifter mit dem Pfarrer gegeneinander verbrieft haben. Im Falle

---

[1] 1404, Ertrag nach Klosterkirchweihe (April, Mai [?]). Siegler: Rudolf der Schifer, sein Vetter Siegmund der Schifer und sein Schwager Tibolt der Paleiter. Original Spitalarchiv.

[2] 1404 12. Mai a. l. Gilten: zuerst auf dem Gut zu Aickendopel 1 Pfd. Pfg., auf dem Hof zu Reitling 4 Pfd. Pfg., auf dem Gutu Hayberg 1 Pfd. Pfg., auf dem zu Schobergrub 11 Schill. Pfg. und dem zu Pürstendopel 9 Schill. Pfg., 2½ Pfd. Pfg. auf dem Gut zu Sickenfurt, 30 Pfg. auf dem zu Kapfenegg und zu Hachelhar (Hachelham [?]) auf zwei Gütern 11 Schill. Pfg. und auf einem halben Gut zu Cheingering (Kellnering· ½ Pfd. Pfg. und 1 Pfd. Pfg. auf dem Gut zu Breitenaich. Siegler: die beiden Schifer, Hans, Pfarrer zu Eferding; Zeuge: Tibolt der Paleiter ihr Schwager, Stadtrichter zu Eferding Original Spitalarchiv und Libellurkunde.

die vorgenannten Güter durch Kriegsläufte oder andere missliche Verhältnisse in ihrem Ertrage beeinträchtiget würden und nicht ertragsfähig wären, »abgeödet« würden, solle der Kaplan sie nicht ins Mitleiden ziehen und zuwarten, bis sie wieder ertragfähig würden. Die beiden Stifter treffen auch die Vereinbarung, dass im Erledigungsfalle dieser gestifteten Kaplanstelle immer der älteste aus dem Geschlechte der Schifer und im Falle des Aussterbens desselben der Erbe dieses »Erbstiftes« das Verleihungsrecht haben solle.[1]) Der Kaplan soll alltäglich die Messe vollbringen, so oft er einen Tag versäumt oder ein anderer an seinerstatt die Messe hält, muss der Kaplan zu Wandel (Strafe) dem Spitalmeister ein halbes Pfund zur Besserung der Lichter des Altares geben; im Falle der Erkrankung oder einer sonstigen rechtmäßigen Verhinderung, ist er aber nicht schuldig, dies zu thun. Der Kaplan soll auch alle Sonn- und Feiertage des Abends bei der Vesper (in der Pfarrkirche) und morgens bei dem Amt in einem Chorrock sich einfinden.

Die Stifter empfehlen auch diese ihre Stiftung dem Schutze und Schirme des Grafen Hans von Schaunberg und seinen Nachfolgern in der Herrschaft.

Um diese Zeit finden wir einen Kaplan des Spitales namens Heinrich Staltner; denn nach einer Urkunden-Regeste (Spitalarchiv) vom Jahre 1405, Samstag vor Judica, ist angeführt ein Brief »um das Gut zu Boxham, das Heinrich Staltner, derselben Zeit Kaplan im Spital, dahin verschafft hat«. Er starb im Jahre 1415, denn ein Kundschaftsbrief vom 2. Juni desselben Jahres, ausgestellt von Martin Staltner zu Eferding und seiner Hausfrau Katharina, Heinrich des seligen Staltner Tochter, wegen des Gutes zu Boxham, in Hartkirchner-Pfarre und Aschachwinkel-Landgericht gelegen, besagt, dass es von ihnen ausgemacht wurde, dass dieses Gut nach dem nun erfolgten Ableben ihres Schwagers und Bruders Herrn Heinrich Staltner, gewesenen Kaplan in dem Spitale zu Eferding, der Spitalmeister daselbst, ohne ihr, noch ihrer Erben Widerrede, in Besitz nehmen solle.[1])

Nach einem Revers des Pfarrers Hans zu Eferding vom 25. November 1406 erhielt derselbe von Siegmund Schifer Haus

---

[1] An einen »wohlgelehrten, frommen Priester und keinen Schüler«.

[2] Siegler: Konrad Hainspeckh, Stadtrichter zu Eferding, und Thoman Freitlein, Bürger daselbst. Original Spitalarchiv. Eine weitere Regeste vom Jahre 1405 20. September erwähnt die Uebergabe des Gutes an den Kaplan des Spitales.

und Hofstatt, gelegen in der Straße gegen der Pfarre (Pfarrhof) zunächst dem Stadel, der weiland Albrecht des Parzheimer gewesen und das jetzt Mertl Hirsel innehat und wovon ein Burgrechtsdienst von 15 Pfennig am Andreastag in das Spital zu gehen ist, gegen ein Begräbnis und einen Jahrtag für Ritter Albrecht von Parzheim in der Spitalskirche zu Eferding am nächsten Montag nach der Eferdinger Kirchweih mit drei Seelenmessen und einer Bitte für sich und seine lebenden und verstorbenen Verwandten. Würde die Abhaltung des Jahrtages an dem obgenannten Tage verhindert, so sollte er in den nächsten acht Tagen darnach begangen werden. Im Unterlassungsfalle hätte der Spitalmeister und Verweser das Recht, das Erträgnis des genannten Hauses in Beschlag zu nehmen.[1]

Im Jahre 1409 3. November kaufte Siegmund Schifer zu Freiling zur Stiftung einer zweiten »ewigen Messe« von Alban dem Rudlinger und seiner Hausfrau das freie rittermäßige Eigen, die Pirnleiten, in Taufkircher Pfarre und Erlacher Landgerichte gelegen.[2] Nach einem Kundschaftsbrief des Peter Harder, Pfarrers zu Hartkirchen, vom Jahre 1409 27. November, stiftete Siegmund Schifer im Namen seiner Hausfrau und seiner Erben Dienste und Gilten, die von seinem Enherrn Albrecht von Parzheim hergekommen und welche derselbe zu dem Gotteshause Pupping gestiftet hat gegen wöchentlich drei Messen zu Pupping, und zwar am Montag, Mittwoch und Freitag; im Verhinderungsfalle sollte die Messe immer am nächsten Tage vollbracht werden, wird aber dies versäumt, so soll in das Spital zu Eferding ein halbes Pfund Wachs als Strafe gegeben werden; nach Versäumnis aber von vierzehn Tagen soll der Spital-

---

[1] Libellurkunde. Siegler: der Pfarrer Hans und Tibold Paleiter, Schaffner zu Schaunberg.

Im Regesten-Verzeichnisse ist auch ein Geschäftsbrief vom 21. October 1405 von Anna von Dachsberg, einer Schwester Hans Schifer II., welche später auch eine Vergabung an das Spital machte, angeführt über zwei Fleischbänke in Eferding, die eine zunächst des alten Pösinger Fleischbank, die andere gegenüber zunächst des Neumarkter Fleischbank, dann ein Zehent um die Stadt Eferding herum, auf den Breiten unter dem Wagrein, dann in selbem Felde auf einer Point und vor dem Welser Thore in dem Feld auf einem Land und auf einer anderen Breiten und auf Landern, Gärten und auf Pointen. — Ob von diesen Objecten etwas an das Spital gekommen, kann nicht aufgeklärt werden; von einigen Fleischbänken werden später Giebigkeiten an das Spital erwähnt.

[2] Siegler: Neben Alban dem Rudlinger sein Vetter Heinrich der Gailspekh. Original Spitalarchiv. In zwei Drittel noch vorhandenen Siegel des ersteren ein Vogel, gleich dem im Schifer'schen Wappen. Original Spitalarchiv.

meister und Verweser die Gilten solange beziehen, bis die versäumten Messen nachgelesen werden.[1]

Wie aus dem Verzichtbriefe des Pfarrers Hans zu Eferding vom Jahre 1410 16. October hervorgeht, stiftete schon in diesem Jahre Siegmund mit seiner Hausfrau die zweite Messe in der Spitalskirche; denn der vorgenannte Pfarrer verzichtet da auf das ihm gebürende Opfer des Liebfrauen-Altares zu rechter Hand im Chor neben dem Fenster »von der andern Mess'« gegen eine jährlich am Frauentag der Dienstzeit zu reichende Gilte von 6 Schilling Wiener Pfennig, die ihm auf dem Hof, genannt Irwoltsberg in Eferdinger Pfarre, welches Gut ein rittermäßiges Eigen ist, von dem Besitzer Siegmund Schifer und dessen Hausfrau verbrieft worden sind. Wenn kein Altarist zum Messelesen da sei, ist man diese Gilt nicht zu reichen schuldig, wenn aber im Jahre nur einige Messen nicht gesprochen werden, so muss dieser Dienst aber doch ganz gereicht werden.[2]

Vom 4. December 1410 datiert der Stiftbrief zu dieser zweiten täglichen Messe, von Siegmund gestiftet für sich, seine Hausfrau, seine Schwester Sophie, ihren Enn Ulrich den Schifer (II.), dessen Hausfrau Agnes, für seinen Vater Hans (II.), des obgenannten Ulrichs Sohn, seiner Mutter Elsbeth (Ulrich II. Hausfrau) und für ihre sonstigen Vorfahren und Nachkommen, und wozu er seinen Kaplan Stephan den Rewthaimer als Verweser dieser Messe bestimmt und dazu er Gilten von mehreren Gütern widmete. Von den Dienstleistungen dieser Güter nimmt aber der Stifter aus und für sich in Anspruch, was sonst über die Gilten an Pfennigen, Dienst, Hühner, Schett (Flachs), Eier, Brot, Stiftsteuer und, wie das alles genannt wird, zu geben ist.

Um das Erträgnis dieser Gilten soll der genannte Kaplan einen zweiten »zu ihm in seiner Kost haben«, welcher die zweite tägliche Messe auf dem Altar im Chor, am Montag und Mittwoch aber eine Seelenmesse verrichte. Im Versäumnisfalle fällt er in eine Strafe von einem halben Pfund Wachs, welches der Spitalmeister zur Besserung

---

[1] Dienste: Auf dem halben Hof, genannt in dem Holz, obern Seebach in Eferdinger Pfarre und dient 2¹ Pfd., weniger 10 Pfg., auf der Hueb in dem Hayberg, genannt in dem Thal, in Peuerbacher Pfarre 6 Schilling und auf dem Gut zu Köppling, in Waizenkirchner Pfarre 60 Pfg. Alles Wiener Pfennig Siegler: Pfarrer Peter Harder, Tibold Palciter Schaffner in Schaunberg und Hans Galspeck in Halzing. Libellurkunde.

[2] Siegler: der Pfarrer Hans von Eferding, der edle Herr Caspar von Starhemberg, Pfleger zu Schaunberg, und Tibold Palciter, Schaffner zu Schaunberg. Libellurkunde.

des Lichtes verwenden solle, er soll auch täglich bei der Messe für alle lebenden und verstorbenen Glieder der Schifer bitten. Im Falle diese Güter infolge Unwirtschaft u. And. die angesetzten Dienste nicht leisten könnten, entfallen für beide Theile, dem Stifter und dem Kaplan, die Verpflichtungen, bis die Güter wieder ertragsfähig würden und wieder dienen könnten. Wenn von Seite des Stifters und seiner Erben diese Güter verkauft oder versetzt würden, so verfielen selbe der Gewalt des Spitalmeisters, welcher dann deren Erträgnis dem Kaplan übergeben und die weiteren Gilten dem Spital nutzbringend anlegen solle. Wenn einer oder der andere der nachgenannten Siegler den Stiftbrief nicht siegeln würde, oder sonst die Siegel zerbrochen und in Verlust gerathen würden, so soll dieserwegen doch der Stiftbrief in allen seinen Punkten und Artikeln aufrecht bleiben.[1])

Durch eine testamentarische Bestimmung wurden die Spitalskirche, die Dürftigen des Spitales und der Kaplan desselben mit neuen Wohlthaten bedacht; denn nach einem Geschäftsbriefe, datiert vom Jahre 1413 20. Mai, bekennt Katharina Santperger, Bürgerin zu Eferding und Witwe des Thoman Santperger, gewesenen Spitalmeistern, dass ihr Ehewirt von einem halben Haus zu Eferding in der Stadt, unten im Thal, zunächst des Rudlinger und gegen das Würglschmidhaus über 16 Schilling Pfennig in das Spital (Kirche) zu Eferding zu einem ewigen Licht und 3 Schilling Pfennig den Dürftigen auch zu einem ewigen Licht, das sie des nachts vom Mertentag angefangen, täglich ein Pfennwerts Unschlitt brennen, solange die Pfennige reichen, — vermacht habe, dann hat er zu dem Seelenamt in der Pfarrkirche

---

[1]) Diese Güter, alle freie rittermäßige Eigen, gaben folgende Gelddienste: von zwei halben Höfen zu Prenning 6 Schill. Pfg., von der halben Mülle daselbst 60 Pfg., von dem Hof zu Steinbruck 5 Pfde., die gelegen sind in Framkirchner Pfarre, von dem Hof zu Lindberg 1 Pfd., von zwei Gütern zu Ödenbaumgarten 12 Schill., von dem Gut zu Pirnleiten 60 Pfg., von dem Hof zu Reischau 12 Schill., von dem halben Gut zu Unterstetten 60, von dem Gut zu Würgeldorf 5 Schill. Pfg., sind gelegen in Taufkirchner Pfarre und in dem Erlacher Gerichte; von dem Gut zu Sicking 6 Schill. und von dem Gut zu Köpling 60 und von der Mülle zu Würgling 6 Schill. und von einem halben Hof daselbst 6 Schill. Pfg., gelegen in Feuerbacher Pfarre und von dem Hunger in der Au 3 Schill. Pfg., gelegen in Eferdinger Pfarre, Aschachwinkler Gericht. Siegler: Siegmund Schifer und sein Vetter Rudolf der Schifer zu Schließberg, Michel der Oberheimer, Pfleger zu Waxenberg, und sein Schwager Ritter Andre Herleimsperger, Pfleger zu Neuburg, sein Oheim der Anhang Landrichter ob der Enns, sein Schwager Jörg der Hohenfelder, Vogt zu Wels, Tibold Palreiter, Schafer an der Herrschaft Schaunberg und Heinrich der Galbspeck. Libellurkunde.

eine Breiten[1]) vor dem Niederthor,[2]) davon jährlicher Dienst von
2 Pfund Pfennig an den Pfarrer zu Eferding zu reichen ist, gestiftet;
ferner hat er vermacht zu dem Spital die Peunt vor dem Niederthor, die
an die Siechenpeunt anraint, dass davon, unbeschadet der Gilte
des Pfarrers, nach ihrem (Katharinas) Ableben in das gemeine Licht
St. Ypoltens Gotteshaus zu Eferding jährlich 8 Pfund Pfennig gegeben
werden sollen; von diesem Betrage sollen den Gesellen (Priesters)
jährlich 15 Pfennig gereicht werden, dass sie ihrer und ihrer Vorfordern
nach dem Tode gedenken. Dann hat ihr Ehewirt auch geschafft
einen Garten, zwischen Helmlein Leytner und .... gelegen, dafür
soll ein jeweiliger Kaplan des Spitales in der Kirche auf dem Lector
für sie und ihre Vorfordern beten. Vom ganzen Hause war jährlicher
Burgrechtsdienst am Andreastag 20 Pfennig zu entrichten. Den Nutzgenuss des halben Hauses und der Gründe behielt sich aber Katharina
Santperger nach dem Vermächtnisbriefe ihres Mannes auf Lebensdauer bevor.[3])

Diese Santperger'sche Stiftung eines ewigen Lichtes für die
Spitalkirche mit jährlich 16 Schilling Pfennig vermehrte im Jahre
darauf Sophie, Hansen des Panhalm Witwe, durch Vergabung
von 14 Schilling Wiener Pfennig, auf ihren Hof am Schachen in der
Grießkirchner Pfarre und auf die Pointwiese daselbst, die sie in
den genannten Hof gegeben hat. Im Verweigerungsfalle für den
obgenannten Dienst solle der Spitalmeister das Pfändungsrecht haben
und, wenn dies erfolglos wäre, solle an den Hauptmann ob der Enns
appelliert werden.[4])

[1]) Ein größeres Ackerfeld.

[2]) Sehr wahrscheinlich das Welser Thor, abgetragen anno 1828.

[3]) Siegler: Alban der Rudlinger zu Eferding und Thoman Freyllein,
Bürger daselbst. Zeugen: Stephan Rewthamer, Kaplan des Spitales, Heinrich
Künig, ihres Ehemanns nächste Freunde: Helmlein Leytner, Ulrich Schrecken-
fuchs, Andre Sneyder, Andre Münichmayr, Hans Nürnberger im Thal, Bürger
zu Eferding. Original Spitalarchiv. Der Ehemann dieser Witwe, Thoman Santperger kommt urkundlich im Jahre 1401 als Bürger und Zechmeister der Pfarrkirche Eferding und 1411 als Spitalmeister vor. Nach obiger Urkunde stiftete
er am Montage in jeder Quatemberwoche in der Pfarrkirche ein Seelenamt,
wofür der Spitalmeister dem Pfarrer ein halbes Pfund Pfennig geben soll (Pfarrschriften).

[4]) 1414 4. September. Siegler: ihre Schwiegersöhne Michel und Jörg Oberhaimer, Brüder. Zeugen: ihr Eidam Herr Andre der Herleinsperger, Verweser
der Hauptmannschaft ob der Enns. Pfarrarchiv. In einer Urkunden-Regeste
vom Jahre 1413 vor dem heiligen Pfingsttag ist erwähnt ein Vermächtnis- und
Schenkbrief von Rudolf und Siegmund Schifer lautend auf Bernhard Piderman
wegen Haltung eines Armen. Original Spitalarchiv.

Um diese Zeit (1415) gedieh auch von den Stallner schen Eheleuten in Eferding das Gut zu Boxham an das Spital, wie wir schon
früher urkundlich nachgewiesen haben. Als eine fromme Gönnerin
für das Spital erwies sich auch (1417) Anna, Hartneid des Dachs-
berger Witwe und Tochter des seligen Ulrich Schifer II.; sie vermachte nämlich für den Todfall den ihr gehörigen Orthof zu
Gelding in der Pfarre Wallern, Starhemberger Landgericht,
welcher freies Eigen ist, dem Spitale zu Eferding. Von diesem Gute
sollen der in der dortigen Kirche bestehenden Liebfrauen-
Bruderschaft jährlich 16 Pfennig gedient werden, würde aber in
der genannten Kirche auf dem Katharina-Altar eine ewige Messe
gestiftet werden, so sollen die Gilten von diesem Hofe dem zur
Messe gestifteten Kaplan, mit Ausnahme der 16 Pfennig, welche der
Bruderschaft verbleiben sollen, gewidmet werden. Die Schirmvogtei
über diesen Hof sollen die Grafen von Schaunberg übernehmen. ¹)

Der Kaplan Stephan Rewthaimer kauft im Jahre 1417 von dem
Eferdinger Bürger Hans Luger dessen Zehent, groß und klein, zu
Inn, vorerst vom Gredlehen, von dem Strohlehen, ebenso von
des Rudlinger- und des Aspan-Gut, die alle vier gelegen sind
bei dem Brunnen eben in dem Dorf in Eferdinger Pfarr und in dem
Donauthalgericht.²) Sehr wahrscheinlich schloss der genannte Kaplan
diesen Kauf im Auftrage Siegmunds ab, der seinen Sitz in Freiling
hatte und auch Pfleger zu Ort war und nur zeitweilig hieher kam ;
und weil auch diese Zehente nebst anderen Gilten später zur
Dotation des Spitalkaplanes bestimmt wurden.

Im selben Jahre kauft Mert Hafner, Bürger zu Eferding und
Spitalmeister daselbst, im Auftrage und mit dem Gelde seines Herrn
Siegmund der Schifer, Pfleger zu Ort, das Gut auf dem Bauern-
berg in Eferdinger Pfarre (nun in Pfarre Scharten) von Wolfgang
des Behaim seligen Sohn, mit der Bestimmung, dass der Spitalmeister
aus dem Ertragnisse dieses Gutes den armen kranken Leuten im
Spitale ein ewiges Licht zur Beleuchtung ihres Schlafsaales zur Nachtszeit im Winter und im Sommer verschafft werde. Früher schon (1413)
hatte der Spitalmeister Thoman Santperger, wie wir gesehen haben,
zu gleichem Zwecke 3 Schilling Pfennig testamentarisch gewidmet.
Ebenso bestimmte Siegmund vom Bauernberge 16 Pfennig Dienst

¹ 1417 27. April a. l. Siegler: der Stifterin Vetter Siegmund Schifer. Alban
der Rudlinger und Paul Wolfsluker, Stadtrichter in Eferding. Original Spitalarchiv.

² Urkunde 1417 13. Juni. Sigler: Thoman Freyltl, Pfleger zu Mistelbach,
und Alban Rudlinger. Original Spitalarchiv.

gemeiner Münz zu St. Michel in die Liebfrauen-Bruderschaft im Spital, deren Mitglied er war. Zugleich soll der Spitalmeister von dem zu diesem Gute gehörigen Walde den Spitälern alljährlich das nothwendige Brennholz zur Beheizung liefern (verwitten). Wenn das Licht nicht gebrannt oder die 16 Pfennig von dem Spitalmeister in die Bruderschaft nicht gereicht würden, so hat Siegmund Schifer das Recht, diese Gilten an sich zu ziehen und erst dann wieder abzutreten, wenn der jeweilige Spitalmeister seiner Verpflichtung in dieser Hinsicht nachkommt.[1])

Siegmund, der voll des religiösen Sinnes und unermüdlich thätig für die Stiftung seiner Vorfahren war, wollte auch für die Spitalskirche und deren Kaplan weitere Vorrechte erwerben, was ihm auch gelang, da nach dem Willebrief Ulrich des Vetzinger, Chorherrn von Mattsee und Pfarrers zu Eferding, vom Jahre 1418, insbesondere auf die Bitte des Grafen Johann von Schaunberg, dem Siegmund Schifer erlaubte, dass jeder Kaplan der Spitalskirche das Recht und die Gewalt habe, das Altarssacrament und die heiligen Oele aufzubewahren und auszuspenden, die Spitäler Beicht zu hören und zu begraben gegen dem, dass ihm die stiftbrieflich zugesicherte Remuneration zutheil werde. Weiters gestattet der Pfarrer, dass der Kaplan nach Belieben statt der Messe ein Amt singen könne und wenn die Vesper in der Pfarrkirche gesungen werde, er dies auch in der Spitalskirche thun könne, er dürfe auch das *Salve Regina* daselbst singen, dürfe für letzteres nur vom Stifter, nie aber von jemand anderen eine Geldspende annehmen, im Betretungsfalle müsse er in das gemein Licht der Pfarrkirche ein Pfund Wachs als Strafe geben.[2]) Erst nach Verlauf von nahezu zwei Jahren bestätiget der Bischof Georg von Passau unterm 13. December 1420 über Wunsch des Grafen Johann von Schaunberg und über Bitte der Stadtbewohner von Eferding die vom Pfarrer Vetzinger dem Kaplan der Spitalskirche ertheilten einigen pfarrlichen Rechte.

Bald nachdem diese Rechte vom Pfarrer dem Kaplan eingeräumt wurden (1418 23. März, stifteten Alban der Rudlinger und seine Hausfrau im selben Jahre (1418 24. August) einen Jahrtag in der Spitalskirche für ihre Vorfahren. Zu diesem Zwecke erkaufte Alban

---

[1]) 1417 25. Juli s. l. Siegler in diesem Reversbrief: Paul der Wolfslocker, Stadtrichter zu Eferding, Bernhard Kehlheimer und Hans Schönbichler, beide des Raths und Bürger daselbst. Libellurkunde.

[2]) 1418 25. März. Siegler: der Pfarrer Ulrich Vetzinger und Graf Johann von Schaunberg, welchen der Pfarrer in seinem Willbrief als Lehenherrn der Pfarrkirche und als Vogt des Spitales anführt. Libellurkunde.

früher (1418 21. August)[b] von Thoman Kurzenkirchner und seiner Hausfrau auf der hinteren Hagleiten, in der Eferdinger Pfarre gelegen, das von ihm, dem Rudlinger, herrührende Erbrecht auf diesem Gute um eine Summe Geldes, welche Kurzenkirchner an das Spital schuldig war, unbeschadet der Rechte des Käufers und des Gotteshauses St. Hippolyt in Eferding. Von diesem Gute, welches freies rittermäßiges Eigen nun war, widmeten die Stifter des Jahrtages ein Pfund Wiener Pfennig Dienstgeld, davon sind 32 Pfennig in das gemein' Licht der Pfarrkirche zu Eferding und die übrigen 7 Schilling Pfennig weniger 2 Pfennig dem Marienstift des dortigen Spitales zu reichen, so dass der Spitalmeister von diesem letzteren Betrage einem Pfarrer zu Eferding jährlich am Barthlmätag 50 Pfennig, den zwei Herren in der Pfarre und dem Kaplan des Pfarrers je 8 Pfennig, dem Messner im Spitale 4 Pfennig, dem Schulmeister 14 Pfennig für den Jahrtag geben solle.[c] Es hatte also der Pfarrer diesen Jahrtag unter Mitwirkung der Pfarrgeistlichkeit in der Spitalskirche zu vollführen, wie auch die Spitalskapläne stiftbriefmäßig (1404) die Verpflichtung hatten, an Sonn- und Feiertagen der Vesper und dem Amte in der Pfarrkirche beizuwohnen.

Aus nicht ganz erklärlichen Gründen sehen sich Siegmund Schifer, Pfleger zu Ort, »diezeit Stifter«, und seine Schwester Sophie, Hansen des seligen Panhalm Witwe nach ihren Kundschaftsbrief vom Jahre 1418 4. September veranlasst, gemeinschaftlich eine Wohnung und ein Zimmer in dem Spitalhause zu Eferding in der Stadt zu einem Absteigquartier für sich zu erbauen, darin sie auf eigene und nicht auf des Spitales Kosten zehren und auch das Spital weder an Heu, noch an Futter für die Pferde, noch sonst beschweren dürfe. Würde aber der Fall eintreten, dass jemand von ihren Angehörigen oder Nachkommen dem Spitale in dieser Beziehung zum Nachtheile der Pfründner auch geheim mit dem Spitalmeister in dieser Hinsicht sich etwas erlauben, so sollen die armen Leute im Spitale ihre Beschwerde zuerst dem Richter und Rath der Stadt Eferding vorbringen, würden sie aber da in Gutem »mit Glimpf« keine Abhilfe erhalten, so möchten sie an die Herrschaft Schaunberg, welche des Spitales Vogt und Schirmer ist, appellieren. Siegmund und Sophie bitten zugleich den Richter und Rath, sie möchten den von ihnen gegebenen Schirmbrief in ihrer »Kammer oder Lad« aufbewahren und denselben vor-

---

[b] Siegler: Alban der Rudlinger und Jörg Grafenauer, Bürger zu Eferding. Original Spitalarchiv.

[c] Siegler: Alban der Rudlinger, Ulr. Vetzinger, Chorherr zu Mattsee und Pfarrer zu Eferding, Heinrich der Gailspeckh, Pfleger auf dem Stauf. Original Spitalarchiv.

kommenden Falles den Spitälern und dem Spitalmeister aushändigen.[1])

Noch im selben Jahre (1418), in welchem es den Spitälern gestattet wurde, in der Spitalskirche die Communion zu empfangen, stifteten Siegmund Schifer, Pfleger zu Ort, und seine Hausfrau Breyd (Brigitta) einen Dienst von 1 Pfund Pfennig vom Gute Schulterzucker in der Pramkirchner Pfarre, zur Frauendienstzeit in das Spital zu geben, dass davon die armen Leute an Communiontagen ein Pfennigwert Semmel und zwei Pfennigwert Wein erhalten sollen. Würde aber der Spitalmeister dies nicht verabreichen, so soll er jedesmals ein halbes Pfund Wachs zu dem Licht der Liebfrauen-Bruderschaft im Spital zu Wandel verfallen sein.

Sollte sonst wie immer das Spital im Bezuge dieser Gilte beirrt werden, so solle dies sogleich bei der Vogtherrschaft Schaunberg angebracht werden.[2]) Auch Balthasar Schifer von Schließlberg, Rudolf III. Sohn, widmete zwei in der Waizenkirchner Pfarre angekaufte Güter zum Spitale, eines davon am Innerolzberg und ist freies Eigen, und das andere eine Mölle zu Hueb (bei Lindbruck, Pfarre Waizenkirchen) Lehen von der Herrschaft Starhemberg.[3]) Ferner liegt auch ein Brief vor, mit welchem Paul Egelsfurtter und seine Söhne Rudl, Ulrich, Konrad und Stephan, welche die zum Spitale zu Eferding gehörige Mölle zu Eglesfurt freisatzweise innehaben, versichern, den gewöhnlichen Dienst davon in das Spital zu geben, und den sonstigen Verpflichtungen getreulich nachzukommen.[4])

Nach einem Kundschaftsbrief des Thoman Holzmair, des alten Holzmair seligen Sohn und seiner Hausfrau, gesessen auf dem Holzhof[5]) bei Eferding vor dem Hillinglah, bekennen, dass sie an diesem

---

[1]) Nach einem Original-Transsumpt der Stadtgemeinde Eferding vom 9. December 1592 an Reichard von Starhemberg, Stadtsiegel. Siegler: Johann Graf zu Schaunberg, Siegmund Schifer und sein Schwager und Eidam Andre Herleinsperger, Verweser der Hauptmannschaft ob der Enns.

[2]) 1418 24. November, Ort. Siegler: Siegmund Schifer, seine Vetter Michel der Oberheimer, Pfleger zu Waxenberg, und Simon Aspan von Hang. Libellurkunde.

[3]) 1418 6. December s. l. Siegler: Peter Stadler und Hans Herlinger, Stadtrichter zu Wels. Urkunde sehr verblasst. Original Spitalarchiv.

[4]) 1419 6. November s. l. Siegler: Wernhard Chellhammer und Hans Schörwenter, Bürger zu Eferding. Original Spitalarchiv.

[5]) Holzmaiergut in Unter-Hillinglah, früher ein größeres Bauernwesen, nun seit 1881 zerstückelt; im 15. Jahrhundert bestand da noch ein Wald, der sich nach den Ortschaften Ober- und Unter-Hillinglah und Lahöfen ausdehnte, der letzte Rest davon, südöstlich von Lahöfen, fiel unter der Axt im Jahr 1886. Loh, der thier das, Busch, Hain, Wald zwischen Feldern, hier nennt man ein

Hof weder Erbschaft, Kaufrecht oder andere Rechte gehabt, sondern denselben nur freisatzweise innehaben und nur solange, als es ein Pfleger des Spitales zu Eferding haben will. Sie bekennen auch, dass sie ohne Wissen und Willen desselben Pflegers in dem Holz, das zum Hof gehört, nur zur Hausnothdurft Holz schlagen dürfen.[1]

Siegmund und sein Vetter Balthasar Schifer zu Schließlberg, »Stifter des Spitales«, stiften im Jahre 1419 neuerdings am Montag zu jeder Quatember einen Jahrtag zum seligen Gedächtnis für ihre Eltern, Urenn, Enn und Vetter die Herren: Rudolf I., Dietrich II., Hans I. Rudolf II. Sohn, Rudolf IV. von Schließlberg Hansen I. Sohn,[2] Hans II. von Freiling und Ulrich II. Sohn die Schifer, deren Leichname in der Spitalskirche zu Eferding begraben find. Sie weisen hierzu dem Spitalmeister Gilten von verschiedenen Gütern an, die ihr freies rittermässiges Eigen sind, und zwar auf dem Gute zu Prästorf (Braistorf) in Prambachkirchner Pfarre mit 7 Schilling Wiener Pfennig und auf dem Hof zu Inn mit 6 Schilling Pfennig; besonders noch widmete Siegmund auf seinen Hof zu Irmoltzberg 6 Schilling Wiener Pfennig. Diese Gilten sollen alljährlich am Frauentag der Dienstzeit vom Spitalmeister eingenommen und davon dem »oberisten« Spitalkaplan drei Schilling weniger 2 Pfennig gegeben werden. Der Kaplan übernimmt dagegen die Verpflichtung, diesen Jahrtag zur angesetzten Zeit zu begehen, und zwar des Abends mit einer gesungenen Vesper von unserer lieben Frauen Schiedung (Maria Himmelfahrt) und mit einer gesungenen Vigil, am Dienstag mit einem gesungenen Seelenamt und mit einem gesungenen Amt von Maria Schiedung. Ferner soll auch der Kaplan im Spital noch drei Herren als Messleser haben. Diesen soll er einem jeden, wenn sie am Jahrtage Messe lesen, von den 3 Schilling weniger 2 Pfennig alle Quatember 8 Pfennig und ein Mittagmahl geben; auch soll der Schulmeister, dass er mit den Schülern mit der Procession in

---

Maier- zu Hising, ein Maier- zu Simbach, ein Obermaier-Lah zu Lahöfen u. s. w. (= Höfe am Wald), auch Ortsnamen, wie Maria-Laah, Lakirchen, Lochen etc. und damit zusammengesetzt, die Lohe (hier das Loh) Gerberlohe.

[1] 1420 24. Februar s. l. Siegler: Alban der Rudlinger und Stephan Chropf. Bürger zu Eferding. Original Spitalarchiv.

[2] Nach dieser Urkunde wäre Rudolf IV. nicht Rudolf III., sondern Hans I. Sohn, was aber nicht richtig ist, wie urkundlich weiter unten nachgewiesen wird. Unter den Ahnen Siegmunds, für welche der Jahrtag gestiftet wurde, ist Ulrich II., der seinen Sitz zu Steinsulz hatte (1318—1348), und mit Agnes von Parzheim, deren Vater Alber ein großer Wohlthäter des Spitales und auch Spitalmeister gewesen, vermählt war, nicht angeführt, da er doch auf dem eingangs gebrachten Gedenk- oder Grabstein mit Rudolf I., dem Stifter, und mit Dietrich II. vorkommt.

das Spital geht und den Gesang bei dem Gottesdienste besorgt, auch quatemberlich 14 Pfennig erhalten. Es soll auch der oberste Kaplan mit den andern Kaplänen, mit dem Schulmeister und mit der Procession des Nachts nach der Vigil und des Morgens vor den Aemtern mit dem Weihbrunn und dem Rauchfass in dem (unserm) Freythof umgehen, denselben mit Weihwasser besprengen und berauchen und nach dem Umgang bei der Vigil und des Morgens bei dem Seelenamte nach dem Evangelium soll er auf der Kanzel für alle lebenden und abgestorbenen Glieder aus dem Geschlechte der Schifer, die Abgestorbenen namentlich angeführt, ein *Pater noster* und *Ave Maria* beten und derselben in der Messe gedenken. Der Spitalmeister soll auch an diesem Tage bei der Bahr vier Kerzen brennen lassen und für diese 12 Pfennig geben. Die gestifteten Kapläne sollen des Nachts und des Morgens alle bei diesem Gottesdienste sein; wer demselben nicht beiwohnt, hat keinen Anspruch auf die angesetzte Entlohnung; dieses Geld sollen dann die armen Leute im Spitale erhalten. Auch soll der Spitalmeister zu diesem Jahrtag drei Zeil Semmel, welche zusammen 33 Semmeln ausmachen, beischaffen und hiefür 30 Pfennig auslegen; diese Semmeln soll er auf des Stifters Grab legen und unter dem Singen da liegen lassen, drei Semmel soll er auf dem vorderen Altar opfern, die übrigen den armen Leuten im Spital und den Sondersiechen, jedem eine Semmel, geben und was dann Geld von den Gilten übrig bleibt, das soll der Spitalmeister verrechnen und in das Licht geben. Welche das Läuten besorgen und die Kerzen aufstecken, sollen auch alle Quatember 2 Pfennig erhalten. Wenn der obriste Kaplan den Jahrtag nicht begehen würde, soll der Spitalmeister die 3 Schilling weniger 2 Pfennig dem jeweiligen Pfarrer zu Eferding darreichen, der soll dann alle Quatember den Jahrtag halten und den Herren und dem Schulmeister die festgesetzten Pfennige geben; wenn aber auch der Pfarrer den Jahrtag nicht verrichten würde, so soll der Spitalmeister diese Gilten dem Spitale nutzbringend anlegen.

Wenn die oben genannten Güter nicht ertragsfähig (oed) würden und keinen Dienst leisten könnten, so wäre der Spitalmeister insolange nicht verpflichtet, etwas zu entrichten, bis selbe nicht wieder »stiftlich und baulich« würden. Im Falle das Spital im rechtlichen Besitze dieser Gilten gestört werden sollte, soll der Spitalmeister die Herrschaft Schaunberg um Schutz anrufen. [1]

[1] 1419 1. Jänner. Siegler: Siegmund und Balthasar Schifer und sein Schwager Andre Herleinsperger, Verweser der Hauptmannschaft ob der Enns. Libellurkunde.

Siegmund und seine Hausfrau Breyd stifteten um dieselbe Zeit in die Spitalskirche ein heiliges Grab für den Charfreitag vorne im Chor auf des Stifters Grab, wie es in anderen Pfarrkirchen geschieht; es soll des Nachts am Freitag und Morgens am Samstag und den ganzen Tag der Psalter gelesen werden und sollen zwei, mindestens aber einer der Kapläne dies thun, für das soll der Spitalmeister dem obristen Kaplan ein halbes Pfund Pfennig geben; es sollen auch vier Kerzen Tag und Nacht bei dem Grabe gebrannt werden und sollen vor Mitternacht sechs Arme und nach Mitternacht ebensoviele Menschen vom Spitale, die allervernünftigsten darunter, wachen, wofür ein jeder 4 Pfennig erhalten soll. Zu dem Lichte widmen die Stifter ein halbes Pfund Pfennig auf dem Hungergute in der Au (Pfarre Eferding) und ebensoviel auf der Ruckersöd in der Pfarre Regau. — Ferner stifteten die Vorgenannten einen Jahrtag für ihren Schwiegervater und ihren seligen Vater Bernhard den Kirchsteiger und Cathrei, seiner Hausfrau, und dann für sich selbst, die Stifter und all ihre Kinder am St. Niklastag des Nachts vor Maria Schiedung mit einer Vesper und der ganzen Vigil, des Morgens mit einem Amte vom vorgenannten Festtag und mit Messen während desselben von den angestellten Kaplänen.

Zu dieser Stiftung vergaben sie ein Pfund Geld auf ihren Hof zu Schalchheim in Regauer Pfarre; diese Gilte soll der Spitalmeister am St. Michelstag bekommen und davon dem obersten Kaplan oder, falls er sich weigert, den Jahrtag zu begehen, dem Pfarrer 3 Schilling weniger 2 Pfennig entrichten, dass der dann den Jahrtag ausrichte. Von den Priestern, die des Nachts bei der Vesper und Vigil sind und des Morgens Messe haben, soll der Spitalmeister einem jeden 8 Pfennig geben; es sollen auch bei dem ganzen Gottesdienste des Nachts und des Morgens vier Kerzen brennen; für das Aufzünden derselben und das Läuten soll er geben, was bei andern Jahrtägen gebräuchlich ist. Der Spitalmeister soll auch 110 Menschen, jedem ein Pfennigwerts Semmel geben, bei den armen Leuten im Spital damit anfangen, dann bei den Sondersiechen «in der Capelle»; die übrigbleibenden Semmeln soll er den armen Leuten vor dem Spitale spenden, wären ihrer aber nicht soviele Arme, so solle er den Rest wieder den Spitälern zukommen lassen. Diese vorgenannte Brotspende soll aber vorerst während des Gottesdienstes auf dem Grab des Stifters gelegt und erst nach geendigtem Gottesdienste ausgetheilt werden.[1]

---

[1] Ueber diese zwei Stiftungen, des heiligen Grabes und des Jahrtages am St. Niklastag, sind in dem Libell keine speziellen Stiftbriefe verzeichnet, aber die Stiftung doch umständlich angegeben.

Nach dem Vorausgeschickten hat das Sehifer'sche Spital seit seinem fast einhundertjährigen Bestande immer »arme dürftige Leut und Sondersiebe« (Kranke) in Verpflegung aufgenommen und gehabt. Durch den Zuwachs von Einkünften, insbesondere unter Siegmund, ward dies noch mehr ermöglicht, so dass sich Siegmund, damals Pfleger zu Ort, und sein Vetter Balthasar zu Schließlberg »Stifter« bewogen fühlten, auf Grundlage früherer Gepflogenheit und nach Einholung des Rathes ehrbarer weiser Leute eine eigene Ordnung für das Spital zu geben, was auch mit Stiftbrief vom 22. Jänner 1421 geschah und in folgender Weise festgesetzt wurde. Der Spitalmeister, »wer der ist oder hinführo ewiglich wird«, soll mit der Stifter Zustimmung arme dürftige Leute in das Spital aufnehmen, »ohne alles Gut« in Anbetracht der jetzigen Wohlvermögenheit des Spitales; er solle auch Vorsorge treffen, dass er zum mindestens zwölf kranke Menschen, »die ihnen selber von Krankheit wegen weder gerathen noch gehelfen mögen«, im Spitale haben, dazu mag er Hausarme, Mann oder Weib, soviel das Spital aufzunehmen vermag, auch in das Spital aufnehmen, und diese sollen dann den zwölf Kranken zu Tag und Nacht dienstbar sein. Wenn eines von den Kranken mit Tod abgienge, so solle er das Bett desselben einem solchen im Spitale geben, der ein minder gutes hat; würde aber dies bei keinem der Fall sein, so solle der Spitalmeister in oder vor der Stadt Nachfrage halten nach einem andern Kranken, welchen er dann alsogleich in das Spital führen oder tragen lasse, damit die sechs Werke der Barmherzigkeit erfüllet werden, und solle ihn dort solange behalten, bis dass er gesund ist. Würde dieser neuaufgenommene Kranke unleidlich sein, so soll er ihn entlassen und einen andern an dessen Stelle nehmen. Neben dem Bette eines Siechen soll immer das Bett eines Stärkeren gestellt werden, wegen der Hilfe zur Nachtszeit für den Ersteren. Auch sollen immer vier Bettstätten mit Betteinlage in Bereitschaft stehen für etwaige elende (fremde) Priester oder Schüler (Studierende), die man anderswo nicht beherbergen könnte oder wollte; oder auch für einen anderen Fremden, die soll der Spitalmeister nach seinem Belieben ein oder zwei Nächte, oder auch länger beherbergen. Besiegelt wurde diese Spitalsordnung von Siegmund und Balthasar Sehifer, welche gemeinschaftlich dem Spitale vorstanden (Libellurkunde).

Drei Monate darnach erhielt das Spital eine neue jährliche Spende nach dem Vermächtnisbriefe des Johann Luger, Bürgers zu Eferding, vom 7. März 1421, welchem »1417 schon der Spitalskaplan

Rewthammer den Zehent zu Inn vom Gred- und Simblehen unter andern für das Spital abgekauft hatte. Luger vermacht nun seinen Zehent, groß und klein, zu Inn von dem Angerlehen, von dem Gut bei der Donau, da der Yll aufsitzt, und von dem Fischergut dabei,[1] in Eferdinger Pfarre und Donauthaler Landgericht gelegen, dem Stephan Rewthammer, obersten Kaplan im Spitale, und seinen Nachkommen, den obersten Kaplänen.

Von dem Erträgnisse dieses Zehents sollen jährlich arme Leute ein »halbes Rindfleisch« für 3 Schilling Pfennig, davon je ein Stück eines Halblingswerts ist, erhalten; dann sollen jährlich 3½ Metzen Korn gemahlen und daraus am St. Katharinatag Laibl gebacken und je ein Laibl zu dem Stück Fleisch gegeben werden. Auch soll von diesem Zehent jährlich dem jeweiligen obersten Kaplan ein »halbes Rindfleisch« und ein halber Metzen Korn wegen der von Luger auf dem Katharina-Altar für sich und seine Hausfrau Margaret gestifteten Jahresmesse gegeben werden, auch soll der Kaplan dem Thoman Aychperger, Pfleger zu Schaunberg, und seinen Erben jährlich 30 Pfennig geben und ebenso dem Asem Watzenstorffer.[2]

Wie aus dem Willebrief des Grafen Johann von Schaunberg vom Jahre 1421 hervorgeht, stifteten die Vettern Siegmund und Balthasar Schifer mit ihren Freunden und Gönnern wiederum eine neue ewige Messe in der Spitalskirche auf den Barbara- und Katharina-Altar, welche Stiftung ihnen derselbe Graf auf besondere Bitte des Pfarrers Ulrich des Vetzinger zu Eferding als Vogt- und Schirmherr des Spitales bestätigte.[3] In einem Vermächtnisbriefe vom selben Jahre wird wieder ein dem Spitale dienstbares Haus urkundlich angeführt; Anna, Merten des Staltner selige Tochter, vermacht nämlich auf den Todfall hin ihrem Ehemann Heinrich Hofmeister, Bürger zu Eferding, 40 Pfund Pfennig, die er ihr als Heiratsgut zugebracht hat, von ihrem Erbtheile an dem Hause, gelegen bei der Fleischbank in der Spiegelgasse,[4] wovon jährlich an Burgrechtsdienst ein halbes Pfund und 2 Pfennig in das Spital zu Eferding zu reichen sind und ver-

---

[1] Diese drei Hausnamen haben sich, wie soviele andere, noch erhalten: Angermaier zu Inn, Yll und Fischer zu Trattworth.

[2] Siegler: Johann Luger und Thoman Aychperger, Pfleger zu Schaunberg. Original Spitalarchiv.

[3] 1421 3. Mai. Schaunberg. Siegler: Graf Johann von Schaunberg. Libellurkunde.

[4] Nach einem Pfarrpfrunden-Urbar vom 17. Jahrhunderte ist diese Gasse folgendermaßen bestimmt: »wo man neben dem Heindlgarten hinausgeht gegen die Au«; Heindlgarten ist nun der Pfarrergarten.

sichert dieses Geld auf all ihr sonstiges Hab und Gut.[1] Wie sehr man damals um die Reinlichkeit und sonstige Pflege bei den Spitälern besorgt war, erhellt aus einer Urkunden-Regeste, datiert vom Samstag vor Matthäus 1422, wo ein Wechselbrief angeführt ist, „um etliche Gründe beim Spital, darinnen auch begriffen, dass ein jeder Bader im Thal zu Eferding alle vierzehn Tage ein Armes im Spital baden solle«. Weiters erwarb das Spital im nächstfolgenden Jahre käuflich zwei Breiten-Aecker vor der Stadt Eferding im Wolfs-bruckfeld,[2] im Gerichte Aschachwinkel gelegen, von den Brüdern Thoman und Heinrich Veterl, der seligen Clara der Veterlin Söhne.[3]

Auch Rudolf (IV.) Schifer erwies sich als Wohlthäter des Spitales, da er nach Kaufbrief vom 3. Jänner 1424 mit seinem Bruder Balthasar das freie Eigen, den Gneazhof im Hunzenbach, gelegen bei dem Gattern im Seebekerfelde, für das Spital ankaufte.[4] Nach dem Erb-rechtsbrief vom 30. April 1424 verkauft Siegmund Schifer an Hansen in dem Pernrewt und Hansen auf dem Kreuz und Anna auf dem Kreuz und Cristein am Lehen und deren Hausfrauen den Schifer-wald[5] in Natternbacher Pfarre und Peuerbacher Gericht, wovon jährlicher Dienst am Frauen-Dienstag 3 Schilling Wiener Pfennig, bei Auf- und Abfahrt je 30 Wiener Pfennig zu entrichten kamen.[6]

Auch des Caspar Schifer, eines Bruders des Balthasar Schifer zu Schließberg, müssen wir noch gedenken, der auch in Eferding und Umgebung begütert war. Im Jahre 1415 verkaufte er an Tibolt Palviter, früher Stadtrichter zu Eferding, später auch Pfleger zu Peuerbach, den Hof zu Bradstorf in der Prambachkirchner Pfarre und am 25. Mai 1427

---

[1] 1421 28. August a. l. Siegler: Artolf Genkhofer, Stadtrichter zu Eferding. Original Spitalarchiv.

[2] Wolfsbruckfeld »vor dem ehemaligen Schaunberger Thor, wo man nach Pupping hinausgeht«, so 1696 bestimmt. Das Puppinger Gatterl, wo jetzt die steinerne Brücke über den Hinzenbach ist, machte die Abgrenzung.

[3] 1423 26. April a. l. Siegler: Andrä Aschenperger, Richter im Aschach-winkel. und Thoman Freitkin. Original Spitalarchiv.

[4] Gneazhof ist das Griesmaiergut in Hinzenbach, früher Grieshof nach einem Inventar. Siegler: Balthasar und Rudolf der Schifer und ihr Schwager Heinrich der Gallspeckh, Pfleger auf der Stauf. Original Spitalarchiv. Außen: der Kauf um den Gneazhof und um die zwei Breiten ist 66 Pfund Pfennig.

[5] Die Schifer besaßen, wie wir früher schon vernommen, den Sitz Hub nächst Peuerbach, wozu auch gewiss der Schiferwald gehörte; wann derselbe von ihnen vererbrecht wurde, kann nicht angegeben werden. Der Sitz Hub selbst wurde 1368 an die Grafen von Schaunberg verkauft.

[6] Siegler: Siegmund Schifer. Original Spitalarchiv.

an denselben, seinen Schwager, mehrere Zehente an verschiedenen Orten, welche Zehente von den Pollheimern zu Lehen rührten.[1]

In diese Zeit, in das Jahr 1427, fällt die Stiftung des S a n c t M a g d a l e n a - S t i f t e s mit einem eigenen Kaplan in der Spitalskirche von Barbara Herleinsperger, des Andrä Herleinsperger, gewesenen Verwesers der Hauptmannschaft ob der Enns, Hansen des Panhalm selige Tochter, welche Stiftung weiter unten besonders behandelt wird werden. Auch ein trauriges Ereignis für das Spital kommt zu verzeichnen, indem es eine Feuersbrunst erlitt, da in einer Urkunden-Regeste ein Brief des Grafen Johann von Schaunberg vom 27. Mai 1432 besagt, »wie das Spital abgebrunnen und wieder zu Bau gebracht« worden.

Nichtsdestoweniger erkaltete der Eifer des großen Wohlthäters für das Spital und dessen geistliche Stiftung, indem Siegmund, »Erbstifter« des Spitales und Pfleger zu Schaunberg, im Jahre 1433 neue Bestimmungen für die Verherrlichung des Gottesdienstes in der Spitalskirche traf. Er bestimmte nämlich 7 Pfund Wiener Pfennig auf verschiedenen Gütern in den Pfarreien von Meggenhofen, Gunskirchen, Neukirchen bei Lambach, Gaspoltshofen, Gampern, Ungenach und Regau.[2] Wenn er, Siegmund und seine Nachfolger, diese 7 Pfund

---

[1] Strnadt l. c., 402. In den Urkunden-Regesten erscheint auch von ihm ein Brief vom 3. Mai 1426 um etliche Zehente bei Eferding, deren Namen aber nicht vorkommen, ausgehend von Caspar Schifer. Ferner ist von demselben ein Brief vom 8. März 1427 um eine Hofstatt zu Eferding in der Stadt bei dem Schaunberger Thor gegenüber dem Aichberger-Haus angeführt. In diesen Regesten ist auch ein Vertrag vom Pfingstag vor dem Palmtag 1430 verzeichnet zwischen Michel Hohenfelder im Namen seiner Mutter Agnes, einer gebornen Schifer, und deren Bruder, dem Siegmund Schifer, seinem Vetter, betreffend die mütterliche Erbschaft, darinnen das Gut S c h u l t e r s u c k e r vorkommt, welches jährlich dem Spitale mit einem Gulden dienstbar ist. Das vorgenannte Gut mit einem Dienste von einem Pfund Pfennig stifteten, wie schon zu lesen war, im Jahre 1418 Siegmund Schifer, Pfleger zu Ort, und seine Hausfrau Breyd für Semmeln an den Communion-Tagen der Spitäler; Agnes war eine Schwester des Siegmund Schifer und Gemahlin des Jörg von Hohenfeld. - Vom Jahre 1431 4. Juli findet sich auch die Regeste eines Schutz- und Schirmbriefes von Johann Graf von Schaunberg für das Spital.

[2] Von dem Oberhof zu L a n g d o r f ½ Pfd. Pfg., von dem anderen Hof daselbst 1 Pfd. Pfg., von der Obernhub daselbst 60 Pfg., von der Hub zu H a r t ½ Pfd. Pfg., von dem Hof in O t t i s c h b e r g 1 Pfd. Pfg., alle gelegen in der Meggenhofener Pfarre; von einem Gut unter den E i c h e n, da Peter aufsitzt, 30 Pfg. und da Hansel aufsitzt, auch 30 Pfg., von dem obern Gut daselbst 60 Pfg., auf der S c h e y c h e n ö d von einem Gut 60 Pfg. und liegen in G u n s kirchner Pfarre; von dem Gut zu Dorf in N e u k i r c h n e r Pfarre (bei Lambach), die da gehört zu Gaspoltshofen, 1 Pfd. Pfg., und von den vier Gütern:

Pfennig Gilten vierzehn Tage nach der Frauendienstzeit dem Spitalmeister nicht zukommen lassen würden, so seien sie ihm ein halbes
Pfund Pfennig als Strafe schuldig zu bezahlen, nach zweimal vierzehn
Tagen ebensoviel, nach dreimal vierzehn Tagen aber hätte er das
Recht, diese Güter in Beschlag zu nehmen und die sieben Pfunde selbst
einzuheben, wobei er den Schutz und Schirm der Vogtherrschaft haben
solle. Von dem Erträgnisse dieser Güter soll der Spitalmeister dem
dermaligen Pfarrer von Eferding Ulrich Vetzinger und allen seinen
Nachfolgern alle Quatember 14 Schilling Pfennig geben, dagegen soll
aber der Pfarrer wie alle Sonntage, so auch in der Woche, in welcher
alle Tage der oberste Kaplan oder dessen Stellvertreter ein gesungenes
Amt entrichten soll, den Schulmeister oder dessen Handmeister mit
wenigstens vier Sängerknaben schicken, um das Amt mitsingen zu
helfen; wenn in der Pfarrkirche eine gesungene Vesper stattfindet, so
soll auch der oberste Kaplan oder dessen Kaplan in der Spitalskirche
die Vesper singen, da soll auch wieder der Schulmeister oder der Handmeister mit zwei oder drei Sängerknaben mitwirken, ausgenommen
in der Fastenzeit, da soll er nur das Complet singen, da es mit der
Vesper dann in der Spitalskirche zu lange dauern würde; die Vesper
sollen aber doch die Kapläne im Spitale sprechen. Im Falle das
Salve Regina in der Pfarrkirche gesungen wird, sollen dies auch die
Kapläne in der Spitalskirche thun, wozu der Pfarrer wieder den Handmeister mit drei Schülern schicken soll. An den Tagen, an welchen
der Pfarrer Jahrtäge, Kirchweihe oder sonst ein bestelltes Amt,
»Frimamt«, und die Vesper in der Spitalskirche singen lässt, entfällt
dann daselbst ein weiteres gesungenes Amt und die Vesper. Für den
Fall, als der Pfarrer vorerwähnte Aemter und die Vesper unterlassen
würde, soll dann der Spitalmeister die dafür entfallende Gebür dem
obristen Kaplan geben, welcher dann das Singen solange vollbringen
soll, bis wieder der Pfarrer sich dazu herbeiliesse. Wenn die dienstbaren Güter durch kriegerische oder Elementar-Ereignisse (»von
Landes urleug, von Riesel oder Schauer wegen«) nicht ertragsfähig
(öd) wären und die Dienste nicht mehr gereicht werden könnten, so
entfallen für den Stifter und dem Pfarrer die gegenseitigen Ver-

---

zu Heckering (Heikerding) ⁶, Pfd. Pfg., von dem zu Neuderk 30 Pfg., von dem
zu Stetten 1 Pfd. Pfg. und von dem zu Weiterschwang 30 Pfg., liegen in
Gamperner Pfarre; von dem Gut zu Mallberg 60 Pfg. und von vier Gütern:
zu Ramsau 60 Pfg., von einem Gut zu Lechalming 30 Pfg., von dem anderen
daselbst 60 Pfg., von einem zu Obereck 30 Pfg. und von dem zu Bruck
30 Pfg., alle in Ungenacher Pfarre gelegen; dann von dem Hof zu Aich
in der Regauer Pfarre 30 Pfg.

3*

pflichtungen. Wenn aber der Spitalmeister dem Pfarrer nicht alle Quatember den Dienst reichen würde, so ist er bei Verzug von acht Tagen in eine Strafe von einem Pfund Wachs »in das Licht« der Pfarrkirche in Eferding verfallen.

Auch räumt der Stifter dem Pfarrer Ulrich Vetzinger und allen seinen Nachfolgern die Gewalt ein, darüber zu wachen, dass der Gottesdienst in der Spitalskirche ordentlich gehalten werde und bestimmt, dass der oberste Kaplan mitsammt den anderen Kaplänen einem jeweiligen Pfarrer »in allen ziemlichen und pfäfflichen Sachen« gehorsam sein solle, in gegentheiligen Fällen habe sie der Pfarrer zu unterweisen und zu strafen, wobei ihn die Vogtherrschaft schützen und schirmen solle.[1] Von selbem Jahre datiert auch der Willebrief des Pfarrers Ulrich Vetzinger zu dieser Stiftung; gesiegelt ist er vom Grafen Johann von Schaunberg, Lehensherr der Pfarrkirche Eferding und Vogtherr des Spitales (»meines gnädigen, lieben Herrn«) und vom Pfarrer Vetzinger. Am 12. Mai desselben Jahres (1433) erließ Graf Johann von Schaunberg neuerdings einen Schutz- und Schirmbrief für das Spital (Urkunden-Regeste).

Nach einem Kaufbrief vom 5. Juni 1438 lautend auf den »edlen« Siegmund Sehifer zu Freiling erwarb derselbe wieder einige Burgrechte von Wenzel Sunder und dessen Bruder Hans, die Chrenn genannt, und Margaret, ihrer Schwester, und zwar vorerst von den Gründen und Breiten, die weiland des Thoman Santperger (ehemaliger Spitalmeister) gewesen sind und worauf nun etliche Häuser des Spitales vor dem Welser Thore stehen: davon ein Huhn, Safran und Stupp für 2 Pfennig jährlicher Dienst zu reichen sind, dann drei Helbling Burgrecht von einem Acker, ebenfalls gelegen vor dem Welser Thore in dem Feld zunächst dem Lahmair, welchen Acker Helmhart Schentzl jetzt innehat.[2]

Im Jahre 1439 traf Siegmund als Erbstifter und damaliger Anwalt der Grafschaft Schaumberg wieder neue Bestimmungen für seine geistliche Stiftung im Spitale und erhöhte auch die Dotation derselben. Er bestimmte nämlich Jörg den Hann als obristen Kaplan, der soll mit ihm noch zwei Priester haben, wovon der eine täglich Messe verrichten soll auf dem Frauenaltar zu der rechten Hand, als man hineingeht in das Spital, und der andere auf dem Katharina- und

---

[1] 1433 29. December s. l. Siegler: Graf Johann von Schaunberg, Siegmund Schifer, Tibold Aspan von Hartheim, sein Schwager, und Siegmund Kirchberger, sein Vetter. Libellurkunde.

[2] Siegler: Wolfgang von Hilkering, Richter im Aschachwinkel. Original Spitalsarchiv.

Barbara-Altar; er selbst aber soll auf dem Altare vorne im Chor täglich ein Amt singen oder von einem seiner Mitkapläne singen lassen, außer wenn von der Pfarre desselben Tages ein Jahrtag oder ein Frimamt in der Spitalskirche gehalten würde, soll der oberste Kaplan nur eine Messe lesen, und dies soll auch so sein, wenn eine Leichenmesse im Spitale ist, wie es die Stiftbriefe von ihm und seinen Vorfordern besagen. Es soll auch nach der Vesper in der Pfarrkirche die Vesper in der Spitalskirche sein, das *Salve Regina* alle Samstag- und alle Frauentag-Abend, sowie auch in der Faste alle Tage gehalten werden, allsonntäglich solle der Weihbrunn gesegnet in Kirche, Spital und Freithof damit umgegangen werden, alle Montag auf der Kanzel für die Schifer gebetet, die offene Schuld gesprochen und der Ablass verkündet werden, dem allen sollen die armen Leute im Spitale beiwohnen. Zur Dotierung bestimmte Siegmund zu den schon früher gestifteten Gilten noch weitere 12 Pfund Pfennig, so dass sie in Summe alljährlich 40 Pfund Pfennig ausmachten; von diesen soll der Spitalmeister oder Verweser alle Quatember dem obersten Kaplan 10 Pfund Pfennig reichen. Für den Fall, als er mit der Auszahlung vierzehn Tage verziehen würde, müsse er dem Kaplan 60 Pfennig Strafe zahlen und dies so oft, als er immer wieder vierzehn Tage die Auszahlung nicht leisten würde. Wenn aber die Güter in irgend einem Jahre durch Kriegsnoth, Riesel oder Schauer betroffen werden und daher die Dienste nicht leisten könnten, so habe auch der Kaplan für dieses Jahr nichts zu fordern. Siegmund stiftete auch für den jeweiligen obersten Kaplan Grundstücke und Zehente, da entgegen soll derselbe alle Jahre am Katharinatag zu einer Spende von 3½ Metzen Korn Brot backen und ein »halbes Rindfleisch« geben, 3 Schilling Pfennig werts, das soll man in 6 Schilling Stücke Fleisch zertheilen und zu jedem Stück ein Laibel Brot geben; das alles soll auf des Stifters Grab gelegt werden und nach geendigtem Gottesdienste soll der Spitalmeister jedem Armen ein Laibel Brot und ein Stück Fleisch geben, angefangen bei den armen Leuten im Spitale, dann bei den Siechen »im Siechen-Capelle« und weiter anderen Armen ebensoviel, soweit das Vorhandene reicht, bleibt etwas übrig, so sollen es wieder die Spitäler bekommen. Was dem Kaplan vom Zehent über die geleistete Spende bleibt, soll ihm zum besten für die übrigen gestifteten Messen bleiben. [1] Aus Anlass dieser

---

[1] 1439 2. März a. l. Gründe und Zehente, welche dem obersten Kaplan zu der Gilte von 40 Pfund Pfennig noch gestiftet wurden, waren folgende: ein guter Landacker auf dem Felde gegen den Lachmayr vor dem Welser Thor, gegenüber der Siechmair-Point auch ein guter Landacker und ebenso in dem Felde gegenüber dem Wolfsbrucker, ferner ein Garten, der an den Riedlein-

seiner Stiftung erbat sich auch Siegmund Schifer von dem Grafen
Johann von Schaunberg die Bestätigung des von seinen Vorfahren,
den früheren Grafen von Schaunberg im Jahre 1325 für das Spital,
gegebenen Vogt- und Schirmbrief, was ihm auch der Graf unterm
4. Juli desselben Jahres de dato Schaunberg in Anbetracht seiner und
der von seinen Vorfahren ihm geleisteten Dienste gewährleistete
(Libellurkunde).

Unter Siegmund machte auch im Jahre 1439 Petermandl
von Kirchberg eine Messstiftung für die Spitalskirche, von welcher
noch im Jahre 1783 der Stiftbrief vorhanden war (Pfarrschriften). Bald
darauf kaufte Siegmund Schifer, Erbstifter zu Freiling, von Thoman
Holzmair am Holzhof bei der Inn in Eferdinger Pfarr für das Spital
wieder ein halbes Gut zu Fraham mit Aeckern, Wiesen u. s. w.,
freies Eigen unter der Vogtei von Schaunberg, von welchem Gute
Dietel zu Fraham und seine Hausfrau Katharina den anderen halben
Theil schon besaßen.[1]) Wiederum erscheint Siegmund als Mehrer
der Spitalsgüter, da er nach einem Kaufbriefe vom Georgitag 1441
(Urkunden-Regeste), lautend auf Siegmund und das Spital, viele
Landäcker in der Umgebung von Eferding käuflich erwarb.[2]) Diese

Pichler und den Sonnleitner anstoßt, dann eine Wiese zu Sickenfurt
mit Marken ausgezeigt; dazu den Zehent zu Inn auf vier Gütern, groß und
klein, und zwar auf dem Gredlehen, dem Strohlehen, auf dem Riedl-
maier-Gut und auf des Aschpan-Gut, gelegen zu Inn bei dem Brunn
oben im Dorf in Eferdinger Pfarre und Donauthal-Landgericht. Dann einen
Weingarten zu Stifen sammt Zugehör, genannt der Tresidler, ist neun
Viertel, zunächst dem Topler, davon man alle Jahr dient neun Viertel Wein
dem Kloster zu Aschpach gegen Stifen in den dortigen Herrenhof, wie die
Kaufbriefe besagen; dann den von Hans Lueger gestifteten Zehent von drei
Gütern zu Inn in dem Dorf, großen und kleinen, und zwar von dem Anger-
lehen, von dem Gut bei der Donau, da der VII aufsitzt, und von dem
Fischlehen-Gut, sind freies Eigen, ebenso gelegen wie die oben genannten.
Siegler: Siegmund Schifer, dann sein Vetter Ulrich Vetzinger, Pfarrer zu Eferding,
ferner seine Vettern Siegmund Kirchberger, Pfleger zu Schaunberg, Jörg Berg-
heimer, Eras Hohenfelder zu Schließlberg und Eras Vetzinger, Vogt zu Wels.
Libellurkunde.

[1] 1440 29. October s. l. Siegler: der edle Jörg vom Laimbach, Landrichter im Donauthale, und Otto Anger. Original Spitalarchiv.

[2] Und zwar einen Landacker bei der Wolfsbruck, zwischen der
Posinger- und Jörgen im Baumgarten-Acker — und daselbst einen Landacker
zwischen der Posinger- und der Dorfmaier-Aecker, — in demselben Feld einen
Landacker zwischen des Egger- und des Oberskircher-Acker und stoßt mit
einem Ort an die Spitalbreiten, — in demselben Feld einen Landacker zwischen
des Oberskircher- und des Pfarrers im Spital-Acker und stoßt mit einem Ort
an des Egger-Acker, — item einen Landacker im Seebecker-Feld, zunächst

Grundstücke erkaufte Siegmund von dem Sammer und von dem
Prütten; von dem letzteren hatte er schon unterm 25. Juli 1440 einen
Landacker vor der Lederengasse auf dem Wagram gekauft, der gelegen
ist zunächst des Egger Acker, und stößt mit dem einen Ort auf den
Weg und mit dem Gwendt auf die Pösinger Breiten, davon jährlich
in das gmein Licht in Eferding 1 Pfennig zu geben ist (Libellurkunde).

Der damalige oberste Kaplan Vincenz Santel resignierte
freiwillig seine Stelle in die Hände des Bischofes Leonhard von Passau
und an seinerstatt wurde von demselben Bischofe über Präsentation
des Siegmund Schifer der Priester der Passauer Diöcese Thomas
Koblinger investiert und dem Pfarrer von Eferding aufgetragen,
denselben für das erledigte Beneficium zu installieren.[1]

Zum letztenmale erscheint Siegmund im Jahre 1442, und zwar
mit seiner Hausfrau Sophie, einer gebornen Jörger, als Stifter eines
Jahrtages am Freitag nach St. Michel für seinen Vater Hans und seinen
Enn Ulrich Schifer, am Vortage abends mit einer Vigil und am Tag
darauf mit einem Seelenamt und einem Amt von Maria Schiedung,
und darunter mit einer Messe; es soll dieser Jahrtay von der Pfarrgeistlichkeit gehalten werden. Dafür wurden von den Stiftern jährlich

des Kaisers Acker und stößt an dem einen Ort an den Weg und mit dem
andern an des Siechmaier-Acker, — in demselben Feld einen Landacker, stößt
mit einem Ort an den Weg gegen Seebach und neben der Pösinger- und des
Minichmaier zu Hinzenbach-Aecker, — in demselben Feld einen Landacker
vorderhalb des Hinzenbaches, zwischen Stephan von Hinzenbach und des
Münichmaier daselbst beider Aecker, — in demselben Feld mehr ein Landacker
zwischen der Vorgenannten Aecker, — item in dem Feld zu Hinzenbach
einen Landacker, gelegen nach dem Weg zwischen des Münichmaier zu Hinzenbach und des Stieglmaier Aecker, — item ein Landacker unter dem Wagrain,
zwischen des Münichmaier zu Hinzenbach und des Haghofer Aecker, und stößt
an den Weg. — Item einen Landacker auf dem Wagrain bei dem Hirnbaum
neben des Schätzlein Aecker und liegt neben dem Weg, — und mehr einen
Landacker auf dem Wagrain, zunächst des alten Stieglmaier-Acker und stößt
mit einem Ort an den Weg und mit dem andern an Merten Stieglmaiers Aecker,
— und daselbst mehr einen Landacker zwischen der Pösinger Aecker. — item
in dem Feld bei den Stieglhöfen einen Landacker zwischen des Egger und
des Schätzlein Aecker, — item in dem Feld gegen den Hilgenlah[a]) einen
Landacker zwischen des Oberskircher und des Münichmaier Aecker und stößt
mit dem einen Ort an des Göttringer Aecker, — item einen Landacker vor dem
Welser Thor, zwischen der Pösinger und der Weißhofer Aecker, und stößt auf
des Löhelmaier (?) Acker; von allen diesen Aeckern ist jährliches Burgrecht
in das Gericht zu Eferding am Niklastag 12 Wiener Pfennig zu entrichten.

[a]) Der Wald, welcher sich damals (1441) nach den Ortschaften Ober- und Unter-
Hilliaglab und Labölen hin erstreckte.

[1]) 1442 6. März. Burg Ebelsperg. Libellurkunde.

am Frauen-Dienstag 12 Schilling Pfennig auf dem Golnberg (bei
Eferding) angewiesen, davon soll der Pfarrer 6 Schilling Pfennig bekommen, und der Spitalmeister soll »ein Rindfleisch« kaufen, daraus
200 Stück Fleisch schroten lassen, zwei Stück je um 1 Pfennig, und
dazu ein Laibel Brot geben, deren zwei ein Pfennigwerts seien; dieses
alles soll er auf des Stifters Grab vorne im Chore legen und nach dem
Singen soll er es vorerst unter die armen Leute im Spitale und darnach unter die Siechen »im Siechen-Capellen« vertheilen, jedem ein
Stück Fleisch und ein Laibel Brot. Den armen Leuten vor dem Spitale
soll er jedem auch soviel geben, soweit der Vorrath reicht, würde etwas
davon übrig bleiben, so sollen dies wieder die armen Leute im Spitale
erhalten. Bei dem Frauenamt soll der Spitalmeister im Chore vorne
auch zwei Kändlein Wein und um 6 Pfennig Semmel opfern und soll
dann bitten lassen für Hans Schifer und Elsbeth, seine Hausfrau,
Siegmund Schifers Mutter, dann für Ulrich Schifer, Siegmunds Enn
und Agnes dessen Hausfrau, und bitten lassen »um einer Dreiden
Seel, und um einer Catharina Seel, und einer Elsbethen Seel, meiner
Hausfrauen«[1]) und für seine Geschwister und für alle aus dem Geschlechte der Schifer. Was an Geld der 12 Schilling erübrigt würde,
soll man in das Licht geben, auch sollen zur Vigil vier Kerzen auf-
gesteckt werden.[2])

Siegmund Schifer war ein großer Wohlthäter des Spitales und
Mehrer der Einkünfte desselben durch Ankauf von Ländereien und
Widmungen an Zehenten; er war auch nach der Feuersbrunst Wieder-
erbauer des Spitales und gab im Vereine mit seinem Vetter Balthasar
Schifer die erste Spitalsordnung und machte Bestimmungen für die
bessere Verköstigung der Leute im Spitale. Auch für die geistliche
Stiftung des Spitales entwickelte Siegmund eine große Thätigkeit.
Im Vereine mit seinem Vetter Rudolf IV. Schifer stiftete er einen
zweiten Kaplan zu einer zweiten täglichen Messe, bestellte mit seinem
Vetter Balthasar Schifer einen obersten Kaplan mit noch drei Priestern
und unterordnete stiftsbriefmäßig die Geistlichen im Spitale dem
jeweiligen Pfarrer in Eferding betreffs deren Verrichtungen und
Lebenswandel. Der eingangs angeführte marmorne Gedenkstein in
der Spitalskirche erwähnt rühmlich seiner als Wiedererbauer des
Spitales nach der Feuersbrunst im Jahre 1432. Er war ein Sohn Hans II.

[1] Nach dem Wortlaute dieser Urkunde hätte Siegmund vier Hausfrauen
gehabt. 1. Breid Kirchsteiger, welche urkundlich 1418 vorkommt, 2. Katharina
Pierbaumberin, 3. Elsbeth N. und 4. Sophie Jörger.
[2] 1442 9. März s. l. Siegler: Siegmund Schifer und sein Sohn Benedict.
Labellurkunde

Schifer und dessen Gemahlin Elsbeth Schönauer; nach deren Ableiben ehelichte sein Vater Johanna N. Siegmund tritt urkundlich vom Jahre 1404—1442 auf, vorerst als Pfleger zu Ort 1409—1433, dann als Pfleger zu Schaunberg 1433—1439, im letzteren Jahre nennt er sich Anwalt; als Siegler in dieser Urkunde erscheint aber schon Siegmund Kirchberger als Pfleger zu Schaunberg, in den zwei Urkunden vom Jahre 1442 nennt er sich einfach »zu Freiling« Erbstifter des Spitales, hatte also sein Amt als Anwalt schon niedergelegt.

Siegmund machte schon im Jahre 1416 sein Testament und da gestattete ihm der Graf Johann von Schaunberg, der ihm sehr gewogen war, auch über die von den Grafen von Schaunberg erhaltenen Lehen freie Verfügung zu treffen. Ein Grabstein ist von ihm nicht vorfindig. Seine Schwester Sophie war verehelicht mit Hans von Panhalm und erwies sich auch, wie wir gehört haben, als eine Wohlthäterin des Spitales durch Stiftung einer täglichen Messe im Vereine mit ihrem Bruder und dessen Hausfrau; dann im Jahre 1414, wo sie schon Witwe war, durch Stiftung eines ewigen Lichtes in der Spitalskirche und nahm im Jahre 1418 thätigen Antheil in Erbauung einer besonderen Wohnung in dem Spitale für sich und ihrem Bruder, bei dem sie vielleicht ihre Witwenzeit zugebracht haben dürfte. Eine andere Schwester Siegmunds, Agnes mit Namen, hatte zum Gemahl Jörg von Hohenfeld, deren Sohn Michael Hohenfelder nach dem Ableben seiner Mutter im Jahre 1430 wegen des Gutes Schulterzucker, wie angeführt wurde, mit seinem Oheim Siegmund in Differenzen gerieth, die aber durch einen Vergleich geschlichtet wurden. Jörg von Hohenfeld kommt schon im Jahre 1410 als Schwager Siegmund des Schifer urkundlich vor.

Auch müssen wir des Balthasar Schifer zu Schließlberg erwähnen, welcher auch ein Wohlthäter und Stifter des Spitales gewesen und mit seinem Vetter Siegmund im Jahre 1421 die Spitalordnung gegeben; er war ein Sohn Rudolf III. aus dessen Ehe mit Anna, der Tochter des Friedrich Lengauer. Balthasar war vermählt mit Barbara von Panhalm, starb aber kinderlos und hinterließ Schließlberg seiner Schwester Agnes, welche dasselbe im Jahre 1429 an Eras Hohenfelder verkaufte, bei welchem Geschäfte sie ihren Bruder Caspar Schifer als Zeugen beizog. Urkundlich wird Balthasar angeführt vom Jahre 1415 bis einschließlich 1427, wo er im Stiftsbriefe des Margareten-Stiftes für die Spitalskirche genannt ist. Ein anderer Balthasar Schifer beschwert sich bei Kaiser Friedrich III., dass ihm der Beisitzersold nicht ausbezahlt wurde; es ergieng nun deshalb unterm 9. Februar 1478 kaiserlicher Befehl an den Bürger Gattringer in Wien (Notizenblatt, 1852, S. 185).

Erbstifter Ritter Benedict Schifer I.

1446—1499.

Schon die früheren S c h i f e r, welche handelnd für das Spital auftraten, von Rudolf I. angefangen, führten das Prädicat Stifter, welches unter Siegmund I. in Erbstifter übergieng und der Stiftung die Benennung Erbstift zubrachte, welche Benennung noch heute im Gebrauche ist. Wir wollen daher unter obiger Aufschrift auch die übrigen Vorstände des Spitales bis zu jener Zeit bringen, wo sie sich dann Erbvögte nennen. Benedict war ein Sohn Siegmund I. und dessen Gemahlin Katharina Pierbaumber, und soll im Jahre 1425 geboren worden sein.[1] Wiewohl er im Kriege und im Frieden nach außen große Thätigkeit entwickelte, so vergaß er darüber doch nicht der Stiftung seiner Vorfahren, deren »ältester Erbstifter« er war. Wie sein Vorgänger und Vater als Erbstifter viele Güter dem Spitale zubrachten und widmeten, so finden wir auch bei Benedict zahlreiche Belege von gleicher Mildthätigkeit und religiösem Sinne. Nach einem Wechselbrief vom Jahre 1446 gibt H e i n r i c h G a i l s p e c k seinem Schwager Benedict Schifer im Wechsel die halbe Hub zu O b e r-h a r t h e i m und das halbe Niedergut zu T i t t e n b e r g in Eferdinger Pfarre, da entgegen gibt ihm Benedict den halben Hof zu O b e r-h o b e r e n g in der Buchkirchner Pfarre (bei Wels).[2] Im Jahre 1447 vererbrechtet Benedict das dem Gotteshause des Spitales dienst-pflichtige Gütlein zu B o x h a m dem Hans Pirhinger und seiner Haus-frau Barbara, später aber (1496) verkiht er dieses Erbrecht dem Weber Lienhart Topler und Margaret, seiner Hausfrau.[3] Im Jahre 1447 erscheint als Siegler bei einem Kaufbrief nebst dem Stadtrichter, dem »edlen« Konrad Ecker, ein Spitalsverweser namens C a s p a r R o t-

---

[1] Hoheneck l. c., II., 324, 325, führt als erste Gemahlin Siegmund I. Katharina Pierbaumber an, von welcher Benedict entsprossen wäre, als zweite Gemahlin bringt er (1414) Breid Kirchberger, welche auch urkundlich noch 1418 vorkommt; nach dieser Angabe kann aber Benedict nicht der Sohn der Katharina Pierbaumber sein. Wenn wir nach der früher angeführten Urkunde vom Jahre 1447 die Gemahlinnen Siegmunds nach ihrer chronologischen Aufeinanderfolge ins Auge fassen, so war Katharina nicht die erste, sondern die zweite Gemahlin Siegmunds, welche Benedict im Jahre 1425 geboren haben kann.

[2] 1446 25. Februar s. l. Siegler: die Vertragschließenden. Original Spital-archiv.

[3] 1447 15. Mai und 1496 20. December. Jährlicher Dienst davon in das Spital ein halbes Pfund Pfennig und zwei Stiftbennen, Auf- und Abfahrt je 60 Pfg. Original Spitalarchiv. Dieses Gütlein ist durch Heinrich Staltner (anno 1434), damaligen Kaplan des Spitales, dahin gediehen.

taler[1] bei dem Verkaufe eines dem Spitale mit einem Pfund Pfennig dienstpflichtigen, im Thal gelegenen Hauses.[2] Als »Obrister« des Spitales siegelt Benedict im Jahre 1452 ein Kaufbrief des Philipp Frei auf dem Oedhof in Eferdinger Pfarre und dessen Hausfrau, lautend auf Thoman Rössner zu Baumgarten in der Pfarre Alkoven um Aecker, Grund und Boden im Staudinger-Feld in der Pfarre Eferding und im Landgericht Donauthal gelegen, davon jährlich in das Spital zu Eferding ein Burgrechtsdienst von einem Wiener Pfennig am Niklastage zu entrichten war.[3]

Die Vorfahren des Benedict Schifer hatten sich wohl vorgenommen, die vier von ihnen gestifteten Messen ausreichend zu dotieren, da sie

[1] Rottalers vier Schuh neun Zoll hoher und zwei Schuh neun Zoll breiter Grabstein aus rothem Marmor befindet sich außen an der Südseite der Stadtpfarrkirche und hat folgende Inschrift:

Hie . ist . des . Caspar
rottaler . grab . nus . Der . ge
wesen . ist . Spitalmayster .
hic . zu . Eoerding . der . ge .
storben . ist . als . man . zält .
von . Cristi . gepurd . tausent .
vier . hundert . vnd . im . lx .
jar . dem . got . genadig . sey .

Als Wappen hat er unter der Grabschrift einen Kreiben. Zeichnung im Linzer Museum, Nr. 23.

[2] 1447 19. Juni s. l. Jährlicher Burgrechtsdienst war davon am Niklastag in das Stadtgericht mit 14½ Pfennig und in das Spital mit einem halben Pfund Pfennig zu entrichten. Siegler: der edle Konrad Ecker, Richter zu Eferding, und Caspar Rottaler, Verweser des Spitales. Original Spitalarchiv.

[3] 1452 24. Juni s. l. Die Ackergründe lagen zwischen Ulrich des Münichmayr, Bürgers und des Rathes zu Eferding, und des Friedrich Oeler zu Fraham beider Aecker und geht das eine Gwendt oben von der Herrschaft Aecker an. Original Spitalarchiv. Staudinger-Feld außerhalb Fraham gegen den Scharten-Berg hin. — In den Urkunden-Regesten von dieser Zeitperiode finden wir mehrere dem Spitale dienstpflichtige Güter verzeichnet, und zwar 1443 31. März Kaufbrief um die Geisser-Wiese bei dem Schiferwald in Natternbacher Pfarre. — 1454 2. Jänner Kaufbrief um das Gut Gölsenreith in Eferdinger Pfarre (jetzt in St. Marienkirchen). — 1455 1. December Kaufbrief um das Gut Wörgldorf in der Pfarre Taufkirchen, lautend auf Benedict Schifer. — 1458 21. August Lehenbrief von Graf Bernhard von Schaunberg für ettliche Stuck, Höfe und Güter, Lehen von den Grafen von Schaunberg, und zwar den Hof zu Inzing, eine Hofstatt und Hube daselbst, das Fischlehen zu Hueb, Georg (?) daselbst und eine Mühle daselbst, den Hof zu Tittenberg, ein Gut am Irmfridsberg, einen Hof zu Rottwall, einen Hof zu Vsting, ein Gut am Leechen zu Bernreit und auf dem Kreuz. Diese Lehengüter erscheinen alle unter den Dotations-Gütern für die Messenstiftung im Jahre 1462.

aber dies nicht ausgeführt hatten, wollte Benedict dies nun mit Zustimmung des damaligen Pfarrers von Eferding, Ulrich Teinstorffer mit Namen, vollbringen.

Schon früher hatte Bischof Ulrich von Passau mit Urkunde de dato Passau 24. Mai 1460 mit Zustimmung des Grafen Bernhard von Schaunberg (*amici nostri*), des Vogtherrn des Schifer'schen Spitales und des Pfarrers Ulrich Teinstorfer von Eferding die von Benedict Schifer erneuerte und besser dotierte Stiftung der von dessen Vorfahren und dessen seligen Vater Siegmund Schifer gestifteten vier Messen in der Spitalskirche bestätiget. Diese Urkunde enthielt schließlich den Auftrag des Bischofes, dass in Veränderungsfällen der oberste Kaplan dem Bischofe ordentlich präsentiert und dann, wie auch der jetzige Kaplan, die Investitur auf die Kaplanei erhalten solle.[1] Doch nach zwei Jahren finden wir wieder Urkunden, welche die gleiche Stiftung betreffen, die aber da auch nicht, wie wir später sehen werden, genügend dotiert wurde, was erst im Jahre 1463 geschah.

Die Stiftsbriefe, welche hierüber in den Jahren 1462 und 1463 ausgestellt wurden, enthalten großtheils schon früher vereinbarte Bestimmungen in geistlichen und Armen-Angelegenheiten; wir werden aber selbe des besseren Verständnisses wegen wieder unverkürzt bringen.

Nach dem im Jahre 1462 unterm Georgitag von Benedict Schifer ausgestellten Stiftsbriefe soll der oberste Kaplan noch drei andere Priester haben, wovon einer auf dem Frauenaltar zur rechten Hand am Thor, als man in das Spital geht, einer auf St. Katharina-Altar, und wieder einer in der St. Siegmund- und Benedictinen-Kapelle täglich Messe haben; der oberste Kaplan soll aber täglich am Altare vorne im Chore ein Amt singen oder einer der Kapläne an seinerstatt, bei Messe und Amt sollen sie bitten für die lebenden und verstorbenen Stifter. Wenn von der Pfarrgeistlichkeit in der Spitalskirche ein gesungener Jahrtag oder ein Frimamt gehalten würde, so entfiele an diesem Tage das gesungene Amt. Die Aemter und Messen in der Spitalskirche sollen erst nach der Frühmesse in der Pfarre begonnen werden. Die Kapläne sollen auch alle Tage nach der Vesper in der Pfarre, diese auch in der Spitalskirche halten, alle Samstage und an Vortagen der Frauenfeste nach dem Salve in der Pfarre das *Salve Regina* auch in der Spitalskirche singen. Alle Sonntage soll der Weihbrunn gesegnet, mit demselben in der Kirche und dem Freithof umgegangen werden, auch alle Montage auf der Kanzel für die lebenden

---

[1] Libellurkunde.

und abgestorbenen Stifter, die Schifer, und besonders für die Grafen von Schaunberg, als Vogtherren des Spitales und für alle Lebenden und Verstorbenen der Pfarre gebeten, auch die offene Beicht gesprochen und der Ablass verkündet werden, wozu alle armen Leute des Spitales zu erscheinen haben. Wenn von den Kaplänen die Aemter und Messen ohne erhebliche Ursache nicht vollbracht würden, so wäre der betreffende Kaplan zur Strafe ein halbes Pfund Wachs zum Lichte der Spitalskirche zu geben schuldig. Wenn der Pfarrer einen oder zwei der Kapläne benöthigen würde, so sollen sie dem, aber nicht ohne Urlaub des Stifters oder Spitalmeisters, nachkommen. Von den zu dieser Stiftung und dem Spitale von ihm und seinen Vorfahren gewidmeten Stücken, Gütern und Zehenten soll der Spitalmeister oder Verweser dem obersten Kaplan zu jeder Quatember 24 Pfund Pfennig, zu Eferding gib- und gäbiger Münze geben, würde er dies vierzehn Tage nach Quatember nicht leisten, so wäre er dem obersten Kaplan ein halbes Pfund Pfennig zur Strafe schuldig, und dies immer wieder nach Verzug von vierzehn Tagen. Sollten aber die bestimmten Dienste von den Gütern wegen Krieg, Riesel oder Schauer in einem Jahre nicht geleistet werden können, so wäre der Spitalmeister wie der Stifter auch nichts zu geben schuldig, bis wieder die Güter leistungsfähig würden.[1] Von dem von Lueger zum Spitale vermachten Zehent soll der oberste Kaplan alle Jahre am Katharinatag zu einer Spende 3½ Metzen Korn zu Brot backen lassen, und ein halbes Rindfleisch zu 3 Schillingwerts kaufen, daraus soll man Stücke zu je 6 Pfennig schroten und dazu ein Laibel Brot geben; das soll der oberste Kaplan auf das Grab vorne im Chore legen und nach dem Singen soll der Spitalmeister jedem armen Menschen ein Laibel Brot und ein Stück Fleisch geben, angefangen bei den Spitälern, dann den Sondersiechen; wenn etwas erübrigt würde,

[1] Die nachstehend angeführten Gründe sind schon im Jahre 1479 von Siegmund Schifer gewidmet worden: ein Weingarten zu Stiffen, genannt der Tresidler, zunächst dem Topler, neun Viertel groß, Dienst davon jährlich neun Viertel Wein dem Kloster zu Aspach in den Herrenhof gegen Stiffen, ein Landacker auf dem Feld gegenüber dem Lachmayr vor dem Welser Thor und gegen den Siechmayr, in der Point ein Landacker und ebenso in dem Feld gegen die Wolfsbruck hin und ein Pflanzgarten, der stußt an den Rudl Piehler und an den Sunnleithner, eine ausgemarkte Wiese zu Sickenfurt, einen Zehent zu Inn auf vier Gütern, kleinen und großen, von Gredlchen, vom Strohlchen und von des Rudlinger-Gut und von des Aspan-Gut und den Zehent, welchen Hans Lueger zu dem Spital gegeben von drei Gütern zu Inn in dem Dorf vom Angerlchen, vom Gut bei der Donau, da Yll aufsitzt, und vom Fischlchen-Gut, und sind freies Eigen, gelegen in Eferdinger Pfarre. Libellurkunde.

sollen es die Armen im Spitale erhalten. Der Ueberschuss von dem Zehent und von den Gilten soll dem obersten Kaplan zufallen. Dieser soll auch die übrigen drei »Kaplane mit der Kost ordentlich halten und keinem unter 11 Pfund Pfennig Sold geben. Der oberste Kaplan soll die »Gottsgab« und die Pfründe persönlich verwesen, im Falle er resignieren wollte, sollte er dies in die Hände des Stifters oder seiner Nachfolger thun und keinerlei Unterhandlung mit anderen pflegen, auch soll er sein Wohnhaus stets im baulichen Zustande erhalten. Weder er noch seine Mitkapläne sollen dem Pfarrer zu Eferding keinen Eingriff in was immer für pfarrliche Rechte machen, auch sollen dieselben an Festtagen am Vorabende bei der Vesper und am Festtage selbst bei dem Amte in der Pfarrkirche sein und mit den übrigen Priestern in ihren Chorröcken die Processionen mitmachen, im Unterlassungsfalle, ohne rechtmäßige Verhinderung, soll der betreffende Kaplan von einem halben Pfund Wachs in die Spitals- und in die Pfarrkirche verfallen. Im Erledigungsfalle der »Gottsgab« (Pfründe) soll immer das älteste männliche Mitglied der Schifer'schen Familie oder im Abgange derselben, deren nächster Erbe dieselbe einem frommen, wohlgelehrten Priester und keinem »Sehüler« verleihen. Die Grafen von Schaunberg als rechte Erbvögte des Spitales werden gebeten, die Schützer und Schirmer dieser Stiftung zu sein. [1])

Der Willebrief des Pfarrers Ulrich Teinstorfer zu den eben angeführten Bestimmungen über vier tägliche Messen und Andachten datiert ebenfalls vom Georgitag des Jahres 1462 [2]) und enthält auch zugleich, selbstverständlich gegen Entschädigung von Seite des Stifters, die Zustimmung zu den schon früher für die Spitalskirche ertheilten Vorrechten und Zugeständnissen, welche Benedict Schifer nun in einem um zwei Tage später ausgefertigten Stiftbriefe anführt. Darnach gestattete also der Pfarrer, dass die gestifteten vier Messen täglich gelesen und beziehungsweise gesungen werden, dass der oberste Kaplan auch in der Spitalskirche das Altarssacrament und die heiligen Oele haben dürfe, dass er die armen Leute im Spitale Beichte zu hören, zu communicieren und zu begraben das Recht habe. Auch gestattete er am Charfreitag das Bildniss der Marter Christi aufzulegen, ein heiliges Grab aufzurichten, Gottesleichnam darin zu bestatten und den Psalter dabei zu lesen. Zur Entschädigung für das Opfer

---

[1]) Siegler: Benedict Schifer, seine Vettern, Freunde und Schwäger, Siegmund von Kirchberg, Wolfgang von Mailkersdorf, Cristoph Hohenfelder, Bernhard Seifenecker und Tibold der Aschpan. Libellurkunde.

[2]) 1462 Georgitag s. l. Siegler: Graf Bernhard von Schaunberg und Pfarrer Ulrich Teinstorfer. Libellurkunde.

auf den sechs Altären (es waren nämlich nebst den vier Schifer'schen Kaplänen noch zwei Altaristen, der von der Puecher'schen und der von der Hörleinsperger'schen Stiftung, als Messeleser in der Spitalkirche); für die Seelgeräthe und der Gesellen (an der Pfarrkirche) Recht und für das Opfer, welches zu dem Bildnisse der Marter Christi am Charfreitag gegeben wird, welche Opfer dem obersten Kaplan zufallen sollen, stiftete Benedict dem Pfarrer zu Eferding und allen seinen Nachfolgern 3 Pfund 60 Pfennig, die der Spitalmeister alle Jahre am Frauentag der Dienstzeit dem Pfarrer reichen solle. Auch soll derselbe von den anderen 7 Pfund Pfennig gestifteten Gilten zu jeder Quatember 14 Schilling Pfennig erhalten, dem entgegen aber solle der Pfarrer (wie schon im Jahre 1442 stiftsbriefmäßig ausgemacht war), alle Tage des Morgens den Schulmeister oder seinen Handmeister mit mindesten vier Knaben schicken, das Amt in der Spitalskirche singen zu helfen, desgleichen, wenn man in der Pfarre die Vesper gesungen hat, auch zum Singen der Vesper die Vorgenannten mitzuhelfen haben, mit Ausnahme in der Fasten, da soll nur nach dem Complet in der Pfarre, auch nur ein Complet in der Spitalskirche gesungen werden. Und wenn man das *Salve Regina* in der Pfarrkirche gesungen hat, so soll der Pfarrer wiederum die Vorgenannten zum Singen desselben alle Samstage abends und an Vortagen der Frauenfeste und in der Fasten in die Spitalskirche schicken. So soll auch der Pfarrer nach alter Gewohnheit alle Jahre die Kirchweihe halten mit Singen, Messen und Predigen, dafür bekommt er 24 Pfennig, seine Gesellen 16 und der Schulmeister 12 Pfennig; an den Tagen, an welchen er Jahrtag, Kirchweih- oder Frimamt hält, entfällt für ihn die Verpflichtung, die Sänger zu schicken. Wenn der Pfarrer den Gottesdienst am Kirchweihtage nicht hielte oder halten wollte, so soll dies der oberste Kaplan thun und die dafür ausgesprochene Entlohnung erhalten, so oft dies der Pfarrer unterließe. Es solle überhaupt gegenseitig von der Pfarre und dem Spitale zur Verrichtung der Gottesdienste bereitwilligst mitgewirkt werden. Im Falle die gestifteten Güter durch Kriegsläufte, Riesel oder Schauer nichts dienen könnten, so entfällt in einem solchen Jahre für den Spitalmeister, sowie für den Pfarrer die gegenseitige Verpflichtung, bis die Güter wieder ertragsfähig würden. Für alle von seinen Vorfahren gestifteten Jahrtäge soll der Pfarrer nach Inhalt der Stiftbriefe entlohnt werden, würde dies der Spitalmeister verabsäumen, so verfällt er dem Pfarrer nach Ablauf von 14 Tagen in eine Geldstrafe von 60 Pfennig und dies wieder nach einem Verzuge von zweimal 14 Tagen; wenn dann die Auszahlung noch nicht erfolgt, so hat der Pfarrer das Recht die

Güter in Beschlag zu nehmen. Im Stiftbriefe ist nun auch angeführt,
wie wir oben schon in der Verbriefung von Georgitag vernommen
haben, dass die Spitalsgeistlichen dem Pfarrer keine Eingriffe in seine
geistlichen Rechte machen und in der Pfarrkirche an Festtagen vor-
und nachmittags in ihren Chorröcken erscheinen sollen. Dem Pfarrer
räumt auch der Stifter die Gewalt ein, über ordentliche Verrichtung
der Gottesdienste in der Spitalskirche zu wachen und darob zu
sein, dass die Kapläne ihm in allen ziemlichen und billigen Sachen
gehorsam seien und einen ordentlichen priesterlichen Lebenswandel
führen; hierin soll der Graf von Schaunberg als Erbvogt des Spitales
den Pfarrer schützen und schirmen[1].)

Es stellte sich aber bald wieder heraus, dass die vier gestifteten
täglichen Messen und anderes nicht hinreichend dotiert waren, denn ein
Jahr darauf erneuerte Benedict Schifer diese Stiftung mit Urkunde
vom 18. April 1463 und hat selbe reichlich ausgestattet. In diesem
Stiftbriefe erwähnte Benedict die vielen Verdienste, welche sich seine
Vorfahren und auch sein Vater Sigismund um die Gründung, Erbauung
und Stiftung des Spitales erworben; da aber die geistliche Stiftung
nicht genugsam dotiert und daher auch die gestifteten geistlichen Verrichtungen nicht alle »vollbracht« wurden, so widmete er zu diesem
Zwecke Gilten von vielen Höfen und Gütern. Drei Viertheile davon
sind neu zur Stiftung gekommen, der Rest war schon von seinen
Vorfahren gestiftet worden; alle sind Benedicts lediges freies Eigen
und zwar der Hof und die Hube Inezing, das Fischlehen zu Hueb,
ein Gut daselbst, da der Jörg aufsitzt, ferner die Mühle und ein Gut
daselbst, da der Kayser und eines, da der Paneraz aufsitzt, ein Gut
in der Leutten, ein Holz am Oedberg, ein Hof am Tittenberg,
ein Gut am Irmfriedsberg, eines zu Hilpretsberg, eines zu
Sickling,[2]) eine Hube im Thal, ein Gut am Hayberg, eines zu
Kappling, ein Hof zu Rathwald, einen zu Vesting, ein Gut zu
Bernroith, eines am Letten, zwei Güter auf dem Kreutz, eines
zu Wörgling und die Mühle daselbst, ein Gut zu Hugenberg,
eines zu Meyßburg, der Maierhof zu Estenau und der Naybachhof, ein Gut zu den Mairn, da der Schneider aufsitzt, eines
zu Lueling, da der Kastner aufsitzt, die Waid am Schiferwald,
Aecker und Wiesen zu Stainbruck, die Geißerwies, der Zehent,
klein und groß, auf der Kalbenhueb, zu Hilpretsberg; den vierten

[1] 1462 26. April, a 1. Siegler Graf Bernhard von Schaunberg der ältere
und Benedict Schifer. Libellurkunde.

[2] Auch Sickling. Jetzt Sittling.

Theil des Zehent zu Insing auf dem Hof, der nach Schaunberg gehört, auf dem Mittelhof und auf dem halben Hof zu Inczing und auf dem Schefftopl; zwei Güter zu Baumgarten, eines zu Pirnleithen, ein Hof zu Lindenberg und zu Steinbruck, ein Gut und eine halbe Mühle zu Prenning, ein Gut zu Unterstetten und eines zu Würgeldorf, ein Hof zu Reischau, ein Gut zu Taufkirchen und zu Hohenberg, die Kettmühle, ein Gut zu Brandstatt, zwei Huben zu Wallischhausen, ein halber Hof zu Antessen, ein Gut zu Strántzing und eines am Gled, der Lueglhof, ein Gut zu Nimmerfallsberg; eines zu Pichl und eines zu Stadel zu Aich, ein Hof zu Hofmanning, ein Haus im Neumarkt und der Zehent zu Aich.

Diese Güter sollen bei dem Gotteshause und dem Spitale zu Eferding gänzlich frei, ledig und ewig bleiben, der jeweilige Spitalmeister und Verweser soll den jährlichen Dienst davon einnehmen, volle Gewalt darüber haben, von denselben keine unbillige Forderung machen oder sie weiter besteuern. Wäre aber, dass diesen Gütern eine Landsteuer auferlegt würde, dass die Kirche baufällig oder die Ornate mangelhaft würden, so mag der Spitalmeister die Auslagen dafür, wie von anderen Gütern des Spitales, dem jeweiligen Erbstifter nach altem Herkommen aufrechnen; er selbst behalte sich aber für sich und seine Nachfolger von diesen Gütern das Siegelgeld bevor, welches immer dem älteren aus seinem Stamme, dem Erbstifter, verrechnet werden soll, doch dürfe dasselbe von einem Gute oder Stücke einen rheinischen Gulden nicht übersteigen. Von den Gilten dieser obengenannten Stücke und Güter, welche er Benedict gewidmet, sowie auch von denjenigen, welche seine Vorfahren zum Spitale gegeben, soll der Spitalmeister zu jeder Quatember dem obersten Kaplan 24 Pfund Pfennig, in Eferding gangbarer Münze, zusammt den Zehent und anderen Stücken geben, dafür soll derselbe drei fromme und wohlgelehrte Priester bei sich haben, welche den Gottesdienst in allen Artikeln, Singen und Lesen vollbringen, wie die Stiftbriefe besagen. Der Pfarrer zu Eferding soll vom Spitalmeister jährlich 3 Pfund 16 Pfennig zur Entschädigung für den Entgang des Opfers und des Seelgeräthes erhalten, ferner soll derselbe für das Singen der Aemter und der Vesper, für die Haltung der Kirchweihe und aller Jahrtäge in der Spitalskirche nach dem Laut der Stiftbriefe jährlich 7 Pfund 60 Pfennig bekommen. Des Spitalmeisters Pflicht ist es auch, für die Kelche und den Ornat und, was sonst zum Gottesdienste gehört, Vorsorge zu tragen und gut zu bewahren. Die Grafen von Schaunberg, als Erbvögte des Spitales, werden angegangen

4

Schützer und Schirmer des Spitales zu sein und auch darüber zu wachen, dass die Stiftung und der Gottesdienst keine Abnahme erleide.[1])

Bischof Ulrich von Passau approbierte bald darnach die mit Zustimmung des Vogtherrn Grafen Bernhard von Schaunberg und des Pfarrers Ulrich Teinstorfer von Eferding erweiterte und reichlich dotierte Stiftung von den vier täglichen Messen in der Spitalskirche, und zwar auf den Marien-, Katharinen-, Barbara- und den heiligen Siegmund- und Benedict-Altar.[2])

Mit dieser Stiftung des Benedict Schifer schließt das mehr erwähnte Urkunden-Libell ab. Es enthält vornehmlich die Abschriften der Stiftbriefe für das Spital-Beneficium und auch das Ertragnisverzeichnis für dasselbe und das Spital, welch letzteres wir zum Schlusse bringen werden.

Von der Zeit Benedicts findet sich noch einiges urkundliches Materiale, welches auf die Spitalskirche und das Spital Bezug hat und das wir im nachfolgenden anführen wollen. Der zunächstfolgende Erbrechtsbrief bezieht sich auf ein Gut, welches im Jahre 1463 zu den vier täglichen Messen gestiftet wurde.

1462 12. Mai. Benedict Schifer, Erbstifter des Spitales zu Eferding, verleiht anstatt des Gotteshauses der Kapelle daselbst das Erbrecht auf seinem Gute zu Hueb in der Waizenkirchner Pfarre Pankrazen, gesessen darauf, und Barbara, seiner Hausfrau. — Dienst davon 11 Schilling Wiener Pfennig, im Verzugsfalle 72 Pfennig Strafe, in Veränderungsfällen ein halbes Pfund Pfennig und in das Spitalstift jährlich zwei Hennen. Siegler: Benedict Schifer. Original Spitalarchiv.

1469 27. Februar. Kaufbrief des Paneraz Rorer und Elsbeth, seiner Hausfrau auf Ritter Benedict Schifer anstatt des Frauen-Gotteshauses des Spitals um ihren Stadl, Grund und Boden vor dem Welser Thor gelegen und ist freies Eigen. Siegler: Paneraz Rorer und Wolfgang Gässlein, Landrichter im Aschachwinkel. Original Spitalarchiv.

1480 5. December. Ursula, des Bürgers Hansen Heugl zu Eferding Hausfrau, verkauft den von ihren Eltern ererbten Landacker auf der Harras beim Kreuz und an dem Graben zunächst des Herfurtter Breiten und besteht aus 16 Aeckern, an Stephan Frey und Clara

---

[1]) Libellurkunde vom 18. April 1463 s. l. Siegler: Benedict Schifer, seine Vettern, Freunde und Schwäger, Siegmund Kirchberger, Wolfgang von Maillerstorf, Christoph der Hohenfelder, Bernhard Seissenecker und Tiboldt der Aschpan.

[2]) 1463 27. Mai Passau. Copie, Spitalarchiv.

seiner Hausfrau. Burgrechtsdienst davon zu St. Niklas an das Spital 45 Pfennig. Siegler: Benedict Schifer, Erbstifter. Original Spitalarchiv.

1492 17. Februar. Die Geschwister Ulrich, Peter und Elsbeth, weiland Jörgen Eglensfurtter auf der Mühle zu Eglesfurt an der Aschach in Waizenkirchner Pfarre und Peuerbacher Landgericht gelegen, und dessen seligen Hausfrau Margaret Kinder, verkaufen diese von ihren Eltern ererbte Mühle dem Ritter Benedict Schifer zu Freiling für das Spital zu Eferding. Siegler: der 'edle' Andrä Lustenekher; Zeugen: Matthäus Straubinger, Stadtschreiber in Eferding, Hans Entregsper, Bürger daselbst, und Stephan Obermaierhofer am Strahen. Original Spitalarchiv.

1493 18. August siegelt Ritter Benedict Schifer mit Siegmund Stadler zu Rappen, Pfleger auf der Stauf, einen Stiftbrief des Caspar Hartinger zur Pfarrkirche Eferding. Original Pfarrarchiv.

1496 20. December vererbrechtete wieder Benedict Schifer das Gütlein zu Boxham dem Lienhard Topler, Weber und Margaret dessen Hausfrau, wovon der Spitalskirche ein halbes Pfund Pfennig Dienst und jährlich zwei Stiftshennen und an Auf- und Abfahrtsgeld je 60 Pfennig zu entrichten waren. Original Spitalarchiv.

Auch wollen wir hier die Güter erwähnen, welche im Schaunberg'schen Lehenbuche unter dem Jahre 1476 als Lehen vom Grafen Ulrich von Schaunberg für Benedict Schifer verzeichnet sind, und zwar den Steinhauserhof zu Mitterbachham, den Oberhof zu Anntenheim (?), ein Gut zu Obernroit, eines an der Wies, den Hof zu Parzheim, zwei Güter zu Hachelham, je eines zu Kelhering, an der Oed, zu Au, zu Mittern—Hartheim und zu Heresing, den Zehent im Gruenpach und halben Zehent von dem Flewgenhof und dann folgende Zehente: von dem Gut an Petzlberg ganzen Zehent, an der Hub im Sieghartswang halben Zehent, zu Wörtingen ganz, am Stadl da Per aufsitzt ganz, vom Hundshof zu Hacking halben Zehent, vom Singerhof daselbst halben Zehent, vom Gut zu Dorf halben Zehent, von dem Bau und Aeckern, so zu dem Haus gehören, gelegen zu Aschach zunächst Konraden Drekaurs, halbenZehent, vom Gut zu Hohenwarth, vom Dew (?), da Vl aufsitzt, halben Zehent, von der Hohenwiren von zwei Gütern je halben Zehent; alles in Hartkirchner Pfarre und Aschachwinkel-Gericht. Zu Weppach und vom Hubner ein viertel Zehent, vom Schneider zu Aschach von einem Gut halben Zehent und von dem des Peters daselbst halben Zehent.[1]

[1] Fürstliches Archiv Eferding.

Aus den Urkunden-Regesten wollen wir über die Thätigkeit Benedicts anführen: einen Ablassbrief vom 10. August 1464 vom Bruder Heinrich *Fratrum minorum* für Benedict Schifer und seine Hausfrau Dorothe; ferner einen Vermächtnisbrief vom 11. November 1473 um ettliche Stuck, Güter und Zehent, ausgehend von Benedict Schifer und lautend auf seine Hausfrau Dorothe; dann einen Kaufbrief am 27. September 1493 um eine Brandstätte, wovon jährlicher Burgrechtsdienst in das Gericht 14 Pfennig und 1 Heller und dem Spitale 4 Schilling Pfennig zu geben waren, ferner einen Erbrechtsbrief vom 19. Juni 1496 das Gut am Gled betreffend.

Von seinem weiteren Wirken im Kriege und im Frieden und auch von seiner politischen Thätigkeit wollen wir noch Nachstehendes anführen.

Benedict brachte einen großen Theil seines Lebens in Spanien zu, wo er im Dienste des Königes Alfons von Arragonien, welcher sich auch König beider Sicilien nannte und erhielt von demselben wegen seiner Tapferkeit im Kampfe gegen die Mauren im Jahre 1451 den Ritterorden der *Stola Amprisia* (Mäßigkeit), auch ertheilte ihm derselbe König die Befugnis, diesen Orden auch an vier Personen beiderlei Geschlechtes zu verleihen.[1]

Von seiner brauchbaren Verwendung in politischer Beziehung zeigt seine im Jahre 1451[2] erfolgte Ernennung zum Verweser der Landeshauptmannschaft von Oberösterreich. Unter König Ladislaus Posthumus, der im Jahre 1452 die Regierung auch von Ober- und Niederösterreich übernahm, wurde Benedict im Jahre 1455 in dieser unruhigen und wirrevollen Zeit in Gesandtschaft an den Erzbischof zu Salzburg, an den Bischof zu Passau und an die Herzoge in Bayern geschickt. Im Jahre 1478 war er mit anderen Landleuten ob und unter der Enns Mitfertiger einer Verschreibung von 100.000 Gulden,

[1] Der Orden der Mäßigkeit *(nota temperantiae)* wurde vom Könige Alfons (+ 1458), dem mütterlichen Oheim der Kaiserin Eleonore, Gattin Kaiser Friedrich III., zu Ehren der heiligen Jungfrau gestiftet. Das Ordenszeichen bestand aus einer weißen Stola, häufiger aus einer Kette, die aus Kanten, aus welchen drei Blumen sprießen, gebildet ist. Das Hauptstück der Kette ist ein Medaillon, mit der auf einem Halbmonde stehenden Mutter Gottes, die am rechten Arm das Jesukind, mit dem linken den Scepter hält. An diesem Medaillon hängt mittelst eines Kettchens ein geflügelter Greif, der ein Spruchband hält, darauf die auf die Mäßigkeit bezügliche Devise des Maßhaltens steht. Heffert, Jahrbuch VI. 74. In Hohenek II. 325 ist das über diese Ordensverleihung vom Könige Alfons ausgestellte Diplom vom 7. Mai 1451 vollinhaltlich abgedruckt.

[2] In Hoheneck l. c. II. 325. ist die Urkunde vom 7. Mai 1451 davon vollinhaltlich abgedruckt.

welche Kaiser Friedrich dem Könige Mathias von Ungarn zu zahlen sich verpflichtete. Als im Jahre 1481 in dem Kriege des Kaisers Friedrich mit König Mathias eine Schar von Ungarn schnell von Yps bis an die Enns heraufgerückt war und sich da verschanzen wollte, wurde das Aufgebot zu Fuß und zu Pferde, welches sich in Wels versammelte, schnell an die Enns hin befohlen; die Oberleitung über diese Truppen hatte Bernhard von Scherfenberg, [1] und Benedict Schifer war auch einer der Befehlshaber derselben. [2]) Im Jahre 1486 war er nebst Bartholome von Starhemberg und Siegmund von Pollheim kaiserlicher Commissär in dem Zwiespalt des Landeshauptmannes mit denen von der Stadt Steyr wegen der von letzterer verweigerten Landsteuer für die Unterhaltung der Dienstleute. Als im Jahre 1487 die Friedensunterhandlungen mit König Mathias von Ungarn sich zerschlugen, wurde doch im folgenden Jahre im September eine Uebereinkunft getroffen, vermöge welcher der Waffenstillstand bis Frohnleichnam 1489 verlängert und dem Könige von Ungarn 9000 Ducaten (nach andern 8000 [ein Ducaten = 10 Schilling Pfennig]) in die Bastei zu Tettau (Tettauer Schanze) zu liefern versprochen wurde. In dem hierüber ausgestellten, mit 16 Insiegeln versehenen Bürgschaftsbriefe war auch Benedict Schifer nebst dem Propsten Leonhard von Sanct Florian, dem Grafen Georg von Schaunberg und mehreren anderen adeligen Herren Mitfertiger dieser Urkunde. Im Jahre 1491, am Mauritiustage, war er Beisitzer des Gerichtes in Linz, als Kaiser Friedrich III. die Stadt Regensburg in die Acht erklärte. [3]) In seine Zeit fällt auch die Stiftung der noch bestehenden zwei Beneficien Sanct Michael und St. Andrä, ersteres stiftete im Jahre 1480 der Pfarrer Matthäus Holzleitner von Eferding, und das zweite im Jahre 1488 Leonhard Burgholzer, Priester des Bisthumes Passau und Bürgerssohn von Eferding. Auch bestand damals schon lange das heilige Geist-Beneficium in Eferding, denn schon im Jahre 1420 wird Huebmer Martin als Kaplan urkundlich angeführt. [4]) 1496 war Pancraz

---

[1]) Urkunden-Regeste vom 12. April 1499 erwähnt einen Kaufbrief über eine Hofstatt zu Eferding vor dem Welser Thor auf dem Graben neben dem Garten dabei, welche dem Bernhard von Scherfenberg dienstbar war.

[2]) Huhoneck l. c. II. 327, Pritz, Geschichte von Oberösterreich II. 167.

[3]) Hohenerk l. c. II, 328.

[4]) Kopal l. c. S. 69 setzt fälschlich für die Stiftung des heiligen Geist-Beneficiums durch Eras und Georg von Kirchberg das Jahr 1478 an. Richtig und urkundlich erwiesen ist aber, dass die vorgenannten Kirchberger im Jahre 1477 zu diesem Beneficium nur ein Haus gegen ein Seelenamt stifteten, nicht aber das Beneficium selbst; das Stiftungsjahr desselben ist nicht bekannt.

Spitzel Kaplan desselben; dazu kam auch noch das, unbekannt wann, von den Herren von Pirching gestiftete Allerheiligen-Beneficium; es waren also mit Ausgang des 15. Jahrhundertes mit dem Pfarrer, seinem Kaplan und einem Frühmesser an der Pfarre, mit den vier vorgenannten Beneficiaten, den vier Schifer'schen Geistlichen an der Spitalskirche und den zwei Beneficiaten von der St. Margaretenund der St. Magdalena-Stiftung eben daselbst, im ganzen 13 Priester in Eferding.

Siegmund Schifer und sein Sohn Benedict waren unstreitig die größten Wohlthäter und Mehrer der Einkünfte des Spitales und der damit verbundenen geistlichen Stiftung; letztere erlangte durch sie den endgiltigen Abschluss; im nächsten (16.) Jahrhundert erlitt selbe aber infolge der ungünstigen Zeitverhältnisse und insbesondere durch die eingetretene Kirchenspaltung bedeutende Abnahme nach allen Richtungen hin. Benedict hatte, wie sein Vater seinen Stammsitz in Freiling; er verehelichte sich im Jahre 1454 mit Dorothe Aspan von Haag, einer Tochter des Tihold Aspan zu Hartheim, und Ursula, geborne Zeller von Riedau, welche ihm nebst einer Tochter Margaret, die 1519 Klosterfrau zu St. Maria Magdalena in Wien gewesen, noch vier Söhne Alexander, Wernherr, Wolf und Siegmund schenkte. Benedict starb am Mittwoch nach Michaeli 1499 und wurde in Eferding in der Spitalskirche beigesetzt. Sein marmorner Grabstein[1]) befindet sich unter dem »Barbara-Altar oder der Kanzel« und hat folgende Inschrift:

Hie ligt begraben der Edl
und gestrenge Herr Benedikt
Schifer von Freyling Ritter
der gestorben am Mitwoch nach
Michaeli Anno MCCCCXCIX.

* * *

Wir bringen nun jenen Theil des Libells, welcher das Verzeichnis der Dienste, Gilten, Burgrechte und Zehente des Spitales und dessen Gotteshauses, sowie auch die Vorschriften und Bestimmungen über die Verköstigung der armen Leute im Spitale enthält, welchen Angaben wir auch das Urbar des Siegmund Schifer und

---

[1]) Abbildung in Helferts Jahrbücher VI. 75 und Zeichnung Nr. 47 im Linzer Museum. Der Stein trägt die Jahreszahl 1523, wahrscheinlich die Zeit seines Entstehens; die dritte Zeile der Inschrift, die wir Pfarrschriften entnahmen, ist in den Boden versenkt.

das Verzeichnis jener Güter, welche seiner Gemahlin Breid, der Kirchbergerin, gehörten, anschließen werden. Wir werden möglichst den
Wortlaut dieser Aufschreibungen anführen.

Hie ist vermerkt der Dienst und die Gilt des Spitales zu Eferding.

Item ein Hof in dem Holz bei der Inn dient 24 Metzen Korn, ebensoviel Hafer und 6 Schilling Pfennig oder ein Schwein, 4 Gänse
und 8 Hühner, 12 Käse zu Ostern, Pfingsten und zu Weihnachten, jeden für 5 Pfennig, zu Ostern 10 und 3 Schilling Eier,
zu Pfingsten ebensoviel, 20 Pfennig für Brot und geht mit
2 Hühner in die Stift.

- König Zimmermann von seinem Haus 1 Pfd. Pfg.

- der Hof zu Polsenz dient 30 Metzen Korn und ebensoviel
Hafer, 1 Pfd. Pfg. oder ein Schwein, 3 Gänse, 8 Hühner, zu
Ostern 3 Schill. Eier und 4 Käse zu Pfingsten und zu Weih-
nachten, jeden für 4 Pfg., 8 Pfg. für Brot und 2 Stifthennen.

- ein Gut zu Breitenaich, da ehemals der Graf aufgesessen
war, dient 14 Schill. Pfg., zu Ostern 3 Käse, jeden für 3 Pfg.,
30 Eier zu Pfingsten, ebensoviel zu Weihnachten und auch
3 Käse, für Brot 8 Pfg, einen Lempersbauch (Lammsbauch), ein
Sehet Haar (etwa 20 Reisten Flachs) und geht mit 2 Hühnern
und zwei Fuder Holz in die Stift.

- am Sickenfurt auf dem Bühel 12 Metzen Korn und ebensoviel Hafer und von der Wiese daselbst 10 Schill. Pfg., zum
Frauentag 2 Hühner und zu Weihnachten 2 Käse, jeden für
3 Pfg., für Brot 3 Pfg. und zu Ostern und zu Pfingsten 4 Käse.

- daselbst drei Wiesen, die eine die Petzenhulgen, die andere
unter dem Berg und die Griespoint, die fechsnet man zu
dem Spital.

- der Siechhof bei der Stadt 40 Metzen Korn und 1 Muth Hafer.

- eine Wiese in der Lengau, drei Tagwerke, 3 Pfd. Pfg.

- der Angerhof zu Inn dient 24 Metzen Korn und 6 Schill. Pfg.
zu dem Jahrtag und vier Tagwerke mit seinem Zug, im Herbst 2,
im Lansing (Frühjahr) 2 und 2 Stifthühner.

- eine Mühle zu Eglsfurt dient 24 Metzen Korn, zu Ostern
3 Käse, zu Pfingsten 50 Eier, zu Weihnachten 3 Käse, jeden
für 3 Pfg., für Brot 12 Pfg., 2 Gänse nnd 8 Hühner und geht
mit 2 Hühnern in die Stift.

- ein Gut. die Schobersgruh, dient 2 Pfd. Pfg. und 2 Stifthühner

Item von der Wiese in Muspolling 28 Pfg. in der Waizenkirchner Pfarre.

‚ eine Point in der Reyt in der Peuerbacher Pfarre dient 32 Pfg. und eine Henne.

‚ ein Gut an dem Hayberg dient 1 Pfd. Pfg. mit 2 Stifthühnern.

‚ das Eigen, genannt Pürstendopl, dient 8 Schill. Pfg. und 2 Stifthühner.

‚ ein Hof zu Reyting dient 67 Pfd. Pfg., zu Ostern 4 Käse, jeden für 12 Pfg. und 1 Pfd. Eier zu Pfingsten, ebensoviel Käse und Eier zu Weihnachten und geht mit 2 Hühnern in die Stift.

‚ ein Gut in Poxheim 1 Pfd. Pfg. und 2 Hennen.

‚ ein Gut zu Aichendoppel dient 1 Pfd. Pfg., zu Ostern 3 Hühner, 50 Eier und 3 Käse, jeden für 4 Pfg., zu Pfingsten ebensoviel, zu Weihnachten 3 Käse, für Brot 6 Pfg. und 2 Stifthennen.

‚ das Freithoflehen zu Kirchstetten in der Ofteringer Pfarre dient 16 Metzen Korn und 15 Metzen Hafer und 16 Schill. Pfg. für kleinen Dienst und 2 Stifthennen.

‚ ein Gut zu Pratzdorf dient 6 Schill. Pfg. zu dem Jahrtag.

‚ ein halbes Gut zu Kelhering dient 1 Pfd. Pfg. zu der ersten Messe.

‚ zwei Güter zu Hachelheim dienen 6 Schill. Pfg. zu der Messe.

‚ ein halbes Gut zu Kapfenegg dient 30 Pfg. auch zu der Messe.

‚ von dem Haus gegenüber dem Spitale 13 Schill. Pfg.

‚ von des Rudlinger-Haus 1 Pfd. Pfg.

‚ von Steffleins Haus zu Aichaim 6 Schilli. Pfg.

‚ von zweien Brottischen gegenüber der Pfarre, je 60 Pfg.

‚ von einem Brottisch zunächst der Sondersiechen-Tisch, da der Saal jetzt darauf steht.

‚ von zweien Fleischbänken, die weiland Albrecht von Parzheim gewesen, und welche nun innehaben die Span, von der einen 3 Schill. und von der andern 50 Pfg.

‚ zwei Breiten, die wir haben gekauft von dem Wazinger.

‚ ein Zehent in dem Werd vorerst auf das Riedlpiehler-Lehen auf dem Rauschlehen und auf dem Weyrergut in dem Werd ganzen Zehent. Item auf des Wernzleins-Gut in dem Koth und auf dem Gut, das nach Engelhartszell gehört, je zwei Theile Zehent, item von dem Gut an der Leystatt, welches jetzt Hauslfischer innehat, ganzen Zehent, item von Gute des Heinzl Neustifter ganzen Zehent mit all seinem Zugehör, item

auf dem Pflanzgarten bei dem Rauschlehen, den innehat
der Pechmin Sohn, ganzen Zehent.

Item die Hagleithen dient 2 Pfd. Pfg.

- Herbst 6 Schill. Pfg.
- vom Jeklens Stadl und Acker 6 Schill. Pfg.
- Chunzl zunächst dem Herbst 6 Schill. Pfg.
- auf dem Pflanzgarten, welchen Hensel Emering innehat, ganzen Zehent.
- auf dem Pflanzgarten, der nach Wilhering gehört, und den jetzt Helmel Sohn innehat, ganzen Zehent.
- ein Acker bei dem Holzhof, den baut der Holzmann, davon gibt er den Drittheil.
- ein Pflanzgarten in dem Zainach gehört zu dem Spital und ein Krautgarten, genannt der Spitzgarten.
- bei dem Hinzenbach drei Joch Aecker und scheidet der Hinzenbach.
- eine Point vor dem Hulgenlah.
- ein Fidler Örn bei dem Hulgenlah.
- ein Acker in dem Feld zu Goldarn, baut der Siechmann um zwei Theil und ist ein Joch.
- ein Zehent von der Dachsbergerin, der weiland Albrecht von Parzheim gewesen ist.

Vermerkt die Burgrecht Eferding.

Item von dem Sandberger 2 Pfennig von einem Acker, liegt gegen den Lachhof

- Otlein ein Ort 1 Pfg. von einer Einfahrt.
- von Anderleins Vazrech Haus 15 Pfg.
- von des Enzlein Haus 16 Pfg.
- von des Säpplein Haus 10 alte Passauer Pfennig.
- vom Garten in dem Pröhl 24 Pfg., die innehat Stephl Leinbater auf dem Püchl.
- Thoml von Hart von einer Point in dem Pröhl 24 Pfg.
- Thoml unter den Bänken von seinem .... 3 Pfg.
- der Hauffner von seinem Hause 15 Pfg.
- von des Hieslein Haus 15 Pfg. und von diesem Hause soll der Pfarrer oder sein Verweser in dem Spital drei gesprochene Messen am Montag nach der Kirchweih für den Parzheimer verrichten.

Item Thoml von Hart von der Harras 3 Schill. Pfg., von Aeckern, welche im Felde des Eferdinger Pfarrers liegen und an des Holzhof Aecker floßen.

„ Hans der Wesch von zwei Leiten 6 Pfg. und liegen bei der Wolfsgrub.

„ die . . . . Faslin von ihrem Hause zu Dienst 4 Schill. Pfg.

„ Heinrich Hofmeister von seinem Hause 2 Pfg. und von demselben zu Burgrecht 1 Pfd. Pfg. und Dienstgeld zu Georgi 6 Schill. Pfg.

– drei Halbling Burgrecht von einem Acker vor dem Welser Thor in dem Feld zunächst des Lachmayr, den der Helmhart Schenab jetzt innehat.

Martin von Au hat geschaft auf des Bundschuhhaus 15 Pfg. um Oblaten in das Spital.

Item das Haus auf der Steingrub 16 Pfg.

– von dem Lößlein 3 Pfg. von einem Acker auf dem Wagrain.

– von dem Milchster 3 Pfg. von einem Hause.

„ von dem Bibersen 4 Pfg. von einem Acker.

– von der Wieserin von einer Hofstatt 3 Pfg.

– im Prühl von einem Gartl 1 Pfg.

– vom Thomln des Lößlein Bruder von einem Acker 11 Pfg.

„ der Kampner 15 Pfg. von der Hofstatt bei der Kirche.

‡ die Copensteinin von einem Garten, worauf der Stadel gestanden ist, 16 Pfg.

„ der Schick 16 Pfg. von seinem Garten.

– der Yll Prims 2 Pfg. von einem Landlein auf dem Wagrain.

– der Schneider bei dem Bach von seinem Haus 32 Pfg.

– Thoml Lößleins Bruder von zwei Ländern bei der Wolfsgrub 8 Pfg.

„ der Mann von Achalm von einem Gärtlein zu Inn 16 Pfg.

– von des Lederer Piterlein Haus 6 Pfg.

„ von des Zimmermann Friedlein Haus 6 Pfg. und liegen die vorgenannten Häuser auf des Weidenholzer-Garten.

– Michel Sünd von einem Acker auf dem Wagrain 2 Pfg.

– der Frey von Freyheim 1 Pfg. von einem Acker im Staudinger-Feld.

– der Posinger von einem Acker, der gegen den Hulgenloch liegt, 1 Pfg.

– Hänsl Pock 12 Pfg. von der Hofstatt gegen dem Scherhäufl und dem Scheichenfeld.

Item von einem Land 2 Pfg. und liegt vor dem niedern Thor gegen
den Lachhof, welches des Mühlknecht Kind innehat.

- 1 Pfg. von einem Land bei der Wolfsgrub nächst der Aschach
und hat es jetzt der Baumgartner inne.

- 8 Pfund Unschlitt von der vorderen Fleischbank, welche Bernhard
Pidermann innehat und 15 Pfg. von seiner eigenen Fleischbank.

- von der Stadtstätte zunächst des Hirslein Haus, die des
Albrecht von Parzheim gewesen und worauf jetzt zwei
Häuser stehen, 4 Pfg.

- Stephl Schönpichl 14 Pfg. von seinem Pflanzgarten.

- Irnolzberger 12 Schill., 6 Schill. zu dem Jahrtag und 6 Schill.
dem Pfarrer zur Widerlegung des Opfers bei der zweiten Messe.

- die Weberin vor dem Thor 7 Schill. Pfg.

„ Andre Maurer daselbst 7 Schill. Pfg.

- von des Fruhauf Haus vor dem Thor 2 Pfg.

- Brunnmayr zu Fraham von der Wiese zu Sickenfurt 8 Pfd. Pfg.

„ der Grieshof zu Hunzenbach dient ein Muth Korn, 45 Eier
zu Ostern und ebensoviel zu Pfingsten.

„ der Pointner von seinem Garten 24 Pfg.

Hier ist vermerkt, was ein Spitalmeister den armen Leuten
schuldig ist zu geben:

Item wenn man Fleisch isst um 6 Pfennig Fleisch; am Freitag und
sonstigen Fasttagen um 6 Pfennig Oel, am Samstag um 6 Pfennig
Käs und Schmalz, an Communion-Tagen soll er jedem von der
Sammlung geben einen Pfennig zu . . . .

„ zu St. Martin jedem ein Viertel Wein und ein Pfennigwerts
Semmel.

„ zu Weihnachten jedem einen Pfennig für eine Semmel und
ebensoviel für Käs.

- in der Faschingnacht ein Pfennig für Semmel und ein Viertel Wein.

- was am Charfreitag zu der Marter (Bildnis) gelegt wird, das
soll er alles unter die armen Leute theilen für die rechten zu
den Ostern (?) und jedem einen Pfennig für Käse und 10 Eier
geben, zu Pfingsten ebensoviel.

„ was die Sammlung Eier bringt, soll er getreulich unter sie theilen.

- was von den Schweinen Würst und Hochruck gefällt, soll unter
die armen Leute vertheilt werden.

„ was sie von der Milch zu Käs und Schmalz genießen wollen,
das soll ihnen zur Besserung ihrer Pfründe gegeben werden.

Item es soll ihnen auch der Spitalmeister zu Ostern ein Kalb geben.

„ zu St. Martinstag 8 Gänse, auch dem obristen Kaplan eine und ihm selber eine, soweit selbe von den Gütern geleistet werden können.

„ dem Pfarrer, dessen Gesellen und Schulmeister sollen der Kirchweih wegen 52 Pfg. gegeben werden.

„ was vom jungen oder alten Vieh des Spitales verkauft werden kann, das soll der Meier dem Spitalmeister übergeben und der Erlös davon unter Mitwissenschaft der Spitäler für diese selbst und das Spital nutzbringend angelegt werden.

„ was an Käs, Dienst- und Stifthühnern gegeben wird, das soll der Spitalmeister in Pfennigen abschätzen und wieder dem Spital nutzbringend anlegen.

„ soll der Spitalmeister von den dienstbaren Fleischbänken des Spitales jährlich am St. Michaelstag 15 Pfd. Unschlitt zu dem Nachtlicht für die Stuben der Spitäler geben.

„ wenn ein Armer im Spitale mit einiger Hinterlassenschaft stirbt, davon soll der Spitalmeister zuerst das Seelgeräth (Seelenmesse etc.) besorgen und das übrige unter die Armen sogleich vertheilen mit Ausnahme des Bettes mit Bettgewand, das soll stehen bleiben.

„ wenn einer der Armen sehr schwer krank wäre und sich nicht mehr vom Bette bewegen könnte und wenn der irgend eine Habseligkeit „in seinem Schreinlein« oder anderswo hätte, so ist der Spitalmeister verpflichtet, im Beisein der anderen Armen davon Einsicht zu nehmen und zum besten des Kranken dann zu verwenden. Sollte aber nach dessen Tode etwas übrig bleiben, so soll dies unter die Armen sogleich vertheilt werden.

„ soll auch der Spitalmeister alle Jahre 6 Metzen Waizen zu Kochmehl für die armen Leute brechen lassen und ihnen zu der Fastenzeit 8 Metzen Hafer zu Geyssliz (Haferbrei) und alle Jahre ein halbes Muth (15 Metzen) Kleien ihrem „Viechlach« geben, was von letzteren erübrigt wird, dessen Erlös soll dem Spital angelegt werden.

„ soll er auch am St. Andrätage 6 gemästete Schweine und 6 Pfund Pfennige von dem Erlös des erübrigten Hafer und der erübrigten Kleien kaufen, bleibt da etwas noch übrig, soll dieser Ueberschuss unter die Armen vertheilt werden, was früher nicht sein konnte, da man den Hafer und die Kleien ganz für die Schweine verfütterte.

Die nachfolgenden Vorschriften für die Verköstigung und für das leibliche Wohl der armen Leute im Spitale sind der Zeit nach später als die vorgehenden gegeben worden, enthalten meistens Wiederholungen derselben, aber doch auch einige neuere Bestimmungen und sind in einer bündigeren Sprache gegeben.

Hie ist vermerkt, was ein Spitalmeister den armen Leuten, deren allweg zwanzig in dem Spitale ohne dienendem Volke sein sollen, schuldig ist zu geben.

Item solle er alle vierzehn Tage sichern Metzen Korn mahlen und daraus fünfzig Laib Brot backen lassen, von diesen soll jeder arme Mensch zwei Laibe auf vierzehn Tage erhalten und mit den anderen 10 Laiben soll der Spitalmeister die zwei Knechte und die Dirn (Magd) auf die vorgenannte Zeit aushalten, sollte er zur Zeit der Robot und anderer nothwendiger Arbeit im Spitale damit nicht auskommen, so könne er zwei oder drei Metzen Korn mehr auf Brot verwenden.

Er soll auch alle Jahre 6 Metzen Waizen zu Kochmehl für die Armen brechen lassen und zur Fastenzeit acht Metzen Hafer zu Geisdiz (Haferbrei); reiche man damit nicht aus, so könne er auch mehr davon verwenden.

„ an Communion-Tagen 1 Pfg. für Semmel und 3 Pfg. für Wein erhalten.

„ am St. Mertentag soll auch wieder ein jeder Arme ebensoviel für Semmel und Wein und von den Dienst-Gänsen jeder eine Gans bekommen, so auch der Knecht, die Dirn, der Pfarrer im Spital und der Spitalmeister daselbst je eine Gans.

„ zu Weihnachten jedem armen Menschen 2 Pfg. für Semmel und Käs.

„ zu der Faschingnacht jedem 1 Pfg. für Semmel und 3 Pfg. für Wein.

„ was am Charfreitag zu der Marter an Brot und Eiern gelegt wird, das soll der Spitalmeister unter die armen Leute vertheilen.

„ soll jeder zu Ostern 1 Pfg. für Käse und dazu 10 Eier und zu Pfingsten ebensoviel bekommen.

„ soll der Spitalmeister den Armen jede Woche 52 Pfg. für Fleisch, Oel und Schmalz geben.

„ soll er auch jährlich am St. Andrätag 6 gemästete Schweine, eines zu 1 Pfd. Pfg., kaufen und diese und die Dienst-Schweine den Spitälern zur Kost geben und was von den Schweinen an Würsten und an Hochmuck gefällt, das soll auch unter dieselben vertheilt werden.

Item soll der Spitalmeister den armen Leuten alle Jahre zu Ostern ein Kalb geben.

„ was man an Vieh im Spitale, es sei junges oder altes, entrathen (entbehren) kann, das soll der Spitalmeister verkaufen und verrechnen.

„ wenn einer der armen Leute sehr schwer krank würde und sich nicht mehr verrühren könnte und wenn derselbe irgend eine Habseligkeit ‹in seinem Schreinlein› oder anderswo hätte, so soll der Spitalmeister im Mitbeisein der anderen Armen daselbst nachschauen und das Vorhandene zum besten des Kranken bis zum letzten Pfennigwert getreulich verwenden. Sollte aber nach dessen Tode etwas übrig bleiben, da soll der Spitalmeister zuerst das Seelgeräthe (Seelenmessen etc.) davon besorgen, das übrige aber sogleich unter die Armen vertheilen.

„ ebenso soll der Spitalmeister alles, was man entbehren kann, es seien Kleien, Heu Stroh, Grumet, Kraut, Pflanzen u. dgl. verkaufen und dann verrechnen.

Im nächstfolgenden Verzeichnisse der Giebigkeiten für die Spitalkirche sind mehrere dienstbare Güter angeführt, welche schon im Verzeichnisse der Gilten und Dienste für das Spital selbst vorkommen, von diesen Gütern hatte die Kirche nur theilweise Bezüge für Jahrtage und gestiftete Messen.

Hier ist vermerkt, der Dienst und die Gilt unserer Lieben Frauen Gotteshaus des Spitals zu Eferding.

Item Siechmayr bei der Stadt dient 40 Metzen Korn, 1 Muth (30 Metzen) Hafer und 2 Stifthennen und von der Grieswiese 2 Schill. Pfg.

„ ein Hof im Holz bei der Inn dient 24 Metzen Korn, ebensoviel Hafer, ein Schwein oder 6 Schill. Pfg., 4 Gänse, 8 Hühner, je 12 Käse zu Ostern, Pfingsten und zu Weihnachten, jeden zu 5 Pfg., zu Ostern 10 und 3 Schill. Eier, ebensoviel zu Pfingsten, 20 Pfg. für Brot und 2 Stifthennen.

„ ein Gut zu Sickenfurth auf dem Bichel, da der Beham aufsitzt, dient 12 Metzen Korn, ebensoviel Hafer, 2 Stifthennen und von einer Wiese daselbst 10 Schill. Pfg.

Item ein Hof zu Polsenz dient 30 Metzen Korn, ebensoviel Hafer,
1 Schwein oder 1 Schill. Pfg., 3 Gänse, 8 Hühner, zu Ostern
4 Käse, einen für 4 Pfg., 3 Schill. Eier, zu Pfingsten ebensoviel
Käse und Eier, zu Weihnachten 4 Käse, für Brot 8 Pfg. und
2 Stifthennen.

" der Grießhof zu Hunzenbach dient 15 Metzen Korn, ebensoviel Hafer, 2 Stifthennen und 32 Pfg. von einem Landacker.

" die obere Haglcithen dient 14 Schill. Pfg. und 2 Stifthennen,
die untere Haglcithen 60 Pfg. und 2 Stifthennen.

" der Angerhof zu Inn dient 24 Metzen Korn, 3 Schill. Pfg. für
kleinen Dienst und 2 Stifthennen.

" von einem Gut daselbst, da Bründtl-Fischer aufsitzt, 5 Schill.
6 Pfg. und 2 Stifthennen.

" Meudl zu Breitenaich dient 14 Schill. Pfg., 3 Käse, jeden zu
3 Pfg., und 8 Pfg. für Brot, zu Ostern und Pfingsten 3 Käse
und 30 Eier, 1 Lempersbauch, 1 Schct Haar, 2 Fuder Holz
und 2 Stifthennen.

" der Bauernberger (Pfarre Scharten) dient 2 Pfd. Pfg. und
2 Stifthennen, das Holz daselbst gehört besonders dem Spital
und wird zu Wid verwendet.

- ein Gut auf der Gölsenreit (Pfarre St. Marienkirchen) dient
12 Schill. Pfg. und zwei Stifthennen.

" Brunnmayr zu Fraham dient von der Wiese zu Sickenfurth
(Fraham) 8 Pfd. Schill. und 2 Stifthennen.

" ein Gut daselbst, da der Dietel darauf gesessen, dient 6 Schill. Pfg.
und 2 Stifthennen.

" die Wiese in der Lengau, welche der Binder zu Rudlaching
innehat, dient 3 Pfd. Pfg. und 2 Stifthennen.

" ein Gut vor dem Welser Thor, da der Parzheimer daraufsitzt,
dient 7 Schill. Pfg. und 2 Stifthennen.

" ein Gut daselbst, da Bernhard Peyerbek aufsitzt, dient 7 Schill. Pfg.
und 2 Stifthennen.

" ein Gut daselbst, da Jörg Messerer daraufsitzt, dient 6 Schill. Pfg.
und 2 Stifthennen.

" ein Gut daselbst, da Ulrich Messerer daraufsitzt, dient 6 Schill. Pfg.
und 2 Stifthennen.

" ein Gut daselbst, da Lienhart Zimmermann daraufsitzt, dient
6 Schill. Pfg. und 2 Stifthennen.

" ein Gut daselbst, da Michel Messerer daraufsitzt, dient 6 Schill. Pfg.
und 2 Stifthennen.

Item Jörg Fischmann von seinem Haus in der Stadt, das früher des
Rudlinger gewesen ist, dient 1 Pfd. Pfg.

" Laindl, von seinem Haus gegenüber dem Spitale, dient 13 Schill.Pfg.

" von des Steffen Schöttwampel Haus dient man 6 Schill. Pfg

" von einem Hause bei dem Schaunberger Thor dient man
3 Schill. Pfg.

" von einem Stadl daselbst dient man 32 Pfg.

" ein Gut zu Bratsdorf, darauf der Kaufmann sitzt, dient
4 Schill. Pfg. und 2 Stifthennen.

" das andere Gut daselbst dient 4 Schill. Pfg. und 2 Stifthennen.

" der Ortmayr zu Gelting dient 2 Pfd. weniger 60 Pfg. und
2 Stifthennen.

" der Schachermayr hinter dem Michel Oberhaimer gesessen, dient
von einer Wiese 14 Schill. Pfg.

" der Freithoffer zu Kirchstetten dient 16 Metzen Korn,
15 Metzen Hafer und 6 Schill. weniger 2 Pfg. für kleinen Dienst
und 2 Stifthennen.

" ein Gut zu Poxham dient 1 Schill. Pfg. und 2 Stifthennen

" ein Gut zu Pürstendoppel, da der Aschenbaum daraufsitzt,
dient 9 Schill. Pfg. und 2 Diensthennen.

" die Mühle zu Egelsfurt dient 24 Metzen Korn, zu Weihnachten
3 Käse, jeden zu 3 Pfg., für Brot 12 Pfg., zu Ostern 3 Käse
und 50 Eier, zu Pfingsten ebensoviel Käse und Eier, 2 Gänse,
8 Hühner und 2 Stifthennen.

" ein Gut, die Schobersgrub genannt, dient 2 Pfd. Pfg. und
2 Stifthennen.

" ein Gut am Hayberg dient 1 Pfd. Pfg. und 2 Stifthennen.

" Heinrich Mayr zu Reutting dient 11 Schill. 10 Pfg. und
2 Stifthennen.

" Hans daselbst 11 Schill. 10 Pfg. und 2 Stifthennen. Item dienen
alle drei 12 Käse, jeden für 12 Pfg., und 1 Pfd. Eier.

" ein Gut zu Hermansöd, da Lienhard, Simon und Hans aufsitzen, dient 1 Pfd. Pfg. und 3 Hühner, zu Weihnachten 3 Käse,
einen zu 4 Pf., für Brot 6 Pfg., zu Ostern 3 Käse und 50 Eier,
zu Pfingsten ebensoviel Käse und Eier und 2 Stifthennen.

" Brandtner von einer Fleischbank 2 Pfd. Unschlitt.

" von einer Wiese zu Moßpolting dient man 28 Pf.

" ebensoviel von einer Wiese, genannt die Schlechau, wie sie
mit Zäunen und Marken umfangen ist.

" ebensoviel von einer Wiese zu Raffelting bei dem Steg, wie
sie mit Zäunen und Marken umfangen ist.

Nachstehendes Verzeichnis enthält nur jene Güter, welche Benedict Schifer im Jahre 1463 zur Vollendung der vier gestifteten Messen widmete.

Das Amt Tuttenberg.

Ein Hof zu I n z i n g 9 Pfd. Pfg. und 2 Stifthennen.

Eine Hub daselbst dient 4 Pfd. 60 Pfg., 2 Stifthennen und 40 Pfg.

Einen Zehent daselbst.

Das Fischlehen zu H u e b dient 1 Pfd. Pfg. und 2 Stifthennen.

Jörig daselbst 8 Schill. Pfg. und 2 Stifthennen.

Eine Mühle daselbst dient 1 Pfd. Pfg. und 2 Stifthennen.

Das Kaisergut daselbst dient 10 Schill. Pfg. und 2 Stifthennen.

Pancraz daselbst dient 11 Schill. Pfg. und 2 Stifthennen.

In der L e i t e n dient 14 Schill. Pfg. und 2 Stifthennen.

Ödberg am Holz dient 32 Pfg.

Ein Hof zu T u t t e n b e r g dient 1 Pfd. Pfg., item 72 Pfg. für kleinen
  Dienst und 2 Stifthennen.

Am I r m f r i t z b e r g 1 Pfd. 44 Pfg. für kleinen Dienst und 2 Stifthennen.

Zu S i c k i n g dient 10 Schill. Pfg. und 2 Stifthennen.

Eine Hube im T h a l dient 11 Schill. Pfg. und 2 Stifthennen.

Zu H a y b e r g dient 14 Schill. Pfg. und 2 Stifthennen.

Ein Gut zu K ö p p l i n g dient 7 Schill. Pfg. und 2 Stifthennen.

Ein Hof zu R a t h w a l d dient 3 Schill. 60 Pfg. und 2 Stifthennen.

Maier zu V e s t i n g dient 22 Schill. Pfg. und für kleinen Dienst
  9 Schill. Pfg. und 2 Stifthennen.

Hernreitter dient 3 Schill. Pfg., für kleinen Dienst 44 Pf. und 2 Stifthennen.

Bernhard von einem L e h e n dient 3 Schill. Pfg., für kleinen Dienst
  44 Pfg. und 2 Stifthennen.

Hansl a m K r e u z dient 45 Pfg., für kleinen Dienst 22 Pfg. und
  2 Stifthennen.

Konrad daselbst dient 45 Pfg., für kleinen Dienst 22 Pfg. und 2 Stifthennen.

Möller zu W ö r g l i n g dient 1 Pfd. Pfg. und 2 Stifthennen.

Maier daselbst dient 6 Schill. Pfg. und 6 Schill. weniger 2 Pfg. für
  kleinen Dienst und 2 Stifthennen.

Hugenberger dient 2 Pfd. 10 Pfg. und 2 Stifthennen.

Zu M a y s p u r g dient man 60 Pfg. und 2 Stifthennen.

Am H i l b r e c h t s b e r g dient man 9 Schill. 10 Pfg. und 2 Stifthennen.

Maierhof zu Estenau dient 14 Schill. Pfg. und 2 Stifthennen.

Der Neybachhof dient 15 Schill. Pfg. und 2 Stifthennen.

Schneider zu Mairen dient 3 Pfd. Pfg. und 2 Stifthennen.

Zu Luegling dient 11 Schill. Pfg. und 2 Stifthennen.

Schiferwald dient 3 Schill. Pfg.

Zu Steinbruck dient man 20 Pfg.

Kramer zu Pewrbach dient 20 Pfg.

Die Gaysserwies dient 12 Pfg.

Den Zehent zu Hilprechtsberg und von der Kalbenhueb.

Item ein Gut zu Baumgarten dient 6 Schill. Pfg. und 2 Stifthennen.

Das andere Gut daselbst dient 6 Schill. Pfg. und 2 Stifthennen.

Die Pirnleiten dient 5 Schill. Pfg. und 2 Stifthennen.

Zu Lindenberg dient man 10 Schill. Pfg., 1 Pfd. weniger 6 Pfg. für
    kleinen Dienst und 2 Stifthennen.

Ein Hof zu Steinbruck dient 4 Pfd. 10 Pfg. und 2 Stifthennen.

Schneider zu Steinbruck dient 11 Schill. 20 Pf. und 2 Stifthennen.

Ein Gut zu Brenning dient 3 Schill. Pfg., für den kleinen Dienst
    46 Pfg. und 2 Stifthennen, das andere Gut daselbst dient 3 Schill.
    Pfg. und 46 Pfg. für kleinen Dienst und 2 Stifthennen.

Die Mühle daselbst dient 60 Pfg., für den kleinen Dienst 36 Pfg.
    und 2 Stifthennen.

Ein Gut zu Unterstetten dient 75 Pfg. und 2 Stifthennen.

Ein Gut zu Würgldorf dient 5 Schill. 12 Pfg. und 2 Stifthennen.

Ein Hof zu Rayschau dient 4 Pfd. Pfg. und 2 Stifthennen.

Von einem Haus zu Taufkirchen 1 Pfd. Pfg. und 2 Stifthennen.

Von Hohenberg dient man 28 Pfg. und 2 Stifthennen.

Von Brandstatt dient man 1 Pfd. Pfg., für den kleinen Dienst
    51 Pfg. und 2 Stifthennen.

Die Kathmühle dient 32 Pfg. und die Hub zu Walighausen
    dient ... Wißmayr daselbst .....

Zu Antessen dient man 12 Schill. Pfg., für Käse 48 Pfg. und
    2 Stifthennen.

Von Strantzing dient man 65 Pfg.

Maier von Hofmanning dient 2 Pfd. 60 Pfg., für kleinen Dienst
    1 Pfd. Pfg. und 2 Stifthennen.

Ein Haus in Neumarkt dient 7 Schill. Pfg.

Ein Gut am Gled dient 3 Schill. Pfg., für den kleinen Dienst 64 Pfg.
    und 2 Stifthennen.

Der Lueglhof dient 14 Schill. Pfg. und 2 Stifthennen.

Ein Nimmerfallsberg dient 3 Schill. Pfg., für den kleinen Dienst
    1 Pfd. Pfg. und 2 Stifthennen.

Den Zehent zu A i c h und vom Püchl.

Ein Gut am S t a d l dient 6 Schill. 9 Pfg., für den kleinen Dienst
60 Pfg. und 2 Stifthennen.

Vermerkt die jährlichen Burgrecht.

Vorerst vom Schreimair-Haus 1 Pfd. 2 Pfg.

Item von des Zimmermeister Haus 15 Pfg.

Ulrich Fleischhacker 2 Pfg.

Märtel Fleischhacker von seinem Infang 3 Pfg.

Aichinger von 2 Landäckern 1 Pfg.

Stephan Landauer von seinem Haus 2 Pfg.

Heinrich Sünd von des Hierßleins Haus in der Pfarrgasse 15 Pfg.

Lebzelter vor dem Schmidthor von des Eitzlein Haus 16 Pfg.

Hintergruber von seinem Pflanzgarten 14 Pfg.

Von des Koblinger Garten im Prüel 25 Pfg.

Von den Patzolten Garten 16 Pfg.

Wolfgang Puecher von einem Landacker und einer Wiese gegen des
Oberdorffer Stadel 1 Pfg.

Frei von F r a h a m von einem Landacker im Staudingerfeld 1 Pfg.

Schönzl von einem Landacker 3 Heller.

Stephan von A c h a i m von der Harras 3 Schill. Pfg. und von einer
Point im Prüel 19 Pfg. und von seinem Haus 6 Schill. Pfg.

Ulrich Münichmayr von einem Landacker gegenüber dem Lachmayr
2 Pfg.

Michel Wesch von 2 Landäckern bei der Wolfsgrub 6 Pfg.

Seltzbacher von seinem Haus 10 Pfg.

Bernhard Pösinger von seiner Breiten 3 Heller.

Weißhofer von einem Landacker vor dem Hillinglah 1 Pfg.

Jörg Füerter von seinem Haus 15 Pfg.

Von des Pocks Haus 12 Pfg.

Vermerkt die Zehent, die hernach geschrieben stehen und auch zu dem Spital gehören.

Item vonerst von dem Steger und von dem Läntlein[1] zu Goldarn,
auf jedem Gut halben Zehent, klein und groß.

 „ auf dem Galnberg halben Zehent von dem Grubmüller und von
dem König.[2]

[1] Der Stegerhof und der Loidl zu Gollern, Ortschaft Raffelding.

[2] Die große Wiese, welche begrenzt von der Linzer Straße und gegenüber der Grubmühle nach der Inn sich hinaufzieht, heißt noch jetzt die Königin,
der Hausname aber ist verloren gegangen.

Item von dem Oberdorfer in der Reut halben Zehent.

- von der Schlechau halben Zehent.
- von dem Ilcham auf der Leiten halben Zehent.
- auf der Grieswies halben Zehent.
- zu Siekenfurt auch halben Zehent.
- von den Wiesen, die die Brunmaier zu Fraham haben, halben Zehent.
- von dem Holzmaier halben Zehent.
- von dem Lachhof halben Zehent.
- auf der Harras des Pfarrers Aecker, die der Lachmaier baut, Oberall halben Zehent.
- auf des Ecker-Breiten auf der Harras halben Zehent.
- auf der Harras der Beham-Aecker halben Zehent.
- von des Geilspecken-Aecker auf der Harras halben Zehent.
- von den zwei Ländern auf der Harras, die des Brunmaier zu Fraham sind, halben Zehent.
- vom Dietel daselbst auf der Harras halben Zehent.
- von einem Land des Dorfmaier, stoßt an die Spitalbreiten nieder heran, halben Zehent.
- von der Point des Weishofer hinter des Eckers Aeker halben Zehent.
- von des Michel Wesch Aeckern ganzen Zehent.
- zu Taubenbrunn halben Zehent.
- vom Kölbel Fischer halben Zehent.
- Holzmaier Eidam daselbst halben Zehent.
- Michel Ruedlpichler bei des Sonnder Wiesen in der Au ganzen Zehent und was Aecker in dem Ruestl-Feld sind, die der Pichler hat, auch ganzen Zehent.
- was das Rauschlehen Aecker hat, ganzen Zehent.
- da der Prändl Fischer ist, halben Zehent.
- von des Oberdorfer drei Ländern, hinter des Siechmaier Point in demselben Feld, halben Zehent.
- auf des Herrn Thaman[1] Ländern daselbst halben Zehent.
- von dem Praitenaich ein Land bei dem Spizagattern halben Zehent.
- von des Schänzel in der Lederergasse Land bei dem Spizgattern halben Zehent.
- von der Rezerin Aecker, ob des Oberkirchers Wiese, halben Zehent und von des Siechmaier in derselben Point auch halben Zehent und hinter des Siechmaier Kasten von einer Point halben Zehent

[1] Wahrscheinlich der Spitalskaplan Thomas Koblinger. 1442 präsentiert von Siegmund Schifer.

Item von einem Land bei dem Perlein Hafner, das der Gättringer
innehat, ganzen Zehent.

- von des Dorfmaier Breiten bei dem Brunnen halben Zehent.
- von der Breiten des Michel Stötzner halben Zehent.
- von des Weishofer Land daselbst halben Zehent.
- auf dem Reithof in Alkofener Pfarre 2 Theile Zehent.
- von einer Breiten, die die Viträer innehaben, gelegen, da man
  in die Scharten geht, ganzen Zehent.
- von 6 Ländern in der Zwegurt im Staudingerfeld beim Frahamer-
  berg, niederhalb der Haarwies, ganzen Zehent.

* • •

Wir bringen nun das Urbar des Siegmund Schifer, welches
das Verzeichnis der dienstbaren Güter nach Pfarren abgetheilt enthält, was insoferne nicht mehr ganz zutrifft, da seit der Zeit der
Zusammenstellung des Urbars manche Pfarrbezirke Veränderungen
erlitten; so zum Beispiel ist der jetzige Pfarrbezirk Scharten erst in
den Achtzigerjahren des vorigen Jahrhundertes von der Pfarre Eferding
abgetrennt worden; es wurden auch von derselben Pfarre die Ortschaft Lengau der Pfarre St. Marienkirchen, dann die Ortschaften
Obergallsbach, Daxberg, Weinberg und Gschnarret der Pfarre Prambachkirchen, dann Mitterstroheim und Stroheim der Pfarre Stroheim
zugetheilt, sowie auch zu dieser letzteren Pfarre die Ortschaften
Kolbing, Mayrhof, Schnellerstorf, Windischdorf und Wögern von der
Pfarre Hartkirchen kamen u. s. w.

**Hie ist vermerkt, was ich Siegmund Schifer zu Freyling und
die Zeit Pfleger zu Schaunberg (von 1433—1440) Urbar hab.**

In der Ofteringer Pfarre liegen:

Vorerst der Innerhof zu Freiling dient zu unser lieben Frauentag
der Dienstzeit 42 Metzen Korn, 1 Muth Hafer, 1 Pfd. Pfg. für
1 Schwein, 4 Hühner, 2 Gänse, zu Weihnachten 4 Käse, jeden
zu 4 Pfg., für Brot 16 Pfg., zu Ostern 4 Käse und 50 Eier, zu
Pfingsten ebensoviel Käse und Eier und 2 Stifthennen.

Item der Eberl vorm Holz dient 16 Metzen Korn, 8 Metzen Hafer
und 2 Stifthennen.

Der Rendl in der Rend dient 12 Metzen Korn, 8 Metzen Hafer
und 2 Stifthennen.

Item dritthalb Tagwerk Wiesmad niederhalb Oftering auf der
Wies.

Das Schenkhaus zu Oftering dient 1 Pfd. Pfg., von der Reut
¹/₂ Pfd. Pfg. und von jedem Dreiling Wein 32 Pfg. nach Aussag
seines Briefs.

Ein Gut daselbst, da der Schmied darauf gesessen, 8 Schill. Pfg.,
2 Stift- und 2 Diensthennen.

Ein Gut daselbst bei dem obern Gattern dient 1 Pfd. Pfg. und
2 Stifthennen.

Ein Acker auf dem Pürichenpichl.

Item ein Acker und Wiesmad auf der Koblreut dient 1 Pfd. Pfg.

Der Steinhauserhof zu Mitterbachhaim dient 36 Metzen
Korn, 42 Metzen Hafer, 4 Hühner, 2 Gänse, 1 Schwein für
¹/₂ Pfd. Pfg., zu Weihnachten 2 Käse, jeden für 6 Pfg., für
Brot 18 Pfg., 2 Faschinghühner, zu Ostern und zu Pfingsten
je 4 Käse, 5 Schill. Eier und 2 Stifthennen.

Item ein Gut daselbst dient 12 Schill. Pfg. und 2 Stifthennen.

Das Eigen zu Kirchstetten dient 24 Metzen Korn, 18 Metzen
Hafer und 2 Stifthennen.

Ein Eigen daselbst, da der Schuster jetzt daraufsitzt, dient 1 Pfd. Pfg.,
2 Hühner, zu Weihnachten 2 Käse, jeden für 3 Pfg., für Brot
3 Pfg., zu Ostern und zu Pfingsten 4 Käse, 30 Eier und
2 Stifthennen.

Ein Lehen daselbst dem Freithof über dient 1 Pfd. Pfg. und 2 Stifthennen. Item den Zehent auf dem Lehen.

Item den Zehent zu Kirchstetten auf allen Eigen und zu Haus-
leithen auf einem Eigen.

Item an der Wies auf 2 Huben den kleinen und großen Zehent.

–   im Marktgraben einen Zehent.

–   ein halber Hof, ein Lehen, dient 16 Metzen Korn, 16 Metzen
Hafer, 4 Hühner, 2 Gänse, 1 Pfd. Pfg. für 1 Schwein, zu
Weihnachten 2 Käse für 8 Pfg., für Brot 12 Pfg., zu Ostern
und zu Pfingsten 4 Käse, 1 Pfd. und 10 Eier und 2 Stifthennen.

Der Hof zu Irmstein dient 40 Metzen Korn und 20 Metzen Hafer,
4 Hühner, 2 Gänse, zu Weihnachten 12 Pfg. für Brot, zu
Ostern und zu Pfingsten 8 Käse, jeden zu 4 Pfg., 3 Schill. Eier
und 2 Stifthennen.

Der Hof zu Nieder-Perwend, da der Pichlmayr darauf gesessen,
dient 30 Metzen Korn und ebensoviel Hafer, 4 Hühner,
2 Gänse, zu Weihnachten 12 Pfg. für Brot, zu Ostern und
Pfingsten 8 Käse, jeden für 3 Pfg., 1 Pfd. Eier und 2 Stifthennen.

Item ein Tagwerk Wiesmad auf der Hohereng.

Ein Gut zu Prüesching dient 6 Schill. Pfg. und 4 Hühner, zu
Weihnachten 2 Käse, jeden für 3 Pfg., für Brot 4 Pfg., zu
Ostern und Pfingsten 4 Käse, 50 Eier und 2 Stifthennen.

Ein Haus zu Kirchstetten, zunächst am Aigner, dient 60 Pfg. und
2 Stifthennen.

Zu Burgrecht ein Huhn, Safran und Stupp für 2 Pfg. von den
Breiten und Gründen, die weiland gewesen sind Thoman des
Sandberger, und da jetzt die Häuser vor dem Welser
Thor (in Eferding) darauf stehen.

Der Schmidhof zu Pulsing dient jährlich 36 Metzen Korn, ebensoviel Hafer, 1 Pfd. Pfg. für 1 Schwein, 2 Gänse, zu Ostern
1 Pfd. Eier und 2 Stifthennen.

Die Sölde daselbst dient jährlich 7 Schill. Pfg. und 2 Stifthennen.

In der Kirchberger Pfarre liegen:

Der Oberhof zu Intenheim dient 46 Metzen Korn, 1 Muth Hafer,
4 Hühner, 2 Gänse, 2 Schweine für 11 Schill. Pfg., zu Weihnachten 4 Käse, jeden für 5 Pfg., für Brot 12 Pfg., zu Ostern
und zu Pfingsten je 8 Käse, 6 Schill. Eier und 2 Stifthennen.

Item ein Zehent auf etlichen Ländlen im Oberhof daselbst, im
Pynßfeld auf einer Gruch . . . ., im Weingartenland, auf dem
Haydach, in dem Pointl auf dem Weg und auf einem Land
daselbst.

Der Niederhof dortselbst dient 28 Metzen Korn und 1 Muth
Hafer, 4 Hühner, 2 Gänse, 1 Schwein für 6 Schill. Pfg., zu
Weihnachten 4 Käse, jeden für 5 Pfg., für Brot 10 Pfg., zu
Ostern und zu Pfingsten je 8 Käse, 6 Schill. Eier und 2 Stift-
hennen.

In der Hörschinger Pfarre liegen:

Ein Gut zu Hersching, da der Hänsl Schuster aufsitzt, dient
84 Pfg. und 2 Stifthennen.

Ein Lehen zu Marchtrenk, da weiland Meister Hansl aufgesessen
gewesen ist, dient 10 Schill. Pfg. und 2 Stifthennen.

Ein Gut daselbst, da Fridl aufgesessen ist, dient 60 Pfg. und 2 Stifthennen.

Ein Gut daselbst, da Bernhard Pöck aufsitzt, dient 45 Pfg. und
2 Stifthennen.

Aber ein Gut daselbst, da Heinrich Schuster aufsitzt, dient 40 Pfg.
und 2 Stifthennen.

Ein halbes Gut daselbst, da Michel Fischer aufsitzt, dient 41 Pfg. und 2 Stifthennen.

Ein halbes Gut daselbst, da Heinzl Schneider darauf sitzt, dient 41 Pfg. und 2 Stifthennen.

Aber ein halbes Gut daselbst, da der Rüpel aufsitzt, dient 21 Pfg. und 2 Stiftbennen.

Aber ein halbes Gut daselbst, da der Schöberl darauf sitzt, dient 11 Pfg. und 2 Stifthennen.

Ein halbes Gut zu Kleneck dient 5 Schill. Pfg. und 2 Stifthennen.

Das Aschbach und das Weyerl darin zu Kabern.

Item ein Gut, genannt in der Brunnau bei Marchtrenk und eine Au daselbst, die Meister Hänsl hat innegehabt, dient . . . .

In der Alkofener Pfarre liegen:

Ein Lehen zu Oberreith in der Leondinger Pfarre dient 72 Pfg. und zwei Jahre nacheinander 15 Metzen Korn, im dritten Jahre 13 Metzen Korn und 2 Stifthennen.

Ein halber Hof, genannt der Oedhof, in derselben Pfarre dient halbes Muth Korn, ebensoviel Hafer, 4 Hühner, 1 Gans, für Brot 16 Pfg., zu Ostern und Pfingsten je 5 Käse, jeder zu 4 Pfg., 60 Eier und 2 Stifthennen.

Der Weingartshof dient 24 Metzen Korn, ebensoviel Hafer und 2 Stifthennen.

Der Teglhof zu St. Dionysen dient halbes Muth Korn.

Ein Gut zu Benighart, da der Gradl aufgesessen ist, dient 1 Pfd. Pfg., 2 Hühner, zu Weihnachten 2 Käse, jeden für 2 Pfg., für Brot 4 Pfg., zu Ostern und zu Pfingsten je 4 Käse, 80 Eier und 2 Stifthennen.

Ein Gut zu Niederhartheim, da der Steuber aufgesessen ist, dient 12 Schill. Pfg., 1 Gans, 80 Eier und 2 Stifthennen.

Das Winkellehen zu Puchheim dient 4½ Pfd. Pfg. und 2 Stifthennen.

Ein Hof zu Weydach, da der Holzmann aufsitzt, dient 24 Metzen Korn, ebensoviel Hafer, 4 Hühner, 2 Gänse, zu Weihnachten 2 Käse, jeden zu 4 Pfg., für Brot 8 Pfg., 1 Schwein für 5 Schill. Pfg., zu Ostern und zu Pfingsten 4 Käse und 3 Schill. Eier und 2 Stifthennen.

Ein Hof daselbst am Ort dient 30 Metzen Korn, ebensoviel Hafer, 4 Hühner, 2 Gänse, zu Weihnachten 2 Käse für 8 Pfg., für Brot 8 Pfg., 1 Schwein für 5 Schill. Pfg., zu Ostern und zu Pfingsten je 4 Käse, 3 Schill. Eier und 2 Stifthennen.

Ein Lehen zu Emling, da der Kätringer aufsitzt, dient 18 Metzen Korn, ebensoviel Hafer, 4 Hühner, 1 Gans, 1 Schwein für 5 Schill. Pfg., zu Weihnachten 2 Käse für 6 Pfg., Brot für 8 Pfg., zu Ostern und Pfingsten je 4 Käse, 1 Pfd. Eier und 2 Stifthennen.

Ein Gut zu Staudach, da der Haberfellner aufgesessen ist, ist von mir (Siegm. Schifer) Lehen und dient 2 Stifthennen.

In der Buchkirchner Pfarre liegen:

Ein Lehen zu Mitterhocherentz am Weg, dient 12 Metzen Korn, 18 Metzen Hafer, 4 Hühner, 2 Gänse, 1 Schwein für 50 Pfg., zu Weihnachten 2 Käse für 8 Pfg., für Brot 8 Pfg., zu Ostern und Pfingsten 80 Eier, 4 Käse und 2 Stifthennen.

Das andere Lehen daselbst, da Heinrich aufsitzt, dient auch soviel Korn und Hafer und anderen Dienst, für 1 Schwein 60 Pfg. und 2 Stifthennen.

Das dritte Lehen daselbst, da Peter darauf sitzt, dient auch soviel Korn, Hafer und Handdienst, 3 Schill. Pfg. für 1 Schwein und 2 Stifthennen.

Das vierte Lehen daselbst, da Franzl Eisenkeck aufsitzt, dient auch soviel Korn, Hafer, Handdienst und 3 Schill. Pfg. für 1 Schwein und 2 Stifthennen.

Ein Gut zu Hundsheim, da der Zimmermann aufsitzt, dient 1 Pfd. Schill. und 2 Stifthennen.

Ein Gut daselbst, da der Säeman aufsitzt, dient 1 Pfd. Schill. und 2 Stifthennen.

Ein Hof zu Niederwedest (Wörist) dient 3 Pfd. Schill., 40 Metzen Hafer und 2 Stifthennen.

Ein Lehen zu Obernwedest (Wörist) dient 16 Metzen Korn, ebensoviel Hafer, 2 Hühner, 1 Gans, 1 Schwein für 3 Schill. Pfg., zu Weihnachten 2 Käse für 6 Pfg., Brot für 6 Pfg., zu Ostern und zu Pfingsten 4 Käse, 60 Eier und 2 Stifthennen.

Eine halbe Hub zu Oberhartheim (Pfarre Alkofen) dient 18 Metzen Korn, 16 Metzen Hafer, ein Schwein für 60 Pf., 40 Eier, 2 Hühner, 1 Gans, 4 Pfg. für Brot, 3 Käse, jeden für 3 Pfg. und 2 Stifthennen.

In der Walderner Pfarre (Wallern) liegen:

Der Moßhof dient 60 Metzen Korn, 8 Metzen Waizen, 32 Metzen Hafer, 8 Hühner, 4 Gänse, 2 Schweine für 12 Schill. Pfg., 2 Schet Haar, zu Weihnachten 7 Käse, jeden für 10 Pfg., für

Brot 16 Pfg., zu Ostern und zu Pfingsten 8 Käse, 1 Pfd. Eier
und 2 Stifthennen.

Ein Lehen daselbst, ist Aigen, dient 1 Pfd. Pfg., 4 Hühner, zu
Weihnachten 4 Käse für 3 Pfg., für Brot 6 Pfg., zu Ostern
und Pfingsten 8 Käse, 1 Pfd. Eier und 2 Stifthennen.

Ein Hof zu Parzhaim dient 32 Metzen Korn, 4 Metzen Waizen,
2 Metzen Gerste, 1 Mutli Hafer, 8 Hühner, 4 Gänse, 2 Fasching-
Hahne, 2 Aderlaß-Hähne, zu Weihnachten 4 Käse, für
Brot 32 Pfg., 2 Schet Haar, 2 Schweine für 12 Schill. Pfg.,
zu Ostern und Pfingsten 8 Käse, 200 Eier und 2 Stifthennen.

Item ein Gut daselbst dient ¼ Pfd. Pfg., 2 Hühner, zu Weihnachten
2 Käse für 6 Pfg., für Brot 8 Pfg., 1 Gans, zu Ostern und
Pfingsten 4 Käse, 60 Eier und 2 Stifthennen.

Item eine Hofwiese daselbst zu Parzheim dient 5 Pfd. Pfg.

Die Hub zu Rüdlberg dient 5 Pfd. Pfg. und 60 Metzen Hafer,
2 Stifthennen und ist in Alkofener Pfarre gelegen.

Der Hoethof zu Waldern dient 4 Pfd. Schill. und 2 Stifthennen.

In der Eferdinger Pfarre liegen:

Eine Hube an der Wies in der Krenglbacher Pfarre dient
24 Metzen Korn, ebensoviel Hafer, 6 Hühner, 2 Gänse,
1 Schwein für 1 Pfd. Pfg., zu Weihnachten 2 Käse, jeden für
18 Pfg., für Brot 12 Pfg., 1 Schet Haar, zu Ostern und zu
Pfingsten 4 Käse, 100 Eier und 2 Stifthennen.

Eine halbe Hube in dem obern Katzbach in der Welser Pfarre,
genannt die Weißhub, dient 9 Metzen Korn, 3 Metzen
Waizen, 9 Metzen Hafer, 3 Hühner, 1 Gans, Brot für 16 Pfg.,
3 Käse, jeden für 4 Pfg., 3 Schill. Eier und 2 Stifthennen.

Eine Hube zu Dinghach in der Grieskirchener Pfarre, dient
4 Pfd. Pfg., 8 Hühner, 2 Gänse, zu Weihnachten 4 Käse,
für Brot 32 Pfg., zu Ostern und Pfingsten 8 Käse jeden für
10 Pfg., 5 Schill. Eier und 2 Stifthennen.

Eine Tafern daselbst dient davon und von einer Wiese 10 Schill.
Pfg. und 2 Stifthennen.

Ein Hof zu Steinsulz (Steinholz, Pfarre Scharten) dient 6 Pfd.
und 36 Pfg., 40 Metzen Hafer und 2 Stifthennen.

Ein Gut, das Gartenlehen daselbst, dient ¼ Pfd. Schill., 2 Hühner,
zu Weihnachten 2 Käse für 6 Pfg., Brot für 4 Pfg., zu Ostern
und Pfingsten 4 Käse, 60 Eier und 2 Stifthennen.

Ein Gut daselbst, da der Friedl aufgesessen ist, dient 1 Pfd. Schill.,
2 Hühner, 1 Gans, zu Weihnachten 2 Käse für 3 Pfg., Brot

für 4 Pfg., zu Ostern und Pfingsten 4 Käse, 40 Eier und 2 Stifthennen.

Ein Gut im Holz bei Steinsulz dient 6 Schill Pfg., 2 Hühner, zu Weihnachten 2 Käse für 6 Pfg., für Brot 8 Pfg., zu Ostern und Pfingsten 4 Käse, 60 Eier und 2 Stifthennen.

Item ein Eyhach (Eichenwald) zu Steinsulz, als es mit Gräben umfangen ist, ist voraus mein (des Siegm. Schifer).

Eine Wiese bei Steinsulz gegenüber der neuen Mühle, davon man mir jetzt dient 20 Schill. Pfg. und 1 Fahrtel Heu.

Ein Gut zu Au gegenüber Steinsulz dient 1 Pfd. Pfg., 2 Hühner, 1 Gans, zu Weihnachten 2 Käse für 6 Pfg., für Brot 6 Pfg., 1 Faschinghuhn, 1 Aderlaßhuhn, zu Ostern und Pfingsten 4 Käse, 3 Schill. Eier und 2 Stifthennen.

Ein Gut am Eck in der Lengau (nun in Pfarre St. Marienkirchen) dient 5 Schill. Pfg., 2 Hühner, zu Weihnachten 4 Käse, jeden für 3 Pfg., für Brot 16 Pfg., 1 Faschinghuhn, 1 Aderlaßhuhn, zu Ostern und Pfingsten 4 Käse, 1 Pfd. Eier und 2 Stifthennen.

Ein Hof in der Lengau dient 3 Pfd. weniger 60 Pfg., 1 Schwein für 6 Schill. Pfg., 1 Schet Haar, 8 Hühner, 4 Gänse, zu Weihnachten 3 Käse für 18 Pfg., für Brot 16 Pfg., 1 Faschinghenn, 1 Aderlaßhenn, zu Ostern und Pfingsten 6 Käse, 5 Schill. Eier und 2 Stifthennen.

Ein Hof am Irmoltzberg dient 3 Pfd. Pfg., 6 Hennen, 1 Gans, zu Weihnachten 2 Käse für 8 Pfg., Brot für 8 Pfg., zu Ostern und Pfingsten 4 Käse, 60 Eier und 2 Stifthennen.

Das Hungergut in der Au dient 11 Schill. Pfg., 2 Hühner, zu Weihnachten 2 Käse für 6 Pfg., Brot für 3 Pfg., zu Ostern und Pfingsten 4 Käse, 60 Eier und 2 Stifthennen.

Ein halber Hof im Holz dient 4 Pfd. Pfg., 2 Hühner, 1 Gans, zu Weihnachten 2 Käse für 8 Pfg., Brot für 8 Pfg., zu Ostern und Pfingsten 4 Käse, 60 Eier und 2 Stifthennen.

Ein Gut zu Inn dient 2 Pfd. Pfg., 2 Hühner und 2 Stifthennen.

Ein Gut auf dem Galnberg dient zu Frauentag-Dienstzeit 3 Pfd. Pfg. und 2 Stifthennen.

Die Lößhube (Leßl) zu Rudlaching (Rudling) dient zu Frauentag-Dienstzeit 4 Pfd. Pfg. und 2 Stifthennen.

Der Auhof zu Stein (wo?) dient in gleicher Dienstzeit 32 Metzen Hafer und 5 Pfd. Pfg., zu Ostern 1 Pfd. Eier und 2 Stifthennen.

In der Hartkirchner und Haychenbacher Pfarre (Haibach)
liegen:

Ein Gut zu Kellering (Kellnering) dient 1 Pfd. Pfg. und 2 Körbe
mit Weinbeeren und 2 Stifthennen.

Item Ezway zu Haklhaim (Hachelham) dient 14 Schill. Pfg. und
4 Stifthennen.

Ein Gut auf der Oed dient 6 Schill. 24 Pfg., 4 Hühner, 8 Käse
und 60 Eier.

Ein Gut zu Kapfeneck dient 72 Pfg., 2 Hühner, zu Weihnachten
4 Käse, jeden zu 8 Pfg., Brot für 8 Pfg., zu Ostern und
Pfingsten 8 Käse, 80 Eier, 1 Schet Haar und 2 Stifthennen.

Ein Gut auf der Schlöglleithen dient 30 Metzen Hafer, 1 Schwein
für 1 Pfd. Pfg., 4 Hühner, 1 Schet Haar, zu Weihnachten
2 Käse für 6 Pfg., Brot für 6 Pfg., zu Ostern und Pfingsten
4 Käse, 1 Pfd. Eier und 2 Stifthennen.

Das andere Gut daselbst dient auch soviel nur dazu 1 Pfd Pfg. für
1 Schwein.

In der Waizenkirchner Pfarre liegen:

Item ein Zehent am Fleugenhof in der Samereinkirchener
Pfarre (St. Marienkirchen) kleinen und großen.

Ein Gut in der Reit in der Grieskirchener Pfarre dient
3 Schill. Pfg., 4 Diensthennen und 1 Metzen Leyz-Birn-Klözen[1])
für 32 Pfg., 1 Schet Haar, zu Weihnachten 2 Käse, jeden für
6 Pfg., Brot für 4 Pfg., zu Ostern und Pfingsten 4 Käse, 3 Schill.
Eier und 2 Stifthennen.

Ein Hof Otischberg dient 28 Metzen Korn, 2 Metzen Waizen,
2 Metzen Gerste, 1 Metzen Magen (Mohn) 1 Muth Hafer,
6 Hühner, 2 Gänse, 1 Schwein für 1 Pfd. Pfg., zu Weihnachten 2 Käse für 16 Pfg., Brot für 12 Pfg., zu Ostern und
Pfingsten 4 Käse, 1 Pfd. Eier und 2 Stifthennen.

Eine Hube zu Hart dient 6 Schill. Pfg., 1 Schwein für 3 Schill.
Pfg., 4 Hühner, zu Weihnachten 2 Käse für 6 Pfg., Brot für
4 Pfg., 2 Faschinghühner, zu Ostern und Pfingsten 4 Käse,
60 Eier und 2 Stifthennen.

Item ein Zehent zu Räckäffing (Rakefing), kleinen und großen, in
der Meckenhofener Pfarre.

---

[1]) Hierlands: Leitelbirnen, eine kleine Birnengattung, der davon erzeugte
Most wird als besonders wohlschmeckend gerühmt, auch werden diese Birnen
im Ofen zu Klozen (Klözen) gedörrt.

Ein Hub zu Steindlberg in der Hofkirchner Pfarre dient
12 Schill. Pfg., 2 Hühner, zu Ostern und Pfingsten 4 Käse für
12 Pfg., 60 Eier und 2 Stifthennen.

Ein Gut auf dem Eck in der Offenhausener Pfarre dient
3 Schill. Pfg., 4 Hühner, zu Ostern und Pfingsten 4 Käse für
16 Pfg., 45 Eier, zu Weihnachten für Brot 4 Pfg. und 2 Stifthennen.

Ein Gut zu Dorf in der Neukirchener Pfarre (bei Lambach), so
nach Gaspoltshofen gehört, dient 6 Schill. Pfg., 2 Hühner
und 2 Stifthennen.

Ein Gut zu Kirchdorf in der Gaspoltshofener Pfarre dient
60 Pfg. und 2 Stifthennen.

Ein Gut zu Friießhaim (Friesam) in derselben Pfarre, da jetzt
Michel aufsitzt, dient 60 Pfg., 1 Huhn, zu Weihnachten 1 Kas
für 3 Pfg. und 2 Stifthennen.

Ein Hof zu Inzing dient 24 Metzen Korn, 6 Metzen Waizen,
36 Metzen Hafer, 1 Schef Haar, zu Weihnachten 2 Käse,
jeden für 6 Pfg., Brot für 12 Pfg., zu Ostern und Pfingsten
4 Käse, 1 Pfd. Eier, 8 Hühner, 2 Gänse, 1 Schwein für
6 Schill. Pfg. und 2 Stifthennen.

Ein Gut daselbst, da der Weber daraufsitzt, dient 32 Pfg. und
2 Stifthennen.

Eine Hube daselbst, da der Chunrad daraufsitzt, dient 16 Metzen
Korn, ebensoviel Hafer, 1 Schwein für 1 Pfd. Pfg., 4 Hühner,
1 Gans, zu Weihnachten 2 Käse, jeden für 6 Pfg., Brot für
8 Pfg., zu Ostern und Pfingsten 4 Käse, 80 Eier und 2 Stifthennen.

Ein Zehent daselbst auf den genannten und auf den andern Stücken.

Das Fischlehen zu Hueb dient 3 Schill. Pfg. und 2 Hühner, zu
Ostern und Pfingsten 2 Käse, 60 Eier und 2 Stifthennen.

Ein Gut daselbst, da Jörig daraufsitzt, dient 6 Schill. Pfg., zu Weihnachten, Ostern und Pfingsten 6 Käse, jeden für 6 Pfg., 80 Eier,
Brot für 4 Pfg. und 2 Stifthennen.

Eine Mühle daselbst dient 6 Schill. Pfg., zu Weihnachten, Ostern
und Pfingsten 6 Käse, jeden für 3 Pfg., 80 Eier, Brot für
4 Pfg. und 2 Stifthennen.

Item ein Gut in der Leutten dient 10 Schill. Pfg., 6 Hennen, zu
Weihnachten, Ostern und Pfingsten 12 Käse, jeden für 3 Pfg.
und 2 Stifthennen und hat ein Holz am Oedberg, dient
32 Pfg.

Ein Hof am Tuttenberg dient 1 Pfd., 4 Hühner, zu Weihnachten 2 Käse, Brot für 6 Pfg., zu Ostern und Pfingsten 4 Käse, jeden für 4 Pfg., 70 Eier und 2 Diensthennen.

Item eine Wiese daselbst genannt die Nunnwiese.

Ein Gut am Irmfritzberg, dient 1 Pfd. Pfg., 2 Hühner, zu Weihnachten, Ostern und Pfingsten 6 Käse für 9 Pfg., 3 Schill. Eier und 2 Stifthennen.

Ein Gut zu Sicking (Sittling) dient 6 Schill. Pfg., 4 Hühner, zu Weihnachten 2 Käse, Brot für 6 Pfg., zu Ostern und Pfingsten 4 Käse, jeden für 3 Pfg., 80 Eier und 2 Stifthennen.

Ein Gut im Thal dient 6 Schill. Pfg., 4 Hühner, 1 Gans, 1 Schet Haar, zu Weihnachten 2 Käse für 6 Pfg., zu Ostern und Pfingsten 4 Käse, 80 Eier, einen Lämmershauch, Brot für 6 Pfg. und 2 Stifthennen.

Ein Gut zu Köppling dient 5 Schill. Pfg., weniger 10 Pfg., 2 Hühner, 2 Faschinghöhner, zu Weihnachten 2 Käse für 6 Pfg., Brot um 4 Pfg., zu Ostern und Pfingsten 4 Käse, 60 Eier und 2 Stifthennen.

Ein Gut zu Hueb, da Chunrad aufsitzt, dient 1 Pfd. Pfg., 6 Käse, zu Ostern, Pfingsten und zu Weihnachten, jeden für 3 Helbling, 80 Eier, 4 Hühner und 2 Stifthennen.

Item das andere Gut daselbst, da jetzt der Käfer daraufsitzt, dient auch soviel, sind Lehen von Schaunberg.

Ein Zehent zu Inzing auf dem Hof, der nach Schaunberg gehört, auf dem mittern Hof, auf dem halben Hof, auf der Hub, im Schefdopl viertel Zehent und ist Eigen.

In Taufkirchner und Pramkirchner Pfarre liegen:

Ein Gut zu Hilprechtsberg in der Michelnbacher Pfarre dient 1 Pfd. Pfg. und von der Wiese zu Galhaym (Pfarre Prambachkirchen) 60 Pfg., 6 Käse für 24 Pfg., 4 Hühner, 3 Schill. Eier, Brot für 6 Pfg. und 2 Stifthennen.

Ein Gut Reutbald und eine Wiese zu Reichenau in der Michelbacher Pfarre und eine Wiese zu Wespach in der Waizenkirchner Pfarre, das Gut selbst liegt in der Peuerbacher-Pfarre, dient 2 Pfd. Pfg. und 2 Stifthennen.

Ein Hof zu Vesting in der Peuerbacher Pfarre dient 18 Schill. Pfg., 1 Schwein für 2 Pfd. Pfg., 2 Hühner, 1 Gans, zu Weihnachten 4 Käse für 24 Pfg., Brot für 12 Pfg., 2 Faschinghennen, 2 Schet Haar, zu Ostern und Pfingsten 8 Käse, 6 Schill. Eier und 2 Stifthennen.

Ein Gut zu Unterstetten, da der Fischer daraufsitzt, dient 75 Pfg
und 2 Stifthennen.

Ein Gut zu Wörgldorf (Widldorf?) dient 5 Schill. 12 Pfg. und
2 Stifthennen.

Ein Hof zu Reischau dient 4 Pfd. Pfg. und 2 Stifthennen.

Ein Hof zu Lindenberg dient 10 Schill. Pfg., zu Ostern und
Pfingsten 4 Käse für 16 Pfg., 1 Pfd. Eier, 4 Hühner, 1 Sehet
Haar, zu Weihnachten 2 Käse, Brot für 2 Pfg. und 2 Stift-
hennen.

Ein Gut auf der Birnleitten dient 60 Pf., 2 Hühner, zu Ostern
und Pfingsten 4 Käse für 8 Pfg., 60 Eier, zu Weihnachten
2 Käse, Brot für 4 Pfg. und 2 Stifthennen.

Ein Gut zu Oedenbaumgarten, da der Hänsl aufsitzt, dient
6 Schill. Pfg. und 2 Stifthennen.

Das andere Gut daselbst dient ebensoviel.

Ein Hof zu Steinbruck dient 4 Pfd. Pfg. und 2 Stifthennen.

Ein halber Hof zu Prenning dient 3 Schill. Pfg., 2 Hühner, Brot
für 3 Pfg., 4 Käse für 7 Pfg., 68 Eier und 2 Stifthennen.

Der andere halbe Hof daselbst dient ebensoviel.

Eine halbe Mühle zu Prenning dient 60 Pfg., 2 Hühner, 2 Käse
für 4 Pfg., Brot für 3 Pfg., 45 Eier und 2 Stifthennen.

Item 1 Pfd. Pfg. Geld von Schullerzukhen, das man mir (Siegmund
Schifer) alle Jahre dient, das hab ich meinen armen Leuten in
meinem Spitale zu Eferding gegeben, dass man ihnen an den
Communion-Tagen Wein und Brot gebe.

In Neukirchner und Naternbacher Pfarre liegen:

1. Ein Lehen, ein Gut dient 3 Schill. Pfg., 6 Käse, jeden für 3 Pfg.,
und 4 Hühner.

2. Ein Gut auf dem Kreuz, da Hänsl aufsitzt, dient 45 Pfg.,
3 Käse, jeden für 3 Pfg., und 2 Hühner.

3. Ein Gut zu Bernreit dient 3 Schill. Pfg., 6 Käse, jeden für
3 Pfg. und 4 Hühner.

4. Item sein Gemeiner, der Chunrad, dient auch soviel. Item von
dem Schiferwald dienen die Vorgenannten 3 Schill. Pfg.

Eine Mühle zu Würgling (Willing?) dient 6 Schill. Pfg., 4 Hühner,
zu Ostern und zu Pfingsten 4 Käse für 12 Pfg., 60 Eier, zu
Weihnachten 2 Käse, Brot für 6 Pfg. und 2 Stifthennen.

Ein halber Hof daselbst dient 6 Schill. Pfg., 4 Hühner, 1 Gans, zu
Weihnachten 2 Käse für 12 Pfg., Brot für 12 Pfg. 1 Sehet Haar,
zu Ostern und zu Pfingsten 4 Käse, 80 Eier und 2 Stifthennen.

In der Meckenhofner Pfarre liegen.

Der Oberhof zu Langdorf dient 24 Metzen Korn, 18 Metzen Hafer, 2 Schweine für 1 Pfd. Pfg., 6 Käse, jeden für 6 Pfg., 5 Schill. Eier, 10 Pfg. für Brot, 2 Gänse, 8 Hühner und 2 Stifthennen. Der andere Hof zu Langdorf dient 18 Metzen Korn, ebensoviel Hafer, 6 Käse, jeden für 6 Pfg., 4 Hühner, 8 Pfg. für Brot, 1 Schwein für 3 Schill. Pfg., 75 Eier und 2 Stifthennen. Item Händl von Rewthaim (Roitham) dient von einer Breiten 32 Pfg., ist aus dem Oberhof gebrochen. Das Obergut daselbst dient 3 Schill. Pfg. und 2 Stifthennen.

In der Gunskirchner Pfarre liegen:

Ein Zehent bei dem Grünbach auf 3 Höfen, auf einer Sölde und 2 Gütern. Ein Gut unter den Aichen, da Peter daraufsitzt, dient 45 Pfg. und 2 Stifthennen. Item Hänsl daselbst auf dem mitteren Gut dient ebensoviel.

   „ Cunigund auf dem oberen Gut daselbst dient 3 Schill. Pfg. und 2 Stifthennen.

   „ Bernhard auf der Scheichenöd dient 1 Pfd. Pfg. und 2 Stifthennen.

In der Gamperner Pfarre liegen:

Nota das Gut im Attergau.
Vier Güter zu Ober-Heykering (Heikerding) dient jedes 3 Schill. Pfg., 26 Pfg. Weisel und jedes 2 Hühner.
Ein Gut zu Neydeck dient 42 Pfg.
Ein Gut zu Peltterschwanck (Weitenschwang), da der Hänsl daraufsitzt, dient 60 Pfg. und 20 Pfg. Weisel.

      *   *   '

Ein Gut zu Müllberg dient 3 Schill. Pfg. und 2 Hühner.
Vier Güter zu Ramsau dienen 1 Pfd. Pfg., 2 Diensthennen und 2 Stifthennen, sind gelegen in der Vckelstorfer Pfarre (Vöcklamarkt).
Ein Gut zu Lechayming dient 45 Pfg., zu Weisel 27 Pfg., item 2 Dienst- und 2 Stifthennen, gelegen in der Unckwer Pfarre (Ungenach).
Das andere Gut dient 6 Schill. 3 Pfg., zu Weisel 27 Pfg. und 2 Hühner.
Ein Gut zu Obereck dient 1 Pfd. Pfg., liegt in der Schörflinger Pfarre.

Hie ist vermerkt meiner Hausfrauen Gut, genannt Frau Breyd
die Kirchbergerin.

Vorerst im Rieder Gericht:

Eine Hube zu Wallichshausen (Walchshausen, Pfarre Tumeltsham)
dient 2 Pfd. Pfg. und 2 Hühner, zu Weihnachten 4 Käse, jeden
für 7 Pfg., zu Ostern und Pfingsten 8 Käse, 100 Eier und
2 Stifthennen.

Die andere Hube daselbst in der Wies dient 1 Pfd. Pfg. und 16 Pfg.
für Hühner, zu St. Andrä 1 Pfd. Pfg., zu Weihnachten 4 Käse,
jeden für 7 Pfg., für Brot 8 Pfg., zu Ostern und Pfingsten
8 Käse, 1 Pfd. Eier und 2 Stifthennen.

Ein halber Hof zu Antesen in der Eberschwanger Pfarre dient
12 Schill. Pfg., 3 Käse zu Weihnachten, jeden für 8 Pfg., und
2 Stifthennen.

Ein Hof zu Schalchhaim (Schaltham, Pfarre Mörschwang) dient 4 Pfd.
60 Pfg. und 2 Stifthennen.

Eine Sölde daselbst dient 3 Schill. Pfg. und 2 Stifthennen, von dem
Zehent ....

Eine Mühle daselbst dient 18 Schill. Pfg. und 2 Stifthennen, von dem
Zehent 60 Pfg.

Item der Zehent daselbst auf dem Hof, der Sölde und der Mühle,
kleinen und großen, 1 Pfd. Pfg.

Ein Hof auf der Rögersöd in der Regauer Pfarre dient
14 Schill. Pfg. und 2 Stifthennen.

Item ein Haus daselbst, da der Sumerenz darin ist, dient 40 Pfg.

Das Gut zu Heckering, da Heinrich Ruiz aufgesessen ist, dient
1 Pfd. Pfg., zu Weiset 26 Pfg. und 2 Stifthennen.

Item ein Hof zu Awrech, da Hansl Poll aufgesessen ist, dient
2 Pfd. Pfg. und 2 Stifthennen, in der Ohlstorfer Pfarre
gelegen.

Item eine Wiese am Rain in der Münsterer Pfarre (Altmünster).
Ein Gut in der Tremelsöd in der Regauer Pfarre dient 1 Pfd. Pfg.
und 2 Stifthennen.

Zwei Güter zu Cell bei dem Attersee (Pfarre Nußdorf) dient jedes
12 Pfg. und 2 Stifthennen.

Ein Hof zu Aich in der Regauer Pfarre dient 17 Schill. Pfg. und
2 Hühner, zu Weihnachten 2 Käse für 12 Pfg., für Brot 6 Pfg.,
zu Ostern und Pfingsten 4 Käse, 6 Schill. Eier und 2 Stifthennen.

Ein Gut zu Wankhaim (Pfarre Regau), das jetzt Stefel Mölner innehat, dient 5 Schill. Pfg. und 2 Stifthennen.

Ein Gut an der Bruck in der Unckner Pfarre (Ungenach), darauf der Wagner sitzt, dient 6 Schill. Pfg., 2 Hühner, 4 Pfg. für Brot, zu Ostern und Pfingsten 4 Käse, jeden für 6 Pfg. und 2 Stifthennen.

Item was der Hof zu Schwans (Schwanenstadt) Wiesmad und Aecker hat: von erst in dem Feld gegen Hainbrechting 6 Schilling Aecker und 22 Aecker. — Ein Wiesl bei der Mühle. — In dem hinteren Feld gegen St. Filippsberg 6 Schill. und 10 Aecker und ein Wiesl in dem Feld, das der Ulrich Toller gemacht hat. — Item in dem Brunnfeld 6 Schill. Aecker und in dem obern Feld 23 Aecker, die zu dem Brunnfeld gehören. — Item ein Land zwei Gwandten (Gewende) lang, hat der Eisenörl inne. — Item ein Landl bei dem Kreuz, item die Scheubelwiese, item eine Wiese zu Holzhalm, eine Wiese, genannt die Egeseer, item der Rosenpichl.

Item ein Haus, da der Chuerfber jetzt darin ist und 2 Häuser dabei.
„ ein Krautgarten außen am Graben und ein Baumgarten dabei.

Item die Güter im Achland (Machland) im Sighartsamt, im Leupoltshof.

Eine Hube auf dem Aigen dient 1 Pfd. Pfg. und 4 Käse, jeden für 7 Pfg., gelegen in der Arbinger Pfarre.

Zwei Huben zu Frauendorf dient jede 12 Pfg., gelegen in der Trageiner Pfarre (Tragwein).

Eine Mühle in dem Mühlgrund und eine Säge dabei dient 5 Schill. 21 Pfg., gelegen in der Rechberger Pfarre.

Ein Gut an dem Gößübel dient 5 Schill. 21 Pfg., auch gelegen in der Rechberger Pfarre.

Der halbe Leupolzhof dient 5 Schill., auch in der Rechberger Pfarre.

Eine Hube, genannt an der Oed, dient 12 Pfg., gelegen in der Altenburger Pfarre (Altenberg).

Eine Hube an der Stiegl dient 8 Pfg. in Altenburger Pfarre.

Ein Gut zu Ludenck dient 30 Pfg., auch in demselben Pfarre.

Ein Gut zu den Raben dient 32 Pfg., 20 Käse, jeden für 3 Pfg., gelegen in der Dewnnbacher Pfarre (Dimbach).

Eine Hube in der Grube dient 12 Pfg.

Andre zu Hinterleiten dient 23 Pfg. und 4 Pfg. für eine Henne.

Der Ilachhof dient 1 Pfd. Pfg., 6 Käse, jeden für 6 Pfg., 4 Hühner, 2 Herbst und 2 Faschinghühner und 1 Pfd. Eier, gelegen in der Dimbacher Pfarre (?).

Item Weigl daselbst dient auch soviel, gelegen in St. Jörgener Pfarre (St. Georgen am Wald).

Item Nota des Klewbcramt zu Remperstorf in der Kroningwieser Pfarre (Königswiesen).

Erst ein Gut auf dem Dienstgespend dient 58 Käse, jeden für 4 Pfg.. 1 Schet Haar, halber Metzen Magen (Mohn), 16 Pfg. zu Weihnachten, 18 Pfg. zum Schnitt, 2 Fasching- und 4 Herbsthennen und 50 Eier.

Ein Gut dabei in dem Lueg dient 30 Käse, jeden für 4 Pfg., und 1 Faschinghenne.

Ein Gut zu Seyfriden am Eybeck dient 20 Käse, jeden für 4 Pfg., 1 Viertel Magen und 1 Faschinghenne.

Ein Gut daselbst dient 20 Käse, 1 Viertel Magen und 1 Faschinghenne, alle gelegen in der Neukirchner Pfarre (Oberneukirchen).

Ein Gut am Zagel dient 17 Käse, jeden für 4 Pfg., 1 Viertel Magen und 1 Faschinghenne.

Ein Gut am mittern Reut dient 15 Käse, jeden für 4 Pfg., 1 Viertel Magen und 1 Faschinghenne.

Ein Gut, das dem Ulrich Brunner, dient 27 Käse, jeden für 4 Pfg., 1 Viertel Magen und 1 Faschinghenne.

Ein Gut auf dem Prezleinsperg dient 15 Käse, jeden für 4 Pfg., 1 Viertel Magen und 1 Faschinghenne.

Ein Gut, da der Kleuber daraufsitzt, dient 11 Käse, jeden für 4 Pfg., 1 Viertel Magen und 1 Faschinghenne.

Ein Gut zu Remperstorf dient 11 Käse, jeden für 4 Pfg., 1 Viertel Magen und 1 Faschinghenne.

Item von einem Forst daselbst 1 Achtel Magen und 2 Pfg. von einem Wiesfleck, der in der Kroningswieser Pfarre gelegen ist.

Summe in den zwei Aemtern im Achland für alles 15 Pfd. 38 Pfg. an Stift- und Lehensteuer und an Anleit und Abfahrt, wenn das rechtlich eingeht.

Hie ist vermerkt der Zehent auf den Gütern:

Vorerst auf dem Gut zu Fraunstorf, da der Daniel aufsitzt, und vom Kastnergut daselbst, — auf dem Gut zu Preymostorf,

da der Chunzl daraufsitzt, — auf dem Gut, da der Tünschoppel
aufsitzt, — auf dem Gut, da der Wenzl von Rinthaim aufsitzt,
— und daselbst auf den Gütern, da Hans, der Ennser und der
Neumayr aufsitzen, — auf dem Gut zu Aurach, da Hans
aufsitzt, — auf dem Gut zu Bubendorf (Puendorf), da
Heinrich aufsitzt, — auf dem Gut zu Aurach, da der Ennser
aufsitzt, auf dem Gut zu Oedendorf, da der Andre aufsitzt,
und Heinrich an der Tanzmühle von einer Point. Von den
genannten Gütern und Pointen den Viertheil Zehent, groß und
klein, und liegen in der Ohlstorfer Pfarre.

Item ein Gut, das zum Gotteshaus gehört, dient 1 Pfd. Pfg.

„ zwei Güter zu Attberg dienen 6 Schill. Pfg. und Handdienst
und liegen alle drei in der Viechtau und in der Münsterer
Pfarre.

„ ein Hof am Niederhaiberg, da jetzt Lienhard Schick aufsitzt, dient am Frauentag der Dienstzeit 10 Schill. Pfg. und für
allerhand Dienst ½ Pfd. Pfg. und 2 Stifthennen, gelegen in der
Waizenkirchner Pfarre.

Ein Lehen zu Hungenberg, da Chunrad jetzt aufsitzt, dient
6 Schill. Pfg., 1 Schwein für 6 Schill. Pfg., zu Weihnachten
4 Käse, jeden zu 4 Pfg., zu Ostern 4 Käse und 60 Eier, zu
Pfingsten ebensoviel, 4 Dienst- und 2 Stifthennen.

Ein Gut zu Meißburg, da jetzt Ubrich Schneider aufsitzt, dient
60 Pfg. und 2 Stifthühner.

Ein Hof, genannt der Maierhof, da jetzt Ulrich aufsitzt, dient
9 Schill. Pfg., 12 Käse, 4 Hühner, 1 Pfd. Eier und 2 Stifthennen.

Ein Hof, genannt der Naybachhof, da jetzt Jörg Mayr aufsitzt,
dient 12 Schill. Pfg. und für allerhand Dienst 3 Schill. Pfg. und
2 Stifthennen; alle gelegen in der Natternbacher Pfarre.

Eine halbe Hube zu Nimmerfallsberg, da jetzt Bernhard aufsitzt,
dient 3 Schill. Pfg., 5 Käse zu 2 Pfg., 4 Diensthühner, 1 Fuder
Heu und 2 Stifthennen.

Ein Hof, genannt der Lueghof, da jetzt Hans aufsitzt, dient
12 Schill. Pfg., zu Weihnachten 1 Käs für 4 Pfg., Brot für
6 Pfg., zu Ostern 1 Käs für 4 Pfg. und 60 Eier, zu Pfingsten
1 Käs für 4 Pfg. und 2 Diensthennen; gelegen in der Taufkirchner Pfarre.

Item der Steinhof dient 5 Pfd. Pfg. und 2 Stifthennen, gelegen
in der Kematner Pfarre.

Der Sippachhof dient 1 Muth Korn, 6 Metzen Waizen, 2 Metzen
Gerste, 40 Metzen Hafer, 4 Hühner, 2 Gänse, zu Weihnachten

2 Käse, 12 Pfg. für Brot, 2 Faschinghennen, zu Ostern 2 Käse, 1 Pfd. Eier und 3 Schill. Pfg. für 1 Schwein.

Der Berghof in der Thalheimer Pfarre ist ein Saychhof, dient 26 Metzen Korn, 30 Metzen Hafer, 1 Schwein für 1 Pfd. Pfg. und 2 Stifthennen.

Eine Mühle daselbst dient 10 Schill. Pfg., 2 Hühner, 1 Gans, zu Weihnachten 2 Käse für 8 Pfg., für Brot 8 Pfg., 1 Faschinghenne, zu Ostern 2 Käse und 60 Eier und 3 Schill. Pfg. von dem Garten.

Die Krampenhube in der Pfarrkirchner Pfarre dient 13 Schill. Pfg. und 2 Stifthennen.

Ein Lehen zu Hermanstorff in der Kirchberger Pfarre (bei Kremsmünster?) dient 12 Schill. Pfg., 4 Hühner, 1 Gans, 2 Faschinghennen, zu Ostern 3 Käse und 3 Schill. Eier.

Ein Hof, genannt der Greimelhof, in der Münsterer Pfarre dient 4 Pfd. Pfg. und 2 Stifthennen.

Der Zehent auf dem Gwerlerhof, klein und groß, in der Kirchberger Pfarre.

Ein Zehent zu Aeremberg, klein und groß, in der Weißkirchner Pfarre.

Zu Klobing einen Zehent, groß und klein.

Auf dem Hof zu Sippach großer und kleiner Zehent

Auf dem Praitingen kleinen und großen Zehent.

Item Welcklein zu Tannbach kleinen und großen Zehent.

Zehent in der Hartkirchner Pfarre und im Aschachwinkel-Gericht.

Vorerst auf dem Gut am Petzlberg ganzen Zehent.

Item von der Hueb in Sighartswang ganzen Zehent.

Am Stadl ganzen Zehent, da der Peter aufsitzt.

Item zu Wirtingen ganzen Zehent.

   „ auf dem Hinterhof zu Haeking halben Zehent.

Auf dem Singerhof daselbst halben Zehent.

Auf einem Gut zu Dorf halben Zehent, auf dem Hau und den Aeckern, so zu dem Haus in Aschach zunächst Chunraden des Ka"r Haus gehören, halben Zehent.

Item auf dem Gut zu Hohenwarth halben Zehent.

   „ an der Oed, da Üll aufsitzt, halben Zehent.

   „ auf der hohen Wören von zwei Gütern je halben Zehent.

Item der Weingarten am Czisteberg bei Aschach aus vier Weingärten, die ich (Siegmund Schifer) von Achaz dem Luebtwein, Richter zu Aschach gekauft habe, bestehend, sind mit Marken und Frieden umfangen, sind freies Eigen und liegen in der Hartkirchner Pfarre, drei Burgrecht, davon in das Gericht zu Aschach jährlich zu St. Michaelstag 3 Schill. 14 Pfg. zu reichen.

„ ein Weingarten, genannt der Lankus, in der mittern Point, zwischen des Mayr Weingarten zu Tuenhaim und des Linden Baumgarten zu Lorzing, ist mit Steinen und Marken umfangen und dient an Burgrecht in das Gericht zu Aschach in der Hartkirchner Pfarre zu St. Michaelstag 43 Pfg.

„ von dem Dorfmayr zu Aschach 6 Eimer Most.

In der Eferdinger Pfarre liegen:

Item der Hof zu Rudlaching (Rudling) und das Burgstall daselbst dient 18 Metzen Korn, 18 Metzen Hafer, 1 Schwein für 3 Schill. Pfg., zu Weihnachten, Ostern und Pfingsten 6 Käse, jeden für 4 Pfg., für Brot 12 Pfg., 3 Schill. Eier, 4 Hühner, 1 Gans und 2 Stifthennen.

Ein Hof zu Lichtenwinckl dient 18 Schill. Pfg., 6 Käse, jeder 4 Pfg. werts, 110 Eier, zu Weihnachten für Brot 12 Pfg., 4 Hühner, 1 Gans und 2 Stifthennen.

Ein Gut zu Tyttenberg dient 12 Schill. Pfg., 12 Käse, jeden für 2 Pfg., 80 Eier, 2 Hühner, 1 Gans, Brot für 12 Pfg. und 2 Stifthennen.

Das Obergütl daselbst dient 5 Schill. Pfg., 6 Käse, jeden für 2 Pfg., 80 Eier, 2 Hühner, Brot für 6 Pfg. und 2 Stifthennen.

Der Eytzlhof in dem Niederngailspach dient 5 Pfd. Pfg., ein Stückl harbenes Tuch (Leinwand), 12 Schill. werts, 18 Metzen Hafer und 2 Stifthennen.

Der Scheyhlhof zu Gailspach dient 12 Metzen Korn, 12 Metzen Hafer, 1 Schwein für 3 Schill. Pfg., 6 Käse, jeden für 3 Pfg., 3 Schill. Eier, zu Weihnachten für Brot 12 Pfg., 1 Gans, 1 Schet Haar und 2 Stifthennen.

Ein Hof zu Geiselberg im Griesbacher Gericht und in der Engelheimer Pfarre (Bayern) dient ein Schaff Korn Passauer Maß 3 Pfd. Pfg., 4 Hühner, 3 Käse, jeden für 6 Pfg., Brot für 28 Pf., 60 Eier und 2 Stifthennen.

Item der andere Hof daselbst dient alle Forderung ebensoviel.

Erbstifter Siegmund Schifer II.

1499 — ?

Dem Ritter Benedict Schifer folgte als Erbstifter des Spitales sein jüngster Sohn Siegmund Schifer zu Freiling. Nach altem und bisher eingehaltenem Herkommen hätte immer das älteste männliche Mitglied aus der Familie der Schifer dem Spitale vorstehen und so auch nach der ausdrücklich von Benedict im Jahre 1463 getroffenen Bestimmung die Präsentation für das Spital-Beneficium ausüben sollen. Nach dem Ableben der anderen zwei Söhne des Benedict, Wernher und Wolf mit Namen, hätte nun Alexander dem Alter nach die Erbstifterstelle übernehmen sollen, der widmete sich aber, wie wir später sehen werden, dem Kriegerstande, war darum meistens immer abwesend und trat erst nach dem Ableben seines jüngeren Bruders Siegmund als Erbstifter auf. Für dessen Zeit finden sich einige aus Urkunden entnommene Agenden, die auf seine Person und das Spital Bezug nehmen, und welche wir nachstehend im Auszuge bringen:

1500, 28. Juni s. l. Vermächtnisbrief. Clara, Witwe nach Wilhelm Frei am Freigut zu Fraham, vermacht auf den Todfall hin mit Zustimmung und im Beisein ihres Bruders Leonhard Frei, Schuhmachers, häuslich zu Landau im Speyrer Bisthum, dann des Wolfgang Purkholzer und des Oswald Regner, beide des Raths, und des Hans Slachtner, Bürgers zu Eferding, ferner des Matthäus Eckstein, Stadtschreibers daselbst, der Bruderschaft der Zech St. Niklas in der Pfarrkirche Eferding, deren Schwester sie ist, ihren Landacker, gelegen in der Harras gegen dem Kreuz, wo man zu dem Holzhof geht, zwischen des Hörfurthof und des Gattermaier zu Ranzing Aecker in der Eferdinger Pfarre und im Aschachwinkel-Landgericht; davon jährlicher Burgrechtsdienst zu St. Nikola 3 Schilling Pfennig in das Spital zu Eferding zu verabreichen sind. Den Nutzgenuss des Ackers behält sie sich auf Lebensdauer bevor. Siegler: Erasem Gartner, Pfarrer und Spitalmeister des Spitalsgotteshaus zu Eferding, und Caspar Staudinger, Marktrichter zu Aschach und Landrichter im Aschachwinkel. Zeugen: Wolfgang Purkholzer und Oswald Regner, beide des Rathes, Hans Slachter, Bürger zu Eferding, und Matthäus Eckstein, Stadtschreiber. Original Spitalarchiv.

1500, 12. December s. l. Uebergabsbrief des Leonhard Zimmerman und Margaret, seiner Hausfrau lautend auf Hans Mair zu Fraham für ihre Behausung zu Eferding vor dem Welser Thor auf des Spitales Gründen gelegen, mitsammt dem Zimmerzeug (Werkzeug) und einer Kuh gegen dem, dass ihnen ihr Eidam, der vorgenannte Hans Mair ihr lebelang die tägliche Leibsnahrung und Wohnung gebe. Siegler: Eras Gartner, Pfarrer und Spitalmeister des Spitales. Zeugen: Lienhart Zimmerman, des Mair Bruder zu Oed, Pankraz Siechmayr und Wilhelm Pehaim. Original Spitalarchiv Damals nannte sich der oberste Kaplan Pfarrer und war auch zugleich Spitalmeister.

1503, 3. April s. l. Kaufbrief des Hans Pirichinger und Barbara, seiner Hausfrau lautend auf ihren Schwiegervater Merl Herwartler um ihr Erbrecht, das Gütlein bei dem oberen Gattern zu Boxham in der Hartkirchner Pfarre zusammt den zwei Baumgärtlein daselbst, dienstbar der Spitalskirche in Eferding. Siegler: Siegmund Schifer, Erbstifter des Spitales. Original Spitalarchiv.

1509, 24. November s. l. Kaufbrief der Anna, Witwe nach Hansen Reinstetter, Bürgers zu Eferding, auf Siegmund Schifer zu Freiling, Erbstifters des Spitales zu Eferding um ihre Stall-Statt im Thal, gegenüber ihrem Hause, zwischen des Spitales Stall-Statt und Agnesen der Thalbäckin Stall gelegen und in dem Wasserlauf, so von gmeiner Stadt daselbst durch die Stadtmauer rinnt. Zeugen: Wolfgang Purckholzer und Jörig Klausser, beide Bürger von Eferding. Original Spitalarchiv.

1512, 15. Mai s. l. Kaufbrief des Hans Wandrer, Schusters Matheus Ledrer und Hans Hofkircher, Schuster, alle drei Bürger und Zechleute der St. Niklas Bruderschaft in der Pfarrkirche Eferding für sich und die gemeldete Bruderschaft lautend auf Wolfgang Frei zu Fraham und Magdalena, seine Hausfrau um einen Landacker auf der Harras, zwischen des Erhard Gattermair zu Ranzing Grund und stoßt mit einem Ort an die Landstrasse und mit einer Seite an des Herfurter Grund und mit dem andern Ort an des Schuster am Eck Grund, gelegen im Aschachwinkel-Landgericht; jährlich: Burgrechtsdienst in das Spital am St. Niklastag 3 Schilling Pfennig. Siegler: Der Erbstifter Siegmund Schifer zu Freiling; Kaspar Gatringer, Hans Knieparzer, beide Bürger zu Eferding und Erhard Gattermair zu Ranzing. Original Spitalarchiv.

1514, 19. Juni s. l. Wolfgang Kornhuber, weiland Leonhard Kornhuber, Bürgers zu Eferding Sohn, verkauft dem Hans Klinger, Bürger zu Eferding und seiner Hausfrau Magdalena zwei Landäcker, der eine gelegen zwischen Mathäus Ledrer und des Pfarrers im Spitale Gründe, der andere nach Quere dieser Gründe und der Gasse; dann zwei Wiesflecke, gelegen unten im Ort an des Pfarrer Wiesfleck und ist alles freies Eigen. Siegler: Wolfgang Wurmb,

Landrichter im Aschachwinkel. Zeugen: Toman Leupl, Bürger zu Aschach, Pankraz Gaubinger, Hans Mitter und Andre Sebeck, alle drei Bürger zu Eferding. Original Spitalarchiv.

1514, 7. September. Siegmund Schifer verkauft an Balthasar Geymann von Gallsbach das halbe Chirchelgut zu Holzleiten in der Pfarre Hörsching. Landesarchiv in Linz.

1514, 3. October. Hans Staindl, Hans Galhamer, Matheus Reuthauser und Georg Pehaim, Bürger und Weber und zugleich Zechleute der Bruderschaft unserer lieben Frauenzech der St. Florianimess-Stift und des Altares in St. Ypolit-Pfarrkirche zu Eferding verkaufen an Siegmund Schifer zu Freiling einen Landacker in der Siechenpeunt unter des Siechhof Gründen, an einer Seite an des Siechhof Garten, an der andern Seite an des Hafner Wehinger Landacker gränzend, davon jährlicher Burgrechtsdienst an den Stadtrichter von Eferding am St. Niklastag ein Pfennig zu reichen ist — um eine Summe Geldes, welche die Verkäufer wieder zum vorgenannten Altar und der Messe anlegen werden. Diesen Landacker hat früher der selige Siechmayr auf dem genannten Siechenhof vom damaligen Pfarrer Matheus Holzleitter gekauft und nach einem Geschäftsbrief vom Jahre 1492, bekräftiget durch die Siegel des damaligen Stadtrichters von Eferding Hans Zartl zu Geboltskirchen und des Sebastian Reintaller, Bürgers daselbst, bezeugen Hans Freinstetter und Hans Galhamer, beide Bürger zu Eferding und Matheus Eckfain, Stadtschreiber daselbst, dass der vorgenannte Siechmayr diesen Landacker seinen beiden Geschwistern Wolfgang und Katharina Siechmayr vermacht habe, welche aber denselben wieder zu der genannten Bruderschaft und Messe bestimmten. Siegler: Veit Wieshofer, Stadtrichter zu Eferding und Wolfgang Wurm, Landrichter im Aschachwinkel. Original Spitalarchiv.

1515, 18. December s. l. Kaufbrief des Georg Amarshofer und seiner Hausfrau Amalie, lautend auf Sebastian Reintaller, Bürger und des Rathes zu Eferding um ihren Garten vor dem Welser Thor, zwischen des Lienhard Zimmerman und der Hubmerin beider Häuser und gegenüber dem Stadtgraben gelegen. Siegler: Siegmund Schifer, als Erbstifter des Spitales. Original Spitalarchiv.

1517, 6. October. Freiling. Erbgrundbrief. Siegmund Schifer verleiht dem Urban Perkhamer vor dem Welser Thor, welcher das Gattermairhäusl sammt Garten daselbst von Sebastian Holzinger gekauft, über welchen Kauf aber der frühere Erbgrundbrief von dem damaligen Pfleger verlegt oder gar verloren gegangen ist, auf's neue eine solche Urkunde. Jährlicher Dienst davon in das Spital zu Maria

Gehurt 16 Pfennig, 2 Stifthennen oder dafür 16 Pfennig, in Veränderungsfällen, Auffahrt- und Abfahrtgeld je 12 Pfennig. Siegler: Siegmund Schifer. Original Spitalarchiv.

1518, 17. August s. l. Kaufbrief des Hans Klinger, Bürgers zu Eferding, und Magdalena, seiner Hausfrau, lautend auf Siegmund Schifer um vier Landäcker mitsammt dem Wiesflecken, von welchen Aeckern der erste zwischen Matheus Ledrer und des Spitalpfarrers beider Gründe liegt, das zweite Land nach der Quere und nach den Aeckern und der Gasse und zwei Wiesflecke, gelegen unten im Ort an des Pfarrers Wiesfleck, das dritte, gelegen im Reit unterhalb Eferding, mit einem Ort an die Spitaläcker und zunächst ihres (des Klinger) Landacker grenzend, das vierte Land und zwei Wiesflecke in der Siechenpoint auch bei Eferding zwischen des Siechmayr und des Ledrer Gründen gelegen; alle vier Gründe im Aschachwinkel-Landgericht und sind freies Eigen. Siegler: Veit Grieshofer, Landrichter im Aschachwinkel. Zeugen: Veit Sebeckh, Bürger und des Rathes zu Eferding, und Hans Püchler, Stadtschreiber daselbst. Original Spitalarchiv.[1]

Wir haben früher den Erasmus Gartner (1500) als Pfarrer und Spitalmeister angeführt, wir können noch zwei Pfarrer als seine Nachfolger bringen, nämlich Siegmund Kornhuber, beiläufig um das Jahr 1507, von dessen Geschlechte mehrere urkundlich als Bürger von Eferding erscheinen und wovon auch einer Zechmeister um vorgenannte Zeit an der Pfarrkirche St. Ypolyth in Eferding war. Dieser »Her Siegmund Pfarrer im Spital« hatte zwei im Pruel gelegene, zur vorgenannten Pfarrkirche dienstbare Wieslein gegen 5 Schilling Pfennig Dienstgeld inne, welche früher ein Hans Kornhuber genossen; so auch hatte er gegen 60 Pfennig einen Landacker im Spiegelfeld. Nach ihm können wir einen zweiten »Herrn Pankraz

---

[1] Diese Landäcker hatte Hans Klinger 1516, 16. Juli, gekauft. Nach dem Verzeichnisse der Urkunden-Regesten wollen wir noch einige derselben für die Zeit Siegmunds anführen: 1503, 7. März: Erbbrief über das Prändtl-Fischergut in der Au und über die Fischwaid in der Eferdinger Pfarre, ausgehend von Siegmund Schifer. — 1506, 31. März: Kaufbrief um einen Landacker im Prüel neben dem Spiegelfeld, mit einer Seite nach dem Zaun und mit der andern an Wolfgang Purkholzers Aecker gelegen, und stoßt mit dem obern Ort an des Peter Pökhl Fleischhacker Wiese. — 1507, 5. März: Kaufbrief um das Erbrecht auf des Prändtl-Fischergüts in der Au, jetzt Pösingergütl genannt. — 1513, 29. Mai: Kaufbrief um die Schmidhub zu Poppenreit in der Rottenbacher Pfarre und unter des Ulrich Reinchauer, Pflegers zu Weidenholz. Fertigung · 1517, 28. April: Brief um den Orthof zu Gelting in Wallerer Pfarre.

Pfarrer im Spital« verzeichnen, dessen Auftreten sich nicht genau bestimmen lässt, sehr wahrscheinlich um 1520 herum.[1]

Wir kommen nun wieder auf den Erbstifter Siegmund Schifer zurück, um einiges aus seinem Leben dem Leser vorzuführen. Die kriegerische Laufbahn hatte er zwar nicht wie sein Vater Ritter Benedict Schifer und sein Bruder Alexander eingeschlagen, doch kann man nach den Verwendungen seiner Person immerhin annehmen, dass er in hohen Ehren und im Ansehen bei seiner Mitwelt gestanden sei. Bei dem am 7. December 1493 stattgehabten Leichenbegängnisse Kaiser Friedrich III. führte er wegen der Grafschaft Habsburg mit Leopold von Neudeck das Klagepferd. Im Jahre 1519 unterfertigte er auch mit den Aebten von Lambach und Wilhering, dem Grafen Georg von Schaunberg und anderen adeligen Herren im Namen der vier Stände des Erzherzogthumes Oesterreich ob der Enns das Versicherungs-Document, womit den nach dem Tode Kaiser Maximilian I. nach Spanien verordneten Abgesandten Hans von Starhemberg und Lazarus Aspan die Schadloshaltung für die durch diese Sendung denselben entstehenden Auslagen zugesichert wurde.

Wann Siegmund Schifer vom Schauplatze abgetreten sei, können wir nicht angeben. Die letzte Erwähnung seiner Thätigkeit geschieht im Jahre 1519; von allen anderen hervorragenden Gliedern der Schifer'schen Familie haben sich über die Zeit ihres Ablebens entweder Grabsteine oder doch wenigstens die Inschriften derselben erhalten; von Siegmund ist dies aber nicht der Fall. Er war vermählt mit Ester von Trautmansdorf, aus welcher Ehe drei Söhne, namens Hans, Bernhard und Wernher, und zwei Töchter Dorothe und Herzenlaut entsprossen. Die Tochter Dorothe ehelichte Wolfgang Albrechtsheimer zu Wesen, deren beider in einem in der ehemaligen Klosterkirche zu Engelszell, aber nicht mehr vorhandenen Grabsteine Erwähnung geschieht.[2] Die zweite Tochter Herzenlaut wurde Ge-

---

[1] Nach einem Libell mit Aufschreibungen der Dienste, Burgrechte, Jahrtäge, Ausstände und sonstigen rückständigen, freiwilligen Beiträgen zum Baue der Pfarrkirche Eferding (1452 – 1505), zusammengeschrieben von mehreren Zechmeistern, vom Jahre 1503 bis 1521 reichend (Pfarrarchiv). Vom Pfarrer Pancraz heißt es, dass er dem Ruebbauer zwei Muth Hafer verkauft habe per 10 Pfd. Pfg., dieser habe den Hafer ganz bezahlt, aber nur 50 Metzen erhalten, und auch habe er zwei Metzen Korn per 4 Schill. Pfg., einen zu 60 Pfg. gekauft; der Pfarrer schuldet daher dem Ruebbauer noch 12 Schill. Pfg., und diese hat letzterer zum Bau der Kirche St. Ypolyth gewidmet.

[2] In der Pfarrkirche zu Waldkirchen am Wesen befindet sich ein zwölfkantiges, marmornes Massiv (Taufstein oder Weihwasserbecken), auf welchem an der Seite das Albrechtsheimer'sche und Schifer'sche Wappen angebracht ist.

mahlin des Christoph von Traun. Der Sohn Wernher starb im
ledigen Stande; die anderen beiden Söhne, Hans und Bernhard,
von welchen jeder eine eigene Linie gründete, werden wir später
als Erbstifter kennen lernen.

Erbstifter Ritter Alexander Schifer I.

? — 1530.

Nach Siegmund II. kam die Erbstifterstelle an dessen Bruder
Alexander. Sein erstes uns bekanntes Auftreten in dieser Stellung
beurkundet uns ein Revers vom 6. Jänner 1527 des Hans Khaßamaer,
Kaplanes der Weberzeche in Eferding,[1]) gegen Alexander Schifer zu
Freiling, Erbstifter des Liebfrauen-Gotteshauses und des Spitales zu
Eferding wegen Verleihung der »Gottsgab« (Spital-Beneficium). Für
den Fall seines Todes bei diesem Beneficium hat Khaßamaer unter
Siegel und Zeugenschaft der Rathsbürger Siegmund Färber, Pancraz
Gambinger und Valentin Thuerner die Hälfte seines zu hinterlassenden
Gutes der Spitalskirche verschrieben.[2]) Dieser Revers, wenn er dem
Bischofe von Passau vorgelegt worden wäre, würde von demselben
nicht ratificiert worden sein, er hätte diesem Kaplane das Spital-
Beneficium nicht verleihen oder ihn auf dasselbe investieren können,
da geistliche Güter und Aemter für weltliches Vermögen zu erwerben
unerlaubt ist und der Bewerber unter solchen Umständen sich eines
geistlichen Vergehens schuldig macht. In unserer Zeit befremdet
solch ein Vorgang umsomehr, da doch von den betheiligten Personen
in diesem Reverse ein größeres Verständnis vorausgesetzt werden
könnte. Die Erklärung hiefür dürfte nicht so sehr in der Unkenntnis
der genannten Personen, als vielmehr in den damaligen Zeitverhält-
nissen zu suchen sein. Die neue Lehre, die von Wittenberg ausgieng,
fand eine sehr rasche Verbreitung in Oberösterreich und insbesondere
auch in unserer Gegend. Dieselbe fand vom Anfange an ihre größte
Stütze an dem Adel des Landes. Die bedeutendsten Adelsgeschlechter,
die Schaunberger, die Starhemberger, die Jörger zu Tollet und viele
andere Edelleute, waren eifrige Förderer derselben. Ein Hauptherd
der neuen Lehre war Eferding, wo die Grafen von Schaunberg und
nach ihrem Erlöschen die Starhemberger sich häufig aufhielten.

---

[1]) Die Liebfrauen-Zech und St. Floriani-Messestiftung wurde vom Hand-
werk der Leinweber in Eferding heilich im Jahre 1530 gegründet, aus selber
Zeche entstand die sogenannte Maria Scheidungs-Bruderschaft.

[2]) 1527, 6. Jänner s. l. Siegler: Christoph Camrer zu Perekheim und Wolf
Herleinsperger zu Mühldorf. Original Stadtarchiv Eferding.

Bartholomäus von Starhemberg (1523), Christoph Jörgen von Tollet, der Landeshauptmann von Oberösterreich und andere standen im brieflichen Verkehre mit Luther; nicht minder hatte auch die neue Lehre nicht bloß in Linz, sondern auch in anderen Städten und Märkten des Landes durch Wort und Schrift Eingang und Verbreitung und auch von der Majorität der Landstände Bevorwortung gefunden; auch die katholische Geistlichkeit befreundete sich vielfach mit derselben, und es darf uns darum nicht wundernehmen, wenn im Jahre 1527 Hans Khaßamaer einen solchen Revers ausstellte, der sicherlich in den geänderten religiösen Ansichten nicht bloß von seiner Seite, sondern auch von Seite der am Reverse Betheiligten und in der gelockerten Disciplin der Geistlichkeit seinen Grund hatte.[1]

Von dieser Zeit an fehlen uns weitere Belege über die Schicksale des Schifer'schen Beneficiums, bis wir endlich im Jahre 1585 den protestantischen »Pfarrherrn« Magister Nikolaus Haslmayr im Genusse der Einkünfte desselben finden. Ueberhaupt finden wir im Verlaufe des ganzen 16. Jahrhundertes fast gar keine auf kirchliche Gegenstände und Einrichtungen bezugnehmende, urkundliche Belege und die sehr wenig vorhandenen sind in ganz veränderter Form abgefasst, was beides in dem Umsichgreifen der neuen Lehren seine Erklärung findet.

Doch kehren wir wieder zu unserem Erbstifter Ritter Alexander Schifer zurück. Im Jahre 1528 3. Februar verleiht er als »ältester Erbstifter« des Spitales dem Michel Grabner zu Mistlbach (Pfarre Buchkirchen bei Wels) und Barbara, seiner Hausfrau, ein Erbrecht laut Inhalt des alten Erbbriefes auf den Viertheil einer Wiese zu Siekhenfurt in der Eferdinger Pfarre (bei Fraham)[2] und im Jahre darauf kaufte er als Erbstifter und Lehensherr des Spitales und des Gotteshauses von Thoman Griesmair und seiner Hausfrau deren Erbrechtsgut, den Grieshof (Griesmaier) zu Hinzenbach.[3] Wir haben vorne schon erwähnt, dass Alexander Schifer die kriegerische Laufbahn betreten; es erübrigt uns nun von diesem hervorragenden Gliede des Schifer'schen Geschlechtes nachzutragen, was es im öffentlichen

---

[1] Czerny, l. Bauernaufstand 1525.

[2] 1528, 3. Februar s. l. Dienst davon zu Frauen-Dienstzeit 2 Pfd. Pfg. und eine Henne, bei Verzug dieser Gabe Pönfall von 72 Wien. Pfg., nach 14 Tagen ebensoviel, zugleich hat Schifer das Vorkaufsrecht. Bei Todfall oder Abfahrt je 32 Pfg. Siegler: Alex. Schifer. Original Spitalarchiv.

[3] 1529, 11. Juli s. l. Siegler: der edle Hans Degnmeer, Kastner des Grafen von Schaunberg. Zeuge: Valtan Turner, Verweser des Spitales, Lienhard Boxhaimer und Jörg Ebner, alle drei Bürger zu Eferding. Original Spitalarchiv.

94

Leben dem Vaterlande und dem Landesfürsten geleistet. Hoheneck
(II. 329) berichtet uns, dass er im Jahre 1486, als Kaiser Maximilian
in Aachen zum römischen Kaiser gekrönt wurde, er da mit des Kaisers
Karl des Großen Schwert zum Ritter geschlagen wurde. Im Jahre
1485 war er in kaiserlichen Diensten; er war einer von des Kaisers
Friedrich III. Befehlshaber zur Vertheidigung der Stadt Wien, als
selbe von König Mathias belagert und auch erobert wurde; ebenso
finden wir ihn auch noch im Jahre 1492 in kaiserlichen Diensten. [1])
In den von Maximilian mehrmals angeordneten Berathungen mit den
Ausschüssen der fünf österreichischen Erblande und der Grafschaft
Görz in Bezug auf die Verwaltung der Länder, der Krongüter, der
Rechtspflege und des Kriegswesens, war auch Alexander Schifer mit
dem Abten Wilhem zu Baumgartenberg, dem Siegmund Rieder,
Dechant zu Spital am Pyhrn, dem Hans von Scherfenberg, dem
Caspar Schallenberger zu Luftenberg und den Abgeordneten von
Linz und Steyr einer der Ausschüsse der zu Wels im Jahre 1517
anberaumten Zusammenkunft. [2])

Eine besonders wichtige Aufgabe ward Schifer im Jahre 1525
gestellt, da auch in Oberösterreich, angeregt durch den deutschen
Bauernkrieg, der Geist des Aufruhres erwachte und Zusammenrottungen der Bauern im Attergau und im Traunviertel und auch in
der Umgebung von Steyr und Weyer stattfanden. Die Ursachen zu
dieser Erhebung der Bauern sowohl im deutschen Reiche, als auch
in Oberösterreich, Steiermark und Salzburg waren sehr mannigfache,
theils begründet, theils aber auch nicht. Die Bauern klagten über
zunehmende Belastung von Seite ihrer Herrschaften in Robot, Freigeld und andere Giebigkeiten, beschwerten sich über die zu großen
Vorrechte und Privilegien der Herren, weniger wurde von ihnen die
Religionssache als Grund ihrer Unzufriedenheit angeführt. Dies waren
so die Hauptursachen der Empörung in Oberösterreich, welche durch
die lange verderbliche Einwirkung einer zügellosen, alles zersetzenden
Presse und durch die Erbitterung, welche die neue kirchliche Lehre
im Lande erzeugte, verschärft wurden. [3])

Als die erste Nachricht von dem Ausbruche der Rebellion im
Attergau in Linz eintraf, ernannte das Verordneten-Collegium den
Ritter Alexander Schifer zum Befehlshaber der anzuwerbenden

---

[1]) Stammbaum der Schifer im Linzer Museum.
[2]) Hoheneck II. 329.
[3]) Wir verweisen hierüber den Leser auf das Werk: »Der erste Bauernaufstand in Oberösterreich 1525« von Albin Czerny, dem wir auch in der
Schilderung der Thätigkeit des Feldhauptmannes Alexander Schifer folgen.

ständischen Truppen, für welche aus den Gilten der vier Stände die nothwendigen Geldmittel zu seinen Händen geliefert werden sollten. Da es aber schwer hielt, das Geld aufzubringen und in der Eile Truppen anzuwerben, so schlug man den Weg der Unterhandlung mit den aufständischen Bauern ein. Da dies keinen Erfolg hatte, beschlossen die Stände, das Aufgebot ergehen zu lassen, um mit Waffengewalt die Ruhe wieder herzustellen. Schifer erhielt unterm 12. Juli vom Erzherzog Ferdinand, dem damaligen Landesfürsten, den Befehl, 100 Büchsenmacher (Artillerie) aufzunehmen. Die Stärke der ständischen Truppen, welche dem Feldhauptmann Schifer zur Verfügung gestellt wurden, betrug 1200, theils böhmische, theils deutsche Soldknechte; erst später wurde diese Streitmacht auf 700 deutsche und 1100 böhmische Söldner mit 100 gerüsteten Pferden erhöht; davon standen 300 deutsche Knechte im Solde des Erzherzoges. Für einen Profosen bei den Truppen zur Herhaltung guter Mannszucht, zur Vollziehung der Feldpolizei und um Ordnung bei der Proviantierung herzuhalten, hatte Schifer über Auftrag des Wiener Hofrathes selbst die Wahl zu treffen.

Nachdem die angeworbenen Truppen möglichst ausgerüstet waren, um in Action treten zu können, wollten die Stände nochmals auf Verhandlungen mit den Bauern einrathen und man solle nicht voreilig von den Waffen Gebrauch machen, um nicht das Land der unvermeidlichen Verwüstung preiszugeben; der Erzherzog aber, im Gefühle seiner verletzten landesfürstlichen Autorität, wollte mit den Bauern, als einer kriegführenden Macht, nicht mehr unterhandeln und durch Drohungen sich etwas abzwingen lassen. Schifer hatte mittlerweile den Achaz von Losenstein nach Wien geschickt, um bei dem Hofrath sich über die beim Beginn des Feldzuges einzuhaltenden Maßregeln Raths zu erholen und erhielt von dort den gemessenen Befehl, sich auf keine weiteren Aufforderungen zum Gehorsam mehr einzulassen, die aufrührerischen Bauern mit Brand oder in ander Weg zum Gehorsam zu bringen. In die Pfarren, Märkte und anderen Orten, wo Zusammenrottungen, Versammlung u. s. w. stattfinden und wo man sich zur Gegenwehr anschicket, soll er hinziehen und erwirken, dass sie selbst Gnade begehren; die anderen, die weniger aufrührerisch sich benehmen, soll er zum Gehorsam und zum Gelöbde ermahnen und von ihnen verlangen, dass sie das Bündnis verlassen und die Rädelsführer ausliefern. Auf jeden Hof und auf jedes Gut soll nach Verhältnis eine Brandschatzung gelegt werden, wovon die eine Hälfte dem Landesfürsten, die andere der Landschaft zugestellt werden solle. Von der Strafe sollen frei sein alle die

Pfarren, Märkte und Dörfer, welche sich in keiner Weise an diesem Aufruhr betheiligten, diese sollen auch dem Erzherzoge namhaft gemacht werden, damit er ihnen eine besondere Gnade zuerkennen könnte. Die großen Glocken, mit welchen zu den Zusammenrottungen das Zeichen gegeben wurde, sollen zerschlagen und nur die kleinen zum Gottesdienste belassen werden. Alle Bauern, welche sich in Gehorsam und Gnade ergeben, sollen die Waffen abliefern. Die Stände waren wohl mit manchen dieser Anordnungen, insbesondere was die Behandlung der weniger aufrührisch Gesinnten, das Strafgeld und die Zerschlagung der Glocken anbelangte, nicht zufrieden, aber der Erzherzog wich von dem einmal gefassten Beschlusse nicht mehr ab, und stimmte nur in Betreff der abzuliefernden Waffen dem Begehren der Stände zu, dass selbe bei den Herrschaften aufbewahrt werden sollten.

Schifer erhielt einen neuerlichen Befehl, die ihm gegebenen Maßregeln in Vollzug zu bringen; auch erhielt er eine directe Zuschrift vom Erzherzog, worin derselbe seine Verwunderung ausdrückt, dass gegen die Bauern noch nicht vorgegangen worden sei, nachdem er schon eine Zeit her 200 Pferde und eine Anzahl Fußvolk auf seine Kosten unterhalten habe und empfiehlt ihm daher ernstlich vorzugehen, damit auch anderen Ungehorsamen dadurch ein Beispiel gegeben werde. Fühle er sich mit den ihm unterstehenden Truppen zu schwach, so habe der Hofrath bereits den Befehl, ihm mit erzherzoglichen Truppen Verstärkung zuzuführen.

Die Einberufung des Aufgebotes im ganzen Lande gieng am 29. Juli vor sich. Der Ort Neubau auf der Welser Heide war der Sammelplatz der von dem Erzherzoge und den Ständen angeworbenen Truppen, zu welchen die Contingente des Adels, der Pralaten und der sieben landesfürstlichen Städte stoßen sollten, um von da mit vereinigter Macht vorwärts zu gehen. Die Städte haben sich anfangs geweigert, Truppen zu stellen, wodurch sie den größten Unwillen der übrigen Stände erregten, so dass sich endlich doch die von Steyr und Wels bewogen fühlten, einiges angeworbenes Volk nach Neubau zu entsenden.

Doch glücklicherweise wurde das Kriegsunheil vermieden. Als die Bauern den Ernst sahen, dass mit Gewalt ihnen entgegengetreten werde, wichen sie von ihrem unseligen Vorhaben ab. Gleich am anderen Tage nach der Einberufung des Aufgebotes (30. Juli) meldeten die Bundbauern aus zehn Pfarren, 27 waren dem Bunde beigetreten, ihre Unterwerfung, welchen am nämlichen Tage die von den übrigen 17 Pfarren folgten Da auch verlautete, dass die Unterthanen der drei

Herrschaften im Attergau sich zum Frieden gewendet hätten, so benützte man von Seite der Landstände diese Gelegenheit, bei dem Erzherzog zu erwirken, dass dem Marsche des Kriegsvolkes Einhalt gethan und keine weitere Strafhandlung vorgenommen werde.

Allein der Hofrath in Wien misstraute dieser friedsamen Gesinnung und es sollte gegen die Aufständischen nach den Artikeln vorgegangen werden.

Nachdem im Machlande, um Freistadt, an den Grenzen von Böhmen und in Böhmen selbst Unruhen ausgebrochen waren, so hatten die Landräthe die Meinung, man sollte zuerst das Machland zum Gehorsam bringen und dann später in Vereinigung mit den von Wolfgang von Oedt in Böhmen angeworbenen Truppen im Mühlviertel die Entwaffnung vornehmen. Allein der Feldhauptmann war mit einer Zertheilung der Kriegsmacht nicht einverstanden, sondern wollte mit seinen Truppen dem Aufstande im Attergau näherrücken, um dort leichter Fühlung mit den gegen Salzburg vorrückenden Truppen des schwäbischen Bundes zu bekommen.

In Wels fanden nun Berathungen von den erzherzoglichen Commissären und den Ausschüssen des Landes im Beisein des Feldhauptmannes Schifer über den vorgenommenen Feldzug statt und da hat Schifer zuerst die Versammelten mit den vom Wiener Hofrath ihm gegebenen Befehlen bezüglich der Strafen und der Brandschatzung bekannt gemacht, wonach, wie in den Allgäuer Artikeln, auf jede Feuerstätte auch in Oberösterreich 6 fl. rhein. geschlagen werden sollten, wogegen aber die Stände einen energischen Protest an den Erzherzog abgehen ließen. Schifer gerieth dadurch in eine missliche Lage. Auf die Vorstellungen und das Drängen der Landschaft hat er dann auf eigene Verantwortung die Brandschatzung für die Feuerstätte auf 3 fl. herabgesetzt, wodurch aber noch nicht die Zerwürfnisse bezüglich der Behandlung der bündischen Bauern ausgeglichen waren. Schifer hatte die um Wels liegenden Unterthanen, welche sich in die Rebellion eingelassen hatten, auf das Feld vorgeladen und ihnen da in Gegenwart der Stände die Proclamation des Erzherzoges, die sogenannten Artikel, vorgelesen. Darnach mussten alle Rädelsführer und Bündischen bei Verlust des Leibs und Guts angezeigt, alle Waffen unter gleicher Strafandrohung binnen acht Tagen ausgeliefert so auch alle Glocken bis auf weiteren Befehl herabgelassen werden, dass man damit weder läuten, noch anschlagen kann, und musste ein jeder, welcher sich freiwillig dem Bündnisse angeschlossen oder andere mit Drohung dazu gebracht hatte, von der Feuerstätte 3 Pfund entrichten, um den Schaden, der durch die Rebellion dem Landesfürsten und dem Lande erwachsen ist, zu decken, jedoch so, dass der Reichere und mehr Schuldige den Armen und weniger Schuldigen durch Uebernahme eines größeren Betrages erleichtere. Von der Brandschatzung der 3 Pfund ist die eine Hälfte dem Vitzthum binnen acht Tagen, die andere auf nächste Martini zu entrichten. Zugleich hat ein jeder zu schwören, sich in keinen Aufruhr mehr einzulassen und dem Landesfürsten den Eid der Treue zu schwören, welchen Eid auch die Bauern ablegten.

Kaum war die Verlesung vorüber, so riefen die anwesenden Edelleute in ihrem Unmuthe, dass sie von einer Brandschatzung von 3 Pfund Pfennig auf jede Feuerstätte vernommen; dem entgegen wollen sie selbst ihre Leute strafen und sie fänden unter denselben keinen, der nicht von den Ständen einen Zettel zur Beglaubigung seiner Schuldlosigkeit hätte. Als Schifer in seiner Herberge in der Stadt zurückkehrte, folgten ihm alle Herren und Edelleute und bedeuteten ihm abermals, ihre Unterthanen nach den ihnen gegebenen Zetteln zu behandeln und dass keiner von ihnen sich zu einer solchen Execution hergeben wolle. Schifer verwies sie mit ihrem Begehren an den Erzherzog, um dort sich Bescheid zu erholen. Noch in der Nacht kam Botschaft vom Erzherzog, worauf Schifer die Landleute in die Burg Pollheim zum Grafen Georg von Schaunberg, dem damaligen Erbmarschall von Oesterreich und Steiermark, für den nächsten Tag zusammenberief, um von denselben die erzherzoglichen Befehle zu vernehmen. Nach zwei Stunden der Berathung schickten die Versammelten nach Schifer, der auch erschien. Da ich kam, erzählt Schifer in seinem Berichte an den Erzherzog, baten sie nicht lange und fiengen alle insgesammt wieder an, mit mir in solchen Ausdrücken zu reden, dass ich gar keine Antwort geben konnte und verlangten von mir ihre Schadlosbriefe. Schifer entgegnete ihnen, dass er dazu nicht verpflichtet wäre, weil er weder gegen den Landesfürsten, noch gegen sie unehrlich, sondern nur nach den ihm gegebenen Befehlen nach Möglichkeit gehandelt habe. Sie erwiderten, dass der Brief nun außer Kraft sei, sie gesonnen wären, abzuziehen und ihr geworbenes Dienstvolk abzufordern.

Schifer klagt im vorerwähnten Schreiben an den Erzherzog über eine solche Behandlung, über die Schmach und Verachtung, die man ihm angethan. Die Herren begehrten aber doch von Schifer eine präcise Antwort, die auch, schriftlich gegeben, dahin ausfiel: er (Schifer) werde sich nach dem Befehle des Erzherzoges halten, was sie thun wollen, stehe bei ihnen, er könne da nicht über sie gebieten.

Schifer richtete seinen Marsch nach Lambach, das auch in den Aufruhr hineingezogen wurde; es folgten ihm wohl die Landsknechte, die Herren und Landleute aber blieben in Wels zurück. Weiter berichtet Schifer an den Erzherzog, dass er bereit sei, die Befehlshaberstelle, solange überhaupt die Dienstleute und selbe in ausreichender Anzahl bei ihm verbleiben, beizubehalten, weil nicht leicht jemand für dieselbe sich finden würde; er stelle es aber dem Erzherzoge anheim, zu entscheiden, ob er nach einer solchen »muthwilligen« Behandlung von Seite der Herren und Landleute die Feldhauptmannschaft niederlegen oder weiter nach den ihm gegebenen Befehlen verfahren solle. Es solle der Erzherzog ihm auch nicht übel nehmen, dass er eigenmächtig nur 3 fl. auf die Feuerstätte geschlagen, denn die Besitzer seien in Oberösterreich nicht gar so vermöglich und deren Verbrechen auch nicht so groß wie im Hegau und im Reiche.[1]

Von Lambach, wo Schifer wie in Wels die nöthigen Vorkehrungen getroffen, zog er nach Schwannenstadt, wo er am 19. August sich befand; von da gieng der Marsch weiter nach Vöcklabruck, um von dort den Attergau zu erreichen, was nun umso dringender war, da die Ereignisse im benachbarten Salzburg dies unaufschiebbar erforderten. Der Attergau wurde ohne Blutvergießen unterworfen und entwaffnet, aber auch in Salzburg gelang es durch Waffengewalt des Aufstandes Herr zu werden, denn am 29. August schrieb der weltbekannte Georg von Freundsberg aus dem Feldlager bei Salzburg an Schifer, dass er dessen jüngstes Schreiben erhalten und dass mit den Rebellen ein Friedensvertrag abgeschlossen worden sei. Am 30. August zog der Herzog Ludwig von Bayern siegreich in Salzburg ein.

Nachdem Schifer seine Aufgabe vollendet hatte, fragte er sich bei der Landschaft an, wohin er weiter mit dem Kriegsvolke ziehen solle; darauf ward ihm bedeutet, er solle, da auch Freundsberg ihn darum ersucht habe, noch einige Tage in Vöcklabruck liegen bleiben, dann solle er über die Traun und auf Steyr losrücken, um auch da das Unterwerfungswerk auszuführen, weil auch dort der Geist des Aufruhres eingezogen sei und die drohende Haltung der Bevölkerung während der ganzen Zeit des Aufstandes auch wirklich die Vereinigung der steirischen und oberösterreichischen Truppen verhinderte. Von Steyr, meinten die Stände, solle er über die Donau gehen, um auch dort, was noththut, zu vollbringen; alle Tage sollte er zwei oder drei Pfarren abfertigen und sich besser als bisher tummeln, um die großen Kosten für die Truppen eher los zu werden. Vom Wiener Hofrathe

[1] Schreiben vom 19. August 1525.

trat man an die Stände mit dem Plan heran, das ständische Volk mit den erzherzoglichen Truppen, die jetzt nach Steiermark zogen, zu vereinigen; die Stände aber waren dagegen und gaben zu bedenken, wie gefährlich es sein könnte, die Truppen, da der Aufstand kaum gedämpft ist, außer Land zu bringen und gegen die Salzburgischen zu führen.

Nichtsdestoweniger kamen die Hofräthe mit einer neuerlichen Versuchung (die Niederlage bei Schladming konnte man nicht verwinden), an den projectierten Feldzug gegen Salzburg theilzunehmen; wenn sie einwilligen, wird der Erzherzog in der Frage der Brandschatzung sich gnädig erweisen, wenn nicht, werde Schifer dessen Befehle noch vollführen müssen. Doch giengen die Stände auf diesen Antrag nicht ein.

Bei der Dämpfung des Aufstandes war es in unserem Lande nirgends zu einem blutigen Zusammenstoße oder zu einer größeren Zusammenrottung der Bauern gekommen, wiewohl die Gegenden, welche Schifer mit seinem Strafzuge berührte, nicht ohne großen Schaden durch den Muthwillen und die Habgier der Truppen davonkamen. Den Ständen lag insbesondere daran, dass bei der Verhängung der Strafen, mit Ausnahme derselben an den Rädelsführern, die möglichste Schonung obwalten möchte und ihre Bemühungen waren in dieser Hinsicht nicht vergeblich. Nach erfolgter Unterwerfung wurde Gericht über die Theilnehmer am Aufstande gehalten; die Rädelsführer wurden theils vom Feldhauptmann selbst auf der Stelle, theils vom Landgerichte in Linz abgeurtheilt. Im Bezirke des Landgerichtes Kogl hielt Alexander Schifer in Vöcklabruck selbst über die Urheber des Aufstandes Gericht. Das Urtheil lautete dahin, dass alle Bürger und Söldner im Markte St. Georgen, zur Herrschaft Kogl gehörig und dort häuslich und wohnhaft, ihr Leben lang jährlich 12 Kreuzer dem Landesfürsten gegen Erlassung des Stricktragens dienen sollen. Wahrscheinlich hat Schifer auch in den im Attergau liegenden Landgerichten Kammer und Frankenburg Gericht gehalten; bei allen Strafverhängungen ließ man Milde walten und es hat den Anschein, dass dabei den Richtern mehr daran gelegen war, Geld zu bekommen, als Blut zu vergießen.

Der Feldhauptmann Alexander Schifer hat durch seine Umsicht und Besonnenheit, durch sein entschiedenes Auftreten und durch seine treue Anhänglichkeit an den Landesfürsten sicherlich sehr viel beigetragen, dass die Empörung in unserem Lande ohne Blutvergießen gestillt wurde, nicht wie in Steiermark, Salzburg und im Deutschen Reiche, wo freilich die Verhältnisse mehr oder weniger anders lagen,

wo aber tausende von Menschen ihre Theilnahme am Aufstande mit
dem Leben büßen mussten. Zu seinem großen Lobe machte damals
in einem von Wien ausgehenden Schreiben vom 4. August der Vice-
Statthalter Leonhard von Harrach die Bemerkung: »Der Feldhauptmann Herr Alexander Schifer ist ein redlicher
Mann, handelt gern ernstlich und wie sich's gebührt,«die
Landleuth aber wollen ihre Leuth nur fromb machen, und
vermeynen nicht zu leyden, dass man ihre Leuth straffen
oder brandschätzen solle.« Er und Achaz von Losenstein gehörten zu den erprobtesten Männern im Lande.[1]

Nach dem Verzeichnisse der ständischen Körperschaft vom
Jahre 1523 gehörte Schifer als einer der ersten Verordneten zum
Ritter- und Herrenstande und wird wohl nach seiner Verabschiedung
als Feldhauptmann nach seinem Stammsitz Freiling zurückgekehrt
sein. —

Die zwei urkundlichen Belege von den Jahren 1528 und 1529
in seiner Stellung als Erbstifter des Spitales in Eferding haben wir
schon vorne gebracht. Er vermählte sich im Jahre 1513 mit Margaret
Schirmer; diese Ehe scheint aber kinderlos geblieben zu sein. Alexander
starb am 26. September 1530 und wurde in der Schifer'schen Gruft in
der Spitalskirche zu Eferding beigesetzt, wo sich auch sein 7 Schuh 2 Zoll
hoher und 3 Schuh 8 Zoll breiter, schön gearbeiteter Grabstein aus
rothem Marmor im Seitenschiffe der Kirche befindet; seine Gestalt
in voller Rüstung mit der Panierstange und dem Fahnentuche hat
zwei Drittel der Lebensgröße, so auch die der Gattin an seiner Seite,
deren Wappenschild mit zwei geschrägten Streitkolben dem Wappen
der Schirmer entspricht.[2] (Nummer 43 der Zeichnungen im Linzer
Museum.) Die Inschrift lautet:

Hie ligt begraben der Edl vnd Gestreng
her Alexander Schifer zw Freyling
Ritter der gestorben ist am montag vor
sannd Michelstag alls man von der
Welt heiland Cristus geburdt zellt xv[c]
dreissig Jahr des sele derselb vnnser hai-
land Parmherzigkeit verleihe Amen.

[1] Hoheneck II 329 und Cremy l. c. 89.
[2] Starkenfels, Der oberösterreichische Adel. S. 335.

Erbstifter Hans Schifer III.

1530 — 1560.

Dem Ritter Alexander Schifer folgte als Erbstifter Hans Schifer zu Irnharting. Er war ein Neffe des vorigen und ein Sohn Siegmund Schifer II. Er ehelichte Barbara Herkeinsperger und wurde in Irnharting (bei Wels) sesshaft. Wann dies geschehen ist, lässt sich nicht genau bestimmen; nach dem uns zu Gebote stehenden urkundlichen Materiale war er im Jahre 1528 Schaunberg'scher Pfleger in Oberwallsee bei Feldkirchen an der Donau und 1535 erscheint er als Hans Schifer zu Irnharting. Er gründete, wie wir schon früher anführten, sowie sein Bruder Bernhard, der zu Freiling den alten Stammsitz der Schifer innehatte, eine eigene Linie.

Von seinem Wirken können wir Nachstehendes verzeichnen. Laut eines Spruchbriefes vom 5. April 1524 war er Spruchmann zwischen den Gebrüdern Hans, Martin und Leo von Hohenek, wegen des Besitzes der zwei Schlösser Hagenberg und Breitbruck. Im Jahre 1525 darauf kauft er von Hans Siegmund Indernseer zu Indernsee einen Hof zu Schmiding, zunächst an seinem Maierhof gelegen.[1] Im Jahre 1528 stellte er als Pfleger von Oberwallsee anstatt »seines gnädigen Herrn von Schaunberg« (Graf Georg) einen Wechselbrief aus über ein zum Schlosse Oberwallsee gehöriges Ort in der Hofwiese.[2] Endlich treffen wir ihn als Hans Schifer zu Irnharting handelnd für das Spital zu Eferding. Er kauft nämlich im Jahre 1535 von Anna, der Witwe des Sebastian Reintaller, Bürgers zu Eferding, einen dem Spitale dienstbaren, vor dem Welser Thor gelegenen Garten.[3] Ferner erwirkt Hans Schifer zu Irnharting als Erbstifter des Spitales im Jahre 1540 durch einen auf ihn lautenden Tausch- und Wechselbrief von Lienhard Haring, Bader und Bürger zu Eferding, und von Cathrei seiner Hausfrau einen Landacker im Stiegelfeld, der freies Eigen ist.[4] In selbem

[1] Hohenek II. 331.

[2] 1528, 7. August. Das mit dem einen Ort an die Kefermüller-Wiese und mit dem andern an des Pahmann-Schnekler Aecker und Grund, stößt gegen eine zwischen den beiden Hofgärten in Oberwallsee liegende Wiese von Hans Poppmair und Ursula, seiner Hausfrau, in Pesenbach. Original Spitalarchiv.

[3] 1535, 16. Juni s. l. Der Garten lag zwischen des Hans Reuter, Zimmermannes, und Matheus vor dem Welser Thor beider Häuser und gegenüber dem Stadtgraben; jährlicher Dienst davon in das Spital 7 Schill. Pfg. und dem Spitalmeister zwei Stifthühner. Siegler: Simon Gärber, Bürger zu Eferding. Original Spitalarchiv.

[4] 1540, 4. April s. l. Der Landacker lag zwischen des seligen Paul Schlegel Erben und des Thoman Münichmayr zu Binzenbach Gründe und stößt mit dem einen Ort an den Syn zu Hörstorf und mit dem andern Ort an des Pfarrers

Jahre verkauft er mit seinem Bruder Bernhard den Edlhof Poklau sammt dem Dorfe Sieglos, die Maut daselbst, dann die halbe Maut zu Millichdorf und Ebenfurth (bei Wiener-Neustadt) nebst verschiedenen Gründen, Wiesen und Weingärten, drei Teiche, den Getreide- und Weinzehent, siebzehn Halden und ein Haus in der Stadt Horn zusammen um 4600 fl. an Ritter Jakob von der Dürr.[1]

Unterm 11. November 1554 finden wir einen »Bestättbrief« des Grafen Wolfgang von Schaunberg über die Vogtei des Spitales,[2] also einen Schirm- und Schutzbrief der Schifer'schen Stiftung. Schade, dass das Original zu dieser Regeste nicht mehr vorfindig ist und nur eine magere Zeile in der Urkunden-Regeste uns blieb. Dieser Bestätigungsbrief veranlasst uns, auf die für die Spitalskirche gemachten geistlichen Stiftungen wieder zurückzukommen. Wir haben vorne gehört, dass schon im Jahre 1527 unter Alexander Schifer das Spital-Beneficium dem Kaplan der Weberzeche, namens Hans Khaßemaer gegen einen sonderbaren Revers verliehen wurde und haben die Erklärung eines solchen Vorganges in dem schnellen Umsichgreifen der neuen Lehre gegeben. Hier, wie anderswo, hat auch dies in der That in den nachfolgenden Jahren noch mehr stattgefunden und gestalteten sich die bestehenden kirchlichen Verhältnisse noch verworrener. Vom Jahre 1538, 28. Juni, haben wir einen Heiratsvertrag, wornach Andre Dorfmair, Bürger zu Eferding, Martha, des Hans Vorstperger, Lederers und Bürgers zu Eferding, Tochter, »nach Ordnung der heiligen christlichen Kirche« ehelichte.[3] Im Jahre 1539 machte der Kirchherr von Eferding, Hans von Pranndt, sein Testament († 22. April 1542) und bestimmte, dass nach seinem Absterben für ihn ein Seelen- und ein Lobamt und einige andere Gottesdienste gehalten werden sollen und fügt dem bei, »sofern es anders rechtschaffen gehalten werden will, denn ich trag Fürsorg, es wird nach meinem Sterben irrig zugehen«.[4] Er konnte um besten

zu Eferding Landacker. Siegler: Hans Prewer, Landrichter im Aschachwinkel. Zeugen: Valtan Thurner, Spitalmeister, Jörg Pinifleischhacker, Stadtschreiber, und Andre Kümpichler unter der Stadt Eferding. Original Spitalarchiv. — 1542. Sonntag *Misericordiae*, wurde ein Kaufbrief vom Kloster Wilhering ausgestellt, lautend auf Hans Schifer, um das Münich- und Aichlehen, Schifer-Schriften im Museum.

[1] Hoheneck II, 331.
[2] Urkunden-Regeste vom Jahre 1554.
[3] Siegler war der Stadtrichter von Eferding Wolfgang Ecker; Zeugen und Heiratsleute für den Bräutigam: Hans Purkholzer und Gregor Lechner; für die Braut: Valentin Thurner und Martin Huebmayr, Bäcker; alle Bürger zu Eferding. Original Spitalarchiv.
[4] Pfarrarchiv Eferding.

die Sachlage beurtheilen. Schon die zwei letzten Grafen von Schaunberg, Graf Georg und sein Sohn Wolfgang,[1]) die Lehensherren und Vögte der Pfarrkirche in Eferding und Erbvögte des Spitales und des dort gestifteten Beneficiums, waren eifrige Anhänger der lutherischen Lehre. Im Jahre 1544 unternahm es Graf Georg († 1544) nach Beseitigung des katholischen Gottesdienstes in Eferding einen lutherischen Prediger dort anzustellen, welchen er aber Ober Auftrag des Kaisers Ferdinand im darauffolgenden Jahre entfernen musste. Die Gemahlin des Grafen Wolfgang († 1559) Anna, geborne Gräfin von Ortenburg († 26. Juli 1569) war insbesondere eine entschiedene Gegnerin der katholischen Sache, da sie sich im Jahre 1565 gegen das Franciscaner-›Klösterl‹ in Pupping große Gewaltthätigkeiten zu Schulden kommen ließ. Zu Ostern im Jahre 1565 hat sie die Güter desselben sammt aller fahrender Habe, die Kirchenkleinode und eine stattliche Liberei (Bibliothek) zu ihren Händen entfremdet und als der damalige Franciscaner-Provinzial nach Abzug der Patres (1560 bis 1565) die Visitation vornehmen wollte, wurde ihm von den Mannen der Gräfin Anna der Eintritt in das Kloster verweigert und er zum Abzuge genöthiget.[2]) Die Pfarrkirche in Eferding war bereits seit der Besitzergreifung durch die Starhemberge im Jahre 1559 mit lutherischen Predigern besetzt und blieb es fortan beilich bis zum Jahre 1620. In dem Theil-Libelle vom Jahre 1587, nach welchem Paul Jakob von Starhemberg und seine Brüder Gotthard, Ludwig Bartholomeus, Martin und Erasem die von ihrem Vater Rüdiger übderkommenen Herrschaften, Güter und dergleichen in sechs gleiche Theile

---

[1]) Nicht minder war auch sein Bruder Graf Johann († 1551) der neuen Lehre sehr anhänglich. Jodok Stülz: Geschichte der Grafen von Schaunberg. S. 83.

[2]) Majestätsgesuch des Guardian und des Conventes des Barfußer-Ordens in Wien vom Jahre 1569 um Restituierung der abhanden gekommenen Habe. (Abschrift.) Bischöfl. Registratur in Linz, Faszikel. 50, Passauer Acten. Wenn Pillwein in seiner Geschichte und Topographie von Oberösterreich III. 230 erwähnt, dass die Gräfin Anna nebst den andern oben angeführten Gewaltthaten zu Eferding und Linz auch die kirchlichen Glocken u. s. w. verkaufte, so möchte er hierin sich irren. Glocken kamen weg von Pupping und, was gewiss ist, nach Eferding, wo eine dieser Glocken den Namen der ›Puppingerin‹ erhielt; kaum glaublich, dass auch nach Linz eine gewandert wäre; von Linz ergieng aber der Befehl unterm 12. Jänner 1672 an die Stadt Eferding wegen der Zurückstellung ›der Glocken‹ nach Pupping, nachdem schon im Jahre 1570, 25. Mai, vom Kaiser Maximilian ein Rescript an die Erben der Gräfin Anna mit dem Auftrag ergieng, alle weggenommenen Kirchenornate und Kleinodien von Messgewand und dergleichen auf das Schloss Linz der Königin Katharina von Polen bis auf weiteren Bescheid zu überantworten. *Cosmographia austriaco-franciscana* des P. Placidus Herzog.

nach ihrer Wahl unter sich vertheilten, ist unter dem Capitel: »Vogt-
und Lehenschaft« aufgeführt: die Pfarre Eferding, das Gotteshaus zu
Scharten, dann auch die drei Stifte zu Eferding: das St. Maria Magdalena-
und das St. Margaret-Stift in der Spitalskirche, dann das heilige Geist-
Stift in der Pfarrkirche. Weiter heißt es dann unter diesem Vertrags-
punkt: »Daneben ist aber in solchen geistlichen Sachen zu merken,
»dass vermög übergegangenen Vertrag und Vergleich, so wegen der
»Herrschaft Eferding und Schaunberg jüngstlich geschehen [1] in der-
»selben Abtheilung aufgericht und gefertigt, lauter fürgesehen, dass
»die Herrschaft Eferding in Ersetzung der vacierenden Conditionen
»als geistliche Personen und Schuldienern gänzlich verobligiert und
»schuldig sei, solche Personen und Officier der Augspurgerischen
»Confession gemäß, mit der Herrschaft Schaunberg Inhabern Con-
»sens und Willen aufzunehmen, wie dann deßfalls angezogene Ver-
»träg und Urbar mehreres die Anspürung mit sich bringen.« [2]   Es
wurden sonach alle diese früheren katholischen geistlichen Pfründen
vertragsmäßig mit lutherischen Personen besetzt; wie hier, so war es
meistentheils auch anderswo der Fall, theils weil bis in das 17. Jahrhundert an ehrbaren und gelehrten Priestern Mangel war, anderseits
die protestantischen Herren und Ritter sich willkürlich Patronats-
und Vogteirechte anmaßten und in Besetzung der Pfarren den ihnen
missliebigen Personen die größten Schwierigkeiten machten.

Im Jahre 1558 hat Graf Wolfgang von Schaunberg, dem die
Vogt- und Lehenschaft über das im Jahre 1385 von Hans Pucher in
der Spitalskirche gegründete St. Margareten-Stift zustand, einen gewissen Leonhard Weinmeister für die »Magarethenmeß« präsentiert und vom Jahre 1584 bis 1599 finden wir den lutherischen Pfarrer
von Eferding, namens Nikolaus Hashmayr, im Besitze des Margareten-
Stiftes allein, oder auch zugleich des Schifer'schen und des im Jahre
1427 gegründeten Magdalena-Stiftes, was nicht ganz nachgewiesen
werden kann. Darnach findet sich kein Beleg mehr für die Besetzung
eines oder des andern dieser Beneficien bis zum Jahre 1620, wo
Friedrich Angermayr für alle drei Beneficien angestellt wurde. Aus den
Kanzlei-Acten [1] geht hervor, dass die Besitzer der Herrschaft Eferding
die Vogtei und Präsentation über alle drei Beneficien ausübten, also
auch über das Schifer'sche und noch um die Mitte des 18. Jahrhunderts Differenzen der Herrschaft mit den Schifern über diesen

[1] Vertrag de dato Linz, 23. Juni 1584, bezüglich der Theilung der drei
Herrschaften Eferding, Schaunberg und Stauf. Schwerdling, Geschichte des
Hauses Starhemberg. S. 190.
[2] Fürstliches Archiv Eferding.

Punkt sich wieder zeigten. Wie das so kam, dass von den Schifern das Verleihungsrecht an die Herrschaft übergieng, lässt sich nicht ganz erklären, vielleicht haben sich bei ihnen keine Bewerber eingefunden, dass sie ihr Beneficium nicht besetzen konnten, oder dass sie freiwillig ihr Recht nicht ausübten und der Herrschaft überließen. Die Schifer haben sich auch nicht dem Einflusse und Andrängen der neuen Lehre entzogen und sind deren Anhänger geworden, wie wir dies von dem Erbstifter Hans Schifer († 1616) und glaublich auch von seinem Nachfolger Dietmar wissen; letzterer führte den Titel Erbstifter erst später, vielleicht von da an, als er katholisch geworden war. Wie schon erwähnt, finden wir im Jahre 1620 einen Beneficiaten an der Spitalskirche, namens Friederich Angermayr, während die Kirchenrechnung vom Jahre 1623 für Pfarrkirche neben Eras von Starhemberg ein M. Samuel Obermann, pastor, mitfertigte. Unter solchen Verhältnissen und Vorgängen ist es kaum als wahrscheinlich anzunehmen, dass in der Spitalskirche noch katholischer Gottesdienst gehalten wurde und dass nicht auch der Erbstifter Hans Schifer ein Anhänger der lutherischen Lehre gewesen.

. Seine Gemahlin Barbara, geborne Hedleinsperger, gebar ihm einen Sohn, Alexander genannt, welcher Maria, eine geborne von Scherfenberg ehelichte,[1] die nach dessen erfolgtem Ableben Hieronymus Bekh zum Gemahl bekam; ferner zwei Töchter, namens Maria Salome, vermählt mit Andrä von Pohlheim zu Wels, und Sidonia, welche Michel Hohenfelder zu Almegg zum Gemahle hatte.[1] Hans Schifer starb circa 1560, da in diesem Jahre sein Nachfolger, Erbstifter Bernhard Schifer schon einen auf das Spital bezugnehmenden Erbbrief ausstellt. Ein in der Spitalskirche zu Eferding befindlicher Denkstein (Zeichnung Nr. 31 im Museum) mit der Jahreszahl 1565 sagt uns, dass er auch in dieser Kirche mit seiner Gemahlin und seinem Sohne und seiner Schwiegertochter beigesetzt wurde. Die Inschrift lautet:

Allhie ligen neben andern
Seifern auch begraben die edlen vnd
vesden weilvnd hans Seifer, welcher ein
geborne hedleinspergerin Barbara genand zw
einen ehlichen gemahel gehabt, Volguns Alexander
seifer der gemelder baider Khonleid ehleublicher
sohn welcher zu seiner ehgemahel ein geporne von
scherfenberg maria genant gehabt anno Dni M . DLXV

[1] Nach Ladschreiben des Hans von Scherfenberg, Vaters der Braut, wurde die Hochzeit am 22. November 1551 zu Enns gefeiert. Faselkel: Freiherrn von Schifer, Museum in Linz.

Nun folgen Bibelsprüche aus dem alten und neuen Testamente, wie es zur lutherischen Zeit üblich geworden war. Dieser im Gedenkstein angeführte Alexander war der einzige Sohn des Erbstifters Hans Schifer, er erscheint im Jahre 1551 als kaiserlicher Rath und Landrath des Erzherzogthumes Oesterreich ob der Enns[1] und hatte, wie sein Vater, seinen Sitz zu Irnharting. Von seiner Gemahlin erwarb er sechs Söhne, namens Hans sen., Ehrenreich, Hans jun., Bernhard, Siegmund und Alexander, und drei Töchter Sidonie, Marie Salome und Christine mit Namen.[2] Von seinen Söhnen Ehrenreich und Hans sen., welche Erbstifter wurden, werden wir weiter unten vernehmen.

Erbstifter Bernhard Schifer.

1560 – 1563.

Dem Erbstifter Hans Schifer zu Irnharting folgte sein Bruder Bernhard Schifer zu Freiling. Er war Kaiser Ferdinand I. Rath, Landrath und wurde im Jahre 1560 auch Verordneter von Oberösterreich. Aus seiner Zeit haben wir einige urkundliche Belege seiner Wirksamkeit für die Stiftung seiner Vorfahren. Er verkauft nämlich im Jahre 1551 erbrechtsweise Hansen Mair auf der Oedt in der Waizenkirchner Pfarre und dessen Hausfrau Magdalena einen Holzgrund in derselben Pfarre, Oedtberg genannt,[3] und im darauffolgenden Jahre verkauft er als »Erbstifter« des Spitales an Hans Obermüller und dessen Hausfrau Magdalena den ausgezeigten Holzgrund, die Peunten und das Haus am Hillinglah ausserhalb der Stadt Eferding.[4] Zwei Urkunden-Regesten besagen, dass Bernhard Schifer schon im Jahre 1560 am 5. Mai einen Erbbrief über einen Pflanzgarten und ein Wiesel am Schönbichl in Eferding und ebenfalls einen solchen um ¼ Theil der Sickenfurthwiese (in der Nähe der Ortschaft Fraham) im Jahre 1562, 25. November, ausgestellt habe. Bernhard Schifer war vermählt mit Margaret von Gaißruck, welche ihm drei Söhne Georg Siegmund, Alexander und Benedikt und drei Töchter Kyburg,

---

[1] Hoheneck l. c. II. 333.

[2] Stammbaum der Schifer.

[3] 1551. 27. April. Freiling. Davon war jährlich zu reichen 3 Schill. Pfg., in Veränderungsfällen für Abstand und Zustand je 1 Schill. Pfg. und das gewöhnliche Freigeld. Siegler: Bernhard Schifer. Original Spitalarchiv.

[4] 1552 um den 8. September herum. s. l. Dienst davon an das Spital jährlich 3 Schill. Pfg., 2 Stifthennen. Abfahrt und Anleit je 40 Pfg. Siegler: Bernhard Schifer. Original Spitalarchiv.

Sophie und Herzenlaut gebar. Von den Söhnen starben Alexander und Benedict in der Jugend, Georg Siegmund wurde Erbstifter; von den Töchtern ehelichte Kyburg den Wolf Christoph von Mäming zu Nussdorf, Sophie den Georg Neuhauser zu Stadlkirchen[1]) und Herzenlaut Otto von Traun[2]). Bernhard Schifer starb im Jahre 1563 und wurde in der Spitalkirche beigesetzt; sein Grabstein aus weißem Marmor (Nr. 37 der Zeichnungen im Museum) hat folgende Inschrift:

hie ligt begraben der edl und gestreng
herr bernhard schifer zu freyling rö:
khay: mt: etc: rhat welcher in Christo
entschlafe ist den XXXI jannarÿ ano
MD . LXIII

Seine Gemahlin Margaret, welche ihm zwei Jahre darnach im Tode folgte, hat kein besonderes Epitaphium, sie wurde aber auch in der Gruft der Schifer beigesetzt, wo selbe nachstehende Grabschrift hatte (Pfarrschriften): »Auch seine Eheliche Gemahel die Edl und Tugendhafte Frau Margaretha, Gebohrne von Gaißruck, welche in Christo entschlafen ist den 30. Januarii MDLXV. deren beyden Seelen Gott gnädig seyn, und die fröhliche Auferstehung verleihen wolle, Amen.«

Neben dem Erbstifter Bernhard Schifer erwähnen wir noch eines anderen Bernhard von diesem Geschlechte. Dieser war ein Sohn des Alexander Schifer zu Imharting und ward im Jahre 1560 geboren. Er war auch zu Imharting sesshaft bis zu seiner Verehelichung wenigstens, später dürfte er im Schlosse Leiben gelebt haben, und vermählte sich nach Ladschreiben de dato Imharting, 18. October 1585 an seinen Vetter Wolf Ehrenreich Herleinsperger zum Hochhaus etc. zu seiner am 3. November im Schlosse Leiben stattfindenden Vermählung mit Radegund, Tochter des Wolf Dietrich von Trautmannsdorf; ein gleiches Ladschreiben richtete er unterm 21. October an Ehren-

---

[1]) Ladschreiben des Vaters Bernhard vom 27. April 1561 an Wolf Ehrenreich Herleinsperger zu Bruck an der Aschach zur Vermählung seiner Tochter Sophie mit Jörg Neuhauser zu Plumlau und Stadlkirchen, Majorats-Rath und Anwalt der oberösterreichischen Landeshauptmannschaft, welche Vermählungsfeier am 18. Mai zu Linz in das Guninger Behausung stattfinden wird. Schifer Schiften im Museum.

[2]) Hoheneck l. c. II. 339 und Stammbaum der Schifer. Nach einem Grabstein in Hörsching ist Otto von Traun am 15. Jänner 1572 in Linz gestorben, der Grabstein enthält auch den Namen seiner Frau; Tag und Jahr ihres Todes ist aber in demselben nicht ergänzt worden.

reich Haimb zum Reichenstein. Von seinen aus dieser Ehe entsprossenen zwei Söhnen starb der eine, Wolf Dietrich mit Namen, im 11. Lebensjahre im Schloss Leiben am 25. Mai 1602 und wurde in der Familiengruft in Eferding beigesetzt. Die Mutter dieses Kindes, Radegund Schifer, folgte demselben bald im Tode nach, sie starb am 2. Juli 1603, 35 Jahre alt und wurde auch in Eferding begraben. (Pfarrschriften.) In zweiter Ehe nahm Bernhard Schifer Sara Mamming zu Nussdorf, welche Ehe aber kinderlos blieb.

Erbstifter Georg Siegmund Schifer I.

1563 — 1600.

Dem Erbitifter Bernhard Schifer folgte in der Vorstehung des Spitales sein Sohn Georg Siegmund zu Freiling. Er verehelichte sich mit Martha, einer Tochter des Georg von Oedt zu Ehreneck und Daxberg und der Susanna von Neuhaus. Die Hochzeit wurde zu Linz im Jahre 1568 gehalten. Durch diese Verbindung überkam Georg Siegmund die Herrschaft Daxberg.[1] Im Jahre 1577 wurde er Verordneter von Oberösterreich und 1594 Viertelshauptmann im Hausruckviertel, nebst den Viertelhauptleuten Otto Heinrich von Losenstein im Traunviertel, Hans Wilhelm von Zelking im Machland und Hans Christof von Oedt im Mühlviertel.[2] Diese Stellung dürfte damals nicht die angenehmste gewesen sein, da schon infolge der von Kaiser Rudolf II. angeordneten Maßregeln zur Durchführung der Gegenreformation Ruhestörungen entstanden und im folgenden Jahre 1595 im oberen Mühlviertel unter den protestantischen Bauern ernstliche Unruhen ausbrachen, die sich bald auch über die anderen Viertel des Landes verbreiteten. Hatte der Aufstand im Mühlviertel gleich anfangs einen religiösen Charakter, so waren in den übrigen Vierteln vorherrschend agrarische Ursachen: über gesteigerte Robot, Freigeld und andere Giebigkeiten und Leistungen die Quelle desselben. Eine der Zusammenrottungen der Bauern in unserer Gegend geschah in Neukirchen am Wald, von wo aus sie in starker Anzahl nach Waizenkirchen, Peuerbach und Neumarkt zogen und durch ihre

[1] Eine Urkunden-Regeste vom 7. Juli 1581 erwähnt eines Uebergabsbriefes an Georg Siegmund Schifer zu Freiling von seinen sämmtlichen Herren Vettern das Haus zu Eferding betreffend. Dieses Haus, das jetzige Verwaltungshaus, war ein Freihaus, welches im Jahre 1618 durch Familien-Vertrag an Benedict Schifer, dem Begründer der unterösterreichischen Linie, gedieh. Schifer-Schriften im Museum.

[2] Hoheneck l. c. II 341.

Ansager allenthalben die Unterthanen durch Gelübde in ihre Verbindung zu bringen suchten. Man versuchte durch Vermittlung der umliegenden Herrschaftenbesitzer die Bauern von ihren Vorhaben abzubringen, aber alle Bemühungen scheiterten an ihrem Trotze und Hochmuthe. Eine andere Colonne der Bauern zog am 12. October gegen Aschach und Eferding und zwang den erstgenannten Markt und die Bauern um Eferding zur Zusage, vor den Stadtmauern von Eferding zogen sie diesmal vorbei.[1] Bei der rastlosen Thätigkeit, welche sie entwickelten, um Bundesgenossen zu erwerben, gelang es ihnen in wenigen Tagen, einige Städte ausgenommen, das ganze Hausruckviertel zu ihrem Bund zu zwingen. Am 16. October sammelte sich eine grosse Anzahl aufrührerischer Bauern am Hinzenbacherfeld bei Eferding und haben jetzt zum zweitenmal die dortigen Unterthanen zum Angelöbnis genöthiget. Trotz eindringlicher Vorstellung und Bitte von Seite des Stadtherrn Eras von Starhemberg, des Aelteren, dass die Bürgerschaft zu ihm halte und er auch Leib und Leben in der Vertheidigung der Stadt daransetzen wolle, hat dann ungeachtet mehrmaliger Abmahnung von Seite Starhemberg's der damalige Stadtrichter Stephan Pfefferl das Schmiedthor offen gelassen, wodurch dann die rebellischen Bauern in die Stadt kamen. Als dieselben in grosser Anzahl eingedrungen waren, hat ihnen derselbe Stadtrichter versprochen, dass er andern Tags die Bürger hinaus auf das Feld führen werde und jeder Bürger unter Androhung von Schaden an Leib und Gut dies thun müsse. Am Abend desselben Tages erhielt Erasmus von Starhemberg das Patent des Landeshauptmannes vom 14. October, in welchem die Städte, Märkte, Flecken und Unterthanen zum Gehorsam gegen den Landesfürsten und die Obrigkeit ermahnt wurden; die geplante Verlesung desselben scheiterte jedoch an dem Trotze der Bauern und der aufrührerischen Bürger; es wurden Alle, ja sogar die eigenen Officiere Starhemberg's und andere nobilitierte und privilegierte Personen genöthiget, sich den Bauern zu verpflichten und mit ihnen zu verbinden, ja sogar Abgesandte der Stadt wurden nach Grieskirchen, Lambach und anderen Orten angeordnet. Mit dem Patente des Landeshauptmannes an Starhemberg traf auch ein solches an den Viertlhauptmann Georg Siegmund Schifer ein, welches ihm noch in der Nacht nach Freiling in der Hoffnung geschickt wurde, dass er mit Güte die Rebellen aus der Stadt bringen helfe und die Bürger abhalte, dass sie dem Gelübde des Stadtrichters nachkommen; aber Schifer kam

[1] Alban Czerny: Der zweite Bauernaufstand 1595—1597. Seite 89

nicht. Starhemberg war damals zur Gegenwehr nicht gerüstet und von den Bürgern war keine kräftige Unterstützung zu erwarten. Als am 24. October der Landeshauptmann Löbl mit Hans Wilhelm von Zelking und anderen Landleuten, den beiden jungen von Starhemberg, Eras und Reichardt, ihren Dienern und einer Anzahl reisiger Knechte gegen Eferding zog, um diese Stand wieder zum Gehorsam ihres Herrn zu bringen, war auch Georg Siegmund bei dem Zuge.[1] Diese Unternehmung war vom besten Erfolg begleitet, die Stadt wurde eingenommen und die Bürgerschaft wieder zum Gehorsam gebracht. Als befestigter Punkt erhielt die Stadt eine Besatzung von etlichen Bürgern von Linz, Wels, Ottensheim und anderen Orten und von freigeworbenen Knechten zu Pferd und wurde mit der nöthigen Munition versehen.[2]

Von Georg Siegmund Schifer sind noch zwei Urkunden vorhanden, die eine ist ein Wechselbrief des Hans Prandt, Pflegers zu Weidenholz, vom 13. November 1592, lautend auf Jörg Siegmund Schifer, obersten Erbstifter des Spitales zu Eferding. Prandt gibt seinen Weingarten im Aschachwinkel, der ihm zu entlegen ist, und wovon Hans Mittermayr nebst der Steuer auch 3 Schilling 15 Pfennig Dienst jährlich zu reichen hat; dem entgegen gibt Schifer einen zum Spital gehörigen, in der Peuerbacher Pfarre gelegenen Zehent.[3]

---

[1] Czerny l. c. 108. Das Vorgehen des rebellischen Stadtrichters Stephan Pfefferl hatte ein Nachspiel in einem Processe der Erben desselben († 1599) mit Eras von Starhemberg, der erst lange nach Dämpfung des Aufstandes durch einen vor dem Landeshauptmann am 10. Mai 1600 abgeschlossenen Vergleich sein Ende fand. Als Antheil der Commissionskosten zur Stillung des Aufruhres traf die Stadt Eferding ein in drei Jahren zu bezahlender Betrag von 180 fl. Pfefferl, der sich mit noch einigen anderen am meisten der Rebellion theilhaftig machte, wurde zu einer Strafe von jährlich 60 fl. für drei Jahre verurtheilt, gegen welche Auflage aber seine Erben Einsprache erholen und Starhemberg die Schuld dieses hohen Betrages, der später auf 24 fl herabgemindert wurde, beimassen. Fürstliches Archiv Eferding.

[2] Czerny l. c. 108. — Da Eras von Starhemberg damals doch wieder den früheren Stadtrichter Stephan Pfefferl ins Gelöbde genommen und ihm in Beisein des Georg Siegmund Schifer und anderer das Stadtwesen anvertraut und bei seinen bürgerlichen Rechten gelassen hat, so haben die Erben Pfefferls in ihrem Processe gegen Starhemberg demselben dies vorgeworfen. Später hat Starhemberg freilich einen gewissen Paul Ortenburger eingesetzt und Pfefferl nichts mehr anvertraut. Fürstliches Archiv Eferding. Vielleicht hat gleich nach Einnahme der Stadt sich niemand anderer herbeigelassen, das Stadtrichteramt zu übernehmen, als wie der frühere Stadtrichter Pfefferl.

[3] Siegler: die Contrahenten. Original Spitalarchiv.

Die zweite Urkunde ist ein Kaufbrief um eines zum Spital grundunterthänigen und mit 2 Pfund Pfennig dahin dienstbaren Häusel.[1])
In den Urkunden-Regesten ist auch ein Wechselbrief von dem vorgenannten Pfleger von Weidenholz vom 10. August 1598 um einige
dienstbare Gründe und Landäcker angeführt.[2])

Georg Siegmund Schifer starb am 6. Februar 1600, 51 Jahre alt,
und wurde im Schifer'schen Erbbegräbnis, wie auch seine Gemahlin,
welche ihm im Jahre 1616 im Tode nachfolgte, beigesetzt. Früher
war auf der Evangelienseite unter der Kanzel ein Schild mit dem
Schifer'schen Wappen an der Kirchenmauer angebracht, der aber
abhanden gekommen ist und folgende Inschrift hatte:

Diesen Schild ließ machen
der Edl und gestreng Herr
Georg Sigmund Schifer zu
Freyling so zu diesem Epi-
thavi gehört.

Auf deren beiden Särgen in der ehemaligen Gruft der Stiftskirche waren auf vergoldeten, messingenen Platten folgende Inschriften:
»Hier ligt begraben der edle und gestrenge Herr Herr Georg Siegmund Schifer zu Freyling, Erbstifter des Spitals zu Eferding, seines
Alters in 51ten Jahr welcher gestorben ist den 6ten Februar im sech-
zenhundertsten Jahr.« — Seiner Gemahlin Inschrift lautete: »Die
wohlgeborne Frau Martha, Frau Schiferin, gebohrne Freyin von Oedt,
ligt und ruhet hierin. Sie war Herrn Georg Siegmund Schifers zu
Freyling hinterlassene Eheliche Frau Gemahlin.«

— — — —

[1]) Kaufbrief vom 27. Mai 1599 des Mathä Paügartner und Katharina, seiner
Hausfrau, lautend auf Hans Edlacher, Bürger zu Everding, und Anna, seine
Hausfrau. Gränze des Häusels: mit der einen Seite an des Mayrhofer Garten,
mit der andern an die Landstraße und dann an das Spiegfeld. Siegler: Georg
Siegmund Schifer, derzeit Ältester Erbstifter des Spitales; Zeugen: Sixt Ramb
zu Everding, Georg Nagel am Nagelberg und Wolf Relter; alle drei in der Eferdinger Pfarre. Original Spitalarchiv.

[2]) Von erst ein Landacker im Hinzenbacherfeld vom Häual und Peunt
vor dem Schaunberger Thor dient Mathe Baumgartner 1 fl. 4 Pfg.; Georg
Pichler zu Rudling von der Breiten bei dem Gottesacker[*]) 1 fl; Hans Erlacher
von einem Landacker im Spiegelfeld 4 Schill.; Georg Vierhauser von einem
Landacker im Wolfsbruckfeld 15 Pfg.; vom Sieklinger zu Schwans 5 Schill.
jährlichen Zehentdienst.

[*]) Im Garten des Oberkirchmaier-Gutes zu Oberrädling sind nach deutliche
Spuren eines früher daselbst bestandenen Gottesackers, da Menschengebeine immer
wieder ausgegraben werden; an der Stelle des Unterkirchmaier-Gutes war die Kirche
und auf der Höhe des »Schlossberges« die einstige Burg der Herren von Rudlaching.

Sibzehn ganzer Jahr ist sie Wittib bliben
Und ihr Zeit in der Furcht Gottes vertriben
Als man zählet hat ein tausend Sechshundert Sechzehn Jahr
Am Daxberg den Vierten Augusti glaub fürwahr
befahl sie ihre liebe Seel in Christi händ
und nahm darauf ein gottselig christl. end
ihr Völliges alter war Sechs und sechzig Jahr
Gott helf uns allen zu der heiligen Engeln Schaar. [1]

Georg Siegmund erwarb sechs Söhne und drei Töchter, Benedict, Alexander, Dietmar, Bernhard, Hans Siegmund und Jörg Gundacker und Anna Marie, Herzenlaut und Sophie mit Namen. Von diesen letzteren starb Anna Marie in Kinderjahren und wurde in dem Erbbegräbnis der Schifer beigesetzt, deren Grabstein aus Marmor (Nr. 38 der Zeichnungen im Museum) hat folgende Inschrift:

»Hie ligt begraben des Edlen und gestrengen Herrn Georg Sigmundten Schifer | zu Freyling. Martha seiner Elichen Haúsfrauen ain geborne von | Ödt Eheliche Tochter Anna Maria Ires Alters 5 Jar, Weliche zu Pirehenstain den 30 Januarius Anno 1575 Jar | gestorben ist, der Gott eine fröliche Aufferstenng verleihen Wolle.« Darunter zwei Wappen und Bibelsprüche. Herzenlaut ehelichte im Jahre 1595 Hans Siegmund von Kirchberg und Sophie vermählte sich im Jahre 1599 mit Wolf Christoph Jagernreuther zu Pernau. [2] Von den Söhnen hat Benedict zu Puchberg, geboren 1560, eine Unterlinie, die niederösterreichische, protestantische, sowie sein Bruder Dietmar zu Freiling und Daxberg die oberösterreichisch-katholische Linie begründet; auf Benedict Schifer werden wir später wieder zurückkommen. Dietmar wurde auch Erbstifter des Spitales und werden wir von demselben gleich weiter unten vernehmen. Der Sohn Georg Gundacker Schifer vermählte sich mit Barbara Weiß von Würting. [3] Zwei seiner Kinder: Herzenlaut, welche gleich einige Stunden nach der Taufe am 28. April 1620 gestorben und Christina, welche auch nur einen Tag lebte und 24. März 1621 verstarb, liegen in der Schifer'schen Gruft in Eferding.

[1] Pfarrschriften.
[2] Hoheneck l. c. II, 342.
[3] l. c. Hoheneck citiert ein Schreiben vom 3. October 1621, als wäre um diese Zeit die Vermählung vor sich gegangen, was aber nicht richtig ist; nach einer vom 22. October 1617 datierten Heiratsabrede ist selbe um diese Zeit erfolgt. Zeugen dieser Heiratsabrede waren Dietmar Schifer, Obrist, und Benedict Schifer, von der Landschaft bestellter Obristen-Lieutenant, u. And. 1619, 13. September, hielt Georg Gundacker Abreitung mit seiner Gemahlin Barbara. Original Schifer-Schriften im Museum.

Nach Kaufbrief vom 24. August 1618, in Daxberg ausgestellt, kaufte Georg Gundacker von den Erben des Ehrenreich Schifer († 1608) und seiner Gemahlin Judith († 1619) die zwei adelichen Güter Daxberg und Gallham, welche Ehrenreich Schifer durch 34 Jahre besaß, um den Preis von 35,000 fl. und 10 Ducaten Leihkauf, ein gewisser Kiekhendorfer war dabei auf Lebenslang zu unterhalten.[1] Ein Jahr darauf kaufte er die Schergenhub von Karl Jörger und von Hans Adam Prandtner etliche Güter und Zehente.[2] Im Jahre 1626 war Georg Gundacker mit Siegmund von Tumberg, einer der verord-neten Commissäre, zur gerichtlichen Abschätzung der überschuldeten Herrschaft Peuerbach, welche dann Graf Herberstein nach einer ge-pflogenen Cridaverhandlung um den Schätzungswert von 150,069 fl. 1 Schill. 6 Pfg. übernahm.[3] Georg Gundacker Schifer starb im Jahre 1629 und seine Gemahlin Barbara am 24. Mai 1630, beide im Schlosse Niederwallsee und ruhen in der Pfarrkirche zu Sindelburg.[4] Georg Gundacker stand auch mit seinem Bruder Dietmar Schifer,

---

[1] Der Gehorsambrief an die Daxberg'schen Unterthanen von den Erben des Ehrenreich Schifer datierte vom 30. April 1619.

[2] Anschlag über die Schergenhub sammt einer Quittung von Karl Jörger de dato 24. April 1620. — Gehorsambrief von Hans Adam Prandtner de dato 28. October 1625 auf Georg Gundacker über diese angekauften Güter. — 1627, 22. Februar, Bestandbrief um den Tax auf der Tafern von Daxberg und Gallham und 1628, 4. Februar, Quittung zu den von Hans Adam Prandtner angekauften Gütern.

[3] Nach einem Schreiben de dato Wels, 29. Februar 1625 fordert Heinrich Schifer von seinem Vetter Georg Gundacker Schifer durch den Pfleger von Polheim seinen noch ausständigen Erbtheil von Daxberg per 2000 fl.; er habe Schaden, wenn er dieses Geld nicht bekomme, es thue ihm sehr noth, er hoffe, dass er es erhalten werde. Heinrich Schifer unterfertigte auch den Act über die Verlassenschafts-Vertheilung nach der in Daxberg verstorbenen Judith Schifer, geborne von Ödt, de dato 1. Mai 1619 mit Benedict, Dietmar und Georg Gundacker. Ebenso fertigte derselbe die Kaufabrede über die adelichen Güter Daxberg und Gallham de dato 30. April 1619 zwischen den Erben des Ehrenreich Schifer und Georg Gundacker (Schifer-Schriften im Museum.) Hans Heinrich war ein Sohn des Alexander Schifer zu Gürteringen und dessen Gemahlin Eleonore von Neuhausen in Würtemberg. er betheiligte sich in hervorragender Weise im oberösterreichischen Bauernaufstande im Jahre 1626; er war auch bei der Ver-sammlung der Adeligen in Wels, welche Versammlungen der damalige Statthalter Graf Herberstorf in Verdacht hatte, dass selbe den Aufstand nur begünstigen; Heinrich Schifer war auch einer der wenigen, welche selbst persönlich im Lager der Bauern erschienen. er ritt mit den Bauern im Lager herum, ließ das Aufgebot in der Welser Gegend ergehen und half Pfarrhöfe plündern. (Stieve, Oberöster-reichischer Bauernaufstand 1616. I. 68.) Vermählt war Heinrich mit Sidonie von Scherfenberg, deren erster Gemal Hans Georg Geymann war.

[4] Hoheneck l. c. II. 342.

dem ständischen Oberst, im Bauernaufstand 1626 in vielfacher Verwendung; insbesondere hatte er in Linz die Verhandlungen zu leiten, welche die Stände wegen Freilassung der Gefangenen und der aufgehaltenen Schiffe mit den Aufständischen hatten, die auch nach Georg Gundacker fahndeten, so dass er ihnen einmal nur mit Noth zu Pferde aus seinem Haus entkam und ein anderesmal, wo die Bauern ein geheimes Schreiben aufgegriffen hatten, er von denselben hart geschlagen und gefangen gesetzt worden sei. [1]) Des Georg Gundacker Bruder, Siegmund mit Namen, starb am 23. Juli 1604 im 18. Lebensjahre und wurde in der Gruft zu Eferding beigesetzt, wie eine Grabschrift darthut. Nach einer Notiz in dem Stammbaume der Schifer (Linzer Museum) ist derselbe an einem »Roßfall« (durch einen Sturz vom Pferde [?]) zugrunde gegangen, so auch ist im selben Stammbaume bemerkt, dass Bernhard Schifer, ein Bruder des Vorhergehenden, im Jahre 1600 bei der Belagerung von Kanischa »vom Pulver erstossen« (Pulverexplosion [?]) wurde. Dessen Bruder Alexander III. widmete sich dem Kriegerstande; wir treffen ihn im Jahre 1595 in Ungarn, von wo er nach Oberösterreich zur Verstärkung der Truppen, welche die aufständischen Bauern bekämpfen sollten, beordert wurde. Die zwei Fändlein, welche man aus Ungarn erwartete, hatten Alexander Schifer und Georg Fuchs zu Hauptleuten. Am 13. November, an welchem Tage die ständischen Truppen unter dem Landobristen Weikhard, Freiherrn von Polheim von den Bauern bei Neumarkt eine Niederlage erlitten, waren diese beiden Fändl bereits in Enns angelangt. [2]) Bei Eroberung der Festung Stuhlweißenburg (20. September 1601) gerieth Alexander mit noch anderen in türkische Gefangenschaft und befand sich noch im April 1605 in derselben. Zu seiner Auslösung verlangte man 3000 Stück Ducaten, welche Summe aber seinen Angehörigen zu hoch war; es entspann sich hierüber ein lebhafter Briefwechsel, der aber keinen Erfolg hatte; mittlerweile starb Alexander in der Gefangenschaft. [3])

Es erübrigt uns hier noch des 5 Schuh und 6 Zoll hohen und 3 Schuh breiten Grabsteines aus rothem Marmor mit weißen Einsatzplatten des Hans von Oedt Erwähnung zu thun (Nr. 44 der Zeich-

---

[1]) Stieve l. c. I. 131. II. 96 und 112.

[2]) Czerny, II. Bauernaufstand S. 120.

[3]) Die Briefe waren so zahlreich, dass sie ein kleines Paket ausmachten; selbe sind mit anderem Maculaturpapier käuflich hintangegeben worden. Von diesem Alexander dürfte auch das im Landesarchiv in Linz befindliche, mit vielen Wappen und Sinnsprüchen und der Jahreszahl 1593 versehene Stammbuch herrühren.

nungen im Museum). Martha von Oedt, die Gemahlin des Erbstifters Georg Siegmund, war eine Urenkelin dieses Hans von Oedt. Ober der Inschrift dieses Epitaphiums befindet sich ein Bibelspruch, dann kommt das Doppelwappen und darnach folgende Inschrift: Hie ligt begraben der Edl | vnd Gestreng Herr Hans von Ödt | zu Lichtenau vnd Strafsfelln welcher nach | langwieriger Khrankheit in grofser gedult | vnd warem Glauben an Christum den 25 Aprilis des 1601 Jars Endschlafen.

Erbstifter Ehrenreich Schifer.

1600 — 1608.

Der nächste Erbstifter war Ehrenreich Schifer zu Freiling, ein Vetter des Vorigen und ein Sohn des Alexander Schifer zu Irnharting und dessen Gemahlin Marie von Scherfenberg. Ehrenreich Schifer hatte schon seit längerer Zeit seinen Sitz zu Daxberg, während Benedict Schifer, der nachmals die niederösterreichische Linie gründete, Freiling innehatte.

Ehrenreich Schifer, welcher mif Judith von Oedt, einer Tochter des Georg Freiherrn von Oedt zu Daxberg, verehelichet war, erwarb nach Kaufbrief vom 24. April 1585 von seinem Schwager Christoph Freiherrn von Haym,[1] der Esther, eine Tochter des vorgenannten Freiherrn von Oedt, zur Gemahlin hatte, die Herrschaft Daxberg. Dieses Daxberg besaßen im 16. Jahrhundert die Herren von Oedt, 1568 kam es an Georg Siegmund Schifer durch Verehelichung mit Martha von Oedt, ebenfalls einer Tochter des vorigen Freiherrn von Oedt und der Susanna von Neuhaus; von Georg Siegmund mag Daxberg an Christoph von Haym gediehen sein, bis es von den Erben des Ehrenreich Schifer im Jahre 1619 in den Besitz des Georg Gundaeker Schifer und im Jahre 1630 in den des Dietmar Schifer kam. Zur Herrschaft kaufte Ehrenreich Schifer im Laufe der Zeit Unterthanen, Güter, Zehente, Aecker, Wiesen und Grundstücke,[2] die fast alle in der

[1] In der Pfarrkirche zu Eferding ist ein kleiner Gedächtnisstein ohne Angabe der Jahreszahl, welchen Christoph von Haym zum Reichenstein und seine Gemahlin Esther ihrem Sohn Georg Christoph setzen ließen. Dieser Christoph Haym hat auch unterm 11. November 1581 eine Handwerksordnung der Steinbrecher am Daxberg gefertiget.

[2] Wir lassen nun in chronologischer Reihe nach dem schon genannten Inventar die Regesten über diese verschiedenen Erwerbungen durch Ehrenreich Schifer folgen: 1585, 1. Jänner: Kaufbrief von Siegmund von Laglberg auf Helmhard Freiherrn Jörger sammt einem pergamenen Urbar über das Hofamt zu Daxberg. — 1586, 19. August: Wechselbrief um das Hofamt Dax-

Umgebung von Daxberg lagen. Im Jahre 1601 gelang es Ehrenreich Schifer, von Siegmund Freiherrn von Sprinzenstein den adelichen Sitz Gallham[1]) sammt Zugehör nach Kaufbrief vom 24. August 1601 in

berg von Heimhart, Freiherrn Jörger auf Ehrenreich Schifer. — Gehorsambrief des Jörger vom selben Tage an die Hofamts-Unterthanen für Schifer. — — 1586, Pfingsten: Wechselbrief von Hans Sehergenhuber auf Ehrenr. Schifer um den Zwirichlandacker im Hoffelde. — 1589, 7. September: Wechselbrief von Achaz Hohenfelder auf Ehrenreich Schifer über das Gut am Stallberg. — 1589, 18. September: Ein ... von den Herren von Pollheim über den Zehent auf dem Dachsberg'schen Hof und anderen Feldern. — 1590, 24. April: Kaufbrief von Bernhard Schifer auf Ehrenreich Schifer (seinem Bruder) um die Schusterselden auf der Steingrub. — 1590, 1. November: Kaufbrief von Wolf Niedermayr auf Ehrenreich Schifer um den Zehent auf dem Daxbergerhof und anderen Feldern. — 1592, 7. Juni: Kaufbrief um das Aignergut zu Emling von Ludwig Kirchberger auf Ehrenreich Schifer. — 1594, 28. April: Wechselbrief von Andre Sehergenhuber auf Ehrenreich Schifer über Theilläcker im Hochfelde. — 1594, 21. August: Quittung des Mathä Mäichhumer für Ehrenreich Schifer über den Kaufschilling für etliche verkaufte Aecker und Wiesen. — 1597, 1. August: Kaufbrief von Hans von Prösing auf Ehrenreich Schifer über drei Güter in der Pramhachkirchner und Eferdinger Pfarre. — Vom selben Tage auch Gehorsambrief an die drei Unterthanen. — 1598, 8. Mai: Vertrag zwischen Ehrenreich Schifer und seinen Unterthanen. — 1599, 11. November: Kaufbrief von Julius von Grünthal auf Ehrenreich Schifer um den Dienst auf der Scheibelwiese. — 1599, 26. December: Kaufbrief von Hans Prandlner auf Ehrenreich Schifer um den Zehent auf der Schwabenöd.

[1]) Gallham, einst ein Edelsitz auf einem schönen Anger, eine halbe Stunde von Pfarrorte Prambachkirchen, der aber bis in die Grundmauern hinein abgebrochen wurde und den wir (S. 118) in Abbildung bringen, war das Stammhaus des schon längst abgestorbenen, adelichen Geschlechtes der Gallhamer, von welchem uns 1490 Filipp Gallhamer (Gilge I. 167) als der letzte genannt wird, was aber nicht zutrifft, da nach Eferdinger Pfarrschriften die Gallhamer noch zu Anfang des 16. Jahrhundertes vorkommen und dort auch ansäßig waren: es kommen daselbst, freilich nur in sehr kurzen Notizen, von diesem Geschlechte ein Ulrich, Hans, Wolf und Christoph vor; es ist circa 1503 ein, aber nicht mehr bestehender Jahrtag erwähnt, für Ulrich Gallhamer, für Christine seine Hausfrau und deren beider Sohn Johannes. In der Pfarrkirche Prambachkirchen befindet sich ein Grabstein eines Gallhamer und in Eferding das Bruchstück eines solchen. Das Wappen der Gallhamer besteht aus zwei nach aufwärts geschlungenen Hörnern oder Elefantenrüsseln (Starkenfels 57). Nach den Ritterstammatrikeln (1525) sind die Gallhamer als Landleute in Oesterreich ob der Enns anerkannt worden. Ihr Stammhaus sollen sie an die Jörger verkauft haben. Nach Kaufbrief vom 29. September 1565 kaufte diesen adeligen Sitz Nikolaus Göttschler von Wolf Beham zu Mühldorf; dieser war vermählt mit Barbara, geborne von Lairon, welche nach seinem Tode den Freiherrn Siegmund von Sprinzenstein ehelichte, der Gallham sammt Zughörung, wie wir schon vernommen, im Jahre 1601 an Ehrenreich Schifer verkaufte, von welchem es im im Jahre 1619 mit Daxberg an Georg Gundacker Schifer überging. Gallham wurde später der Herrschaft Daxberg einverleibt.

seinen Besitz zu bekommen, nachdem er vorher schon zu Pfingsten des
selben Jahres von Jakob Göttschler etliche Unterthanen, Stück und
Gilten käuflich erworben und auch den Kaufschilling und den Leitkauf
dafür bezahlt hatte. Für Gallham erhielt Ehrenreich Schifer unterm
24. Jänner 1602 die Kaufquittung, sowie auch ein Kaufbrief vom
24. April desselben Jahres vorhanden war von Hans Schifer auf
Ehrenreich Schifer um den Schmied zu Aiglsperg.

Schloss Gallham.

Von Ehrenreichs Thätigkeit für das Spitalgut können wir zwei
Urkunden anführen. Nach der einen siegelte er im Jahre 1600 als
ältester Erbstifter einen Kaufbrief, lautend auf die Witwe Apollonia
Härtlmann für ihres verstorbenen Ehegatten Bernhard hinterlassene
Kinder Rosina und Katharina um Fahrnisse und Liegenschaften in
der Waizenkirchner Pfarre.[1] Von ihm ist auch ein Wechselbrief vom

---

[1] 1600, 27. November. s. l. Kaufbrief des Filipp Härtlmann in Wöbach,
des Ulrich Schneider zu Hub und des Andre Angermair, alle drei in der Waizenkirchner Pfarre, als Vormünder des Kindes Rosina, des Bernhard Härtlmann
und Barbara, seiner Hausfrau, dann des Kindes Katharina, aus des vorgenannten
Bernhard, nun selig, mit dessen noch lebenden Hausfrau Apollonia aus zweiter
Ehe, lautend auf leutere um des den hinterlassenen Kindern von ihren Eltern.

Jahre 1601 vorhanden, womit er mehrere dem Spitale von altersher
zugehörige, aber weiter entlegene Güter für näher gelegene, seinem
Vetter Benedict Schifer übergibt. Die Ausführung geschah aber damals
nur theilweise und es wurde wohl eine weitere Urkunde im Jahre 1608
ausgefertiget, vollständige Giltigkeit erhielt aber dieser Vertrag erst
nach dem Ableben des Ehrenreich Schifer. [1] Ehrenreich Schifer
erlangte mit seinen Brüdern Hans, Bernhard und Alexander dem

beziehungsweise Vaters zugefallenen Halbtheiles von den Fahrnissen und Liegenschaften am Neumergote zu Hueb (bei Lindbruck, Waizenkirchen). Siegler:
Ehrenreich Schifer; Zeugen: Franz Käser zu Hueb, Wolfg. Maier zu Siesenbach,
beide in der Waizenkirchner Pfarre. Original Spitalarchiv Eferding. Außen:
Sigglinger amht.

[1] 1608, 29. September: Kauf- und Wechselbrief zwischen Erlmühter Freiherrn Ehrenreich Schifer zu Daxberg und Gallham und Benedict Schifer, Freiherrn zu Freiling, der oberösterreichischen Landschaft obrister Lieutenant, über
nachbenannte Güter und Gülten: Ehrenreich übergibt dem Wolfgang Mayringer
und dem Grauzen im Aigner Amt, so beide jährlich zu Herbstdienstzeit
reichen, 3 fl. 2 Schill. 24 Pfg.; das Friedhofergut zu Kirchstetten in der
Ofteringer Pfarre, das jährlich reicht 5 Schill 28 Pfg., 2 Hennen, 16 Metzen
Korn und 15 Metzen Hafer, Spitalmaß; die Säge in der Au dient jährlich
7 Schill. Pfg. und ein Weingarten dient jährlich 3 Schill. Pfg., Güter, die seit alters
bei der Stift gewesen; dagegen vererbt ihm Benedict Schifer von seinem Schlosse
in Freiling den Hörfurterhof enthalb des Ledererbaches in Eferding mit
Dienstgeld jährlich 1 fl., 20 Metzen Korn und ebensoviel Hafer, Kastenmaß, das
Holzergut bei dem Riethofa (Pfarre Scharten) dient 1 fl. 12 Pfg., 2 Hennen,
28 Pfg. Stiftgeld und 60 Eier, mehr von 2 Pointen, die zum Holzgut gehören,
1 fl. 2 Schill. Pfg.; item das Branstettergut bei Peuerbach dient jährlich
5 fl. 4 Schill. Pfg., ferner mehrere ledige Stücke, die aus dem Hörfurtergut gekommen, als: Sebastian Rahmayr von zwei Landäckern 2 Schill. Pfg., Michel und
Paul Mayrhofer zu Eferding von zwei Landäckern 3 Schill., Siegmund Dopler von
einem Landacker 1 Schill., Georg Nagel von vier Landäckern 4 Schill., Georg Mair
zu Fraham von sieben Landäckern 7 Schill., die alte Schmidlin im Thal 2 Schill.;
des Franz Griesmayr Erben von zwei Einsetzäckern 2 Schill., Gnadsdorfer von
einem Landäcker 3 Schill., die Stadler Hannin von einem Landacker 1 Schill., Mert
Strasser in Hinzenbach von einem Landacker 1 Schill., die Gramerstetterin von
einem Landacker 2 Schill., David Ecker von einem Landacker 1 Schill., Georg
Kleiberger, Bleicher, von einem Landacker 1 Schill., Abraham Sterrer von zwei
Landäckern 2 Schill., item von einem Wiesl 1 Schill., Hans Sterrer von einem Ein-
setzacker 1 Schill., Matheus Laekner von drei Landäckern 2 Schill. Da die von
Benedict Schifer verwechselten Güter um 11 fl. 7 Schill. 8 Pfg. mehr einbringen,
als die dem Ehrenreich Schifer, so soll dieses Uebermaß, das Pfund per 75 fl.,
im baren Geld erstattet werden. Siegel des Ehrenreich Schifer, dann des Hans
und Benedict Schifer und der zwei letzteren Handschrift. Original Spitalarchiv.
— In den Urkunden-Regesten sind für die Zeit des Ehrenreich mehrere Kauf-
und Wechselbriefe verzeichnet; wir erwähren nur einen Schenkungsbriefes von
der Witwe Christine von Losenstein, geborne Bergham, vom 25. April 1607
um ein Burgrecht von 2 Pfg. und 1 Heller an das Spital.

Aelteren, sowie mit seinen Vettern, Bernhard des Schifers Söhnen, Benedict, Alexander dem Jüngeren, Dietmar und Georg Siegmund als »Schifer, Freiherrn von und zu Freiling und Daxberg« durch Kaiser Rudolf II. den Freiherrnstand. Das Adelsdiplom vom 16. April 1605, datiert von Prag, enthält zur Begründung dieser Adelserhebung Folgendes: Da sie nicht bloß adeliche Landleut gewesen, den Ritterlitel geführt und mit Adelichen befreundet gewesen und dem Landesfürsten Dienste geleistet, so: 1451 König Alfons von Arragonien dem Benedict Schifer mit dem goldenen Vlies und mit dem Orden *Clamor Amprisia* oder *garrae* genannt, betheilt, derselbe dann 1454 die Hauptmannschaft in Oesterreich ob der Enns bekleidet; dann Alexander 1492 in des Kaisers Friedrich viele Jahre in wirklichen Diensten gestanden und Rath gewesen; Alexander der Jüngere III. nicht bloß im krabathischen und ungarischen Feldzuge, sondern auch etliche Jahre gegen den Erbfeind in Waffen gestanden und bei der Eroberung von Stuhlweißenburg mit anderen in türkische Gefangenschaft gerathen und noch bis dato gefangen liegt.[1]) Ehrenreich Schifer war vermählt mit Judith von Oedt, welche Ehe aber kinderlos blieb. Er starb im 54. Lebensjahre und wurde, wie seine Gemahlin in der Gruft der Spitalskirche beigesetzt. Die Inschrift auf dem Sarge war folgende: »Hier ligt begraben der Wohlgeborne Herr Ehrenreich Schifer, Freyherr von Freyling und Dachsberg, welcher gestorben ist im tausend Sechshundert Achten Jahr den 17ten Martÿ zwischen 10 und 11 Vormittag seines alters im 54ten Jahr.« Dieser Inschrift gieng ein Bibelspruch von Syrach 14. Capitel voraus. Die Sargaufschrift für seine Frau lautete: »Hie ligt begraben Judith Frau Schiferin gebohrne Herrin v. Ödt, Weyl: Herrn Ehrenreichen Schifers Freyherrn zu Freyling und Dachsberg seeligen Ehelich gewesten Frauen gemachel, so im Schloß Dachsberg am heil. Osterdag, welcher da war der letzte Marti ÿÿ. Aintausend Sechshundert neunzehn in Xsto seelig entschlafen ist.«[2]) Ehrenreich Schifer ließ auch aus graumeliertem Marmor den Deckstein der Oeffnung zur Schifer'schen Gruft machen, welcher nun im Seitenschiffe der Kirche angebracht ist und folgende Inschrift hat:

> Dis begrebnus ließ machen recht
> aus dem gar uralten Geschlecht
> der herren Schifer Herr Ehrnreich

[1]) Schifer-Schriften im Museum. Abschrift.

[2]) Die Todtenzehrung wurde in Eferding bei dem Bürger Paul Ortenburger gehalten.

Freyherr von Freyling alle zugleich
sein Herren bruder wolgehorn
auch herren vettern auserkhorn
derselben gemaheln vnd freylein
sovil aller geleget sein
auch die noch künftig sterbe werden
vnd begraben in dise erden
gott welle inen allen gebn
durch jesum christum das ewig leben
MDCVI.

Erbstifter Hans Schifer IV., Freiherr zu Freiling und Daxberg.

1608 — 1616.

Nach Ehrenreich Schifers Ableben kam sein Bruder Hans zu Irnharting und Schmieding als Erbstifter an die Reihe; er war kaiserlicher Rath und Landrath und im Jahre 1592 auch Verordneter von Oberösterreich. [*)]

Hans Schifer wurde im Jahre 1595 bei Ausbruch der Bauernunruhen im oberen Mühlviertel mit Siegmund Ludwig von Polheim als Commissär zur Aufnahme der Beschwerden der dortigen Unterthanen abgeordnet.

Als aber der Aufruhr ungeachtet aller Abmahnungen und Patente sich immer weiter ausbreitete, so dachten die Stände an ernstliche Abwehr mit Waffengewalt; da aber das ständische Aufgebot zu schwach, um allerorten zu genügen, so wandten sie sich um Hilfe an die Stände von Niederösterreich und Steiermark und auch an den Erzherzog Mathias, er möge den Obristlieutenant Gotthard von Starhemberg mit seinen 200 Pferden und den zwei Fändl Fußvolk, welche auf Landeskosten in Ungarn gegen die Türken zu Felde standen, eilends unter Hans Schifer, welcher als ständischer Commissär in das Lager von Ciran abgeordnet wurde, nach Oberösterreich dirigieren. Schifer ersuchte man auch zugleich, dass er drei bis vier erfahrene Büchsenmeister (Artillerie-Feuerwerker) aufnehme und im Vertrauen theilte man ihm auch mit, er möge für einen kriegserfahrenen Hauptmann sorgen, da das Land keinen solchen aufzuweisen habe.

---

*) Hoheneck l. c. II. 334.

Als der Zwiespalt zwischen Kaiser Rudolf II. und seinem Bruder Erzherzog Mathias immer größer wurde und die Stände von Ober-österreich aus verschiedenen Gründen mehr zu letzterem hinneigten, wurde Hans Schifer als ständischer Commissär mit einer eigenen Instruction (vom 19. December 1609) zu seiner Reise nach Wien versehen, um bei dem Erzherzog Mathias die beabsichtigte Ein-quartierung des Hochkirchner'schen Regiments zu verhindern (Landes-archiv in Linz).

Als urkundlichen Beleg für sein Wirken als Erbstifter können wir eine Quittung vom 8. April 1586 anführen, nach welcher er dem Hans Christoph Geymann von Gallsbach den Kaufschilling per 248 fl. für das demselben verkaufte Gut am Albersberg in der Taufkirchner Pfarre quittiert und als weiteren urkundlichen Beleg seiner Thätigkeit für das Spital wollen wir einen Wechselbrief zwischen ihm und Ludwig Hohenfelder zu Aistersheim, Almegg und Peuerbach vom Jahre 1610 erwähnen. Hohenfelder gibt dem Hans Schifer drei seinige, frei-eigene Unterthanen in der Pfarre Eferding, dem entgegen ihm Schifer zwei andere in der Waizenkirchner Pfarre gelegen, freieigene Unter-thanen übergibt. [1]) Ferner siegelt er im selben Jahre als Freiherr von Freiling und Daxberg einen Kaufbrief für das Gut am Perg in der St. Marienkirchner Pfarre.[2]) Seine erste Gemahlin war Margaret

---

[1]) 1610, 29. September, s. l. Hohenfelder gibt dem Hof in der Lengau, wo Leopold sitzt, jährlich Nikolaidienst davon 14 fl. 4 Schill. Pfg., 2 Hennen oder 16 Pfg., ein Stift-Viertel Wein oder 8 Pfg. und 2 Metzen Hafer, dann die Großhub zu Hörstorf, darauf Matheus sitzt, dient jährlich zu Frauendienstzeit 7 fl., 2 Hennen und 2 Stifthennen, dann die Hofstatt bei Eferding, wo Michel Kleubenstein sitzt, und dient jährlich 1 fl.; dem entgegen gibt Schifer den Mitterhof und die Hub, beide zu Inzing in der Waizenkirchner Pfarre. Gesiegelt und gefertigt von beiden Contrahenten. Original Spitalarchiv.

[2]) 1610, 20. November, s. l. Kaufbrief des Kilian Paur am Perg und Magdalena, dessen Hausfrau, lautend auf Sebastian Niederholzer und dessen Hausfrau Anna um das dem Spitale dienstbare Gut am Perg. Siegler: Hans Schifer, ältester Erbstifter; Zeugen: Hieronymus Schifer, Spitalmeister, und Georg Grubhauer. Original Spitalarchiv. — In dem Verzeichnisse der Urkunden-Regesten fanden wir für die Zeit des Hans Schifer nachstehende Regesten: 1609, 16. December: Wechselbrief zwischen Eras von Starhemberg und Hans Schifer die Auwiese bei Fraham betreffend, so dem Spitale gegeben wurde, dagegen Starhemberg die Mühlwiese, nächst der Hofmühle (nun Kefermühle) erhielt. — 1612, 24. August: Gab- und Schenkbrief von Georg Gundacker von Neu-haus um 72 Pfg. Grunddienst von der Neuhauserwiese, sonst das Wkel im Pflanzgarten genannt. — 1614, 1. Mai: Vertrag zwischen Eras von Starhemberg und Hans Schifer wegen des Brunnen auf der Hagleiten über die Hineinfahrt der Brunnenröhren über des Spitales, als der Herrschaft Eferding Grund und Boden.

des Eras Leyser zu Idolsberg und Kramsekh und dessen Ehefrau Dorothe, geborne Jörger, Tochter. Die Hochzeitsfeier wurde zu Krems am 3. September 1581 im Klosterneuburger-Hof gehalten.[1] Von ihr erwarb er einen Sohn, namens Eras, der aber in der Jugend starb und zwei Töchter, Johanna und Marie Salome mit Namen; letztere verehelichte sich mit Paul Geiman zu Walchen; Margaret Schifer starb im Jahre 1585, ihr Epitaphium aus rothem Marmor in der Spitalskirche hat folgende Inschrift, der aber ein Bibelspruch vorhergeht:

Hie ligt begraben die Edl vnd Erndugenhafft
Fraw Margarelha Schiferin ain geborne Leyserin
Des Edlen vnd Gestrengen Hern Hansen Schifern
In Irnhardting Einer Ersamen Landschafft
Difs Ertzhertzogthumbs Österreich ob der Ens
verornten Erste Eheliche gemachel welche gestorbn
ist den 11ten tag Marti 1585 Deren vnd unfs alle der
Allmechtige Gott durch Christum ain Frehlich Aufrsthung
verleich Amen.

Nach dem Hingange seiner ersten Frau ehelichte Hans Schifer Anna, Tochter des Hans von Sinzendorf zu Gioggitsch und Feuereck und dessen Ehefrau Helene, geborne Taschis zu Vöslau; die Vermählung fand zu Wels am 15. Juni 1586 statt.[2] Hans Schifer, geboren am 5. Mai 1558 gieng der Studien wegen zuerst nach Tübingen, wo er 1572 war, dann nach Padua, wo er unter Nationsmatrikel unterm 31. October 1577 verzeichnet vorkommt und im Jahre 1578 noch dort war; im Jahre 1579 war er in Siena. (Verein für Landeskunde von Niederösterreich. XV, 106.)

Der Erbstifter Hans Schifer starb am 5. März 1616; die Conducierung der Leiche war zu Wels am 6. Juni mit Leichenpredigt, darnach wurde selbe nach Eferding überführt. Ein schönes Epitaphium aus rothem Marmor (Nr. 45 der Zeichnungen im Museum) enthält seine überlebensgroße Figur, an welcher zu beiden Seiten seine 16 Ahnenwappen prangten, die aber zerstört und mit Cement verstrichen wurden.

Die Inschrift des Epitaphium ist folgende:

[1] Ladschreiben des Hans Schifer zu Irnharting vom 26. Juli 1581, Wels.
[2] Ladschreiben vom 17. Mai 1586, Schmidlng. Die Anwesenheit eines ständischen Mitgliedes bei dieser Vermählungsfeier wurde schon unterm 2. Jänner 1586 angeordnet. Landesarchiv in Linz

Hie ligt begraben der Wollgeborne Herr Herr Hanß Schifer
Freyherr zu Freyling vnd Taxberg Röm: Kaÿ:
Mayt: Rath vnd Landrath in Österreich ob der Enß
Der Gestorben ist Im Jar vnsers Herrn Jesu Christi
Geburth 1616 den 5 Martii Seines Alters im 58 Jar
dem vnd allen Christglaubigen Gott die Frölich Auferstehung
verleihe.

Wir wollen gleich nachstehend auch die Inschrift eines eben-
falls in der Spitalskirche aufgestellten Grabsteines aus rothem Marmor,
des Ulrich Herleinsperger zu Hochhaus und Altenhof (Nr. 32 der
Zeichnungen im Museum), bringen. Dieser Herleinsperger war ein
Sohn des Christoph Herleinsperger und dessen Ehefrau Regina, geborne
Messenback, war Besitzer der oben genannten Güter und stand durch
Verehelichung des Hans Schifer († 1565) mit Barbara Herleinsperger
mit den Schifern in Verwandtschaft. Ulrich ward im Jahre 1566 als
Mitglied des Ritterstandes eingetragen und ist ohne Nachkommen-
schaft gestorben. [1])

Sein Grabstein hat folgende Inschrift, welcher ein Bibelspruch
und das Wappen vorhergeht, dann folgt:

Hie liegt begraben der Edl
vnd Gestreng Herr Vlrich Herleins
perger zu hohaus vnd Altenhof we
lcher den 17 tag Aprilis 1602 Jars
in Gott Entschlaffen ist Amen

Erbstifter Freiherr Dietmar Schifer.

1616 — 1632.

Dietmar war ein Sohn des Georg Siegmund Schifer († 1600)
und ein Vetter des früheren Erbstifters, des Freiherrn Hans Schifer,
welcher seinen Sitz zu Imharting hatte. Dietmar vermählte sich im
Jahre 1605 [2]) mit Elisabeth, geborne Herleinsperger, einer Tochter des
Heinrich Herleinsperger zu Lichtenau, des letzten seiner uralten
Familie, wodurch Dietmar Lichtenau bekam, ebenso erhielt er auch

---

[1]) Starkenfels, Oberösterreichischer Adel. S. 122.

[2]) Hoheneck l. c. hat fälschlich 1608. Nach zwei Hochzeitsladschreiben
des Dietmar Schifer vom 12. April und 13. April 1605, datiert von Hrueck an
der Aschach, war die Vermählungsfeier im letzteren Jahre und fand zu Linz
bei dem Gastgeber Sebastian Resch am Sonntag Exaudi statt. Schifer-Schriften
im Museum.

durch seine Gemahlin Bruck an der Aschach.[1]) Sowie Dietmar
die oberösterreichische Linie begründete, so war sein Bruder Benedict
der Begründer der niederösterreichischen Linie. Dietmar war oder
wurde erst katholisch, Benedict blieb protestantisch. Dietmar betrat
die kriegerische Laufbahn und wir treffen ihn da einigemale in
Thätigkeit. So befehligte er mit Hans Armansperger eine Anzahl
Knechte, etwa 400 an der Zahl, am 13. November 1595, jenem
Unglückstage für die ständischen Truppen, wo dieselben unter dem
Obersten Weickhard von Polheim in der Nähe von Neumarkt (bei
Grieskirchen), gegen die Uebermacht der Bauern, deren beiläufig
4000 Mann waren, eine Niederlage erlitten.[2]) Wir finden Dietmar
Schifer auch später wieder in militärischer Verwendung, und zwar
im Jahre 1606, wo ihm im November desselben Jahres von den
Verordneten unterm 11. November ein Schreiben zukam, die Musterung
des Kriegsvolkes im Machland am 20. November und im Traunviertel
am 23. November vorzunehmen. Ein gleiches Schreiben ergieng auch
unterm 23. November an Benedict Schifer.[3]) Bei dem Zuge, welchen
Erzherzog Mathias von Oesterreich in dem unseligen Bruderzwiste
im Jahre 1608 gegen seinen Bruder, den Kaiser Rudolf II., mit
Truppen nach Böhmen unternahm, um den Kaiser zu zwingen, ihm
mehrere Länder des habsburgischen Hauses zu überlassen, commandierte Dietmar Schiefer als Oberst 1500 Mann landständische Truppen,
mit welchen er am 15. Juni desselben Jahres gegen Prag aufbrach.

Ebenso commandierte er bei dem feierlichen Empfange, welchen
die Stände von Oberösterreich dem Kaiser Mathias an der Landesgrenze bei Enns bereiteten, fünf Fähnlein Landestruppen in der
Stärke von 1600 Mann. Dietmar stand auch in weiterer militärischer
Verwendung im Vereine mit seinem Bruder Benedict im Jahre 1610,
als die Zwistigkeiten zwischen Kaiser Rudolf und seinem Bruder
Erzherzog Mathias ernstliche militärische Maßregeln veranlassten.

Die Aufstellung eines Truppencorps im Bisthume Passau, welche
Ansammlung von Truppen gegen den Erzherzog Mathias gerichtet war,
erforderte auch damals von Seite desselben Erzherzoges kriegerische
Vorbereitungen, insbesondere an den Landesgrenzen gegen das Bis-

---

[1]) Bruck an der Aschach hatten die Vatersheimer inne. Durch Vermählung
des Wolf Herleinsperger mit Barbara, Tochter des Hans Vatersheimer, der
seinen Sitz zu Bruck hatte, ererbte im Jahre 1493 Herleinsperger diesen Sitz
von seinem Schwiegervater. Starkenfels: Oberösterreichischer Adel, Seite 172.

[2]) Albin Czerny: II. Bauernaufstand, Seite 127.

[3]) Landesarchiv in Linz.

thum Passau hin. Unter den vier Oberhauptleuten über die landständischen Truppen, welche auch durch 800 Soldaten, die im Solde der Landstände standen, verstärkt wurden, war der Freiherr Benedict Schifer Obrister. Die stete Ungewissheit über die Sachlage, auch nach dem zwischen dem Kaiser und den Erzherzog geschlossenen Vertrag vom 30. September 1610, wegen Abzug oder Nichtabzug des Passauer Volkes, wie man damals die passauischen Truppen nannte, durch Oberösterreich nach Böhmen (der erwähnte Vertrag enthielt auch einen Artikel über den baldigen Abzug dieser Truppen); die Unentschiedenheit der Landstände in dieser Angelegenheit brachte die Anführer der Truppen, welchen die Bewachung der Grenzen und die Abwehr der Raubzüge oblag, sehr oft in eine recht missliche Lage. Um verlassliche Nachrichten von dem Verhalten der Passauer Soldaten zu erhalten und um für alle Fälle bereitet zu sein, sandte man als Vertrauensperson einen gewissen Mathias Stiebenbock mit dem Auftrage nach Passau, über den Stand und die Absichten dieser dort angesammelten Truppenmenge Erkundigung einzuholen und gleich Bericht zu erstatten. Der Bericht lautete dahin, dass der Erzherzog Leopold in Griesbach über diese Truppen Revue gehalten, dass er selbe wegen Auszahlung des rückständigen Soldes noch auf fünfzehn Tage vertröstete und dass sie entweder innerhalb dieses Termines bar ausbezahlt oder aber bei Nichteinhaltung desselben Quartiere erhalten sollen, mit denen sie zufrieden sein werden. Nach langen Einwendungen von Seite der Truppen wurden diese Bedingungen von denselben angenommen. Da die Auszahlung nicht rechtzeitig erfolgte, wurde das Lager bei Passau gänzlich aufgelassen und die Truppen auf dem Lande zur Qual der Einwohnerschaft in Quartiere verlegt. Auch der Oberst Benedict Schifer, der mit einigen Vertrauten in Passau einen geheimen Briefwechsel unterhielt, erstattete aus seinem Hauptquartiere in Kollerschlag ebenfalls an die Stände einen Bericht, welcher mit dem Stichenbock's vollkommen übereinstimmte. Er berichtete auch, dass die Passauer Soldaten nur mit grossem Unwillen den festgesetzten Termin zur Auszahlung der rückständigen Löhnung eingiengen.[1] Der strenge Befehl, welcher diesen Truppen gegeben wurde, auf österreichischem Gebiete keine Streifzüge zu machen, sei nach seinem Dafürhalten nicht leicht möglich zu befolgen, da diese Leute völlig durch Hungersnoth gezwungen werden, sich auf eigene Faust Lebensmittel zu verschaffen. Eben über

---

[1] Wir folgen in der Schilderung der damaligen Zeitereignisse der nachgelassenen Schrift des Chorherrn Franz Kurz, mitgetheilt vom Chorherrn Albin Caerny im 53. und 54. Berichte des Linzer Museum.

einen am 10. October zur Nachtszeit von einer Abtheilung Passauer
Soldaten in Neustift geschehenen Einfall musste Schifer sich über
diese Räubereien bei dem kaiserlichen Feldmarschall Grafen Adolf
von Althann beklagen, der versprach wohl, dass man weiter keine
Klage über das Betragen der kaiserlichen Soldaten werde vernehmen;
derselbe erwarte aber auch ein gleiches Benehmen von den ständischen
Truppen. Eine weitere Affaire gab es am 12. October in Aigen
mit einem mit Pulver beladenen Wagen, welcher aus Böhmen über
Kollerschlag den Passauern dieses Pulver zuführen sollte. Diesen
Pulvertransport nahm nun der Oberst Schifer in Beschlag, weil der
Fuhrmann mit keinem Passe versehen war. Schifer bat die Stände
um Verhaltungsbefehle, welchen er auch zu bedenken gab, dass der
Erzherzog Leopold, wenn es demselben schon Ernst mit der Abdankung des Passauervolkes war, weiters keines Pulvers mehr bedürfe.
Zwei Tage darauf schrieb der kaiserliche Oberst Adam von Trautmannsdorf von Hafnerzell aus an den Oberst Schifer, dass das
Pulver ihm gehöre und ihm ohne Verzug ausgeliefert werden solle,
widrigenfalls es traurige Folgen haben werde. Der Fähnrich, welcher
diesen Brief überbrachte, benahm sich ganz ungeberdig und drohte
im Weigerungsfalle mit Feuer und Schwert und mit einem erschreck-
lichen Blutbade. Schifer antwortete auf dieses Schreiben, dass das
Pulver von dem Fuhrmann in Aigen feilgeboten wurde, ohne zu
melden, dass es dem Obersten Trautmannsdorf gehöre; ohne Vorwissen
der Stände gezieme es ihm nicht, dasselbe auszuliefern, zugleich
beschwerte er sich auch über das Benehmen des Fähnrichs und er
könnte nicht glauben, dass derselbe auf Befehle seines Obersten die
ständischen Befehlshaber habe schrecken wollen. Die Stände hiessen
Schifers Verfahren gut und befahlen ihm, das Pulver nicht eher
auszuliefern, als bis er vom König einen Befehl hiezu erhalten werde.
Später stellte es sich heraus, dass das Pulver vom Obersten Trautmannsdorf wirklich bestellt und mit Vorwissen des Magistrates von
Budweis sei herausgeführt worden und es wurden sonach die Pulver-
fässer freigegeben.[1])

In Wien gab man sich noch immer der Hoffnung hin, dass die
Abdankung des Passauervolkes nach dem Vertrage denn doch im
October noch erfolgen werde, in Linz aber stiegen die Besorgnisse
eines Einfalles immer höher. Am 18. October berichtete Oberst Schifer
aus seinem Hauptquartiere Mistlberg (Pfarre Kollerschlag), dass
allen Anzeichen nach die Gefahr wachse. Den Passauer Soldaten sei

---

[1]) Museums-Bericht 53. Seite 40.

wohl das Auslaufen über die österreichische Grenze untersagt, der Hunger aber zwinge dieselben dazu, so dass fast täglich solche Streifzüge stattfänden, wobei die Bauern geplündert und misshandelt würden. Die ständischen Truppen reichten nicht aus, eine so ausgedehnte Strecke gehörig zu vertheidigen; 400 reguläre Soldaten ausgenommen, bestehe das ganze ständische Corps aus Bauern, auf welche man sich bei einem ordentlichen Gefechte nicht verlassen könne. Niemand wolle es glauben, dass der Erzherzog Leopold den angegebenen Termin von 15 Tagen zur Auszahlung des rückständigen Soldes werde einhalten können, ja die Passauer Soldaten selbst glauben es nicht, darum haben dieselben in einer Versammlung am 17. den Entschluss gefasst, wenn die Bezahlung nicht erfolgen sollte, so werden sie sich selbe selbst in Böhmen suchen und wenn man sich ihnen widersetzen würde, so werden sie dieserwegen doch ihren Zweck zu erreichen wissen. Für diesen Fall, fährt Schifer fort, wird es nichts nützen, die Passauer Soldaten compagnieweise durchziehen zu lassen (so war es nämlich nach den Vertragsartikeln bestimmt), bei einer Meuterei achtet Niemand auf die Befehle der Vorgesetzten. Für diesen Fall bittet er um weitere Verhaltungsbefehle. Die Passauer sind über 7000 gut bewaffnete, tapfere Soldaten, welche wir mit unseren Bauern aufzuhalten viel zu schwach sind. Das »erzähl ich zwar nicht, fährt er fort, als ob wir uns davor einen Schrecken machten, ich geb es allein den löblichen Ständen zu bedenken, dass sie sich in dieser Sache also resolvieren, damit wir uns zu verhalten wissen, und dass wir nichts für uns selbst gethan haben wollen; hernach werden wir gewiss an uns nichts ermangeln lassen und sollten auch alle unsere Köpfe darüber zu Boden gehen.« Auf diese Anfrage erhielt Schifer die Weisung, insbesondere dafür zu sorgen, dass die Unterthanen an den Grenzen vor Streifzügen geschützt werden; dem ruhigen Abzuge des Passauervolkes solle man sich nicht widersetzen, im Falle aber Gewaltthaten beim Durchmarsche vorfielen, sollen die ständischen Truppen zur Abwehr bereit sein, von ihrer Seite aber keinen Anlass zur Beleidigung der fremden Truppen geben.)

Da die Nachrichten, welche die ständischen Commandanten erhielten, einstimmig dahin lauteten, dass das Passauer Volk Anstalten zum Abmarsche treffe, sammelte Benedict Schifer seine Mannschaft bei Peilstein und wollte damit die Straßen nach Böhmen besetzen, um das Ausreißen des Passauer Volkes bei seinem Durchzuge durch das Mühlviertel zu verhindern; er verlegte aber bald wieder sein

Quartier nach Kollerschlag um da auch, jedoch vergeblich, auf den Durchmarsch zu warten. Am 18. October berichtete er, wie wir schon früher hörten, an die Stände, dass allen Anzeichen nach die Gefahr täglich immer mehr wachse und ein feindlicher Ueberfall zu besorgen sei. Dazu kam noch, dass Schifer der eingetretenen Kälte wegen genöthigt war, seine schlecht bekleideten und nicht ordentlich ausbezahlten Truppen in Winterquartiere zu führen, die er auch mit denselben zu Haslach und Rohrbach bezog. Die übrigen Hauptleute hatten die Quartiere zu Sarleinsbach, Lembach u. s. f. Bei dieser Auseinanderlegung der Truppen wurden die Streifzüge der feindlichen Truppen immer häufiger; Häuser wurden geplündert, andere Gewaltthaten ausgeübt, ja auch Morde an Bauern begangen. Benedict Schifer berichtete im höchsten Unwillen an die Stände, dass solcher Unfug nicht mehr zu dulden sei, und dass er unmöglich mehr so schonend wie bisher gegen diese Freibeuter verfahren könne; er werde sie als Diebe auf die nächsten Bäume aufhängen lassen, weil eine unzeitige Nachsicht ihren Muthwillen nur noch mehr vermehren würde. »Ich kann bei meiner höchsten Wahrheit, fährt Schifer fort, für gewiss schreiben, wenn nicht in kurzer Zeit der Accord mit den Soldaten in Passau gemacht wird, so hat man sich nichts anders als einer Meuterei, eines Einfalles, einer Plünderung und eines Blutbades zu beiden Theilen zu getrösten. Die Armut ist bei ihnen so groß, dass sie sich des Hungers nicht erwehren mögen, wie sie dann in ihren selbsteigenen Quartieren einer dem andern das Vieh aus dem Stalle stehlen und darüber einander würgen. Die Reiterei saugt noch bis dato von dem resticrenden Schweiß und Blut der Unterthanen, dass sie einem Stein erbarmen möchten.« Zum Schlusse seines Schreibens berichtet Schifer, dass Graf Althann nach Prag verreist sei und mit den Passauer Soldaten ein neuer Termin auf neun Tage gemacht wurde, wo sie dann den rückständigen Sold erhalten würden. In einem anderen Schreiben vom 30. October berichtet Schifer, dass die vorgenannten Soldaten nach der Abreise des Grafen Althann in eine Art Wuth geriethen, weil sie wieder in ihren Erwartungen für den rückständigen Sold getäuscht worden sind. Die Soldaten hielten abermals eine Versammlung bei Griesbach, rissen von mehreren Stangen die Fahnen herab, riefen den Obersten Ramee zu ihrem Anführer aus, und wenn der sich weigern würde, ihr Anführer zu werden, so wollten sie auch ohne Ramee aufbrechen und sich selbst bessere Quartiere suchen. Die Stände wussten in dieser kritischen Lage nicht, welche Verhaltungsbefehle sie dem Obersten Schifer geben sollten und verwiesen ihn an den königlichen Abgesandten Freiherrn

Ungnad Weißenwolf) in Passau, der ihm alsdann die nöthigen Vorkehrungen zu geben wissen werde.[1]) Unbegreiflicherweise wurde gerade jetzt von den Landständen beschlossen, das Landesaufgebot und einen Theil der ständischen Truppen zu entlassen und ungeachtet der Warnungen des Obersten Benedict Schifer und des Agenten Stichenbock eilte man sogar mit der Abdankung und es ergiengen an den Obersten Schifer und an die übrigen Befehlshaber, welche auch die Abdankung missbilligten, die gemessensten Befehle, den Abdankungs-Commissären, die sich schon nach Haslach begeben hatten, in allen Dingen Folge zu leisten und wurde die Abdankung auch wirklich im November vollendet.

Als Ersatz für das entlassene ständische Volk wurde von Seite des Landeshauptmannes eingerathen, die 800 angeworbenen, regulären Soldaten zum Schutze der passauischen Grenzen beizubehalten. Der Landesoberst Jörger stellte den Oberhauptleuten das schöne Zeugnis aus, dass sie erfahrene, redliche Männer seien und man den Oberbefehl über diese 800 Mann entweder dem Obersten Freiherrn Dietmar Schifer oder dem Siegmund Hager von Allentsteig, welche früher schon ganze Regimenter commandierten, anvertrauen möge.[2]) Um wenigstens die noch bestehenden Schanzen nicht ganz von den Truppen zu entblößen, war eine Verstärkung der noch vorhandenen wenigen Truppen nothwendig und dies veranlasste den Obersten Dietmar Schifer, am 5. December in Aigen mit einer Werbung zu beginnen, die aber wenig Erfolg hatte. Da nun die Gefahr des Einbruches von Seite des Passauer Volkes immer drohender wurde, erließen die Stände am 15. December an die beiden Oberhauptleute Dietmar Schifer und Siegmund Hager den Befehl, die Truppen, welche im Dienste der Stände verbleiben wollten, ohne allem Rangstreit zu commandieren. Oberst Laurenz von Ramee, der Obercommandant des Passauer Volkes, verständigte wohl in einem Schreiben de dato Passau, 20. December 1610, den Obersten Dietmar Schifer, dass im Auftrage des Kaisers das Kriegsvolk im Stifte Passau aus Mangel an allem Nothwendigen in Quartiere an anderen Orten verlegt werden müsse, da dies aber unmöglich ohne Berührung des Landes ob der Enns geschehen könne, so habe er zur Versicherung aller Schadloshaltung dem Landeshauptmann zwei Geisel, und zwar den Rittmeister Freiherrn Colloredo und den Fähnrich Hans Georg von Rotthal gestellt und auch um Begleitungs-Commissäre zur Durchführung der

¹) l. c. S. 46.
53. Musealbericht. S. 53.

Truppen durch das Land geboten. Ramee lud auch den Obersten
Schifer ein, ihn am morgigen Tag (21. December) in Marschbach zu
besuchen.

Aber am selben letztgenannten Tage geschah schon der Ein-
bruch der Passauer Soldaten zu Oberkappel, von wo sie in hellen
Haufen nach Hofkirchen und Marschbach fortzogen und da alsogleich
die Ueberfahrt über die Donau bewerkstelligten. Die ständischen
Oberhauptleute Dietmar Schifer und Siegmund Hager, welche sogleich
davon benachrichtiget waren, waren zu selber Zeit in Sarleinsbach
und konnten vorderhand keine weiteren Gegenanstalten mehr treffen.
Zugleich brachen im Bisthume Passau noch andere Truppen-Abthei-
lungen auf, die am rechten Donau-Ufer ihren Marsch nach Engelhartszell und Wesenufer nahmen und wo sie hinkamen, die traurigen
Spuren ihrer Wildheit und Raubsucht hinterließen. Am 23. December
war schon der größte Theil des Passauer Volkes auf österreichischem
Boden, an welchem Tage auch schon Reiter und Fußvolk in Waizenkirchen einrückten und übernachteten; ein Theil davon zog auch
bis Grieskirchen. Eine andere Abtheilung schlug ihren Weg über
Neukirchen am Wald gegen Peuerbach und Neumarkt hin; am
24. December abends kam Reiterei und Fußvolk in der Vorstadt
Wels an, wo sich diese Truppen nach und nach so ansammelten,
dass die Stände in der Besorgnis, der Obercommandant Ramee werde
auch der Stadt Linz einen Besuch machen, in der Verlegenheit den
Befehl eines allgemeinen Aufgebotes erließen. Die zwei ständischen
Obersten, Schifer und Hager, erhielten zugleich die Weisung, mit
ihren Truppen das Mühlviertel zu verlassen und den Nachzug zu
halten, um so nach Möglichkeit das Zurückbleiben und Plündern einzelner Passauer Truppen zu verhindern, nachdem der Befehl rück-
sichtlich des Aufgebotes ohne Erfolg geblieben war. In ihrer Rath-
losigkeit fanden die Stände für gut, einen eigenen Abgesandten an
Ramee zu senden, um über seine Pläne sichere Kundschaft zu er-
langen; ihre Wahl traf den ständischen Oberst-Lieutenant Benedict
Schifer, der am 23. December Linz verließ und um 10 Uhr abends
in Eferding ankam.

Niemand wollte sich da herbeilassen, nach Waizenkirchen oder
Peuerbach sich zu begeben, um sichere Nachrichten über den Stand
der Dinge zu bringen, nachdem das Passauer Volk alle Wege besetzt
und alle Boten aufgefangen hatte, welche sich dorthin gewagt hatten.
Benedict Schifer berichtete nach Linz, dass von dem Landesaufgebote
einige sich gestellt und auch die Handwerksleute ihre Dienste angeboten hätten, aber kein Anführer für selbe zu finden sei. Eras von

9*

Starhemberg hatte die Bürger von Eferding bereits gemustert und Anstalten zur Vertheidigung der Stadt und des Schlosses getroffen. Schifer reiste am 24. nach Peuerbach, um den Feldmarschall Althann und den Obersten Ramee persönlich seine Klagen wegen des Einfalles vorzubringen, erhielt aber dort von den Officieren zur Antwort : die Soldaten müssten thun, was ihre Oberen befehlen, man suche nur kaiserlichen Grund und Boden, wo er zu finden sei, wisse man nicht ; es wurden wohl von den Officieren gute Mannszucht herzuhalten versprochen; in seinem Berichte aber klagte Schifer, dass die dortigen Bewohner außer des Brandschadens nicht übler geplagt sein könnten, als dies wirklich der Fall ist ; er berichtet, wie er selbst gesehen habe, dass das Vieh weggetrieben und meistens auf der Straße abgeschlachtet wurde und das Uebrige alles verwüstet werde. Schifer war entschlossen, am folgenden Tage weiter zu reisen, Ramee persöhnlich aufzusuchen und von ihm gleich nach Wels sich zu begeben, um dort Anstalten zur Vertheidigung der Stadt zu treffen. Auf Schifers weitere Unternehmungen werden wir noch später zurückkommen.[1])

Die Stände gaben dem Oberst Siegmund Hager den Befehl, mit seinem 300 Mann Fußvolk von Sarleinsbach nach Linz zu marschieren, der Markt Ottensheim musste dreißig Bewaffnete zur Wache in das Landhaus nach Linz stellen und es ergieng unterm 25. December auch ein Regierungsbefehl, der auf allen Kanzeln verlesen werden musste, dass alle Vorräthe an Getreide und Victualien vom Lande zur Sicherung vor dem Durchzug der Passauer in die nächsten Städte gebracht werden sollten. Wie wir schon früher erwähnten, hat Eras von Starhemberg zur Ruhe und Sicherheit der Stadt Eferding bei der drohenden Gefahr eines Einfalles nach Möglichkeit Vorsorge getroffen. Er selbst blieb mit seiner Frau in Eferding; um den Bürgern und seinen Unterthanen Muth einzuflössen, erbat er von den Ständen Munition und einiges Militär, letzteres, um selbes in seine aufgebotenen Unterthanen einzutheilen und dadurch brauchbarer zu machen. Starhemberg ließ an den Stadtthoren nach Art der alten Böhmen eine Wagenburg errichten, um etwaigen einzelnen Streifpartien das plötzliche Eindringen in die Stadt zu wehren; die Schaunberger, Stauffer und Steinparzer Leiten ließ er verhauen, weil sich von der Seite von Waizenkirchen und Umgebung schon einige Freibeuter bis nahe an Eferding vorgewagt hatten. Von Soldaten schickte man Starhemberg ungefähr fünfzig Mann. Mittlerweile kam auch Oberst Dietmar Schifer vom Mühlviertel mit seinen Soldaten und nach dessen Abzug auch der

---

[1]) 53. Musealbericht. S. 69, 72, 73.

Oberst Hager mit seinen Truppen; die Passauer hatten sich aber
bereits aus der Gegend entfernt und Eferding blieb verschont, obwohl
einige benachbarte Orte von ihnen gänzlich ausgeplündert wurden.[1])

Ramee kam nun mit seiner Hauptmacht nach Wels, nachdem
früher schon seinige Truppen dorthin dirigiert waren. Wels traf alle
möglichen Anstalten zur Vertheidigung, die Stadt war abgesperrt; die
Stände schickten 200 Musketiere an das rechte Traunufer, um die
Bürger von Wels zu unterstützen. Ramee zog aber am 28. December
von Wels über die dortige Traunbrücke nach Kremsmünster und Hall,
nachdem schon früher ein Theil seiner Truppen nach Lambach gezogen
war, um von dort über Petenbach und Vorchdorf nach Kirchdorf zu
marschieren. Wohin sie kamen, übten sie überall in ihrer Wildheit
Gewaltthätigkeiten aller Art aus und plünderten Märkte und Dörfer
und quälten die Leute auf alle mögliche Weise. Nach Abzug der
Passauer von Wels forderten die Stände den Bürgermeister von Wels
zur Verantwortung auf, warum er den Passauern den Uebergang über
die Traun nicht verwehrt habe u. s. w. In seinem Vertheidigungs-
schreiben beruft sich der Bürgermeister auf Herrn von Polheim, der
von den Ständen zum Stadtcommandanten aufgestellt war und auf
die beiden Freiherren Benedict und Dietmar Schifer, die in
Wels gegenwärtig waren, und dass die Bürger gewiss das Aeußerste
zur Abwehr des Passauer Volkes geleistet und demselben die Stadt
nicht aufgeschlossen hätten u. s. w.

Ramee, der in Kirchdorf sein Quartier aufgeschlagen hatte, fand
beim weiteren Vordringen seiner Truppen in Klaus Widerstand, worüber er sehr ungehalten war und drohte, wenn ihm binnen 24 Stunden
nicht Begleitungs-Commissäre von den Ständen geschickt würden,
er im Lande liegen bleiben würde und sollte ihm auch der Pass bei
Klaus geöffnet werden. Die Stände schickten mit einem Credenz-
schreiben den Freiherrn Benedict Schifer zu Ramee nach Kirchdorf,
wo er Anstalten treffen sollte, dass die verrammelten Pässe wieder
geöffnet würden. Noch bevor aber Schifer bei Ramee ankam, änderte
letzterer wieder seinen Entschluss und verlautbarte, dass er nun einen
andern Weg, und zwar über Steyr nach Steiermark nehmen werde,
ja er benachrichtigte auch davon schriftlich den Abt Alexander von
Kremsmünster, welcher Ramee besonders bat, das Kloster Schlierbach
in Schutz zu nehmen. Als aber Schifer in Kirchdorf zu Ramee kam,
eröffnete ihm dieser, dass er zwar gesonnen gewesen sei, über Klaus
nach Steiermark vorzurücken, nachdem aber dort die Bauernschaft

---

[1]) 53, Musealbericht. S. 77, 78, 79.

entschlossen sei, den Durchzug zu verhindern und auch der Pass nach
Steiermark am Rottenmann und zu Admont verhaut und verlegt worden
seien, so werde er seinen Weg nach Salzburg oder wieder nach Passau
nehmen. So lautete der Bericht des Benedict Schifer, der am 2. Jänner
10 Uhr nachts von Kirchdorf wieder nach Linz zurückkam.

Eine solche Nachricht musste neuerdings große Besorgnis er-
regen und die Lage der durch den geplanten Rückmarsch des Passauer
Volkes bedrohten Gegenden wurde nun sehr bedenklich. Die Stände
dachten auf neuerliche Gegenanstalten zur Sicherung des Landes und
zum Schutze der bedrohten Orte, und suchten sogar Unterstützung
von den mitunierten Provinzen von Niederösterreich, Mähren und
Ungarn zu erhalten. Da die zu verschiedenmalen erflossenen Befehle
für das allgemeine Aufgebot nicht den gewünschten Erfolg hatten,
so sah man sich genöthiget, ein ordentliches Militär durch Werbung
aufzustellen. Der Oberst-Lieutenant Schifer erhielt nun den
Auftrag, zu den vorhandenen ständischen Corps noch dreihundert
ordentliche Reiter anzuwerben; sein Bruder, der Oberst Dietmar,
bekam das Commando über 1500 neugeworbene Fußgänger, die
übrigen fünf neuernannten Hauptleute aus dem Adel erhielten jeder
eine Compagnie von dreihundert Fußgängern. Die ständischen Truppen
zogen nun gleichsam einen Cordon von Enns, Steyr, Kremsmünster,
Lambach und nach Wels und sollten nach Bedarf und Thunlichkeit
sich in ein Corps vereinigen und dem Passauer Volke im Rücken
nachziehen, um das Rauben und Plündern derselben möglichst zu
verhindern. Da man die Erfahrung gemacht hatte, dass die Passauer
Soldaten in denjenigen Orten, in welchen ständische Truppen lagen,
entweder gar nicht Quartiere nahmen oder dieselben doch mehr ver-
schonten, so ließ man auch Wels durch die ständischen Truppen
noch mehr besetzen und der Oberst Dietmar Schifer erhielt in
der nämlichen Absicht den Auftrag, nach Kremsmünster 500 Mann
zu führen.

Ramee wartete nicht lange mit seinem Abmarsche von Kirchdorf. Ein Theil seiner Truppen gieng bei dem Traunfall über den
Fluss und wendete sich dann gegen Schwannenstadt und Lambach,
der andere Theil war schon am 4. Jänner 1611 in Thalheim eingetroffen und lagerte sich daselbst gegenüber der Stadt Wels an der
abgetragenen Brücke. Nach gegenseitig gepflogenen Verhandlungen
und Stellung von Geiseln gestattete man endlich, um größeres Unglück
zu verhüten, den Passauern den freien Uebergang über die nun wieder
hergestellte Traunbrücke; diese Truppen zogen aber vor der Stadt
vorbei und wendeten sich gegen Eferding; ihr Anführer, der Oberst-

Lieutenant Schwendi, hatte sein Hauptquartier in Holzhausen aufgeschlagen; es ist sonach anzunehmen, dass seine Soldaten nicht so sehr über die Schartner Berge ins Donauthal kamen und daher letzteres von ihnen verschont geblieben sein wird.

Um der Ungewissheit über Ramees Absichten los zu werden, schickten die in Wels befindlichen ständischen Commissäre als Abgesandten zu demselben nach Schwannenstadt den Oberst-Lieutenant Benedict Schifer, der von ihm die Versicherung erhielt, dass er nichts anderes verlange, als dass man ihn bei Linz ruhig über die Donau setzen und nach Böhmen ziehen lasse. Nach weiteren Unterhandlungen kam endlich am 7. Jänner in Lambach mit den Abgeordneten der Stände, Freiherrn Reichard von Starhemberg und dem Hauptmann Ludwig von Schmelzing, und dem Commandanten Ramee eine Vereinbarung zustande, wornach das Passauer Volk alsogleich seinen Marsch in das Bisthum Passau anzutreten und von da auf die kaiserlichen Güter in Böhmen sich zu begeben habe; bei einfallendem Thauwetter solle es Ramee erlaubt sein, bei Linz über die Donau zu ziehen; für den dem Lande zugefügten Schaden versprachen die Befehlshaber des passauischen Kriegsvolkes eine billige Entschädigung. Zur Versicherung der getreulichen Erfüllung der verabredeten Artikel stellte Ramee als Geisel den Oberst-Lieutenant Grafen Albig von Sulz und den General-Quartiermeister Karl von Rundel, und die Landstände stellten ihm die Herren von Pollheim und Benedict Schifer; letztere haben auch Ross, Vieh und andere Sachen, welche das passauische Kriegsvolk den Unterthanen abgenommen hat, in Empfang zu nehmen und den Unterthanen wieder zuzustellen. Endlich verlangte Ramee, »zur Verhütung allerhand großer Inconvenienzen«, dass die königlichen und ständischen Truppen stets in einer Entfernung von drei Meilen nachziehen sollen. Die ständischen Abgeordneten ratificierten sogleich die Abmachungen, Ramee war aber nicht sogleich bereit dazu, sondern schickte vorher einen Bevollmächtigten nach Linz, um mit den Ständen über den freien Abzug über die dortige Donaubrücke zu unterhandeln.

Ramee wartete keineswegs auf eine Bewilligung der Stände, sondern marschierte unaufhaltsam mit seinen Truppen nach Linz, wo man es endlich für rathsam hielt, unterm 21. Jänner 1611 einen Vertrag abzuschließen, wornach den Passauer Truppen freier Abzug über die Donau bei Linz nach Böhmen und die Proviantierung auf dem Marsche dahin zugestanden wurde. Am 18. Jänner geschah der allgemeine Uebergang über die Donau; es setzten ungefähr 9000 Fußgänger und 4000 Reiter über die Donau, welche sich sogleich aus-

einandertheilten; ein Theil wendete sich nach Hellmonsödt und Leonfelden, die andern zogen über Gallneukirchen und Neumarkt nach
Freistadt.

Ramee verzögerte aber unter nichtigen Vorwänden seinen Abzug
nach Böhmen. [1]) Trotz allem Drängen und allem Ermahnen von Seite
der Stände, seine Abreise zu beschleunigen, die Vergleichsartikel zu
erfüllen, blieb seine Armee noch lange im Mühlviertel und plagte und
plünderte die armen Unterthanen. Mauthausen, Pregarten, St. Oswald
und die Umgebung von Freistadt hatten viel zu leiden. Endlich
deutete Ramee unterm 24. Jänner den Ständen an, dass seine Avant-
garde an diesem Tage aufbrechen und er selbst dann nachfolgen
werde; es trat auch in den übrigen von den Passauern besetzten
Orten eine Bewegung ein. Um nach Möglichkeit ihnen das Umkehren
zu verhindern, wurden die Besatzungen der landesfürstlichen Städte
beordert, ein größeres Corps zu bilden, um dem Ramee auf dem Fuße
bis an die böhmische Grenze nachfolgen zu können; alle Nachrichten
stimmten darüber überein, dass Ramee seinen Zug über Budweis
nach Prag nehmen werde. Nachdem der Oberst-Lieutenant Freiherr
Benedict Schifer mit einem ziemlich zahlreichen Corps ständischer
Truppen in Freistadt angekommen war, besorgte er nebst dem
Hauptmanne Fuchs die nöthigen Geschäfte und besetzte sogleich
diejenigen Orte, welche von den Passauern verlassen worden waren.
Diese zogen endlich, entgegen einem aus Prag kommenden kaiserlichen Befehl, bis auf weitere Resolution an den böhmischen Grenzen
stehen zu bleiben, am 30. Jänner 1611 über die österreichischen
Grenzen nach Kaplitz. Freiherr von Schifer, der dies noch am
nämlichen Tage den Ständen berichtete, besetzte nun ohne Verzug
mit seinen Truppen die Grenzen gegen Böhmen nnd traf alle möglichen
Anstalten, um das Rückkehren einzelner Räuber zu verhindern. Schifer,
welcher sein Hauptquartier in Freistadt hatte, oblag auch daselbst die
Ueberwachung der von Ramee gestellten Geisel, welche noch immer
zurückbehalten wurden, da der dem Lande zugesicherte Schadenersatz
noch nicht geleistet worden war. Ueber diese Geisel, bei welchen
Oberst-Lieutenant Schifer eine höchst verdächtige Correspondenz
zwischen ihnen und den Passauern entdeckt hatte, berichtete derselbe
den Ständen, dass er sich gezwungen sehe, dieselben nun enger zu
bewahren, und er bitte hierzu um nähere Verhaltungsbefehle.

Da die Stände hierüber weder vom König Mathias, noch von
dem Feldmarschall Freiherrn von Herberstein über ihren Bericht

[1]) 54. Musealbericht, S. 33, 38, 40, und Pritz. Oberösterreich. II, 335 u. 336.

betreffs dieser Geisel keine bestimmte Antwort erhielten, so fiengen dieselben an, durch diese Verzögerung ermuthigt, sich noch trotziger zu benehmen und erlaubten sich sogar heimliche Werbungen für das Passauer Volk, was aber Freiherr von Schifer an den Geworbenen scharf ahndete. Da man auf einen Schadenersatz ohnehin nicht rechnen konnte, am Ende gar Feindseligkeiten entstehen konnten, Ramee wieder neuerdings die Entlassung der Geisel ansuchte und selbe selbst eine drohende Sprache führten, so war man sehr froh, als es den Ständen von Seite des Königs frei gelassen wurde, bezüglich deren Entlassung nach ihrem Gutdünken zu handeln. Die Stände befahlen nun unterm 17. Februar dem Oberst-Lieutenant Schifer, die Geisel ihrer Gefangenschaft ohne Verzug zu entlassen und bis an die böhmische Grenze begleiten zu lassen. Während die Passauer bis nach Prag vorgedrungen waren und dort die Kleinseite eroberten und König Mathias von Krems aus den Feldzug gegen seinen Bruder, den Kaiser, eröffnete, erhielten die ständischen Truppen den Auftrag, die Grenzen an Böhmen wohl zu besetzen und etwaige Einfälle der Passauer nachdrücklichst zu bekämpfen. Bei der Ausdehnung der Grenzen reichten die Truppen nicht aus, daher erhielten die Stände den gemessenen Befehl, ihre Truppen zu vermehren und insbesondere für die nöthige Artillerie eine ergiebige Summe zu bewilligen, was selbe bei dem außerordentlichen Geldmangel in große Verlegenheit brachte. Sie wurden aber dieser Aufgabe vom König enthoben und ihre Vertheidigungs-Anstalten bestanden nun in einigen Veränderungen im Commando über die Truppen. Für den Landobersten Freiherrn von Jörger, welcher seine Entlassung nachsuchte, wurde der im Türken-kriege erprobte, thätige Freiherr Gotthard von Starhemberg und für den Obersten Hager, der auch seine Entlassung verlangte, der Oberst-Lieutenant Freiherr Benedict Schifer, der sein Hauptquartier in Freistadt hatte, mit dem Commando über die Truppen an der böhmischen Grenze betraut und ihm zugleich aufgetragen, alle ver-dächtigen Leute und insbesondere ausländische Truppen, welche bei den Passauern Dienste nehmen wollten, aufzugreifen, zu durchsuchen und nach Linz bringen zu lassen. Um das Auslaufen der Passauer nach Oesterreich zu verhindern, mussten die Schlösser an der Donau, sowie auch die Märkte Aigen, Hofkirchen, Haslach und Leonfelden von den ständischen Truppen besetzt werden, die größere Anzahl derselben verblieb aber in den nächsten Bezirken um Krumau und Kaplitz stehen. Zu diesem weitläufigen Truppen-Cordon reichte aber die vorhandene Truppenanzahl nicht aus und konnte eine strenge Ueberwachung nicht platzgreifen. Als daher die Passauer in Budweis

sich so verschanzten, um eine Belagerung aushalten zu können und
überdies der Oberst Schifer durch einen eigenen Courier an die Stände
berichtete, dass der Erzherzog Leopold und Ramee am 12. März mit
einem zahlreichen Gefolge in Budweis eingetroffen seien und zu besorgen stand, dass unversehens ein zahlreiches Corps nach Oberösterreich einbrechen könnte, so bat Schifer die Stände um unverzügliche
Veranstaltung eines allgemeinen Aufgebotes, um die Grenzen nach-
drücklicher decken zu können. Die Stände fanden dies für unthunlich
und befahlen Schifer, die Pässe gegen Freistadt nach Möglichkeit
eilends zu verrammeln. Da sich das Gerücht verbreitete, dass Ramee
sich noch mehrerer Städte im Umkreise von Budweis bemächtigen
wolle, so sahen sich der Landoberst Gotthard von Starhemberg und
der Freiherr von Schifer veranlasst, ihre Wachsamkeit zu verdoppeln
und noch schärfere Maßregeln zu ergreifen. Sie bereisten im oberen
Mühlviertel die ganze Grenze von Böhmen und machten den Vorschlag zu neuen Verschanzungen, insbesondere bei dem sogenannten
goldenen Steig, welcher schon auf böhmischem Gebiete lag. Allein
an der Unthätigkeit und Furcht der böhmischen Stände scheiterte
die Ausführung dieses Vorschlages. Als Ramee mit einer ansehnlichen
Truppenmenge sich südlich nach Krumau begab, so dass er nur mehr
anderthalb Meilen vom Markte Aigen und dem Kloster Schlägl entfernt war, bemühte sich Oberst Schifer, alle Pässe und Straßen in
der dortigen Gegend durch Verhaue und Blockhäuser theils unwandel-
bar zu machen, theils um selbe vertheidigen zu können. Weil man
aber dessen ungeachtet die Uebermacht Ramees zu fürchten hatte,
verständigte Schifer die in Prachatitz versammelten böhmischen Stände,
dass er sich nothgedrungen sehe, seine Verhaue und Schanzarbeiten
bis auf den böhmischen Boden auszudehnen, was ihm auch gerne
zugestanden wurde; auf seinen Vorschlag aber, den schon erwähnten
goldenen Steig befestigen zu lassen, wurde nicht eingegangen und es
geschah da nichts.

 Ramee ließ am 19. März durch einen nach Aigen abgesandten
Trompeter den Obersten Schifer um freien Durchzug seiner Reiterei und
Bagage ersuchen; Schifer schlug es aber ab und beschied den Trompeter, dass er ohne Vorwissen der Stände und des Landobersten nichts
bewilligen könne. Dasselbe erfuhr auch ein am 20. von Ramee an
Schifer durch einen Eilboten abgeschicktes Schreiben, welches Schifer
auch den Ständen mittheilte, die mit seinem Vorgehen ganz einverstanden waren und ihm bedeuteten, dass selbst der Erzherzog solle
zurückgewiesen werden und im Falle er Gewalt brauche, solle man
selben gefangen nehmen. Schifer rückte nun mit seinen Vorposten

immer näher an die böhmische Grenze und wo er es für nöthig fand, selbst auf böhmischem Grund und Boden, wie bei Wulda es der Fall war. Schifer war kaum mit seinen Anstalten fertig, so erschien der Stallmeister des Erzherzoges Leopold, Christoph von Lamberg und verlangte mit seinen Leuten und seiner Bagage durchgelassen zu werden, er wurde aber abschlägig beschieden und selbst zwei Briefe des Stallmeisters um freien Durchzug erfuhren von Schifer die gleiche Abweisung; auch ein Brief des Erzherzoges, in gar ernster Sprache abgefasst und an Schifer gerichtet, konnte denselben nicht bewegen, wider den gemessenen Befehl des Königs Mathias und der Stände zu handeln. Um den Intentionen des Königs, welcher die Stände zum energischen Widerstand aufforderte, zu entsprechen, ließen die Stände alsogleich 300 Soldaten anwerben, um die Pässe noch mehr verwahren zu können. Trotz aller dieser Anstalten und aller Wachsamkeit entschlüpfte aber Ramee am 26. März mit dem Erzherzog, dem Grafen Sulz, Althann und mehreren anderen und einigen hundert Soldaten auf dem goldenen Steig, welchen die Böhmen zu verhauen außeracht gelassen hatten, nach Passau und nahm auch den Raub mit, welchen er in Böhmen gemacht hatte. Die übrigen passauischen Truppen blieben in Budweis, Krumau und in der dortigen Gegend zurück; diese Truppen sollten nach einem kaiserlichen Befehle vom 20. und 26. März ohne allen Verzug abgedankt werden. Die Gefahr von Seite der Passauer war immer noch nicht vorüber, da briefliche Beweise vorlagen, dass der Erzherzog Leopold noch immer damit umgieng, die Passauer zu stärken und zu neuen Unternehmungen vorzubereiten. Wiewohl gegründete Hoffnung war, dass es mit den Passauern zu keinen Feindseligkeiten mehr kommen werde, konnte doch bis zur gänzlichen Auflösung derselben die ständischen Truppen nicht entwaffnet werden, was dem Lande ungemeine Kosten verursachte und die Cassen nach und nach so erschöpfte, dass man in Verlegenheit war, den ausständigen Sold zu bezahlen. Nach langen Unterhandlungen kam endlich der Vertrag wegen Abdankung der Passauer zustande und wurde mit 22. Mai 1611 de dato Wittingau abgeschlossen und gefertigt. Die Stände beeilten sich nun, mit 19. Juni bei dem Könige die Entlassung der von ihnen angeworbenen Truppen zu erwirken, da keine Gefahr mehr zu befürchten sei und das Land die Kosten für die Verpflegung nicht länger mehr ertragen könne. Der König gieng zwar nicht ganz darauf ein, erlaubte ihnen aber doch, die Truppen bis auf 400—500 zu entlassen; diese sollten sie aber unverweigerlich erhalten und dieselben ihm, wohin er es begehren werde, schicken, bis zwischen ihm und dem Kaiser eine Verständigung

zustande kommen werde. Wenn den Ständen dies zu schwer fallen
sollte, so stelle es ihnen der König frei, die Summe zu erlegen, welche
zur Erhaltung dieser 400 bis 500 Mann erforderlich wäre; auf eine
Gegenvorstellung erlaubte der König den Ständen noch weiter, dass
sie nur 300 Mann erhalten dürfen, dass sie aber das Schloss Marsbach wohl besetzen müssen, weil der Erzherzog Leopold noch immer
auch nach dem mit seinem Bruder, dem Kaiser, abgeschlossenen
Vertrage sich nicht mit ihm, dem Könige, aussöhnen wollte. Die
Abdankung der Besatzung von Marsbach wurde den Ständen erst
am 17. December 1611 erlaubt. [1])

Wir haben diese Episode vom Einfalle des Passauer Volkes etwas
weitläufiger behandelt, da uns ein erwünschtes Materiale hiefür zu
Gebote stand und wir haben mit dem Obersten Dietmar Schifer
auch seinen Bruder, den Obersten Benedict Schifer, der da besonders in Action stand, jetzt schon gebracht; wir werden aber später
nochmals auf denselben zurückkommen, da er einerseits ein hervor-
ragendes Glied seines Stammes war und einige von seinen Nachkommen
in der Versippung mit denen von Sonderndorf auch Vorstände des
Spitales wurden. Wir kehren nun wieder zurück auf Dietmar Schifer.

Noch bevor Dietmar Schifer als Erbstifter auftrat (1616), können
wir einige Erwerbungen von Gütern von ihm verzeichnen. Im Jahre
1613, 21. November, kaufte er von Hans Ludwig Geymann zu
Gallspach dessen Antheil vom Polhammerwalde sammt dem Forstner-
haus daselbst.[2]) Von seinem Schwiegervater Heinrich Herleinsperger
zu Lichtenau erwarb er im Tauschwege im Jahre 1614 den Siechenhof
zu Wels, welchen Herleinsperger zu seinem Spital zu Ebersperg gestiftet hatte, dafür gab Dietmar zwei Güter, und zwar einen Hof zu
Wallern und das Jägerstädter-Gütl zu Gunskirchen. [3])

[1]) 55. Jahresbericht des Linzer Museum. S. 4, 23, 24, 57, 60, 76, 93 und 95.
[2]) Hoheneck l. c. S. 350.
[3]) 1614, 15. Jänner, Lichtenau. Kauf- und Wechselbrief des Heinr. Herleinsperger, auf Dietmar Schifer lautend. Dieser gilt von dem ganzen Hof des Hans
Hyrtlmayr in Wallern mit jährlichem Dienst von 4 fl. 1 Schill. 4 Pfg., 2 Hennen
sammt einem Gründl, welches Zacharias Wagner gehabt, und dient jährlich 1 Schill.
2 Pfg. — Item ein Gütl in der Gunskirchner Pfarre, das Jägerstädter innehat, und
dient jährlich 1 fl., 4 Hennen, zu Martini eine Gans, zu Weihnachten 6 Pfg. für
weißes Brot. 2 Faschinghennen, zu Ostern 90 Eier, zu Pfingsten 4 und zu Weihnachten 3 Käse; dazu gibt er auch den Ueberdienst von etlichen Häusern in
Eferding, und zwar von des Bernharden Haus in der Kirchengasse mit jährlich
3 Schill. Pfg., vom Schulhaus 1 Schill. 2 Pfg., vom Haus des Vogelwirt 1 Schill.
20 Pfg., vom Haus der alten Scherer am Platz 1 Schill. 20 Pfg., von dem des
Daniel Kayser 1 Schill. 2 Pfg., vom Pflanzgärtl des Lederer 16 Pfg. — Dem

Nach Kaufbrief vom 29. April 1615 kaufte Dietmar Schifer von
seinem Bruder Benedict Schifer, welchen wir schon aus der Zeit des
Einfalles des Passauer Volkes kennen gelernt haben und der damals
Pächter der Herrschaft Ottensheim und General-Landoberst war, den
alten Familiensitz der Schifer: die Herrschaft F r e i l i n g.[1] Dafür verkaufte aber Dietmar am 30. Mai 1617 das adelige Landgut B r u c k
an der Aschach mit 72½, Feuerstätten an den Freiherrn Georg Achaz
von Polheim zu Puchheim und Schwannenstadt.[2] Als Dietmar noch
Herr von Bruck und zugleich Erbvogt und Lehensträger der Stift
St. Wolfgang in der Frauenkirche zu Kallham[3] war, gibt er am
2. Februar 1617 dem Christoph Steinbruckner auf der halben Mühle
zu Niedern-Prenning in der Piamkirchner Pfarre und im Erlacher
Landgerichte eine neue Erbrechts-Bestätigung.[4] Nach einem Wechselbrief vom Jahre 1620, ausgestellt zu Ostern, zwischen der Stadt Wels
und Dietmar Schifer, in welcher Urkunde er sich Oberhauptmann im
Hausruckviertel nennt, gibt ihm die Stadt Wels einen zu dem dortigen
Bürgerspitale gehörigen Unterthan, dagegen erhielt sie von Schifer
einen Unterthan zu Niedern-Wöhrist in der Buchkirchner Pfarre (bei
Wels).[5]

entgegen gibt Herleinsperger den Siechenhof zu Wels. Siegler: Heinr. Herleinsperger und Hans Christoph von Oedt, Herr zu Helfenberg, Getzendorf und
Straßfelden. Original Stadtarchiv Eferding.

[1] Nach dem Gehorsambrief des Benedict Schifer für seinen Bruder Dietmar
vom 2. Februar 1616. Original Schifer-Schriften im Museum.

[2] Strnadt, Peuerbach, S. 529.

[3] In der Vatersheim'schen Kapelle zu Kallham waren auf dem Altar daselbst neben dem Vaterheim'schen noch vier andere Wappen, darunter auch
das Schifer'sche und Herleinsperger'sche angebracht. Gilge II, 14.

[4] 1617, 2. Februar, Bruck an der Aschach. Ein gewisser Johann Grimelius
wurde im Jahre 1598 Pfarrer von Taufkirchen an der Trattnach, welcher dann
den Sitz der Pfarre nach Kallham verlegte; er war ein energischer Mann, brachte
im Jahre 1604 mit Wolfgang Jörger zu Steyregg einen Vergleich über Vogtei-
und andere kirchliche und herrschaftliche Rechte zuwege. Er ist aber doch
manchmal zu eigenmächtig vorgegangen, denn im obigen Erbrechtsbriefe be-
klagt Dietmar Schifer, dass Grimelius, der auch Beneficiat des vorgenannten
Stiftes war, noch im Jahre 1604 ohne des Lehen- und Vogtherrn Wissen, von
allen zu dieser Stift gehörigen Unterthanen die Kauf- und Gewährbriefe abgenommen und dafür vermeintliche Versicherungsbriefe gegeben. Da diese
manche Calumnien enthielten, hat Dietmar dieselben verworfen und als ungiltig
erklärt. Nach obigem Erbrechtsbrief soll nun das genannte Gut dem Bene-
ficialen unterthänig sein und das leisten, was der Original-Stiftbrief nachweist,
die Landsteuer und andere Landesanlagen u. s. w. Original Spitalarchiv Eferding.

[5] Wels gibt den Unterthan Georg Eggmayr zu Hulzhausen in der Sanct
Veiter Pfarre, der jährlich in Geld 3 Schill. 10 Pfg., dann 2 Gänse, 2 Hennen,

Wir haben schon früher angeführt, dass um das Jahr 1620 von einem katholischen Geistlichen für die Spitalskirche Erwähnung geschieht. Das Wiedererscheinen eines solchen für die geistlichen Stiftungen in der vorgenannten Kirche, sein Name war Friedrich Angermayr, hängt mit den politischen Vorgängen in unserem Lande in etwas zusammen. In der Mitte des Jahres 1620 überschritt über Aufforderung des Kaisers Herzog Max von Bayern die Grenzen von Oberösterreich zur Herstellung der Ruhe im Lande. Die stark verschuldete Herrschaft Eferding gelangte als confisciertes Gut zuerst pfandweise mittelst Rezess an den Herzog Max von Bayern und dann am 22. Februar 1628 durch Kauf mit dem alleinigen Ablösungs-Reservat an denselben.[1])

Nach geendigter Gegen-Reformation (1625) wurde Friedrich Angermayr von Herzog Max dem bischöflichen Ordinariate in Passau für alle drei Beneficien an der Spitalskirche präsentiert. Dies geschah also, noch bevor Dietmar Schifer das kaiserliche Diplom betreffs des Präsentations-Rechtes für die Schifer erhalten, denn diese hatten damals dieses Recht über die Spital-Beneficien als Akatholiken verwirkt. Unterm 7. September 1628 wurde nun vom Kaiser Ferdinand II. dieses Diplom auf die Bitte des Freiherrn Dietmar Schifer mit folgender Begründung ausgestellt: Da sein (des Schifer) Geschlecht vor dreihundert Jahren ein Spital in Eferding sammt einem Beneficium, worüber die vorlängst abgestorbenen Grafen von Schauenberg die weltliche Vogtei gehabt, gestiftet haben und in Ansehung der von seinen Vorfahren und auch von ihm in Kriegs- und Friedenszeiten willig geleisteten, ersprießlichen Dienste, bestätigt der Kaiser als oberster Vogt- und Schutzherr diese uralte Stiftung sammt den hiezu später fundierten Pucher'schen und Herleinsperger'schen Beneficien, insoferne dieselben nach Inhalt ihrer Stiftbriefe nichts wider die katholische Religion enthalten und nimmt sie in seinen Schutz und Schirm und in seine Vogtei auf Grund der am 27. Februar 1625 ergangenen Resolution, wodurch sich der Kaiser unter anderem auch die Verfügung über die geistlichen Stif-

<hr/>

180 Eier, 13 Metzen Korn und 12 Metzen Hafer großen Maßes zu dienen hatte, dem entgegen gibt Schifer den Unterthan Matthäus Mayer am Lehen zu Niederm-Wöhrist, welcher 2 fl., 2 Hennen und 16 Metzen Hafer leistete. Weil ersteres Gut mehr wert ist, gibt Schifer auch noch eine Summe Geldes. Siegel der Stadt Wels. Original Stadtarchiv Eferding.

[1]) Im Jahre 1630 übernahm Franz Fött von Grünerzhofen die Herrschaft und die Stadt Eferding von seinem Schuldner Erasmus von Stachemberg, bis selbe Johann Ludwig von Starhemberg im Jahre 1660 zurückkaufte und von da an im Besitze der Starhemberger verblieb.

tungen und Beneficien vorbehalten hat. Er gibt nun dem Freiherrn Dietmar Schifer und allen seinen Nachkommen und Erben männlichen Geschlechtes, sofern dieselben der katholischen Religion sind und bleiben werden, das *Jus patronatus* (Patronatsrecht) über die mehr-erwähnten Beneficien, so dass er darauf sehe, dass die gestifteten Gottesdienste verrichtet werden und dass der Priester, dem die Beneficien verliehen werden, vorerst dem bischöflichen Ordinariate ordentlich präsentiert werde. Ueber alles dieses solle er Schifer einen Revers an die Hofkammer ausstellen. Zum Schlusse bestätiget auch der Kaiser in diesem Diplome dem Spitale und den dazu gestifteten Beneficien und den dazu gehörigen Gilten und Häusern alle die Immunitäten, Freiheiten und Indulte, wie andere Stiftungen, Kirchen und Pfarrhöfe nach Recht und Gewohnheit im Lande haben.[1]

Des besseren Ueberblickes wegen wollen wir gleich einiges aus dem Leben und Wirken des ersten Beneficiaten des nun wieder ins Leben gerufenen Spital-Beneficiums bringen, wiewohl nicht alles in die Zeit des Erbstifters Dietmar Schifer fällt.

Der Spital-Beneficiat Friedrich Angermayr, gebürtig vom Wind-stätter-Gute in Bayern (nun Innkreis von Oberösterreich in der Pfarre Zell bei Riedau), der zur Wahrung seiner Rechte und seines Pfründen-Einkommens, wie es auch sein Grabstein sagt, mehrere Vergleiche (1627, 1632 und 1634) mit Benedict Schifer zu Freiling, der lutherisch geblieben war, abschloss, brachte selbst das vorgenannte Windstätter-Gut, sein väterliches Erbgut, beiläufig im Jahre 1628 seiner Pfründe. dem Beneficium, zum Geschenke. Der jeweilige Besitzer dieses Gutes hatte jährlich am Thomastag 40 Gulden an das Beneficium abzuführen.[2] Von seinem Rechtsinne und Eifer für Erhaltung des Pfründen-Ein-kommens zeigt auch ein Originalbrief an die Herrschaft Burg Eferding wegen des vom Richter und Rath zu Eferding begangenen Falso bei der zum Spital-Beneficium dienstbaren Heindl'schen, nachmals Kraus'schen Behausung, wie auch wegen dem Stadl und Landacker an der Wibm vom Jahre 1630, welcher Brief in einem Verzeichnisse nicht mehr vorfindiger Schriften angeführt ist.[3] Da durch die Zeit-

[1] Urkunde 1628, 7. September, Wien. Original-Pergament, großes Format Pfarrarchiv Eferding.

[2] und [3] In diesem Verzeichnisse sind auch noch Acten über Vergleiche, Klagen und Streitsachen vom Jahre 1624—1629 angeführt, die alle Angermayr durchzumachen hatte. Vom Windstättergute musste alle Quatember nach Stiftung ein Gulden an das Spital gegeben werden, dafür bekam der Beneficiat vom Spitale ein Schmalzkoch und die Mairin 7 Kreuzer Trinkgeld (Pfarrschriften). Wir lassen nun eine auf das genannte Gut bezügliche Urkunden-Regeste folgen. 1650, 13. Februar: Leibgedingsbrief . . . . . (erste Zeile weggeschnitten) verkauft

144

laufte und Religionswirren, die Schifer selbst waren lutherisch, die Einkünfte seines Beneficiums derart vermindert wurden, dass nur mehr ein Priester von allen drei Beneficien anständig leben, noch viel weniger aber dieser den Stiftungs-Obliegenheiten nachkommen konnte, so bewirkte der Beneficiat Angermayr über mit von den Stiftern vorausgegangener Abrede und schriftlicher Approbation von dem Bischofe Leopold Wilhelm von Passau, einem Erzherzoge von Oesterreich, eine Verminderung der aufhabenden Stiftungsverpflichtungen und Erleichterung seiner Pflichten. Es erfloss hierüber unterm 12. Mai 1637 eine bischöfliche Ordinariats-Instruction, deren Inhalt im Auszuge folgender ist:

Der Bischof bekennt, dass ihm der Beneficiat Friedrich Angermayr glaublich nachgewiesen habe, dass die vorhanden gewesenen Beneficien auf sechs Priester gestiftet wurden, so das Schifer'sche Beneficium von Ritter Benedict Schifer im Jahre 1462 auf vier, das Sanct Margaret-Beneficium von Hans Pucher im Jahre 1385 und das St. Magdalena-Beneficium von Barbara Panhalm im Jahre 1427; wie aber theils ›durch vielfältige Kriegsempörungen und Rebellionen und theils auch unterschiedliche unkatholische und sectische Besitzer und andere Ungelegenheiten‹ die Grundbücher meistentheils verloren und dadurch das gestiftete Einkommen der Beneficien davon gerissen und derart vermindert wurde, dass jetzt nur mehr ein einziger Priester von diesem Einkommen ehrlich leben könne, viel weniger aber die gestifteten Gottesdienste von einem Priester allein verrichtet werden können, da dermalen die Schifer dem Beneficiaten alle Quatemberzeit nur 35 fl. in Geld geben und etliche zu dem Beneficium gestiftete Zehente und Grundstücke genießen lassen. Aus diesen angeführten Gründen restringiert nun der Bischof über Bitte des Beneficiaten Angermayr aus Ordinariats-Gewalt die früheren Stiftungs-Verbindlichkeiten und gibt eine für ihn und seine Nachfolger bindende Gottesdienst-Ordnung:

Erstlich soll ein jeweiliger Beneficiat alle Sonn- und Feiertage nach der Messe das Evangelium deutsch verlesen, die in der Woche einfallenden Fest- und Feiertage verkünden, das gemeine Gebet und die offene Schuld sammt der Absolution sprechen neben einem Vater unser und Ave für alle lebenden und abgestorbenen Stifter und Gutthäter des Gotteshauses, auch den Weihbrunnen segnen, so oft es

dem Michel Hößlinger vom Häpekentobel und seiner Hausfrau Anna leibgedingsweise das Austraghäusl, Wiesl und den Acker gegen einen jährlichen Dienst von 1 fl. 30 kr. nebst einem Stiftviertel Wein ›zu Tag‹. Im Verkaufsfalle habe der Verkäufer oder der leibgedingsweise Besitzer des Windstätter-Gutes das Vorkaufsrecht. Siegler: der Verkäufer. Original Spitalarchiv Eferding.

vonnöthen. — Anderten soll er in jeder Woche in der Kapelle zwei auf jedem Seitenaltare eine Messe halten und, falls anders kein Hindernis einfällt, auch ein Requiem für alle Stifter und Gutthäter sein. — Drittens solle zu jeder Quatemberzeit ein Jahrtag mit zwei gesungenen Aemtern für die Stifter und Gutthäter der Kirche gehalten und die Musik dazu vom Spitale gezahlt werden; als Spende dabei zur Vertheilung für die Armen soll für alle sonstigen gestifteten Spenden nur mehr ein Metzen Korn verbacken werden. — Viertens soll der Beneficiat in der ersten Woche vor oder nach dem Quatember für den Stifter des Margareten-Beneficium, so auch am ersten Tag nach St. Magdalena, wie auch am Donnerstag nach St. Martin den Stiftern des St. Magdalena-Beneficiums in deren Kapelle einen Jahrtag mit zwei gesungenen Aemtern halten; die Musik dazu hat der Beneficiat aus eigenem Säckel zu bestreiten. — Fünftens soll die jährliche Kirchweih am Sonntag vor Mariä Himmelfahrt mit einem gesungenen Amt, Predigt und beiden Vespern gehalten werden; dasselbe soll auch an diesem Marientage selbst geschehen, da habe aber das Spital die Kosten für die Musik zu tragen. — Sechstens soll der Beneficiat am St. Margareten-Tag, sowie auch am St. Magdalena-Tag jedesmal ein gesungenes Amt, Predigt und beide Vespern halten, die Musik dazu aber selbst bezahlen. — Siebentens soll alle Tage eine Ampel im Chore vor dem *Venerabile* und ebenfalls eine solche in der Kapelle brennen, den dritten Theil des Oeles hat dazu der Beneficiat, die andern zwei Drittel das Spital zu leisten. — Achtens soll an allen Frauentägen nachmittags eine musikalische Litanei gehalten werden, die Musik hierzu hat der Beneficiat zu bezahlen. — Neuntens solle vom Spitale aus dem Stadtpfarrer zu Eferding für alles Seelgeräthe, Opfer und anderes, in allem fünf Gulden, dann von dem Beneficiaten der Kapelle wegen demselben 1 fl. 30 kr. unter der Bedingung gereicht werden, dass der Pfarrer oder sein Kaplan die Quatember und Jahrtäge verrichten helfe. — Zehntens soll auf des Spitales Kosten am Charfreitag ein Grab aufgerichtet und Musik dabei veranlasst werden. — Eilftens soll der Beneficiat für das »halb Rindfleisch« für 3 Schilling, einen halben Metzen Korn zur Spende am Sanct Katharinen-Tag ausgeben.[1]

Diese Stipulationen sind auch nicht sogleich, sondern erst im Vergleichswege mit dem Erbstifter oder dessen Vertreter, wie es auch in der erwähnten bischöflichen Instruction angeführt ist, zustande gekommen; überhaupt hatten alle katholischen Geistlichen, durch

---

[1] Original Pfarrarchiv Eferding.

welche während der Zeit der Gegen-Reformation oder nach Durch-
führung derselben die früher von evangelischen Predigern innegehabten
Pfründen neu besetzt wurden, eine schwierige Stellung, was insbesondere in Eferding der Fall gewesen sein dürfte, da der im
Jahre 1625 hieher bestellte Pfarrer Wilhelm Klingenberger bald nach
zwei Jahren und sein Nachfolger Konrad Mutschler mit Schluss des
Jahres 1634 sich wieder davonmachten; ersterer kam als Pfarrer nach
Atzbach und Mutschler gieng als solcher nach Hartkirchen. Beneficiat
Angermayr hatte auch die Kirche im benachbarten Stroheim (seit
1784 eine selbständige Pfarre) zu besorgen, dort war nämlich einst
ein Beneficium mit gut gestifteten Einkünften.[1] Nach einem in der
dortigen Kirche noch gut erhaltenem Grabstein starb dort im Jahre
1578 *frater Joannes Krautstingel, rector hujus capella*.

Angermayr hatte auch im Jahre 1634 das Saalbuch des Herlein-
sperger-Beneficiums und das Urbar des Margareten-Stiftes neu
zusammengestellt, bei der damaligen Zerfahrenheit und eingerissenen
Unordnung in den kirchlichen Verhältnissen immerhin eine erwähnens-
werte Arbeit. Einer seiner Nachfolger auf dem Beneficium sagt,
Angermayr kann mit Fug und Recht der zweite Stifter genannt
werden, weil er das Beneficium im Jahre 1637 mit Ordinariats-Beihilfe
in den gegenwärtigen Stand (1745) gesetzt habe. Er starb im Jahre
1657, sein Grabstein, rechts vom Eingang in der Kirche der zweite
(Nr. 41 der Zeichnungen im Museum), hat folgende Inschrift:

*Multis laboribus impensis | nec minoribus expensis sumpti- | bus
hujus ecclesiae dotem div | absentem et alibi delitescentem | reduxit
ac adauxit de proprio | rev: adm: dns friedericus | angermayr hic*

---

[1] Stroheim, früher Siroham, am Strohamb noch im 17. Jahrhundert so
in den Matrikenbüchern, im Volksmunde Stroha, war einst der Sitz derer von
Strahen (Strachen, Strachner), welche urkundlich im 13. Jahrhundert als Ministerialen der Grafen von Schaunberg vorkommen. Im 14. Jahrhundert wurde
dieser Sitz eine Filial-Comthurei des Malteser- oder Johanniter-Ordens und
dürfte wahrscheinlich durch den Grafen Heinrich von Schaunberg, welcher im
Jahre 1344 als obrister Meister des Johanniter-Ordens erscheint, an den Orden
gekommen und mit der Commende Mailberg in Niederösterreich vereinigt
worden sein. Zur Zeit der Religionswirren wird wohl diese Comthurei von den
Ordensmitgliedern verlassen worden sein. Im Jahre 1790 kaufte dieses Malteser-
Stift Fürst Georg Adam von Starhemberg vom Großprior dieses Ordens, Josef
Grafen von Colloredo. — Nach Angermayr waren im Genusse des Beneficiums
von Stroheim 1678 Mathias Andre von Schlögern, Dechant zu Mannsworth, im
Jahre 1679 trat in den Genuss desselben Gotthard Hofmann von Ankerskron
und nach ihm im Jahre 1690 der Canonicus von Passau und Pfarrer in Hart-
kirchen, ein Herr von Oedt (Pfarrschriften).

*et in stroheim | vicarius mortuus et sepultus sub hoc lapide XI cal-
lend: | jannarii anno*

MDCLVII.[*)]

Doch kehren wir wieder zu dem Erbstifter Dietmar Schifer
zurück; wir haben noch aus seiner Zeit einiges nachzutragen. Im
Jahre 1618 schlossen die Brüder Dietmar, Georg Gundacker und
Benedict Schifer, letzterer Pächter der Herrschaft Ottensheim[1]) und
bestellter General-Landoberst-Lieutenant in Oesterreich ob der Enns,
betreffs des von ihrem Vater Georg Siegmund geerbten, ihnen eigenthümlichen Freihauses zu Eferding, »im Thal«[3]) gelegen, sammt allem
Zugehör und Rechten einen Vertrag in folgender Weise: es erhält
dieses Freihaus der Bruder Benedict für sich und seine Leibeserben
gegen den Vorbehalt, dass im Falle Benedict oder dessen Söhne ohne
männlichen Leibeserben mit Tod abgehen sollten, selbes Haus dann
den Brüdern Dietmar und Georg Gundacker oder deren Erben zufallen solle. Das Vorkaufsrecht soll stets den Stammes-Angehörigen
der Schifer und überhaupt und jeder Zeit dem männlichen Stamme
der Schifer verbleiben und im Vorkaufsfalle nach billiger Schätzung
hintangegeben werden.[4])

In den sich öfter, theils aus religiösen, politischen und socialen
Ursachen in diesem Zeitraume des ersten Drittel des 17. Jahrhundertes

*) In freier Uebersetzung: Mit großen Mühen und Opfern hat dieses
Gotteshauses alle Stiftung, seit Jahren schon dem ursprünglichen Zwecke entfremdet und heimlich anderswo verwendet, zurückerworben und mit Eigenem
noch vermehrt der hochwürdige Herr Friedrich Angermayr, Vicar an der
Spitalkirche und in Stroheim, der gestorben ist am 22. December 1657.

[1]) Nach des nunmehr verstorbenen P. Bernhard Söllinger von Wilhering
Mittheilungen erscheint 1616 und 1617 Benedict Schifer nur als Pächter der
Herrschaft Ottensheim, welche seit 1592 den zwei oberen weltlichen Ständen
des Landes ob der Enns gehörte.

[3]) Diese Bezeichnung für den etwas niedriger gelegenen Theil der Stadt
Eferding war schon anfangs des 14. Jahrhundertes üblich. 1313, 21. Jänner,
gibt Hartneid von Lichtenwinkel mit Einwilligung seiner Kinder dem Kloster
Wilhering zum Seelgeräthe für sich und seine Gemahlin sein Haus »in dem
Tal ze Everding«. Todtenbücher von Wilhering von Dr. Otto Grillenberger.
Seite 46.

[4]) 1618, 10. Februar, Eferding. (Schifer-Schriften im Museum.) Dieses
Haus ist jetzt das Verwaltungs-Gebäude des Schifer'schen Erbstiftes; ober der
Eingangsthüre ist ein Gedenkstein mit stark verwitterter, nicht mehr leserlicher
Inschrift, aber mit einem desto besser erhaltenem Doppelwappen und der
Jahreszahl 1621, das eine der Wappen ist das Schifer'sche, das andere das
Jörger'sche Wappen. Benedict Schifer nahm in zweiter Ehe im Jahre 1603
Anna Marie Jörger zur Gemahlin, selbe starb 1625. In das Jahr 1621 fällt also
der Umbau oder die Renovierung dieses ehemaligen Freihauses.

in Oberösterreich wiederholenden Unruhen und Erhebungen, trat nun auch der landständische Obrist Dietmar Schifer wieder auf den Schauplatz der Oeffentlichkeit und wurde ihm da eine hervorragende Rolle zugetheilt. Als Kaiser Ferdinand II., dem man die Huldigung als Landesfürsten von Oberösterreich anfangs verweigerte, sich in seiner bedrängten Lage an die katholischen Mächte, und zwar zunächst an den Herzog Maxmilian von Bayern, dem er das Land Oberösterreich als Ersatz für die Kriegskosten verpfändete und den Auftrag gab, die widerspenstigen Stände des Landes zum Gehorsam zu bringen und stand derselbe nun mit 30.000 Mann an der Grenze des Landes. Auf die bloße Nachricht hin, dass bayerisches Kriegsvolk nach Ried gekommen sei, rotteten sich am 15. Juli 1620 aus der Pfarre Gaspoltshofen und deren Nachbarschaft 500 bis 600 Bauern, worunter etwa fünfzig Schützen und Musketiere waren, vor dem dem Stifte Passau gehörigen Schlosse Starhemberg bei Haag zusammen und verlangten unter der Anführung des Achaz Wielinger, eines Adeligen, die Bürger des Marktes Haag, ihnen das Gelöbnis zu leisten, was aber den Bauern wiederholt abgeschlagen wurde.

Da man weiter ihrem Begehren um Pulver und Blei von Seite des Schlosses im gewünschten Maße nicht nachgekommen war, so plünderten sie das Schloss, die Keller, den Getreidekasten und raubten auch in der Kapelle die Kirchengefäße.

Der mit 20 Musketieren und einigen Reitern aus Neumarkt herbeieilende Obrist Dietmar Schifer verhütete die weitere Zerstörung des Schlosses und der Kapelle. Im Jahre 1626 wirkte Dietmar mit seinem Bruder Georg Gundacker Schifer, den wir schon früher kennen gelernt haben, zur Unterdrückung des Aufstandes und zur Beruhigung der aufgeregten Bauernschaft. Beide unterfertigten auch nebst den Prälaten von St. Florian und Wilhering, dem Helmhart Jörger und anderen die Patente, welche die Bauern bewegen sollten, auf Verhandlungen einzugehen. Als die Aufständischen in Wels ihre Beschwerden und Forderungen vorbrachten, war darunter auch das Verlangen, dass man ihnen auch einen Prädicanten sende, welcher in der Spitalskirche zu Wels oder wenigstens in ihrem Lager predigen solle, von welcher Forderung sie nicht abgiengen, so dass endlich auch der Statthalter Graf Herberstorf sich gezwungen sah, nachzugeben.

Zu diesem Zwecke wollte man von dem damaligen Gutsherrn von Niederwallsee, Georg Gundacker Schifer, dessen Prediger, Tobias Schaiterhaufen mit Namen, erbitten, welch letzterer aber ablehnte, und es kam nun statt seiner der Prädicant Andreas Geyer, welcher von 1608—1623 in Ottensheim und dann später in Ennsdorf bei Enns angestellt war.[1]

Um sich die Vorbringung ihrer Beschwerden gegenüber den kaiserlichen Commissären zu erleichtern, verlangten auch die Bauern Beiräthe, und vielleicht geschah es auch infolge dieses Bestrebens, dass Dietmar Schifer von ihnen im Feldlager zu Ottensheim am 8. Juni festgehalten wurde, um an ihn einen Beirath vom Adel zu erhalten. Dietmar wurde aber am 9. darauf wieder freigelassen. Als der Aufstand niedergeworfen war, wurde Dietmar Schifer unterm 12. September von der Landschaft als Proviant-Commissär für das Hausruckviertel, der Abt von Garsten für das Traunviertel und Heinrich Wilhelm von Starhemberg für den Rest des Landes ernannt und später unterm 9. October erhielt Dietmar ein Schreiben von den kaiserlichen Commissären auf Abordnung von Ausschüssen zur Leistung der Abbitte und des Gehorsam-Gelöbnisses von den am Aufstande betheiligt Gewesenen hinzuwirken.

Wie einst vor hundert Jahren (1525) dem Feldhauptmann Ritter Alexander Schifer, der durch seine Umsicht und Besonnenheit bei der damaligen Bauernempörung es dahin brachte, dass diese ohne Blutvergießen gestillt wurde, das Lob ausgesprochen wurde, dass er »ehrbar, redlich und ernstlich handle, wie es sich gebührt«, so wurde auch jetzt von seinen beiden Nachkommen, Dietmar und Georg Gundacker Schifer, in einem Schreiben des Statthalters Grafen Herberstorf an den Kurfürsten Maxmilian das Wohlwollen dieser beiden Schifer gegenüber dem Auftreten der anderen vom Adel lobend hervorgehoben.[2]

Erst lange Zeit nach seiner früheren militärischen Verwendung musste Dietmar Schifer an die Verordneten noch ein Ausuchen (26. März 1624) stellen um Entrichtung des Rüstgeldes in Gulden und wegen Anweisung seiner Liefergelder; ebenso wandte sich sein Bruder Benedict noch im Jahre 1627 an die Verordneten um Bezahlung seiner Forderungen.[3]

[1] Bei Stieve l. c. I. 110 ist fälschlich Dietmar Schifer als Gutsherr von Niederwallsee angeführt, der war aber nie Besitzer davon, sondern ein Bruder Georg Gundacker, welcher Barbara Weiß von Würting, Tochter des Christoph Weiß von Würting und Niederwallsee, zur Gemahlin hatte und der im Jahre 1629 auch dort starb. Dietmar war damals der Besitzer nur von Freiling und Lichtenau und dürfte nur die Besorgung eines Predigers in die Hand genommen haben. In Ottensheim war noch 1618 der Obrist-Lieutenant Benedict Schifer, der Bruder der Vorgenannten, Pachtinhaber dieser Herrschaft.

[2] Stieve l. c. I. S. 10 und 53 und II. S. 108, 119, 212, 321.

[3] Landesarchiv in Linz.

Im Jahre 1628 finden wir den Erbstifter Dietmar Schifer als kaiserlichen Rath und Verordneten von Oberösterreich und nach dem Absterben des Landeshauptmannes Adam Grafen von Herberstorf wurde er im Jahre 1629 nach Intimation Kaiser Ferdinand II. vom 3. October 1629 als ältester Landrath Verwalter der Landeshauptmannschaft von Oberösterreich, welche Stelle er bis 5. Februar 1631 bekleidete.[1] Dietmar Schifer starb im Jahre 1632; auf seinem in der Spitalskirche Eferding befindlichen, mit dem Schifer'schen Wappen versehenen Grabstein aus schmutzig-weißem Marmor finden wir folgende Inschrift:

Hie ligt begraben der Wolgeborn : Herr Herr Dietmar Schifer Freyherr | von und zu Freyling auf Taxberg | und Galhamb Herr zu Lichtenaw | der Röm : Khay: Mayt: gewester Rath | Eltister Landrath und Obrister auch ai- ' ner Löbl: Landschafft in Oßterreich ob | der Ennß Herrnstandts Verordneter | Welcher gestorben den 3 July Anno 1632 | deßen Seel Gott genedig | sey Amen.

Seine Gemahlin Elisabeth, geborne Herleinsperger, die letzte ihres Namens und Stammes, geboren am 4. October 1590, blieb lutherisch. Fünf Jahre nach dem Tode ihres Mannes durfte sie bei den Ihrigen bleiben, dann musste sie auswandern und starb in Regensburg, 74 Jahre alt, am 8. Februar 1664 an Sand und Stein und wurde im Gottesacker am 19. Februar bei St. Peter dort beerdiget.[2] Sie hinterließ ein Vermögen von 53.000 fl., welches in Schulden herein von Seite ihrer Verwandten, des Alexander, Georg Ehrenreich und Rudolf Schifer, sowie auch bei der Mutter des Dietmar Schifer Eva Katharina Schifer, geborne Gräfin von Tattenbach, und den Kindern des Siegmund Schifer, Anna Elisabeth, Gräfin von Sprinzenstein, und deren ledigen Schwestern Marie Martha, Eva Elisabeth, Katharina und Maximiliana Schifer bestand.[3]

Dietmar hatte von seiner Gemahlin neun Söhne und fünf Töchter, einige davon starben schon in der Kindheit und fanden ihre Grabstätte in der Schifer'schen Gruft der Spitalskirche, und zwar Georg Heinrich, geboren 1609, gestorben am 25. Juni 1609, Siegmund Adam, geboren 5. März, gestorben am 11. October 1611, Helene, geboren am 5. August, gestorben am 10. December 1615, Herzenlaut, geboren am 14. Februar,

[1] Im Jahre 1629 stellt Dietmar an seinen Schwager Heinrich Herleinsperger und an dessen Gemahlin Helene, geborne Tattenböck, einen Schuldschein von 1000 fl. rhein. aus. (Landesarchiv in Linz.)
[2] Leichenrede von Magister Christ. Donauer auf Frau Elisabeth Schifer. Regensburg 1664.
[3] Schifer-Schriften im Museum.

gestorben am 10. April 1617; von den Töchtern starben noch zwei im ledigen Stande, und zwar Sophie, geboren 1613, und Eva Maximiliana, geboren 1520, deren Ableben aber oder ob sie in der Schifer'schen Gruft beigesetzt wurden, in den Pfarrschriften nicht angegeben ist. Die Tochter Christine, geboren 1626, bekam den Grafen Christoph Ernst von Schallenberg zum Gemahl.[1]) Von den Söhnen ehelichte Siegmund, geboren 1622, Sabina Regina, Herrin von Oedt; die Hochzeit wurde am 8. Februar 1660 im Schifer'schen Freihause zu Eferding gehalten; auf Hans Schifer, der im Jahre 1647 gestorben, werden wir später wieder zurückkommen, sowie die anderen drei Söhne, Alexander, Rudolf und Georg Ehrenreich, welche als Erbstifter auftreten, besonders behandelt werden.

Erbstifter Freiherr Alexander Schifer IV.

1632 — 1661.

Wir haben auch hier wieder die Bezeichnung »Erbstifter« wie bei Dietmar angeführt, wiewohl wir keinen Beleg dafür haben, denn beide Genannten nennen sich nur einfach Freiherren, später aber taucht diese Bezeichnung »Erbstifter« unter Georg Siegmund wieder auf. Auf Dietmar folgte nun im Jahre 1632 sein ältester Sohn Alexander, geboren im Jahre 1612, in der Vorstehung des Spitales. Er war vermählt mit Eva Katharina, Gräfin von Tattenbach.[2])

Alexander Schifer fand vielfache Verwendung im Kriege, so auch im Frieden und ist eines der hervorragendsten Glieder seines Geschlechtes.

Als im Jahre 1639 die Schweden unter ihrem Feldherrn Banner in Böhmen eingefallen waren, selbst bis Budweis streiften, überall fürchterlich wütheten und die Gefahr eines Einfalles in das Mühlviertel und Machland sich steigerte, fieng man an, zur Vertheidigung der Grenzen Anstalten zu treffen. Straßen und Pässe wurden gut ver-

---

[1]) Ein Sohn derselben: Christoph Otto Graf in Schallenberg, geboren am 6. Juni 1655 in Hagen bei Linz, war vom Jahre 1693 Propst in Constanz, vom Jahre 1672 Canonicus an der Domkirche zu Augsburg und vom Jahre 1721 Decan des dortigen Domcapitels. (Notiz. Stiftshibliothek in Kremsmünster.)

[2]) Der Heirats-Contract, datiert St. Pölten vom 13. November 1639, zwischen Alexander Schifer und der obigen Eva Katharina, Tochter des Gotthard Grafen von Tattenbach, Freiherr auf Ganowitz, Herr der Herrschaft Weißenburg und Plankenstein, Panierherr etc., und dessen Gemahlin, weiland Sara Sophie, gehorne von Hoheneck. Dieser Contract sollte auch bei »auferlegender« Emigration Giltigkeit haben. Beistand war Rudolf Schifer von Puchberg. Collation: Abschrift vom 14. Februar 1662. Schifer-Schriften im Museum.

rammelt, durch Schanzen und Verhaue gesichert, die eigens gewahlten
Obercommissäre hatten die Aufgabe, die Vertheidigungs-Maßregeln
zu besichtigen. Im Jahre 1640 finden wir Alexander als Viertels-
Commissär, wo er mit Franz Grafen Harrach das Hausruckviertel
unter sich hatte. Alexander gieng schon lange mit dem Gedanken
um, ein Regiment zu werben; durch seine kriegerische Verwendung
und die immer mehr drohende Schwedengefahr ward er noch mehr
in seinem Vorhaben bestärkt. Da die Schweden schon bis nahe
Wallern (in Böhmen) vorgedrungen waren und selbst ein Einfall derselben gegen Haslach und Leonfelden drohte und da nach dem
Ableben des General Banner der kühne Torstensohn den Oberbefehl
über die Schweden übernahm, so bewilligten die oberösterreichischen
Landstände im Jahre 1642 die Anwerbung von 1500 Mann zu Fuß.
Aus diesen wurde nun ein Regiment zu fünf Compagnien gebildet
und wurde Alexander Schifer mit dem Titel eines Obrist-Lieutenant
zum Commandanten dieser landständischen Truppen bestellt. Mit
der Charge über dieses Landregiment war aber Schifer nicht den
anderen kaiserlichen Obristen ebenbürtig, erst im November des vorgenannten Jahres erfolgte seine Bestallung als kaiserlicher Oberst über
dieses Regiment; im August vorher hielt Schifer die erste Musterung
über diese seine Truppen ab. Im nachfolgenden Jahre 1643 kamen
noch fünf neue Compagnien, ungeachtet der Schwierigkeiten der Ver-
proviantierung, hinzu; 1644 wurde das Regiment auf zehn Compagnien
ergänzt, infolge der Winterquartiere aber wieder auf sechs Compagnien
reducirt.[1] Als Alexander Schifer zum Obristen ernannt wurde, ist
dann «wegen dessen Feldzug» über Beschluss des Herrenstandes unterm
19. November 1642 statt seiner Caspar von Starhemberg als Reitrath
gewählt geworden.[2]

Oesterreich führte den Krieg gegen die Schweden nicht mit
wechselndem Glücke, sondern mit entschiedenem Unglücke. Am
2. November 1642 gieng die entscheidende Schlacht bei Leipzig oder
auf dem Breitenfelde gegen dieselben verloren, im November 1644
wurde die kaiserliche Armee unter Gallas fast gänzlich aufgerieben
und Hatzfeld bekam den Oberbefehl über dieselbe. Es ergieng nun
vom Kaiser der Befehl, unverzüglich Anstalten zur Vertheidigung
zu treffen und die Landesgrenze von Oberösterreich gegen Böhmen
durch Verhau der Pässe und andere Befestigungen zu schützen.; zwei
Commissäre sollten die Vertheidigung leiten; für das Mühlviertel war

---

[1] Geschichte des k. k. Linien-Infanterie-Regimentes von Anton Gartner,
Edlen von Romanshrük. 1892. I. Band. S. 11, 13, 14.

[2] Landesarchiv in Linz. B IV.

der Freiherr N. Schifer[1]) und im Machland war der Rittmeister von Klam aufgestellt worden. Auch der Obrist Alexander Schifer zog mit seinem Regimente nach Böhmen den kommenden Kriegsereignissen entgegen.[2]) Zu dem kam noch auch die Plage durch die eigenen undisciplinierten und zerstreuten Soldaten, von welchen man einen Einfall aus Böhmen fürchtete und gegen welche insbesondere auch diese Vertheidigungs-Anstalten gerichtet waren.

Eben war man mit den Anordnungen zur Vertheidigung vollauf beschäftiget, das Aufgebot im ganzen Lande schon anbefohlen, da kam die fürchterliche Nachricht, die kaiserliche Armee sei bei Jankau, unweit Tabor in Böhmen, beinahe gänzlich aufgerieben. Und so war es auch in der That. Die Schlacht wurde am 6. März 1645 geschlagen, der Obrist Alexander Schifer fiel auch in die Hände des Feindes, mit ihm geriethen der Feldherr, zwei Feldmarschall-Lieutenante, drei General-Wachtmeister und sieben Obriste in die Gefangenschaft und wurden nach Iglau in die Haft gebracht; am 9. April desselben Jahres wurde als Lösegeld für dieselben 120.000 Reichsthaler erlegt.

Alexander Schifer kehrte heim und begab sich nach Freiling, wo er sich bereits am 17. April befand; er scheint also damals das Commando thatsächlich nicht mehr gehabt zu haben, im September hatte er das Regiment bestimmt nicht mehr.[3]) Doch finden wir noch im Jahre 1646 den Namen des »Schifer'schen Regiment«,[4]) der also damals noch seine Berechtigung gehabt haben wird.

Welche Gründe Alexander Schifer bewogen haben zu resignieren? Seine spätere Ernennung als Mitglied des Hofkriegsrathes kann dahin gedeutet werden, dass er nicht in Ungnade gefallen sei, vielleicht

---

[1]) Der Vorname ist nicht angegeben. Pillwein, Mühlviertel. S. 63.

[2]) 1644, 10. April, erhielt der landschaftliche Rossbereiter Paul Gerstler den Auftrag, die Obristin Schifer auf ihrer Reise nach Böhmen bis an die Grenze zu begleiten. Landesarchiv in Linz. B. IV.

[3]) Geschichte des k. k. k. Linien-Infanterie-Regimentes. I. S. 15, 16.

[4]) In der Taufmatrike Eferding fanden wir 1646, 23. Juni, das Kind eines Soldaten »unter dem Schifer'schen Regiment« eingetragen, Pathe war Michael Einpacher, des Eferdinger Spitales Verwalter. Einpacher, geboren 1611, wurde am 13. October 1643 in Eferding als Secretär des »kaiserlichen Schifer'schen Regimentes« mit Elisabeth, der Witwe des Bürgers Michael Heindl, getraut. Im Jahre 1644, 19. September, erscheint er in der Taufmatrike als Vater in gleicher Eigenschaft und als Spitalverwalter, 1652 kommt er als Pfleger von Freiling und als Spitalverwalter vor; er starb am 27. November 1673, 62 Jahre alt, und wurde in der Stadtpfarrkirche beigesetzt; seine Gemahlin starb 22. October 1688 im 80. Lebensjahre, deren beider Grabstein aus blätterigem Sandstein, 127 Meter hoch und 73 Meter breit, diente früher als Deckstein der Friedhofmauer und ist derart defect, dass er nicht mehr aufgestellt werden konnte.

war er krank und verwundet, dass er nicht mehr in kaiserliche Dienste treten konnte. Wir finden ihn im Jahre 1645 in Wels, wo er Commandant geworden war und darnach in Freiling, wo er verblieb. Nach Alexander Schifer wurde Graf Hans Reichard von Starhemberg[1]) Inhaber des von Schifer gegründeten Regimentes; wann dies erfolgte, können wir nicht angeben.

Alexander Schifer war schon im Jahre 1650 Herrenstands-Verordneter von Oberösterreich;[2]) er wollte diese Stelle unterm 17. August 1651 resignieren, der Beschluss des Herrenstandes (31. August 1651) lautete aber dahin, er möge noch seine Stelle vier Jahre behalten, welchem Wunsche Schifer nachkam; im Jahre 1655, 10. October, legte er jedoch seine Stelle nieder, welche dann unterm 7. Juli 1656 ausgeschrieben wurde. Schifer war auch kaiserlicher Kämmerer. Von seiner Thätigkeit für das Spital ist fast nichts vorfindig; die Verwaltung desselben war in guten Händen, nämlich des Michael Einpacher, dessen wir schon früher erwähnten und den wir vom Jahre 1643 bis zu seinem im Jahre 1673 als Secretär »unterm Schifer'schen Regiment« als Spitalverwalter und Pfleger angeführt haben. Alexander Schifer brachte eine Gottesdienst-Stiftung seines Bruders Johann Schifer, welcher kaiserlicher Hauptmann unter dem Enkefort'schen Regimente zu Fuß[3]) gewesen, für das Gotteshaus Scharten, damals noch eine Filiale der Pfarrkirche von St. Hippolyt in Eferding, zur Ausführung. Der Stiftbrief datiert vom 1. Jänner 1651 und ist inseriert dem Bestätigungs-Diplome des Bischofes Leopold Wilhelm von Passau.[4]) Der Stifter Johann Schifer, welcher vor Ausführung seines Vorhabens in seiner letzten Krankheit vom Tode überrascht wurde, legierte zum Gotteshaus in der Scharten, welches noch keine gestifteten Gottes-

---

[1]) Hans Reichard Starhemberg wurde 1604 geboren, war Feldmarschall-Lieutenant und dann Regimentsinhaber. Als nach der Schlacht bei Jankau im Jahre 1645 der Einfall der Schweden nach Oberösterreich zu befürchten war, wurde Starhemberg als Oberbefehlshaber der Truppen in unserem Lande bestimmt. Im Jahre 1661 gieng Starhemberg mit der Armee nach Ungarn, um sich bei Tokai mit Montecuculi zu vereinigen, im Feldlager bei Szathmar an der siebenbürgischen Grenze wurde er aber vom »ungarischen« Fieber im 53. Lebensjahre hinweggerafft. Ende October desselben Jahres folge ihm Alexander Schifer im Feldlager bei Borhid in Ungarn im Tode nach. -- Alexander Schifer ist in der Taufmatrike Eferding am 14. April 1650 mit seiner Gemahlin Eva Katharina als Pathe einfach als Freiherr von Freiling. Daxberg und Lichtenau ohne aller militärischer Charge eingetragen, später aber erscheint er mit dem Titel Obrister.

[2]) Landesarchiv Linz, B. 14.

[3]) Im Mai und Juli 1645 kommt eine Taufe und eine Trauung von Soldaten des Enkefort'schen Regimentes in den Pfarrmatriken von Eferding vor.

[4]) 1654, 12. November. Passau. Original-Pergament Pfarrarchiv Eferding.

dienste habe, 1500 fl. zu einer Messe am Montag in jeder Woche und zu einem Requiem zu jeder Quatember, welche der Pfarrer von Eferding oder der von ihm in Scharten bestellte, anwesende Kaplan für die verstorbenen und noch lebenden Mitglieder des Schifer'schen Hauses verrichten solle.[1] Alexander Schifer musste in guten Vermögensverhältnissen gewesen sein; denn nach Gehorsambrief des Freiherrn Hans Adam Praunfalk[2] vom 30. März 1652 kaufte Obrist Schifer von demselben die Herrschaft Neuhaus und Falkenburg im Ennsthale von Obersteiermark[4] sammt aller Zubehör. Die Kaufsabrede hiezu fand unterm 2. November 1651 im Schlosse Freiling mit dem schwedischen Obristen Christoph Karl von Schlippenbach, der des Praunfalk Schwager und Bevollmächtigter war, statt; der Kaufschilling wurde auf 153.500 fl. und der Leutkauf auf 3000 fl. festgesetzt. Nachdem die »Streitigkeiten« nach Urkunde vom 21. April 1652 geschlichtet waren, erfolgte die Uebergabe der Herrschaft.[5] Obrist Schifer veräußerte aber bald darnach von diesen Gütern nach Kaufvertrag vom 26. November 1652 an Sebastian Laßlechner, Pfleger zu Neuhaus, das Schloss Falkenburg mit dem Meierhaus, den Stallungen, Gründen, Gärten, Wiesen, dem Holzschlag und Viehtrieb, der Weide und den Holzrechten um 2000 fl., mehr 1885 fl. für die Gründe und Rechte und 50 fl. für eine Gilt, der Leutkauf war 40 Dukaten (= 120 fl.).[5]

Unter Alexander Schifer entstand ein Conflict mit dem damaligen Besitzer der Herrschaft Eferding Franz Füll von Gruenerzhofen, welcher des Patronats- und Vogteirechtes über das Spital, das Pucher'sche und Herleinsperg'sche Beneficium durch das kaiserliche Diplom vom

---

[1] Dieses unaufkündbare Capital von 1500 fl. (jeder Gulden zu 15 Bazen oder 60 Kreuzer gerechnet) soll auf die Herrschaft Daxberg gegen 6% Verzinsung versichert werden. Von den am 1. Jänner jeden Jahres fälligen Interessen per 90 fl. sollen dem Geistlichen 70 fl., der Kirche 14, dem Messner oder Schulmeister 6 fl. gegeben werden. Dem jeweiligen Besitzern von Freiling solle es aber freistehen, das genannte Capital aufzukünden, es müsse aber sicher und nutzbringend angelegt werden. Siegler und Fertiger war Alexander Schifer, Zeugen: seine Brüder Rudolf, Siegmund und Georg Ehrenreich Schifer.

[2] Freiherr Hans Adam Praunfalk hatte schon früher sein Gut »Praunfalk« bei Aussee veräußert; er musste religionshalber zwangsweise auswandern und starb zu Nürnberg am 14. April 1665. Schmutz historisch-topographisches Lexikon von Steiermark III, 207.

[3] Neuhaus jetzt Trautenfels, ein ansehnliches Schloss an der Bahnstation Steinach, 1660 baute Friedrich Graf von Trautmannsdorf, Landeshauptmann in Steiermark das Schloss Neuhaus aufs neue und nannte es Trautenfels. Schmutz l. c. IV, 206. Falkenburg in der Nähe von Trautenfels; das gleichnamige Schloss besassen im 13. Jahrhundert die von Falkenburg. Schmutz l. c. I. 340.

[4] Schifer-Schriften im Museum.

[5] l. c.

7. September 1628 verlustig wurde und nun die Besetzung dieser drei Beneficien anstrebte. Anlass zu diesem Conflicte gab die durch den im Jahre 1657 erfolgten Tod des Beneficiaten Friedrich Angermayr sich ergebende Apertur dieser Beneficien. Auf Grund des vorerwähnten Diplomes, nach welchem dem Freiherrn Dietmar Schifer und seinen Nachfolgern das Präsentationsrecht über diese Beneficien wieder eingeräumt wurde, ist von Alexander Schifer der Priester Georg Christoph Tittler für alle drei Beneficien präsentiert worden, wogegen aber der Füll'sche Pfleger protestierte und bei dem bischöflichen Ordinariate in Passau soviel erreichte, dass Tittler nicht absolute, sondern nur provisorisch, unbeschadet der Rechte eines Dritten, nämlich der Burg Eferding, investiert und installiert wurde. Wir wollen diesen Conflict nun auch weiter nach dem Tode des Alexander Schifer und einiger seiner Nachfolger in der Spitalsvorstehung verfolgen. Als die Herrschaft Eferding (1660) wieder an die Starhemberge gediehen war, remonstrierte Graf Konrad Balthasar von Starhemberg (1666) gegen das von Alexander Schifer ausgeübte Präsentationsrecht und strebte die Cassierung und Aufhebung des diesbezüglichen, schon angeführten kaiserlichen Diplomes vom Jahre 1628 an; es erfloss auch unterm 22. Februar 1668 eine kaiserliche Resolution, dass für diese Angelegenheit eine Untersuchung angestellt werden möge, welche aber für die Herrschaft nicht den erwünschten Erfolg gebracht haben wird, denn als im Jahre 1680 Nikolaus Seckler und im Jahre 1681 Johann Sebastian Pfannenstein als Beneficiaten angestellt wurden, ist diese Streitigkeit von Seite der Herrschaft neuerdings angeregt worden und wieder erfolgte unterm 2. März 1682 eine kaiserliche Resolution, nach welcher dem Georg Ehrenreich Schifer bedeutet wurde, er solle zur Vertheidigung seines Rechtes einen Anwalt namhaft machen. Allein die Bemühungen der Herrschaft Eferding gegenüber dem kaiserlichen Diplome vom Jahre 1628 waren umsonst, die Schifer blieben bei der Vogtei und Lehenschaft über die genannten Beneficien, wie wir später sehen werden, da unter Gundacker Grafen von Starhemberg († 1745) diese Angelegenheit neuerdings, wie wohl vergeblich, vor den Kaiser gebracht wurde. [1]) Der Obrist Alexander Schifer, welcher sich ganz

---

[1]) Fürstl. Archiv Eferding. Die Starhemberge als Besitzer der Herrschaft Schaunberg haben sich darauf berufen, dass sie diese Rechte seit langer Zeit ausgeübt haben und ihnen ungestört überlassen worden seien. Einen weiteren Rechtstitel glaubten sie auch in dem Donations-Briefe des Kaiser Ferdinand III. de dato Prag, 25. November 1643, zu finden. Nach diesem Gnadenbriefe überlässt der Kaiser an Johann Reichard von Starhemberg die Vogtei und Lehenschaft über die Kapelle und das Beneficium Lindet (im Schlosse Schaunberg) über

in das Privatleben zurückgezogen hatte, da er im Jahre 1655 seine
Landesverordneten-Stelle resignierte, stand doch immer im Austausche
mit höher gestellten Persönlichkeiten. In seinem Briefe an den Fürsten
Wenzel Eusebius Lobkowitz leuchtet an verschiedenen Stellen der
Wunsch durch, wieder ein Regiment zu bekommen. Sein Streben, sich
wieder bei der Armee verwenden zu lassen, hatte endlich Erfolg, da
wir ihn im Jahre 1660 als Hofkriegsrath, Oberst und General-Kriegscommissär treffen. [1] In letzterer Eigenschaft fand er noch im selben
Jahre Verwendung in dem polnischen Auxiliarkriege zu Breslau, Berlin
und Parzyn, wo er bis September nach dem Frieden von Oliva blieb.
Im Jahre 1661 geht er nach Ungarn, wo die politische Lage die
Parteinahme des Kaisers für den in Siebenbürgen zum Fürsten ge-
wählten Janos Kemény veranlasste. Alexander Schifer sollte aber die
Heimat nicht mehr sehen. Nachdem er längere Zeit zu Kaschau
war, begab er sich in das Hauptquartier zu Torna, im September
war er im Feldlager zu Cziko und im October in jenem zu Borhid,
dort ereilte ihn der Tod. Eine daselbst herrschende Epidemie warf
ihn aufs Krankenlager und nach etwa drei Wochen beschloss er zu
Szathmar am 28. October 1661 sein Leben. [2] Geradezu rührend
ist ein vom Sterbebette dictierter, an den Fürsten Wenzel Lobkowitz
gerichteter Brief vom 23. October, in welchem er ihn bittet, sein
»verlassenes armes Weib, wie auch seine armen Kinder in Dero gnädige
Protection zu nehmen und denselben ein gnädiger Herr und hoher
Patron zu verbleiben. Gott der Allmächtige wird Euere fürstliche
Gnaden solche und andere Wohlthaten belohnen und empfiehlt sich
dem Fürsten gehorsamlich, uns allerseits aber dem gnädigen Willen
Gottes sterbend .. Alexander.« Die Krankheit war, wie der Brief lautet,
schon soweit vorgeschritten, dass er selbst nicht mehr schreiben

das Beneficium St. Florian in Neumarkt (Hausruckkreis) und auch die Lehen-
schaft über die andern zur Herrschaft Schaunberg gehörigen Vogteien und
Lehenschaften, weil diese Herrschaft schon vor seinem Vater, Erasmus dem
Aelteren von Starhemberg, relaxiert und er, Hans Reichart, ein der katholischen
Religion zugethanes Landesmitglied ihm treue Dienste geleistet habe. Dieser
Donations-Brief habe aber nur insolange Giltigkeit, als er und seine Nachkommen
der katholischen Religion zugethan sind und die Herrschaft Schaunberg nicht
in unkatholische Hände gerathe. Original l. c. — Auch nach kaiserlicher
Resolution vom 27. Februar 1627 wurde der Vorbehalt über die Vogtei und
Lehenschaft über alle Pfarren, Kirchen, Kapellen, Beneficien und geistlichen
Stifte in Städten oder auf dem Lande über Bitten der drei Stände des Landes
wieder aufgehoben. l. c. Scheint aber nur von Fall zu Fall diese Begünstigung
eingetreten zu sein.

[1] Geschichte des k. k. 8. Linien-Infanterie-Regimentes. I. 16.
[2] Schifer-Schriften im Museum.

konnte.[1]) Alexander Schifer wurde in der Spitalskirche in Eferding beigesetzt; sein Grabstein, der nicht mehr vorhanden ist,[2]) hatte folgende Inschrift:

Hic jacet
Illus Dns Dnus Alexander
Schifer L: B: de Freyling
Daxb: Galham: Lichtenau
Nenhaus, S. C. M. Leopoldi I
Camerarius, Statuum Super:
Austriae Deputatus, Caesaris
ejusdem in bellicis Colonellus
et comissarius generalis etc.
His in officiis
Raro exemplo piceas unnquam
habuit manus.
Bonus miles et Christi et Caesaris
non quaerebat, qnae sua, sed
quae Domini
Erant
Cameralibus id constat actis
quia factis
Vis mortuum videre vivum
Natus est Anno MDCXII et
vixit, dum vixit
Viri recti amantem, honestum
et Deo, quia Caesari, per omnia
fidelem. Tandem
in Rebelli Hungaria Marti
providens Austriaco incurrit
mortem Anno MDCLXI
Disce vivens
Mortui hujus exemplo dare
Caesari, quae Caesaris sunt, amare
non utile, sed honestum.[3])

[1]) l. c. I. S. 234.

[2]) Um die Zeit der Aufhebung des Spitalbeneficiums im Jahre 1789 war der Grabstein noch vorhanden. Pfarrschriften.

[3]) Pfarrschriften. In freier Uebersetzung: Hier liegt begraben der ruhmreiche Herr Alexander Schifer, Freiherr zu Freiling, Daxberg, Galham, Lichtenau

Diese Grabschrift spricht rühmend seine Tugenden aus, er war ein Mann von Offenheit und geradem Sinne und ein für das Wohl seiner Untergebenen sorgsamer, wohlbedachter Vorgesetzter. Er mag bei seinen zweifellos hochgehenden Plänen so manche bittere Täuschung erlebt, er mag auch nur zum Theil seinen Ehrgeiz befriediget gesehen haben, aber eines ist sicher, er war ein geachteter, rechtschaffener Mann von dem reinsten Charakter, wie sie wohl in dieser durch die steten Kriege verwilderten Zeit nicht häufig waren. Seiner äußeren Erscheinung nach war er eine große kräftige Gestalt, sein Porträt mit der Jahreszahl 1642 ist im Linzer Museum zu sehen.[1]) In seinem Nachlasse erscheint auch ein Guthaben für gelieferte Musketen und »eiserne Stück« im Betrage von 11,028 fl. 45 kr., zu deren Begleichung erst im Jahre 1664 Ernst gemacht wurde, wie wir weiter unten sehen werden.[2]) Von seiner Gemahlin Eva Katharina, einer gebornen Gräfin von Tattenbach erwarb Alexander Schifer einen Sohn, namens Dietmar, der als Obrist-Wachtmeister zu Baden gestorben ist und vier Töchter, und zwar Eva Elisabeth, welche des Grafen von Berthold Gemahlin wurde und Anna Sophie, welche sich mit einem Herrn Aufsaß vermählte und Maximiliana, welche im ledigen Stande starb und Marie Katharina, welche als Kind in einem Schaff siedender Lauge den Tod fand. Seine Gemahlin lebte noch im September 1664, über deren weitere Schicksale ist nichts bekannt.

Erbstifter Freiherr Rudolf Schifer V.
1661 — 1680.

Nach dem Tode des Obristen Alexander Schifer übernahm sein Bruder Rudolf die Besorgung des Erbstiftes. Unter ihm fand der Streit mit der Herrschaft Eferding wegen des Vogt- und Patronats-

und Neuhaus, Kaiser Leopold I. Kämmerer, Verordneter der Stände Oberösterreichs, kaiserlicher Kriegsoberst, General-Kriegscommissär u. s. w. Nach den amtlichen Aufzeichnungen, hat er, ein seltenes Beispiel! treu und uneigennützig seines Amtes gewaltet, war er ein guter Soldat Christi und seines Kaisers und achte nie seinen, sondern nur seines Herrn Vortheil, so dass man ihn in seinen Werken noch nach dem Tode wird fortleben sehen. Er ward geboren im Jahre 1612 und Zeit seines Lebens ein Mann des Rechtes, voll Edelsinn und Gott wie dem Kaiser in Allem getreu. Endlich im damaligen ungarischen Aufstande, dem österreichischen Heereswesen in seiner Stellung Vorsorge tragend, ereilte ihn der Tod im Jahre 1661. Lerne, o Wanderer, am Bilde dieses Entschlafenen dem Kaiser zu geben, was des Kaisers ist, nicht zu suchen, was der Eigennuts begehrt, sondern was im Grabe noch ehrt.

[1]) Hoheneck l. c. II, 351.
[2]) Schifer-Schriften im Museum.

rechtes über die für die Spitalskirche gestifteten drei Beneficien, welcher unter seinem Vorgänger angefangen wurde, seine Fortsetzung, der unter ihm auch noch nicht sein Ende erreichte. Als ältester der Schifer von der oberösterreichischen Linie hat Rudolf unterm 6. September 1662 an die Regierung und Kammer um Verleibung der vier schon angemeldeten landesfürstlichen Lehen für sich und als Lehensträger seines Bruders Georg Ehrenreich Schifer für diesen und für Dietmar Schifer, dem unmündigen Sohne des am 28. October 1661 zu Szathmar in Ungarn verstorbenen kaiserlichen Feldkriegs-Commissär Alexander Schifer, das Ansuchen gestellt, dem auch entsprochen wurde. [1]

Im Jahre 1672 brannte das Schloss Daxberg, welches seit 1585 im Besitze der Schifer war und wo Rudolf Schifer auch seinen Sitz hatte, gänzlich nieder, wobei auch der alte Herrenbrief der Schifer und andere Documente in Rauch aufgiengen. [2] Rudolf hat aber Daxberg vom neuen wieder erbaut. Zur Gemahlin hatte er Sabina, Witwe nach Franz Füll von und zu Windach, Ersing, Grünerzhofen und Kammerburg und Besitzer der Herrschaft Eferding. Sie war eine geborne Blarer von Wartensee; die Trauung fand am 26. Mai 1648 in Eferding statt. Von ihr erwarb er drei Töchter und einen Sohn; von dreien dieser Kinder kann nach der Taufmatrike Eferding nachgewiesen werden, dass sie im Schlosse Daxberg, welches damals noch zum Pfarrbezirke Eferding gehörte, geboren wurden, und zwar Benigna Elisabeth, geboren am 4. Mai 1649,[3] dann Eva Christina, geboren am

[1] Schifer-Schriften im Museum.

[2] Im sogenannten Schlösserbuche von Oberösterreich von Matthäus Vischer, welches 1694 im Drucke erschien, ist in Nr. 26 der Illustrationen das Schloss Daxberg nach seinem damaligen Bestande enthalten. Gilge in seiner topographisch-historischen Beschreibung von Oberösterreich, welche im Jahre 1814 gedruckt wurde, nennt das Schloss Daxberg ein schönes Gebäude mit vier Thürmen und dass auf dem Wirtschaftsgebäude sich ein kleiner Dachthurm mit einer Uhr (wie es noch im Schlösserbuche zu sehen) sich befand, dass auch ein Brauhaus dabei war und in geringer Entfernung sich drei Teiche befanden. Zur Zeit des Bauernkrieges im Jahre 1626 wurde Daxberg mit Sturm genommen und als im Jahre 1704 im bayerischen Erbfolgekriege die große Contribution in der kurzen Zeit nicht abgeführt werden konnte, wurde der Pfleger von Daxberg als Geisel nach Bayern abgeführt. l. c. III. 167. Daxberg wurde von den Herren von Daxberg erbaut, welche schon im 13. Jahrhunderte urkundlich vorkommen; der alte, schon ganz verfallene Burgstall stand auf einem Felsenvorsprunge unterhalb des jetzigen Schlosses. In dem nun verlassenen Steinbruche wurden früher Mühlsteine gebrochen, die unter dem Namen der Dachsen in den Handel kamen.

[3] Pathen waren Elise von Schallenberg, eine geborne Schifer; und deren Tochter Christine.

14. April 1650,[1]) und Benedict Theodosius, geboren am 14. October 1653, ferner Marie Herzenlaut, geboren 1652; diese letztere vermählte sich mit Franz Leopold Grafen von Salm und Neuburg, Benigna starb im ledigen Stande; auf Benedict Theodosius werden wir weiter unten als Erbstifter zurückkommen; Eva Christine wurde Klosterfrau im Kloster der Benedictinerinnen in Nonnberg zu Salzburg.[1]) Rudolf Schifer starb am 21. Februar 1680 in Daxberg, so auch seine Gemahlin, welche ihm schon mehrere Jahre im Tode vorangegangen war. Deren beide in der Spitalskirche befindlichen Grabsteine haben folgende Inschriften:

d. o. m.

beati mortui qui in domino moriuntur aprc. XIV.

Der Hoch vnd Wolgeborne Herr Herr Rudolf Schifer Freyherr zu Freiling auf Dagsberg vnd Lichtenau etc. hat | diese Ehrengedechdnuß Weilend seiner seel: liebstgewesenen fromben Gemahl | seel: Der auch Hoch vnd Wolgebornen frauen frauen Sabina frauen | Schiferin freyin geborne Plarrerin von Warltensee etc. aufrichten lassen | so den 18 Sept: Ao 1653 Ihres Alters 39 Jahr weniger 79 Tag in Kündts | nöthen vernünftig vnd seelig verschieden Und allhie neben St. Catharina Altar | sambt 2 Kündtern ruehet Gott verleihe derren und allen rechtgläubigen ein | frőliche Auferstehung Amen

justi autem in perpetuum vivent
et apud dominum est merces eorum sap. V.[2])

Zeichnung davon Nr. 36 im Museum. Der Grabstein ihres Gemahls hat nachstehende Inschrift:

ora non plora quisquis legis
ista profusa
prosunt nil lacryma proficiente preces
rudolphus schifer qui marmore

---

[1]) Pathen: Elise von Schallenberg und (Obrist) Alexander Schifer und dessen Gemahlin Eva Katharina; bei Benedict Theodosius sind die Pathen ausgelassen worden.

[2]) Unterm 29. Juni 1672. Salzburg, quittiert die Aebtissin von Nonnberg. Marie Johanna Francisca, dem Freiherrn Rudolf Schifer 5500 fl. für seine Tochter Eva Christine, mit dem Klosternamen Marie Josefa, welche am obigen Tage ihre Profess abgelegt hatte, und für welche er mit Vergleich vom 14. Juli 1670 sich verpflichtete, 4000 fl. sogleich und nach einem vom Tage der Profess ausgestellten Schuldbrief zur Abfindung für das väterliche und mütterliche Vermögen 1500 fl. zu bezahlen. Schifer-Schriften im Museum.

[3]) Deutsch: Selig sind die Todten, die im Herrn sterben (Offenbarung Johann. XIV.); dann zum Schlusse: Die Gerechten werden ewig leben und bei dem Herrn werden sie ihren Lohn finden. Buch der Weisheit, V.

claudiatur isto
baro sed non a funere liber erat
cum septem denis octulum
vixerat annos cum meritis plenae mortis adivit iter.
si quaeras obitus fuerit quis
mensis et annus
prIMa a VICenIs febrVa I.VX reDIIt
verum non obyt qui terna in prole superstes
vivit, sunt etenim pignora vita patris
atque ubi cum nato geminas
mors invida natas
e vivis statuet tollere, vivet adhuc
in Daxberg vivet, quam struxit
funditus, arce
hac nomen, laudes hac quoque
stabit honos.[1]

Unter dem Erbstifter Rudolf Schifer wirkte als Spital-Beneficiat der uns schon bekannte Georg Christoph Tittler, welcher schon im Jahre 1657 das Beneficium angetreten hatte, aber erst im folgenden Jahre, und zwar nur wegen Einspruch der Herrschaft Eferding provisorisch für dasselbe investiert und installiert wurde. Ein von ihm über alle drei zum Spital-Beneficium verfasstes Urbar ist nicht mehr vorfindig; er war überhaupt in Vertheidigung und Behauptung seiner Rechte ungemein thätig und dürfte hierin manchmal auch zuweit gegangen sein.

Gleich bei dem Antritte des Beneficiums im Jahre 1657 erwirkte er von dem Patronatsherrn, dass ihm von drei zum Beneficium gehörigen Grundstücken der Zehent auf Lebensdauer nachgesehen wurde.

— —

[1] In freier Uebersetzung: Sprich ein Gebet und weine nicht, wer du immer dies liesest: da frommt nur ein innig Gebet, wenn die Thräne vergeblich. Rudolf Schifer, den dieser Marmor verschließt, war Freiherr, doch nicht frei vom gemeinsamen Lose der Sterblichen. Da er nach zehnmal sieben Jahren noch achte gelebt, betrat er, mit vielen Diensten geschmückt, die dunklen Wege des Todes. Hier vernimm Monat und Jahr seines Hingangs: Am ersten Tage nach dem zwanzigsten Feber 1680 wurde sein Auge dem Lichte verschlossen. Eigentlich ist er nicht geschieden, da er fortlebt in seinen drei Kindern — ein Pfand für das Leben des Vaters — und wenn einst der herzlose Tod mit dem Sohne die beiden Töchter entführt, lebt er doch fort; er wird fortleben in Daxberg, das er vom Grund aus gebaut. Dieses Schloss wird seinen Namen stets nennen und seinen Ruhm noch lange verkünden.

Mit dem damaligen Besitzer des »Hiesel-Wirt« (besteht noch
als Gasthaus unter diesem Namen) führte er auch einen Streit wegen
des Durchganges aus dem Beneficiaten-Garten durch den Hof dieses
Gasthauses zum Welser Thor, wobei er auch siegreich hervorgieng.[1]

Da in damaliger Zeit wegen Mangel an Geistlichen manche geistliche Stiftungen nicht immer besetzt werden konnten und oft auch
von Seite der Vogt- und Patronatsherren der Wille hierzu nicht da
war, so versah mancher Geistliche zwei solcher Pfründen, wie es in
hiesiger Nachbarschaft bei Stroheim, der ehemaligen Filial-Comthurei
des Malteserordens, und bei dem für Schaunberg gestifteten Beneficium, dem sogenannten Stifte, oder der »Pfarre« Lindach der Fall
war. So kam auch der Spital-Beneficiat Tittler nach dem im Jahre
1667 erfolgten Ableben des Pfarrers Humel von Hartkirchen, welcher
bisnun das Beneficium in Schaunberg versah, in den Genuss desselben,
wo er sich sehr bemühte, der Patronatsherrschaft, dem Grafen von
Starhemberg, gegenüber die Rechte und Bezüge dieses Beneficiums
in Ordnung zu bringen und zu behaupten; das Einkommen dieses
Beneficiums hatte damals von verschiedenen Diensten und anderen
250 fl. betragen. Mit dem Pfarrer Albert Gänirzer von Hartkirchen
gerieth er auch in Conflict. Dieser beschwerte sich nämlich bei dem
bischöflichen Ordinariate Passau wider Tittler wegen Eingriffe in seine
pfarrlichen Rechte, dass Tittler den jüngst im Schlosse Schaunberg
verstorbenen Thorwart mit den Sterbesacramenten versehen habe,
dass er sich Pfarrer von Schaunberg nenne und nur er daselbst der
Ordinarius sei und anderes; es sollen dem Tittler solche Eingriffe für
die Zukunft untersagt, und er solle darüber zu einem Revers verhalten
werden.

Tittler wurde beauftragt, für sein Vorgehen Gründe anzugeben;
diese Angelegenheit zog sich aber in die Länge und wurde erst im
Jahre 1683 im Vergleichswege zum Abschlusse gebracht; mittlerweile
starb Tittler am 26. December 1679. Sein Grabstein, der nicht mehr
vorhanden ist, hatte folgende Inschrift:

Hic sepultus jacet R: et | perdoctus Dominus Geor | gius
Christophorus Tittler | Beneficiatus hujus loci | qui obiit in Domino
XXVI | Decembris Anno MDCLXXIX Cujus Anima in pace
quiescat.[2]

---

[1] Pfarrschriften.

[2] Hier liegt begraben der hochwürdige und gelehrte Herr Georg Christoph
Tittler, Beneficiat an der hiesigen Spitalskirche, welcher am 26. December 1679
im Herrn gestorben ist. Er ruhe in Frieden.

Nach Tittlers Ableben finden wir im Jahre 1680 **Nikolaus Sekler** als Beneficiaten an der Spitalskirche, welcher aber im nächst-folgenden Jahre 1681 wieder abgetreten ist.

Erbstifter Freiherr Georg Ehrenreich Schifer.

1680—1690.

Nach des Freiherrn Rudolf Schifers Tod übernahm dessen Bruder, Georg Ehrenreich Schifer, die Protection über die Eferdinger Erbstiftung. Seit dem Jahre 1673 bekleidete er die wichtige und einträgliche Stelle eines Salzamtmannes in Gmunden, wo er auch im Jahre 1684 die Herrschaft Mühlwang bei Gmunden käuflich erwarb.[1] Im Jahre 1676, Linzer Bartholoma-Markt, siegelte er als kaiserlicher Rath und Salzamtmann von Gmunden einen Schuldbrief des Marktes Hallstatt, über 2800 fl. lautend, auf das Stift Lambach.[1] In Familien-Angelegenheiten ward er nach einer kaiserlichen Intimation vom Jahre 1664 mit der Begleichung eines Guthabens von 11.028 fl. 45 kr. für von seinem Bruder, dem im Jahre 1661 verstorbenen Obristen und Feldkriegs-Commissär Alexander Schifer, gelieferte Musketen und eiserne Stuck betraut. Vorgenannte Summe war an die Pupillen des Alexander Schifer zu zahlen. Die Lieferung bestand in 2284 Musketen und in eisernen Stücken von 278 Centner und 45 Pfund; jede Muskete war probiert und beschossen und veranschlagt zu 3 fl. und der Centner von den Stücken zu 15 fl. accordmäßig bestimmt. Schifer hatte den Vorschlag gemacht, zur Tilgung dieses Schuld-postens die kaiserlichen Bann- und Fischwässer in Bestand zu nehmen; von Seite des kaiserlichen Fischmeister-Amtes wurde aber dagegen eingewendet, dass dieses Project zu Irrungen und Inconvenienzen führen dürfte und vorgeschlagen, dass die Hälfte dieser Summe per 5514 fl. 22 kr. 2 Pfg. und vielleicht auch der Rest von den ober-österreichischen Landtagsgeldern bezahlt werden könnte, oder aber diese Hälfte im Jahre 1665 zur Auszahlung käme. Die von der Herrschaft Freiling und von anderen Gütern zu entfallenden Giebig-keiten könnten jetzt gleich in Abrechnung gebracht werden.[1] Der weitere Verlauf dieser Geldangelegenheit ist nicht bekannt.

Mit Georg Ehrenreichs, als ältesten Erbstifters, Gutheißung brachte sein Neffe Benedict Theodosius Schifer eine von dessen Vater Rudolf gemachte, aber nicht vollbrachte geistliche Stiftung in

[1] Original Gemeinde-Archiv Hallstatt.
[1] Original-Papier, Kaiserl. Secretssiegel. Schifer-Schriften im Museum.

Ausführung. Der Stiftbrief, de dato Daxberg 1. Jänner 1662,[1]) lautete auf zwei gesungene Requiem jährlich und zwölf Seelenmessen, je eine alle Monate, in der Spitalskirche zu Eferding für alle, sowohl zu der Herrschaft Daxberg, als auch zum Schifer'schen Spitale gehörige während der Erbvogteizeit seines Vaters verstorbene und auch künftig ableibende Unterthanen gegen jährliche 50 fl. aus den Gefällen der Herrschaft Daxberg.[2]) Im Jahre 1685 siegelte Georg Ehrenreich Schifer einen Kaufrechtsbrief, lautend auf Maria Regina Föderl, Witwe nach dem Bürger und Handelsmann Karl Föderl von Eferding, für einige dem Spitale dienstbare, in der Nähe der Stadt Eferding gelegene Grundstücke.[3]) Er veräußerte im Jahre 1672[4]) die Herrschaft Freiling, welche Siegmund Schifer im Jahre 1375 von Margaret Aspan käuflich

---

[1]) Inseriert der Confirmations-Urkunde des Bischofes Sebastian von Passau vom 9. April 1683. Original, vier Blätter, fürstliches Archiv Eferding.

[2]) Hievon sollen für die Beleuchtung der Kirche 2 fl., den Musikern für die zwei Requiem 6 fl., dem Messner 1 fl. 30 kr., für die Ministranten 42 kr. entfallen. Im Vernachlässigungs-Falle für eine dieser gestifteten Verrichtungen sollen dem Beneficiaten jedesmal 3 fl. abgezogen werden, welche dann unter die armen Spitäler zu vertheilen sind.

[3]) 1685, 11. Jänner. Christoph Gartner und Sebastian Volger, Apotheker, beide des Rathes als Vormünder der Kinder weiland des Karl Föderl: Karl Franz, Johann Bernhard und Hans Caspar verkaufen das diesen Kindern angefallene Erbrecht auf den zwei ledigen Grundstücken: den Landacker im Priel, zwischen dem Hofgarten und dem Schröckingerhäusel gelegen; dann auf einer Breiten im Siechfeld, mit dem oberen Fürhaupt gegen das Wenzlhaus am Fahrweg, mit dem anderen Fürhaupt und der einen Seite aber an des Färbers Thomas Loichinger Landacker anrainend; Burgrechtsdienst waren in das Spital vom Priel 5 Pfg. bei scheinender Sonne und von der Breiten 4 Schill. Pfg. zu entrichten. Original Spitalarchiv Eferding.

[4]) Pillwein. Hausruckkreis. S. 271. Die Beschreibung, welche Gilge in historisch-topographischer Beschreibung von Oberösterreich (Wels, 1814) I. 138 von dem Schlosse Freiling gibt, dass es einen viereckigen Hof bilde, in der Mitte ein hoher Thurm sich befinde, an den vier Ecken mit vier Rundellen versehen sei und mitten in einem Teiche stehe, Wirtschaftgebäude, ein Brauhaus und anderes dabei seien, stimmt mit der im Schlösserbuche 1674 unter Nummer 49 enthaltenen Abbildung von Freiling ganz zusammen. Dermalen sind freilich schon Mauern abgetragen, da etwa vor zwei Jahrzehnten ein Brand das Schloss zerstörte und jetzt weder sein Aeußeres, noch seine innere Einrichtung schließen lassen, dass es einst der Sitz eines uralten, adeligen Geschlechtes gewesen. Im Bauernkriege 1626 wurde auch das Schloss ein Raub der Flammen, nachdem die es umgebenden Bauernhäuser geplündert waren und in Brand geriethen. Pillwein, Hausruckkreis, S. 271 gedruckt 1830, führt an, dass sich im Schlosse Freiling eine ansehnliche Bildergallerie befinde, wovon wohl auf mehr Bruchstücke vorhanden sind mit Porträten der Herren von Rosenberg, Kauthen, Schifer, Rumerskirch und anderen; in der Kanzlei hänge das Porträt des Stephan Fadinger.

erworben und welche durch 300 Jahre Stammsitz der Schifer gewesen war, an Georg Ludwig Grafen von Sinzendorf. Was ihn dazu bewogen haben mag, lässt sich nicht aufklären; missliche Vermögensverhältnisse mögen es kaum gewesen sein, denn 1684 kaufte er als Salzamtmann von Gmunden die Herrschaft Mühlwang und sein Sohn und Nachfolger Georg Siegmund veräußerte Mühlwang erst im Jahre 1695 und war später in der Lage, das Spital in Eferding ganz neu zu erbauen und andere kostspielige Bauwendungen daselbst vorzunehmen. Vielleicht konnte Georg Ehrenreich die Herrschaft um einen sehr hohen Preis an den Grafen von Sinzendorf verkaufen; denn dieser Graf Georg Ludwig von Sinzendorf wusste als kaiserlicher Hofkammer-Präsident, welches er durch zwanzig Jahre gewesen, dieses sein Amt in unredlicher und ausgiebigster Weise für sich zu verwerten und verlegte sich mit Hilfe fiscalischer Gelder auf Güterankäufe, und da war eine seiner ersten Erwerbungen die Herrschaft Freiling.[1] Georg Ehrenreich verehelichte sich im Jahre 1651 mit Marie Sidonie Herrin von Thürheim,[2] von welcher er einen Sohn, namens Georg Siegmund, erwarb, der nach dem Tode seines Vaters als Erbstifter auftrat. Nachdem diese, seine Gemahlin, mit Tod abgegangen war, nahm er im Jahre 1663 in zweiter Ehe Anna Marie Holtzscherin (Holtserin [?]), Witwe nach Dominik Anton Pflügl zu Wolfsegg, zur Gemahlin,[3] die ihm eine Tochter, namens Marie Judith Isabella, gebar.[4] Diese trat mit 23. October 1693 in das Noviziat des Klosters Sanct Josef der Karmelitinnen in Wien ein; ihre Schwester, Marie Valentine, war Benedictinerin im Kloster Niederburg zu Passau. Vor dem Eintritt in das Noviziat machte Marie Judith unterm 21. October des vor-

---

[1] Sinzendorf wurde im Jahre 1680 in Linz zur Entsetzung von allen Aemtern, zur Internierung und zur Rückstellung von 1,970.000 Gulden an den Kaiser verurtheilt, zu deren Hereinbringung die confiscierten Herrschaften dienten. Starkenfels, Oberösterreichischer Adel. S. 369.

[2] 1651, 24. September, Linz. Heiratsabrede zwischen Georg Ehrenreich Schifer und Marie Sidonie, Tochter des verstorbenen Hans Christoph von Thürheim, Herr auf Bibrachzell, Ober- und Nieder-Reichenbach, Herr von Weinberg, Dornach und Wartberg, des Erzherzog Leopold Wilhelm, Bischofes von Passau, Rath u. s. w., Pfleger von Ebernberg und Steyregg, und dessen Ehegattin Martha von Thürheim, geborne von Taufkirchen zu Gutenburg (?). Schifer-Schriften im Museum.

[3] 1663, 4. Februar, Heiratsabrede; hier ist der Name der Braut Holtscherin geschrieben. l. c.

[4] Hoheneck II. 354 führt auch noch einen Sohn, namens Rudolf, an, der als Cavalier am churfürstlichen Hofe zu Heidelberg gestorben ist. Nach der Sterbematrike Eferding starb am 10. Mai 1685 in Daxberg ein junger Herr, welcher »mit dem kleinen Glöckl« in die Gruft der Spitalskirche beigesetzt wurde.

genannten Jahres ihr Testament ,mit folgenden Bestimmungen. Sie
besaß eigenthümlich ein Berg- und Hammerwerk zu Liezen in
Steiermark und vermachte das meiste an Klöster und zu religiösen
Zwecken; den Armen im Schifer'schen Spitale zu Eferding vermachte
sie ihr Bettgewand. Testaments-Executor war ihr Bruder Georg
Siegmund, der den Rest der Erbschaft erhalten sollte; wenn derselbe
über 6000 fl. ausmacht, so ist er verpflichtet, dem Salzamtmann in
Gmunden, Herrn Handler,[1]) eine Discretion zu geben für das Kloster
der Benedictinerinnen in Passau und so auch den Karmeliten in Linz.

Im Falle aber ihr Bruder und ihre vorgenannte Schwester vor
Ablegung ihrer Profess sterben sollten, so wird der Herr Salzamtmann
gebeten, dieses Testament zu schützen und zu erfüllen, dafür er als
Recompens einhundert Ducaten erhalten und 1000 fl. unter die
Legatare vertheilen solle, das übrige fiele dem Spitale in Eferding
zu, wo die Ruhestätte ihrer Eltern ist.[2])

Georg Ehrenreich Schifer legte im Jahre 1688 seine Stelle als
Salzamtmann nieder und starb am 22. Juli 1690. Seine beiden Frauen
sind ihm im Tode schon vorangegangen und wurden, wie er selbst, in
der Spitalskirche beigesetzt. Sein schön gearbeiteter Grabstein aus
rothem Marmor (Nr. 39 der Zeichnungen im Museum) hat zu Anfang
der Grabschrift drei Wappen und folgende Inschrift:

*Sub hoc | mortuali lapide jacet | illustriss. D. D. Georgius
Honorius baro Schifer | superstite sui nominis gloria semper virns
eidem vitam dedit | MDCXXIX. MDCXC | d. Georgi mundo coelo
d. Magdalena | augustiss. caesaris salinaru praefect. et consiliaria.
hospitalis protector pro ill⁓ familia protector | germanae sincevitatis
sincerrisime cultor | pincipi egenis amicis | semper habuit | ingenium,
manun, sectus | apertum | praemissis duabus conjugibus, maria sidonia
comitissa de türheim | et anna maria Holtscrin | ex prima filium ex
secunda filiam | suaru solam virtutu haeredes reliquit | tu vero lector
| piis bene precare manibus et vale.[3])*

[1]) Damals, 1693, war aber Freiherr Johann Friedrich von Seeau Salzamtmann in Gmunden, der Herr Handler dürfte vielleicht ein Unterbeamter beim
Salzamte in Gmunden gewesen sein.

[2]) Schifer-Schriften im Museum.

[3]) In freier Uebersetzung: Unter diesem Leichensteine ruht der hoch-
berühmte Freiherr Georg Honorius Schifer, dem hinterlassenen Ruhme seines
Namens noch immer lebend. Ihm gab das Leben für die Welt der Georgiustag
1629 (23. April), für den Himmel der Magdalenatag 1690 (22. Juli). Als Salinen-
Präfect und kaiserlicher Rath, als Protector des Spitales für seine erlauchte
Familie und als treuester Pfleger deutscher Treue hatte er Kopf, Hand und
Herz stets offen. Nachdem er zuvor zwei Gemahlinnen, Marie Sidonie Gräfin

Unter Georg Ehrenreich Schifer waren Beneficiaten an der Spitalskirche Magister Johann Sebastian Pfannenstein, *Candidat. s. theologiae*, welcher unterm 20. März 1681 präsentiert wurde. In den vier Jahren seines Wirkens hatte er Processe mit dem Pfleger der Herrschaft Schaunberg und Streit mit dem Pfarrer von Eferding wegen Abhaltung der gestifteten Quatember-Aemter und wegen Begräbnis eines Verstorbenen im Spitalfreithofe. Nach seinem im Jahre 1684 mit zitternder Hand geschriebenen Testamente, welches der damalige Apotheker von hier, namens Sebastian Ignaz Folger, fertigte, hinterließ er nur wenige Habschaft; er starb am 25. Juli 1687. Ihm folgte Johann Sommer, der auch von dem Patrone Georg Ehrenreich Schifer, Salzamtmann und ältesten Erbstifter, wie er sich nannte, im Jahre 1686 präsentiert wurde, aber nur ein halbes Jahr am Beneficium war, da er am 4. October 1686 nach vierzehntägiger Krankheit mit Tod abgieng. Nach ihm kam Franz Justus, der mit 31. October des vorgenannten Jahres für das Beneficium präsentiert wurde, am 4 December aber desselben Jahres wieder resignierte. Am selben Tage wurde sein Nachfolger in der Person des Magisters und Candidaten der Theologie Johann Franz Geram präsentiert. Er war im Jahre 1650 geboren und starb am 8. October 1692, nachdem er sechs Jahre das Beneficium innehatte. Sein Grabstein in der Spitalskirche (Nr. 41 der Zeichnungen im Museum) trägt folgende Inschrift:

hic in pace requiescit a. r. d. | joannes franciscus geram philosof. | magister sctd. theologie et sacrorum | canonum candidatus ac bene- ficiatus | curatus fundationis schiferianae in | hospitali eferdingensi per 6 annos | qui dtatis suae 42 añorum die | 8° octobris anni 1692 pie in domino | obyt in franciscano habitu sepultus | francisci ad tumu- lum virtus | et gloria legent | et miscet lachrymas utra. | virgo suas.[1]

von Thürheim und Anna Marie Holtserin, zu Grabe geleitet, ließ er einen Sohn aus erster Ehe und eine Tochter aus zweiter Ehe als Erben seiner Tugenden zurück. Du aber, freundlicher Leser, halte deine Hände zum frommen Gebete und lebe wohl. Nach Pillweins, Traunkreis, S. 383, soll in der Frauen-Kapelle, der einstigen Schifer-Kapelle, in der Pfarrkirche Altmünster eine Ruhe-stätte der Schifer gewesen sein.

[1] Hier ruhet in Frieden der hochwürdige Herr Johann Franz Geram, Magister der Philosophie, Candidat der heiligen Theologie, wie der heiligen Canonen und Curat-Beneficiat der Schifer'schen Stiftung im Spitale zu Eferding durch sechs Jahre, der am 8. October 1692 im 42. Jahre seines Alters sanft im Herrn entschlafen ist und im Kleide des heiligen Franciscus begraben wurde — Geram stiftete 250 fl. in das Katharina-Gotteshaus in Freistadt auf Messen. Der Stiftbrief hiezu, ausgeführt von seinen Anverwandten in Freistadt, datiert

Erbstifter Freiherr Georg Siegmund Schifer II.

1690—1718

Nach Georg Ehrenreichs Tod folgte ihm sein Sohn G e o r g S i e g m u n d in der Vorstehung des Spitales. Er war kaiserlicher Kämmerer, Rath und Unterjägermeister des Landes ob der Enns. Von ihm haben wir einen Kaufbrief vom Jahre 1692 für einige dem Spitale dienstbare und grunduntertänige Landäcker im Gledt in der Nähe von Neumarkt im Erlacher Landgerichte, welchen er siegelte,[1]) sowie er dies auch im folgenden Jahre bei einem Vogtbriefe für eine Wiese gleichfalls Im Gledt that.[2])

vom 1. Jänner 1695; er machte mehrere Legate. darunter dem Benedict Schifer vier Kanarienvögel und dem Georg Siegmund Schifer ein paar spanische Pistolen.

Nach der Sterbematrike der Pfarre Eferding waren unter Georg Ehrenreich Schifer auch Kapläne in Daxberg, und zwar Joachim Josef Rachaus, regulierter Chorherr von Sagan in Schlesien, welcher am 14. Mai 1687 starb und in Eferding begraben wurde, und P. Bernhard Berger, Priester des Bernhardiner-Ordens zu Goldenkron in Böhmen, der im Jahre 1697 vorkommt, am 20. April 1701 starb und in Wilhering beerdiget wurde. Ein Pfleger in Daxberg, namens Johann Jakob Rappan, ist auch angeführt, welcher im Jahre 1695 starb. Im Jahre 1679 kommt bei der Taufe eines seiner Kinder die Freiherrin Eleonore Schifer als Pathin vor. — Als Spitalmeister treffen wir unter Georg Ehrenreich Balthasar Wild, der am 29. Juli 1686 starb.

[1]) 1692, 5. Mai, Kaufbrief des Abraham Mertzendorfer, Häusler in Aschpeth, Herrschaft Erlach, lautend auf Abraham Hueber, Bürger und Bräumeister in N e u m a r k t, und Marie, seiner Hausfrau, um ihre sieben Landäcker im Stattelhoferfeld, mit dem obern Ort an den Eybachholz-Gattern und -Graben, mit dem untern an des Zimmer Görgen Grund und Zaun, dann mit der obern Seite an dem Köll am Gledt und mit der untern Seite an des Schmiedes Gledt zu W i r g l d o r f stoßend, dienstbar und grunduntertänig in das Schifer'sche Spital zu Eferding. Siegler: Georg Siegmund Freiherr zu Freiling. Zeugen: Wolf Niekhl, Andre Laidl und Paul Winklbauer. Original Spitalarchiv Eferding.

[2]) 1693, 1. December, Vogtbrief des Georg Siegmund Schifer. Freiherr zu Freiling, Herr auf Daxberg, Gallham, Lichtenau und Mühlwang, ältester Erbstifter des Spitales, Majorats-Kämmerer und Oberforstmeister in Oesterreich ob und unter der Enns, für Abraham Hueber, Bürger und Bierbrauer in N e u m a r k t, welcher eine freieigene Wiese, die Hurterwiese am Gledt genannt, zwischen des Schmied zu W i r g l d o r f und des Rothauer am Gledt Wiese gelegen, gekauft und hierüber auch einen Kaufbrief von Wolf Mayrolzinger, gewesenen Bürger zu Neumarkt, und Margaret, seiner Hausfrau, vom 4. Februar 1583, dann einen Vogtbrief von Leonhard Puechner, Pfleger der Herrschaft Erlach, vom 5. December 1565 lautend auf Hans Moser, Bürger und Bäcker in Neumarkt, und Magdalena, seine Hausfrau. vorgewiesen hat. Vogtdienst von dieser Wiese jährlich 16 Pfg. In Verwandlungsfällen ist kein Freigeld, sondern nur Fertigungs- und Kanzleigeld zu entrichten. Siegler: Georg Siegmund Schifer. Original Spitalarchiv Eferding.

Im Jahre 1694 brachte Georg Siegmund die Herrschaft Lichten-
egg bei Wels käuflich an sich, sowie er aber im folgenden Jahre
das von seinem Vater Georg Ehrenreich im Jahre 1684 erworbene
adelige Gut Mühlwang bei Gmunden an den Grafen Johann
Emmerich von Seeau verkaufte.[1]) Georg Siegmund hatte den Plan,
mit Beihilfe anderer Landstände in Oberösterreich eine Commende
des Malteserritter-Ordens zu errichten, da beim Mangel einer solchen
in Oberösterreich niemand vom Adel daselbst in diesen Orden eintreten konnte. Anfangs des Jahres 1698 gieng er ernstlich daran, dies
ins Werk zu setzen; er wollte zu diesem Behufe einige Einkünfte vom
Spital-Beneficium in Eferding ohne Beeinträchtigung der Einkünfte
desselben anweisen. Die Einkünfte des Beneficiums wurden damals
auf 672 fl. 32 kr. beziffert, die Ausgaben auf 53 fl. Der Dechant
in Linz und der damalige Curat-Beneficiat Wolfgang Christoph
Harwacher waren nicht ganz entgegen, nachdem Georg Siegmund
für die zum Beneficium gewidmeten Unterthanen ein Aequivalent
in barem Gelde geben wollte; eingewendet wurde, dass nur die
Schifer'schen Familienglieder ihre Zustimmung betreffs Präsentations-
Rechtes für das Beneficium geben müssten. Für die beantragte
Commende wäre das Einkommen auf 780 fl. stabilisiert worden, der
Orden verlangte aber als Dotation liegende Gründe. Die Verhandlungen zogen sich aber in die Länge und die beabsichtigte Gründung
einer Commende kam nicht zustande.[2]) Wenngleich es Georg
Siegmund Schifer nicht gelang, diese geistliche Stiftung ins Leben zu
rufen, so hat er doch in anderer Richtung sehr wohlthätig gewirkt
und sich sozusagen verewiget, da er im Jahre 1710 das Spitalsgebäude
ganz vom Grunde aus neu und höher baute, nachdem das alte
Gebäude, wahrscheinlich nur ein Erdgeschossbau, schon in sehr
ruinösem Zustande sich befand.

Von seiner Pietät und seinem Kunstsinne gibt auch Zeugnis
die von ihm im Jahre 1717 errichtete Mariensäule aus Sandstein, die
in Anbetracht ihrer künstlerischen Ausführung mehr Beachtung finden
dürfte. Doch, bevor Georg Siegmund den Neubau vollendete, musste
er, um für denselben eine schönere Ansicht und einen geräumigeren
Zugang zu gewinnen und überhaupt dem Spitalplatze mehr Raum
und Reinlichkeit und den dortigen Häusern eine mindere Feuer-
gefährlichkeit zu verschaffen, große Opfer an Geld und Gut bringen.

[1]) Pillwein, Hausruckkreis, S. 419. und Traunkreis, S. 309.

[2]) Das letzte Schriftstück hierüber datiert vom 24. Jänner 1699. Bischöfliches
Consistorial-Archiv Linz.

Um dies zu erreichen, schloss Georg Siegmund unterm 1. Jänner 1708 mit dem Richter und Rath der Stadt Eferding unter Mitsiegelung der Burg und Herrschaft gleichen Namens einen Vertrag, in welchem beide Contrahenten über nachstehende Punkte sich vereinbarten und welchem Vertrage wir Folgendes entnehmen:

Erstlich hat Georg Siegmund den der Spitalskirche zunahe gestandenen Kasten (Getreidekasten [?]) und das daranstoßende Sanct Magdalena-Stiftshaus abbrechen lassen. Es stellte sich aber als eine Nothwendigkeit heraus, dass die daranstehenden zwei Häuser, wovon eines dem Siebler . . . . (Siebmacher, der Name desselben ist nicht angesetzt) und das andere dem Schuster Stichlberger gehörte, ebenfalls abgebrochen werden sollten, was aber schon ins Werk gesetzt war. Dem entgegen hat aber Schifer den Besitzern dieser zwei ganz baufälligen Häuser angetragen, ihnen unentgeltlich (»ohne aller Kost«) zwei neue Häuser zu erbauen, und zwar in der Art, dass er die Brandstätte in der Schmidgasse zwischen dem »weißen Rössel« (nun Reiterwirt) und dem Ströbl Fleischhacker, dann die Brandstätte am Platz, zwischen der Wagner'schen Behausung und dem sogenannten Schneidergassel[1]) baulich und ganz wohnlich herzustellen, wie es aber schon vielmehr geschehen war. Die Materialen von den oben erwähnten zwei baufälligen und schon abgebrochenen Häusern könne Schifer zum Neubau des Spitales oder überhaupt nach seinem Belieben verwenden. Besonders wurde in diesem Vertrage betont, dass der Platz »im Thal« zwischen der Straße und dem anderen Fahrtweg, wo erwähnte vier Gebäude standen, für ewige Zeiten von keinem der vertragschließenden Theile verbaut werden dürfe, sondern dass dieser gewonnene Raum ganz leer und zu einem »freyen gemeinen Plaz« belassen werden müsse. Der gegenüber dem Spitale neugemachte Brunnen solle aber beständig verbleiben und von der Stadt immer unterhalten werden. Ferner hat Schifer die Stadtmauer vom rothen Thurme[2]) angefangen nach der Länge des Spitals- und des Kirchengebäudes gutwillig neu eindecken lassen und wird diese Dachung stets herhalten; dem entgegen soll aber zum Gebrauche der Spitals-

---

[1]) Schneidergassel (Reisinger-Schneidergassel) bestand einst zwischen den Häusern Nr. 14 und 15 am Hauptplatz, etwa in einer Breite von drei Metern, dermalen ist es vermauert und wurde der Raum zu Wohngemächern verwendet.

[2]) Im Josefinischen Lagerbuche der Gemeinde Eferding vom Jahre 1788, das Schifer'sche Erbstift betreffend, kommt ein »Gärtl beim rothen Thurm« vor, damit ist das im Hofe des Erbstiftsgebäudes befindliche Gärtel gemeint, neben welchem eine abgesondert stehende Brennholzhütte sich befindet, an deren Stelle einst der rothe Thurm stand.

bewohner der Ausgang mit einer gesperrten Thüre versehen werden
und immer gesperrt bleiben, die Benützung des Ausganges soll aber
der Stadt frei stehen. Von diesem Vertrage wurden zwei gleichlautende Exemplare für die beiden Contrahenten aufgerichtet. [1] Die
oben erwähnten vier Objecte standen auf dem jetzt mit Bäumen und
Gebüschen bepflanzten Rabatten nach dem Gebäude und dem Garten
des Spitales hin; der neuerrichtete Brunnen wurde aber später ver-
schüttet und auf dieser Stelle im Jahre 1717 die schöne Mariensäule
angebracht. [2]

Georg Siegmund Schifer ist unvermählt geblieben, starb am
17. April 1718 im 66. Lebensjahre und wurde auch in der Familiengruft der Spitalskirche beigesetzt. Sein nicht mehr vorhandener, früher
unter dem Anna-Altar befindliche Grabstein enthielt folgende Inschrift:

Hic in pace requiescit
Ill. *Dns. Georgius Sigismundus*
L. B. Schifer S. C. M. Leopoldi I
Camerarius, Consiliarius, et in
Superiori Austria Venationum
praefectus.
Cujus animam ad Superos abi-
visse dubitare non sinunt
et Amor in Christum
Christi enim pauperibus Eferlingae
Hospitale post 185 Annos universum
de uovo ex fundamento et altius
sub sua Administratione erexit
Honori vero Mariano liberalibus
impensis stat vicina insignis
e Mamore columna, quibus sibi

---

[1] 1708, 1. Jänner, Wachssiegel und Fertigung des Georg Siegmund Schifer,
Papiersiegel des Grafen Konrad Siegmund von Starhemberg und des Richters
und des Rathes der Stadt Eferding. Original Spitalarchiv Eferding.

[2] Um das Andenken an die Familie der Schifer und ihre so segensreiche
Stiftung des Spitales recht lebhaft zu erhalten, würde es sich empfehlen, den
von Georg Siegmund Schifer vor dem Spitalgebäude geschaffenen Platz den
Namen Schifer-Platz zu geben. In der Stadt Klosterneuburg hieß noch im
Jahre 1512 eine ganze Gasse die Schifer-Gasse, da eine Linie der Schifer, wie
schon eingangs erwähnt, vom Jahre 1279 bis zu ihrem Erlöschen zu Ende des
14. Jahrhundertes dort ansässig war und sich viele Verdienste um die Stadt
Klosterneuburg erwarb. Stenault, Feuerbach. 322, und *Fontes rer. austriac.* X,
Einleitung LXII.

non tantum Coeli favores, sed et
perennem apud posteras memo-
riam promeruit.
Obiit 17ten Aprilis
Anno MDCCXVIII
Aetatis suae LXVI.)

Unter Georg Siegmund Schifer starb im Jahre 1692 der Beneficiat
Franz Geram, dessen Grabschrift wir schon früher gebracht haben.
Diesem folgte Wolf Christoph Harwacher, »ein Salzburger«, geboren im Jahre 1655; er war früher durch vierzehn Jahre Cooperator
in Altmünster und wurde unterm 18. December 1692 für das Spital-
Beneficium vom Erbstifter Georg Siegmund präsentiert. Vorher erfloss
aber unterm 15. December desselben Jahres eine bischöfliche Instruction
für die Spital-Beneficiaten in Eferding, welche aber nicht mehr vorhanden ist. Beneficiat Harwacher gerieth mit dem damaligen Stadtpfarrer Johann Georg Gilz in Conflict. Letzterer hatte im
April 1708 an das bischöfliche Ordinariat in Passau eine Beschwerde-
schrift eingebracht, dass Harwacher trotz höflichen Ersuchens und
Ermahnung an Sonn- und Feiertagen gerade um diejenige Stunde
in der Spitalskirche die Messe lese, in welcher in der Pfarrkirche der
Hauptgottesdienst anfängt. Schon früher, im Jänner desselben Jahres,
hatte der Stadtpfarrer ein diesbezügliches *Memoriale* eingereicht, auch

---

*) Hier ruhet im Frieden der erlauchte Freiherr Georg Siegmund Schifer,
des Kaisers Leopold I. Kämmerer, Rath und Jägermeister in Oberösterreich.
Dass seine Seele die Aufnahme unter die Seligen des Himmels gefunden, dafür
bürgen seine Liebe zu Christus und Maria. Für Christus, in der Gestalt der
Armen, hat er nämlich zu Eferding das Spital, welches nach einem 385jährigen
Bestande sehr schadhaft geworden war, vom Grund aus neu und höher gebaut.
Maria zu Ehren errichtete er mit freigebiger Hand die in der Nähe des Spitales
stehende ansehnliche Statue aus Marmor. Durch solche Werke hat er sich
nicht nur die Gunst des Himmels, sondern auch ein beständiges Andenken bei
der Nachwelt erworben. Er starb am 17. April des Jahres 1718 im Alter von
66 Jahren. — Auch war von Georg Siegmund in der Gruft eine Grabschrift
folgenden Inhaltes angebracht: Allhier ruhet in Gott der Hoch- und | Wohl-
geborne Herr Herr Georg Sig- | mund Schifer Freyherr von und | zu Freyling:
auf Dachsberg: Gallham ' und Lichtenau, der Röm: Kay: May: wirklicher
Cämmerer und | Landt under Jägermeister in | Österreich ob der Enns: wie
auch derzeit ahister Erbstifter des | Spitals zu Eferding: so gestorben | den
19. (sie) April 1718 umb 12 Ur mittgs seines Alters in (67. Jahr, *Requievrat in
pare*, Pfarrschriften. — 1695. 21. Juli: Kaiser Leopold I. intimiert den Verordneten von Oberösterreich die Verleihung der Baron Erhard'schen Pension an
seinen Kämmerer und Forstmeister Johann Ehrenreich Schifer. Landesarchiv in Linz. Die Abstammung dieses Schifer kann nicht nachgewiesen werden.

betreffs der vom Georg Schifer nachgesuchten theophoristischen
Procession am Sonntage in der Frohnleichnams-Octav von der
Spitalskirche aus. Der Stadtpfarrer Gilz war diesem Ansinnen gerade
nicht entgegen, stellte aber folgende Bedingungen:

Dass einmal dem Beneficiaten Harwacher verboten werde, unter
der Zeit des pfarrlichen Gottesdienstes Messe zu lesen, dass er solche
im Sommer um 1/2 7 Uhr, im Winter aber um 7 Uhr verrichte, dass
ferner die nachgesuchte Frohnleichnams-Procession unmittelbar aus
der Spitalskirche ihren Zug und Gang nach dem Stadtplatze und nach
den daselbst aufgerichteten Altären nehme und im Rundgange des
Platzes vollende und von da wiederum in die Spitalskirche zurück-
kehre und nicht einen anderen Weg einschlage. Das Ordinariat nahm
Rücksicht auf das berechtigte·Verlangen des Stadtpfarrers bezüglich
der Stunde des Messelesens entgegen dem etwas eigensinnigen Baron
Schifer, der alles nach seiner Disposition ausgeführt haben wollte;
und scheint letzterer auch auf die Bedingungen betreffs der Procession
nicht eingegangen zu sein.[1] Beneficial Harwacher starb im 58. Lebensjahre am 26. Februar 1713, nachdem er 20 1/2 Jahre das Beneficium
genossen, und wurde in der unter dem Chore der Pfarrkirche befindlichen Gruft beigesetzt. Von ihm ist in der Kanzlei der hiesigen
Spitalverwaltung ein im Durchmesser von drei Centimeter haltendes,
gut gestochenes Siegel aus Messing vorhanden, welche sein bürgerliches
Wappen (einen aufrechtstehenden Fuchs mit einem Haarbündel [?]
in dem rechten Laufe) und die Umschrift: *Wolfgangus Christophorus
Harwacher* enthält. Harwacher folgte Johann Gottfried Klaimb,
der in Gmunden geboren war und unterm 6. März 1713 das Beneficium antrat.

Unter Georg Siegmund Schifer fanden wir im Februar 1708
als Spitalverwalter Daniel Roider, der im Jahre 1711 unter den
Verstorbenen vorkommt.

Aus der Zeit des vorgenannten Erbstifters hat sich auch eine
Grabschrift eines gewissen Mattha Poppel erhalten; der Grabstein
desselben, der gleich rechts vom Eingange in die Kirche angebracht
war, ist nicht mehr vorhanden. Dieser Geistliche, welcher sich vornehmlich der Mathematik gewidmet zu haben scheint, verlebte seine
Ruhetage unter der Protection der Herren Schifer und beschloss als
Greis seine Tage am 29. April 1704.

Sein Grabstein trug folgende Inschrift: *R. D | Franciscus
Mathaeus Poppel | Mathematicus | Tandem inter laicos jam quin-*

[1] Bischöfliches Consistorial-Archiv Linz.

*quies | duodenis | Beatitudinis numerum invenit | Dum | vixerat
octenis Presbyter atque | senex | quare qui hactenus crudit Laboris |
Stipendium | etiam deinceps otii Benefitium | a Dnis accepit | Donec
salutis Anno 1704 die | 29. Aprilis | Sepulturae quoque gratiam |
obtineret | Hac ergo in fossa Cum sint | Poppelidis Ossa   ut bene vivat
ibi, tum miserere | sibi | atque in pace Dei, dic, Re· | quiescat Ei.*[1])

Erbstifter Freiherr Benedict Theodosis Schifer.

1718—1731.

Dieser Benedict Theodosius war ein Sohn des Erbstifter Rudolf
Schifer V. († 1680) und ein Neffe des Erbstifters Georg Ehrenreich
Schifer; er wurde am 14. October 1653 in Daxberg geboren. Er
vermählte sich mit Susanna Eleonore,[2]) Gräfin von Kufstein, Tochter
des Lobgott, Grafen von Kufstein, Freiherr zu Greilenstein, Herr
auf Spitz, Hartheim, Weidenholz, Ober-Rechberg, Egenberg und
Schwertberg, Obrist-Silberkämmerer von Ober- und Unterösterreich und
Landstand; die Heiratsabrede erfolgte unterm 17. September 1677 zu
Wien. Schifer hatte damals keine liegenden Güter, sein Vater Rudolf,
welcher noch Besitzer von Daxberg war, gab aber bei dieser Heirats-
abrede die Versicherung, dass sein Sohn welche erhalten werde. Zur
Vermählungsfeier, welche am 10. Jänner 1678 stattfand, wurde von
Seite der Landstände unterm 27. November 1677 Cristoph Leopold
Graf von Thürheim bestimmt, im Namen der Stande zu erscheinen.
Benedict Theodosius trat schon zu Lebzeiten seines Vetters Georg
Siegmund die Verwaltung des Spitales an, da auf seiner Grabschrift, er
starb 1728, zu lesen ist, dass er durch dreizehn Jahre das Erbstift
regierte, also schon im Jahre 1715 dazu anfieng, wo Georg Siegmund
noch am Leben war. Wie Benedict Theodosius im Jahre 1682 für seinen
Vater Rudolf eine Messenstiftung für die Spitalskirche in Eferding zur

---

[1]) Der hochwürdige Herr Franz Matthäus Poppel, Rechenmeister, einst-
mal in der Laienwelt durch sechzig Jahre, fand er die Zahl der Glückseligkeit, da
er als Priester der Kirche acht Jahre noch lebte, und der Greis, der bislang
im Sokle der Arbeit gestanden, genoss nachher von seiner Herrschaft die Wohl-
that der Ruhe, bis er endlich im Jahre des Heiles 1704 am 29. April die Ruhe
des Grabes gefunden.

Hier in diesem Grabe findest Du Poppels Gebeine.
Dass es ihm dort auch gut geht, sprich jetzt für ihn ein Gebet
Und den Frieden in Gott rufe ihm zu nach dem Tod.

[2]) Susanna Eleonore wurde am 3. October 1661 in Weidenholz geboren,
deren Mutter Maria Anna war eine geborne Gräfin Starhemberg. Taufbericht-
Extract von Waizenkirchen.

Ausführung brachte, so stiftete auch seine Gemahlin Eleonore im Jahre 1698 mit Zustimmung ihres Gemahles ein ewiges Licht für den Hochaltar in der Kirche des Franciscaner-Klosters Pupping und ein Hochamt daselbst und widmete hierzu von ihrem väterlichen und mütterlichen Erbe 400 fl. rhein. als Satz auf der Herrschaft Daxberg. Die Interessen per 20 fl. sollen alljährlich von den jeweiligen Besitzern von Daxberg entrichtet werden.[1]) Benedict Theodosius verkaufte unterm 23. December 1713 an Georg Josef Freiherrn von Mannstorf die von seinem Vater Rudolf geerbte, seit dem Jahre 1585 im Besitze der Schifer'schen Familie gewesene Herrschaft Daxberg sammt dem dazu gehörigen adeligen Sitze Gallham; die letzte Liegenschaft der oberösterreichischen Linie der Schifer, nur das Freihaus in Eferding blieb noch ihr Eigenthum. Im Jahre 1716, 25. November, stellte Benedict Theodosius das Ansuchen um Aufnahme seiner beiden Söhne, Hans Christoph und Siegmund Schifer, in das Consortium des Herrenstandes, was ihm auch genehmiget wurde. Der alte Herrenbrief war in Daxberg bei der Feuersbrunst im Jahre 1672 nebst anderen Documenten in Rauch aufgegangen. Unterm 16. April 1605 erlangten seine Vorfahren und Vettern von Kaiser Rudolf II. den Freiherrnstand.[2]) Zu seiner am 10. Jänner 1728 stattgefundenen Jubel-Hochzeitsfeier hat Benedict Theodosius unterm 2. October 1727 die Landstände, sowie auch den Kaiser eingeladen. Diese Feier fand am obbenannten Tage im Landhaus im Beisein der Landstands-Mitglieder mit großer Pracht statt. Der Kaiser bestellte den damaligen Landeshauptmann Grafen Thürheim zu seinem Stellvertreter bei dieser Feier, nachdem derselbe schon früher mit Decret vom 4. Jänner 1728 dem Jubilanten eine jährliche Pension von 600 fl. aus dem Kammerärar auf Lebensdauer angewiesen hatte;[3]) zugleich erhielt er auch vom

[1]) 1698. 27. December, Daxberg. Zu ihren Lebzeiten sollen alljährlich an ihrem Geburtstage. das ist am 29. September, ein Hochamt gehalten werden und sollen die Laienbrüder an diesem Tage auch beichten und communiciren. Nach ihrem Ableben soll aber an dem vorgenannten Tage ein Requiem sein. Siegel und Unterschrift von der Stifterin, deren Gemahl, des Johann, Albrecht Johann von Oedt und des Provinzialates der Franciscaner von Oesterreich. Original-Papier im Klosterarchive Pupping.

[2]) und [3]) Schifer-Schriften im Museum. Wir machen hiebei auf eine im heutigen (1897) Jahre in Linz vom Landesarchivar Dr. Krakowizer veröffentlichte Schrift: »Eine goldene Hochzeit im Landhause zu Linz« aufmerksam, wo diese Jubel-Hochzeitsfeier ausführlich geschildert ist und wo es Seite 9 unter anderem heißt: dass zuerst von dem Landeshauptmann Grafen von Thürheim auf die Gesundheit der Majestäten aus einem großen silber-vergoldeten und sehr künstlich gearbeiteten Pokale, so die Majestäten dem Bräutigam als Haussteuer zugedacht haben, getrunken wurde und dann auf die des Bräutigams,

Kaiser ein kostbares Präsent. Die Kosten für diese Jubel-Hochzeitsfeier trugen die Landstände. Nebst anderen in der zarten Jugend
verstorbenen Kindern[1]) schenkte ihm seine Gemahlin drei Söhne,
wovon Dietmar als Student zu Salzburg starb, Johann Christoph die
militärische Laufbahn betrat und Siegmund sich dem Weltpriester-
stande widmete, dann eine Tochter Marie Anna, geboren den 12. October 1731; auf die zwei Söhne werden wir noch später zurückkommen,
da sie die Erbvogtei des Spitales übernahmen; noch eine Tochter,
namens Josefa, kommt anzuführen, welche an einen Freiherrn von
Mayrhofen in Linz verehelicht war.

Benedict Theodosius Schifer beschloss sein Leben am 27. November 1731 zu Linz im 79. Jahre seines Alters. Sein Grabstein von
grauem Marmor (Nr. 40 der Zeichnungen im Museum) befindet sich an
der Epistelseite im Schiffe der Kirche bei dem früher bestandenen
Benedicti-Altar, dessen Stifter Benedict Theodosius war. Der Stein
hat folgende Inschrift:

Hier ruehet der hoch vnd wolge- | bohrn Hr: Hr: Benedict
theodosius | Schifer freyher auf freyling vnd | Daxberg etc. etc. |
welcher gebohren den 13 okt: vnd in Gott sanft vnd seelig ver- |
schiden den 27 nov: 1731 im 79ten | jahr seines alters vermächlete
sich den 10; jen. 1678 mit fr: Susann: eleonora gebohrne gräfin
von cuef- | stein mit welcher er zu Linz den 10 jen: 1728 die anderte
Hochzeit gehalten hat | a: Benedickto diesen altar gestiftet vnd 13 jahr
lang | das erbstift vnd spital zu eferding löblich regieret.

sein ganzes leben war mit Tugend so gezieret
das ihm nun nach dem todt beständigs lob gebieret
hat in gesegneter ehe vollendet seine jahr
da er in einer Kirche zweimahl hochzeiter war
doch nur mit einer Braut, wo den ehesegen eben
ein gott geweihter sohn, den braven eltern geben
nun ruehet er hier im Grab, Du leser sag allein
gott wolle seiner seel dort ewig gnedig sein.

Sein Testament, datiert vom 17. Juni 1723, publiciert zu Linz
am 22. Jänner 1732, enthielt folgende Bestimmungen: Seine ledige
Tochter, Marie Anna, sowie deren Schwester, Marie Josefa, erhielten

---

und dass derselbe, da ihm dann der Pokal überreicht wurde, darin ein Billet
von einer lebenslänglichen jährlichen Pension von 600 fl. fand.

[1]) Marie Elise Juliana, geboren in Daxberg 20. Februar 1682, und Marie
Francisca Barbara, ebenfalls in Daxberg geboren am 6. December 1688. Taufmatrike in Eferding.

je 3000 fl., seine Söhne, Christoph und Sigismund, sind Universalerben; ersterer soll das von Benedict Theodosius ererbte Haus auf
dem Graben in Linz, gegenüber dem Landhaus, in welchem Benedict
Theodosius mit seiner Familie derzeit (1723) wohnt, ohne Einrichtung
erhalten; Silber und anderes soll in Theilung für beide Brüder kommen.
Die Erbschaft betrug für beide Brüder zusammen 12.661 fl. Bei der
Publicierung des Testamentes war der Sohn Johann Christoph Schifer,
der damals Obrist-Lieutenant im Baron Fürstenbusch'schen Regiment
war, nicht zugegen.[1]

Seine Gemahlin Eleonora Susanna, welche wie Benedict Theodosius in der Spitalskirche beigesetzt wurde, folgte ihm am 13. Jänner
1738 im 77. Lebensjahre im Tode nach. Sie hatte folgende Grabschrift:

Alhier ruhet die Hoch und Wohl | gebohrne Frau Eleonora
Susanna Schieferin Freyin auf | Freyling Daxberg und Lichtenau
ein geborne Gräfin von Kuef- | stein, Ihres Alters im 77ten Jahr |
Gott seelig entschlaffen den 13ten Jan. | Anno 1738.

Nach ihrem vom 10. December 1734 in Linz gemachten Testamente vermachte die Witwe des Benedict Theodosius Schifer dem
Geistlichen Georg Siegmund, ihrem einzigen Sohne (dessen Bruder
Johann Christoph war also damals nicht mehr am Leben), 6000 fl.,
alle geistlichen Bilder und ihr großes Crucifix, welches nach seinem
Absterben der Spitalskirche zufallen solle. Ihrer Tochter Marie Anna
vermachte sie 3000 fl. und der anderen Tochter, Maria Josefa, verehelichte von Mayrhofen, das Silberzeug und anderes; Universalerben
sollen ihre beiden vorgenannten Töchter zu gleichen Theilen sein.[2]

Vorgenannte Tochter Marie Anna starb am 23. Februar 1750
in Linz im 69. Lebensjahre und wurde zur Beisetzung in die Familiengruft nach Eferding überführt; zur Universalerbin hatte dieselbe ihre
Schwester Marie Josefa, verwitwete Freiin von Mayrhofen, eingesetzt.[1]

Noch vor dem Ableben des Erbstifters Benedict Theodosius
Schifer am 27. November 1731 starb am 7. Juni 1731 der Spital-
Beneficiat Johann Gottfried Klaimb, der unter Georg Siegmund
im März 1713 das Beneficium antrat und wurde in der Gruft im Chore
der Pfarrkirche beigesetzt. Nach seinem Testamente vom 4. Mai 1731
hatte er ein Vermögen von ungefähr 4000 fl., davon stiftete er zur
Spitalskirche mit einem Capitale von 1000 fl. einen Jahrtag mit
einem Requiem und einem Lobamt auf dem Hauptaltar und vier

[1] Schifer-Schriften im Museum.
[2] Schifer-Schriften im Museum.
[3] Spitalarchiv Eferding

Messen während der zwei Aemter auf den zwei Seitenaltären an seinem Sterbetage. Aus dem Erlöse seines hinterlassenen Silbers sollte für die Spitalskirche ein Kelch, ferner ein weißes und ein schwarzes Messkleid angeschafft werden. [1] Aus der Zeit des Beneficiaten Klaimb ist noch zu erwähnen, dass unter ihm am Beneficiaten-Hause gebaut wurde und dass der Bau desselben im Jahre 1731 völlig hergestellt war. Zu dieser Herstellung war wohl ein Betrag von 1434 fl. 7 kr. 1 Pfg. vorhanden, der aber nicht hinreichte und im Gegenhalte zu den vorhandenen Schulden ein Abgang von 2797 fl. 32 kr. zu decken kam, welchen die beiden Universalerben des Erbstifters Benedict Theodosius Schifer, nämlich seine beiden Söhne, Johann Christoph und Georg Siegmund, auf sich zu nehmen erklärten. [2]

Erbvogt Freiherr Johann Christoph Schifer.

1731—1734.

Nach dem am 27. November 1731 erfolgten Ableben des Benedict Theodosius folgte ihm in der Vorstehung des Erbstiftes sein älterer Sohn Johann Christoph, der anfangs als Obrist-Lieutenant des Baron Fürstenbusch'schen Regimentes, später als Oberst desselben vorkommt. Die Vorstände des Spitales, welche früher »Erbstifter« genannt wurden, führen nun den Titel »Erbvögte«. Ob damals schon Johann Georg Brix, Freiherr von Hoheneck, Administrator des Spitales war, lässt sich nicht sagen, in der Erbschafts-Angelegenheit der beiden Brüder nach dem in Linz verstorbenen Benedict Theodosius: des Erbvogtes Johann Christoph und des Georg Siegmund Schifer, Pfarrers in Wieselburg, war Johann Georg Brix im Jahre 1732 Bevollmächtigter

[1] Siegler dieses Testamentes, welches noch mehrere Legate enthielt, waren: Ehrenreich Siegmund Hänselmann, Beneficiat des St. Andrä-Stiftes, Franz Süß, Cooperator, und Mathias Arminger, Spitalverwalter; alle drei in Eferding. — Von den vier Percent Interessen des Stiftungs-Capitales per 1000 fl. sollten nach dem Stiftbriefe der jeweilige Stadtpfarrer und der Spital-Beneficiat für die zwei Aemter je 3 fl, die Geistlichen für die vier Messen 4 fl., die vier Vocalisten von beiden Aemtern 8 fl., die Discantisten 45 kr., der Orgelaufsicher ebensoviel, der Messner 1 fl. 30 kr. bekommen. Für Opferwein, Beleuchtung, Paramente etc. sollten der Spitalskirche 6 fl. und dem Beneficiaten für die weitere Veranstaltung des Jahrtages 3 fl. entfallen; der Ueberrest mit 6 fl. und darüber sollte an die 24 Spitäler, auch an die Armen des Bruder- und Siechenhauses und an die armen Schifer'schen Unterthanen vertheilt werden. Der damalige Pfleger Mathias Arminger übernahm die Besorgung des unterm 31. Mai 1732 ausgestellten und unterm 10. Juli desselben Jahres vom bischöflichen Ordinariate Passau ratificierten Stiftbriefes. Original Pfarrarchiv Eferding.

[2] Bischöfliches Consistorial-Archiv Linz.

des bei der Publicierung des Testamentes ihres verstorbenen Vaters abwesenden Vogtherrn;[1] im Jahre 1734, 26. Mai, hat er mit dem Vogtherrn „ex mandato" desselben als Administrator die Erledigung einiger der Spitalsrechnung vom Jahre 1733 gemachten Anstände unterfertiget. Der Erbvogt Johann Christoph dürfte daher zwischen dem 26. Mai und 10. December des Jahres 1734 gestorben sein, da er am ersteren Tage noch den vorgenannten Rechnungsact unterschrieben hatte und seine Mutter, Susanna Eleonore, wie wir früher schon erwähnten, in ihrem Testamente vom 10. December 1734 nur von ihrem einzigen Sohne, dem Geistlichen Georg Siegmund, spricht und ihm 6000 fl. und anderes vermacht.

Erbvogt Freiherr Georg Siegmund Schifer.

1734 — 1738.

Er war ein Bruder des Vorigen und hatte sich dem geistlichen Stande gewidmet. Nach dem am 23. Juli 1728 erfolgten Ableben des damaligen Pfarrers Johann Pardeller in Wieselburg, einem Marktflecken in Niederösterreich bei Kemelbach (V. O. W. W.), früher unter Passauer, nun St. Pöltener Diöcese, mit etwas über 3000 Seelen, wurde Georg Siegmund daselbst Pfarrer und blieb es bis zum Februar 1732, wo am 14. desselben Monates nach vorausgegangener päpstlicher Dispens die Verleihung des Spital-Beneficiums für ihn erfolgte.[2] Nach dem Tode seines Bruders Johann Christoph übernahm er als letzter seines Geschlechtes die Erbvogtei des Spitales, welche er bis zu seinem am 13. October 1738 in Eferding erfolgten Tode vorstand. Nach einer unterm 31. October 1738, datiert Schließberg, an den kaiserlichen Rath, Landrath Johann Georg Briccio (Brix), Reichsfreiherrn von Hoheneck auf Schließberg, Trattenéck etc., erfolgten Todesanzeige

---

[1] An Baarschaft waren 450 fl. vorhanden, welche mit den Capitalien zusammen 59.420 fl. ausmachten, Schulden hinaus 17.500 fl., an die Witwe kamen 5000 fl. und an die Tochter Marie Anna 3000 fl., zur Antretung der Pfarre Wieselburg erhielt im Jahre 1728 der Sohn Georg Siegmund 1500 fl. Passiven zusammen 36.759 fl. In Anbetracht des vermöge Heirats-Contractes ausgemachten Witwengehaltes per 1500 fl. und der Widerlage per 2000 fl. sollten der Witwe jährlich 1600 fl. verabreicht werden, welches ein Süllage-Capital von 32.000 fl. erfordern würde, es zeigte sich sonach ein Abgang an Unterhaltungsgeldern von 499 fl. 57 kr.; es verblieb daher für beide Söhne eine Erbschaft von 12.661 fl. Schifer-Schriften im Museum.

[2] Sein erster Matrikenact in Wieselburg war am 16. October 1728 eine Taufe und sein letzter ebenfalls eine Taufe am 30. Mai 1732. Sein Nachfolger in Wieselburg war Franz Ludwig Schmid, welcher am 7. Juni 1732 auf diese Pfarre investiert wurde. Pfarrschriften von Wieselburg.

des Georg Schifer, war letzterer Mitglied der St. Georgs-Gesellschaft und wurden für den Verstorbenen drei Messen gelesen; auch Hoheneck war Mitglied dieser Gesellschaft.[1]) Der Verstorbene wurde in einem hölzernen Sarg in der Gruft seiner Ahnen beigesetzt, der folgende Grabschrift hatte:

Allhier ruchet der hochwürdig hoch und Wohlgebohrne Herr Herr Georg Sigmund Schifer von Dachsberg Freyberr, ältester Erbstifter des Spitalls zu Eferding so in Gott verschiden den 13ten 8tb 1738, Seines Alters 42 Jahr. *Requiescat in pace.*

Seine testamentarisch bestimmten Erben waren seine Schwestern Marie Anna Schifer und Marie Josefa, Freiin von Mayrhofen. Seine Nichte Theresia von Mayrhofen im Frauenstifte zu Regensburg bekam ein kleines diamentenbesetztes Johann Nepomuceni-Bild.

Wie unter seinen Vorgängern in der Erbvogtei den Freiherren Oberst Alexander († 1661) und Georg Ehrenreich Schifer († 1690) wurde auch, wahrscheinlich gleich nach seinem Ableben, neuerdings ein »Hofanbringen« auf die Exspectanz des Patronatsrechtes und der Vogtei über das mit dem Pucher'schen und Herleinsperger'schen Beneficium vereinigte Spitals-Beneficium von Gundacker Thomas Grafen von Starhemberg (geb. 1663, † 1745) gemacht, welches aber auch keinen Erfolg hatte.[1])

Georg Siegmund war zu Linz geboren, erreichte nur das Alter von 42 Jahren und war der letzte Mannessprosse der oberösterreichischen Linie der Schifer, die in ihrer Heimat von Grund und Boden gekommen, deren Andenken aber noch fortleben wird durch ihre segensreiche Stiftung des Spitales in Eferding!

[1]) Schifer-Schriften im Museum.
[1]) Zu diesem Gesuch an den Kaiser ist die Bemerkung gemacht: Schifer *ultimi* Benedict Theodosius mit seinen zwei Söhnen Christoph und Siegmund, ersterer unverehelicht, Obrist-Lieutenant im Fürstenbusch'schen Regimente, der andere Pfarrer zu Wieselburg, der letzte und vierte (ein Vetter), ebenfalls unverehelicht, bei hohem Alter und Capitän beim Deutschmeister-Regimente. — Zu diesem Gegenstand sagt eine andere Notiz: In der Vormundschaftszeit ist an den Kaiser um die oben angeführten Rechte ein Gesuch gerichtet worden, falls die Schifer-Rudolfinische Linie ausstürbe; jedoch ist der ganze mit Originalien und vidimierten Belegen versehene Act nach Versicherung des nun verstorbenen Baron von Andlau bei der geheimen Kanzlei in Verstoß gerathen und neben diesem auch ein Baron Schifer zu Mittergrabern in Unterösterreich zur katholischen Religion zurückgetreten (Josef Julius Schifer 1730), der dann auch die Vogtei und Präsentation succediert und sich ferners die Herrschaft über die Maria Scheidungs-Bruderschaft oder das Weber-Stift (in Eferding) prävaliret, Fürstliches Archiv in Eferding.

Nach dem Aussterben der oberösterreichischen Linie der Freiherren Schifer von Freiling und Daxberg gieng die Erbvogtei auf die niederösterreichische Linie dieses Geschlechtes über. Bevor wir aber den ersten Träger derselben anführen, wollen wir wieder auf den Stammvater dieser Linie, den Freiherrn Benedict Schifer, zurückgreifen. Wir haben von ihm schon vernommen, dass er der Begründer der niederösterreichischen Linie geworden, wie wir auch wissen, dass er im Vereine mit seinem Bruder Dietmar, dem früheren Erbvogt, im Jahre 1610 zur Zeit der Zwistigkeiten zwischen Kaiser Rudolf und seinem Bruder, dem Erzherzog (König) Mathias, als Obrist-Lieutenant gegen das sogenannte Passauer Volk in militärischer Verwendung für die Landstände gewesen und auch als Abgesandter an den Oberst der passauischen Truppen, namens Ramee, wichtige Dienste geleistet habe. Wir haben von ihm schon gehört, dass er im Jahre 1615 als Inhaber von Ottensheim die Herrschaft Freiling an seinen Bruder Dietmar verkaufte und im Jahre 1618 ebenfalls als Inhaber von Ottensheim und Land-General-Oberst durch Vertrag mit seinen Brüdern Dietmar und Georg Gundacker das Schifer'sche Freihaus in Eferding bekam, welches Haus, wie schon erwähnt, im Jahre 1621 umgebaut oder restauriert wurde.

Im Jahre 1622, 31. December, bestätiget Benedict Schifer, wo er noch als Inhaber (Pächter) der Herrschaft Ottensheim vorkommt, dem Abraham Zehentner auf der Junger-Hofstatt zu Feldkirchen an der Donau und Anna, dessen Hausfrau, welchen beiden vor kurzem die Kaufbriefe und Quittungen und andere briefliche Urkunden über die genannte Hofstatt durch Feuer zugrunde gegangen waren und welche Briefe anfänglich von weiland Leonhard Willnauer, Ottensheim'schen Amtmann in Feldkirchen seligen hinterlassenen Kinder und deren Gerhaben »verbettner« ausgegangen sind, — auf ihre Bitten, den rechtlichen Besitz dieser Hofstatt auf die gebräuchliche Weise. Siegler: Benedict Schifer. Fürstliche Archiv Eferding.

Benedict Schifer wurde im Jahre 1569 (nach anderen 1572) geboren. Nach einem Vidimus des Kaisers Rudolf II. bestätigte derselbe dem Benedict Schifer die inserierte Urkunde, womit König Alfons von Arragonien de dato 7. Mai 1450 dem Benedict Schifer den Orden der *Stola Amprisia* ertheilte,[1] welche Auszeichnung in dem Freiherrnbriefe eben desselben Kaisers de dato Prag 16. April 1605 für die Söhne des Alexander Schifer († 1565) Ehrenreich, Hans, Bernhard und Alexander dem Aelteren und dann deren Vettern von

[1] Schifer-Schriften im Museum.

der zweiten Linie, Söhne des Georg Siegmund († 1600), Benedict, Alexander dem Jüngeren, Dietmar und Georg Gundacker besonders hervorgehoben ist und wo sie als »Schifer, Freiherren von und zu Freiling und Daxberg« den Freiherrenstand erlangten.[1]

Benedict unterschrieb auch die große Conföderation aus dem Ritterstande, nach welcher am 30. August 1608 von den protestantischen Ständen der Beschluss gefasst wurde, dass auch in den landesfürstlichen Städten und Märkten das augsburgische Bekenntnis ausgeübt werden dürfe, dass die Protestanten mit den Katholiken gleiche bürgerliche Rechte genießen sollten und dass jeder von den Ständen, welcher die Anerkennung dieser Beschlüsse verweigern würde, der persönlichen Freiheit verlustig und von allen ständischen Versammlungen ausgeschlossen sein sollte. Bei der Landeshuldigung des Erzherzogthumes Oesterreich ob der Enns für den König Mathias am 21. Mai 1609 hat Benedict eine Compagnie von 170 Mann (gelbröcke zu Pferd angeführt und auch mit seinen Brüdern Dietmar und Georg Gundacker und seinem Vetter Hans Schifer die Huldigung geleistet.[2]

Wann Benedict die Herrschaft Ottensheim, die er nur gepachtet hatte, weggegeben, können wir nicht anführen; im Jahre 1622 war er noch Inhaber derselben, oder wann er das Freihaus in Eferding verkauft habe, hiefür haben wir auch keine genauen Anhaltspunkte; im Jahre 1627 treffen wir ihn im Besitze der Herrschaft Buchberg (Puchberg), im V.O.M.D. von Niederösterreich, welche er von Johann Ludwig Grafen von Kufstein käuflich erwarb. Die Kufstein waren seit dem Jahre 1593 im Besitze von Buchberg.[3]

Die Uebergabe und Einantwortung geschah aber schon früher, wie aus einer »Wechsel- und Contracts-Notel« de dato Wien, 20. No-

[1] Schifer-Schriften im Museum.

[2] »Von vornehmen und adeligen Geschlechtern« aus dem Jahre 1608. 7 Bände. Königliche Hof- und Staatsbibliothek in München. Manuscript von Karl Freiherr Schifer.

[3] Buchberg, in einer erhöhten Lage am großen Kamp, ist 1/2 Stunden vom Pfarrorte Gars entfernt; das Schloss daselbst ist dermalen bewohnt und im guten Bauzustande, mit einer mit Mosslicenz versehenen, im romanischen Stile gehaltenen Schlosskapelle, was ein Verdienst der fürstlichen Familie Croy ist. Buchberg dürfte schon zu Anfang des 14. Jahrhundertes im Besitze eines Schifers gewesen sein, denn im Schiffe der dortigen Schlosskapelle befindet sich auf der Evangelienseite ein Marmorstein, der in der Mitte ein Wappenschild zeigt, das horizontal getheilt ist und in dem oberen Theile einen Vogel mit einem Ringe im Schnabel hat; die Umschrift lautet: TIEDERICH . SCHIFER . ZV . BVCHBERG . RITER . GERTRVD . VON . CHEVEWE . 1312. Schrift und Arbeit sind, wie die Jahreszahl, aus bedeutend späterer Zeit etwa

vember 1625,[1]) zwischen Hans von Kufstein zu Greilenstein und zu
Spitz auf Buchberg, Majorats-Rath, Kämmerer und Regent des

aus dem 17. Jahrhunderte,[2]) wo die damaligen Besitzer von Buchberg, Benedict
Schifer und sein Sohn Ferdinand, diesen Gedenkstein vielleicht zur Erinnerung
an ihre Vorfahren anbringen ließen. In dem bis zum Jahre 1661 reichenden, im
Linzer Museum befindlichen Stammbaume der Schifer, der für diesen Fall in
Abstammung und Reihenfolge mit dem Stammbaume der Schifer in Strnadts
Feuerbach, S. 318, nicht ganz übereinstimmt, ist obiger Dietrich mit seiner
Gemahlin in folgender Weise angegeben:

Ludwig
Ritt. 1249 uk. ...

Ulrich 1250, 1261 uk. ...

Ulrich II.	Dietrich Ritt. 1323, 41, 44	Wernhart I. Rht.	Rudolf I.
1325	uk. Gertrand v. Cheyewe (Chaya)	1298 uk. ...	1302 . 1325
	Herr u. Frau zu Puchberg.		

Agnes Popert	Rudolf II. zu	Ulrich III.	Hans	Wernh. II.
v. Puchberg.	Hub, uk Imhild	1340 - 57	1357.	1361
	1344 . 49.	uk. Agnes		
		v. Parzheim.		

Es dürfte sonach auch die Annahme, dass Popert zu Buchberg, der als
Sohn des Ritters Wernhard Schifer angeführt wird, Besitzer von Buchberg gewesen sei, der Begründung nicht ganz entbehren.

*) Diese Notiz, sowie manche andere über Buchberg und seine Besitzer verdanke
ich der gütigen Mittheilung des Herrn Canonicus und Pfarrers in Gars, Dr. Franz Lux.
-- Besitzer von Buchberg waren 1210 Otto von Buchberg, 1463 Wolf und Heinrich
Kadauer, die es als Lehen von Kaiser Friedrich innehatten. 1564 Matthä Freiherr von
Teufel, der es von den Maissebrischen Erben kaufte, 1570 kam es an Johann Georg
Freiherrn von Kufstein, 1612 an Johann Ludwig Graf von Kufstein, der es 1627 an
Benedict Freiherrn Schifer verkaufte und von dem es dann durch Erbschaft an Ferdinand
Schifer gelangte; durch dessen Tochter Eva, vermählte Freiin von Polheim, kam es in den
Besitz 1662 dieser ihres Gemahls. Im Jahre 1823 kaufte Buchberg Fürst Karl von Croy,
der dann Buchberg mit Gars vereinigte. Darstellung des Erzherzogthums Oesterreich
unter der Enns. V, 34, 53.

¹) Gefertigt und gesiegelt wurde diese Urkunde in Wien am 22. April 1625
von Johann Grafen Kufstein. Original-Papier, Schifer-Schriften im Museum. Wir
lassen die Beschreibung der Herrschaft Buchberg vom Jahre 1625 im Auszuge
folgen und fügen derselben zum Vergleiche auch eine Beschreibung derselben
Herrschaft de dato Buchberg, 24. März 1685, bei, als bald darnach Buchberg
von Ferdinand Schifer, dem Sohne des Benedict, verkauft wurde. Letztere
Beschreibung wurde »nach Innen« von Achaz Matsseher zu Volkdegks auf Spitz
gemacht und die übrigen Zugehörungen der Herrschaft von den dazu verordneten Commissären, Caspar Püchler am Kettenhof und dem kaiserlichen Diener
Paul Stubmer (Stumber), beritten und beschrieben. Original-Transsumpt ; Schifer-
Schriften im Museum.

1625.

Schloss.

Das Schloss oder die Feste Buchberg,
ist auf einem harten Felsen gelegen, so
landesfürstliches Lehen, mit einer an-

1685.

**Nachbenannte Posten, so vom
Kaiser zu Lehen rühren.**

Das Schloss ist ziemlich hoch auf
einem Felsen, zunächst dem Kamp ge-

Regimentes der niederösterreichischen Landen, auch fürstlich Branden-
burg'schen Rath und Lehenadjunct in Oesterreich u. s. w. und Benedict

1625.

zahnlichen, zierlichen und sehr gelegen-
samen Wohnung, in die 40 Gemächer,
einer schönen Schlosskapelle, Altanen,
kleinem Lustgärtl, Stallungen auf fünfzig
Rosse, einem in Felsen gehauenen
Keller auf 1000 Eimer Wein, doppelte
Kästen auf 100 Muth Getreide und
Schutzbauten gegen den unterhalb vor-
beifliessenden Kamp, eine Cisterne,
Fischbehälter und neu angefangenen,
grösstentheils schon vollendeten Lust-
garten, darunter starke Gewölbe und
Grotten, darin das übrige Wasser zur
Lust und Nothdurft geleitet wird.

Meierhof, Brauhaus und Kästen.

Unter dem Schlosse ist ein grosser,
sehr weiter Meierhof, der vom Schlosse
aus gut übersehen werden kann, mit
einer Wohnung für das Meierhofgesinde
und einem Keller auf 200 Eimer Wein,
alles gewölbt, obenauf ein Boden und
ein verschlagenes Kämmerl. Etliche
Klafter davon ein Stall auf sechs Rosse
oder Rinder. Dem Meierhof gegenüber
ist das Brauhaus mit einer Weik- und
Malzstube, Kästen, Braupfannen und
anderem; gleich vor der Thüre ein neu-
gegrabener, ausgemauerter Brunnen
zum Malzen und Brauen, wenn etwa
der Kamp vom Regen trüb sein sollte.
An dem Brauhaus ist ein gewölbter Stall
auf 60 Rinder und oberhalb desselben
ein Boden für etliche 100 Fuder Heu;
gleich darnach ist ein Stadel für viele
100 Mandel Getreide und für den Hafer.
Ein Schweinstall, auf demselben ein
Hühner- und Taubenkobel, mit einem
Ofen, dass man im Winter einheizen
kann; endlich eine geräumige Schupfe
zur Wage, zu den Fässern und dergleichen, darüber ein sauberer Kasten
auf 30 Muth Getreide; der ganze Meierhof ist mit einer Mauer umfangen, die
zwei Thore hat und ist auch eine Stiege

1685.

legen, innen gleichwohl mit schlechten
und wenigen Zimmern, aber mit starken
Mauern umfangen und mit einem von
Stein erbauten Thurme versehen.

Meierhof.

Derselbe ist zunächst unter dem
Schlosse, neu erbaut, mit Zugehör,
Stadl und Stallungen und anderen Ge-
mächern.

Behauster Pfennig-Dienst.

Dieser, ebenfalls kaiserliche Lehen,
macht 8 fl. 4 Schill. Pfg.

**Ueberländ- und Burgrechts-
Dienst.**

Wird von den Unterthanen gedient
mit 9 fl. 15 Pfg.

Hennendienst.

Werden in allem 146 Hennen gedient.

Schifer, Freiherrn zu Freiling auf Daxberg, Oberst und General-
Oberst-Lieutenant im Erzherzogthum Oesterreich ob der Enns hervor-

1625.	1685.
vorhanden, durch welche man in das Schloss kommen kann.	

Aecker.

Alle die Aecker, so derzeit zum
Schlosse **Buchberg** und den Höfen
zu **Nondorf**, **Neukirchberg** und
Plank gehören, werden meistentheils
vom Haus gebaut, die übrigen den
Unterthanen verpachtet und sind zusammen 320 Joch, große Maß, die theilweise zehentfrei und meistens Weizen-
äcker sind, gelegen fast im besten
Boden des Landes, im **Puchenreich**
(Peucheneich [?]).

Hofäcker.

Diese liegen in drei Feldern zunächst aneinander, so die Hofbreiten
genannt wird mit 32 Jochen, beim alten
Kalkofen 1, auf dem **Panekhet** 4
und auf der **Scheiben** beim Schloss
4 Joche, also zusammen 41 Joche.
Ferner zu **Obern Planekh** 20 der
Feste eigenthümliche Joch Aecker zu
Neudorf (Nondorf [?]) 86 Joche, ebenfalls zu **Neudorf** (Nondorf [?]) 6 Joch
Aecker, welche aber durch den Garser
Teich ausgetränkt und nicht mehr genossen werden.

Wiesen.

Solche hat die Herrschaft in allem
169 Tagwerke, so theils Grummet-
wiesen, theils zweimähdig sind.

Wiesmahd.

Vermög Mathschers Verzeichnis hat
Buchberg 48 Tagwerke Wiesen.

Fischwasser.

Die Herrschaft hat das Fischwasser
im großen Kamp, der gleich unter dem
Schlosse vorbeifließt, von dem öden
Kloster **St. Margareten**, allda bei
etlichen Erlenbäumen das Gemark anfängt bis unter die **Aumühle**, ist ein
sehr fischreiches Wasser, so auch
manchmal in Bestand gelassen und
bis auf 40 fl. gebracht wurde. Item
oberhalb **Tauttendorf** zwischen der
Herrschaft und dem **Gföllerwald**
ein Bächerl voll Grundl und Krebsen,
so beide Herrschaften miteinander zu
fischen haben. Item zu **Oberplank**
eine Teichstätte und andere Gelegen-
heiten zu fischen.

Fischwasser.

Zur Feste **Buchberg** gehören drei
Oertl Fischwasser auf dem Kamp, so
anfangen bei St. **Margaret** Gemark
und weiter hinab unter die **Auwehre**
bei einem öden Thurm an des von
Aschbach Fischwasser, da hat der Inhaber von **Buchberg** das Recht, beide
Gstetten zu fischen.

Taferne, Schmiede und Ross-
stall.

Gleich außer dem Meierhof ist ein
Haus mit einer Taferne mit Stube,
Kammer, Vorhaus, Küche und Keller

Kirchenlehen.

Im Schlosse ist ein altes Kirchl, genannt zum heiligen Kreuz, und das
Kirchenlehen zu **Rattingsdorf**; nachdem aber das hierzu gehörige Ein-

gehen dürfte. Benedict Schifer hatte von den Landständen von Oberösterreich ein Guthaben von 6000 fl., Pfandgeld und Bau-

1625.

auf drei Faß Wein, zwei Ställe auf 24 Roß für fremde Leute und eine Schmiede, über diesen einen Kasten auf 50 Muth Getreide, welcher aber vor Jahren abgebrannt und nicht aufgebaut wurde.

Holzstadel.

Etliche Klafter von der Taferne ist ein Holzstadel, darin der Vorrath vom ausgehackten Brücken-, Zimmer- und Bauholz, Läden, Latten und dergleichen aufbewahrt wird.

Ziegel- und Kalkofen.

Ober diesem Stadel, in einer Lehmgstette, ist eine Ziegelhütte und der Ofen mit zwei Röhren zum Brande für 2000 Ziegel. Weiter gegen dem kleinen Dörfel ist ein kleiner Kalkofen mit zwei Röhren auf acht Klafter Steine, item dem Kamp entlang ist ein großer Kalkofen mit zwei Röhren auf 24 Klafter Steine, welche man nicht weit unten brechen thut.

Lust-, Küchen-, Baum-, Kraut-, Safran-, Hopfen- und Weingarten.

Gleich vor dem Schloß liegen folgende Gärten, und zwar ein Lustgarten von vielen Stucken mit einem Lichtzaun umfangen, mit seltsamen, vornehmen Blumen, auch Küchengewächsen sammt einer Helaschule, einer gemauerten Feigenstube und mit schönen, tragfähigen Obstbäumen; ferner ist darin ein schönes Gartenhaus mit zwei Stuben und drei Kammern, eine Küche und einem Keller. An diesem Garten stoßt eine Wiese, gleich einer Insel rings vom Kamp umflossen, mit vielen Obstbäumen, bei sechs Tagwerke groß. Jenseits des Kamp ist eine Au, bisher Ochsenwelde genannt, mit selbst ge-

1655.

kommen zu anderen Bedürfnissen der Feste Buchberg verwendet wird, so wird dieses nicht bekannt gegeben: Einkommen nur um des Berichtes wegen angeführt.

Garten.

Gleich unter dem Schlosse ist der Garten mit einem Zaun umfangen, ungefähr acht Tagwerke groß.

Auslagen, wie es genannt wird, und wovon man ihm noch einen Rest
von 893 fl. 2 Schill. 25 Pfg. schuldete; er wendete sich in dieser

1625.   **1685.**

eigenen, abgebeizten Wildlingen, mit
zwei mit einem Zaun verwehrten Kraut-
gärten, bei sechs Tagwerke groß. Ober
der vorher erwähnten Taferne, auf
der Scheiben genannt, liegen vier
Tagwerke, darin ein Safrangarten, mit
besten Weinstöcken und ziemlich viel
weißen und rothen Orangen, Pfirsichen
u. s. w. Zwischen der Schmiede und dem
Holzstadel ist ein kleiner Weingarten,
der früher einem Wirt oder Leutgeber
zu seiner Zubuße gelassen worden ist.
Hinter dem Dörfel zu Buchberg ist ein
Baumgarten, der Bräugarten genannt,
bei 1½ Tagwerk, darin ein kleines Ein-
satzel und hinter dem Brauhaus ist ein
ziemlicher Hopfengarten.

Schäferei.

Jenseits des Kamp auf dem Berg, das
Pänckhl genannt, liegt die Schäferei,
mit einem Stalle für 1000 Schafe, dem
entsprechenden Heuboden, einer Wohnung für den Schäfer; vor derselben ein
Brunnen, zunächst daran ein gemauerter
Stadel mit seinem »Amb Kamerl«, darin
die Weizenfechsung wegen des Futter-
stroches eingelagert wird. In dieser
Schäferei ist nicht bloß ein großer
Platz für die Schafe und ein Leck-
grander, sondern auch ein Kraut- und
Rübenfleck für den Schäfer.

Weingärten.

Gehören zu der Herrschaft 21 Viertel,
als zu Schönberg 17 Viertel und zu
Zöhing 4 Viertel, welche an verschiedenen Orten dienstbar sind.

Bauweingarten.

Drei Achtel zu Stifflern, genannt
der Kützer, 6 Viertel im Schiltinger
Gebirg, der Auflang genannt, 2 Viertel
im Obern Pländkher, genannt der
Scharf, zusammen 9½ Viertel. Vorhanden war auch ein Weingarten, genannt das halb Bau im obern Plan-
kher Gebirg, mit 2 Viertel, welcher
aber als Oeder einem Unterthan zum
Bau gegen jährlich von einem Metzen
Weizen hintangegeben wurde.

Angelegenheit mit einem schon de dato Buchberg, 18. Jänner 1627, an den damaligen Verwalter der Landeseinnahmen in Linz, Wolf

---

1625.

Weinzehent und Bergrechts-Wein.

Zu Obernplank hat die Herrschaft auf 34 Viertel Weingärten neben dem Dienst das Bergrecht von jedem Viertel Weingarten ein Viertel Most, jährlich zusammen 9½ Eimer. Der Zehent zu Obernplank, wie auch zu Fernitz und Schönberg macht in mittleren Jahren 10 Eimer, zusammen dann 19½ Eimer.

Getreidezehent.

Solchen hat die Herrschaft an verschiedenen Orten, der jährlich in mittleren Jahren in schweren Getreide 8 Muth und im geringen 7 Muth erträgt.

Gehölze.

Die Herrschaft hat einen ansehnlichen Waldbesitz, einmal den Gföllerwald, der an die Herrschaft Gars grenzt, darin treffliches Bauholz von Eichen, Tannen und Ferchen nicht allein zur Hausnothdurft, sondern auch zum Verkaufe. So hat sie auch zu Leobersdorf, auch zu Nondorf, so aber mit Gars streitig, zu Fernitz und Neukirchberg feine Maiße und Hölzer, welche Waldung nach der alten Unterthanen Ueberschlag auf 10.000 Joche sich belaufen sollen. Ein gewisses Ausmaßergebnis konnte nicht angesetzt werden, da man sich nur an die Marken und Raine, wie von altersher gekommen ist, gehalten hat. In allen diesen Wäldern und Gehölzen hat die Herrschaft, wie auch auf allen Gründen, so im Burgfried liegen, das Reisgejaidt und den Wildbann auf Roth- und Schwarzwildbret.

1668.

Weinzehent und Bergrecht.

Zu Oberplank erträgt derselbe ungefähr 10 Eimer, darunter 6 Eimer und 6 Achtering, welche kaiserliche Lehen sind. Das Bergrecht erträgt daselbst 6 Eimer und 6 Achtering.

Getreidezehent.

Am Mühlholz, auf der Kampleiten und dem Holzacker, auch auf dem alten Hof erträgt derselbe an Korn 4 Muth und an Hafer ebensoviel.

Folgt nun der freieigenthümliche Besitz.

Wälder und Gehölze.

Zur Feste Buchberg gehören nach dem Urbar und der jetzt geschehenen Bereitung 29 verschiedene Wälder und Leitenholze, darunter mancher Bestand mit Bau- und Zimmerholz. Da diese Wälder aus Mangel an Zeit nicht angemessen, noch von den Förstern und anderen alten Unterthanen hierüber nicht genaue Erkundigungen eingesogen werden konnte, so konnte ein Ausmaß nach Jochen nicht angegeben werden.

Pfennigdienst.

Die zur Feste Buchberg gehörigen Unterthanen dienen jährlich 45 fl. 3 Schill 18 Pfg.

Ueberländ- und Burgrechtsdienst.

Der bringt in allem 5 fl. 1 Schill. 25 Pfg.

Wetzlmayr mit Namen, gerichteten Schreiben, der auch seine Bereitwilligkeit zur Begleichung dieses restlichen Guthabens insoferne zeigte,

1625.

1685.

Vogthafer.

Die von Rattingstorf dienen jährlich an Vogthafer 12 Metzen, bringt
18 Metzen Wiener Maß.

Unterthanen.

Die Herrschaft hat in unterschied-
lichen Dörfern, von welchen vier ganz
mit dem Burgfrieden und sonstigen
Jurisdiction, mit Ausnahme des Landes-
gerichtes, dazu gehören, 92 gestiftete
und ungestiftete Holden, darunter zwei
ansehnliche Mühlen, von welchen die
Aumühle für die Robot allein 1000 fl.
bei der Herrschaft ohne Interesse
liegen hat.

Meierhof zu Nondorf und Neu-
kirchberg.

In Nondorf ist ein Meierhof mit
Ställen, Stadeln, allda man 30 Rinder
und 150 Schafe halten kann, dazu gehören schöne Aecker und Wiesen,
welche aber schon angeführt wurden.
Zu Neukirchberg ist ebenfalls ein
Meierhof oder Schäferei mit einer ganz
neuerbauten Presse, wo die Weine von
Schönberg und Zöbing gepresst
werden. Auch in diesem Meierhofe
können des guten Auftriebes wegen
30 Rinder und 200 Schafe füglich gehalten werden.

Dorfobrigkeit.

Obwohl das Schloss das Landgericht
nicht hat, sondern die dazu gehörigen
Unterthanen mit 109 behausten Häusern
und Feuerstätten dem Landgerichte der
Herrschaft Gars unterworfen sind, so
gehört selbe doch mit aller anderen
Obrigkeit, dem Grundbuchsgefälle und
dem An- und Abfahrtsgefälle der Herrschaft Buchberg.

Hennendienst.

Hennen werden in allem jährlich
146 gedient.

Krautzehent.

Derselbe erträgt jährlich zu Rattingstorf, Tautendorf und Purgstall
ungefähr 3 Fährtl Kraut.

Getreidezehent.

Zu Tautendorf trägt derselbe
ungefähr 10 Metzen Korn und 8 Metzen
Hafer; zu Rattingstorf Weizen 3 Muth
und 21 Metzen, Korn 1½ Muth, Hafer
4½ Muth; zu Purgstall Korn 1½ Muth
und Hafer 1½ Muth, macht zusammen
in Wiener Maß 3 Muth und 22 Metzen
Weizen, 3 Muth 15 Metzen Korn und
6 Muth 12 Metzen Hafer.

Robot.

Zur Feste Buchberg gehören 109 behauste Güter, darunter zwei Mühlen,
von welchen eine durch das ganze Jahr
das Malter zur Hausnothdurft unentgeltlich zu mahlen hat, dann Höfe 6.
ganze Lehen 21, Halblehen 12, Viertel-
lehen 13 und 55 Hofstättler, welche die

dass Benedict Schifer, wenn auch nicht alles auf einmal, so doch einen guten Theil erhalten werde, was aber nicht geschah, da unterm 12. März 1627 die Verordneten ihm zuschrieben, er solle sich wegen Begleichung seiner Forderungen an Herrn Siegmund Engel von Wagrain, Lixelberg u. s. w. in Wien wenden; unterm 4. Juni 1627 ersuchte Schifer abermals den Einnehmer Wolf Wetzlmayr um Bezahlung. Es scheint, dass Schifer sich schon früher persönlich habe nach Wien begeben wollen, um der Sache mehr Nachdruck zu geben, da die Verordneten ihm mit Zuschrift vom 1. März 1627[1]) zu erkennen gaben, dass er seine vorhabende Reise nach Wien einstellen solle, da sie ihm dazu auch keinen Urlaub geben würden. Inwieweit Schifer diese Angelegenheit zum Austrage gebracht haben wird, darüber können wir nicht Aufschluss geben. Benedict erfreute sich nicht lange des Besitzes von Buchberg, denn er starb schon am 14. April 1628 auf diesem seinem Schlosse und mit ihm am selben Tage sein Sohn gleichen Namens Benedict. [2])

1636.	1685.
	Robot zu leisten haben, die denselben nach Gelegenheit und Landesbrauch in Geld veranschlagt wird.

Als nächster Besitzer von Buchberg ist bekannt Karl Haekelberg von Höhenberg und Landau, Herr der Herrschaft Groß-Perchtolz, Reichenau, Cronegg und Schiltern, welcher Buchberg 1686 oder 1687 käuflich an sich brachte. 1687, 28. Mai, bittet Haekelberg das Passauer Consistorium (da er unlängst die Herrschaft Buchberg gekauft habe), dass in der Schlosskapelle zu Buchberg, die ein mit einem Gitter verwahrtes Sacrarium und einen Taufstein besitzt, woraus zu schließen, dass daselbst einst katholischer Gottesdienst gehalten worden sei, wo aber, weil die Herrschaft mehr als hundert Jahre Besitzer Augsburgischer Confession hatte, lange kein katholischer Gottesdienst gehalten wurde, nun wieder ein solcher gehalten werden dürfe. Ein Bericht vom 6. August 1687 besagt, dass unter der Schlosskapelle eine Gruft ist, worin verschiedene Körper von Nichtkatholischen ruhen und dass diese Gruft noch im Jahre 1687 vermauert wurde. Wahrscheinlich liegen da Benedict Schifer, Ferdinand und andere Nachkömmlinge Benedicts.

[1]) Landesarchiv in Linz.

[2]) Leichenrede von Burkhard Baumgärtner, der als protestantischer Schlosskaplan auf Buchberg lebte und kurz vorher (1628) aus Oesterreich ausgewandert war und diese Leichenrede 1628 in Regensburg veröffentlichte. Der genaue Titel dieser Schrift ist folgender: Βιοθανατογραφια (Biodanatographia), d. i. Christliche Lebens und Todes Beschreibung derer weyl. wolgebornen Herren, Hn. Benedicten, von der Herren Schifern, Freyherren von und zu Freyling, auf Taxberg, Herren zu Puechberg etc. Vatern und Sohnes, welche beide eines Tages, als den 14. Aprilis An. 1628 daselbst zu Puechberg auf ihrem Schlosse sanfft und seelig in Christo entschlafen. Regensburg 1628 in 4°. Diesen richtigen Titel verdanke ich der gütigen Mittheilung des Herrn Dr. August

Benedict Schifer, der Begründer der niederösterreichischen Linie seines Geschlechtes, war das erstemal verehelicht mit Euphemia von Lamberg, einer Tochter des Freiherrn Heinrich von Lamberg, und dessen Gemahlin Justina, geborne Hager von Allentsteig, Witwe nach Helmhart Kirchberger von Vichofen und Seisenburg, welche ihm fünf Söhne und zwei Töchter zur Welt brachte. Die Tochter Marie Salome, geboren 1596, und Marie, geboren 1604, starben beide unverehelicht, ebenso auch die Söhne Georg Ehrenreich, geboren 1598, gestorben 1625, dann Georg Siegmund, geboren 1600, Siegmund Ludwig, geboren 1601, und Maxmilian, geboren 1602, der 1634 als Oberst-Wachtmeister vor Regensburg geblieben ist und endlich Ferdinand, geboren 1599, auf den wir weiter unten noch zurückkommen werden.

Benedicts erste Gemahlin, Euphemia von Lamberg, starb am 27. Jänner 1604, wie ihr Gemahl selbst in der Todesnachricht von seiner Frau und ihres am Vortage geborenen Kindes Marie, de dato Freiling, 8. Februar 1604, dem Wolf Ehrenreich Herleinsperger zu Hochhaus und Bruck an der Aschach anzeigt und ihn zu der am 5. März in Eferding stattfindenden Begräbnisfeier einladet.[1]) Deren Sarg in der Gruft der Spitalskirche hatte folgende Inschrift:

Hie ligt begraben die Edle Frau Euphemia Schiferin, gebohrne v. Lamberg 26t January in 1604 Jahre ihrer tragenden Frucht zu frühe erledigt und mit einer Tochter, nahmens Maria Erfreut worden und den 27 January hernach umb 10 uhr Vormittag, und die Tochter Maria in der zwölften Stund seelig verschieden seynd. Deren Gott gnädig und Barmherzig seye. Amen.[2])

Dem Freiherrn Benedict Schifer folgte nach seinem im Jahre 1628 eingetretenen Ableben im Besitze der Herrschaft Buchberg sein schon erwähnter Sohn Ferdinand aus der Ehe mit Euphemia von Lamberg. Dieser verehelichte sich in erster Ehe mit Salome von Sonderndorf, einer Tochter weiland des Paris von Sonderndorf, Freiherrn zu Kirchberg am Wald, Allentsteig und Jedenspeigen und

---

Hartmann, Custos an der königlichen Hof- und Staatsbibliothek in München. In der Hofbibliothek in München, sowie in der königlichen Kreisbibliothek in Regensburg fehlt aber diese Schrift, auch konnte ich durch den »General-Anzeiger« in Regensburg kein Exemplar erfragen. Aufmerksam gemacht auf diese Leichenrede wurde ich durch hochwürdigen Herrn Canonicus und Pfarrer in Gars, Hr. Franz Lux, der sie in dem dortigen pfarrlichen Gedenkbuche kurz citiert auffand.

[1]) Schifer-Schriften im Museum

[2]) Pfarrschriften.

dessen Gattin Marie, geborne Praun.[1] Von ihr erhielt er zwei Töchter, die eine Sophie Salome Eva, welche 1682 Weikard Achilles von Polheim ehelichte, wodurch Buchberg an deren Gemahl kam;[2] die andere Tochter, Regina mit Namen, dann zwei Söhne, Ferdinand Friedrich und Ferdinand Ernst, welche aber im ledigen Stande verstarben. In zweiter Ehe nahm er Katharina Veronika Steger von Ladendorf zur Gemahlin, welche ihm eine Tochter Sophie Salome (geboren zu Gars 13. November 1634) und (1643) einen Sohn, namens Christoph Adam, von dem aber nichts weiter bekannt ist.[3] Es bleibt immerhin zweifelhaft, ob Ferdinand Schifer schon der katholischen Religion angehörte, wiewohl im Jahre 1638 der Pfarrer Jakob Feinaigl von Gars an das passauische Consistorium berichtete, dass die Pfarre Gars circa 1800 Communicanten habe, alle katholisch seien, mit Ausnahme einiger weniger Unterthanen der Herrschaft Buchberg, welche jetzt im Besitze des Freiherrn Ferdinand Schifer ist.[4] Von seiner Gemahlin kann dies nicht angenommen werden, da sie im Jahre 1671 als unkatholisch angeführt wird.[5]

[1] Heiratsbrief de dato Schloss Kadau 1631, ausgestellt in Gegenwart des Bruders der Braut, Hans Friedrich von Sondernsdorf, Freiherr zu Kirchberg u. s. w., Majorats-Mundschenk. Neun Siegel, darunter das des Ferdinand Nös zu Kadau. Original Schifer-Schriften im Museum.

[2] Diese waren am 8. Juni 1659 mit Ferdinand Schifer Pathen bei der Taufe eines Kindes des Baron Helfried von und in Vöpping, dem damaligen Besitzer des Gutes Gars in Niederösterreich.

[3] Hoheneck II. 444 und Schifer-Schriften.

[4] Gedenkbuch der Pfarre Gars. Nach der Taufmatrike dieser Pfarre erscheint Ferdinand theils allein, theils mit seiner Gemahlin als Taufpathe. Bei der Taufe seiner Tochter Sophie Salome waren N. Steger von Ladendorf mit seiner Gattin Pathen. — 1633, 2. December, erscheint Ferdinand als Pathe bei dem Kinde eines Inwohners in Rohenburg. — 1656, 2. December, ist er Taufpathe eines Kindes des kaiserlichen Rathes Veit Martin Zeipel von Adelsperg etc. neben Marie Gräfin von Traun und Marie Salome Freiin von Aldersperg-Schifer, vielleicht eine Schwester des Ferdinand Schifer, welche 1596 geboren wurde. — 1659, 8. Mai, finden wir ihn als Pathen mit Weikard Achilles Freiherrn von Polheim und Eva, domicella Schifer, bei der Taufe des damaligen Besitzers des Gutes Gars, namens Sebastian Helfried von und zu Wopping. — 1666, 26. August, erscheinen Ferdinand und seine Gemahlin als Pathen bei dem Kinde Ferdinand Adam, eines Fouriers des Heisterischen Regimentes.

[5] 1671, 26. Juni, bittet Ernst Albrecht von Oppel, Besitzer von Gars, das Consistorium, den Pfarrer Johann Sebastian Ernst von Gars zu beauftragen, dass er seinen Unterthan und Richter zu Katzendorf, Martin Schmecker, vernehme, welcher der einzige Zeuge in einer Gerichtsklage der Freiherrin Katharina Veronika Schifer gegen den Unterthan Oppel zu Nondorf ist, da Pfarrer Ernst die Vernehmung ohne Consistorial-Auftrag verweigerte, welche Weigerung dieser

13

Ferdinand Schifer von Huchberg war als Neffe des im Jahre 1632 verstorbenen Dietmar Schifer, der auch Erbstifter des Spitales gewesen, Erbe desselben mit Oberst Alexander Schifer, einem Sohne des Erblassers, und seinen vier Brüdern, die aber nicht genannt werden und mit Hans Adam Jagenreiter, einem Sohne des Wolf Christoph Jagenreiter zu Pernau, der mit Sophie Freiin Schifer, einer Schwester des Erblassers, vermählt war; mit Jagenreiter erbte auch dessen Frau und Fräulein Schwester. [¹] Ferdinand Schifer starb im Jahre 1667 oder 1668,[²] denn unterm 2. Jänner 1667 erscheinen

in seiner Eingabe vom 31. Juli 1671 an das Consistorium damit rechtfertigte, dass Schmecker der Schwager des Geklagten, daher ein verdächtiger Zeuge sei, dass die Frau Schifer ihn in Verdacht habe, er (Pfarrer) sei mit Oppel einverstanden; dass er das Vertrauen dieser Frau, die noch unkatholisch ist, nicht verlieren wolle, weil er Hoffnung habe, sie zur katholischen Kirche zurückzubringen. Gedenkbuch von Gars.

[¹] Nach Theil-Libell de dato Plankenstein 8. Mai 1643 über den Nachlass des Dietmar Schifer bestand derselbe im Schätzungswerte in 273.189 fl. 49 kr. Der Kaufschilling von Daxberg per 30.000 fl. musste nach testamentarischer Bestimmung unter dem Schifer'schen Mannesstamm vertheilt werden. Nach vorausgegangenem gütlichen Uebereinkommen erhielten Ferdinand Schifer und Alexander mit seinen Brüdern je ein Drittel, Jagenreiter mit Frau und Schwester nur den vierten Theil. Nach Abzug der Passiven und Unkosten fielen von dem Gesammtnachlasse auf Ferdinand und Alexander und seine Brüder je 35.609 fl. 26 kr., auf Jagenreiter mit dem vierten Theil 23.739 fl. 37 kr. Bei Vertheilung des Schatzgeldes erhielt Jagenreiter von dem Geld und den Thalern und den Schaupfennigen den vierten, die anderen zwei Erben je den dritten Theil. Von dem verschiedenen Schmucke erhielt Jagenreiter wieder durch das Los den vierten Theil, darunter geschmelzte, steinerne Ketten, Kleinode mit Diamanten besetzt, goldene Ketten, Armbänder, Perlenketten, eine genuesische (?) Hutschnur mit einem Diamantenbeschläge, Ringe mit Diamanten, Zahlperlen, geschmelzte Gürtel, spanische Kettel etc. Bei der Theilung des Silbergeschmeide, der übrigen Fahrnisse, als: Bettgewand, Leinwand etc., erhielt Jagenreiter wieder nur den vierten Theil, die anderen zwei Erben die Hälfte. Plankenstein ist ein Pfarrdorf bei Melk in Niederösterreich. Eine alte Bergfeste, auf einem bewaldeten Berge, war damals Eigenthum des Gotthard Grafen von Tattenbach, dessen Tochter Eva Katharina der Erbe Oberst Alexander Schifer zur Frau hatte. Im obigen Theil-Libelle kommen auch Auslagen vor, welche Graf Tattenbach für den Sohn des Oberst Alexander, namens Dietmar, der als Oberst-Wachtmeister in Baden gestorben ist, hatte; nämlich die Auslagen, als Dietmar in Frankreich gewesen, sowie auch die Auslagen von den drei Jahren, in welchen er sich in Plankenstein aufgehalten und einen eigenen Praeceptor und Diener hatte, welche Auslagen nun von dem Erbtheil in Abrechnung gebracht wurden. Schifer-Schriften im Museum.

[²] Aus seinem Leben können wir noch nachtragen, dass er an die Verlassenschaft des im Jahre 1647 verstorbenen Pfarrers von Gars Jakob Feinaigl eine Forderung von einem Muth Hafer anmeldete, wogegen die Erben eine Forderung von zwei Muth und 24 Metzen Kalk machten. Gedenkbuch der Pfarre Gars.

Ferdinand Schifer und seine Gemahlin Katharina Veronika als Tauf-
pathen des Kindes Anna Marie, einer Tochter des Georg Ernst von
Peham (Beheim, Behamb) und dessen Gattin Anna Marie, Besitzer des
adeligen Gutes Aumühle in der nächsten Nähe von Buchberg; bei
einer anderen Tochter aber dieser Eheleute erscheint nur mehr als
Pathin am 12. October 1668 Katharina Veronika Baronin Schifer,
Witwe. Sehr wahrscheinlich wird Buchberg im Besitze auf die Witwe
übergangen sein, da von ihrem Sohn Christoph Adam, geboren 1643,
nichts verlautet und die genannte Witwe, wie wir schon früher vernommen, im Jahre 1671 in einer Unterthans-Angelegenheit als handelnd angeführt wird.

Wir kommen nun wieder zurück auf die zweite Eheschließung
des Freiherrn Benedict Schifer und auf die aus ihr hervorgegangene
Nachkommenschaft. In zweiter Ehe nahm er, wie aus seiner Einladung
de dato Freiling an Wolf Ehrenreich Herleinsperger, als künftigen
Heiratsbeistand, zu dem am 5. Juni 1605 nach Steyregg anberaumten
Versprechen hervorgeht, Anna Marie, die Tochter des Wolfgang
Jörger zu Tollet, Herrn zu Köppach und Erlach, Ober-Erbland-
Hofmeister in Oesterreich etc, und dessen schon verstorbenen Ge-
mahlin Barbara Elise von Ditrichstein. [1] Ihrer Ehe entsprossten zwölf
Kinder, und zwar Wolfgang Karl, geboren 1607, Wolf Dietrich starb
an Blattern 1609, Anna Elise, geboren 1608, war an Christoph
Heinrich von Tattenbach verehelicht und starb 1670, Anna
Margareta, geboren 1612, Anna Regina, geboren 1613, Ester Susanna
geboren 1621, dann Anna Christina und Eva Rosina, Zwillinge, geboren 1625, welche unverehelicht oder in ihrer Kindheit starben. [2]

Ein anderer Sohn war Wolf Helmhart Schifer, geboren
1610; dieser nahm zur Gemahlin Polixena von Sonderndorf,
des Paris Sonderndorf und Frauen Marie, geborne Praun; im Jahre
1664 erscheint er als niederösterreichischer Landstand, er starb im
Jahre 1678 kinderlos. [3] Ein Sohn hieß Benedict, welcher aber, wie
wir schon hörten, 1628 mit seinem Vater Benedict an einem und
demselben Tage verstarb. Der fünfte Sohn war Karl Schifer,
geboren 1617, dieser verehelichte sich mit Marie Isolda von Spornberg, einer Tochter des Georg von Spornberg, auf Waffenbrunn, [4]
Thorstein und Fischbach selig und seiner Gemahlin Barbara von
Schönstein; die Trauung fand am 1. September 1641 im »rothen

---

[1] Schifer-Schriften im Museum.
[2] Hoheneck II. 346 und Schifer-Schriften im Museum.
[3] Hoheneck II. 347 und Schifer-Schriften im Museum.
[4] Ein katholisches Kirchdorf in Bayern (Oberpfalz) mit einem Schlosse.

Halm« zu Regensburg durch den evangelischen Prediger Gruber statt, in welcher Stadt Karl Schifer ein »Bestand-Logement« innehatte. Von seinen eilf Kindern wurden die ersten sechs auch in Regensburg, die übrigen aber auf seinem Schlosse zu Albershof geboren, die er auch in seinem genealogischen Werke[1]) in folgender Reihe anführt: Elise Susanna, geboren 12. Juli 1642, die dann des Freiherrn Otto Siegmund von Hohenfeld Gemahlin wurde; Christoph Adam, geboren 19. Juli 1643, als Pathin bei diesem Kinde ist Anna Elise, Gräfin von Tattenbach, eine geborne Schifer, verzeichnet; dieser Christoph Adam verehelichte sich mit Marie Francisca, Gräfin von Sprinzenstein, deren Ehe blieb kinderlos; Christian Ludwig, geboren 24. September 1644, starb als Fähnrich zu Philippsburg; Anna Regina, geboren 23. Jänner 1646, bei Verzeichnung dieses Kindes machte der Vater, der ein übereifriger Protestant gewesen sein musste, den Segensspruch über dasselbe: dass es der reinen evangelischen Lehre treu bleibe und es bewahre, dass es nicht durch die papistische, antichristliche, pharisäische, scheinheilige Lehre und andere dergleichen verfluchte Secten und Ketzereien verführt werde. Weiter führen von den Kindern an: Marie Salome, geboren 5. Juni 1647, welche in erster Ehe Rudolf von Trautenberg und nach dessen Ableben Johann Lubienecky von Lubience, einen Polen, zum Gemahl hatte; dann Hans Friedrich, geboren 29. October 1648, welcher in Regensburg starb. Christoph Alexander, der schon auf dem Schlosse zu Albershof 19. August 1650 geboren wurde und der als kaiserlicher Hauptmann zu Hermannstadt in Siebenbürgen am 14. März 1689 starb; ferner Hans Friedrich, geboren 16. März 1652, welcher schon bald darauf am 25. März starb und zu Ensfelden in der Kirche beigesetzt wurde. Rudolf Wilhelm, geboren 19. Juli 1652, und Christian Friedrich, geboren 5. Mai 1654, starben auch in ihrer Jugend; endlich Regina Magdalena, geboren 6. Juni 1656, welche Gemahlin des Andreas Straub gewesen.

Wir kommen nun zu dem letzten und jüngsten Sohn aus zweiter Ehe des zu Buchberg im Jahre 1628 verstorbenen Freiherrn Benedict

[1]) »Von vornehmen adeligen Geschlechtern« von Karl Schifer, Freiherr von und zu Freiling, aus meist süddeutschen gedruckten und ungedruckten urkundlichen Quellen gesammelt, sieben Theile, jeder mit Register. Folio. Königliche Hof- und Staatsbibliothek in München. Manuscript Nr. 888 bis 894. Dieses Werk enthält auch viele Notizen über die Schifer und Sonderndorfer, aber nur zerstreut und ohne zusammenhängender Darstellung. Im Register über den siebenten Theil mit der Jahreszahl 1668 nennt sich der Verfasser Karl Schifer, Freiherr von Groß-Albershof (evangelisches Dorf in Bayern, Oberpfalz und Regensburg, Landgericht Sulzbach).

Schifer, mit Namen E r a s, geboren 1619, welcher sich 1651 mit
Marie Sophie, Tochter des ohne männlichen Nachkommen verstorbenen H ans Friedrich Freiherrn v o n S o n d e r n d o r f verehelichte.[1] Mit seinem Bruder Ferdinand, dem Besitzer von Buchberg,
erlangte er unterm 11. April 1659 die kaiserliche Bestätigung ihres
Freiherrnstandes, und Eras vom Kaiser Leopold I. de dato Wien
9. Februar 1668 die Bewilligung, zu seinem Wappen auch das
Sonderndorfer'sche aufzunehmen, oder diese Vereinigung zu unterlassen.[2] Nach vorliegenden Einberufungs-Schreiben von den Jahren
1664 und 1673 war er Mitglied der niederösterreichischen Landstände.[3] Um das Jahr 1651 gelangte Eras Schifer in den Besitz der
Herrschaft P a a s d o r f (Pfarre gleichen Namens im V. U. M. B.) mit
der nach ihm benannten herrschaftlichen Schifer-Mühle und den dazu
gehörigen Grundstücken und den sogenannten Schmidlin'schen Unterthanen. 1635 kam Paasdorf durch Kauf von Amand Freiherrn von
Gera an Georg Wolf, Freiherrn von Pötting, von diesem an Elise
Constatia, Gräfin von Appersdorf, welche diese Herrschaft 1651 an
Eras Baron Schifer verkaufte. Im Jahre 1692 waren Siegmund und
Christoph Ernst, Söhne des vorigen, Besitzer, 1706 Siegmund allein,
der Paasdorf im Jahre 1707 an Josef Joachim Alexander von Schmidlin
verkaufte.[4] Das übrige Paasdorf war immer Vicedomisch. Vorzeiten
hat es den mächtigen Herren von Eitzing gehört und nachdem diese
sich wider den Landesfürsten empört hatten, ist Paasdorf eingezogen
und Vicedomisch geworden.[5] Nach einem Original-Taufbuch-Extract
des Paasdorfer'schen Gotteshauses sind drei Kinder des Eras Schifer
dort geboren, und zwar Anna Marie am 24. October 1657, Sidonie
am 4. Mai 1660 und Sigismund am 14. Juli 1663, von dem noch
weiter unten die Rede sein wird.[6] Von den übrigen Kindern können
wir anführen: Benedict Friedrich, geboren 1. Mai 1652, der als kaiserlicher und landschaftlicher Viertelshauptmann von Unterösterreich im
Jahre 1688 gestorben ist, dann Ferdinand, der am 6. December 1653

---

[1] Nach Heiratsabrede de dato Mittergrabern, circa 1651, waren unter den
sechs Unterfertigern und Sieglern derselben auch Eras, Ferdinand und Wolf
Helmhart Schifer. Schifer-Schriften im Museum.

[2] Starkenfels 334.

[3] Ein Ernst Schifer von Frelling und Daxberg kommt in den Jahren 1674
und 1679 als niederösterreichischer Landstand vor, dessen Abstammung kann
aber nicht angegeben werden.

[4] Darstellung des Erzherzogthumes Oesterreich ob der Enns. 5 B. 60 S.

[5] Gedenkbuch der Pfarre Paasdorf.

[6] Schifer-Schriften im Museum. Das Taufbuch der Pfarre Paasdorf be-
ginnt erst mit dem Jahre 1677.

geboren wurde und als kaiserlicher Fähnrich zu Lauterburg am Rhein starb, ferner Hans Adam, geboren 24. Juni 1655, welcher im Jahre 1685 zu Karpen in Ungarn als kaiserlicher Lieutenant gestorben; Wolf Ludwig, geboren am 25. August 1656, gestorben am 6. Juni 1659, und Wolf Eras, geboren 21. Juni 1659, der auch, wie sein vorher genannter Bruder, in der Jugend gestorben ist. Ferner war auch ein Sohn des Eras Schifer, Max Albrecht mit Namen, geboren am 13. October 1661, welcher als aggregierter kaiserlicher Hauptmann des Mannsfeld'schen Regimentes bei Erstürmung von Ofen geblieben ist, und dann noch Christoph Ernst, geboren im Jahre 1667 und gestorben im Jahre 1708 am 4. Jänner. Eras Schifer war gleich anderen seines Geschlechtes, wie Hans von Irnharting 1577, Dietmar 1670, Georg Ehrenreich 1621, Johann und Siegmund, beide 1641, zur Fortbildung nach Padua, Siena oder Bologna gegangen, und wurde nach den Studenten-Annalen im Juni und Juli des Jahres als Rath in die Vertretung der deutschen Nationsverbindung gewählt. (Verein für Landeskunde von Niederösterreich. XIX. 37, 54).

Nun kommen wir wieder auf den in Paasdorf geborenen Sohn, Sigismund mit Namen, der den Titel führte: Freiherr von und zu Freiling auf Daxberg und Buchberg, und welcher im General Scherffenberg'schen Regimente die Eroberungen von Neuhäusl, Ofen und Belgrad mitgemacht hatte und vielfach verwundet worden war.[1] Siegmund erwarb im Jahre 1699 die Herrschaft Wolfsberg mit Angern (V. O. W. W.)[2] und hatte dort auch seinen Sitz auf-

[1] Starkenfels 314.

[2] Der Sitz oder das Schloss Wolfsberg, welches ein österreichisches Lehengut gewesen ist, wurde im Jahre 1445 von Johann von Venek an dessen Schwager Wulfing von Lichteneck um eine gewisse Summe auf Leibgeding mit der ausdrücklichen Bedingnis verkauft, dass diese Besitzung nach dessen (Wulfings) Tode nicht auf seine, sondern des Verkäufers Johann von Veneks Erben zurückfallen solle. Von einem solchen Erben scheint Wolfsberg an das Benedictiner-Stift Göttweig gekommen zu sein, weil im Jahre 1489 der Abt Mathias von Göttweig es dem edlen Georg Geyer, Bruder des Johann Geyer, damals kaiserlicher Rentmeister in Oesterreich, mit allen zugehörigen Grundstücken und Rechten, die Zehente ausgenommen, um 666 Pfd. 5 Schill. 10 Pfg. abgetreten hat. Wegen 200 dem Stifte bar dargeliehenen Pfunden Geldes erhielt er noch 1490 die Nachsicht, Zehente auf solange zu geben, bis die Schuld getahlt sein wird. In der Folge bekam Geyer vom Kaiser Maximilian die Freiheit, über Wolfsberg das Lehen zu nehmen, welche Befreiung aber hernach unter Kaiser Ferdinand gerichtlich bestätiget werden musste. *Diarium Gottwicense* pag. 43.

Wolfsberg mit Angern gehört gegenwärtig in die Pfarre Brunnkirchen, von welchem Orte es zwei Kilometer östlich gelegen ist. Wolfsberg präsentiert sich sichtbar weithin als ein prächtiges Schloss, flankiert mit Thürmen, und

geschlagen. Er vermählte sich am 17. October 1694 mit Marie
Susanne, Gräfin von Herberstein, welche als Katholikin geboren war.
Siegmund selbst blieb Protestant, so auch seine Brüder.[1]) Vom Kaiser
Josef I. erlangte er de dato Wien 10. December 1708 die weitere
Erlaubnis, neben dem Wappen und Kleinod der Freiherren von
Sonderndorf auch die Namen »Freiherr Schifer und von
Sonderndorf«[2]) zu führen; seine Mutter war nämlich, wie wir

wurde in seiner gegenwärtigen Gestalt von dem letzten Besitzer, Ritter von
Dranche, umgebaut. In letzterer Zeit wechselten die Besitzer sehr schnell und
seit dem Eingehen des Kohlenbergwerkes in Thallern und Angern 1889, dessen
Besitzer die Herren von Wolfsberg waren, steht das Schloss größtentheils leer
und sind nur einige Zinsparteien in demselben. Die letzteren zwei Besitzer
haben aus dem Schlosse ein Gasthaus gemacht; doch Wolfsberg mit Angern,
obwohl an der Donau gelegen, einerseits von der Dampfschiffahrts-Station in
Hollenburg, anderseits von der Eisenbahn-Station Furth—Palt soweit entfernt,
ist nun verödet und leer. — Diese Notizen verdanke ich der gütigen Mittheilung
und Vermittlung des Herrn Pfarrers Lambert Karner in Brunnkirchen.

[1]) In einem Schreiben de dato Wolfsberg 6. Jänner 1708 benachrichtete
Sigismund einen Freiherrn N., seinen Vetter, dass sein Bruder (der Name ist
nicht angeführt) am 4. Jänner um 6 Uhr früh gestorben sei; dass er sich vom
Consistorium erbitten wolle, dass sein Bruder in der Kirche zu Mautern
begraben werden dürfe, dass ihm aber diese Bitte abgeschlagen worden sei;
dass er ferner nochmals zum dortigen Pfarrer geschickt habe, ob er ihm nicht
in dem dortigen Freithof einen Platz zum Begräbnis für seinen Bruder anweisen
lassen wolle, aber auch dies sei nicht gestattet worden und so wurde über Antrag
des nicht genannten Freiherrn der Leichnam nach Mitlengrabern (Pfarrort im
V. O. W. W.) gebracht. (Pfarrschriften.)

[2]) Landesarchiv in Linz. Die Sonderndorfer, ursprünglich ein aus
Bayern stammendes Adelsgeschlecht, welches sich unter Kaiser Ferdinand I.
(1519—1564) aus Bayern nach Oesterreich unter Erhaltung des freiherrlichen
Charakters begab und die Herrschaft Pernau ob der Enns erhielt (Neues
allgemeines deutsches Adels-Lexikon von Kneschke. Leipzig 1868.) — Die
Sonderndorfer haben aber Bernau, ein Schloss in der Pfarre Fischlham, unweit
der Traun, nie aber Pernau bei Wels besessen, sondern ein Hans Siegmund
Jagenreuther, welcher 1566 als Mitglied des oberennsischen Ritterstandes
vorkommt und der, wie auch einige seiner Vorfahren, Besitzer dieses Pernau
war, hatte Rosina von Sonderndorf zur Gemahlin, welche auch zu Pernau am
8. September 1578 verstarb und mehrere Söhne hinterließ. Freiherr Karl Schifer
bringt in seinen Aufzeichnungen (1668) über die Sonderndorfer, mit welchen er
in verwandschaftlicher Beziehung stand, mehrfache Notizen, die wir im Nachstehenden bringen wollen. Die Sonderndorfer, sagt er, sind ein sehr altes, vor-
nehmes Geschlecht, aus Schwaben stammend. Einer von denselben war in
der großen Schlacht am Frioler Forst. Die abweichende Benennung dieses
Geschlechtes nach der vulgären Aussprache: Sonnerndorf, Sommerstorf, Sonder-
dorf ist für Sonderndorf zu verstehen. Oswald von Sonderndorf, der Reiche,
hatte (Jahr 1102) drei Söhne, Friedrich, Ulrich und Konrad. Da sie sich
aber nicht vergleichen konnten, haben die besseren zwei nach gerichtlicher

schon erwähnt haben, eine Tochter des Freiherrn Hans Friedrich
von Sonderndorf, Freiherr auf Kirchberg am Wald, Allentsteig,

Entscheidung und Abtheilung ihrer Güter jeder einen besonderen Schild zu
führen angefangen, haben wohl ihr Begräbnis im Kloster zu Nieder-Altaich,
aber jede Linie eine besondere Stelle im Kreuzgange dieses Klosters gehabt.
Ulrich führte einen Vogel mit flammender Zunge im Schilde. Sein Stammsitz
war nicht weit von Deggendorf (Niederbayern); seine Nachkommen haben
sich nämlich in den Feklaßgen gut verhalten, unter welchen Hugo der Sonderndorfer im Jahre 1224 sieben Fähnlein, anstatt seines Obristen viele Jahre lang
befehligt und viel Denkwürdiges ausgerichtet hat. Konrad führte sechs Wecken
nach der Quere vertieft im Wappen, auf dem Helm Flügel; er erbaute sich
einen eigenen Stammsitz nicht weit von Seckendorf an der Donau, welcher,
wiewohl er ganz verwüstet ist, dennoch den Namen des Sonderndorfer bisher
(1668) behalten hat. Friedrich war vermählt mit Therese Brandt; er hatte
den adeligen Sitz Sonderndorf, so ein feines, wiewohl etwas kleines Dorf bei
Zorngelting (Zornetting, Pfarrdorf in Oberbayern, Landgericht Ebersberg)
inne. Friedrich hatte sieben Kinder: Hans, Anna, Wolf, Martin, Margaret,
Rosina und Sebastian. Rosina, die Schöne, wurde Gemahlin des Niklas Thurn
zu Altmühring, Margaret ehelichte den Gunzenkhofer, dessen Wappen ein
schwarzer Widder ist. Wolf und Martin starben in der Jugend. Sebastian bekam
Mechtild von Schwabach zur Frau und mit ihr den schönen Sitz Ybm. (Jbm,
Ortschaft im Gerichtsbezirke Wildshut, Pfarre Eggelsberg, in Oberösterreich.)[*]
— Agnes von Sonderndorf heiratet den edlen Ritter Ulrich von Lonstorf, einen
Vetter des heiligen Bischofes Otto zu Passau (1254—1265) aus dem gleich-
namigen Adelsgeschlechte der Lonstorfer. Ulrich von Lonstorf liegt im Dome
zu Passau begraben und hat auf sein Haus zu Zierberg zum Seelenheile seiner
Gemahlin, die ihm sehr lieb war, 500 Pfund Pfennig vermacht und verordnete
zugleich 800 Pfund Wiener Pfennig zum ewigen Lichte nach ihrer beider
Absterben (Jahr 1352). — Heinrich Sonderndorfer wird noch viel edler
angezogen in dem Compromissbriefe zwischen den Herzogen Ludwig und
Heinrich von Bayern anno 1266. — Max Sonderndorfer fertigte als Zeuge den
Stiftbrief des Klosters Fürstenfeld (Jahr 1262). — Leonhard Sonderndorfer
ehelichte Lucia von Scherenberg und erlangte mit ihr die schöne Herrschaft
Ainzing und Mösing (1283). — Abt zu Kempten war anno 1303 Wilhelm von
Sonderndorf. — 1320 unterschreibt Hans Sonderndorf, der andere, das
bayerische Bündnis, er war sehr angenehm dem Fürsten von Wittelsbach; zur
Gemahlin nahm er Katharina, Tochter des Christoph von Khüenberg. — 1326
Gotthard von Sonderndorf. — Wilhelm, des Hansen Sohn, wohnte die
meiste Zeit zu München wegen seines ›Landgeschäftes‹, denn er war sehr ge-

*) Vor 400 Jahren wurde das Schloss Ybm von den damaligen Besitzern, den
Sonnendorfern (Sonderndorfern), im Gebäude verschönert oder vielmehr ganz neu auf-
gebaut; in der Schlosskapelle ist ein von Wallfahrern besuchtes Muttergottesbild. In der
Pfarrkirche zu Eggelsberg ist der Grabstein des Hans von Sonderndorf, 1507 Ritter und
Besitzer von Jbm, welcher nach Gilge der letzte Sonderndorfer gewesen sein soll. Im
Jahre 1610 erkaufte Graf Wolf Christoph Teufkirchen von Jakob Thurn auf Au Schloss
und Hofmark Jbm, sowie dieser es von Wolf Hector Jagenreiter zu Bernau an sich gebracht hatte. Gilge II. 13, Pillwein, Innkreis, 447 und 448, Starkenfels 448. Heute sieht
man auf dem Bergkegel, wo einst das Schloss Jbm thronte, nur einige wenige Mauer-
überreste.

Reinspach, Niederspaigern und Mittergrabern. Siegmund stand in einem besonderen freundschaftlichen Verhältnisse und Verkehre mit

lehrt. dieser erhelt im Jahre 1346 seinen einfachen Schild mit einer gevierten Abtheilung, weiß und roth, mit einem Helm mit Hörnern, daran Pfauenfedern sind. — Hilbrand »als Hans« von Sonderndorf war Pfleger zu Hegenberg im Jahre 1374; Hans des Herzog Albrecht Futtermeister und hernach Pfleger zu Reichenhall; dieser bekam vom Abten Maurus zu Tegernsee das Schenkenrecht zu Lehen. — Sieghart von Sonderndorf freiete Dorothe Eislinger, erbt das Gütl Keyling und kauft Affing — Ortlieb Sonderndorf, seine Gemahlin war Elise Gruber, er erzeugt mit ihr zwei Söhne, Bernhard und Albrecht mit Namen. — 1411 hatte Philipp von Sonderndorf »ein Recht« mit Stephan Altenhunger, dabei viel vom Adel am Hof interessiert waren; Caspar Hohenkirchner war sein Schwager. — 1415 wurde Dorothe von Leupersdorf, Gemahlin des Urban von Sonderndorf, welcher das Gut Anding an sich brachte; seine Schwester Marie ehelichte Otto von Maxelrain. Diese haben eine Stiftung im Algäu wegen ihres Vetters Siegmund, weiland Ministerial und Canonicus zu Salzburg, gemacht, nach welcher man ihnen von dem Kloster Beyburg die Unterhaltung für zwei Herren, für drei Diener, fünf Pferde und sieben Windhunde auf Lebenlang schuldig war. — Werner von Sonderndorf war Pfleger. — Des Doctor Stephan Sonderndorfer zu Ainzing Gemahlin war Barbara, des Barthel Schrenk (von Notzing) Tochter, von welcher er zwei Söhne, Wolf und Stephan, bekam. Dieser verursachte viel in der Fremde, ward *Doctor juris* zu Padua, und nach seiner Heimkunft von dort Kanzler des Pfalzgrafen Philipp, Bischofes zu Freising (1519). — Wolf von Sonderndorf, Pfleger zu Friedburg und Hofrath 1526, Gemahlin Ursula Alhorffkin (Alhartspek). — Rudiger, an des Herzogs Wilhelm Hof erzogen, ward Pfleger zu Ried, seine Gemahlin war Adelgund, des Herrn von Trenbach Tochter, deren Kinder: Hans und Polixena (?), letztere Gemahlin des Hans Siegmund Jagenreiter, nach dessen Tod ehelichte sie als Witwe den Vizthum zu Neuenmarkt, einen aus dem Geschlechte Wildenstein. — Hans Gilg Sonderndorfer war Pfleger zu Haiß, dessen Tochter Anna Marie ehelichte Julius von Freiberg. — Friedrich III. von Sonderndorf ererbte fast alles und gerieth nach dem Tode seiner Geschwister und Anverwandten in eine solche Glückseligkeit, dass er keinem Grafen zu weichen gesonnen war. Er hatte sechs Kinder: Eva ehelichte den Franz von Wolkenstein, Karl starb frühzeitig, Walburg gieng in ein Kloster, Veronika bekam zum Gemahl Martin Schlickenhauser, Forstmeister und Rath zu Burghausen, Christoph und Hans blieben lange Zeit unbeweibt. Seine Mutter Magdalena verkaufte ihr freies Eigen Menzing (Dorf in Oberbayern. Landgericht München bei Auhing an der Würm) sammt dem Dorfgericht, Kasten, Vogtei, Fischerei, Holz und allem sonstigen Zugehör dem Abten von Wesenbrunn. — Von Ulrich Sonderndorfer, einem Sohne Oswald des Reichen [Jahr 1102], den wir vorne schon angeführt haben, sagt Freiherr Karl Schifer l. c., dass er in seinem Schilde einen Vogel mit feuriger Zunge [Drachen, feurige Flammen ausspeiend] hatte, dass dieses Wappen dermalen [1668 (?)] die Sonderndorfer von Menzing führen.] Es ist auch zu merken, führt Karl Schifer fort, dass die Riederer zu Immendorf (Dorf in Oberbayern, Landgericht Rain bei Pöttmes), ob nun mit ihrem Consens, oder durch Heirat oder Begantnis, was ungewiss ist, ein fast gleiches Wappen führen. — Christoph, der Edle, ehelichte Regina, des Pflegers Porcifall zu Rastatt Tochter, der hatte große

202

dem Abten (damals Gottfried Beßel) und den Conventualen des
Benedictiner-Stiftes Göttweih, nahm auch an ihren Jagden theil

_____

last zum kaiserlichen Hofstall, dahin er auch berufen wurde und mit den
Seinigen dahinzog, doch nahm sich Aegid aller liegenden Güter an. — Dies
sind die Notizen, welche Freiherr Karl Schifer l. c. in seinem vierten Bande,
Seite 901, u. s. f., über die Sonderndorfer hinterlegte, er entnahm selbe »bei
Herrn Jagenreiter«. — Nun wollen wir auch noch vernehmen, was in dem
Werke: »Abgestorbene bayerische Adelsgeschlechter« von G. Seyler, Nürnberg
1884, IV. Band, 181. Seite, über die Sonderndorfer gesagt wird L i e b h a r t
vor 1326. H a n s wird 1319 auf Alxterben der Eglinger mit dem Erbschenken-
Amte des Stiftes Tegernsee beliehen. S t e p h a n , Domherr zu Freising, † 1328.
H a n s G i l g zu Ybm verkauft 1328 der Gräfin Kunigunde von Hag eine Grund-
rente. C h r i s t o p h wird 1538 als Aeltester des Geschlechtes mit dem Erb-
schenken-Amte von Tegernsee belehnt. J o h a n n A e g i d , † 1621 als Letzter
des Geschlechtes. Wappen: zwei goldene Lilienstäbe, schräg gekreuzt in
Blau; Helm mit zwei Büffelhörner, außen mit kurzen Lilienstäben besetzt.
Decken blau mit Gold. Vermehrtes Wappen: ein und vier Stammwappen,
zwei und drei Silber und roth, dreimal schräg getheilt, zwei Helme: t. zum
Stammwappen, 2. zwei Büffelhörner, außen mit rothen Federn bestecht, Helm-
decke blau und goldern, roth und silbern. -   Paris von Sonderndorf erwarb
die Herrschaft Allentsteig (Stadt mit Schloss, V. O. M. B., bei Zwettl), denn
de dato Allentsteig 15. Juli 1588 quittiert Siegmund Hager zu Allentsteig,
Hauptmann einer Fahne Arkebusir-Reiter im oberen Kreise von Ungarn, dem
Paris von Sonderndorf zu Kirchberg am Wald, Pellendorf etc. über die zwei
Theile der Herrschaft Allentsteig und die vom Kaufschilling bis obigen Tag ent-
fallenden Interessen. (Original Spitalarchiv Eferding.) — Nach Diplom de dato
16. August 1612 wurde den Brüdern Paris und Hector von Sonderndorf der
Freiherrnstand verliehen (Starkenfels 331). — Von dem Freiherrn Hans Friedrich
Herrn von Allentsteig und Niederbrucken(?) existiert ein Lehenbrief de dato
St. Veit 20. März 1625, ausgestellt von Siegmund Hager zu Allentsteig, auf Sanct
Veit etc., gewesener Kriegsoberst, derzeit der Aeltere, anstatt seiner Vettern
Heinrich und Adam Hager, um die heimgefallenen Zehente zu R a i n s p a c h auf
sieben Lehen, zwei Hofstätten, großen und kleinen Zehente zu Feld und Dorf,
welche von den Hagern zu Lehen rühren (Original Spitalarchiv Eferding). Hans
Friedrich musste nicht in guten Vermögensverhältnissen gestanden sein, denn
in einem an ihn de dato Wien 23. August 1625 von der Witwe Elise von Puchelm
(Petschaft hatte das Sonderndorf'sche Wappen) gerichteten Schreiben, wo er
Herr auf Allentsteig, Jedenspeigen und Seiner Majestät Truchsess genannt wird,
fordern selbe die Bezahlung der ihr schuldigen 1000 fl. sammt Interessen; dieses
Geld solle er bei Beisser erlegen und nicht länger schuldig bleiben. So auch
ist ein Schuldschein vorhanden ohne genauer Angabe des Datums, welchen er
als Freiherr zu Kirchberg am Walde, Herr auf Allentsteig, Niltergrabern,
Reinspach und Jedenspeigen und Seiner Majestät Mundschenk ausstellte, lautend
auf seine Ehegemahlin Eva Regina, geborne Nutz, und zwar: 1. Über 7500 fl.,
welche sie von ihrem Vater mit Cession eines Schuldscheines, der auf ihre
Mutter lautete, ihm, ihrem Gemahl zugebracht, dann 2. in Wertsachen, als:
Ketten, Silbergeschirr, Kleinoden und Frauenschmuck, so sie von ihrer Mutter
ererbt, über 2000 fl.; 3. in barem Gelde 3000 fl., zusammen also über 13.000 fl.

(1721), zur Annahme des katholischen Glaubens konnte er aber, da er schon in den Sechzigerjahren stand, nicht bewogen werden:

à 6 %, so wie ihm in äußerster Noth dargeliehen; in zwei Jahren rückzahlbar; Hypothek für diese Schuld sollte sein Gut Mittergrabern und die zu Hans Wilhelm Graf zu Hardegg haftenden Rechte sein (Pfarrschriften). Nach einem Paritionsbefehl vom Kaiser Ferdinand II. de dato 6. Mai 1634 an den Freiherrn Hans Friedrich von Sonderndorf, der damals die Herrschaft Sitzendorf besaß, wird derselbe verhalten, den von ihm verweigerten Zehent von Wein und Körnern aus dem Gebiete von Goggendorf an den Pfarrvicar von Sitzendorf abzuliefern. (Gedenkbuch der Pfarre Sitzendorf.) Eben daselbst steht, daß im Jahre 1665 zu Mittergrabern der Sohn des Freiherrn von Sonderndorf (des Hans Friederich [?]), welch letzterem auch Sitzendorf gehörte, im Duell erstochen und demselben wegen ausgesprochener Excommunication das kirchliche Begräbnis verweigert wurde. Im Jahre 1661 verkaufte Hans Friedrich an den Grafen Konrad Balthasar Starhemberg das Freihaus auf dem Minoriten-Platze in Wien, welches die Freiherren von Sonderndorf im Jahre 1609 von Hans Christoph Teufel, Freiherrn zu Gundersdorf, dieser aber im Jahre 1602 von Christina, Witwe nach Wilhelm von Losenstein, an sich brachte. (Schwerdling, Geschichte des Hauses Starhemberg, 230.) — Nach einem Erlass der niederösterreichischen Regierung de dato Wien 23. Februar 1672 geriethen die Erben, Frau und Fräulein weiland des Hans Friedrich, mit Christoph Gründl, regulierten Chorherrn von Baumburg (Pfarrort in Oberbayern, ehemaliges Augustiner-Kloster) und Pfarrvicar in Sitzendorf (Markt bei Horn, V. U. M. B.) in Process wegen eines von der Herrschaft verweigerten, zur Kapelle in Mittergrabern (Pfarrort V. U. M. B.) gehörigen Grundbüchels, welches unterdessen zu Regierungshanden hinterlegt wurde. Nach Bescheid der Statthalterei de dato Wien 31. Mai 1675 wurde dem vorgenannten Pfarrvicar schon am 21. Mai 1571 die zur Pfarre Sitzendorf gehörige Kapelle Mittergrabern durch Commissäre übergeben, ihm jedoch von den geklagten Erben die dazu gehörigen zwei Grundbüchel, sowie die zur Kapelle gehörigen Einkünfte vorenthalten, wodurch der Vicar außer Stand gesetzt war, die schon ganz ruinierte Kapelle zu reparieren, viel weniger darin Gottesdienst halten zu können. Die Erben wurden nun nach diesem Bescheide angewiesen, die zwei unwidersprechlich zur Kapelle Mittergrabern gehörigen Grundbüchel, sowie auch die dazu gehörigen drei grunduntenthänigen Häuser zu Eggendorf sammt den Zehenten dem Prälaten zu Baumburg, beziehungsweise seinem Stellvertreter, dem Vicar Gründl, zu übergeben, die der Kapelle bisher entgangenen Einkünfte zu ersetzen, sowie auch die durch den Process erwachsenen Unkosten zu leisten. Der Kläger aber wurde verhalten, den rechtlichen Besitz der drei unterthänigen Häuser und des Zehenten für die Kapelle nachzuweisen (Pfarrschriften).

Das Wappen der Sonderndorfer, welches bisher noch nicht beschrieben wurde und dessen Beschreibung selbst im Freiherrn-Diplome für die Sonderndorfer vom Jahre 1612 nicht enthalten ist (Starkenfels 141), schildert Freiherr Karl Schifer in seinem genealogischen Werke in folgender kurzer Weise: »Blaues Feld, darin zwei gelbe geschränkte königliche Scepter.« Starkenfels bringt in Tafel 87 seines Werkes inmitte zweier Wappen der Freiherren Schifer dieses Wappen, dessen Abbildung hier auch angebracht ist. Da die Schifer mit den Sonderndorfern versippt waren und Eras Schifer im Jahre 1668 vom Kaiser

in früheren Jahren hatte er wohl in Aussicht gestellt, katholisch zu werden, wenn ihm nicht dadurch die Aussicht auf die reiche Erb-

Leopold I. die Erlaubnis erhielt, zu seinem Wappen auch das Sonderndorfer'sche aufzunehmen, so wollen wir nun nebst dem einfachen Schifer'schen und Sonderndorfer'schen Wappen auch beide Wappen miteinander vereinigt in der Abbildung bringen.

Schifer.   **Schifer-Sonderndorf.**   **Sonderndorf.**

Die Schifer waren aber nicht allein mit den Sonderndorfern, sondern auch mit den Jagenreitern von Bernau und letztere auch wieder mit den Sonderndorfern versippt. Siegmund Jagenreiter zu Bernau tritt 1566 als Ritter auf. Die Jagenreiter finden wir in der zweiten Hälfte des 14. Jahrhundertes im Dienste der Grafen von Schaunberg und der Bischöfe von Passau. (Starkenfels 141.) Ihr Stammsitz dürfte in der Pfarre Hartkirchen (Oberösterreich) gewesen sein; da 1392 Graf Ulrich den Hof zu Jagenreith im Aschachwinkel zu Lehen gibt; Zeugen Hans und Stephan Oeder (Freiherr Karl Schifer l. c. IV. 731). Leider beschränkt sich diese Notiz nur auf diese wenigen Worte. In der Pfarre Hartkirchen, wo der erwähnte Hof liegen musste, finden wir zwar kein Gut mehr dieses Namens, was aber nicht befremden darf, da es ja keine Seltenheit ist, dass Namen von Bauernhöfen, ja selbst von adeligen Gütern, verschwinden. Für die Annahme, dass die Jagenreiter dem Aschachwinkel entstammen, spricht auch die Nähe des Schauplatzes ihrer Thätigkeit. 1371, 17. April, siegelt Hans Jagenreiter mit Tannquarz Häring einen Brief des Peter von Hatzing an das Domcapitel zu Passau wegen des Erbrechtes auf das Gut zu Hatzing (Pfarre St. Agatha) U.B. VIII. 522. — 1374, 12. Juli, ist Albrecht Jagenreiter mit dem Ritter Ulrich dem Harracher Siegler eines Pfandbriefes Konrad des Mautners über ein Haus in Aschach (an der Donau). l. c. VIII. 711.

In der zweiten Hälfte des 15. Jahrhunderts kam Siegmund der Aeltere in den Besitz von Bernau, einer Herrschaft mit einem Schlosse in einem Weier, nicht weit von der Traun, in der Pfarre Fischlham (Starkenfels l. c. hat fälschlich Bernau bei Wels, welches aber die Jagenreiter nie besessen haben), welche Herrschaft circa 1615 in den Besitz des Johann Baptist Spindler von Hofeck übergieng. Zur besseren Uebersicht betreffs der Versippung der angeführten adeligen Geschlechter der Schifer, Sonderndorfer und Jagenreiter geben wir vorerst den Stammbaum der letzteren;

schaft der Herrschaft Mittergrabern von seinen ihm blutsverwandten,
schon ältlichen Frauen und Hausgenossen, den damaligen Besitzern

Siegmund Jagenreiter der Aeltere zu Bernau.
uz. N.

Siegmund, Landrath und Landesanwalt
1525 . 1527
ux. Margaret Ehrer zu Ehderling.

Wolf zu Bernau.
uz. Sablon Schöffer.

Hans Siegmund, Ritter 1566 zu Bernau
uz. Rosina von Sonderndorf, ducta 1562, † 8. Sept. 1578

Wolf Christoph zu Bernau   Wolf Hector   Mehrere
ux. Sophie Schifer ducta 1599,   verkaufte Ihm.   Kinder.
Tochter des Georg Siegm. Schifer uz. Hanna von
                                  Hohenfeld.

Marie Elise   Hans Adam 1643,
ux. des Friedrich   uz. Margaret von Schrottenbach.
von Saltzurg.

Sophie.   Adam Ehrenreich   2 Töchter.
             c. 1725 noch am
             Leben, dürfte
der letzte seines Geschlechtes gewesen sein.

Starkenfels l. c. 140, 141. Hoheneck II. 442, 474. *Buccilini Germania Germaniae* III. 327.

* * *

Bevor wir zu dem Stammbaum der Sonderndorfer kommen, wollen wir
vorerst noch erwähnen, dass das oben angebrachte, vereinigte Schifer-Sonderndorfer'sche Wappen einem Wappenbilde, auf Holz gemalt, welches einst zur
Verzierung eines, aber nicht mehr vorhandenen Aufsatzes für einen größeren
Stehkasten gedient haben mochte, entnommen ist und dass dieses Wappen
sich nun in einem der Gänge des Schifer'schen Erhaltungsgebäudes befindet.

genannter Herrschaft, benommen worden wäre, die ihn dann von der Erbschaft ausgeschlossen haben würden.[1])

Nun bringen wir auch nebenan den Stammbaum der Sonderndorfer:

Johann von Sonderndorf 1510.

Stephan

ux. Barbara Schreckl von Wenzing (Noreing).

Stephan, Der. jur. und Kanzler des Bischofes Philipp zu Freising 1510.

Wolfgang, Pfleger zu Friedberg und Hofrath 1531.

ux. Ursula Albuzzspek.

Johann.

Johann Argel.

Wolf Christoph † 155— ux. Radegund von Trenbach.

Christoph in Kirchberg am Wald. ux. Katharina, Gräfin von Schernberg.

Barbara ux. der Achaz Inderstet.

Rosina von Sonderndorf ux. des Hans Siegmund Jugerelter, Bürer 1546 dacta 1562, † 1558 zu Bernau.

Pauli Freiherr in Allentsteig un. 1. Fils Siegerin 1549, 1632 von Ladesdorf ux. Barbara Prann.

Hector 1612. 2. Benigna von Fegendorf.

Sabina † heilig.

Sabina ux. der Achaz Indersct.

Hannibal ux. Marie von Sitzenzufeld.

Anna Katharina ux. des Lukas Hiesbers von Frohenheim.

Sophie ux. des Lukas Hector.

Johann Hector.

Polixenia m. des Wolf Helmhart Schiler.

Johann Friedrich 1618, 1625, 1661 ux. Eva Regina Nax.

Marie ux. den Siegmund Steger von Ladesdorf.

Salome ux. des Ferdinand Schiler 1651.

Maria Sophie ux. des Hans Schiler dan. 1651.

Bocceri l. c. III. 215; Hohenreck II. 347 und Pfarrschriften.

[1]) 1713, 20. August: Elise, Frau von Gled, geborne Freiin von Sonderndorf in Mittergrabern, bekennt von ihrer Schwester Eva Katharina, Freiin in Mittergrabern 400 fl. empfangen zu haben (Pfarrschriften). Vielleicht waren diese, die von Siegmund gefürchteten Frauen. Siegmund Schifer war auch Besitzer der Herrschaft Fellabrunn (V. U. M. B.), denn im Jahre 1713 verkaufte er die eine Hälfte dieser Herrschaft an Karl Friedrich Grafen von Schönborn-Puchaim, Bischof von Bamberg. Topographie von Niederösterreich III. 84

Siegmund starb plötzlich am Schlagfluss in Wolfsberg am 28. October 1729. Seine Leiche wurde zur Nachtszeit vom Schlosse Wolfsberg ohne aller Ceremonie und Begleitung nach Furth überführt und dort auf dem alten Friedhof in einem Winkel beerdiget.[1] Seine Gemahlin, Freifrau Marie Susanne, starb schon vor ihm, und zwar am 23. December 1720 um 12 Uhr nachts im Schlosse Wolfsberg, zu deren feierlichem Begräbnis der Prior und Kämmerer des Stiftes Göttweig nach Wolfsberg sich begaben. Diese Frau, eine geborene Gräfin von Herberstein, hatte sich nach dem Ableben des Bischofes von Modrizza und Abtens zu Vertes, des Johann Friedrich Adolf Grafen von Herberstein, ihres Vetters, der ohne Hinterlassung eines Testamentes gestorben war, unterm 20. Juni 1719 als Erbin auch für die Herrschaft Eckartsau,[2] einem landesfürstlichen Lehen, erklärt und unterm 20. November 1720 um die Belehnung nachgesucht und ihren Gemahl Freiherrn Siegmund von Schifer und Sonderndorf als Lehensträger namhaft gemacht. Als Gegnerin in dieser Erbschafts-Angelegenheit hatte sie eine Gräfin von Sickingen, die in einem näheren Verwandtschaftsgrade zu dem verstorbenen Bischof stand. Den Ausgang des darüber entstandenen Processes dürfte Marie Susanne kaum erlebt haben, denn sie starb schon am 23. December 1720, da sie kaum um die Belehnung von Eckartsau nachgesucht hatte.[3] Mit dieser seiner Gemahlin erwarb Siegmund Schifer und Sonderndorf drei Kinder, und zwar einen Sohn, Johann Josef Julius mit Namen,

[1] *Diarium Gottwicense* II. 787.

[2] Die Herrschaft Eckartsau (bei Großenzersdorf, V. U. M. B.) bestand aus nachfolgenden Stücken, Gülten, Gütern und Zehenten, und zwar auf einem neugeschütteten Wört (der Werd, Insel, Halbinsel), genannt der junge Wagramber, den das Wasser einen Theil eingebrochen und ein trockenes Land auf seinen (des Wörts) Gründen, so zu den Dörfern Wagram und Gang gehören und in der Herrschaft Orth liegen. — Item das Gericht zu Eckartsau, zu Pframau und zu Gank mit Stock, Galgen und jedem Zugehör, als mit Bimarken umfangen sind. — Item zu Strauchendorf drei Pfund Wiener Pfennig Geldes auf Ueberländen und zwei Wörten, gelegen in der Donau zwischen dem Wasser; dann den ganzen großen Zehent zu Feld und zu Dorf daselbst zu Strauchendorf. — Item eine öde Dorfstatt in dem niederen Wört mit seinem Zugehör und ein Wört gegenüber dem obgenannten Wört, der vorzeiten eine Weide gewesen ist der armen Leute, so in dem inneren Wört vorzeiten gewesen waren; ferner alle Fischweide, die da um und um die genannten Wört und mitten in der Kaufahrt gelegen ist gegenüber von Wildungsmauer und Regelsbrunn. Item auf den oben beschriebenen Stücken allen Wildbann. Schifer-Schriften im Museum.

[3] Nach ihrem Testamente vom 10. October 1720, publiciert am 26. December desselben Jahres, bestimmte sie 500 fl. zu einer Wochenmesse am Johann von Nepomuk-Altare in der Pfarrkirche Mittergrabern. Stiftungs-Protokoll dieser Pfarre.

geboren 30. December 1695, dann eine Tochter, Anna Regina, geboren. 23. Februar 1699, und dann wiederum einen Sohn, Johann Karl, geboren 22. Februar 1702. Die Tochter Anna Regina, wurde dem kaiserlichen Obersten Franz Josef Freiherrn von Freiberg und Eisenberg angetraut. Deren jüngerer Bruder Johann Karl war zuerst als Officier in Neapel [1]) stationiert und ist mehrere Jahre, wie uns sein Grabstein sagt, im Militärstande gewesen; er brachte dann das Gut und Schloss Neudenburg am Kemelbach (Pfarre Neumarkt, V. O. W. W.) von Karl von Gabelkofen käuflich an sich, wurde 1730 katholisch und vermählte sich mit Marie Anna von Pfundenstein, welche ihm sechs Kinder gebar, und zwar Francisca, diese ließ sich 1780 mit Freiherrn von Gemmingen, Hagenschieß auf Mühlhausen und Heimsheim zu Gmünd (V. O. M. B.) trauen. [2]) Da diese Francisca Freiin von Gemmingen die Erbvogtei des Spitales in Eferding später übernahm, so wird noch weiter unten von ihr die Rede sein. Eine ihrer Schwestern hieß Josefa, welche im Jahre 1802 im ledigen Stande noch lebte, ferner Dorothe, diese war geboren zu St. Pölten 1741, trat

---

[1]) Es existiert von ihm noch ein Brief de dato Neapel 14. September 1722 (Hauptquartier) an seinen Vater Siegmund Schifer und Sonderndorf in Wolfsberg; dieser Brief gelangte erst am 24. November desselben Jahres in dessen Hände. Da in einem früheren Schreiben seines Vaters dieser sich verwundert, dass die geschickten 300 fl. so geschwinde aufgegangen sind, so entschuldiget sich nun der Sohn, dass er sich eine neue Montur habe machen lassen, da man in Neapel nicht so wie in Ungarn oder bei uns (Oesterreich) auf dem Lande dahergehen kann, man müsse sich bei der Generalität sehen lassen, und insbesondere sei der Commandierende, General Caraffa, sehr »punctual« auf die Officiere; anders will auch der Oberst, dass er die Gesellschaften frequentieren solle, um der italienischen Sprache mehr kundig zu werden; er sei, schreibt er, nicht vertheuerisch, er sei den ganzen Tag bei seinem Obersten im Hause und komme zum eigenen Commandierenden nur dann, wenn er die Wache habe. Was unsere »aggregierten« Officiere anbelangt, so sind noch alle dieselben, wie wir sie bekommen haben, es ist noch kein einziger »in der Wirklichkeit«; der Briefschreiber glaubt auch, dass er auf diese Art sein Lebtag nicht in die Wirklichkeit kommen werde. Es ist ein Elend mit uns, fährt er fort, es will gar kein Avancement absetzen und der Dienst ist stark genug und kosten um die Commando mehr, als sie uns eintragen. (Pfarrschriften.)

[2]) Besitzer der Herrschaft Gmünd war 1681 Wolf Ehrenreich von Geiersberg und Osterburg. Als sein Sohn Johann Albert Karl 1738 starb, behielt dessen Witwe Maria Theresia Gmünd bis zum Jahre 1764, in welchem Jahre sie es an Karl Josef Freiherrn von Gemmingen verkaufte. Dieser verkaufte seinen Besitz 1787 zu Gmünd an seinen Vetter Josef Freiherrn von Gemmingen, nach dessen Tod sein gleichnamiger Sohn Gmünd erbte. Rasch wechselten nun die Besitzer, bis es 1859 Erzherzog Siegmund käuflich erwarb, in dessen Besitz das Schloss noch heute ist. Topographie von Niederösterreich. III, 473.

daselbst in das Institut der Englischen Fräulein, in dem sie auch
wahrscheinlich schon erzogen wurde, empfieng im Jahre 1765 unter
der Obervorsteherin Katharina, Gräfin St. Julien, das geistliche Kleid,
legte im Jahre 1767 die Gelübde ab, wirkte als Lehrerin im Pensionate
und an der dortigen Tagschule und starb am 31. Jänner 1785 im
St. Pöltener Hause.[1] Eine andere Tochter des Johann Karl Schifer
war M. Anastasia Susanna Johanna Nep., welche 11. Juli 1732 in
St. Pölten gestorben, dann M. Francisca, gestorben ebendaselbst am
20. Juli 1736, und Marie Anna, Fräulein, die am 5. September 1763
gestorben; diese letzteren drei wurden in der Stiftskirchen-Gruft
zu Sanct Pölten beigesetzt.[2] Nach der Sterbematrike der Pfarre
Petzenkirchen (V. O. W. W. bei Kemmelbach) starb Johann Karl
Schifer und Sonderndorf am 15. August 1755 auf seinem Schlosse zu
Neudenburg;[3] seine Witwe, Marie Anna, war noch im Jahre 1760
im Besitze der Herrschaft, ihr folgte darin Wolf Augustin Engelbert
Graf von Auersperg.

Wir haben schon oben erwähmt, dass nach dem Absterben des
letzten Mannessprossen der oberösterreichischen Linie der Freiherren
Schifer, des Georg Siegmund, gewesenen Erbvogtes und Beneficiaten
an der Spitalskirche zu Eferding († 8. October 1738) die Erbvogtei

[1] Mittheilung der jetzigen Obervorsteherin dieses Institutes in St. Pölten,
der Frau M. Josefine Gräfin Castiglione von Gonzaga.

[2] Eine Francisca Freiin von Pfundenstein starb zwischen 1728 und 1749,
beigesetzt in der Gruft der PP. Franciscaner in St. Pölten. — Eine Freiin vom
selben Geschlechte fand (1740—1760) ihre Ruhestätte in der Stiftskirche zu
St. Pölten. Sterbematriken der Dompfarre in St. Pölten.

[3] In der Kirche des aufgehobenen Cistercienser-Stiftes Säusenstein
(V. O. W. W.) befand sich an der Ostseite des Schiffes ein mit einem Wappen
geziertes Denkmal des Johann Karl, welcher Stein folgende Inschrift hatte:
Stehe still. Hier lieget begraben Johann Karl von Schyfer und Sunderndorf,
Freyherr und Herr der Herrschaft Kemmelbach, welcher 1702 zu Wolfsberg
ohnweit Göttweich gebohren, und zwar Lutherischer Religion dessen Herr Vatter
Sigismund v. Schyfer und Sunderndorf Freyherr Susanna Gräfin
von Herberstein als Frau Mutter doch katholischer Religion 1730 Ware das
gnaden Jahr in welchem Alhier Liegender armer synder der sich selbst also in
Leben genennet die Heyl: Röm: kath: Religion angenohmen. Nochmals in
Eurer Röm: Kays: Maj: Kriegsdiensten als Fenderich von Fyxelierhaubtmann
III; dan unter dem Löbl: ogilvischen Infant: Reg: Als Granadier haubtmann
IV Jahr gestanden 1750 den VII Marty ist selber in die Landschaft N: Ö: als
erwehlter Aussschus eingetreten. Nach Empfang der H. H. Sacramenten gott-
seel: im Herrn untschlaffen den 14. Augusti 1755. — Nun Rueffet Er lasse mein
geschrey zu Dier kommen beschenke meine arme Seel mit Einen andechtigen
Vatter unsser und Englischen Grus Amen. Beitrag des Vereines für Landeskunde, 11. Jahrgang, S. 89.

auf die niederösterreichische Linie dieses Geschlechtes übergieng.
Wir haben den Stammvater dieser letzteren Linie, den Freiherrn
Benedict Schifer, Besitzer von Wolfsberg, mit seiner Abstammung
möglichst weitläufig eingeführt und kommen nun zu dem Nachfolger
des Georg Siegmund Schifer in der Erbvogtei des Spitales, und
zwar auf den

Erbvogt Josef Julius Freiherrn Schifer
und Sonderndorf

1738—1760.

Als dem ältesten Sohn des Siegmund Schifer, er ward geboren
am 30. December 1695, gebürte ihm von seinem Bruder Johann
Karl die Nachfolge in der Erbvogtei des Spitales. Josef Julius hatte
am 31. December 1730, an einem Sonntage, in der Krypta der
Stiftskirche zu Göttweig bei dem feierlichen Gottesdienste und im
Beisein seines Schwagers von Hollenburg, dem Hauptmanne Josef
Stiller von Rosenegg, und seiner (des Schifer) Gemahlin Adelheid,
einer gebornen von Rosenegg, das katholische Glaubensbekenntnis
in die Hände des damaligen Abten Gottfried von Göttweig abgelegt.[1]
Josef Julius ererbte von seinem Vater die Herrschaft Wolfsberg am
Anger, verkaufte dieselbe aber im April oder Mai des Jahres 1734
an den Grafen Königsacker um den Preis von 43.000 fl.[2] Bald
darnach, 26. August 1734, suchten die Gebrüder Josef Julius und
Johann Karl um die Introducierung in den Herrenstand an, was ihnen
auch gewährt wurde. Von der sonstigen Thätigkeit des Josef Julius
als Erbvogt des Spitales haben wir eine Spitalordnung ohne Jahreszahl, welche er als Herr der Herrschaft Mittergrabern, wohin er
sich nun gezogen hat, als ältester Erbstifter und kaiserlicher Rath
erlassen hatte.[3] Diese Spitalordnung enthält insbesondere Vorschriften

[1] *Diarium Gottweicense.* II. 806. — Dasselbe Diarium erzählt auch, dass
Josef Julius am 11. December 1730 einer Eberjagd in Schenkenbrunn bei
Langegg, V. O. W. W., beiwohnte, welche der Abt von Göttweig veranstaltete.
Es sollten da eilf Eber, mit großen und kostbaren Netzen, eingefangen werden,
bevor selbe in die Brunft getreten sein wollen.

[2] Am 30. Mai desselben Jahres verabschiedete er sich nämlich in Begleitung seiner Gemahlin in Meidling bei Göttweig bei dem Abten Gottfried,
nachdem er früher schon die Herrschaft Wolfsberg dem Käufer übergeben hatte.
l. c. III, 327. — Schon vorher, am 30. März 1734, hatte das Stift Göttweig mit
der Herrschaft Wolfsberg eine Vermarkung bei einer Anschütt der Donau zwischen
Thallern und Angern vorgenommen. l. c. III. 309.

[3] Original Spitalarchiv. Mittergrabern (V. U. M. B.), Pfarrdorf bei Holla-
brunn mit Schloss. 1564 führte Hans Wilhelm von Roggendorf daselbst die

für das religiös-sittliche Verhalten der Spitäler und auch für deren Verwendung zu kleinen Dienstleistungen. Wir bringen sie nachstehend im Auszuge: 1. Sollen die Aufnahme Suchenden katholischer Religion und ehrsamen Lebenswandels sein. — 2. Sollen sie täglich für die lebenden und abgestorbenen Stifter beten und auch um Abwendung aller Gefahren und Schäden für das Spital. — 3. Sie sollen täglich bei der Messe erscheinen, in den ihnen angewiesenen Kirchenstühlen Platz nehmen; wer von ihnen ohne gegründete Ursache dies unterlasse, solle zum erstenmale an diesem Tag die Kost verlieren, welche dann anderen Auswärtigen gegeben werden solle, bei dem zweitenmale solle er das Wochenbrot und die Kost verlieren, bei nicht erfolgter Besserung mit Arreststrafe und Entziehung der Kost und des Brotes gestraft werden Die wohl bei der Messe erscheinen, aber in den ihnen angewiesenen Stühlen sich nicht befinden, verlieren die Tageskost. — 4. Am Namen Jesu-Fest, am ersten Sonntage nach Ostern, am Dreieinigkeits-Sonntag und am Rosenkranz-Feste, haben die Spitäler dem Beneficiaten die Beicht abzulegen und die Communion zu empfangen; wer sich ohne Erlaubnis dem entzieht, soll mit Arrest und Kostentziehung an diesem Tage bestraft werden. — 5. Von Georgi bis Michaeli sollen sie das Früh- und Abendgebet in der Kirche, von Michaeli bis Georgi in ihrer Gemeinstube, ersteres im Sommer um 6 Uhr und im Winter um $^1/_2$7 Uhr und das Abendgebet um 3 Uhr auf den Knien verrichten; bei den Litaneien und Responsorien sollen sie laut mitbeten und so auch bei den fünf Vater unsern und Ave Maria. Wer ohne Erlaubnis oder hinreichenden Grund davon wegbleibt, dem wird für das erstemal die Kost, für das zweitemal der wöchentliche Laib Brot entzogen, beim drittenmal fällt er in eine Arreststrafe. Wer zu spät beim Gebete erscheint oder unter dem Beten schwätzt und andere dabei verhindert, soll das erste-, zweite- und drittemal mit

lutherische Lehre ein und berief Georg Thalhamer aus Mühldorf in Bayern als evangelischen Diacon nach Mittergrabern; nach diesem kann 1572 Michel Kott von Peuerbach in Oberösterreich, der acht Jahre lang evangelischer Prediger dort war. 1617 kaufte Paris von Sonderndorf diese Herrschaft von Hans Wilhelm Grafen von Hardegg; 1677 war Marie Sophie Freiin Schifer, eine geborne Freiin von Sonderndorf, sammt ihren Schwestern als Erben ihres Vaters Hans Friedrich von Sonderndorf im Besitze von Mittergrabern. 1722 erlangte Siegmund Freiherr von Schifer durch Erbschaft von Eva Katharina Freiin von Sonderndorf diese Herrschaft, welche dann an Josef Johann Julius Freiherrn von Schifer durch Uebergabe (?) von seinem Vater Siegmund gedieh. 1753 erlangte durch Kauf vom Vorigen Marie Elise Freiin von Ludwigsdorf dieselbe. Topographie von Niederösterreich III. 616, und Darstellung des Erzherzogthums ob der Enns II. 147.

14*

Kostentziehung, in weiteren Fällen mit Arrest gestraft werden. —
6. Sollen die Spitäler ein friedliches Leben führen, Zank und Streit
vermeiden, sonst erfolgt wieder Kostentziehung oder Arreststrafe. —
7. Soll niemand ohne Erlaubnis des Spitalsverwalters oder in dessen
Abwesenheit der Verwalterin aus dem Spitale gehen, viel weniger
aber vom Gebete oder über Nacht ausbleiben; wer das übertritt, dem
soll das erstemal die Kost und der Wochenlaib genommen, bei nicht
erfolgter Besserung soll er einige Zeit hindurch mit Arrest bei Wasser
und Brot bestraft werden. — 8. Es ist jedoch den Spitälern erlaubt,
manchmal in den Gasthäusern der Stadt, entweder allein oder mit
ehrlichen Leuten, einen Trunk zu thun, dabei aber des Volltrinkens,
des Zankes und Streites, des Scheltens und Fluchens sich zu enthalten und von Georgi bis Michaeli um neun Uhr abends, zu Winterszeit aber um fünf Uhr wieder zuhause zu sein, weil um diese Zeit das
Spital gesperrt wird; wer sich dem nicht fügt, hat Strafe zu erleiden.
— 9. Sollte sich keine Mannsperson unterfangen, in abgelegenen oder
verdächtigen Orten, oder in ihren Kammern mit einer Weibsperson
angetroffen zu werden, Dagegenhandelnde werden am Leibe bestraft
und so auch diejenigen, welche derlei Fälle nicht zur Anzeige bringen;
denn auch diese werden eine empfindliche Strafe erleiden müssen. —
10. Jede Person soll sich selbst das Bett machen und die Zimmer
säubern, es sei denn, dass Alter und Schwäche dies nicht zuließen,
da hat dann die eigens bestellte Krankenwärterin dies zu thun. —
11. Die Krankenwärterin soll tugendhaften Lebenswandels sein und
liebevollen Benehmens ihres Amtes walten; sie soll rechtzeitig den
Spitalspfarrer aufmerksam machen, dass die Kranken nicht ohne
Sacramente-Empfang sterben. — 12. Es soll niemand wegen Feuersgefahr mit brennendem Spane in den Zimmern, oder anderswo
umgehen, auch keine Glut in die Kammern mitnehmen, oder dort
Tabak rauchen. Welche aber Letzteres schon gewohnt sind, die sollen
in der Waschküche oder vor dem Hausthore, keinesfalls aber bei den
Ställen, Futterböden, Holzhütten oder unter den Dachböden rauchen.
Dawiderhandelnde werden scharf gestraft werden. — 13. Die Spitäler
sollen sich auch des Karten- und insbesondere des Würfelspielens
enthalten, weil dies für einen Spitäler, der Gott dienen und sein
Seelenheil bewahren soll, sich nicht schickt. Verwehrt aber ist ihnen
nicht zum Vergnügen ein ehrliches Spiel, um einen Trunk zu thun,
ohne dabei zu lärmen oder zu schreien; auch sollen sie keine weltlichen Gesänge singen, dafür aber mit geistlichen Liedern im Gemein-
zimmer oder in ihren Kammern oder bei ihrer Handarbeit sich erlustigen. Das Spielen um Geld soll nach Verhältnis des Spieleinsatzes

mit Geld bestraft und solches unter die Armen ausgetheilt werden.
Die aber liederliche Gesänge singen, müssen dafür eine ganze Stunde
hindurch auf den Knien vor dem Altarssacramente in der Kirche
Gebete verrichten. — 14. Wenn jemand bei der Aufnahme Geld mit
in das Spital bringt, der solle es ohne Vorwissen des Verwalters nicht
ausleihen, sondern demselben den Darleihenswerber namhaft machen,
welcher dann in Vormerkung gebracht werden wird. Die sich dem
nicht fügen, werden mit Entziehung der Kost oder des Wochenlaibes
gestraft. — 15. Nachdem das Spital für arme, alte Unterthanen oder
andere aus Gnade Aufgenommene gestiftet ist, so sollen die Spitäler
auch auf Ersparung und Aufnehmung des Spitales bedacht sein und
sich zu manchen Arbeiten, außer im Falle der Unmöglichkeit, gebrauchen lassen, zum Beispiel die Scheiter im Holzstadel richten, den
Spitzgarten heugen, bei Einbringung des schweren Getreides, auch beim
Zusammenheugen des Zehentes, des Linsgetreides, bei dem Pflanzen-
und Krautabwürmen, beim Ackern, Eggen, beim Küh- und Schweinehüten und beim Hüten der abgespenten Kälber, wo für Letzteres
zwei Laib Brot gereicht werden. Welche diese Arbeiten nicht verrichten können oder wollen, sollten einen Stellvertreter bringen, so
sie dies unterlassen, soll ihnen das Wochenbrot verkauft und der
Erlös zur Bezahlung des dann bestimmten Stellvertreters verwendet
werden. — 16. Schließlich wird den Spitälern bei Androhung von
Strafe eingeschärft, dem Verwalter und dessen Frau Ehrfurcht und
Gehorsam zu bezeigen. Im Falle sie sich aber beschwert fühlen,
sollen sie sich an den Erbstifter und Erbvogt schriftlich oder mündlich
wenden.

Nicht minder besorgt war aber Josef Julius Sehifer für das
materielle Wohl der Pfründner im Spitale. Es existiert aus der Zeit
seiner Vogtei ein Verzeichnis, eine Information für den Vogt- und
Pflegsbeamten, bestehend aus fünfzig Blättern auf Papier (Titelblatt
nicht mehr vorhanden) mit Aufschreibungen vom Jahre 1746 bis 1757
und auch 1760 über die Bewirtschaftung und das Erträgnis der
Spitalsgrundstücke, über die Robot der Unterthanen, über die verschiedenen Dienstleistungen der Unterthanen an Gänsen, Eiern,
Kälbern u. s. w.; auch enthält diese Information Vorschriften über die
Verpflegung, Kleidung und Bezüge, über die kleinen Dienstleistungen
der Pfründner und über die im Spitale befindlichen Dienstboten. Um
darüber einen Ueberblick zu gewähren, wollen wir diese Aufschreibungen in der Beilage Nr. II dem Leser vorführen. Die darin ausgesprochenen Vorschriften für die Bewirtschaftung und die Naturalverpflegung der Spitäler mögen maßgebend gewesen sein bis Mitte

der Achtzigerjahre des vorigen Jahrhundertes, wo durch Aufhebung
oder Ablösung der Robotleistungen und bis zum Jahre 1784, wo
durch die Malversationen des Pflegsbeamten das Erbstift großen
Schaden erlitt und kaum den erwähnten Vorschriften wird nachleben
haben können.

Wir wollen nun auch wieder von dem Beneficium an der Spitalskirche etwas vernehmen. Nach dem am 13. October 1738 erfolgten
Ableben des Beneficiaten, des Freiherrn Georg Siegmund Schifer,
trat dieses Beneficium mit 18. Jänner 1739 F r a n z J o s e f T r a u n-
s t e i n e r an, nachdem er von Josef Julius Schifer präsentiert und
diese Präsentation unterm 20. November 1738 vom bischöflichen
Ordinariate Passau angenommen wurde. Traunsteiner war in Steyr
geboren und wurde im Jahre 1743, nachdem er 4 1/2 Jahre Beneficiat
war, Pfarrer in Rottenbach (Oberösterreich). Er war stets befließen,
seine Rechte zu behaupten und hatte Streitigkeiten mit dem damaligen
Stadtpfarrer Meinrad Nigsch von Eferding. Noch vom Jahre 1761 hat
sich ein Brief von ihm an seinen Nachfolger am Spitals-Beneficium
erhalten wegen den an Sonn- und Feiertagen in der Spitalskirche
vor dem Ordinari-Gottesdienst in der Stadtpfarrkirche abzuhaltenden
Messen, was ein öfterer Zankapfel zwischen dem Stadtpfarrer und dem
Spitals-Beneficiaten gewesen sein mag. Von Traunsteiner existiert
noch in der Hof- und Staatsbibliothek in München eine Eingabe an
die oberösterreichischen Landstände mit einer Anleitung (Formulare),
wie über ein adeliges Gut der Anschlag zu machen sei. Es ist ein
umfangreiches Manuscript, aber nur zum Schluss von Traunsteiners
Hand geschrieben und enthält auch nach dem Giltbuche vom Jahre 1653
das Unterthanen-Erträgnis der ehemaligen Beneficien St. Margaret und
St. Magdalena an der Spitalskirche, welche wir an der betreffenden
Stelle einfügen werden. Ihm folgte T i m o t h e u s W e r l o s c h n i g g
v o n B e r e n b e r g, Sohn des Reichsritters Johann Werloschnigg von
Berenberg, der Medicin Doctor, des Erzherzogthums Oesterreich ob
der Enns Senior und Stadtphysicus in Wels, und dessen Ehefrau Eva
Marie, geborne Gapp. Berenberg wurde in Linz am 24. Jänner 1706
geboren und wurde über Präsentation des Vogt- und Lehensherrn
Josef Julius Schifer am 1. August 1743 auf das Spitals-Beneficium
investirt. Wir werden später noch auf ihn zurückkommen.

Der Freiherr Josef Julius Schifer war Inhaber der Herrschaft
M i t t e r g r a b e r n (V. U. M. B.) und hatte dort auch seinen Sitz.
Die Verwaltung des Erbstiftes besorgte ein eigener Pfleger, über
welchen ein Administrator stand. Im Jahre 1756 treffen wir wieder
als bevollmächtigten Administrator den Johann Georg B r i x von

Hohenegg, der schon im Jahre 1733 unter dem Erbvogt Freiherrn Georg Siegmund Schifer in gleicher Stellung gewesen. Dieser erließ de dato Linz 8. Jänner 1756 unter der Aufschrift: »Schuldigkeit der Spitäler« eine Vorschrift über die religiösen Verpflichtungen, über den Krankendienst und über das Benehmen der Pfründner im Spitale gegen den vorgesetzten Spitalverwalter Vorschriften, welche wir im Auszuge hier folgen lassen: Die Spitäler haben bei der täglichen Messe und den gestifteten Jahrtägen, dann bei den monatlichen Seelenmessen in ihren Stühlen in der Kirche sich einzufinden, wie auch jährlich am Namen Jesu-Feste, am ersten Sonntag nach Ostern, am Dreieinigkeits-Sonntag und am Rosenkranz-Feste dem eigenen Beneficiaten ihre Beicht abzulegen und die Communion zu empfangen. Ferner sind sie verpflichtet, ihr Früh- und Abendgebet von Georgi bis Michaeli in der Spitalskirche in ihren Stühlen, von Michaeli aber bis Georgi in ihrer Gemeinstube auf den Knien zu verrichten. Bei den Litaneien, als am Montag für alle abgestorbenen Christgläubigen, am Dienstag bei der Allerheiligen-Litanei, am Mittwoch bei dem Rosenkranz-Gebete und der Sebastiani-, am Donnerstag bei der Namen Jesu-Litanei, am Freitag bei der Litanei vom Leiden und Sterben Christi und am Samstage beim Rosenkranz und der Frauen-Litanei, dann bei den täglichen fünf Vater unser und Ave Maria für die abgestorbenen und lebenden Glieder der Schifer'schen Familie, haben abwechslungsweise die Mannspersonen den ersten halben Theil und die andere Hälfte die Weibspersonen mit lauter Stimme zu beten. Jeder gesunde Spitäler soll einem erkrankten auswarten, sofern die Krankenwärterin verhindert ist, oder mehrere krank sind und die Umstände es erfordern. Ferner sind die Spitäler auch schuldig, dem Spitalsverwalter die gebürende Ehre und den stricten Gehorsam zu erweisen, es solle ihm keiner boshafterweise widersprechen oder beleidigende Worte gegen denselben gebrauchen. Wer von ihnen seinen geistlichen Verpflichtungen nicht nachkommt, von der Messe und den Jahrtagen oder den gewöhnlichen täglichen Gebeten wegbleibt, oder dem Beichten und Communiciren unrechtmäßigerweise sich entzieht, solle nach Gestalt der Dinge mit Kostentziehung auf drei Tage und mit Verlust des Wochenlaibes oder gar neben Entziehung der Kost mit achttägigem Arrest bestrafet werden. Im Wiederholungsfalle oder bei schweren Gebrechen und nicht erfolgter Besserung erfolgt die Entlassung aus dem Spitale. Die Verwaltung wurde beauftragt, jeder in das Spital eintretenden Person diese Ordnung, damit niemand sich mit Unwissenheit derselben entschuldigen könne, vernehmlich vorzulesen und zur Beobachtung derselben zu ermahnen. Unter dem-

selben Datum erließ auch der Vogtherr Josef Julius Schifer als Herr
der Herrschaft Mittergrabern, auf Freiling und Daxberg, kaiserlicher
Rath etc., eine Instruction für die Spitäler und Meierleute betreffs
der Verköstigung und Bekleidung derselben, welche Instruction im
wesentlichen von der schon früher (1746) von demselben Vogtherrn
gegebenen Spitalsordnung nicht abweicht.

Als Verwalter des Spitales finden wir wieder unter Josef Julius
Schifer den Mathias Arminger, von dem wir schon unter dem Erb-
vogte Johann Christoph Schifer erwähnten, dass er durch 34 Jahre
Verwalter des Spitales gewesen. Arminger resignierte seine Stelle
im Jahre 1744 und machte als solcher eine Stiftung von vier Jahres-
messen in der Spitalskirche für die vier Erbvögte, die während der
Zeit seiner Verwaltung mit Tod abgiengen, und zwar für Georg
Siegmund Schifer, Land-Unterjägermeister († 1718), für Benedict
Theodosius, Herrn von Daxberg († 1731), für Johann Christoph,
Oberst im Baron Fürstenbusch'schen Regimente († 1734), und Georg
Siegmund, gewesenen Beneficiaten an der Spitalskirche († 1738);
ferner stiftete Arminger auf den Frauenaltar derselben Kirche für
sich und seine Familie vier Quatembermessen mit 1000 fl. zu vier
Percent.[1]

Unterm 2. Juni 1741 und in der Rechnung vom Jahre 1747
erscheint ein Franz Karl von Reinspach als Pfleger, der aber am
2. Mai 1742 starb und so, wie vier seiner Kinder, in die Priestergruft
kam. Nach ihm erscheint am 12. October 1743 wieder ein Felix
von Reinspach als Pfleger, vielleicht ein Sohn des Vorhergehenden,
welcher noch im Jahre 1785 in dieser Stellung war.

Im Jahre 1744 finden wir als Pflegsbeamten den Franz Josef
Pöhr, der auch Pfleger zu Freiling war und bis zum Jahre 1751 für
das Erbstift erwähnt ist. Mit dem Jahre 1756 erscheint als Pflegs-
verwalter Josef Langhayder bis zum Jahr 1784.[2] Als Administrator
des Erbstiftes fungierte damals der bekannte Georg Brix, Freiherr

[1] Davon bekam der jeweilige Beneficial 8 fl., der Messner und die
Ministranten 1 fl., die Spitäler und armen Unterthanen 18 fl. 36 kr., für die
Kirche und das Erbstift entfielen 12 fl. 24 kr. Für die Stadtpfarrkirche stiftete
er auch zwölf monatliche Messen für sich, seine Gattin und seine zwei Töchter.
Stiftbrief vom 11. September 1758. Armingers Frau, Katharina mit Namen,
starb am 2. September 1735 und wurde in der Priestergruft der Stadtpfarrkirche
beigesetzt.

[2] Er verehelichte sich im Jahre 1759 mit Anna Marie, der Witwe des
früheren Spitalspflegers Franz Karl von Reinspach, eine geborne Pöhr, welche
aber schon am 12. Jänner 1759 starb und ebenfalls in der Priestergruft beigesetzt wurde.

von Hoheneck. Dieser erließ im Jahre 1756 eine Instruction für den
jeweiligen Verwalter bezüglich Verpflegung der Spitäler in Kost und
Kleidung, welche so ziemlich in den meisten Punkten der im Jahre
1746 gegebenen Spitalsordnung gleicht und welche auch die Stelle
eines Stiftsbriefes vertreten sollte (Beilage III).

Der Vogtherr Josef Julius, der letzte aus dem Stamme der
Freiherren Schifer und Sonderndorf, wird im Jahre 1760 gestorben sein,
da mit diesem Jahre eine seiner Töchter als Vogtfrau erscheint. [1]

Vogtfrau Freiin Marie Anna Schifer und Sonderndorf.

1760 — 1784.

Nach dem Absterben des letzten männlichen Sprossens der
niederösterreichischen Linie der Freiherren Schifer und Sonderndorf,
des Josef Julius, ist durch die besondere Begünstigung der Kaiserin
Maria Theresia die Vogtei für das Erbstift und die Präsentation auf
das Spital-Beneficium, welche nach dem alten Herkommen und nach
früheren Familienbestimmungen nur dem Mannsstamme gebürte, auf
die beiden Schwestern des verstorbenen Vogtherrn, Marie Anna und
Cäcilia, die Erbvogtei des Spitales mit dem Erbrechte für die jüngere
Schwester übergegangen und es wurde Marie Anna, als die ältere,
Vogtfrau des Spitales. Dieselbe Kaiserin verlieh auch unterm 11. December 1760 den beiden vorgenannten Schwestern das Patronatsrecht
über das Spital und das Beneficium, und gestattete ihnen, solange sie
außer Landes wären, einen tüchtigen Administrator zu halten, sie
sollten aber die Baureparaturen für das Spital aus Eigenem bestreiten.
Dagegen wendete nun die Freiin Marie Anna in einem besonderen
Majestäts-Gesuche vom 1. März 1761 ein, dass das Patronatsrecht
nur ihr, als der älteren der beiden Schwestern, zukomme und dann
nach ihrem Ableben erst an die jüngere, Cäcilia mit Namen, gedeihen
werde; sie, die Marie Anna, noch nie außer Land war und diese
Angabe somit auf einer falschen Voraussetzung beruhe, und nur
ihre Schwester in Russisch-Polen sich befinde. Da sie auch unverehelicht sei, bringe sie als Administrator den oberösterreichischen
Landrath Georg Brix, Freiherr von Hoheneck, der schon unter ihrem
Vater bis zu dessen Ableben als guter Administrator und Wirtschafter
sich erwiesen habe, in Vorschlag. Die Baureparaturen aus Eigenem

---

[1] In hiesiger Schifer'schen Verwaltungskanzlei befindet sich noch ein
stählernes Siegel, nahezu vier Centimeter im Durchmesser, mit Silberunterlage,
in welches das vereinigte Schifer'sche und Sonderndorf'sche Wappen mit der
Umschrift: Freiherr Josefus Julius Schifer vnd Sonderndorf eingegraben ist.

zu bestreiten, würde ihr zu beschwerlich fallen, weil sie außer des
Honoras und der herrschaftlichen Bezüge nicht den mindesten Genuss
von der Spitalsstiftung habe und die Baureparaturen sich durch-
schnittlich auf jährlich 80 fl. belaufen. Wie diese gestellte Bedingung
der Uebernahme der Baureparaturen auf der falschen Voraussetzung
bedeutender Bezüge für ihre Person aus den Stiftungs-Erträgnissen
beruhe, so entgegen reiche die Donation des Spitales weithin zur
Bestreitung der nothwendigen Baureparaturen desselben. Sie bitte,
sie von dieser Verpflichtung zu entheben und das Patronatsrecht auch
ohne dieselbe ausüben zu lassen. Dieses Majestäts-Gesuch unterschrieben beide Schwestern. Unterm 7. März 1761 verständigten nun
auch dieselben den Freiherrn Georg Brix, dass sie auf seinen Rath
gegen die in der kaiserlichen Resolution enthaltene beschwerliche
Clausel in ihrem Gesuche depreciert hätten; sie ersuchen ihn, er
möge ihr Administrator werden, wie sie ihn schon im Gesuche namhaft gemacht haben; sie werden ihm dafür das Fünftel der bisher
dem Erbstifter von dem Spitale zugekommenen Bezüge überlassen.[1]

Marie Anna, geboren am 12. October 1731, wahrscheinlich in
Wolfsberg, weil damals ihr Vater noch Besitzer dieser Herrschaft
war, wurde nun als die ältere von den beiden Schwestern in ihrem
30. Lebensjahre Vogtfrau der Stiftung ihrer Vorfahren. Die Admini-
stration des Spitales übernahm der schon genannte Landrath Freiherr
von Hoheneck, der de dato Linz 8. Jänner 1762 infolge landes-
fürstlicher Generalien und Befehle eine Ordnung für das Spital betreffs der Anzahl der Pfründner, der erforderlichen Eigenschaften der
aufzunehmenden Personen, der Verpflegung, der Kleidung und der
geistlichen Obliegenheiten derselben mit der Weisung an den jeweiligen
Spitalsverwalter herausgab, die Befolgung der gegebenen Vorschriften
einzuschärfen und zu überwachen, welche Spitalsordnung wir in der
Beilage III dem Leser vorführen. Nicht lange nach Uebernahme der
Vogtei durch Marie Anna entstand am 17. Juni 1762 eine große
Feuersbrunst in Eferding, welche etliche 60 Häuser verzehrte und
der auch die Spitalskirche, das Spitalgebäude, das Beneficiaten- und
Herrenhaus zum Opfer fielen.[2] Fehlte es damals an Energie oder,
was wahrscheinlicher ist, an den nothwendigen Geldmitteln; die
Spitalskirche wurde nicht gleich wieder instand gesetzt, da die
Spitäler durch drei Jahre zu allen Gottesdiensten in die Pfarrkirche
gehen mussten. Die Vogtfrau verehlichte sich im Jahre 1769 oder

[1] Spitalarchiv Eferding.
[2] Nach glaubwürdiger mündlicher Ueberlieferung entstand das Schaden-
feuer in Haus-Nro. 7 der Stadt.

1770 mit Johann Georg von Wendheim, Besitzer des Freisitzes von Dischingen[1]) und Berghain, der da vom Jahre 1770 an als Bevollmächtigter seiner Frau alle auf das Erbstift bezugnehmenden Schriftstücke bis einschließlich zum Jahre 1783 unterfertigte. Die Vogtfrau Marie Anna erließ auch gleich ihrem unmittelbaren Vorgänger eine Instruction für das Erbstift de dato 1. Juni 1777 Eferding im »hochfreiherrlichen Schifer'schen Freihause«, die im wesentlichen mit den schon früher erlassenen Instructionen übereinstimmt, in der aber gleich eingangs besonders hervorgehoben ist, dass die in das Spital Aufzunehmenden dem katholischen Glaubensbekenntnisse angehören, eines christlichen Lebenswandels sich erfreuen und eines ehrlichen[2]) Herkommens sein müssen. Zum Schlusse dieser Spitalsordnung wird anbefohlen, dass dem Neueintretenden dieselbe klar und deutlich vorgelesen werde und zur Darnachachtung dieselben ermahnt werden und dass das von ihr eigenhändig gefertigte und mit ihrem adeligen Siegel versehene Original im gemeinsamen Zimmer der Spitäler aufgehängt werden sollen. Wir bringen diese Instruction in der Beilage Nr. V.

Unter Marie Anna war auch noch der von ihrem Vater im Jahre 1743 präsentierte Timotheus von Berenberg Beneficiat an der Spitalskirche. Dieser muss das Beneficiaten-Haus gleich beim Antritte der Pfründe im schlechten Bauzustande angetroffen haben, denn es existiert noch von ihm ein eigenhändiges Schreiben an den Patron, den Freiherrn Josef Julius Schifer, de dato Eferding 12. October 1743, in welchem er anfangs die Entschuldigung vorbringt, dass bisnun weder er noch der Pfleger von Reinspach vieler Geschäfte wegen ihre Aufwartung noch nicht in diesem Herbste haben machen können, sie haben sich aber nun vorgenommen, die vorgehabte Reise (wahrscheinlich nach Mittergrabern) bis nächsten Mai oder Juni aufzuschieben und glauben dann, ihrer Verpflichtung nachkommen zu können. Berenberg berichtet ferner noch in diesem Schreiben, dass vor einigen Tagen der Baumeister von Linz nach Eferding gekommen sei, einen genauen Augenschein des baufälligen Beneficiaten-Hauses zu nehmen, und der es als höchst nothwendig erachtete, dass dieses in vielen Stücken erneuert werde und dass zu diesen Reparaturs-Arbeiten wenigstens 1200 fl. rhein. erforderlich sein werden. Des Beneficiaten Berenbergs Bitte gieng nun dahin, dass die zur Reparatur nothwendige Summe unterdessen aus den Geldern des Erbstiftes von dem Pfleger

---

[1]) Dischingen, Dorf in Würtemberg. Jaxtkreis, mit Schloss. Oberdischingen, Pfarrdorf ebendaselbst. Donaukreis, ebenfalls mit Schloss.

[2]) ehelichen (?).

dem Baumeister vorgestreckt werden dürfe. Wenn für ihn, den Beneficiaten, ein »ehrlicher« Bauschilling ausfallen sollte, so lasse er für sich und seine Nachfolger im Beneficium auf jährlich 50 fl. rhein. von seinem Pfründeneinkommen nebst den laufenden an das Erbstift zu zahlenden Interessen bis zur ganzen Tilgung des Vorsschusses ein. Ziegel, Steine, Kalk, Holz und anderes könnten jetzt im Herbste noch beigestellt werden, so dass dann im kommenden Frühjahre der Bau angefangen werden und er das Haus bis im Herbste dann beziehen könne. Er bitte um baldige Antwort, dass der Baumeister jetzt schon Vorbereitungen treffen könne. Von seiner geistlichen Oberbehörde werde er, wie ihm schon der Director Steyrer gesagt, kein Hindernis erfahren (Pfarrschriften).

Wieviel gerade den Beneficiaten von Berenberg durch die Reconstructions-Arbeiten an Bauschilling traf, kann nicht genau angegeben werden, da keine Aufschreibungen hierüber vorliegen. Hatte Berenberg im Jahre 1743 mit seinem Wohnhause großes Ungemach, so musste er nach achtzehn Jahren noch ein größeres sich gefallen lassen, da bei der großen Feuersbrunst im Jahre 1762 das Beneficiaten-Haus total abbrannte und dem jeweiligen Beneficiaten ein für die damalige Zeit nicht unbedeutender Bauschilling von jährlich 30 fl. erwuchs, der erst im Jahre 1785 aufhörte.

Infolge ämtlicher Proceduren verzögerte sich aber nach dem Brande der Aufbau des Hauses, so dass Berenberg sich in einem Schreiben an den Bischof in Passau vom 27. Mai 1763 ausspricht, dass doch einmal zur »Erbauung« seines abgebrannten Beneficiaten-Hauses angefangen werde, dass nicht wieder die zum Bauen günstigere Zeit verstreiche und er sich nicht immer mit fremden Wohnungen behelfen müsse. Es zog sich aber die Ausführung doch noch in die Länge, da die Vogtherrschaft auch die damals abgebrannte Spitalskirche wieder restaurieren sollte und die Erträgnisse des Erbstiftes nicht gar so bedeutend waren. Endlich wurde die Bau-Angelegenheit doch ausgetragen. In dem Vergleiche zwischen der milden Stiftungs-Commission und dem Beneficiaten vom 15. Juni 1763 wegen Wiederherstellung des Beneficiaten-Hauses war man über folgende Punkte übereingekommen: 1mo. Das Haus sollte in gutem Stand mit Stallungen und Getreidekasten hergestellt werden. 2do. Die eine Hälfte der Kosten sollte die Vogtherrschaft bestreiten, die andere Hälfte vor eben derselben vorgestreckt werden. 3tio. Zur Abzahlung dieses Darlehens sollten von dem jeweiligen Beneficiaten alljährlich 30 fl. und vom Restcapital nach jedesmaligem Abzuge dieser Annuität 3 % Interessen bezahlt werden. 4o. Vom Ordinariate sollte hiefür ein ordentlicher

Baubrief ausgefertiget und der Vogtherrschaft eingehändiget werden.
Dies waren die Bedingungen, unter welchen der Wiederaufbau des
abgebrannten Beneficiaten-Hauses stattfinden sollte, es war dabei
nicht bloß der Dachstuhl verloren gegangen, es handelte sich noch
um größere Bauwendungen, da die Hälfte der Kosten 600 fl. betrug,
welche die Vogtherrschaft gegen Schuldschein dem Beneficiaten vor-
streckte; auch dürfte die Ausführung des Wiederaufbaues nicht so
schnell wieder vor sich gegangen sein, da ein Convolut von Acten über
Verrechnung, Kostenüberschläge und mit einem Arbeitsregister von
1762 bis 1767 inhaltlich verzeichnet, aber nicht mehr vorhanden ist.
Nach einem Verzeichnisse der Ausgaben des Beneficium machte im
Jahre 1782 die Abführung des Baucapitales 50 fl. aus; wie schon
erwähnt, hatte aber dieser Bauschilling im Jahre 1785 mit einer Rest-
zahlung von 30 fl. sein Ende erreicht (Pfarrschriften).

Berenberg hatte auch mit Hereinbringung der Jahresgiebigkeit
vom Windstetter-Gute in Bayern (nun in Pfarre Zell, Innkreis),
welches der Beneficiat Friedrich Angermaier, dessen Vaterhaus dieses
Gut war, dem Beneficium vererbte, immer Anstände und Nachtheile,
indem er wegen Umtausch des bestimmten Betrages der in Oesterreich verrufenen bayerischen Münze und des devalvierten innerlichen
Wertes derselben eine Einbuße von beiläufig 8 fl. von dem stipulierten
Jahresbetrag per 40 fl. jährlich erlitt. Dem Besitzer dieses Windstetter-
Gutes, namens Jakob Rokerseder, wurde nämlich im Jahre 1760 von
den bayerischen Gerichten verboten, dieses Dienstgeld in österreichischer
Währung zu bezahlen, die Abschätzung des Betrages der 40 fl. sollte
in bayerischer Währung von bayerischer Seite vor sich gehen und es
sollte Rokerseder auch nicht nach Oesterreich damit sich begeben,
sondern diesen Betrag beim bayerischen Landgerichte in Schärding
erlegen.

Von Seite des bischöflichen Ordinariates Passau wurde Berenberg
eingerathen, einen Mandaten in Bayern sich zu bestellen. In späteren
Verzeichnissen der Genüsse des Spitals-Beneficiums ist dieser am
Thomastage zu reichende Dienst immer voll mit 40 fl. eingesetzt.

Berenberg versuchte sich auch in historischen Arbeiten ; er hatte
den Plan, das Leben aller verstorbenen Bischöfe, Weihbischöfe, Dom-
pröpste, Domdechante, sodann aller Domherren des Domstiftes Passau
lateinisch und deutsch zu beschreiben, wozu er sich zwei bis drei Jahre
in Passau aufhalten wollte; zu diesem Zwecke überreichte er am
19. Februar 1757 dem Cardinal in Passau ein Gesuch um Benützung
der Archive des Domstiftes und Domcapitels und legte als Muster
seiner Arbeit die Lebensbeschreibung seines Vaters, des Stadtphysicus

von Wels, Johann Werloschnigg von Berenberg, dann die des Prälaten Wiesmayr vom Stifte St. Florian (1731—1755) und des Genealogen Johann Georg Adam von Hoheneck vor.[1]) Berenberg wurde aber mit seinem Gesuche abgewiesen. Wie sein Vorgänger Traunsteiner hatte auch er einen »unnöthigen Zank und Streit mit dem damaligen Stadtpfarrer und Vicedecan Nigsch«, wie von einem nicht mehr vorhandenen Acte vom 6. April 1757 erwähnt wird. Berenberg war während der Zeit seines Wirkens am Beneficium sonst auch sehr thätig; er verfasste ein zwar nicht mehr vorhandenes *Instrumentum beneficii Schiferiani* und ein von ihm verfasstes, aber nicht ganz vollendetes Inventar vom Jahre 1757, darin nennt er sich Ritter und Hofkaplan. Nach diesem Inventar war die Summe der Empfänge beim Beneficium 780 fl. 46 kr. 3 Pfg. und die der Ausgaben 392 fl. 40 kr., so dass ein Rest von 388 fl. 6 kr. 3 Pfg. verblieb, und dem fügt Berenberg bei, dass er dieserwegen noch Neider und sogar aus dem geistlichen Stande hatte. Beneficiat von Berenberg starb am 21. März 1783 im 78. Lebensjahre, nachdem er durch vierzig Jahre am Beneficium war; er wurde im Spitalsfreithofe begraben, nachdem die Beisetzung in Grüße damals schon untersagt war. Sein Testament datiert vom 31. Mai 1777, Universalerbe war sein Bedienter Jakob Puemberger, der den Nutzgenuss der von seinem hinterlassenen Vermögen entfallenden Interessen auf fünfzig Jahre hinaus haben sollte; dann bestimmte er ein Legat zur Anschaffung von Paramenten und machte noch einige unbedeutende Legate. Testamentszeugen waren: Johann Peter Reif, Beneficat von St. Michael in Eferding und Franz Keindlstorfer, Stadtpfarr-Cooperator.

Nach Berenbergs Tod bewarb sich der Ex-Franciscaner Leopold von Widel vom aufgehobenen Franciscaner-Kloster Pupping um das erledigte Beneficium. In seinem diesbezüglichen Gesuche vom 8. Juni 1783 an die Vogtfrau Freiin Marie Anna um die Präsentation führte er auch an, dass er schon zwei Monate daselbst am Beneficium in der Seelsorge angestellt sei und unterstützte seine Bitte auch damit, »dass er bei eingehenden Beneficien simplicien die Stiftung bei Erhebung derselben zu einer Expositur auch versehen könne«. Die Vogtfrau wendete sich unterm 11. Juni desselben Jahres an die Landeshauptmannschaft mit der Anfrage, ob sie nicht diesen Ordensmann für das erledigte Beneficium präsentieren dürfe und ob nicht das Beneficium zu einer Expositur für die weitläufige Pfarre Eferding erhoben werden würde. Das Rescript der Landeshauptmannschaft vom 30. Juni 1783 an die Freifrau lautete dahin, dass der Kaiser sich die weitere Disposition über das Spitals-Beneficium vorbehalte; dass der Dechant nichts gegen die weitere Aushilfe dieses Franciscaners einwenden werde, will man nicht vermuthen und man erwarte, dass der Dechant demselben bis zum Eintreffen des neuen Bischofes die Jurisdiction verschaffen werde. Das Kreisamt habe den Auftrag erhalten, falls der Vicedechant Nigsch dem Leopold von Widel «aus bekannten Ursachen» necken oder ihn zur Aushilfe nicht gedulden sollte, ihn (den Widel) in Schutz zu nehmen und dem Vicedechant auf der Stelle die Temporalien zu sperren. Eine kaiserliche Verordnung vom 8. Juli 1783 bestimmte, dem Leopold von Widel die interimistische Verwaltung des Beneficiums zu belassen; die Anstellung eines ordentlichen Beneficiaten sei zu verschieben, bis sämmtliche neue Pfarren-Einrichtung zu Ende geführt sein werde. Unterm 18. September 1783 erhielt der Stadtpfarrer Kiener von Eferding vom Bischofe Leopold von Passau die Jurisdiction für Widel auf ein halbes Jahr als Aushilfspriester. Bevor diese Angelegenheit mit Widel entschieden war, starb die Freifrau Marie Anna am 15. Juli 1784 im 53. Lebensjahre im Freihause zu Eferding an Lebererhärtung und Wassersucht; sie wurde am 19. Juli in der Schifer'schen Gruft der Spitalskirche beigesetzt[1]) und erhielt folgende Grabschrift:

Allhier ruhet die Hoch und Wohl, | gebohrne Frau Frau Maria Anna | Freyin von Schifer und Sonderndorf | des Baron Schifer'schen Erb Spital Stiffts | in Eferding älteste Erb Vogt Frau | so gebohren den 12ten 8ber 731 gestorben | den 15ten Juli 784 der und alle | abgestorbenen Seelen Gott eine | fröliche Auferstehung verleihen wolle. Amen.

Sonderbarerweise geschieht in dieser Grabschrift keine Erwähnung, dass sie mit Johann Georg von Wendheim vermähl war, der sie auch überlebte. Ihr gut erhaltenes Porträt, in Oel gemalt, befindet sich in der Kanzlei des Schifer'schen Erbstiftes in Eferding. Sie hält da die schützende rechte Hand über das Erbstiftsgebäude; neben ihrem Namen steht die Jahreszahl 1766. Von ihr hat sich ebendaselbst auch ein gut erhaltenes, in eine vier Centimeter breite Silberunterlage gestochenes Siegel erhalten; es hat die Umschrift: Maria Anna, Freyherrin von Schifer und von Sonderndorf.

[1]) Der damals noch provisorisch angestellte Beneficiat Widel sagt, er habe sich bei der verstorbenen Vogtfrau des Rechtes der Einsegung begeben, um weiter mit dem Stadtpfarrer keine Differenz zu veranlassen.

Vogtfrau Cäcilia, Gräfin Sulkowska, geborne Freiin Schifer und Sonderndorf.

1784 — 1788 [1].

Diese war die Schwester der verstorbenen Vogtfrau Marie Anna von Wendheim, geborne Freiin Schifer und Sonderndorf und verehelicht an den Grafen N. Sulkowsky. Sie folgte ihrer Schwester in der Vogtei des Erbstiftes infolge der von der Kaiserin Maria Theresia den beiden genannten Schwestern mit besonderer Begünstigung ertheilten Erbrechtes für das Patronat der Stiftung und des Beneficiums. Bald nach dem am 15. Juli 1784 erfolgten Ableben ihrer Schwester wurde bei dem damals amtierenden Spitalspfleger Josef Langheyder eine »Malversation« [1]) (Veruntreuung) in einem Betrage von 40.000 fl. endeckt, wodurch nicht nur das Erbstift in einem über 4000 fl. betragenden Contributional-Ausstand [2]) nebst dem zu leistenden Ersatz sovieler tausend verschwendeter Pupillengelder versetzt wurde, sondern auch das Beneficium, welches Langhayder bis dorthin verwaltet hatte, durch einen den Landständen gleich zu ersetzenden Contributional-Ausstand von 1084 fl. und durch einen Abgang von Pupillengeldern per 6000 fl. mit einer über 7000 fl. betragenden Schuldenlast ins Mitleiden gezogen wurde. Zur Deckung des Abganges der verschwendeten Pupillengelder von Seite der Beneficiums-Herrschaft und zur Befriedigung der dringendsten Schulden wurde bei der Regierung um Aufnahme eines Darlehens von 2000 fl. nachgesucht, was auch gegen Verpfändung eines Zehentes und unter der Bedingung genehmiget wurde, dass hievon die jährlichen vier Percent Interessen sicher abgeführt und zur Tilgung des Capitales jährlich 50 fl. von dem jeweiligen Beneficiaten geleistet werden sollten. Es ist aber, schreibt Widel (1787), während dieser Zeit so gute Vorsorge getroffen worden, dass nur mehr jährlich mit Inbegriff der abzustoßenden Interessen 80 fl. bezahlt werden dürfen. Welche Vorsorge das Erbstift selbst zur Ordnung und Begleichung der durch Langhayder defraudierten großen Geldbeträge getroffen habe, darüber können wir aus Mangel an Anhaltspunkten keinen Aufsshluss geben.

Endlich wurde Leopold Widel, der bisher nur immer als provisorischer Beneficiat fungierte, über Präsentation der Vogtfrau Cäcilia Gräfin Sulkowska de dato Obiedowko, 25. Juni 1785, vom damaligen

---

[1]) Wir halten uns hier an die Schilderung des Beneficiaten Widel über diese Angelegenheit.

[2]) Beisteuer, insbesondere Kriegssteuer.

Bischof von Linz, Ernest Johann Grafen von Herberstein, approbiert und als Spitals-Beneficial investiert. Selbe Vogtfrau gab auch, wie ihre Vorgängerin de dato Warschau 1. October 1787, eine von ihr gefertigte und gesiegelte Spitalsordnung, welche in Anbetracht der von Seite des früheren Pflegsverwalters geschehenen Veruntreuung als Instruction für den jeweiligen Pfleger erscheint. Selbe enthält nicht bloß Vorschriften über Geld- und Naturalbezüge des Pflegers und über sein Verhalten in der Bewirtschaftung und Verwaltung des Spitales, sondern auch Vorschriften über die Aufnahme, Verpflegung, Kleidung und Verpflichtungen der Spitäler. In letzterer Beziehung wurden dieselben, »da von den Unterthanen die vormalige Robot nun abgelöst wurde«, wie die Instruction sagt, zu anderen nothwendigen Arbeiten über Aufforderung des Pflegers verpflichtet. Für die Spitäler, sowie auch für den Pfleger entfiel am Martinitag der Gansbraten; war also auch schon damals der jährliche Dienst der sechs Gänse abgelöst und nicht mehr geleistet worden. Der Pfleger erhielt für die Gans als Geldrelutum 30 kr. Die Instruction der Vogtfrau Cäcilia Gräfin Sulkowska ist in Beilage Nr. VII enthalten. Es scheint, dass die Vogtfrau sich immer außer Landes, vielleicht in Warschau, aufgehalten habe; der Beneficiat Widel war ihr Bevollmächtigter, der aber auch über ihre weiteren Schicksale nicht sichere Nachricht hatte; nach seiner Angabe soll sie blind geworden und im November des Jahres 1788 oder 1789 gestorben sein. Nach einer von der Regierung unterm 25. October 1791 an Widel, der damals schon Pfarrer in Urfahr, aber noch Bevollmächtigter der Vogtfrau war, gestellten Anfrage: »wie und wann das Patronatsrecht über das Spital in Erledigung gekommen sei?« äußerte sich Widel dahin, dass die Gräfin Sulkowska schon vor mehreren Jahren gestorben sein solle, dass alle nach Anfang des Jahres 1789 ausgestellten Originale von ihrem Gemahle gefertiget wurden und dass derselbe, als wenn seine Gemahlin noch lebte, ohne mindester Meldung bei der Landesstelle, Bezüge zum Schaden des Spitales genossen; er habe an Siegelgeld und Recognition, als den einzigen Bezügen der Vogtfrau, an den Banquier Plank nach Warschau geschickt:

	Recognition	Siegelgeld
1788 . . .	100 fl.	71 fl. 45 kr.
1789 . . .	100 „	60 „ 22 „ 2 Pfg.
1790 . . .	100 „	49 „ 37 „ 2 „

Noch zu Lebzeiten der Vogtfrau Gräfin Sulkowska trat eine ungünstige Wendung für den weiteren Fortbestand des Spitals-Bene-

ficiums ein. Nach dem am 18. Februar 1788 erfolgten Ableben des
Beneficiaten Johann Peter Reif am St. Michaels-Beneficium in Eferding
hätte nach den nun bestehenden kaiserlichen Anordnungen dieses
Beneficiums als ein Beneficium *simplex* aufgehoben und die Dotation
desselben zum Religionsfond eingezogen werden sollen.

Der damalige Stadtpfarrer Franz Hörner suchte nun zu dem an
der Stadtpfarre angestellten Kaplan noch um einen, aber von dem
Religionsfond pensionierten an und bestimmte auch die Bürger von
Eferding, eine gleiche Bitte an die Regierung und an das bischöfliche
Consistorium zu richten. In dieser Weise kam aber die Regierung
dem Wunsche des Pfarrers und der Bürgerschaft nicht entgegen,
sondern machte den Antrag, um der Bitte der Bürger um einen
zweiten Geistlichen zu willfahren und um den Religionsfond nicht zu
belasten: die mit allem Zugehör im Ueberflusse versehene Spitalskirche mit Zutheilung einer größeren Seelenzahl zur zweiten Pfarrkirche zu erheben, wogegen aber aus leicht begreiflichen Gründen,
da denn doch gar keine Nothwendigkeit vorhanden war, der Pfarrer
Hörner und die weltliche Vogtei, die Herrschaft Eferding, welche
zugleich auch Patronatsbehörde war, Einsprache erhoben und auch
die Stadtbewohnerschaft und die Pfarrgemeinde Eferding sich gegen
Errichtung einer zweiten Pfarre aussprachen.

Der Beneficiat Widel, dem es vielleicht darum zu thun war, sich
am Spitals-Beneficium und in Eferding zu erhalten, und der schon im
Jahre 1783 in seiner Bittschrift an die Vogtfrau um die Präsentation
für sein jetziges Beneficium erwähnte, »dass er bei Aufhebung der
Beneficia simplicia die Stiftung, das Spital-Beneficium, auch bei Erhebung desselben zu einer Expositur zu versehen imstande wäre«,
scheint vielleicht zu diesem Antrage der Regierung die Anregung gegeben zu haben. Der Argwohn ruhte auf ihn und er konnte sich auch
in seiner später (1788) erfolgten Vertheidigungsschrift nicht ganz
davon rein waschen. Widel meinte nun, es handle sich ohnedies nicht
um die Errichtung einer zweiten Pfarre, diese bestehe ja schon an
der Spitalskirche, da er bisnun, wie auch seine Vorgänger seit mehr
als 300 Jahren, für den Burgfrieden des Spitales pfarrliche Rechte ausübte, sondern es handle sich hier nur um die Zutheilung einer größeren
Seelenzahl für die Spitalskirche und da ihm in Gegenwart des Vice-
dechants Anton Hölzl, Pfarrers in Natternbach, bei dem Kreisamte
in Lambach der Antrag wegen Zutheilung einer größeren Seelenzahl
gemacht wurde, so konnte er ehrenhalber diesen Antrag nicht zurück-
weisen, um nicht später als investierter Pfarrer in der Stellung eines
Kaplanes seelsorgliche Dienste in Eferding leisten zu müssen, was

keineswegs in der Intention Seiner Majestät, als künftigen Anwärter auf das Spital, als auch der Erbvogtei liegen dürfte. Wenn nicht mehr die zwei Pfarren in Eferding, die doch bisher nöthig waren, bestehen werden, so werde die Folge sein, dass er mit seiner ganzen bisher genossenen und ihm auf Lebensdauer zugesicherten Pfarrpfründe zur Ersparung eines Pfarrergehaltes an einen anderen Ort versetzt werde. Er werde gedrungen sein, um allen schon erfahrenen und noch zu erfahren habenden Neckereien auszuweichen, bei der Regierung selbst anzusuchen, dass seine Pfarrpfründe auf eine neu gegründete Religionsfonds-Pfarre übertragen werde. Zum besseren Verständnisse des Verlaufes dieser Angelegenheit haben wir hier etwas vorgegriffen, denn Widels Rechtfertigungsschrift dürfte Ende 1788 oder anfangs 1789 gemacht worden sein.

Wir kommen nun auf die Schritte zu sprechen, weche der Patron, der Pfarrer und die Bürgerschaft von Eferding machten, um die Ausführung des Regierungsantrages wegen Errichtung einer zweiten Pfarre zu verhindern. Zu diesem Ende erließ der fürstliche Burgpfleger, Rumer mit Namen, unterm 12. Juli 1788 an den damaligen Stadtrichter den Auftrag: Da am 16. Juli eine vom bischöflichen Ordinariate angeordnete Commission in Betreff der neu zu errichtenden Pfarre abgehalten werde, der Fürst Starhemberg aus wahren Beweggründen seine Einwilligung hierzu nicht geben könne, so solle der Stadtrichter die gesammte Bürgerschaft hierüber vernehmen, deren Aeußerung zu Protokoll geben und einen Ausschuss hierzu anordnen. Widel erhielt am 14. Juli 1788 vom Dechant und Pfarrer Ignaz Schiefermüller in Walzenkirchen den Auftrag: es solle in dem bekannten Geschäfte aus dem Beneficium eine Pfarre zu errichten, eine Untersuchung gepflogen werden, bei der er zu erscheinen habe, und er beraume hierzu den 16. Juni an. Bei der vom Stadtrichter angeordneten Commission waren über zwanzig Bürger und über vierzig Bauern erschienen, die alle mit dem größten Ungestüme wider diese Errichtung sich sträubten. Widel schreibt, dass er bei dieser Gelegenheit geschmäht worden sei, dass er diese zweite Pfarre in Eferding angestrebt habe, dass Aeußerungen von den Anwesenden ausgestoßen wurden, sie wollten lieber lutherisch werden, als der Spitalskirche zugetheilt werden und alle, bis auf einzige zwei Bürger »im Thal«, diese Errichtung für überflüssig erklärten und sowohl schriftlich als mündlich dagegen sich aussprachen. Aber auch die vom bischöflichen Ordinariate angeordnete Commission erkannte die Errichtung einer zweiten Pfarre für nicht nothwendig und wurde diesem Beschlusse auch von Seite des ersten Bischofes in Linz beigestimmt. Da diese Angelegenheit

15*

selbstverständlich eine große Aufregung in der Pfarrgemeinde und insbesondere unter der Bürgerschaft verursachte, so hatte damals Widel keine angenehme Stellung. Er beklagte sich daher unterm 9. September 1788 in einem Gesuche an die Regierung, dass ihn die Bürgerschaft von Eferding beschuldige, als habe er die von der Regierung beantragte Seelenzutheilung zur Spitalskirche nachgesucht, er bitte um ein Zeugnis zur Ablehnung dieses ungegründeten Verdachtes, worauf er unterm 15. September desselben Jahres von der Regierung den Bescheid erhielt, dass nach den vorliegenden Acten er nicht um eine größere Seelenzutheilung oder Pfarrerweiterung eingekommen sei, sondern Anlass dazu sei, die am 19. April 1788 geschehene commissionelle Untersuchung wegen Einziehung des St. Michaels-Beneficiums gewesen und da von Seite Eferdings um Belassung oder Verwendung der Einkünfte desselben zur Anstellung und zum Unterhalte eines zweiten Kaplanes an der Stadtpfarre gebeten wurde und man von Seite der Regierung darauf nicht eingehen konnte, so hat man dem Spitals-Beneficiaten die pfarrliche Jurisdiction erweitern wollen. (Der jeweilige Spitals-Beneficiat hatte nämlich bisnun die pfarrliche Jurisdiction innerhalb des Burgfriedens des Spitales).

Für den Ort und die Pfarre Eferding war die Aufhebung des Spitals-Beneficiums ein sehr unangenehmer Vorfall. Zwistigkeiten, Anfeindungen waren unter der Bevölkerung entstanden, die Spitalskirche war execriert und gesperrt und die Feilbietung derselben ausgeschrieben. Nun machte anfangs des Jahres 1790 ein Theil der Bürgerschaft den Versuch mit einem Gesuche an die Hofkanzlei um Errichtung einer zweiten Pfarre in Eferding aus den Einkünften des Baron Schifer'schen Spitals-Beneficiums und um Einstellung der bereits ausgeschriebenen Feilbietung der Spitalskirche; es wurde aber dieses Gesuch mit Hofkanzlei-Decret vom 25. Mai 1790 abgewiesen; gleiches Schicksal hatte ein von einer Menge von Bürgern und Bürgerinnen gefertigtes, ohne Vorwissen des Magistrates an das bischöfliche Consistorium in Linz eingereichtes Gesuch: hochdaselbe möge nicht zulassen, dass eine zweite Pfarre in der Spitalskirche errichtet, noch jemals eine Zutheilung mehrerer Seelen zu dieser Kirche genehmiget werde.

Auf solches Vorgehen hin, meint Widel, erfolgte mit Hofdecret vom 16. Juni 1789 die Aufhebung des Spitals-Beneficiums und Uebertragung der damaligen Dotation desselben auf die neuerrichtete Pfarre Urfahr-Linz. Das bischöfliche Consistorial-Decret über diese Verfügung erfolgte mit 20. Juni 1789 und Widel wurde am 22. Juni 1789 auf seine neue Pfarre investiert. In *partem salarii* erhielt Widel die

Einkünfte des aufgehobenen Beneficiums, die freilich im Laufe der Zeit sehr zusammenschrumpften; unter diesen neuen Dotationen für die Pfarre Urfahr waren auch die in der Pfarre Eferding liegenden Grundstücke, welche an Wiesen und Aeckern zusammen sieben Joche und 565 Klafter ausmachen.

Der Beneficiat von Herenberg († 1783) hat selbe uns in folgender Weise angegeben: das Grundstück im Darschbeckfeld hat drei Einsetz,[)] die Point am Langhansen an vier, das Grundstück gegenüber der Linzer Straße drei und das neben dem Spitals-Gottesacker eine Einsetz. Die Wiese in Sickenfurt hält drei Fahrtl, die Wibm neben dem Ledererbach zwei Fahrtl; der Stadel liegt rechter Hand an der Linzer Straße neben des Paul Schöfinann Garten. Diese Grundstücke waren schon seit dem Jahre 1743 an verschiedene Parteien in Bestand gegeben, welches Schicksal sie noch heutzutage haben.

Für die gestifteten Gottesdienste bezieht der jeweilige Stadtpfarrer in Urfahr von dem Schifer'schen Erbstifte in Eferding jährlich 30 fl. Widel war der zweite Pfarrer der im Jahre 1785 errichteten Pfarre Urfahr. Die Spitalskirche wurde exeeriert und geschlossen, alle Paramente, die Altäre nebst allen Kirchengeräthen, die Orgel und die Kanzel, die Kirchenstühle, Glocken und die Thurmuhr wurden an andere Kirchen vertheilt. Das Kirchengebäude aber selbst nebst dem Beneficiaten-Hause zum Verkaufe angeboten. So war, schreibt Widel wörtlich in seinem Unmuthe, als er schon Pfarrer in Urfahr war, das Ende dieser vormals so schönen als gut eingerichteten Spitalskirche, welche, ungeachtet aller nochmals wiederholten Bitten der sich sodann selbst widersprechenden, nach der Zeit erst ihren großen Schaden einsehenden Bürgern, nicht mehr eröffnet worden ist, wodurch nicht nur der dortige Herr Pfarrer, Schulmeister und Thurner, sondern auch die übrige Bürgerschaft sich ungemeinen Schaden in ihrem Gewerbe selbst muthwillig zugezogen hat, welchen auch die Nachkommen nach vielen Jahren noch verspüren und beseufzen werden. Der Regierung scheint doch diese Sache unangenehm geworden zu sein, da selbe unterm 10. Mai 1790 den Pfarrer Widel beauftragt, einen Extract aus dem Schreiben der Vogtfrau Gräfin Sulkowska wegen der gesperrten Spitalskirche zu liefern; darauf äußerte sich Widel, dass die Vogtfrau wegen Sperrung der Spitalskirche und der Uebertragung des Beneficiums nach Urfahr sich dahin ausgesprochen habe, dass sie sich vollkommen hierin der Hof- und Regierungsverfügung unterziehe und dass es selber einerlei sei, wo die gestifteten Messen, Jahrtage und Andachten

---

[)] Bei einem Ackerfelde das Ausmaß, welches mit einem bespannten Pfluge in einem Tag geackert werden kann.

abgehalten werden, da ohnehin nach ihrem Ableben das ganze Stift dem Landesfürsten anheimfallen werde; auch fügte Widel in seiner Aeußerung noch hinzu, dass, als die Spitalskirche von dem Stadtpfarrer execriert wurde, weder dieser noch die Gemeinde sich dagegen geäußert, noch gebeten habe, damit innezuhalten. Im Jahre 1792 reichten auch die Pfründner des Spitales ein Majestäts-Gesuch um Wiedereröffnung der Spitalskirche ein, wiewohl, sagt der Regierungsauftrag vom 10. August 1792 hierüber an Widel, die Wiedereröffnung dieser schon lange gesperrten Kirche durch zwei höchste Resolutionen über kreisämtliche und Consistorial-Untersuchungen abgeschlagen wurde; auch begehrten dieselben sonderbarerweise einen abwechselnden Gottesdienst u. s. w. Widel äußerte sich hierüber nicht günstig und bemerkte bezüglich des Besuches der Kirche von Seite der Pfründner, dass dieselben zu seiner Zeit an Sonn- und Feiertagen um sechs Uhr früh die Messe in der Spitalskirche hatten, dass selbe täglich nach der Spitalmesse in die Pfarrkirche giengen und dass sie vom Jahre 1762 an, da die Spitalskirche abbrannte, durch drei Jahre zu allen Gottesdiensten in die Pfarrkirche sich begeben mussten.

Mit Hofkanzlei-Decret vom 20. October 1792 wurde dann die Wiedereröffnung der gesperrten Spitalskirche abgeschlagen. Neuerdings hat die Stadtgemeinde unterm 26. Februar 1796 ein Majestäts-Gesuch in gleichem Sinne eingereicht, es wurde aber auch dieses Gesuch abgewiesen. Es ruhte nun diese Angelegenheit eine geraume Zeit, Kriegsereignisse waren eingetreten, die Kirche war in Privathände übergegangen; dann erwarb selbe der Magistrat Eferding, sie wurde baufällig und man richtete nun seine Aufmerksamkeit auf die Wiedererrichtung des Spitals-Beneficiums, nachdem die Kirche im Jahre 1841 wieder dem öffentlichen Gottesdienst eröffnet wurde. Anlass dazu gab das im Jahre 1855 erfolgte Ableben des Pfarrers Josef Piel von Urfahr. Die Stadtgemeinde versuchte diese Wiedererrichtung des Beneficiums mit einem Gesuche vom 3. Juli 1855 an die k. k. Statthalterei in Linz und ebenso mit einem Bittgesuche vom 20. September 1860; wurde aber beidesmal abgewiesen.

Als im Jahre 1889 der geistliche Rath und Stadtpfarrer von Urfahr, Mathias Mayrhofer mit Namen, in den Ruhestand trat, machte die Stadtgemeinde Eferding noch einmal den Versuch wegen Wiedererrichtung des Beneficiums für die Spitalskirche, erhielt aber wieder einen abweislichen Bescheid, nur war in demselben von der k. k. Statthalterei unterm 14. August 1890 in Aussicht gestellt, dass dieselbe nicht abgeneigt wäre, den religiösen Bedürfnissen des Schifer'schen Erbstiftes dadurch Rechnung zu tragen, dass einem Deficienten-

Priester für die Versehung des Gottesdienstes in der Spitalskirche
zur Aufbesserung seines Ruhebezuges eine unentgeltliche Wohnung
im Stiftsgebäude und eine kleine Remuneration aus den Stiftsrenten
eingeräumt würde (Pfarrschriften).

Doch kehren wir wieder zu Widel zurück. Er war volle sechs
Jahre am Beneficium, im Jahre 1783 zuerst provisorischer und vom
Juni 1785 investierter Beneficiat; mit Hofdecret vom 16. Juni 1789
erfolgte die Aufhebung des Beneficiums und gleich darauf, am
22. Juni, seine Investitur auf die Pfarre Urfahr. Der Pfleger Ignaz
Spöckner von Wildberg nahm seine Investitur *in temporalibus* vor.
Von Seite des Kreisamtes wollte man im Jahre 1787, dass der Decan
zu Waizenkirchen Widel veranlasse, dass er wöchentlich zweimal in
den Schulen Breitenaich und Rokersberg Katechese vornehme; Widel
aber äußerte sich dagegen: so gerne er diesem Auftrage nachkommen
möchte, so kann er seines Alters, er war damals 62 Jahre alt, und
seiner Kränklichkeit wegen diese Aushilfe nicht leisten, und meint,
die zwei jüngeren Cooperatoren an der Stadtpfarre würden dies
leicht verrichten können; der Dechant selbst bezweifelte in seiner
diesbezüglichen Eingabe an das Kreisamt, dass Widel diese Leistung
übernehmen werde können. Widel war sonst auch thätig in der Seelsorge und hat sich gleich anfangs beim Antritte des Beneficiums dem
damaligen Stadtpfarrer Gabriel Kiener freiwillig zu seelsorglichen
Diensten angetragen. Vom Consistorium erwirkte er im Jahre 1787
die Erlaubnis, an Sonn- und Feiertagen eine Segenmesse halten zu
dürfen. Widel hatte auch volles Vertrauen bei der Vogtfrau Gräfin
Sulkowska genossen, deren Bevollmächtigter er war und in dessen
Kenntnisse und dessen Rechtssinn sie volles Vertrauen setzte, da er
nach der von ihr im Jahre 1787 gegebenen Instruction für das Spital
in Zweifeln über die in dieser Instruction gegebenen Vorschriften zu
entscheiden hatte. Ueber sein priesterliches Wirken und sonstiges
Betragen erhielt er unterm 12. September 1788 ein sehr schönes
Zeugnis, gefertigt und gesiegelt vom damaligen Stadtrichter von
Eferding Caspar Leyboldt und weiters unterfertigt vom Stadtschreiber
Johann Wößgrässinger und den Bürgern Mathias Unterberger, Mathias
Hinterhölzl, Mathias Neumüller und Johann Gromöst (?). Das Kreisamt ertheilte ihm auch de dato Lambach 7. Juli 1790 ein Belobungs-
zeugnis, dass er bei der großen Ueberschwemmung durch die Donau
im Jahre 1789 einen so großen Eifer in Hilfeleistung und in Verköstigung der Ueberschwemmten gezeigt habe.

Durch die Veruntreuung des damaligen Spitalsverwalters Josef
Langhayder kam Widel gleich beim Antritte des Beneficiums in eine

fatale Lage; zur Deckung des entstandenen Abganges mussten, wie wir oben schon gehört haben, 2000 fl. aufgenommen werden, welche in Annuitäten abgezahlt werden sollten, so dass für den Beneficiaten mitsammt dem Baucapitale jährlich 130 fl. entfielen, die aber im Jahre 1790 schon abgestoßen waren. Als Widel auf die Pfarre Urfahr kam, wurden ihm gleich anfangs gewisse Stiftungsbezüge streitig gemacht; dagegen äußerte er sich an das bischöfliche Consistorium unterm 20. März 1790, dass ihm das Beneficium mit allen aufhabenden Obliegenheiten und dafür entfallenden Bezügen übergeben wurde. Er war auch noch als Pfarrer in Urfahr Bevollmächtigter der Vogtfrau Gräfin Sulkowska, von der man damals (1791) nicht gewiss wusste, ob sie noch am Leben sei oder nicht. Widel wurde bald nach Antritt der Pfarre Urfahr wirklicher Linzer Consistorialrath, unterschrieb sich im Jahre 1802 noch nebenbei als durch bereits zwanzig Jahre freiherrlicher Schifer'scher Beneficiat des Spitalstiftes in Eferding. Am 13. Mai 1799 hielt er die Jubelfeier seines fünfzigjährigen Priesterthumes; er starb am 18. Februar 1808, ihm folgte in der Pfarre Urfahr Martin Treiblmayr, der im Jahre 1851 als Domherr in Linz gestorben ist.

Franz Leopold von Widel war in Wien im Jahre 1725 geboren, trat dann in den Franciscaner-Orden und studierte die Philosophie in dem ehemaligen Franciscaner-Kloster zu Langenlois in Niederösterreich, die *Theologia publica* in dem Franciscaner-Kloster zu Pupping und das *Jus canonicum* in dem Kloster gleichen Ordens zu Wien und wurde nach vollendeten theologischen Studien *in publicis thesibus* zu defendieren zugelassen. Zum Priester wurde er am 31. Mai 1749 in der St. Stephans-Kirche zu Wien von dem damaligen Weihbischofe Franz Marxer geweiht und wirkte als Hofmeister und Lehrer im Hause des Grafen Josef von Auersperg zu Mang in Niederösterreich, darnach bei verschiedenen hohen Herrschaften als Schlosskaplan; dabei leistete er aber doch immer in den umliegenden Pfarren seines zeitweiligen Wohnortes in Ober- und Niederösterreich seelsorgliche Aushilfe. Widel hinterließ auch eine für die Geschichte des Erbstiftes und des Spitals-Beneficiums sehr verdienstliche und wünschenswerte Arbeit, insbesondere für die Zeit unmittelbar vor und während der Aufhebung desselben im Manuscript in Klein-Folio unter dem Titel: »Protokoll der drei Beneficien, das ist des Schifer'schen, dann des St. Magaret- und St. Magdalena-Beneficiums«, welcher Arbeit wir zum großtheil in der Schilderung dieser Stiftungen folgten. Es enthält beiluch 250 Blätter, wovon 144 von der Hand Widels geschrieben sind. In Beilage Nr. VIII bringen wir aus dieser Widel'schen Schrift ein Verzeichnis der Genüsse, Ausgaben und Verpflichtungen und ein Urbar des Beneficiums, welches manchem der Leser nicht unerwünscht sein dürfte.

Die Vogtfrau Cäcilia Gräfin Sulkowska, deren Todeszeit wir nicht genau angeben können, lebte noch vor oder zur Zeit der Aufhebung des Spitals-Beneficiums (16. Juni 1789), da sie sich damals, wie wir schon gehört haben, über diese Aufhebung äußerte, dass sie sich hierin ganz der Hof- und Regierungsverfügung u. s. w. unterziehe. Sie dürfte vielleicht doch im Jahre 1789 gestorben sein, da an ihre Nachfolgerin in der Vogtei schon unterm 19. März 1790, wie wir gleich unten vernehmen werden, in einer Erbstifts-Angelegenheit ein Regierungsauftrag ergieng und vielleicht ist sie am 23. November des vorgenannten Jahres gestorben, da unter den jährlichen Stiftsgottesdiensten in der Spitalskirche zu Eferding für diesen Tag ein Seelenamt für die verstorbene Vogtfrau Gräfin Sulkowska vorkommt, was vermuthen lässt, dass sie an diesem Tage gestorben sei. Aus der Zeit dieser Vogtei hat sich noch über den damaligen Vermögensstand und Verwendung der Einkünfte des Erbstiftes eine Aufschreibung in gedrängter Kürze vorgefunden. Pfründner waren damals 24, das Dominium umfasste 180 behauste Unterthanen, 50 ledige Grundstücke, erwirtschaftete und nicht vinculierte Capitalien im Betrage von 21.783 fl., jährliche Interessen davon 871 fl. 19 kr., Grundertragnis 3860 fl. 10 kr.; Summe des Ertrages 4731 fl. 29 kr., wovon Spitäler, Beamte und Wirtschaftsleute zu erhalten waren.

Erbvogtfrau Francisca Freifrau von Gemmingen, geborne Freiin Schifer und Sonderndorf.

1790— (?).

Diese Vogtfrau war die Tochter des am 15. August 1755 verstorbenen Freiherrn Johann Karl Schifer und Sonderndorf, Besitzers von Neudenburg am Kemelbach in Niederösterreich, und ein Geschwisterkind ihrer Vorgängerin in der Vogtei, der Gräfin von Sulkowska. Sie vermählte sich im Jahre 1780 mit Karl Josef Freiherrn von Gemmingen-Hagenschieß auf Mühlhausen und Heimsheim zu Gmünd im V. O. M. R., dem Besitzer der Herrschaft Gmünd. Welche Bestimmungen unter dieser Vogtfrau bezüglich des Präsentationsrechtes für die Schifer'sche Armenstiftung und für die Pfarre Urfahr und auch für die Erhaltung der Stiftung getroffen, darüber gibt uns eine unter Kaiser Leopold II. erlassene Hofresolution Aufschluss. Die-

234

selbe ist de dato Wien 24. Februar 1792 an die oberösterreichische Regierung gerichtet und ist folgenden Inhaltes:

»Demselben wird auf den Bericht vom 9. December vorigen Jahres mit Zurückschluss der Beilagen erinnert, Allerhöchst Seine Majestät haben allergnädigst erlaubt, dass der Frau von Gemmingen, gebornen Freiin von Schifer und Sonderndorf, das Präsentationsrecht zur Schifer'schen Armenstiftung sammt den damit verbundenen Gebühren und so auch die Verwaltung der Stiftung für sie und ihre männlichen Erben überlassen und zugesichert werde und obschon die Stiftung für einen Beneficiaten zur Kirche in Urfahr-Linz übertragen worden und daselbst auch weiter belassen zu werden hat, so erlauben Se. Majestät dennoch, dass die Frau von Gemmingen und ihre männlichen Erben bei jedweder Erledigung einer Seelsorge zur Pfarre in Urfahr mit Beobachtung der hierzu bestehenden Vorschriften präsentieren mögen.

In Ansehung der Armenversorgung hat sie nach der allgemein ergangenen Anordnung es einzuleiten, dass die Verpflegung der 24 Pfründner dieser Schifer'schen Stiftung nach der bisherigen Beobachtung des Spitalsgebäudes in Eferding beibehalten und dafür gesorgt werde, dass die Spitalsgründe und Zehente zur Verpachtung, die entbehrlichen Wirtschaftsgebäude aber zum Verkaufe öffentlich versteigert werden, um ein sicheres Einkommen für diese Stiftung aufzubringen; um aber von der guten Verwaltung des Stiftungsvermögens versichert zu sein, ist zur Erhaltung einer Controle dem Seelsorger in Eferding anzuempfehlen, öfters bei diesem Spital in Eferding nachzusehen, die Rechnungen sich zur Einsicht vorlegen zu lassen und solche mit zu unterfertigen. Ferner ist zu veranstalten, dass die Spitalrechnung ordentlich geführt, jährlich bemängelt und berichtiget, insbesondere aber die eingehende Pupillen-Barschaft nach der Vorschrift zinsbringend gegen genugsame Sicherheit allemal ohne Verschub angelegt werde. Sie hat hiernach das Erforderliche einzuleiten, aber auch anher anzuzeigen, ob sie sich nicht dem unterm 19. März 1790 an sie erlassenen Auftrag: das Fiscalamt für die Bewirkung der Entschädigung der Stiftung in Ansehung der durch die Untreue der Beamten dem Stiftungsfond entgangenen 16.790 fl. 84⅓ kr. verwendet habe und inwieweit sich hiervon ein guter Erfolg zu versprechen sei; und da aus dem Berichte des Kreisamtes vom 9. December vorigen Jahres zu entnehmen ist, dass der Genuss eines jeweiligen Vogtherrn von der Schifer'schen Stiftung nicht verlässlich erhoben sei, so hat sie die Bestimmung dieses Genusses aus den Stiftungs-Documenten sogleich noch erheben zu lassen, um auch diesen Anstand vollends zu berichtigen.

Wien, 24. Februar 1792.

Freiherr von Greßl. Freiherr von Doblhof.

Von dieser Resolution bekamen die Vogtfrau, der Stadtpfarrer zu Eferding und die Beamten des Schifer'schen Spitales unterm 14. März 1792 amtliche Mittheilung (Pfarrschriften).

Die Vogtfrau hat aber gegen das von ihr nachgesuchte und auch vom Kaiser ihr zugesicherte Patronatsrecht auf die Pfarre Urfahr

später in einer an die Regierung abgegebene Aeußerung Einwendungen
erhoben wegen der einen Patron treffenden Bau- und Reparaturs-
kosten, die ihr und ihren Nachkommen große Kosten verursachen
dürften und daher das Patronatsrecht abgelehnt. Es wurde auch
thatsächlich dieses Recht weder von der jetzigen Vogtfrau noch von
ihrem Nachfolger in der Vogtei mehr ausgeübt, sondern es ist der
Religionsfond in dasselbe eingetreten. Nach dieser Hofresolution
nahm der Pfleger die Armenpfründner in das Spital auf und hatte
die Verwaltung desselben zu leiten. Da nach derselben auch beantragt
war, nur die Spitalsgründe und Zehente zu verpachten und die dadurch
entbehrlichen Wirtschaftsgebäude im Versteigerungswege hintanzugeben, so hat es den Anschein, dass die Vogtfrau schon jetzt mit dem
Gedanken umgieng, mehr als die Wirtschaftsgebäude, vielleicht auch
die Gründe zur Versteigerung zu bringen,[1] was auch im folgenden
Jahre geschah. Sie erhielt nämlich »vom Kreisamt« unterm 9. October
1792 die Verständigung, dass auf ihr an den Kaiser gestelltes Gesuch
vom 17. September 1792 der Auftrag erfolgt sei, sie beim Kreisamte
zu vernehmen und die von ihr nachträglich gestellten »Umstände«
anzuzeigen, inzwischen aber mit der Versteigerung der »Spitalsgüter«
zu Eferding innezuhalten. Zur Nachtragung dieser Umstände wurde
ihr ein Termin von vier Wochen bestimmt. Welchen Erfolg die von
der Vogteifrau gemachten Schritte hatten, können wir nicht angeben.

Im kommenden Jahre 1793, am 5. Juni, wurde nun die Versteigerung der Wirtschaftsgebäude und auch einiger zum Erbstifte
gehöriger Waldparcellen vorgenommen.

Nach Kaufscontract de dato Eferding 5. Juni 1793 erstand im
Licitandowege den Meierschafts-Stadel nächst dem Linzer Thor Josef
Vogel (der damalige Spitalspfleger, der von 1790—1830 als solcher
vorkommt) um den Meistbot von 430 fl. Eben derselbe licitierte nach
Kaufvertrag vom selben Tage die alte Wagenschupfe im Spitalshofe
um 171 fl. Den Stadel nächst dem Heindlgarten erstand am gleichen
Tage um 320 fl. Mathias Aigner, Färber zu Eferding.[2] Am selben

[1] Der dermalige Grundbesitz des Erbstiftes besteht
in Aeckern mit 33 Joch 897 Klafter

„ Gärten	„	2	„	926	„
„ Wiesen	„	14	„	1218	„
„ Weide	„	—	„	781	„
„ Waldung	„	17	„	385	„
„ Raasres	„	···	„	703	„

69 Joch 102 Klafter mit einem Reinertrag von 1173 fl. 50 kr.

[2] Am südlichen Seitenflügel waren Scheunen und die Stallungen; die
Meierstube, Küche und anderes befanden sich im Westfrontflügel zu ebener

6. Juni wurden von den Waldungen verlicitiert: Das Inzingerholz, Pfarre Walzenkirchen, 4 Joch und 416 Klafter messend, bekam Mathias Loipetsberger auf der Wiesmühle um 1030 fl., jährliche Steuer dafür das Joch à 40 kr., zusammen 3 fl. weniger 9¹/₆ kr.; dann das 37¹⁰/₈₁.¹) und 21 Klafter umfassende Riedholz oder Schiferholz bei Finkelham, von diesem wurden 18 Joch um 2855 fl. von Michael Göttner, Bestandbauer in Parz, erstanden, jährliche Steuer davon 12 fl.; ferner wurden aus demselben Spital-Riedholz an Marie Aigner ¹¹/₆₄. Joch und 2 Klafter käuflich abgegeben; dann der Kranal bei Breitenaich mit 10⁴¹/₆₄. Joch und 18¹₈. Klaftern, wurde mit 2005 fl. von Johann Fuchsmayr, Stadler bei der Aumühle, erstanden; Mitkäufer waren noch drei: Michael Gaßner auf dem Bauernbergergut in Finklham, dann Martin Schatzmayr auf dem Ilindergut in der Langhub und Johann Eder auf dem Raichmaiergute in Steinholz. Jährliche Steuer von der Kranalwaldung war 7 fl. 12¹/₈ kr.; die Breitholzwaldung mit 17 Joch und 1211 Klaftern kaufte Georg Hintenaus am Holzmaiergute um 1603 fl.; jährliche Steuer davon war damals 12 fl. 48¹¹₄ kr. — 58 kr. Der Ausrufspreis dieser Objecte und Liegenschaften war zusammen 4980 fl., erzielt wurde 8504 fl. Schon vorher, anfangs des Jahres 1793, wurde das Beneficiaten-Haus von dem Gastwirt Gottfried Ruemer namens seines Stiefsohnes Michael Baumgartner um 608 fl. gekauft, worauf wir aber später noch zurückkommen werden.

Dass man auch Waldungen versteigerte, ist sonderbar, da nach der Hofresolution vom Jahre 1792 nur die entbehrlichen Wirtschaftsgebäude verlicitiert werden sollten; vielleicht waren doch die Bestrebungen der Vogtfrau vom Erfolge, oder man hat von anderer Seite eingerathen, diese weiter entlegenen Waldungen hintanzugeben und umsomehr, da schon vor dem Jahre 1787, wie wir in der Spitalsordnung von diesem Jahre vernommen haben, die vormalige Robot von den Unterthanen, also auch die Robot mit Zufuhr des Holzes aus den Waldungen abgelöst worden war.

Nachdem man dieser Waldungen von über 52 Jochen los geworden war, dem Erbstifte blieben davon noch 17 Joche und 385 Klafter, erschien im Juni 1793 ein Organisations-Plan des gesammten Stiftungswesens, nachdem früher schon unterm 14. April 1793 von der Landes-

Erde. Nach Rechnung des Erbstifters vom Jahre 1800 waren die zwei Pferdeställe, der große und kleine Kuhstall, die Meierstube sammt Kammern, der Getreidekasten und die daranstoßenden drei Kammern an drei Parteien verpachtet.

¹) ¹.₆₄ Joch = 25 Klafter.

stelle eine Commission zu diesem Zwecke veranlasst worden war. Nach dieser Organisierung wurde beantragt, die Besoldung des jeweiligen Spitalspflegers auf 620 fl. zu erhöhen und dem Amtmanne 12 fl. auszuwerfen.

Nachdem der frühere Vogtherr und auch die verstorbene Vogtfrau Marie Anna mit Ausnahme der Gräfin Sulkowska immer den zweiten Stock des Herrschaftshauses bewohnten und an Naturalien: Milch, Butter und Eier vom Spitale bezogen und auch die jetzige Vogtfrau Freün Francisca von Gemmingen, welche nicht in den besten Vermögensverhältnissen lebte, alles dieses beanspruchte, so wurde beantragt, ihr das Naturalquartier zu entziehen und nachdem das Spital einen Jahresüberschuss von 542 fl. 48 kr. auswies, dieser Vogtfrau statt des gewöhnlichen Schutzgeldes von 100 fl. und des jährlichen Siegelgeldes von beilich 60 fl. zum Ersatz dieser Bezüge und für den Entgang der sonstigen Emolumente ein Pauschale von jährlich 300 fl., vom Jahre 1794 angefangen, zu geben, welcher Commissions-Antrag auch von der Regierung unterm 14. August 1793 die Gutheißung und Bestätigung erhielt.

Infolge Regierungsverordnung vom 1. Mai 1794 wurde von der Vogtfrau Freün Francisca von Gemmingen für die neue Organisation des Erbstiftes ein Stiftbrief gegeben, der zugleich auch Vorschriften für den religiösen und sittlichen Lebenswandel der Spitalspfründner enthält und den wir im nachstehenden folgen lassen:

»Ich Francisca, des heiligen römischen Reiches Freün von Gemmingen, geborne Freün von Schifer und Sonderndorf, bekenne hiermit öffentlich und in Kraft dieses Stiftbriefes für mich und meine männlichen Erben:

Nachdem vermöge hoher Regierungs-Verordnung vom 1. Mai l. J., Nr. 5663, nöthig befunden worden ist, dass die hiesige Versorgungsanstalt nach ihrer Organisation auch mit einem Stiftbriefe bedecket und auf solche Art mit Beihilfe des jährlichen Präliminar-System, und zwar mit Einschaltung gesammter Bedeckungs- und Erfordernisweise im steten Fortgang erhalten werde, so ist:

1. Das in der Stadt Eferding befindliche Schifer'sche Spital, soviel man aus den alten Documenten wissen will (indem kein eigentlicher Original-Stiftbrief vorhanden ist), von dem hoch- und wohlgeborenen Herrn Ritter Rudolf Schifer im Jahre 1325 auf 12 Manns- und 12 Weibspersonen, das ist auf erarmte, kranke oder mühselige, der christkatholischen Religion zugethane Spitalsunterthanen gestiftet, vom Herrn Balthasar von Schifer aber vermög eines Documentes vom Jahre 1421 am Vincenzen-Tag diese Stiftung vermehrt worden. — 2. Hatten die Schifer gleich von Anbeginn der Entstehung

dieses Spitales das Recht, die Pfründner in solches aufzunehmen.[1]) – 3. Eben dieses Recht ist auch der Francisca Freiin von Gemmingen für sich und ihre männlichen Erben vermög Hofresolution vom 24. Februar 1792 gnädigst verliehen worden. – 4. Nach Erlöschung dieser Concession aber soll diese Stiftung dem allerhöchsten Landesfürsten anheimfallen. – 5. Da die wahrhaft bedürftigen Pfründner ihre Versorgung aus dem diesfälligen Fonde erhalten, so ist bei deren Aufnahme alle mögliche Sorge und Aufmerksamkeit dahin zu richten, dass niemand an diesen Wohlthaten theilnehme, der selbst noch eigene Mittel besitzt, und würde demnach – 6. in Erfahrung gebracht werden, dass ein Armer bei Antritt ein eigenthümliches Vermögen besitze und solches verheimlichet habe, so würde er im Entdeckungsfalle sogleich der Pfründe verlustig und verpflichtet werden, alle dem Armenversorgungs-Fonde auf seine Erhaltung verursachten Kosten zu ersetzen; demjenigen aber, der auf was immer für eine Art während der Zeit des Genusses einer Pfründe ein Vermögen erwirbt und erhält, dem solle es freigestellt sein, sich der Pfründe zu begeben und von dem Vermögen die genossenen Verpflegsgelder zurückzuersetzen oder aber nach seinem Tode das erlangte Vermögen dem Fonde gegen dem abzutreten, dass ihm der davon abfallende Fruchtgenuss lebenslänglich belassen werde; wie sich – 7. von selbst versteht, dass all dasjenige Vermögen, welches sich nach dem Tode eines stiftunsmäßigen Pfründners vorfindet, ganz allein dem Armenversorgungs-Fonde ohne mindester Aufrechnung einer Taxe in Geschäften des adeligen Richteramtes oder unter dem Vorwande eines Mortuariums zufallen und ordentlich verrechnet werden solle. – 8. Sind die Pfründner verbunden, das von unvordenklichen Jahren bisher gepflogene Gebet für die verstorbene und auch noch lebende Schäfer'sche Familie zu verrichten und überhaupt einen gut christkatholischen, ehrbaren Lebenswandel zu führen, und schließlich wird -- 9. die ganze Versorgungsanstalt durch das gegenwärtige (1794) Präliminar-System, welches nachstehend von Wort zu Wort eingeschaltet worden ist, bedeckt (Dasselbe ist aber in der vorgelegenen, verificierten Abschrift dieses Stiftsbriefes nicht eingeschaltet gewesen).

[1]) Wenn man nach Punkt 1 aus »alten Documenten wissen will«, dass Rudolf Schäfer, der Stifter des Spitales, dieses auf 24 Pfründner gestiftet habe, so kann man das vielleicht aus den alten Documenten herauslesen gewollt haben, aber richtig hat man da nicht gelesen. Es ist zweifellos, dass Rudolf Schäfer der Stifter ist, ja es kann dies, wenn auch der eigentliche Stiftbrief weder im Originale, noch in einer Abschrift vorhanden ist, urkundlich nachgewiesen werden. In allen aber über das Spital aus 14., 15., 16. und 17. Jahrhunderte noch vorhandenen Documenten ist gar nie ersichtlich, dass der Stifter Rudolf seine Stiftung auf 24 Pfründner machte, noch weniger aber, dass die in das Spital Aufzunehmenden gerade nur Spitalsunterthanen sein sollten, was Letzteres vielleicht schon vor dem Jahre 1794 in Gepflogenheit sein mochte, aber das erstemal als stricte Bestimmung im obigen Stiftbriefe erscheint. Im Jahre 1421 haben Siegmund Schäfer, Pfleger zu Ort, und Balthasar Schäfer zu Schließlberg dem damaligen Spitalmeister, wie vorne schon erwähnt ist, aufgetragen, in das Spital nach alter Gepflogenheit zum mindesten zwölf arme und kranke Menschen und dazu noch andere, soviel das Spital aufzunehmen vermag, in dasselbe aufzunehmen. Ebenso unbegründet ist im Punkt 2 die dortige Annahme, welche denn doch eine bestimmte Kenntnis der Documente voraussetzen ließ.

Zu mehreren Bekräftigung dessen sind drei gleichlautende Exemplare errichtet worden, wovon eines bei dem k. k. Regierungs-Registrator, das zweite bei der Nierländischen k. k. Staatsbuchhaltung und das dritte bei dem dasigen Spitalsstift Eferding zum beständigen Gedächtnis dieser milden Versorgungsanstalt und Darnachachtung aufbewahrt werden solle.

So geschehen bei dem Baron Schifer'schen Spitalsstift E f e r d i n g, den 26. Juni 1794.

Francisca Freiln von Gemmingen, geborne Freiln Schifer
und Sonderndorf, Vogtfrau.

. · .

Ohgefertigter Stiftbrief wird hiemit genehmiget von der Regierung:
l. l n s, den 21. October 1794.

Franz Xav. Freiherr Pockstein   Georg Edler von Dornfeld
    von Waffenbach.   k. k. Regierungsrath.

Die in diesem Stiftbriefe enthaltene Bestimmung bezüglich der Anzahl der aufzunehmenden Pfründner erhielt sich bis in die neueste Zeit, wo statt 24 nun 40 Pfründner mit je 25 Kreuzer täglich vom Erbstifte betheilt werden, wie wir schon eingangs dieser Schrift vernommen haben.

· · ·

Da das in diesem Stiftbriefe erwähnte Präliminare von 1794 nicht eingeschaltet und auch nicht vorfindig war, so wollen wir eine Abschrift des Präliminare über die Bedeckung und Erfordernis des Erbstiftes für das Jahr 1793 im nachstehenden bringen, welches Präliminare sich vielleicht von dem für das im Jahre 1794 gegebenen nicht viel unterscheiden dürfte:

		fl.	kr.
1. An grundherrlichen Unterthans-Gaben		721	45¹/₄
2. Interessen von Activ-Capitalien		509	31
3. Dienstgetreide-Reluierung		303	44
4. Zehent-Reluierung		309	38
5. Altreluierter Zehent		2	26
6. Reluierter Zehent von eigenen Gründen . . . · . . .		8	7
7. „ Sackzehent		17	31
8. Reluiertes Schnittergeld		17	57¹/₄
9. Reluierter Küchendienst		35	46
10. Bestand- und Pachtschilling		960	48
11. Bestimmte Beiträge		35	—
12. Protokolls-Gefälle		520	—
13. Innleute-Steuer		7	—
14. Verlassenschafts-Beiträge		6	50
15. Vergütung des Wohnungszinses und der Service-Gebühren der im Hause lebenden Pfründner		209	52¹/₂
Summe der Bedeckung . .	3660	56⁶/₄

Nachdem die Vogtfrau die vorhin bezogenen Emolumente gegen ein Aequivalent von 300 fl. zurückgelassen hatte, wurden nun Siegel- und Fertiggeld dem Spitale verrechnet.[1)]

In der Instruction der Vogtfrau Cäcilia Gräfin von Sulkowska vom Jahre 1787 für das Erbstift finden sich noch umständliche Vorschriften für die Naturalverpflegung der Spitäler, wiewohl in derselben schon nicht mehr, wie in den früheren Spitalsordnungen die Dienstgänse und Dienstkälber vorkommen und es da schon heißt, dass die vormalige Robot der Unterthanen abgelöst wurde. Man wird sehr wahrscheinlich nach dem Ableben der vorgenannten Vogtfrau, Ende des Jahres 1789, allmählich von der Naturalverpflegung der Spitäler abgekommen sein, und dies umsomehr, da die Robot der Unterthanen schon aufgehört, alle Gründe im Jahre 1792 verpachtet, die Wirtschaftsgebäude und der weitaus größte Theil der Waldungen verkauft worden waren. In dem vorausgeschickten Präliminare vom Jahre 1793 findet sich sogar unter Punkt 15 eine Bedeckungspost mit der Vergütung des Wohnungszinses und der Service-Gebüren der im Hause lebenden Pfründner, was annehmen lässt, dass man nach damaligem Wirtschaftssystem des Erbstiftes es für ersprießlich fand, die Pfründner für ihre Kammern Wohnungszins und für ihre in alten und kranken Tagen nothwendige Pflege und Auswartung eine Service-Gebür aufzurechnen, was denn doch aller sonstigen früheren Gepflogenheit und den Intentionen der Stifter widerspricht. Es hat also den Anschein, dass man es damals für gut fand, den Pfründnern im Erbstiftsgebäude keine Wohnung zu geben und sie durch den Wohnungszins abzuhalten, dort Wohnung zu nehmen, und somit erklärt sich auch in etwas, dass nach dem Stiftbriefe vom Jahre 1794 nur Schifer'sche Unterthanen Anspruch auf eine Pfründe haben sollten, weil deren in nächster Nähe von Eferding nicht viele waren, die etwa Wohnung im Erbstiftsgebäude genommen hätten, sondern die meisten in weiter

---

[1)] Die Dienste und Giebigkeiten von den verschiedenen Naturalien wurden damals nach folgendem Maßstabe abgelöst:

½ Kalb relakert . 19½ kr.	½ Kalb, 2 Gänse und 60 Eier relakert . 1 fl. 49½ kr.			
1 ganzes „ . 39½ „	½ „ 4 „ „ 180 „ „ . 3 „ 49½ „			
½ Kalb „ . 29½ „	½ „ 4 „ „ 120 „ „ . 2 „ 49½ „			
½ „ „ . 12½ „				
½ „ „ . 9½ „	Die Diesmalgereihe-Relakerung machte in Geld			
zusammen 25 ganze Kälber,	zusammen 300 fl. 44 kr., und zwar für:			
½ und ½ Kalb machte in	Korn: 139 Metzen Hafer 112 Metzen			
Geld . . . 25 fl. 46 kr.	„, Maßl 104 Maßl			
	½ „ „, „			
		½ „		
		½ „		

entlegenen Pfarren sich befanden, welchen weniger um einen Aufenthalt in Eferding zu thun gewesen sein wird. Für diese Bestimmung könnte wohl auch angeführt werden, dass in der Instruction vom Jahre 1787 an den Pfleger es heißt: dass bei der Aufnahme in das Spital, bei übrigens gleichen Umständen, die Spitalsunterthanen den Vorzug haben sollten; diese glaubte man vielleicht auch darum mehr berücksichtigen zu müssen, weil sie Dienste, Robot und andere Herrschaftsgiebigkeiten für das Erbstift zu leisten hatten. Wir können nicht genau angeben, wie groß die tägliche Betheilung der Pfründner gleich anfangs nach Aufhörung der Naturalverpflegung war; im Jahre 1800 erhielt ein Pfründner täglich 9 kr. Wiener Währung, was jährlich für einen 54 fl. 45 kr. Wiener Währung ausmachte; aber soviel können wir sagen, dass seit dem Jahre 1793 die Rentenüberschüsse immer wieder bis zum Jahre 1847 capitalisiert wurden und da bis zu 10.000 fl. angewachsen sind. Bis zum Juli 1860 betrug die tägliche Pfründengabe 13½ kr. österreichischer Währung, ohne angeben zu können, wieviel die Pfründner vor Einführung der österreichischen Währung täglich erhielten.[1]

Unter der Vogtfrau Francisca Freiin von Gemmingen vollzog sich auch der Verkauf der Spitalskirche, des Beneficiaten-Hauses und des kleinen Gottesacker in der Ludl;[2] welche Objecte an verschiedene Käufer übergiengen und deren weitere Schicksale wir später bringen werden. Francisca von Gemmingen lebte noch nach einem Bericht des gewesenen Spitals-Beneficiaten Widel de dato Linz 4. November 1802 als Witwe auf ihrer Herrschaft zu Gmünd (V. O. M. B.). Ueber ihre weiteren Schicksale und über die Zeit ihres Ablebens konnten wir keine Nachricht bekommen.

Vogtherr Josef Freiherr von Gemmingen.

Auf die Vogtfrau Freiin Francisca von Gemmingen, welche schon 1797 und noch 1802 als Witwe vorkommt, folgte, ob unmittelbar, kann nicht gesagt werden, als Vogtherr Josef Freiherr von Gemmingen, der aber nicht mehr Besitzer von Gmünd war. Er war ein männlicher Erbe der früheren Vogtfrau, daher gebürte ihm nach Hofresolution vom Jahre 1792 die Nachfolge in der Vogtei des Erbstiftes. Von

[1] Nach Rechnung 1800 erscheint für die 24 Pfründner, die damals im Spitale wohnten, ein Ausgabsposten von 82 fl. für Doctor, Chirurg, Apotheker und Krankenwärterin.

[2] Eine etwas niedrig gelegene, größere Grundfläche an einem stehenden Gewässer, die Ludel in Linz.

16

ihm wissen wir nur, dass er als k. k. Hauptmann, wohnhaft in Wien (Leopoldstadt, Kleine Schiffgasse) unterm 27. Juni 1818 ein Gesuch an die oberennsische Regierung um Erfolglassung der aus den Einkünften des Erbstiftes erliegenden Ueberschüsse und allfälligen Obligationen und um Abtragung der durch die Defraudation des Pflegers Josef Langheyder dem Erbstifte entstandenen Schäden (1784) aus eben denselben Mitteln mit der Begründung überreichte, dass seine Familie das Obereigenthumsrecht über die Erbstiftung habe.[1] Selbstverständlich konnte seinem Ansuchen keine Folge gegeben werden. Sein Nachfolger in der Vogtei war

Rudolf Freiherr von Gemmingen-Mühlhausen.

Wann dieser zur Vogtenstelle gelangte, lässt sich nicht genau angeben. Er ward im Jahre 1805 oder 1807 geboren und war noch minderjährig, als er zur Vogtei kam, indem bis zu seiner Großjährigkeit sein Vormund Friedrich Baron von Stiebar, Hofsecretär in Wien, die Vogteirechte ausübte, und der noch unterm 7. Juni 1831 als sein Vormund erscheint. Rudolf betrat die militärische Laufbahn und da finden wir ihn im Jahre 1831 in Linz als Fähnrich im k. k. Linien-Infanterie-Regimente Erzherzog Karl und unterm 10. Juni 1832 als Lieutenant bei demselben Regimente mit der Bemerkung, dass er damals 25 Jahre alt war. (Nach dieser Angabe wäre er im Jahre 1807 und nicht im Jahre 1805 geboren; ersteres dürfte aber zutreffender sein, da er im Jahre 1831 als bereits großjährig angegeben ist.) Im Jahre 1831 wurde von Seite der Regierung der Antrag gestellt, die Zahl der Pfründner, deren damals nur 16 waren, auf 24 wieder zu ergänzen. Dieser Antrag fand aber vorderhand keine Annahme, da im August des nächstfolgenden Jahres (1832) die Pfründner des Erbstiftes[2] selbst ein »Hofgesuch« um Vermehrung der Pfründnerplätze einreichten und schon früher unterm 10. Juni desselben Jahres sich mit einem Gesuche im gleichen Sinne an die Regierung wendeten. Letzteres Gesuch wurde insoferne berücksichtiget, als man schon bereit war, diesbezügliche Verfügungen zu treffen.

Der Vogtherr Rudolf Freiherr von Gemmingen äußerte sich aber hierüber im Jahre 1833 an die Regierung dahin, dass es bei den erzielten Ueberschüssen nach den Jahresrechnungen des Erbstiftes wohl angehen würde, die Pfründnerzahl auf 24 zu ergänzen, jedoch man über das

[1] Acten der k. k. Statthalterei in Linz.

[2] 1832 bekamen die Pfründner 16 Klafter harte Scheiter zur Beheizung; im Jahre 1800 waren noch 24 Pfründner.

Erträgnis des Erbstiftes keine »buchhalterischen« Anhaltspunkte habe.
Nach dem am 19. Mai 1830 erfolgten Ableben des Pflegers Josef Vogel
übernahm unterdessen der Magistrat der Stadt Eferding die Verwaltung
und die Justizpflege des Erbstiftes. Man hatte im Jahre 1831 schon
die Auflassung eines selbständigen Verwaltungsamtes ventiliert, der
Vogtherr hatte aber den Ritter Franz von Grimburg, früher Pfleger
in Mistelbach, als Verwalter bestimmt; aber im Jahre 1832 hatte der
Magistrat noch immer die Verwaltung und sollte ihm nach des Vogtherrn Willen bis zur Organisation des Verwaltungswesens belassen
werden, was auch noch weiter geschah, da der Magistrat im Jahre 1833
dem Erbstifte als Bedeckungsüberschuss 2000 fl. abführte, während
derselbe im Jahre 1830 sich nur auf 282 fl. 35 kr. bezifferte. Der
jeweilige Syndicus des Magistrates bezog für die Justizverwaltung des
Erbstiftes die Richteramts-Taxen; als Besoldung hatte er nur 10 fl.
jährlich. Der Pfleger Josef Vogel, welcher auch vom Erbstifte 10 Joche
86³/₄ Klafter Grundstücke gegen 73 fl. Wiener Währung in Pacht
genommen hatte, bezog als Besoldung im Jahre 1815 450 fl. Wiener
Währung, im Jahre 1816 wurden diese auf 900 fl. Wiener Währung
erhöht, im Jahre 1832 war die Besoldung auf 500 fl. Conventions-
Münze und später auf 750 fl. Conventions-Münze angesetzt. Vom
Verwalter von Grimburg forderte man eine Caution von 2000 fl.
Conventions-Münze.[1]

Aus der Zeit der Vogtei des Freiherrn Rudolf über das Erbstift
finden wir eine Zuschrift der Spitalsverwaltung Eferding vom 28. April
1841 an ihn um sein Gutachten wegen Abrectificierung der im Jahre
1793 verkauften Erbstiftsgründe (Ausscheidung derselben aus der
Landtafel und dem landständischen Cataster und Uebertragung in
eine eigene Einlagsnummer), bei welcher Gelegenheit ihm auch der
halbjärige Vogteigehalt für das Jahr 1841 mit 150 fl. Conventions-
Münze zugeschickt wurde. Baron Gemmingen gab auch bald darnach
die schriftliche Genehmigung zur Abrectificierung de dato Kaiserebers-
dorf (in Niederösterreich), wo er sich als k. k. Oberlieutenant unterfertigte. Im Jahre 1847 wendete er sich mit einem Gesuche an die
Landesregierung um Zuwendung der Rentenüberschüsse des Erbstiftes
mit der Motivierung, dass die Spitalsherrschaft in der Landtafel mit
dem Beisatze vorgetragen sei, dass selbe unter die Baron Schifer'sche
Familie gehöre; das Schutzgeld von 100 fl. (in diesem Betrage wurde
es vor 1793 gegeben) hätten die Vögte auch bei einem Abgange in
den Spitalseinkünften bezogen, seit 1793 seien die Rentenüberschüsse

---

[1] Acten der k. k. Statthalterei in Linz.

16*

immer capitalisiert worden und nun bis auf 10.000 fl. angewachsen und dass die Gemmingen schon seit 1793 in misslichen Vermögensverhältnissen sich befänden und Bittsteller der letzte männliche Nachkomme des Stifters wäre und laut § 4 des Stiftsbriefes vom 26. Juni 1794 die Stiftung nach seinem Ableben dem Landesfürsten zufallen werde. Auf diese Eingabe erhielt der Vogtherr unterm 25. September 1848 den Bescheid, der ihn aber nicht mehr am Leben traf, dass nur das Baron Schifer'sche Spital, das heißt die Stiftung, in der Landtafel an Besitz geschrieben sei, dass der Schifer'schen Familie nur die weltliche Vogtei, nicht aber das Eigenthumsrecht zukomme und dass die Ueberschüsse zur Vermehrung der Stiftungsplätze bei Bewahrung eines Reservefondes für außordentliche Auslagen, Bauten, Pensionen u. s. w. verwendet werden.

Der Vogtherr Rudolf von Gemmingen war ein Sohn des N. Freiherrn von Gemmingen und Mühlhausen und dessen Gemahlin Marie Anna, geborene Freiin von Lempruch. Nach Parte de dato Krems 1848 meldet dieselbe in ihrem und im Namen ihrer Tochter Karoline das Ableben ihres »einzigen« Sohnes Rudolf Josef Raimund, Ritter des DeutschherrenOrdens und Hauptmann des III. k. k. LinienInfanterieRegimentes, welcher am 28. September 1848 zu Mailand infolge ausgestandener Kriegsstrapazen am Typhus im 43. Lebensjahre starb. Nach dieser Angabe wäre er im Jahre 1805 geboren worden. Nach dem Gotha'schen Adelskalender vom Jahre 1848 war er der letzte Sprosse der älteren Linie Gemmingen.

Nach seinem Ableben erhielt seine Schwester Karoline, welche an Johann Schallermayr in Wien verehelicht war, mit kaiserlicher Entschließung vom 28. September 1849 den Betrag von jährlich 300 fl. ConventionsMünze angewiesen, welche Gnadengabe sie auch bis zu ihrem am 3. September 1869 erfolgten Tod bezog.

Da nach dem OrganisationsPlane vom Jahre 1792 für das Erträgnis der Liegenschaften das Pachtsystem eingeführt wurde, so hatten die jeweiligen Pfleger unter der Aufsicht der Landesregierung die Verwaltung des Erbstiftes zu besorgen; die Vögte hatten die Mitwissenschaft davon, hatten die Rechnungen einzusehen und zu genehmigen.

Nach dem Ableben des Freiherrn Rudolf von Gemmingen (1848) fiel das Schifer'sche Erbstift dem Landesfürsten zu und die k. k. oberösterreichische Statthalterei fungiert nun als oberste Stiftungsbehörde bei dieser Versorgungsanstalt.

Von den Pflegern können wir außer Mathias Arminger, der durch 34 Jahre Pfleger war und im Jahre 1744 in den Ruhestand trat, noch anführen: für 1743 einen von Reinspach, von 1715—1747 Karl Freiherr von Kainz, 1747—1751 Franz Josef Pöhr, Pfleger zu Freiling, mit welchen 1747 die Witwe Marie Anna von Reinspach die Rechnung desselben Jahres fertigte, 1756—1784 Josef Langhayder, 1785 Felix von Reinspach, 1790—1830 Josef Vogel, mit welchen auch im Jahre 1800 der Stadtpfarrer von Eferding, Johann Schwerdling, Titular-Domherr von Königgrätz, die Spitalsrechnung mitfertigte und siegelte.

Der Pfleger Vogel hatte auch einen Schreiber, für welchen ihm mit Hofdecret vom 23. October 1803 die Besoldung von 50 fl. auf 100 fl. erhöht wurde. Derselbe Pfleger hatte auch seit dem Jahre 1820 einen gewissen Anton Hofbauer in seinen Privatdienst genommen, der Hofschreiber tituliert wurde.

Da nach dem Stiftbriefe vom Jahre 1794 nur verarmte Besitzer von grunduntertthänigen Häusern des Schifer'schen Erbstiftes Aufnahme in das Spital, beziehungsweise Betheilung in Geld, wie es schon von 1792 eingehalten wurde, fanden, so zogen es später viele Pfründner, welche in weitentlegenen Pfarren oder Gemeinden bisher ihren Aufenthalt hatten, und nachdem auch die Naturalverpflegung abgekommen und Wohnungszins zu zahlen[1] war, nicht im Spitalsgebäude in Eferding Wohnung zu nehmen, sondern in ihrem früheren Aufenthaltsort zu verbleiben und dort die Pfründe zu genießen.

Zur Zeit der Franzosen-Einfälle im Jahre 1800 und 1809 sah man sich auch veranlasst, die Räumlichkeiten des Spitales für die Aufnahme der kranken, feindlichen Soldaten zu öffnen, deren nicht wenige dort Pflege, aber auch so manche den Tod fanden.[2]

Als im Jahre 1839 von Seite des Bischofes Gregorius Thomas Ziegler von Linz die Spitalskirche vom Magistrate Eferding käuflich erworben wurde, gieng man auch mit dem Gedanken um, eine Abtheilung für Kranke in dem Spitalsgebäude zu errichten. Zu diesem Zwecke stellte der damalige Stadtpfarrer Josef Hoflehner unterm 17. März 1840 an den Spitalspfleger Franz Ritter von Grimburg das Ansuchen um Ueberlassung des ebenerdigen, nördlich gelegenen

----

[1] Nach der schon einmal angeführten Rechnung vom Jahre 1800 kommt eine Empfängerubrik über Vergütung des Wohnungszinses und der Service-Gebüren für die im Spitale lebenden Pfründner vor, was für einen jeden Pfründner täglich 1 kr. 2 Pfg., also in einem Jahre 9 fl. 7½, kr. ausmachte, wodurch eine Summe von 206 fl. 45 kr. erzielt wurde.

[2] Auch hat man damals das Haus Nr. 29 in hiesiger Vorstadt (nun des Ledermeister Oßberger) zu einem Spitale eingerichtet, in welchem nicht bloß Kranke vom Militär, sondern auch vom Civile aufgenommen wurden.

Tractes des Erbstiftsgebäudes an den vorgenannten Bischof gegen
dem, dass in jenem Theile dieses Tractes, welcher der Spitalskirche
zunächst gelegen ist, eine Krankenabtheilung unter der Obsorge von
barmherzigen Schwestern errichtet werden könnte, da dieser Tract
dermalen gar keine Verwendung habe und da Eferding einer solchen
Anstalt zur Unterbringung hilfsbedürftiger Menschen gänzlich ent-
behre. Auch wurde in dieser Eingabe ausgesprochen, dass man die
nothwendigen Adaptierungs-Kosten gerne übernehmen wolle.

Der Pfleger von Grimburg drückte in seinem Antwortschreiben
vom 18. März 1840 die vollste Geneigtheit aus, diesen Tract zu dem
ausgesprochenen humanen Zwecke gerne zu überlassen unter dem
Vorbehalte des Eigenthumsrechtes des Erbstiftes für immerwährende
Zeiten und der Genehmigung der Landesregierung, und dass die
Kosten der nothwendigen Bauwendungen von Seite der Antragsteller
übernommen werden. Aus welchen Gründen die Ausführung dieses
Planes unterblieb, kann nicht angegeben werden.

Im Jahre 1860 machte der Medicin-Doctor Anton Pruckmayr,
ein geborener Eferdinger, bei der k. k. Statthalterei von Oberösterreich und Salzburg in Linz den Versuch, ob man nicht geneigt wäre,
das Spital zu einem Militär-Hospital oder zu einem Invalidenhause
umzuwandeln. Er begründete dieses sein Gesuch mit dem guten
Vermögensstande des Erbstiftes, da die Grundlasten-Ablösungsrente
jährlich 4600 fl. betrage, dass das Erbstift einen großen Wald zu
eigenem Holzbedarfe besitze und die Aecker und Wiesen ein gutes
Pachterträgnis abwerfen. Ferner führte er an, dass, wenn nur ehemalige Unterthanen des Schifer'schen Erbstiftes den Vorzug haben,
eine Pfründe zu erhalten, der Unterthanenverband seit zwölf Jahren
schon gelöst sei und somit die Zahl der früheren Unterthanen und
sohin auch die Zahl der zu Pfründenbezügen Berechtigten von Jahr
zu Jahr abnehmen und in Bälde aussterben werden, und somit schon
in nächster Zukunft mit dem Erbstifte eine andere Bestimmung getroffen werden müsse.[1]

---

[1] Dermalen dürfte als Regel gelten, die aber auch manche Ausnahme
zulässt, dass zur Erlangung einer Spitalspfründe, beziehungsweise auch Aufnahme
in eine Wohnung des Spitales, die verarmten und hilfsbedürftigen »Schifer'schen
Unterthanen« den Vorzug haben.

Diese »Unterthanen« sind solche, welche noch vor Aufhebung des Unter-
thanenverbandes im Jahre 1848 geboren wurden und von Eltern abstammen
die damals Besitzer eines dem Erbstifte unterthänigen Hauses waren. Nach
zwei oder drei Decennien wird es wohl sehr wenige solcher »Unterthanen« mehr
geben. Ueber diese Angelegenheit spricht sich eine Note der k. k. Statthalterei

Ductor Pruckmayr wurde mit seinem Gesuche abgewiesen. Nichtsdestoweniger richtete man aber in Eferding immer wieder sein Augenmerk auf das Schifer'sche Erbstiftsgebäude, um es für eine Krankenabtheilung zu gewinnen, insbesondere als im Jahre 1863 der oberösterreichische Landtag die Errichtung eines allgemeinen Krankenhauses in Linz auf Landeskosten abgelehnt hatte und dagegen seinen Wunsch mehr für Errichtung von Bezirks-Krankenhäusern Ausdruck gab.

Es haben nun im Jahre 1865 in Eferding mehrere Menschenfreunde zu einer Petition an die k. k. Statthalterei in Linz mit der Absicht sich vereiniget, für den Pfarrbezirk Eferding ein Spital, für vorläufig dreißig Betten, zu gründen und zu erbauen.

Wiewohl die Petenten die großen Schwierigkeiten, die mannigfachen und großen Unkosten, welche die Erbauung und Erhaltung eines Krankenhauses mit sich bringen würde, sich nicht verhehlten, so meinten sie, dass gerade die in der Stadt Eferding bestehenden eigenthümlichen Verhältnisse eine relativ leichte Ueberwindung obiger Hindernisse gestatten würden, da sowohl der Bau als die Erhaltung des beantragten Krankenhauses sich auf schon Vorhandenes gründen ließe und führten für das geplante Unternehmen an, dass die Räumlichkeiten des Erbstiftes die Errichtung einer Krankenabtheilung ganz wohl zulassen würden, da dermalen von den 24 Pfründner des Stiftes nur fünf einige kleinere Zellen bewohnen, während ungeheure Räume in dem wohlerhaltenen, weitläufigen Gebäude unbewohnt stehen oder in neuester Zeit erst hergerichtet wurden.

Die Schwierigkeit des Kostenpunktes anbelangend, meinten die Bittsteller, sei in Eferding eine relativ geringe, indem in dem Erbstifte die dazu gehörigen Localitäten in ihren Hauptbestandtheilen

von Salzburg und Oberösterreich vom 26. März 1861 an das k. k. Landestruppen-Commando in Linz in folgender Weise aus:

»Die ehemaligen Unterthanen des Schifer'schen Erbstiftes haben bei eingetretener »Bedürftigkeit den vorzüglichsten Anspruch auf Verleihung einer Pfründe, in deren »Ermanglung aber können diese Pfründen auch anderen bedürftigen Personen ver-»liehen werden, daher diese Stiftung nicht aufhören wird, wenn keine ehemaligen »Schifer'schen Unterthanen mehr vorhanden sein werden.«

»Nach einer Abschrift aus den nachgelassenen Papieren des im Jahre 1894 in Haag (Oberösterreich) als k. k. Bezirksarztes verstorbenen Dr. Pruckmayr.) Nach der Angabe desselben Doctors waren in Eferding 1860 drei Humanitäts-Anstalten, ein Dienstboten-Krankenverein mit einem jährlichen Einkommen von 83 fl., die Maria Scheidungs-Bruderschaft (Bruderhaus) mit 740 fl. und das Schifer'sche Erbstift mit einem Capitale von 67.528 fl. und 4600 fl. Jahresrenten. Nach dem landräflichen Gültenbuche waren 118 Häuser und 21 Kleinhäuser zur Grundentlastungs-Ablösung verhalten worden.

schon vorhanden seien und die Adaptierung derselben keine großen Kosten veranlassen würde. Die Petenten baten zu dem vorhabenden Zwecke um Ueberlassung des Erdgeschosses im südlichen Tracte des Gebäudes, wo gegenwärtig nur einige Zinsparteien wohnten und soviel Localitäten vorhanden sind, dass darin leicht der administrative Theil nebst dem nöthigen Badezimmer, der Todtenkammer u. s. w. untergebracht werden könnten, während der erste Stock, der gegenwärtig ganz unbewohnt und zur Hälfte nur ausgebaut ist, Raum genug bietet, denselben zu luftigen, gesunden und zweckentsprechenden Krankenzimmern für dreißig Betten herzurichten. Bezüglich der Herhaltung der Krankenabtheilung glaubten die Bittsteller auf den Wohlthätigkeitssinn sowohl der Stadt- als Landbevölkerung rechnen zu können und bezüglich der Pflege und Behandlung der Kranken berechtigen die mit besonderer Erklärung abgegebenen Bereitwilligkeit der seit jüngster Zeit in Eferding ansässigen Schwestern vom Berge Karmel, sowie die Versicherung der Aerzte zu der Annahme, dass die Krankenpflege keine bedeutenden Auslagen machen werde. Endlich brachten die Bittsteller noch vor, dass die Rechnungsabschlüsse des Schifer'schen Erbstiftes einen jährlichen Ueberschuss von circa 2000 fl. ergeben und bitten, dass sowohl zur Adaptierung der beantragten Krankenabtheilung im Erbstiftsgebäude, als zur Erhaltung derselben die erübrigten Interessen verwendet werden möchten. [1]

Diese Petition hatte guten Erfolg, denn mit Statthalterei-Erlass de dato Linz 13. October 1865 wurde die Errichtung einer Krankenabtheilung, jedoch nur mit acht Betten, für arme Kranke der Gemeinden Eferding, Fraham, Hinzenbach und Pupping genehmiget und auch ins Werk gesetzt. Zugleich wurde auch die Erklärung abgegeben, dass die Kosten der Krankenverpflegung, der ärztlichen Behandlung und der Medicamente ausschließlich von den Stiftungsrenten getragen werden.

Die Errichtung dieser Krankenabtheilung erwies sich ungemein wohlthätig; da aber nicht bloß Kranke von den vier eben genannten, bevorzugten Gemeinden, sondern auch von anderen gebraucht und gegen eine mäßige Geldentschädigung aufgenommen wurden und auch andere fremde Personen und erkrankte Reisende ihre Zuflucht dahin nahmen und nicht abgewiesen wurden, so erwies sich diese Krankenabtheilung mit etwas beschränkten Räumlichkeiten sehr oft zu klein und nicht ganz zweckentsprechend. Aus diesem Grunde unterbreitete im Jahre 1878 der damals in Eferding befindliche Medicin-Doctor

[1] Aus der im Jahre 1865 an die k. k. Statthalterei gerichteten, in Druck gelegten Petition.

Franz Orthner der k. k. Statthalterei in Linz ein Memorandum wegen Erweiterung, beziehungsweise Umänderung dieser Krankenabtheilung in eine öffentliche Krankenanstalt; die vorgenannte Behörde ist aber nach ihrem Erlasse vom 6. März 1879 im Interesse der Wahrung der Stiftungszwecke auf die Anträge des Doctor Orthner nicht eingegangen, beauftragte jedoch die Erbstifts-Verwaltung, über etwaige diesbezügliche Aenderungen Bericht zu erstatten. Einem weiteren Versuche desselben Doctors in dieser Richtung im Jahre 1883 wurde von Seite der Statthalterei wegen Mangel des Bedürfnisses und der Nothwendigkeit in den bestehenden Verhältnissen dieser Krankenabtheilung keine Folge gegeben.

Endlich führte eine von der k. k. Statthalterei im Jahre 1890 angeordnete Inspection des Schifer'schen Erbstiftes zu dem ersehnten Ziele; es wurden nicht bloß für dieses verschiedene Anordnungen getroffen, sondern auch die Erweiterung der Räumlichkeiten für die Krankenabtheilung aufgetragen und im Jahre 1892 die Adaptierungs-Arbeiten auch ausgeführt. Es wurden nun statt der gegen Norden gelegenen, sehr kleinen und unzweckmäßigen Krankenzimmern an der Südwestseite des Erbstiftsgebäudes im ersten Stocke zwei geräumige Zimmer für die Kranken, ein Zimmer für die Wärterinnen und ein Requisiten-Zimmer, das auch bei größerer Krankenanzahl für diese benützt werden kann, nebst einer von diesen Localitäten abseits gelegenen Abtheilung für Infections-Krankheiten und einer Todtenkammer zu ebener Erde hergestellt und eingerichtet; ferner wurden ein Thurnfield'scher Desinfections-Apparat[1]) angeschafft; für einen etwaigen Messeleser in der Spitalskirche zwei Zimmer zu ebener Erde adaptiert und anderes. Die Kosten für alle diese Herstellungen beliefen sich auf 5757 fl. und wurden aus dem Vermögen des Schifer'schen Erbstiftes bestritten.

Bei dieser Gelegenheit wollen wir auch jene Bauwendungen für Vergrößerung am Erbstiftsgebäude anführen, die eben auch in ihrer Vollendung den Gedanken für die Erweiterung der Krankenabtheilung erhielten und denselben auch ermöglichen halfen. Im Jahre 1861 wurde unter dem Verwalter Johann Schlingler der südliche Tract des Erbstiftsgebäudes, wo früher die Scheuern und Stallungen waren, mit einem Kostenaufwande von 3933 fl. ausgebaut und im Jahre 1872

---

[1]) Für die Benützung dieses Apparates besteht eine eigene Instruction, nach welcher derselbe sowohl von Seite des k. k. Bezirksgerichtes und der Stadtgemeinde Eferding, der angrenzenden Gemeinden Fraham, Hinzenbach und Pupping, als auch von Anstalten und Privaten gegen mäßiges Entgelt benützt werden kann.

wurden unter dem Verwalter Anton Linhart die alten Getreide-
Schüttkasten in drei Wohnungen umgestaltet, wofür die Gesammt-
kosten 3210 fl. ausmachten.

Nach dem Ableben des Spitalspflegers Franz Ritter von Grimburg
(† 3. Juni 1847) übernahm die Erbstifts-Verwaltung und Justizpflege
der Syndicus des Magistrates Eferding, Augustin Eitelberger, der als
k. k. Notar in Haag (Oberösterreich) gestorben ist. Diesem folgte
von 1854 — 1857 der pensionierte k. k. Steuereinnehmer von Eferding,
Nikolaus Czasteck († 28. März 1858), dann kam der pensionierte
k. k. Steueramts-Controlor Johann Schlingler von 1857 — 1863 und
von da an der k. k. pensionierte Grundbuchsführer von Eferding,
Anton Linhart mit Namen; dermalen verwaltet das Schifer'sche Erbstift Georg Ampler, k. k. Steuereinnehmer von Eferding i. R.

Wir haben schon früher erwähnt, dass seit Einführung der
österreichischen Währung die tägliche Betheilung der 24 Pfründner bis
1. Juli 1860 in 13½ kr. bestand, ohne angeben zu können, wieviel die
tägliche Betheilung vor Einführung der genannten Währung (1858)
ausmachte. Vom 1. Juli 1860 wurde die tägliche Betheilung auf 25 kr.
für jeden Pfründner erhöht und im Juli 1879 die Pfründnerzahl von
24 auf 40 vermehrt, von welchen jeder seit diesem Zeitpunkte 25 kr.
täglich bekommt.

* * *

Wir haben nun die Schicksale und Wechselfälle, welche die
Stiftung der Schifer durch die Jahrhunderte erlitten und überdauert
hat, dem Leser nach den uns zu Gebote stehenden Mitteln vorgeführt.
Wir geben uns der schönen Hoffnung hin, dass bei dem großen
Interesse, welches die oberste Stiftungsbehörde des Schifer'schen Erbstiftes, die k. k. oberennsische Statthalterei, dieser Stiftung stets ent-
gegengebracht und dass bei der edlen Gesinnung, die diese Oberbehörde für diese Humanitäts-Anstalt immer an den Tag gelegt
hat, auch in Zukunft derselben ihren Schutz und Schirm angedeihen
lassen werde, auf dass diese Stiftung, auch wenn keine ehemaligen
Schifer'sche Unterthanen mehr vorhanden sein werden, nicht aufhöre,
und für Eferding und die angrenzenden Gemeinden erhalten bleiben
möge!

Das Sanct Margaret-Stift.

Wir haben schon früher bei dem Erbstifter Hans Schifer I. (1363 — 1394) Erwähnung gemacht, dass damals für die Spitalskirche ein zweites Beneficium gestiftet wurde. Wir kommen nun auf diese Stiftung und bringen die Geschichte derselben, soweit uns urkundliches Materiale zu Gebote stand, im nachstehenden.

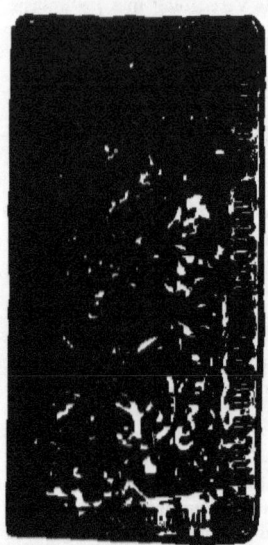

Grabsteinbild des Hans Pucher von Oezldorf.

In dem Nebenschiffe der Spitalskirche steht ein mächtiger, ganz gut erhaltener Grabstein aus rothem Marmor, den wir hier im Bilde bringen.

Dieser Grabstein trägt folgende Umschrift:

Hie . leit . begraben . der . edel . Hanns . pucher . von . Oezldorff . der . gestorben . ist . nach rpi . gepurd . m° . cccc° . vndiide . xxiii . jar . de . xxv . tag . des . mays . got . sey . yem . genadig .

Dieser Stein ist dem Andenken des Stifters des St. Margaret-Stiftes gesetzt worden, dem edlen Hans Pucher, der am 25. Mai 1423 gestorben ist. Hans Pucher war Besitzer von Etzeldorf[1]) und bekleidete die Stelle eines Stadtrichters von Eferding schon unterm 29. Mai 1384[2]) und hatte dieselbe auch noch im Jahre 1386 inne.

Der Stiftbrief ist dermalen nicht vorfindig; aus dem Willebrief des damaligen Pfarrers Hans von Eferding vom 25. Februar 1385

[1]) Etzeldorf, Dorf mit Schloss in der Pfarre Pichl, gehörte 1421 den Jörgern später den Schmidauern. Pillwein, Hausruckkreis, 360.

[2]) Dienstreverse des Pflegers Apfolthaler zu Neuhaus vom 29. Mai 1384 und 21. Mai 1385, welche Hans Pucher, sowie auch den Hintergangsbrief des Hans Schernhammer vom 24. Juni 1385 siegelte. Kopial. Eferding 51, 52.

aber können wir dies sicher entnehmen, dass damals die Stiftung
der »ewigen Mess« in der Spitalskirche vor sich gieng, und zwar
durch Hans Pucher, Richter zu Eferding, und dessen Hausfrau, deren
Name zwar nicht genannt ist, zu deren Ehrung die Stiftung aber
sehr wahrscheinlich den Namen Margareta-Stift erhielt.

Der Pfarrer Hans sagt in diesem Willebrief, dass die Grafen von
Schaunberg, Heinrich und sein Sohn Ulrich, sich dieser Stiftung in
ihren Briefen sehr förderlich erwiesen haben und er (der Pfarrer) er-
theilt nun umsomehr hierzu seine Zustimmung, als ihm und seinen
Nachfolgern auf der Pfarre mit mannigfachem göttlichen Werk, und
insbesondere ihm ein Pfund Wiener Pfennig jährlich zur Entschädigung
auf Heinz des Schrötters Haus in der Schmiedgasse verschrieben
worden ist. [1]

Unterm 21. März 1385 bestätigte Bischof Johann von Passau
die Dotation dieser Stiftung. [2] Zur Vermehrung und Besserung dieser
Dotation kaufte Hans Pucher und seine Hausfrau von Wernhard
Ensfelder, Chorherr zu Ardacker, dessen Haus, das demselben als
elterliches Erbe zugefallen und das in der Nähe des Spitales gelegen
war; dazu kauften die Süfter von dem genannten Chorherrn auch
zwei Breiten Aecker und ein Gärtlein, gelegen in dem Eferdinger
Felde vor dem Welser Thor und so auch die Baumgärten, welche
in der Stadt um das Haus gelegen sind, zu der ewigen Messe, die
sie im Spital gestiftet haben. [3] Aus einem Freibriefe der beiden vorgenannten Grafen von Schaunberg vom 12. December 1385 erfahren
wir auch einige Dotations-Güter zu dem neuen Beneficium, welche
von dem Grafen von Schaunberg zu Lehen giengen und welche alle
Hans dem Pucher und seiner Hausfrau in Satz-Gewer standen, worüber dieselben Briefe haben und welche Güter sie zu dieser ewigen
Messe widmen und die nun die Grafen den Stiftern zu freien Eigen
mit diesem Freibriefe erklärten. [4]

Diese Güter waren nun folgende: Zu Seybelberg am Hof
in der Feuerbacher Pfarre, dann ein Gut zu Au in der Haibacher
Pfarre, eines zu Perngrub und eines zu Leiten, eines zu Petzen-
leiten und zwei Güter zu Voring, davon eines zu Stockach und
das andere zu Windischendorf (Pfarre Stroheim) lag.

[1] Siegler: Heinrich Graf von Schaunberg, großes Reitersiegel, und Pfarrer Hans, dessen Siegel mit einem Salvator-Kopf und der Randschrift: s. Jonis. plebani in Eferding. Original fürstliches Archiv Eferding. Kopal l. c. hat diesen Willebrief für den eigentlichen Stiftbrief genommen.
[2] Siegel des Bischofes. Spitzoval. Original fürstliches Archiv Eferding.
[3] und [4] Großes Reitersiegel des Grafen Heinrich senior. Original fürst-liches Archiv Eferding.

Noch zu Lebzeiten des Hans Pucher erfuhr das Beneficium eine erfreuliche Zustiftung von Hans Peinlinger, des Puchers Kaplan und Verweser des Margareten-Altares, der um das Jahr 1406 sein Erbgut zu Au bei Eckerstorf, im Halbach im Aschachwinkel gelegen, verkaufte und es dem Beneficium unterthänig machte.[1] Derselbe Hans Peinlinger hat in der Pfarrkirche St. Hippolyt zu Eferding für sich, seine Vorfordern, Nachkommen und für alle gläubigen Seelen einen Jahrtag an den nächsten St. Margaret-Tag mit Vigil, Seelenamt und Opfer mit Brot und Wein nach Sitte und Gewohnheit gestiftet; von den drei Herren, welche das Seelenamt und die zwei Messen singen und lesen, soll ein jeder 6 Pfennig, der Schulmeister 12 und der Messner 4 Pfennig erhalten; es sollen auch während der Vigil, dem Seelenamte und den zwei Messen acht Stockkerzen gebrannt werden.

Diese Bestimmungen sind einem Reverse des Martin Hoffner, Bürgers und Zechmeisters an der Pfarrkirche zu Eferding, vom 24. August 1430 entnommen, in welchem Reverse er kundthut, dass nach dem Willen des Herrn Hans, des Puchers seligen Kaplan, demselben ein Jahrtag gehalten werden solle, nachdem dieser zu dem Bau der Pfarrkirche St. Hippolyt zu Eferding alle seine Bereitschaft und Geldschuld, nichts davon ausgenommen, geschafft hat.[2]

In einem Kaufbriefe vom 13. August 1435 um das halbe Gut zu Bruck (Pfarre Pramkirchen), dienstbar zum Sanct Margaret-Altar kommt Herr Leonhard als Verweser dieses Altares vor.[3] Von dessen zwei Nachfolgern, Jakob Maltzer und Hans Kawdler mit Namen, sind noch einige Kauf- und Kaufrechtsbriefe vorhanden, deren Auszüge wir im nachstehenden bringen:

1439, 13. März: Kaufbrief des Friedrich Huebmer auf der Stumpfhub am Strahen hinter dem Geispeckhen gesessen (Pfarre Stroheim) und Agnes, seiner Hausfrau, für sich und ihren Sohn Akch'lem und Niklas, Thürmer zu Schaunberg, lautend auf Hofmeister, gesessen auf dem »wirttail« (Viertheil) an der Prukh in der Pramkirchner Pfarre, um ihr Erbtheil, das sie eben auf diesem Gute hatten, und welches dienstbar ist zu St. Margaretens Altar in dem Spitale zu Everding, des Puchers Stift. Siegler: Herr Jakob, derzeit Verweser des obgenannten Stiftes. Original Archiv der Stadtgemeinde Eferding.

Dieser Kaplan Jakob Maltzer hat sein Erbgut, das Petzlgut am Stroham, mit Genehmigung des Grafen Johann von Schaunberg, als

---

[1] Es war zu des Beneficiaten Widel Zeit (1789) noch die Erbbriefsabschrift vom Jahre 1406 von diesem Gute vorhanden.

[2] Siegler: Ulrich Vetzinger, Pfarrer zu Eferding, und Ulrich Münichmayr. Stadtrichter daselbst. Original Pfarrarchiv Eferding.

[3] Nach des Beneficiaten Widel Schriften.

damaligen Lehens- und Vogtherrn, verkauft und dem Beneficium unterthänig gemacht, wie folgt:

1441, 5. September: Des Jakob Maltzers, Kaplan und Verweser des Sanct Margareten-Altares in der Spitalskirche zu Eferding, Kaufrechtsbrief vom Pelzlgute am Strohamb in Hartkirchner (nun Stroheimer) Pfarre auf Konrad dem Petzl und dessen Hausfrau, gesessen auf eben demselben Gute, gegen nachstehende jährlich zu reichende Dienste, und zwar: zur Frauendienstzeit 3 Schilling Wiener Pfennig, zu Weihnachten 28 Pfennig, zu Ostern 4 Käse oder 16 Pfennig, zu Pfingsten ebensoviel Käse oder 16 Pfennig, 4 Diensthennen, 2 Stifthennen und 2 Faschinghühner und ein Fuder Heu oder 40 Pfennig, dann ein halbes Pfund Eier, ein Schel Haar oder 20 Pfennig und zu .... 6 Schilling Pfennig. Wenn der Dienst zur festgesetzten Zeit nicht gereicht wird, so sind sie nach einmal vierzehn Tagen einer Strafe von 22 Pfennig, nach zweimal vierzehn Tagen der doppelten Strafe verfallen; nach dreimal vierzehn Tagen sollen sir und ihre Erben aller Anrechte auf dieses Gut verlustig sein, Abfahrt- und Auffahrtgeld je 12 Pfennig. Siegler von vogt- und lehenschaftshalber: Johann Graf zu Schaunberg und Jakob Maltzer. Original Archiv der Stadtgemeinde Eferding.

1445, 19. März: Kaufbrief des Lienhart Mulner zu Parkstall und seiner Hausfrau, lautend auf Kathrein, des seligen Albiein Wasserberger Tochter um ihr Erbrecht auf ihrem Gute an der Hafenbruch im Peuerbacher Gerichte und Pramkirchner Pfarre, dienstbar zu St. Margareten-Altar in Eferding, des Puchers Stift. Siegler: Konrad Ecker, Richter zu Eferding, und Jakob Maltzneri. Verweser des Margareten-Altares. Original Stadtgemeinde-Archiv Eferding.

Außen: Item ich Hans Kawdller hab den Brief lösen müssen um 34 Pfund Pfennig, die ich der Kathrein hab bereit müssen geben, darum ich dem Hansl ein Kaufrecht auf dem Gut Pruck hab müssen geben und da mit dem Brief lösen.

1450, Montag vor Gotslsleichnam: Katharina, Albrechten des Wachsenberger selige Tochter, verkauft an Herrn Hansen Kawdller, Verweser des St. Margareten-Altares zu Eferding, ihr Kaufrecht auf dem Gute an der Brucken in Pramkirchner Pfarr und Peuerbacher Landgericht, vogtbar zur Herrschaft Schaunberg und dienstbar zum benannten Altar. Siegler: Konrad Ecker und Ulrich Münichmayr, Bürger zu Eferding. Zallinger, Stadtschreiber, und Hilbrandt Wagenneder, Nachrichter zu Eferding. Original Stadtgemeinde-Archiv Eferding.

Im Jahre 1481 finden wir auf einmal den damaligen Pfarrer von Eferding Matthä Holzleitter als Kaplan der Pucher-Messe im Spitale; denn nach einem Kaufbrief vom Alexius-Tag (11. Februar oder 17. Juli) vom Jahre 1481 des Lorenz Hayder zu Eferding und seiner Hausfrau Barbara, lautend auf Mert Grassel, Huterer, und Magdalena, dessen Hausfrau, um ihr Haus und Hofstatt zwischen des Caspar Wahanauer und weiland Wernhard Aielünger beider Häuser am Platz zu Eferding gelegen, von welchem Hause jährlich am Niklas-Tag 5 Wiener Helbling an das Stadtgericht und ein Pfund Pfennig an den jeweiligen Kaplan oder Verweser der Pucher-Messe zu entrichten waren. – siegeln diesen Kaufbrief Matthäus Weishover, Stadtrichter, und Matthäus Holzleitner, Pfarrer zu Eferding und Kaplan der Pucher-Messe im Spital. [1]) Schon ein Jahr vorher kaufte [2]) derselbe Pfarrer für das St. Margaret-Stiftshaus von Hans Frauenschuechl, Kürschner und Bürger zu Eferding, und von Magdalena, dessen Hausfrau, ein hinter ihrem Hause gelegenes Gärtl, zunächst des Pfarrers Haus mitsammt dem Wasserfall an des Handschusterhaus. Zugleich geben ihm auch die Verkäufer den alten Kaufbrief von Agnes, weiland Stephan Leinwatter, Bürgers zu Eferding, Hausfrau, lautend auf Andre dem Maurer, Bürger daselbst über das benannte Gärtl. Nach einem Kundschaftsbrief de dato Eferding 1484, 22. Februar, bekennt derselbe Pfarrer als Verweser des Margareten-Altares, dass er mit Zustimmung des Grafen Siegmund von Schaunberg wegen Noth des Altares, welchen er vom neuen machen und weihen hat lassen müssen, auch das Gut zu Obervoran am Strachen, welches ganz von der Stift gekommen, wieder zu selber hinzugebracht und erbrechtsweise verkauft hat, Hansen, dem Sohne des Konrad Enenkhl und Magdalena, seiner Hausfrau; Dienst war davon zu geben zu Frauendienstzeit 36 Metzen Hafer, 1 Metzen Weizen, 1 Metzen Korn, 12 Käse, einen für 4 Pfennig, 8 Hennen, 1 Fuder Heu oder dafür 60 Pfennig, 1 Schef Haar, 60 Eier, Brot für 6 und an jährlicher Steuer 60 Pfennig. Sie sollen auch jährlich in die Stift gehen und dulden und leiden, was andere Stiftsholden dulden und leiden. Bei Außerachtlassung der Dienstzeit sollen sie bei dem ersten Termine von vierzehn Tagen 60 Pfennig, bei weiteren vierzehn Tagen ebensoviel und beim dritten Termin zur Strafe ihrer Gerechtigkeit los sein. [3]) In einem Wechselbrief de dato 28. December 1488 erscheint Pfarrer Holzleitner als obrister Kaplan des Margareten-Altares und in der Eigenschaft als Grundherr des Gutes Obervoran am Strahen, welches Gut Hans, des Enenekls Sohn, und Magdalena, dessen Hausfrau, mit Zustimmung Holzleitters mit dem Gut an der hintern Khager, auf welchen bisher Hans Gemeinholzer und dessen Hausfrau Barbara gesessen, verwechselte. Letzteres Gut war des Gotteshauses Wilhering freies Eigen, und sie übergaben es den Enenekl'schen Eheleuten, wie sie es vom Abten Thoman zu Wilhering verbrieft besessen haben. [4])

[1]) Original Spitalarchiv Eferding.

[2]) 1480, 23. Juni. Siegler: Matthäus Weishover, Stadtrichter zu Eferding. Original Spitalarchiv Eferding. Außen: Kaufbrief über das Gärtl zunächst des Stiftshaus stoßend.

[3]) Siegler: Matth. Holzleitter. Siegel: St. Margaret mit dem Drachen im linken Arm unter einem gothischen Baldachin, sehr feine Arbeit.

[4]) Siegler: Matths Holzleitter. Original Stadtgemeinde-Archiv Eferding.

Wenn Holzleitter hier als oberster Kaplan vorkommt, so lässt
dies voraussetzen, dass neben ihm noch ein sozusagen Unterkaplan
gewesen sei, was auch urkundlich bestätigrt wird; denn nach einem
Notariats-Instrument des Veit von Ybernperg, Priester des Passauer
Bisthumes, vom 14. Mai 1487 überreichte demselben der damalige
Kaplan des Margareten-Stiftes, Thomas Wessenberger mit
Namen, etliche versiegelte Briefe seines Vorgängers Jakob Pehaim,
gewesener bestätigter Kaplan des St. Margareten-Altar, betreffend ein
Gut zu Fraham, zwischen des Frei- und Angermaiergut (nachher das
Fürlinger- oder Pichlergut), welches Eigenthum des Jakob Pehaim
gewesen und von demselben in den rechtlichen Besitz des Thomas
Wessenberger, seines Freundes, gekommen ist. Wessenberger stiftet
nun für sich einen ewigen Jahrtag in der Pfarrkirche zu Eferding am
St. Dorothe-Tag, mit einer Vigil am Vorlage abends und am andern
Tag mit einem gesungenen Amt, bei welchem vier Kerzen brennen
sollen; auch soll man bitten auf der Kanzel für Jakob Pehaim und
für ihn, Thomas Wessenberger, und ihrer beider Vorfahren am Sanct
Margaret-Stift. Die Zechleute Michael Nesselthaler und Wolfgang
Purkholzer sollen dafür dem Pfarrer und dem Messner für das
Läuten, was recht und billig, geben.[1]

Ob dieses Unterordnungs-Verhältnis bis zu des Pfarrers Holzleitter im Jahre 1494 erfolgten Ableben geblieben sei, kann nicht
angegeben werden, ebensowenig, warum der genannte Pfarrer diese
Stellung angestrebt habe; Priestermangel wird es kaum gewesen sein;
dem Pfarrer war es ernst, in dieser Stellung zu verbleiben, er ließ
sich, wie wir gehört haben, ein schon gestochenes Siegel für diese
Stiftung anfertigen; mit dem Vogt- und Lehensherren, den Grafen
von Schaunberg, stand er im freundschaftlichen Verhältnisse, um
diese Pfründe leicht erhalten zu können.[2] Widel meint, dass von
da an dieses Beneficium an den Pfarrer von Eferding gediehen, lange
von denselben genossen und nur in der Hauptsache von ihnen besorgt
worden sei. Dem dürfte doch nicht ganz so sein, denn es hat sich
noch der Name eines Kaplanes des St. Margareten-Altares erhalten,
er heißt Johann Elsesser und hat der damalige Schifer'sche Spital-
Beneficiat Caspar Pöppl unterm 25. Mai 1522 anstatt des »ehr-

[1] Original Pfarrarchiv Eferding.

[2] Holzleitter vermachte in seinem Testamente vom Jahre 1494 dem
Grafen Siegmund von Schaunberg die 44 Pfunde Pfennig, welche er demselben
geliehen; ferner bestimmte er für das Gebäude des Spitales 5 Pfunde und für
den Margareten-Altar ein Stück Leinwand zu Alben und Altartüchern. Original
Pfarrarchiv Eferding.

würdigen Meisters Johann Elsesser‹ einen Heiratsbrief über das Völkl-
gut zu Langstätten (Pfarre Prambachkirchen) gefertiget.

Von der nun kommenden lutherischen Periode hat sich sehr
wenig von diesem Beneficium erhalten, die Grafen von Schaunberg
und ihre Erben, die Herren von Starhemberg, haben wohl das
Lehen- und Vogtrecht über diese Stiftung ausgeübt, wie nachstehende
Urkunden-Auszüge darthun:

1554, 30. Mai, Eferding: Vogtbrief des Grafen Georg von Schaunberg,
lautend auf Hans Pfanstiel am Schönbichl[1]) in Eferdinger Pfarre, und auf
Margaret, seine Hausfrau, für dieses Gut und den Zehent, der von andern
Gründen zu diesem Gute gehört, welchen aber derzeit Georg Vogler, Bürger
zu Eferding, innehat, und welches Gut und Zehent zur Vogteiobrigkeit von
Schaunberg, mit der Grundherrschaft aber zum St. Margareten-Stift im Spitale
gehört. Von diesem Gute und dem Zehent ist in vorbenanntes Stift jährlich
10 Schilling 20 Pfennig zu dienen. Original Spitalarchiv Eferding.

1582, 7. April: Katharina, Hansen Perngrubers Witwe, verkauft ihr Gut
in der Perngrub am Strachen und in der Hartkirchner Pfarre mit jährlicher
Leistung in das St. Margaret-Stift in Eferding, der Herrschaft Eferding mit
Lehenschaft und Erbvogtei gehörig und unterworfen, ihrer Tochter Magdalena
Perngruber. Zeugen: Siegmund Oberleitner, Amtmann, Veit Oberforinger und
Thoman Perger zu Pachern in Hartkirchner Pfarre. Original fürstliches Archiv
Eferding.

1599, 14. Jänner: Kaufbrief des Siegmund Reisinger in Haslach und
Barbara, seiner Hausfrau, lautend auf Georg Mülbek im Haichenbach (Haibach)
und Anna, seiner Hausfrau, um ihr Gütl im Haslach in Haibach, grundunterthänig dem St. Margaret-Stift im Spital zu Eferding. Siegler: Erns von Starhemberg
auf Wildberg etc.; Zeugen: Leonhard Stainer in Haibach, Wolf Dieblinger in
Neukirchen und Wolf Reutter, Pfarrherrischer Amtmann. Original Spitalarchiv
Eferding.

Graf Wolfgang von Schaunberg hat auch im Jahre 1558 das
Präsentations-Recht über das Beneficium ausgeübt, indem er in diesem
Jahre einen gewissen Leonhard Weinmeister die ›St. Margaretens-
Messe‹ verliehen hat. Später hat der lutherische ›Pfarrherr‹ Nikolaus
Haslmair von Eferding die Einkünfte dieses Beneficiums genossen,
da er nach früher vorhandenen Process-Schriften wegen des zum Sanct
Margareten-Stift gehörigen Aumaiergutes mit Andreas Aumayr in
Haibach vom Jahre 1584 bis 1599 in Streitigkeiten verwickelt war.

Nach geendigter Gegen-Reformation wurden, wie wir schon vernommen, die drei an der Spitalskirche gestifteten Beneficien, das
eigentliche, von den Sehifern gegründete Spitals-Beneficium, dann
das St. Margaret- und Magdalena-Stift in eines vereiniget und zuerst

---

[1]) Kommt später als das Pfanstielgütl in Wörth vor.

17

Friedrich Angermair von Herzog Max, Kurfürst in Bayern, im Jahre 1625 präsentiert.

Die Herrschaft Eferding hat immer wieder und auch noch um die Mitte des vorigen Jahrhundertes, wie über das Spitals-Beneficium, so auch über das von Sanct Margaret die Vogtei und Präsentation angesprochen, konnte aber weiter nichts erreichen, als nur bei allfälliger Erledigung der nun mit dem Spitals-Beneficium vereinigten zwei Beneficien, Sanct Margaret- und Sanct Magdalena-Beneficium, einige Schwierigkeiten zu bereiten, wie dies bei der Präsentation des Beneficiaten Christoph Dittler im Jahre 1657 der Fall war, der nur provisorisch auf dieselben investiert wurde.

Widel sagt vom Sanct Margaret-Beneficium, dass es anfangs genugsam für einen Priester dotiert war, dass aber infolge ungünstiger Zeitverhältnisse und der Religionswirren das Einkommen desselben so herabsank, dass es nicht mehr für einen eigenen Beneficiaten auslangte. Das Einkommen gründete sich auf Giebigkeiten in Geld und in Naturalien und anderen herrschaftlichen Bezügen von Seite der Unterthanen, von welchen noch Beneficiat von Berenberg (1743 bis 1783) das Beneficium folgende fünfzehn Unterthanen hatte:

Am Stroham: den Ober-, Mitter- und Unterforinger, den Pölzl, Hinterleitner, Berngruber und Stockinger; in der Pfarre Prambachkirchen: den Völkl zu Langstögen und den Huemer zu Baumgarten; in der Pfarre Pram: den Gartner zu Prambach und den Weinzierl zu Pruck; in der Pfarre Haibach: den Reisinger im Haslet, den Aumaier zu Eckerstorf und die Haslbauersölde; und in der Pfarre Peuerbach: den Maier zu Seibelberg. Auch musste zum Beneficium die einstmalige Krauß'sche, jetzt Tippner'sche Behausung in Eferding (Stadt, Haus-Nr. 92) ein Dienstgeld von einem Pfund Pfennige jährlich erlegen.[1]

---

[1] 1663, 10. November: Erb- und Bestätigungsbrief des Richters und Rathes der Stadt Eferding für Georg Krauß, des inneren Rathes Mitglied, und dessen Hausfrau Ursula. Bei deren am Platze zwischen der jetzt der Stadt Eferding gehörigen Schallenberg'schen und der Müllpfordt'schen Behausung und deren Stadl und Gärten gelegenem Hause war früher ein Garten und eine Ausfahrt davon in die Hintergasse, welche aber vor unvordenklichen Jahren von einem früheren Besitzer, namens Wolf Räber, nothhalber zu dem Schallenberger'achen Hause verkauft wurden. Der Augenschein lehrt, dass alle auf dieser Seite gelegenen Häuser bis zur Hintergasse reichende Gärten hatten. Der Grund des Krauß'schen Hauses reicht, mit Ausnahme eines dabei befindlichen kleinen Grundfleckes, nicht über die Dachtropfen hinaus und dafür müssen die Besitzer alle Landsteuer und Anlagen und nebstbei alljährlich zu der Pucher'schen Messe in der Spitalkirche ein Pfund Pfennige erlegen.

Berenberg brachte für das Erträgnis nachstehende Ansätze, die von denen von Widel angegebenen unbedeutend abweichen:

	fl.	kr.	Pfg.
Rüstgeld	46	52	2
Landsteuer	12	53	3
Robotgeld	25	31	2
Gelddienst	25	19	3

Weizen 2, Korn 2 und Hafer 78 Metzen, 6 Fahrt Heu, 168 Stück Hendl, 8 Schei Haar und 930 Eier.

Die 24 Kleinhäusler leisteten an Rüstgeld 15 kr., an Landsteuer 30 kr., Robotgeld 55 kr. 2 Pfg., an Gelddienst 14 fl. 31 kr. 1 Pfg. und an Getreidedienst 12 fl.

Zu dem Beneficium waren auch einige Aecker gewidmet, von welchen wir einen Landacker vor dem Welser Thor, zwei Tagwerke groß, und einen Landacker auf der Wibm anführen können, die Unterthanen mussten dieselben bebauen, ausdreschen u. s. f. Nach Widels Angabe belief sich zu seiner Zeit (1783—1789) das Einkommen vom St. Margaret-Beneficium für den Spitals-Beneficiaten nach Abzug der Auslagen auf 155 fl. 17 kr. 1 Pfg.

Sie haben zwar vor 26 Jahren von dem verkauften Garten ein Stück Grund durch Kauf wieder zu dem Hause gebracht, wodurch sie aber die Ausfahrt in die Hintergasse nicht erreichten. Da den jetzigen Besitzern dies sehr schwer fällt und in Anbetracht, dass dieselben jetzt ihr ruiniertes und baufällig gewesenes Haus restauriert und sauber hergerichtet und sie lange Jahre hindurch durch die Kriegslasten und Unruhen viel gelitten haben, überlässt nun der Rath über ihr Ansuchen und aus Rücksicht für ihr Rathmitglied den übrigen Gartengrund zwischen dem Schallenberger'schen und Müllpfort'schen Garten zu einer Ausfahrt in die Hintergasse neben des Schlossermeisters Hans Körchmayr kleinem Gärtl und bis an die Dachtropfen dessen Hauses, welcher nun hintangegebener Grund auf einer Seite mit der Müllpfordt-Stadtmauer und Gartenplanke (Stadt, Haus-Nr. 91) und auf der anderen Seite neben dem Schallenberger'schen Garten (nun zum Bezirksgerichtsgebäude gehörig) bis an das vorgenannten Schlossers Gärtl, Hauseck (dieses Schlosserhaus wurde bei dem Bau des Bezirksgerichtes abgebrochen) und Dachtropfen ausgemarkt wurde. Siegler: Johann Heisler, Stadtrichter von Eferding. Original-Pergament.

Zur Erklärung für den Schallenberger'schen und den Müllpfordt'schen Besitz in Eferding dürfte vielleicht Nachstehendes dienlich sein: 1630, 17. Mai, ehelichte Hans Reichard Milhäusl, Rentmeisters-Sohn von Eferding, Susanna Katharina, des edlen Hermann Müllpfordt zum Weghof (Pfarrmatrike Eferding). Christoph Ernst Graf von Schallenberg hatte Christine, Tochter des Erbstifters Dietmar Schifer, zur Gemahlin (1664). Deren Tochter Helene Rebekka nahm Ferdinand Ludwig Graf von Starhemberg zu einer Ehefrau. Wahrscheinlich dürfte der Rath der Stadt Eferding im Jahre 1664 in den Besitz der Schallenberger'schen Behausung gekommen sein; die Grafen von Schallenberg besaßen damals Piberstein, Hoheneck II. 350, 573.

17*

An Stiftungs-Verbindlichkeiten hatte der jeweilige Spitals-Beneficiat außer den gestifteten Aemtern auch die Auslagen für die Vocalmusik, für den Turnermeister und anderes und auch den dritten Theil
des Oeles zu der täglich in der Kapelle brennenden Lampe zu leisten.
Der Altar St. Margaret befand sich in dem Nebenschiffe der Kirche
in der Magdalena-Stiftskapelle.

Wie wir gleich zu Anfang dieser kurzen historischen Schilderung
des St. Margaret-Stiftes vernommen haben, verschaffte der Stifter noch
im Jahre der Stiftung (1385) für den Kaplan ein eigenes Wohnhaus
in der Nähe des Spitales, wozu im Jahre 1480 »das Gartl zunächst
des Stiftshaus stoßend« gekommen sein wird. »Man sehe weiter vorne
den Urkundenauszug vom genannten Jahre.«

Nach einer Notiz aus späterer Zeit (1666) wird die Lage dieses
Hauses so angegeben: »Margaretenstift-Behausung im Thal, zwischen
der Schifer'schen Behausung im Spitalgarten bei der Stadtringmauer«,
von welchem Hause 8 fl. 2 Schill. an Bestandgeld zu leisten waren.

Wir halten dafür, dass dieses Stiftshaus das jetzige Haus-Nr. 35
der Stadt im sogenannten Thal gewesen ist. Von diesem Stiftshause
wird in einer Notiz vom Juni 1684 gesagt, dass es nicht bloß restituiert,
vom Spitalverwalter »ausgebrochener Sachen« wegen, sondern auch
baulich repariert werden sollte (Pfarrschriften).

Das Sanct Magdalena-Stift.

Dieses Beneficium gründete nach Stiftbrief vom 13. April 1427
Barbara, des Andreas Herleinsperger Witwe, Hansen des Panhalm
selige Tochter für diesen ihren Ehewirt und ihre selige Mutter Sophie
(eine Tochter Hans Schifer II. und für alle ihre Vorfordern. Links
vom Eingange in die Spitalskirche befindet sich an der Rückwand
des Nebenschiffes ein mit vieler Kunstfertigkeit gemeißelter 6 Schuh
3 Zoll hoher und 3 Schuh 3 Zoll breiter roth-marmorner Grabstein,
dessen Abbildung wir nebenan bringen.

Wir sehen da zwei Figuren, einen Ritter in seiner Rüstung und
eine Frau in jugendlicher Schönheit. Zu ihren Füßen sind zwei
gegeneinander gewendete Wappenschilde, wovon der eine zwei nach
außen gekehrte Halbmonde, das Herleinsperger'sche und der andere
im oberen Felde zwei nach auswärts geneigte Zweige, das Panhalm'sche
Wappen, darstellt. Die eine Figur ist die des Ritters Andre Herleinsperger, der 1413 Pfleger zu Neuburg und von 1412—1419 Verweser
der Landeshauptmannschaft in Oesterreich ob der Enns gewesen und

die zweite Figur ist die seiner Gemahlin, der Barbara Panhalm, der Stifterin des Magdalena-Beneficiums und der gleichnamigen, von ihr erbauten Kapelle, in welcher der Grabstein steht. [1]

Sie machte zu diesem Zwecke in der Spitalskirche einen Zubau, der eine streng gothisch gehaltene, wahrhaft liebliche Kapelle mit einem Altare enthält.

Sie hat ferner mit Zustimmung Ulrich des Vetzinger, damaligen Pfarrers zu Eferding, dann ihrer zwei Vettern, Siegmund und Balthasar Schifer, »Stifter« des Spitales in Eferding, eine ewige tägliche Messe in derselben Kapelle

mit einem eigenen Kaplan und der Dotierung desselben mit Gütern, die ihr freies Eigen sind, gestiftet, und zwar:

Ein Gut am Stollen, da Stephan aufsitzt, Dienst davon 13 Schill. Pfg., das in Haidershofer Pfarre und Ennser Landgericht gehört; das Gut im Mollthal, da Steffla ufsitzt, Dienst 4 Schill. 23 Pfg., gehört wie das vorhergehende

[1] Zeichn.: Nr. 41 im Museum und Abbildung im 6. Jahrgang des österreichischen Jahrbuches von Helfert mit der Bemerkung, dass das Fehlen der Legende bei diesem Grabstein und der Umstand, dass die zwei Figuren, die durch ihre Tracht bemerkenswert sind, auf einem gemeinsamen Kopfkissen ruhen, es als wahrscheinlich erscheinen lassen, dass dieser interessante Grabstein, den Rest einer Tumbe, die erhalten gebliebene Deckplatte bildet. — l. c. 37 und 39.

und so fort; das Gut auf der Steyrleithen, da Alex aufgesessen, in Sirninger Pfarre, dient 3 Schill. 2 Pfg.; das Gut zu Halborn, da Steffel aufsitzt, in Dietacher Pfarre, dient 1 Pfd. Pfg.; das Gut zu Schnelzing, da Hans Schnelzing aufgesessen, in Sirninger Pfarre, dient 6 Schill. Pfg.; ein Gut am Dachsberg, da Peter Khrungl aufsitzt, in Steiner Pfarre, Dienst davon 2 Schill. 8 Pfg.; eines auf der Straß bei Hall 6 Schill. Pfg. und kleinen Dienst 39 Pfg.; zwei Gütl zu Dürßlberg, dient jedes 18 Schill. Pfg.; vier Güter zu Hardt, in Hargelsberger Pfarre und Volkenstorfer Gerichte gelegen, dienen 72 Metzen Korn, ebensoviel Hafer und 1 Pfd. Pfg., kleinen Dienst 12 Pfg.; zwei Güter zu Pirenberg (Spitzenberg) dienen 36 Metzen Korn, ebensoviel Hafer, 3 Schill. Pfg und an kleinen Dienst 3 Schill. Pfg.; ein Gut zu Pühl, Dienst 3 Schill. und kleinen Dienst 36 Pfg.; das Niedergut zu Wolfern dient 10 Schill. Pfg., diese letzten vier Güter liegen in Wolferner Pfarre und im Volkenstofer und Losensteiner Landgerichte. Zu diesen Gütern gab sie auch ihr Haus und den Hofstadel mit Grund und Boden, zwischen Andre des Fassziehers und des Spitales zu Eferding beider Häuser gelegen und gibt dazu auch den Stadel und den Hofstattgrund und Boden, zwischen Heinrich des Königs und Friedrich des Vogt beider Häuser gelegen, welche zwei letzteren Objecte sie von Ulrich Münichmayr, Bürger zu Eferding, gekauft habe, davon man jährlich am St. Niklas-Tag zu Burgrecht 8 Wien. Pfg. zu reichen hat und in selbem Hause soll der jeweilige Beneficiat auch seine Wohnung haben und einantwortete alle diese Güter ihrem ersten Kaplan, Merten des Strubernuz (Grubernuz [?], und seinen Nachfolgern im Beneficium. Zum Schutze ihrer Stiftung habe sie den Grafen Johannes von Schaunberg als Vogt erbeten, wie seine Vorfahren Schutzherren des Spitales waren. Der Kaplan wurde zu einer täglichen Messe auf den Magdalena-Altar mit Ausnahme eines Tages in der Woche, den er frei hatte, verpflichtet, dann alle Montage zu einer Messe für die Stifter und am Magdalena-Tage zu einem Amte und Predigt, des Vortages mit einer Vesper; von jeder hohen Zeit (Kirchweih) soll er dem Pfarrer 24 Pfennig, der dann die Predigt hat, 30 Pfennig und dem Schulmeister, der mit den Schülern processionsweise zu diesem Gottesdienste kommt, 16 Pfennig, in Summe 60 Pfennig, geben. Dann soll er zwei Jahrtage halten, einen am St. Magdalena-Tag mit zweien Messen für die Stifter und ihre Vorfordern und insbesondere für ihren Wirt Andre und Sohn Bernhard selig, den andern am Pfingsttag nach St. Martin auf eben diese Meinung und da soll er dem Pfarrer 50, jedem Gesellen 10, dem Kaplan an der Pfarre 8 und dem Schulmeister 16 Pfennig geben, was zusammen macht 3 Schilling 6 Pfennig. An Armenspende soll der Kaplan 30 Pfennig geben und soll auch zu der Zech (Bruderschaft), welche sie zu Ehren der heiligen Magdalena stiftete, alle Jahre zur Mehrung derselben ein halbes Pfund Pfennig geben; auch ist er verpflichtet, dem Pfarrer zur Widerlegung seines Opfers 8 Schilling Pfennig darzureichen. An Festtagen solle der Kaplan in der Pfarrkirche sein und mit der Procession mitgehen, wie die anderen Kapläne des Spitales. Im Falle die Stiftungs-Verbindlichkeiten vom Kaplane nicht gehalten werden sollten, hätte der Spitalmeister das Recht, die Zinsen und Gilten der Pfründe einzunehmen und für die Verrichtung der gottesdienstlichen Handlungen zu verwenden; im Falle der Weigerung oder Außerachtlassung von Seite des Spitalmeisters hätte der Vogt, der Graf von Schaunberg, den Spitalmeister dazu zu verhalten. Wenn der Kaplan ein unehrbares Leben führen sollte, so solle die Pfründe einem andern verliehen werden. Nach ihrem, der Stifterin, Ableben sollen ihre Vettern von erst Hans der von Panhalm von Biberbach, derzeit Pfleger zu Enns, nach dessen Hinscheiden Clement der Panhalm und nach dessen Tod Engelhart der Panhalm die Pfründe verleihen; nach deren Ableben übergibt sie die Lehenschaft der Kapelle dem Herzog Albrecht von Oesterreich, da er ihr aus besonderer Gnade etliche, ihm eigenthümliche Gilten und Güter zur Dotation gegeben habe.[1]

Glücklicherweise ist uns diese Urkunde, wenn auch nur in einer einfachen Abschrift, aus dem vorigen Jahrhunderte zu Gebote gestanden, welche Urkunde uns aber über die Stifterin, die Dotation und die verschiedenen Modalitäten, unter welchem die Stiftung des St. Magdalena-Beneficiums gemacht wurde, genügenden Aufschluss gibt. Freilich können wir aus Mangel einschlägigen Materiales weder den Namen eines weiteren Kaplanes aus dem 15. Jahrhunderte und aus der ersten Hälfte des nächstfolgenden, 16. Jahrhunderts, noch von den Schicksalen dieser Stiftung aus dem vorgenannten Zeitraume etwas Bestimmtes anführen.

Zur Zeit, als das Lutherthum hier eingerissen und evangelische Prediger Pfarrherren von Eferding waren, theilte das St. Magdalena-Stift gleiches Schicksal mit der Schifer'schen und Pucher'schen Stiftung an der Spitalskirche; es wurden dessen Einkünfte von hierzu nicht Berechtigten eingeheimst oder es setzte sich der evangelische Pfarrer daselbst in den Genuss derselben, wie dies bei dem St. Margareten-Stift vom Pfarrherrn Nikolaus Haslmaier bekannt ist.

In dem Bruchstücke eines Urbares über das Magdalena-Stift ist mit Bezug auf den Streit der Herrschaft Eferding mit den Herren Schifer um die Vogtei- und Lehenschaft über die drei zu der Spitalskirche gestifteten Beneficien betreffs der Unterthanen des St. Magdalena-Stiftes die kurze Notiz gemacht, dass dieselben Georg Schifer († 1718) unter dem Vorgeben ansprechen zu können vermeinte, weil die Gräfin Anna von Schaunberg (Witwe seit 1559, † 1569) diese Unterthanen »mit Gewalt von ihnen, den Schifern, eingezogen habe«.

Im Jahre 1555 war Johann Rorer, Vicar in Oftering, »Stifts-herr« von St. Maria Magdalena in Eferding.[2]

[1] Siegler: Barbara Herleinsperger und Hans, Clement und Engelhart die Panhalm. Abschrift im fürstlichen Archiv Eferding.

[2] 1555, Samstag vor Maria Geburt: Kaufbrief des Hans Paumgartner in Wolfinger Pfarre und dessen Hausfrau Elsbeth, lautend auf Stephan Paumgartner, und Barbara, seine Hausfrau, um ihr Baumannsrecht, genannt das Paumgartnergut, in obgenannter Pfarre mit allem Zugehör und einem jeweiligen Beneficiaten des Maria Magdalena-Stiftes zu Eferding von altersher dienstbar und grundunterthänig, welches Gut ihnen bar ausbezahlt wurde. Siegler: Johann Rorrer, wie oben; Zeugen: Mert Mayr und Hans Reicher, beide zu Niederwölfern in der Wolferner Pfarre. Original-Pergament Pfarrarchiv Eferding.

264

Nach einem im Stadtgemeinde-Archiv Eferding befindlichen Verzeichnisse der Unterthanen des St. Magdalena-Stiftes, dessen schön geschriebenes Titelblatt auf Papier die Jahreszahl 1558, darunter den Sinnspruch: »Ungnad ist des Teufels und den Namen Wolfgangus Hann uns zeigt«, stimmen die Anzahl und die Benennung der Unterthanen, Besitzungen und deren Giebigkeiten fast ganz mit den im Stiftbriefe des Beneficiums vom Jahre 1427 enthaltenen Angaben überein. Geschrieben ist dieses Urbar unter der Aufsicht oder vielleicht gar von der Hand des Wolfgang Hann, da er darin von dem Beneficiaten-Haus als von seinem Haus, Hofstatt, Grund und Boden spricht; derselbe war also 1558 auch ein Nutznießer der Herkeinsperger'schen Beneficiums-Stiftung.

Um das Jahr 1581 treffen wir als Nutznießer dieses Beneficiums einen gewissen Herrn Andre Singelius; diesem wird von Seite der Erbvogtei des Magdalena-Stiftes erklärt, dass ihm nach vorausgegangener Fertigung der Gewährschaft von Seite der Erbvogtei alle Nutzung an Frei- und Fertigungsgeldern von den Unterthanen des Magdalena-Stiftes gebüre.

Ein Beleg dafür, dass damals die Unterthanen-Gefälle bei dem Besitzer des Beneficiums verblieben seien, mögen nachstehende zwei Urkunden-Auszüge darthun:

1581. 26. September: Georg Pachmair und Hans Schmidt auf der Khampner Heid, beide in Kematen Pfarre (bei Kremsmünster), verkaufen im Namen ihrer Pflegekinder Stephan, Katharina und Anna, weiland des Siegmund Schmelzer, und Barbara, seiner Hausfrau, in Sirninger Pfarre, beider seligen hinterlassene Kinder, und dann des Hänslein, welchen Barbara mit ihrem Hauswirte Paul Schmelzer erzeugt hatte, — das Schmelzergut an dem Stiefvater obiger Geschwister um 110 Pfund Pfennig. Zeugen: Peter Dillinger in Dietacher Pfarre, Amtmann, Thoman Freidl, Schmied in Kematen, Georg Gruber zu Paiehberg und Hans Hofmair zu Oberprunnern, beide in Sirninger Pfarre. Original fürstliches Archiv in Eferding. Von diesem Kaufe hat Herr Andre zu Freigeld über ein Gulden Nachlass, 10 Pfund Pfennig.

1582. 17. April: Pankraz Aigner zu Hart und Margreit, seine Hausfrau, verkaufen ihr Aignergut zu Hart in Hargelsberger Pfarre, und St. Magdalena-Stift zu Eferding mit Obrigkeit unterworfen, ihrem Schwager, dem Stephan Nielpauer aus der Wolferner Pfarre, und Magdalena, seiner Hausfrau, um 310 fl. Pfg. Zeugen: Peter Hilbinger in Dietacher Pfarre, Amtmann des Gutes, Mertl Paur zu Hart, Andre Halmbl zu Oedt, beide in Hargelsberger Pfarre und Mert Paur am Goldberg in Sirninger Pfarre. Original l. c.

1609. 22. December, Eferding: Uebergabsbrief von Sibille, der Witwe des Christoph Paumgartner zu Niederwolfern, betreffend die ihr vom Paumgartnergute zu Niederwolfern gehörige, halbe Gerechtigkeit, dienstbar zum Sanct Magdalena-Stift in Eferding. für ihren Sohn Leonhard und dessen Hausfrau Barbara durch ihren Bevollmächtigten Matthä Ratmair ... Amtmann. Siegler: Der

ehrwürdige ... Magdalen-Stifts und Spitals in Eferding. Zeugen: ... Wagner,
Bürger zu Eferding, Wolf Walthür (?), Losensteinleithnerischer, und Georg
Schmelzer, St. Magdalen-Stiftsunterthan. Original-Pergament. (Ein Theil von
der nach der Quere geschriebenen Urkunde weggeschnitten.)

Von diesem Beneficium sagt Widel, dass es einmal ebenfalls für
einen Geistlichen genugsames Einkommen hatte, dass dieses aber im
Verlaufe der Zeiten immer geringer wurde und dass das Beneficium
gleiches Schicksal der Einverleibung in das Spitals-Beneficium wie
das St. Margaret-Beneficium erlebte. Das Magdalena-Stift hatte nachstehende Unterthanen, wovon die meisten um Steyr gelegen waren,
und zwar:

In der Haidershofner Pfarre (Niederösterreich) der Stöllner (Söllner)
und der Mühaller. Der Taxberger zu Stein. In der Sirninger Pfarre der
Steyerleitner auf der Taxelleiten und der Schmölzer (Schmelzl) zu Kheming. In
der Haller Pfarre der Gmeinstraßer. In der Pfarre Dietach der Bauer zu
Hüßern (Hübinger), der Roithmaier und das Roithmaierhäusl (Kleinroithmaier).
In der Pfarre Wolfern der Baumgartner und der Lackner (Lacher) zu Spitzen-
burg, dann der Baumgartner und der Pichler zu Wolfern. In der Pfarre Hofkirchen das Dißlbergergut und der Herzog. In der Pfarre Hargelsberg das
Zimmermannsgütl, der Aigner, Maurer zu Hart, der Horralauer und Strohmaier.
Das Erträgnis von diesen Unterthanen war nach Beneficiat von Berenberg
(† 1783) Folgendes:

	fl.	kr.	Pfg.
an Rüstgeld .	. . 47	. 7	. 2
„ Landsteuer	. . 27	. 33	. 2
„ Robottgeld . .	25	. 37	. 2
„ Gelddienst	. . 15	. 42	. 2
„ Getreidedienst . .	64	.	. .

Nach Widels Angaben hätte sich das jährliche Einkommen dieses
Beneficiums über Abzug aller Ausgaben auf einen Rest von 110 fl.
28 kr. 2 Pfg. belaufen. An Stiftungs-Verbindlichkeiten hatte zu
Widels Zeiten der Spital-Beneficiat von dieser Stiftung nebst einer
Wochenmesse für die Stifter der Kapelle und einigen Aemtern, die
Vocalmusik, den dritten Theil des Oeles zur Lampe und 45 kr.
jährlich an die Kaplane der Pfarre für die Aushilfe bei den Gottes-
diensten hinauszuzahlen.

Das Haus, welches die Stifterin zur Wohnung des Kaplanes
widmete, lag zunächst gegenüber dem Spitalsgebäude und hatte nach
Urbar vom Jahre 1666 an Bestandgeld 6 fl. zu entrichten. Es wurde
im Jahre 1708, als Georg Siegmund Schifer einen neuen Platz vor
dem Spitalsgebäude schuf, mit noch zwei anderen Häusern und einem
Getreidekasten abgebrochen; es stand also auf dem Platz, wo jetzt
zwischen dem Schifer'schen Verwaltungs- und Spitalsgebäude die
Anlage sich befindet.

Unter dem Spitals-Beneficiaten Friedrich Angermayr († 1657) entstand wegen einer Stadelstatt und sogar wegen der Behausung des Rathsbürgers und Messerschmiedes Thoman Paumhauer, gelegen zwischen des Heinrich Ernsten, auch Rathsbürgers und Bäckers, und des Hansen Wihl, Hutsteppers, beider Häuser, ein Streit und eine Irrung. Angermayr beanspruchte beide Objecte als Eigenthum für das Magdalena-Stift, konnte aber keine rechtlichen Beweise dafür anführen.

Nach gepflogener Unterhandlung durch den dazu verordneten Commissär Aliprandi Nicolai de Thomasis, der Theologie Doctor, Protonotar, kaiserlicher Rath, auch Decan und Pfarrer zu Linz und Waldkirchen etc., wurde diese Angelegenheit im gütlichen Wege durch einen de dato Eferding 27. Juli 1637 abgeschlossenen Vertrag dahin ausgeglichen, dass Paumhauer jährlich am Mariä Geburtstag von seiner Behausung dem jeweiligen Beneficiaten am Magdalena-Stift 4 Schilling Pfennig zu reichen habe, im Unterlassungsfalle habe er nach vierzehn Tagen 72 Pfennig und nach einer Reihe von weiteren vierzehn Tagen immer das Doppelte von dem unmittelbar vorhergehenden Betrage als Strafe zu zahlen. Dieser Schiedspruch erfolgte im Namen des Leopold Wilhelm, Erzherzoges von Oesterreich, Bischofes von Straßburg und Passau, und auch des Johann Caspar Stredler Freiherrn von Montani, Bischofes von Sarepta, kaiserlichen Rathes, Weihbischofes und General-Vicars zu Passau für Oesterreich ob der Enns, Propst zu Ardagger, Domherr zu Olmütz etc. Es wurden drei gleichlautende Exemplare ausgefertigt, gesiegelt von dem Decan Thomasis und der Stadt Eferding. (Original Stadtarchiv Eferding.) Sehr wahrscheinlich handelte es sich um das ehemalige Beneficiaten-Haus zum Magdalena-Stift, das zur Zeit der Religionswirren in fremde Hände gelangte.

Die Spitalskirche.

Schon zur Zeit der Gründung des Spitales durch Rudolf den Stifter im Jahre 1325 dürfte für ein kleineres Kirchlein vorgesorgt worden sein, da Rudolf, wie wir eingangs schon vernommen, eine ewige Messe stiftete, und auch der noch bestehende Gedenkstein in der Spitalskirche ihn als den Erbauer einer Kirche eine solche in der linken Hand tragen lässt. In ihrer jetzigen Ausdehnung und Form dürfte die Kirche, alles das weggedacht, was man erst im vorigen Jahrhunderte innen und außen an derselben Unschönes gemacht hat, aus der Zeit des Erbstifters Siegmund Schifer (1405—1442) stammen,[1]) unter welchem das Spital im Jahre 1434 abbrannte, wie es der eingangs erwähnte Gedenkstein besagt und ihn als Erbauer rühmt. Das Seitenschiff der Kirche mit seiner streng gothisch gehaltenen Kapelle, welche den Glanzpunkt des dermaligen Kirchengebäudes bildet, verdankt sein Entstehen der Stifterin des St. Magdalena-Stiftes, der Witwe Barbara Herleinsperger, welche daselbst im Jahre 1427 die Magdalena-Kapelle erbaute und deren unvergleichlich schöner Grabstein, der auch die Figur ihres Mannes Andre Herleinsperger enthält, an der Rückwand im Innern dieses Nebenschiffes angebracht ist. Da die meisten Einrichtungsstücke[2]) aus der Kirche entfernt waren, schritt man nun zur Veräußerung des Gebäudes selbst im Licitandowege.

Nach Anordnung der Landesregierung vom 5. October 1790 wurde, nachdem sich bei der am 9. Mai 1790 ausgeschriebenen Licitation kein Kauflustiger eingefunden hatte, eine neue Licitation

---

[1]) Das Presbyterium der Kirche ist gegen 11 Meter lang und gegen 6 Meter breit, das Hauptschiff misst gut 16 Meter in der Länge und 12 Meter in der Breite und ist 13 Meter hoch. Das Langhaus sammt den Arcaden und dem Nebenschiffe hat die ansehnliche Weite von 16 Meter, und kommt beinahe der Länge des Kirchengebäudes gleich. Der schöne steinerne Thurm erscheint gegenwärtig im Verhältnis zur Kirche zu niedrig. Nach älteren Abbildungen dieser Kirche, zum Beispiel in Vischers sogenanntem Schlösserbuche (1676), überragt er das Kirchendach in wünschenswerter Höhe. Das Kirchenschiff und das Dach waren früher viel niederer, wie noch im Dachraume zu sehen ist. In demselben sieht man nämlich gegen Osten noch die deutlichen Spuren eines Spitzbogens, der sich ohne Zweifel gegen den früheren Dachboden geöffnet, und erst bei Erhöhung des Hauptschiffes nach dem Brande im Jahre 1762 gegen dasselbe geschlossen hat, zu welcher Zeit man auch sicherlich aus Mangel aller Architektur statt des eingefallenen Rippengewölbes ein rundbogiges einsetzte und auch die gothischen Fenster rundbogig gestaltete (Christliche Kunstblätter 1887, Linz). Da diese Kirche, wie erwähnt, abgebrannt war, so mussten damals die Pfründner des Spitales durch drei Jahre zum Gottesdienste in die Pfarrkirche sich begeben; solange ließ die Reconstruction dieser Kirche auf sich warten, wahrscheinlich weil das Spitalgebäude, das Herrenhaus und das Beneficiaten-Haus, welche zu gleicher Zeit ein Raub der Flammen wurden, vorerst in Angriff genommen wurden. Nach Aufhebung des Beneficiums (1789) wurde die Spitalskirche durch den damaligen Stadtpfarrer exerciert und geschlossen. Von den Einrichtungsstücken kamen in die Kirche nach Urfahr: das Tabernakel mit den beiden Seitenengeln, die Kirchenstühle, die Kanzel, ein Altar und in das vormalige Oratorium der Kapuziner, die Orgel, das eiserne Gitter, welches in Urfahr beim Eingange zur Schule und Sacristei angebracht wurde, dann die zwei Glocken, welche mit den in Urfahr vorhandenen vier kleinen Glocken zu drei großen Glocken dort umgegossen wurden.

[2]) Nachdem die Kirchenstühle weggehoben waren, bewilligte man schon mit 16. October 1789 von der Regierung der Kirche Stroheim das Marmorpflaster;

für den 18. November 1790 angeordnet. Ausgenommen vom Verkaufe waren die allenfalls in der Kirche noch befindlichen Geräthschaften, Epitaphien und die Marmorpflastersteine, nur das leere Gebäude und der Grund, auf dem es stand, war darunter verstanden. An der Mauer befanden sich damals 22 Epitaphien, auch die Familiengruft[1]) bestand noch; in derselben waren damals noch unverwesene Körper. Das *Dominium directum* blieb bei dem Erbstifte. Der Ausrufspreis war 428 fl. 34 kr. 2 Pfg.; geschätzt war die Kirche auf 300 fl. Licitanten waren Johann Fuchsmayr am Stadlergute bei der Aumühle (Pfarre Eferding), dann Johann Georg von Wendheim, Besitzer des Freisitzes von Dischingen und von Bergham,[2]) und Peter Harrer, der 510 fl. anbot und dabei erklärte, dass er, im Falle die Stadt Eferding bei wiederholt eingereichten Majestäts-Gesuchen die Wiederherstellung dieser Kirche und des Gottesdienstes erreichen sollte, ohne Entgelt von seinem erworbenen Kaufrechte abstehen und die Kirche zum vorigen Gebrauch wieder einräumen wolle. Warum dem Peter Harrer die Kirche jetzt nicht zugestanden wurde, können wir nicht aufklären; am 5. Jänner 1793 erfolgte wieder eine Licitation, da war der Ausrufspreis nun 1000 fl. und da erstand sie derselbe Peter Harrer, Handelsmann in Eferding, indem er den Ausrufspreis um nur einen Gulden überbot.[3]) Es musste bei dieser Licitation von beiden Seiten nicht ganz correct vorgegangen worden sein, denn von Seite der Landesregierung ist dieser Licitandokauf rückgängig

[a]) dieselbe Kirche hat aber weiter unterm 23. Jänner 1791 um die zwei Seitenaltäre[a]) für die dort befindlichen zwei schlechten Altäre und um Ueberlassung der Thurmuhr nachgesucht, was ihr auch gegen Abbrechung und Ueberbringung derselben auf eigene Kosten und auch unter der Bedingung gewehmigt wurde, dass die alte Thurmuhr in Stroheim verkauft und der Erlös in die dortige Kirchencasse kommen sollte.

[b]) Unter Widel (1789) werden zwei Altäre erwähnt, der Barbara- und Benedicti-Altar, ersterer, auf welchem das Brustbild St. Sebastians aufgestellt war, war der Seitenaltar an der Evangeliumseite gleich oberhalb der Kanzel; den letzteren Standpunkt war auf der Epistelseite neben dem Grabstein des Benedict Theodosius Schifer († 1711), dem er sein Entstehen verdankte. Nach einer von Widel für das Jahr 1789 gelegten Kirchenrechnung hatte die Spitahlkirche in obderennsischen Domestical-Obligationen ein Vermögen von 3045 fl. und bei Privaten von 1150 fl., welches im Jahre 1792 an das Kreisamt abgegeben werden musste. (Pfarrschriften.)

[c]) Die Gruft der Schifer befindet sich unter dem Presbyterium in der Ausdehnung desselben; sie ist nun ganz leer; der vermauerte Eingang war unter den Aufgangsstufen des Presbyteriums. Im Jahre 1877 wurden zur Lüftung des Raumes zwei Oeffnungen angebracht.

[d]) Georg von Wendheim war Witwer nach der im Jahre 1784 verstorbenen Vogtfrau Marie Anna, geborene Freiin Schifer und Sonderndorf-Dischingen, Dorf mit Schloss in Württenberg, Jaxtkreis.

[e]) Original Stadtgemeinde-Archiv Eferding.

gemacht worden und es erfolgte erst wieder im Jahre 1795 eine Licitation der Kirche und da erstand die Kirche nach Kaufscontract vom 25. Jänner 1795 der Maurermeister Eder von Eferding um 420 fl., nachdem vorher unterm 22. December 1794 von der Regierung die Bewilligung eingelangt war, dass das Kirchengebäude auch zur Herrichtung von Wohnungen verwendet werden, oder auch ganz abgebrochen werden könne. Die Bedingungen, unter welchen jetzt die Kirche hintangegeben wurde, waren folgende:

Die Grabsteine sind vom Verkaufe ausgenommen für den Fall, als selbe die Stiftsfrau an sich nehmen wollte; das Oratorium-Fenster, so vom Spitalgebäude in die Kirche geht, dann die Thüre von der Kirche in die Sacristei und jene, welche vom Spital in die Kirche führt, hat der Ersteher auf eigene Kosten vermauern zu lassen. — Die in der Kirche befindlichen Altäre und andere Geräthschaften, die zum Gebäude nicht gehören, sind herauszubringen zu lassen.

Der Maurermeister Eder verkaufte die Kirche wieder mit 3. Jänner 1798 an den Gastwirt »zum weißen Lamm« in Eferding, namens Gottfried Rumer (Rubmer), und dessen Hausfrau Elise und an Michael Aigner und dessen Hausfrau Therese. Von diesen gelangte das Kirchengebäude im Jahre 1800 an die Stadtgemeinde um den Preis von 500 fl., aber gieng erst mit Vergleich vom 2. October 1810 in das Eigenthum derselben über. Die Ablösungssumme belief sich auf 520 fl. Conventions-Münze, wovon 270 fl. für die Kirche und 250 fl. als Ablösung des von Rumer in derselben hergestellten Getreidekasten entfielen. Zur Aufbringung dieses Betrages soll eine Sammlung eingeleitet worden sein. [1]

Der Magistrat benützte hinfort nun das Kirchengebäude, insbesondere zur Zeit der französischen Einfälle und auch bei sonstigen stabilen Einquartierungen als Magazin (für Heu und anderes, ferner auch als Aufbewahrungsort für die Feuerlösch-Requisiten und auch als Depôt für die Waffen und die Montur des früher in Eferding bestandenen Bürgercorps u. s. w.). Im Jahre 1834 waren bedeutende Baureparaturen bei der Kirche vorzunehmen und es wurde da der Gedanke bei der Stadtbevölkerung angeregt, die Kirche dem Magistrate abzukaufen und dieselbe wieder dem öffentlichen Gottesdienste zurückzustellen; auch versprachen einige Bürger, Geldbeiträge zur Ausführung dieses Gedankens zu spenden; insbesondere interessierte sich der damalige Bischof Gregor Thomas Ziegler von Linz, an welchen man sich auch wandte und der auch Geldbeiträge zu diesem Zwecke in Aus-

---

[1] Stadtgemeinde-Archiv Eferding.

sicht stelle. Die Kirche war damals mit Heuvorräthen angefüllt, man wusste auch für die Feuerlösch-Requisiten keinen rechten Platz, die Unterhandlungen zerschlugen sich und man musste sich auf eine spätere Zeit vertrösten.

Bei der hier im Jahre 1837 durch den obgenannten Bischof vorgenommenen canonischen Visitation in Eferding hat derselbe wieder diese Frage wegen Ankauf der Kirche aufgeworfen; man zeigte sich aber damals von Seite des Magistrates nicht ganz geneigt, in diesen Gedanken einzugehen. Die Unterhandlungen wurden aber dieserwegen nicht abgebrochen, aber erst im Jahre 1839 konnte der damalige Stadtpfarrer Josef Hoflehner über Wunsch des Bischofes dem Magistrate den Vorschlag machen, demselben die Spitalskirche käuflich abzutreten, was auch nach Kaufvertrag vom 22. März 1839 nach Genehmigung von Seite des Kreisamtes um den Preis von 400 fl. geschah. Der Bischof zeigte sich auch bereit, ohne Inanspruchnahmung der Bevölkerung die nothwendigen Baureparaturen und die innere Ausstattung der Kirche, sowie die Beischaffung der Paramente auf seine Kosten zu übernehmen. Der Magistrat war nun genöthigt, ein Locale für die Feuerlösch-Requisiten zu beschaffen und wählte hierzu das alte Rathhaus. Zur Adaptierung eines solchen Locales reichte aber der Erlös der 400 fl. von der Spitalskirche nicht aus, und man nahm zur Deckung der erforderlichen Kosten zu einer Sammlung seine Zuflucht, welche 517 fl. 15 kr. einbrachte (Pfarrschriften).

Die Reconstructions-Arbeiten an der Kirche und die innere Einrichtung derselben wurden unter der Leitung des Stadtpfarrers vorgenommen, alle Auslagen dafür vom Bischofe allein ohne Inanspruchnahme der Bürgerschaft beglichen und bezifferten sich dieselben weit über 1700 fl.[1] Den Hochaltaraufsatz und die Kanzel, beide im besseren Renaissance-Stil ausgeführt, hat auch derselbe Bischof gespendet; beide stammen aus der aufgelassenen Pfarrkirche beim

---

[1] Die jetzigen, solid gearbeiteten Kirchenstühle stammen auch aus der Zeit der Restaurierung. Im Jahre 1863 erwuchsen wieder weitere Auslagen mit dem Ausbrechen der Fenster im Oratorium und durch mehrere Schlosser- und Tischlerarbeiten. Der Bischof Gregor Thomas bestimmte auch ein Legat von einer 4°/₀ Staatsschuldverschreibung von 1000 fl. (nun convertiert 800 fl.), deren Interessen zur baulichen Erhaltung der Kirche verwendet werden sollen. Da im Jahre 1877 die acht Kreuzblumen am Helmdache des steinernen Thurmes und die Kreuzrose, in welcher das vergoldete Thurmkreuz eingefügt ist, erstere alle nicht mehr vorhanden waren und theilweise die Gefahr des Herabstürzens der noch vorhandenen drohte, so wurden alle acht Kreuzblumen, sowie auch die Kreuzrose und theilweise auch die Wasserspeier am Thurme durch neue ersetzt und ein Blitzableiter angebracht, zu welchen Bauwendungen auch das Schifer'sche Erlstift einen namhaften Beitrag widmete.

einstigen Benedictiner-Stifte Garsten bei Steyr. Am 20. September
1741 wurde die Kirche feierlich eingeweiht und dem öffentlichen
Gottesdienste übergeben. Wer hätte im Jahre 1834, wo der erste
Gedanke auftauchte, die Spitalskirche ihrem ursprünglichen Zwecke
wieder zuzuführen, ahnen können, wie erwünscht und wohlthätig sich
nun die Erwerbung und Eröffnung der Spitalskirche erweisen werde.
Im nächstfolgenden Jahre 1842 zeigten sich nämlich an der Stadtpfarrkirche sehr gefährliche Bauschäden an der West- und Nordseite
derselben, welche sich in so bedenklicher Weise herausstellten, dass
wegen zunehmender Gefahr für die Sicherheit des Lebens die Kirche
am 8. Februar 1843 behördlich geschlossen und die Spitalskirche durch
siebzehn Monate zu den pfarrlichen Gottesdiensten verwendet wurde,
da erst am 8. Juni 1844 die Stadtpfarrkirche vom Bischofe Gregor
Thomas Ziegler eingeweiht und dem Cultus wieder übergeben wurde.

Das Beneficiaten-Haus (Stadt, Haus-Nr. 33).

Auch dieses kam nun an die Reihe, verkauft zu werden. Nach
Kaufcontract vom 31. Jänner 1783 erstand es im Licitandowege der
schon genannte Gastgeber Gottfried Rumer für seinen Schwiegersohn
Michael Baumgartner unter folgenden Bedingungen:
Er kauft das Haus als freien Dominical-Grund sammt Garten
und der baufälligen Holzhütte um den Anbot von 608 fl ; — hat
der Käufer auf das im Garten befindliche, eigentlich nur anstoßende
Lusthaus, kein Recht, sondern solches wird von Seite des Spitales
mit einer besonderen Planke, soweit die Dachtropfen reichen, umgeben
werden; — das Thürl an dem Lusthause wird cassiert, auch nicht
gestattet, ein Fenster in den Garten zu machen; — jenes Thürl,
welches gegen den Haushof des Mathias Schieß, des Hieselwirtes,
führt, soll vermauert und einem künftigen Besitzer des Beneficiaten-
Hauses nicht mehr gestattet sein, einen Ausgang durch solches aus
dem Garten zu nehmen; — wird der Käufer von der Herhaltung
jener Mauer, die gegen das Spital führt, losgezählt, jedoch demselben
untersagt, kein was immer für einen Namen habendes Gebäude,
wodurch diese Mauer beschädiget werden könnte, daselbst aufzuführen.
Das waren die Bedingungen, unter welchen das Beneficiaten-
Haus verkauft wurde, welches später mehreremale die Besitzer
wechselte. Im Jahre 1865 mieteten es von einem gewissen Alois
Mayr die Tertiarinnen des Ordens der Jungfrau Maria vom Berge
Karmel, welche damals die Krankenpflege in dem 1865 im Schifer'schen
Erbstiftsgebäude neu geschaffenen Krankenabtheilung übernahmen

und auch in dem erwähnten gemieteten Hause eine Kleinkinder-Bewahranstalt und eine Privat-Handarbeitsschule eröffneten. Im Jahre 1868 gieng das Haus in das Eigenthum der Tertiarschwestern über und im Jahre 1893 erwarben dieselben von dem Schifer'schen Erbstifte käuflich den hinter dem Verwaltungsgebäude gelegenen, ebenerdigen Hausstock, der früher einmal zum Pferdestall des Schifer'schen Pflegers gedient hatte; es wurde ein Stockwerk darauf gebaut und dadurch für die Kinderbewahranstalt schöne und zweckentsprechende Localitäten geschaffen.

Der Spitals-Gottesacker.

Der Spitals-Gottesacker inmitte der Grundstücke des Spitals-Beneficiaten in der sogenannten Ludl[1]) gelegen, war eingeplankt und hatte ein Flächenmaß von 40 Quadratklaftern. Nach kreisamtlichem Auftrag de dato 5. April 1792 sollte der auf 18 fl. 45 kr. geschätzte Gottesacker verpachtet werden, nach Kaufvertrag vom 7. Juli 1793 wurde er aber um den Meistbotantrag von 44 fl. an den bürgerlichen Gastwirt Andre Tanzer in Eferding verkauft. Die Planke durfte bis zum Jahre 1799 stehen bleiben und auch ausgebessert werden, auch durfte das Thürl, welches nächst der Ludl zum Gottesacker führte, fortbestehen. Von diesem Grundstücke war ein jährlicher Dienst von 15 kr. zu entrichten.

Ueber Auftrag des Kreisamtes vom 24. October 1801 musste der Kaufschilling über diese verkauften Objecte an selbes eingesendet werden, und zwar: von der Kirche mit 420 fl., von dem Beneficiaten-Haus mit 608 fl. und vom Gottesacker mit 44 fl., zusammen 1072 fl. an das Kreisamt mit der Bemerkung eingeschickt werden, dass der Gottesacker nicht der Kirche, sondern des Spitales Eigenthum wäre, wovon man aber später abgegangen ist, indem der Nutzgenuss dieses Grundstückes dem Pfarrer in Urfahr zugewiesen wurde. Die in der Spitalskirche noch vorhanden gewesenen Kirchengeräthe mit Ausnahme der Thurmuhr und des Marmorpflasters, welche in die Kirche nach Stroheim kamen, dann der Glocken, der Orgel, Kanzel, Stühle und Altäre, welche die Pfarrkirche in Urfahr erhielt, mussten auch an Meistbietende veräußert werden. Andere Paramente und Pretiosen wurden von der Inventurs-Commission mitgenommen (Pfarrschriften).

---

[1]) Eine tiefer gelegene, größere Grundfläche an einem Gewässer ohne Abfluss, die Ludel in Linz.

Beilage Nr. l.

Steinsulz, nun Steinholz.

Am nordwestlichen Abhange eines kurzen Ausläufers der
Schartner Berge liegt das Dorf Steinholz mit 36 Hausnummern und
nahezu 200 Einwohnern. Früher führte dieser Ort den Namen
Steinsulz, unter welchen er noch im Jahre 1780 in den Matrikenbüchern der Pfarre Eferding, zu welcher er noch im vorigen Jahrhunderte gehörte, vorkommt.

Auf einer mäßigen, terassenförmig ansteigenden Anhöhe ober
dem Dorfe befindet sich ein Haus mit einem Obstgarten, das
»Zimmermann im Weinberg« genannt, auf einer Seite mit einer
prächtigen, weithinreichenden Fernsicht in die Gegend von Eferding
bis an die Mühlviertler Berge und auf der anderen Seite über das
Dorf Breitenaich hinaus. Bei diesem Hause sind Spuren eines Wall-
graben ersichtlich, daneben gegen Westen eine ziemlich große be-
waldete Vertiefung mit einer frischen Wasserquelle. In dem erwähnten
Hause befanden sich dereinst drei sorgfältig gewölbte Keller, wovon
noch zwei sehr gut erhalten sind, und welche Räume nicht bloß dem
Zwecke der Weinkellerei dienten, sondern schließen lassen, dass einst
ein größeres Gebäude da gestanden haben mag, sowie auch noch
in dem das Haus umgebenden Garten Mauersteine in geringer Tiefe
zerstreut aufgefunden worden sind. Auf diesem Platze dürfte allen
Anzeichen nach die »Feste« Steinsulz gestanden haben, welche die
Straßenzüge von Eferding nach Grieskirchen über Finkelham nach
Wels, dann den einstigen Römerweg von Wels nach Herrenholz,
Steinholz über Daxberg nach Waizenkirchen beherrschte.

Die erste urkundliche Erwähnung von Steinsulz geschieht im
Jahre 1249, wo Ulrich Schifer I. (1249 – 1280) ein Gut daselbst zum
Seelgeräth nach Wilhering stiftet. (Die ältesten Todtenbücher des
Cistercienser-Stiftes Wilhering von Dr. Otto Grillenberger. Graz, 1896.)

1250 beurkunden die Grafen Heinrich und Wernhart von Schaunberg
einen Vertrag zwischen dem Kloster Wilhering und dem Ritter Konrad von
Wert über das dem Kloster gehörige Eigen gegen einen jährlichen Zins von
60 Pfennig an das Kloster von Seite des Konrad von Wert; dem entgegen gibt
aber derselbe auf seinen Todfall hin zwei Güter dem Kloster, eines gelegen
in Sieghartswang und das andere in Michaelnbach, wovon aber schon zu seinen

Lebzeiten vom ersteren Gute 5 Metzen Hafer und von dem zweiten 10 Pfennig dem Kloster gegeben werden sollen. Nach seinem Ableben soll aber nicht nur das Gut in Steinsulz, sondern auch die übrigen zwei genannten Güter in den freien Besitz des Klosters übergehen. (U. B. III. 165.)

1318 übergeben Rudolf Schifer II. (zu Hub) und Ulrich Schifer II. (zu Steinsulz) ein Eigen zu Steinsulz an Michelbeuern. (Filz, Geschichte von Michelbeuern, S. 796.)

1331 stellten Ulrich Schifer II. und seine Hausfrau Agnes wegen der Feste Steinsulz einen Dienstrevers auf die Grafen Heinrich, Wernhard, Wilhelm, Rudolf und Friedrich von Schaunberg aus. (StUls. Reg.-Nr. 365.)

1334, 12. Juli: Bischof Albrecht von Passau verleiht Marchart dem Rörmur, und Agnes, seiner Hausfrau, den Zehent, welchen dieser von Meingok auf dem Traunfeld gekauft hat. Dieser Zehent ist zur Hälfte gelegen in dem Dorf zu Steinsulz und auf drei Höfen zu Chalhofen (Kalkofen) und zu Dorf und auch anderswo. (U. B. VI. 130.)

Siegmund Schifer II. (1405—1442) hatte auch in Steinsulz mehrere dienstbare Güter und mit besonderer Betonung nennt er in seinem Urbar, das wir vorne gebracht haben: »ein Eyhholz (Eichenwald) zu Steinsulz, als es mit Gräbern umfangen ist, ist voraus mein«.

Nach dem Schaunberg'schen Lehenbuch vom Jahre 1475 hatte Stephan Plankner (1503) von Eferding das Gut zu Steinsulz, das Tafellehen genannt, inne; um diese Zeit (1503) sind auch als Besitzer der Llachmaier, der Hans Weber und der Stadler zu Steinsulz angeführt.

1491, 8. Mai: Kaufrechtsbrief des Stephan Ecker zu Eferding, Grundherr des Sandhofes zu Ober-Rudling. Pfarre Eferding. Sein Hintersaß auf diesem Hofe, Andre Sandmair und dessen Hausfrau Dorothe, weisen ihm ihren Kaufrechtsbrief, welchen sie von ihren früheren Grundherren Caspar und Jörg den Staudingern erhalten haben und bitten ihn, dieser Kaufrecht Ulrich, weiland Hannsen des Schiefermair zu Steinsulz Sohn, und Elsbeth, dessen Hausfrau, die ihnen den Sandhof abgekauft haben, zu bestätigen. Jährlicher Dienst davon waren 3 Schilling Pfennig und 21 Metzen Korn, ebensoviel Hafer, 6 Käse, jeder zu 4 Pfennig, 6 Hühner, 3 Schilling und 20 Eier, eine Gans und 12 Pfennig für Weihnachtsbrot; für Auf- und Abfahrt war je ein halbes Pfund Pfennig zu entrichten. Siegler: Stephan Ecker. Zeugen des Gelöbts um das Siegel: Lienhart Sandmair und sein Sohn und Caspar Strashaimer, beide Bürger zu Eferding. Original Spitalarchiv Eferding.

In dem Unterthanen-Verzeichnisse vom Jahre 1631 des Stiftes Lindach (Beneficium im Schlosse Schaunberg) kommt ein Hans Wagner von Steinsulz mit einer Giebigkeit von jährlich 4 fl. vom Garten, der Freithof genannt, vor. (Pfarrarchiv Eferding.)

Beilage Nr. II.

Aus dem Verzeichnisse über die Bewirtschaftung und das Erträgnis der Spitalsgrundstücke, über die Robot der Unterthanen, über
die verschiedenen Dienstleistungen derselben an Gänsen, Eiern u. s. w.,
ferner über die Verpflegung und Kleidung der Spitäler und anderes
vom Jahre 1746—1761 unter der Verwaltung des Franz Josef Pöhr,
Pflegers zu Freiling (1744—1761).

Grundstücke.

Im Hillinglaher Felde: 1. Die Hohmaier-Breiten, 2 Tagwerke, den
Zehent davon hebt die eine Hälfte das Schloss (Eferding), die andere das
Spital, wird vom letzteren geackert. — 2. Das Harrasland, 2 Tagwerke,
Zehent wie im vorhergehenden, geackert von den Meierpferden. — 3. Das
obere Zeillet-Landl, ¼ Tagwerk, ganzer Zehent von der Herrschaft gehoben, geackert vom Meierzug. — 4. Das mittlere Zeillet-Landl, ¼ Tagwerk, Zehent und geackert wie beim vorhergehenden. — 5. Das untere
Zeillet-Landl, 1½ Tagwerk, ebenso Zehent und geackert wie beim vorhergehenden.

Im Schranken- oder Seebacher-Felde: 1. Die große Schrankenbreite, 2½ Tagwerk. — 2. Die kleine Schrankenbreite, 2 Tagwerke. —
3. Das Wegland, 1½ Tagwerk. — 4. Das kleine Landl, ¼ Tagwerk. —
5. Der Kupfernagl, 1 Tagwerk. — 6. Die halbe Zwerchbreite, 2½ Tagwerk. — 7. Das Abraham-Land, 1½ Tagwerk, wird geackert einmal vom
Hans in Stiegelhöfen, das anderemal vom Holzmeier und ebenso wieder vom
Grießmeier und Reham auf der Lehen.

Im Hinzenbacher Felde: 1. Das große Bachland, 1¾ Tagwerk.
— 2. Das kleine Bachland, ¾ Tagwerk. — 3. Im Wagram, 1 Tagwerk. —
4. Das Wenzl-Land, 1¾ Tagwerk. — 5. Das Landl, an des Obermaier
Grund stoßend, ¾ Tagwerk, wurde später vertauscht. — 6. Das Landl, an des
Bauern in der Springwies Grundstück anrainend, ¼ Tagwerk, wurde mit
dem »Bleicher« vertauscht um ein Landl im Wagram von gleicher Größe.

Gründe, die alle Jahre angebaut werden.

1. Das Weierlohner-Landl, ¼ Tagwerk, zehentfrei. — 2. Das
Fischerlippel-Landl, ¼ Tagwerk; von diesen zweien Ländern ist bemerkt, dass selbe zehentfrei waren, die Herrschaft wohl im Jahre 1747 den Zehent
ausgestreckt habe, diese Zeichen aber weggenommen wurden, es sei aber dies
stillschweigend von der Herrschaft hingenommen worden. — 3. Der Spitzgarten, 1 Tagwerk. — 4. Die Robotbreite, 3 Tagwerk; Zehent wie in den
ersten zwei Landln von der Herrschaft prätendiert. — 5. Die Krautbreite
2½ Tagwerk, zehentfrei. — 6. Das Pfleger-Landl, 1¼ Tagwerk, hat den
Genuss davon ein jeweiliger Pfleger, wird vom Spital unentgeltlich versorgt
und ist zehentfrei. — 7. Das Eckmaier-Landl, 5 Äcker groß, hat auf

18*

Lebensdauer der jetzige Hofamtmann, Georg Diendorfer mit Namen, zu genießen, den Zehent davon hebt das Spital.

Kornschnitter.

Wie unter Benedict Schifer (1425 - 1499), der so viele Güter zum Spital
und zur Messenstiftung widmete, der größte Theil der dem Erbstifte dienstbaren
Güter dem Amte am Tuttenberg (Dittenberg bei Eferding) zugetheilt war, so
wurden in späterer Zeit die zum Erbstifte gehörigen Unterthanen in einer
gewissen Anzahl und nach der Ortslage in drei Aemter eingetheilt, und zwar
zuerst in das Hofamt, welchem Güter von der Pfarre Eferding, Hartkirchen,
St. Marienkirchen u. s. w. zugetheilt waren, dann in das Grubhoferamt, zu
welchem Güter von der Pfarre Eferding, Waizenkirchen, Peuerbach, Micheln-
bach, Neukirchen am Wald, Natternbach, Pram und andere gehörten und in
das Wassermeieramt (Wassermeiergut in der Pfarre St. Thomas), welches
aus Gütern in der Pfarre Pram, Taufkirchen an der Trattnach, Pötting, Dorf
und andere gebildet wurde. Für das Erbstift war damals (1746) für diese drei
Aemter zur Hereinbringung der Giebigkeiten und Besorgung anderer Geschäfte
als Hofamtmann angestellt der schon genannte Georg Diendorfer, der für seine
Mühewaltung nebst anderen Bezügen auch den Genuss des vorhin angeführten,
aus fünf Aeckern bestehenden Eckmaier-Landls zu genießen hatte.

Für die Robot des Kornschnittes wurden nach unserem Wirtschaftsbuche
die Unterthanen alle Jahre von einem anderen der drei Aemter genommen und
waren gewöhnlich mit dem Amtmanne und dem Maier in die vierzig Personen.
Zur Kost erhielten diese an einem Fleischtage um 7 Uhr früh eine Säursuppe,
wozu ein Laib Brot zu den Brocken gegeben wurde. Mittags Suppe, Sauerkraut, ½ Pfund Rindfleisch und ein Stück Brot die Person, zu den Suppen-
brocken wurde ½ Laib Brot verabreicht. Aus einem Laib Brot wurden 20 Stücke
geschnitten. Zur Jause erhielt jeder ein Stück Brot. Beim Nachtmahl war die
Kost wie zu Mittag. An einem Fasttage: früh die Säursuppe mit einem Laib
Brot, mittags entweder Nudel, hierzu kommen 3½ Maßl Mehl, 2½ Pfund Schmalz
oder Brein (Buchweizen), dazu wird genommen 1 Maßl und ein Löffel voll
Brein, 1½ Pfund Schmalz; oder Ofenrecken, hierzu werden 4½ Maßl Mehl und
½ Pfund Schmalz genommen und jedem ein Stück Brot gegeben. Zur Jause
ein Stück Brot; das Nachtmahl wie das Mittagmahl.

Korneinführer.

Das Hofbau führt ein der Hofzug, der Holzmeier, der Beham und der
Hans in Stiegelhöfen. Zur Kost haben diese, wenn sie in der Frühe kommen,
mittags entweder gesalzenes Rindfleisch, jeder ein starkes ½ Pfund oder grünes
½ Pfund, Suppe und Sauerkraut und nach Verhältnis der Personen das Aufschnitt-
brot und dreimal jeder ein Stück Brot; fangen sie aber erst um 12 Uhr an, so
haben sie dann keine Kost, sondern jeder Wagen zwei Stück Brot. An einem
Fasttage: Nudel oder Brein und abends Säursuppe mit dem Brot. Die Meierleute und die bezahlten Taglöhner müssen einführen helfen. Das Abladen des
Getreides und das Ueberbringen desselben in die Oesen¹) sowohl vom Hofbau-
als vom Zehentgetreide wird durch die Spitäler verrichtet und hat dann jeder,
der arbeitet, ein Stück Brot.

¹) Oese, Raum in der Scheuer, wo die Garben und das Stroh hingelegt werden.

Gerstlinsmahder. [1])

Hierzu werden 17 Unterthanen genommen, und zwar die sechs Hillinglaher, die sieben Gaßner,[2]) als Mathias Hofmair am Schneiderbauernhaus, Paul Winklhauer auf dem Strasserhaus, Stephan N. auf dem Schusterhaus, Andre Niedermair auf dem Engelbergerhaus, Martin Felschl am Alstermost, Georg Pessenmarter auf dem Fixlschusterhaus, Josef Hubner am Arnoldenhäusl, die zwei Kühgaßler, als Johann Winkler am Schröflhaus und Peter Sandmayr am Schneiderhaus und die zwei Steinbrucker, als Martin Lechner am Scharnagelhaus und Jakob Prunmayr auf dem Häusl an der Steinbruck. Diese haben zur Kost an einem Fleischtage: früh Säursuppe mit einem Laib Brot, mittags Suppe, Kraut und ⅛ Pfund frisches Rindfleisch, abends ebenso, jeder des Tages dreimal Brot sammt einem Laib auf Brutschnittel. An einem Fasttage: in der Frühe die Säur mit einem Laib Brot, zu Mittag Kraut und Brein, dazu wird genommen ⅛ Maßl Brein und ⅛ Pfund Schmalz, auf die Nacht Säursuppe und Kraut mit einem Laib Brot, auch bekommt jeder des Tages dreimal ein Stück Brot. Die Heiger und Fasser des Gerstlinses sind obige 17 Personen und haben zur Kost, wenn sie in der Frühe kommen, wie die Mahder, so sie aber erst um 12 Uhr kommen, hat jede Person zwei Stück Brot. Das Linstraid[3]) haben einzuführen der Spitalzug, der Holzmeier, Beham und Hans in Stiegelhöfen, der Meindl (Breitenaich) hat den Hafer einzuführen; wenn aber keiner gebaut wird, so muss er beim Linstraid einführen helfen. Zur Kost wird per Wagen zwei Stück Brot gegeben. Was in den großen Stadel an Korn und Weizen sowohl vom Hofbau als vom Zehent eingebracht wird, dazu müssen sämmtliche Spitäler beim Abladen mithelfen; dafür bekommt ein jeder ein Stück Brot. In den kleineren Stadel wird das Linstraid von dem Hofzug eingeführt; zum Abladen und Einlegen werden fünf oder sechs Roboter genommen. Das Einführen des Zehents besorgt der Hofzug.

Kraut. [4])

Das Kraut wird auf die Kraut- und Robothreite wechselweise von den Meierleuten und den Spitälern gesetzt, von den letzteren hat einer des Tages ein Stück Brot. Das Behauen des Krautes geschieht zweimal von den 17 Robotern, die sonst bei der großen Mahd sind, wofür sie die Kost erhalten, wie bei der Linsmahd. Das Abwörmen müssen die Spitäler besorgen; das Ausschlagen (den Kopf vom Stingel abschlagen) muss der Jehl, der Weber in Puchet; der Hagleitner, Kaufmann, Peter zu Bradstorf, Ortmaier, Bauernberger und der Gölß besorgen. Diese haben zur Kost an einem Fleischtage: in der Frühe Säursuppe mit 12 Stück Brot zu den Brocken, mittags Suppe, Kraut und vier Pfund frisches Rindfleisch, abends Säursuppe und Kraut, jeder des Tages

---

[1]) Gerstlins, gemischter Same von Hafer und Gerste.

[2]) Gaßner, Gäßler, waren die Besitzer der Häuser -Efferding, Vorstadt Haus-Nr. 62, 63 u. s. f.) nach der kleinen Straße, welche von der Linzer Straße vor dem Eingange des Unter abzweigt und nach Wörth, Taubenbrunn und weiter führt; noch heute ist der Ausdruck »Auf der Gasse« für diese Häuser bekannt. Das »Spanenschneider« war das Haus des Todtengräbers für die im Burgfried des Erbmaßes Verstorbenen.

[3]) Linstraid, ein Getreide aus gemischtem Samen von Linsen und Wicken, wozu gewöhnlich auch noch Gerste kommt.

[4]) Sauerkohl, Kopfkohl (Brassica capitata).

drei Stück Brot. An einem Fasttag jeder früh die Säursuppe mit dem Brot, zu Mittag 1½ Maßl Brein oder Nudeln mit zwei Maßeln Mehl oder Ofenweckl, Kraut, 1½ Pfund Schmalz, zum Nachtmahl die Säur mit dem Brot und Kraut, des Tages über jeder drei Stück Brot.

Eingeführt wird das Kraut sowohl vom Hofbau, als auch das Zehentkraut von dem Meierzug. Holzmeier, Beham, Hans in Stiegelhöfen, Grießmaier und Meindl; diesen wird die Kost, wie den Krautschlägern, an einem Fleischtag gegeben. Die Spitäler haben bei dem Einführen des Krautes die Ueberreste der Stingel abzuhacken, das gute Kraut und so auch die Stingel und das Pletschel auf Haufen zusammenzulegen, wofür jeder ein Stück Brot bekommt. Für die Spitäler, Meierleute und Roboter werden jährlich 200, für die Kapuziner in Wels sieben Eimer eingeschnitten; ferner werden dem gnädigen Fräulein von Schier zwei Pfunde,[?] dem Bestellten (Vertreter in Rechtssachen) drei, den Franziscanern zu Pupping 1½ Pfund gegeben. Das Abpletschen und Schrifeln des Krautes müssen die Spitäler besorgen. Von den sieben Krautschneidern bekommt jeder einen Gulden und zur Kost haben selbe in der Frühe die Säursuppe mit ½ Laib Brot, um 9 Uhr jeder ½ Maß Most oder Bier und ein Stück Brot. Mittags und abends Suppe mit Brot zum Aufschnitteln, jeder ½ Pfund Fleisch und Kraut, dann jeder zu Mittag, zur Jause und abends ½ Maß Most oder Bier, auch jedesmal ein Stück Brot. Eingetreten in die Hottiche wird das Kraut von vier Tagwerkern, deren zwei in einer Bottich sind, und hat jeder dafür täglich sieben Kreuzer; von den zwei Weibern, welche das Kraut hereintragen, hat jede täglich zwei Kreuzer, Kost und Trunk haben sie wie die Einschneider, nur dass sie um 9 Uhr keinen Trunk und kein Brot bekommen.

Möhren und Brein. [?]

Solche werden jährlich drei oder vier Aecker von jeder Sorte in dem Krautlande angebaut. Das Jäten und Ausaupfen müssen die gewöhnlichen 17 Roboter besorgen, welche die Kost erhalten, wenn sie in der Frühe kommen, wie bei der Lanzing-Mahd, kommen selbe aber erst mittags, erhält jedes nur eine Jause und ein Nachtbrot. Das Möhrenausziehen geschieht von den Spitälern, dafür ein Jeder ein Stück Brot bekommt. Das Kraut von den Möhren wird ebenfalls von den Spitälern abgeschnitten und dafür jedem ein Stück Brot gereicht. Die Möhren werden theils für die Spitäler verkocht, theils für die Martinigänse, Frischlinge und Kühe verfüttert.

Rüben. [?]

Diese werden auf die Kornäcker nach dem eingeheimsten Korn in der Kraut- oder Robotbreite gebaut, und von den 17 Robotern ausgezogen. Für diese Arbeit bekommt ein Jeder zur Kost noch ein Stück Brot; eingeführt werden die Rüben von dem Hofzug, wenn aber dieser nicht ausreicht, wird

---

[?] Das Pletschen, die abgenommenen äußeren, meist unreinen Blätter des Krautkopfes; abpletschen, diese Arbeit.
[?] Ein Pfund Kraut sind 200 Köpfe. Schrifeln, Einschnitte mit dem Messer machen, bevor der Krautkopf in den Stock des Krautschneiders gelegt wird.
[?] Möhre, Gelb- oder gelbe Möhre, Rübe.
[?] Rübe, weiße Feldrübe.

ein Robotzug dazu genommen. Eingeaicht werden 24 Eimer von den Meierleuten, welchen man 1½ Laib Brot und süße Milch gibt.

Dünger-Führer.

Den Dünger muss der Holzmaier, Beham, Hans in Stiegelhöfen, der Gries-
maier und der Meindl ausführen. Zur Kost bekommen diese im Frühlinge eine
Saursuppe mit dem Brote in der Frühe, um 9 Uhr jeder ein Stück Brot, zu
Mittag Suppe, ½ Pfund Fleisch und Kraut, zur Jausenzeit und abends ihr Brot
und wenn einer übernachtet, eine Saursuppe und Kraut; im Herbste ist die
Verköstigung dieselbe, mit Ausnahme des Brotes um 9 Uhr.

Dienstgetreide. [1]

Nach dem im Jahre 1668 errichteten Urbar war von mehreren
Gütern ein größerer Körnerdienst zu leisten, den man später etwas
herabsetzte, wie wir aus nachstehendem Verzeichnisse ersehen:

	1668		1747	
	Korn	Hafer	Korn	Hafer
	Metzen		Metzen	
Siechmaier	40	30	11½	11
Holzmaier	24	24	19	19
Beham	12	12	9½	9½
Hans in Stiegelhöfen	30	30	24	24
Griesmaier	15	15	6	6
Jehl zu Inn	5	5	4	4
Hörfurtner	20	20	16	16
Hofmeister auf dem Schneiderhause in der				
Gasse			1	1
Winklbauer auf dem Strasserhause			1	½
Angerer, Bleicher			1	½
Sandmaier auf dem Schneiderhause in der				
Gasse			1	½
Brunmaier			2	1
Siechmaier von Spiegelfeld	—		2	2
Huebner zu Taubenbrunn	-		½	½
Baumgartner auf der Springwies			2	1
Grubhofer-Amt, Hofmaier in der Lengau .	—	—	—	2
Möller zu Egleinsfurt	24		20	
Summe . . .	170	136	121	98½

[1] Nach einem Einlagenentwurfe des Schifer'schen Stiftes im Spitale zu Anfang des
16. Jahrhundertes kommen nachstehende Giebigkeiten vor.
Schiffwampefbaus 6 Schill. Pfg.;
Hörfurtnerhof 1 fl. Korn 20, Hafer ebensoviel Metzen;
Grieshof 1 Schill. 2 Pfg., 2 Hennen, Korn 15. Hafer ebensoviel Metzen;
Angerhof (Inn) 3 Schill. Pfg., 2 Hennen, Korn 24 Metzen;
Meindl (Breitenaich) 1 fl. 6 Schill. Pfg., Landsteuer 1 fl., 2 Hennen, 9 Käse, 60 Eier,
8 Pfg., Haar ein Sebet 20 Rehlen).

Erträgnis von den Hofwiesen

an Heu und Grummet in den 16 Jahren, von welchen Aufschreibungen vorliegen, und zwar:

Vom Spitzgarten, 1 Tagwerk groß	36	Fuhren.
Von der Schleau, 5 „ „	136	„
„ „ Siekenfurtwiese, 6½ Tagwerk und 242 Klafter groß	252	„
„ „ Stegwiese, 2 Tagwerk groß	25	„
„ „ Hofwiese, 1 „ „	22	„
„ „ Wiese in der Lengau, 2 Tagwerk groß	85	„

Zaunmachen, Ausheigen und Felberstümmeln in der Hofwiese.

Dieses müssen die 17 Roboter leisten, welche dafür die Kost erhalten, und zwar in der Frühe eine eingebrockte Säursuppe von einem Laib Brot, mittags aufgeschnittelte Suppe von einem halben Laib Brot, jedem ein halbes Pfund grünes Rindfleisch und Kraut, auch jedem des Tages dreimal Brot. An einem Fasttage: zu Mittag Nudl, Nocken oder Ofenweckl von drei Maß Mehl und einem Pfund Schmalz, dann dreimal Brot. Beim Heu- und Grummetmähen, Heigen und Fassen, bekommen sie die Kost wie bei der vorhergehenden Arbeit. Den Spitzgarten müssen die Spitäler mit Aufstoßen, Heigen und Fassen besorgen, wofür ein jeder ein Stück Brot bekommt.

Heu- und Grummet-Einführen.

In der Siekenfurthwiese thut dies der Hofaug, der Holzmeier, Beham und der Hans in Stiegelhöfen. In der Schleau und dem Spitzgarten der Hans in Stiegelhöfen oder der Holzmeier und der Griesmaier einmal. In der Steg- und Hofwiese der Holzmeier oder der Hans in Stiegelhöfen, wenn derselbe bei der Schleauwiese nicht gefahren ist. Bei der Wiese in der Lengau hat der Hofmaier, Huebner und der Melndl die Fuhren zu leisten. Anstatt der Kost bekommen diese Roboter für jeden Wagen des Tages zwei Stücke Brot.

Hofhölzer.

Das Erbstift hatte damals noch an Waldungen nahezu 70 Joche,[1] von welchen aber im Jahre 1793, wo man das Wirtschafts-System änderte oder vielmehr schon geändert hatte, der größte Theil im Licitationswege verkauft wurde, so dass dem Erbstifte nur mehr 17 Joche 385 Klafter Waldung verblieben, in deren Besitze es noch heute ist. Diese 70 Joche waren in vier Waldungen vertheilt, welche getrennt auseinander lagen und mussten die Unterthanen das Hacken in Scheiter und das Zuführen des Brennholzes und des Wildes leisten. Der Bedarf des Brennholzes für das Erbstift war jährlich 140 Klafter, welche von den nachstehenden Waldungen geliefert wurden, und zwar: von dem Ried- oder Schiferholz in der Gemeinde Scharten mit Buchen- und Eichenbestand; von dieser Waldung wurden jährlich 60 Klafter harte Schciter und zehn Schilling Wid (80 Bürde) gehackt und geliefert. Dieses Riedholz umfasste damals noch nahezu 30 Joche und von diesem sind dem Erbstifte

[1] In dem uns vorliegenden Verzeichnisse ist das Flächenmaß nicht angegeben.

nur mehr die schon erwähnten 17 Joche und 383 Klafter verblieben. Die Arbeit des Holzhackens mussten folgende Unterthanen leisten: Der Ortmaier und der Bauernberger mussten je 10 Klafter, der Hagleithner 20, der Göß 14 und der Söldner in der Hagleithen 6 Klafter, zusammen 60 Klafter Scheiter, machen. Die Zufuhr aus dem Riedholz leistete der Hofzug, der Holzmeier und der Hans in Stiegelhöfen mit je 8 Klafter, der Hebfurtner und Hofmekr mit je 4, der Huemer zu Hörstorf und der Beham mit je 3 und der Griesmair mit 2 Klaftern. Die Zufuhr der restierenden 6 Klafter wurden von dem Scheiterfahrgeld, welches die zuweit entlegenen Unterthanen entrichteten, bezahlt und das bei dem Riedholz 16 fl. eintrug. In dem Kranalholz, ebenfalls in der Gemeinde Scharten gelegen, damals nahezu 11 Joche im Flächenmaße, wurden 30 Klafter welche Scheiter gemacht; dazu waren verpflichtet: der Kaufmann und der Ortmaier mit 20 und der Ortmaier mit 20 Klaftern. Der Meindl in Breitenaich hatte 8 Klafter zuzuführen, der Rest wurde mit dem Scheiterfahrgeld von 22 fl. besorgt. Das Breitholz, 17 Joche groß, lieferte 41 Klafter Scheiter und fünf Schilling Wid. Dies zu besorgen waren verpflichtet: der Kaufmann und der Hansel, beide zu Bradstorf, mit je 20 und das Erbaißl mit 1 Klafter. Mit je 3 Klafter Zufuhr waren belastet: der Schober am Strohäm, der Leithinger im Wald, der Bauer am Berg, der Wohlfarth und der Kaiser zu Hoch; mit je 2 Klafter: der Maier am Dittenberg, der Egleinsfurther, der Lehner zu Hoch; mit je 1½ Klafter: der Schneider zu Hoch, der Ke>>linger, der Wagner und der Binder zu Sitling (Pfarre Walternkirchen). Das Scheiterfahrgeld betrug beim Breitholz 14 fl. In dem Inzingerholz (Inzing in der Pfarre Waizenkirchen), etwas über vier Joche groß, wurden 9 Klafter Scheiter gemacht. Der Hackerlohn wurde da vom Scheiterfahrgeld, welches 2 fl. 15 kr. ausmachte, bezahlt. Der Lohn für die Zufuhr einer Klafter Scheiter aus dem Kranal, sowie aus dem Riedholz war 45 kr, und aus dem Breitholz 54 kr., vom Inzingerholz ist dies nicht angegeben. Die jährliche Ausgabe für die Zufuhr und die Beaufsichtigung dieser zerstreut und weitentlegenen Forste war veranschlagt auf jährlich 49 fl. 2 Schill. und 2 Pfg.

Verpflegung der Spitäler und der Meierleute.

1. Haben diese alle Samstage zweimal Rindfleisch, am Dienstag und jetzt auch am Mittwoch und Donnerstag aber nur einmal, und zwar zu Mittag, wöchentlich also sechsmal Rindfleisch, jede Mahlzeit 15 Pfunde, zumal 24 Spitäler und 7 Meierleute im Spitale sind, mithin wöchentlich 90 Pfund Rindfleisch.

2. Am Freitag, Samstag und anderen Fasttagen haben sie mittags, wechselweise entweder Grieß- oder Mehlkoch, Brein, Gerste, Erbsen, gedörrtes Obst oder Ofenweckl zu bekommen, zum Mehlkoch werden zwei, zu dem Grieskoch 1½ Maßl genommen. Vom Brein, von der Gerste und den Erbsen werden ein Maßl und ein Schöpflöffel, zu den Ofenweckln 4½ Maßl Mehl und um zwei Kreuzer Germ (Hefe); so auch zu jeder dieser Speisen ¼ Pfund Schmalz und vom gedörrten Obst vier Maßl genommen.

3. Alle Quatember-Mittwoch wird ein Schmalzkoch gegeben, wozu fünf gehäufte Maßl Grieß und vier Pfunde Butter kommen.

4. Wenn an einem Fasttag ein Feiertag fällt, dann haben sie Brein oder Ofenweckl mit oben angegebener Maßerei.

5. Zum Abendessen, Sonntag ausgenommen, nur eine Säursuppe.

6. Am Martinitag jeder Spitäler und jeder von den Meierleuten ein Viertel von einer Gans und bei 4 Pfund rohes Schweinefleisch zu einem Braten, wozu immer zwei oder drei Frischlinge gemästet werden. Die »junge Gans« wird aber in folgender Weise ausgetheilt, so dass die einen zwölf Spitäler 6 Krägen und die 12 Füße, die anderen zwölf die 12 Flügel, den Magen und die Leber zugetheilt erhalten; auch bekommen sie gedörrtes Obst zur Dampfsuppe, süße frische Milch und für einen Kreuzer eine Semmel. Zur Dampfsuppe werden abgegeben: 2 Maßl Spalten oder Zwetschken, in Ermangelung derselben wird um 7 Kreuzer schwarzer Lebzelten gekauft. Der Schweinebraten und das Gänseviertel werden im rohen Zustande ausgetheilt und dazu 1 Maßl geriebenes Salz gegeben.

7. Auch bekommen sie ein Faschingmahl, welches acht Tage vor dem Faschingsonntag stattfindet; bei dem erhalten sie, mit Ausnahme der Gänse, die Speisen wie am Martinitag und neben dem Mittagtisch auch das Nacht- und Siedfleisch.

8. Zu Ostern und Pfingsten bekommt jeder Spitäler je 10 Eier, die von den Unterthanen gedient werden, von den Meierleuten erhält an diesen zwei Festtagen ein jedes drei Eier.

9. Am Ostertag, zu Pfingsten und zu Weihnachten bekommt jeder Spitäler drei Stücke kälbernen Braten, ein Bruststück, zu welchem die Eier zur Fülle vom Spitale genommen werden müssen, dann einen Nieren- und einen Rückenbraten von den zwei Dienstkälbern. An den genannten Tagen und auch am Neujahrstag erhalten sie zum Abendessen frisches Rindfleisch und zu Nacht gekochtes kälbernes Fleisch. Falls aber der Weihnachts- und Neujahrstag auf einen Sonntag, oder auch der Stephani- und Johannistag, so wird ihnen das Nacht-Rindfleisch für einen anderen Tag in der Woche aufbehalten.

10. Am Weihnachtsamtag und am Charfreitag bekommen die Spitäler und Meierleute Fische, welche der Fischer Steffl auf der Zaiglersöhle liefern muss, und der einem jeden ebenfalls vier Kreuzer gibt. Dazu erhalten sie auch Kraut und Erbsen, zum Abendtisch 3 Maßl gedörrtes Obst und am Weihnachtsabend auch jede Person 12 Aepfel und 4 Böcke (ein Bock 4 Stücke) Nüsse. Der Fischer erhält einen Laib Brot.

11. Wöchentlich bekommt jedes von den Spitälern und Meierleuten einen Laib Brot, der ausgebacken 16 Pfund wiegen muss.

12. Von den jährlich geschlachteten Schweinen bekommt jede Person eine ellenlange Bratwurst. Zu diesen Würsten muss der Beamte ein halbes Pfund Anis geben.

Verpflegung der Spitäler und der Meierleute in der Fastenzeit.

Am Sonntag: Mittags Gugelhupf, wozu 4 Maßl sauberes Mehl, ¾ Pfund Schmalz und um zwei Kreuzer Germ verabreicht werden. — Am Montag: Schupfnudel, dazu roggenes Auszugmehl 4½ Maßl und Schmalz 2 Pfunde. — Am Dienstag: Ofenweckl, hiezu roggenes Auszugmehl 4½ Maßl, ½ Pfund Schmalz und um zwei Kreuzer Germ. — Am Mittwoch: Grieß oder Mehlknödl, wozu 4 Maßl Grieß oder 4½ Maßl Mehl genommen werden. — Am Donnerstag: Nocken, von 4 Maßl Weizenmehl und 2 Pfund Schmalz. — Am Freitag: ein Grießkoch, wozu 1½ Maßl Grieß und ½ Pfund Schmalz verabreicht werden. — Am Samstag: 1 Maßl Gersten und ½ Pfund Schmalz,

Sonntäglicher Trunk: Alle Sonntage, wenn auch auf selbe ein Fasttag fällt, haben die Spitäler jeder eine Halbe Most oder Bier. Feiertäglicher Trunk: Am Neujahrstag, zu Fasching, Ostern, Pfingsten, Martini und Weihnachten und an den Beichttagen hat ein jeder Spitäler ein Sechtl Wein, nun aber vier Kreuzer dafür und für einen Kreuzer Semmel. Die sieben Meierleute haben an den benannten Festtagen und wenn sie ihre Osterbeicht verrichten, jeder eine Halbe Most oder Bier und um einen Kreuzer Semmel.

Dienst lebender Gänse. Der Holzmaier hat 4, der Hans in Stiegelhöfen 3, der Holzner zu Finklham 2 und der Egelsfurther ebenso 2 Gänse einige Wochen vor Martini zu liefern; zur Mästung derselben werden 2½ Metzen Hafer und die vorhandenen Möhren verwendet. Von diesen 11 Gänsen wird dem gnädigen Fräulein eine geschickt, eine bekommt der Beneficiat, eine der Pflegsbeamte, sechs werden für die Spitäler und zwei für die Meierleute verwendet. – Eierdienst. Der Holzmaier musste 180, der Hans in Stiegelhöfen 120, der Holzner zu Finklham 60 und der Egelsfurther 100 Eier, zu Ostern und Pfingsten je die Hälfte, dienen. Diese 460 Eier wurden auf folgende Weise ausgetheilt: Zu Ostern empfieng jeder Spitäler 10 und zu Pfingsten ebensoviel; da diese Vertheilung die gelieferten Diensteier um 20 übersteig, so wurde dieser Abgang vom Meierhof gedeckt. Von den sieben Meierleuten bekam jede Person von dem Meierhof zu Ostern und Pfingsten je drei Eier. Zu Ostern, Pfingsten und Weihnachten wurden zur Fülle für die dort übliche Kalbsbrust jedesmal 50 Eier abgegeben.

Kälberdienst.

Von den 41 Dienstkälbern mussten alle Jahre 6 Kälber, zu Ostern, Pfingsten und Weihnachten je 2 geliefert werden; zur Erleichterung der dienstbaren Unterthanen konnten die übrigen Kälber zu dem Preise von einem Gulden und vier Schilling für eines abgelöst werden. Im Lieferungs-Verzeichnisse sind die Unterthanen in Aemter abgetheilt und so hatten im Wassermeier-Amte Kälberdienst zu leisten: der Steinbruckner, der Stöger zu Prening (beide in Pfarre Pram), der Wassermeier (Pfarre St. Thomas) und der Lugmaier hatten jeder ein Kalb allein zu dienen. Mit einander aber zu zweien dienten ein Kalb: der Baumgartner und Heikl, der Limberger und Pirnleithner, dann der Weißenberger und Fuchs zu Oelzing (Pfarre Taufkirchen), der Schauer zu Wirldorf und der Bauer am Albrechtsberg (Pfarre Pötting), der Greifeneder und der Stadler, ferner der Maier und Tischler zu Reitting (Pfarre Dorf), der Nikl und Karl, ebenfalls zu Reitting, dann der Schindlhuber und Kumpfmüller und der Müller zu Prening und der Angerhofer zu Unterstötten (Pfarre Taufkirchen). Im Hofamte waren zum Kälberdienst verpflichtet: der Jehl und Siechmeier, der Hörfurthner und Griesmaier (alle vier in der Pfarre Eferding), dann der Holaner und Bauernberger (Pfarre Scharten), der Meindl und Ortmaier, dann der Holzmeier und Maier in Stiegelhöfen, ferner der Kaufmann und Peter zu Pradsdorf (Pfarre Prambachkirchen), diese hatten zu zweien mit einander je ein ganzes Kalb; der Beham ein ⅜, der Gößnerreither (letzterer in Pfarre St. Marienkirchen) nur ⅓ Kalb, ebenso der Asenbaum ⅔, und der Hagleithner ⅓ Kalb zu dienen. Im Grubhofer-Amte dienten der Huebner zu Kürndorf, der Maier am Dittenberg (beide in Pfarre Eferding), der Bauer am Berg, der Maierhofer am Halberg, der Müller zu Egbfurth (Pfarre Walzenkirchen), der Maierhofer in der Eschenau (Pfarre Neukirchen am Wald), der Leithner im

Wald, der Pfenningberger und der Schuber am Sirnhamb (Pfarre Sirnheim) ein
jeder allein ein ganzes Kalb. Da entgegen der Lechner und Kaiser, der
Schöberl im Halberg und der Häuslbauer im Thal (Pfarre Walzenkirchen), ferner
der Roithwallner und der Bauer im Hilprechtsberg (Pfarre Michaelnbach), dann
der Maier und der Stieger zu Vesting (Pfarre Feuerbach), der Bernroiter und
der Lechner in der Pösenau, der Maier zu Würling und der Stögermüller, sowie
auch der Kastner zu Legling und der Maier zu Noibach (Pfarre Neukirchen
am Wald) miteinander zu Zweien je ein ganzes Kalb zu verabreichen hatten.
Der Hofmaier in der Lengau hatte ¹/₃, der Huchner zu Sittling (Pfarre Walzenkirchen) das eine Drittel zu dienen; der Fischlehner, der Keplinger und der
Wagner hatten je ¹/₃ Kalb, der Beham musste ¹/₆ und der Gößenrolther das
eine Drittel verabreichen; dann hatte der Vogelgruber und der Kaltseis je ¹/₆,
der Ortbauer ¹/₃, der Wohlfart zu Mairing ¹/₃ und der Müller zu Hub (Pfarre
Waizenkirchen) das eine Drittel Kalb als Dienst zu geben. Von diesen Dienstkälbern musste eines wenigstens 45 Pfunde im Gewichte haben. Von den zu
Ostern, Pfingsten und Weihnachten je zwei geschlachteten Kälbern erhielten
die Spitäler und Meierleute 3 Nieren-, 4 Brust- und 4 Rückenbraten, dann
3 Schusterbraten. Von 3 Schlägeln, 4 Schultern, die Kopf und Füße, diese
wurden ihnen als Nachtfleisch auf zweimal gegeben. Der Pflegsbeamte hat von
den zwei Kälbern die hinteren Viertel, den Kopf und das halbe Greb (die
oberen Eingeweide als Lunge, Herz, Milz). Das Greb und die Leber werden
am heiligen Tag mittags zu einer Spiese gegeben. Die Unterthanen bekommen
bei Lieferung eines Kalbes ein Stück Brot. Von den jährlichen sechs Fellen
werden jedes dritte Jahr den Spitälern Hosen angeschafft.

Die jährlich elf eingelegten Frischlinge.

Vier Wochen vor Martini werden 5 Frischlinge eingelegt und zu Martini
geschlachtet, wovon zwei für das gnädige Fräulein zum Selchen kommen, die
anderen drei werden aber in folgender Weise vertheilt: der Beneficiat bekommt
ein Stück per 5 Pfund, die zwei Eholten (Dienstboten) des Pflegsbeamten jeder
ein Brail per 4 Pfund, die Spitäler und Meierleute ein Brail per 4 Pfund, die
Köpfe, Füße, die Leber und das Greb werden ihnen als besondere Speise
gegeben. Von den zwei Frischlingen, welche dem Fräulein geschickt werden,
hat der Pflegsbeamte eine Leber und ein Greb, die andere Leber wird dem
Fleischhauer gebraten. Für das Faschingmahl werden die anderen sechs Frischlinge ebenfalls vier Wochen früher eingelegt und acht Tage vor dem Faschingsonntag geschlachtet, wovon zwei für den Pflegsbeamten, einer für den Drescher
und drei für die Spitäler wie zu Martini geschlachtet und ausgetheilt werden.
Zu den Blutwürsten werden acht Maß Schweiß gekauft und wird dazu vom
Spitale ¹/₂ Maßl Gerste gegeben, von diesen bekommt eine Person eine ellenlange Wurst mit saurer Suppe. Für jeden Frischling wird zur Fütterung ein
Metzen Hafer verwendet. Auch wird jetzt für den Bestellten ein Frischling
gefüttert und demselben geschickt.

Zur Verköstigung des Spitales wurden auch gemästete Schweine ange-
kauft, wovon der Pflegsbeamte Speck nach Bedarf erhielt. Von dem Fleische
wurde den Spitälern und Meierleuten zwei Portionen gegeben, auch erhielt
jede Person eine ellenlange Bratwurst, das Fräulein zwei weiße Brail, 24 Brat-
und 12 Leberwürste. Für den Pflegsbeamten entfielen weiter zwei weiße Brail

und ebenfalls 24 Brat- und 12 Leberwürste, für die Weizenschnitter wurden 70 Pfund Fleisch aufgereicht. Von der Feisten (Fett) wurde ein Schmerlaib gemacht, das übrige Fett zu Schmalz ausgenotten. In dem Verzeichnisse findet sich auch der Kaufpreis und das Gewicht eines am Andräumarkt im Jahre 1747 angekauften Mastschweines. Der Ankaufspreis war 26 fl., an Speck bekam man davon 77, an Rauchfeiste 25 und an Fleisch 146 Pfund. Ein zu eben dieser Zeit angekaufter Frischling kostete 4 fl. und hatte 47 Pfund an Gewicht. — Wenn ein Stier geschlachtet wurde, bekamen die Spitäler und Meierleute von den Wadschinken (Schenkel, von den Hüften bis an das Knie) zwei Portionen, von der Leber, Lunge, Milz und dem Kronfleisch eine Portion, von den Füßen, dem Foutmaul und den Flecken ebenfalls eine Portion, sowie auch von den Runzen; von dem guten Fleische aber drei und vier Portionen. Der Pflegsbeamte erhielt 30 Pfund, das übrige wurde aufgereicht und die Haut zu Riemenwerk gearbeitet.

Kleidung der Spitäler.

Die Mannspersonen bekamen jedes dritte Jahr am Neujahrstage einen blau-melierten tüchernen Rock, an den Krägen und Aermeln mit Aufschlägen vom rothen Tuche, mit silberfarbener, ungebleichter Leinwand gefüttert und mit gelben Messingknöpfen besetzt. Ferner bekamen selbe eine kurze Hose aus ungefärbten Kalbsfellen und einen Hut und jedes zweite Jahr ein blautüchernes Kamisol (Leibel, Weste mit Aermeln) mit Falten und ebenfalls rothtüchernen Aufschlägen, mit Knöpfen und Unterfutter wie beim Rock, weiß- und blau-melierte Socken und ein paar Schnallen zu den Schuhen. — Die Weibspersonen erhielten alle drei Jahre ein weiß- und blau-meliertes Cornet mit rothtüchernen Aufschlägen, einen poyenen (Boy, ein an beiden Seiten rauh gemachter Barchent) Unterrock von gleicher Farbe und ein braunzeugenes Mieder. Jedes zweite Jahr bekamen sie ein weiß- und blau-meliertes poyenes Cornet, ebenfalls mit Aufschlägen von rothem Tuche, dann eine braune Haube mit tribsammtenem Vorschuss, weiß- und blau-melierte Socken und ein Paar Schnallenschuhe. — Diese Kleidung hat ihren Anfang am Neujahrstage des Jahres 1745 genommen.

Vorschriften betreffs der kranken und verstorbenen Spitäler und deren Verlassenschaft.

Die erkrankten Spitäler werden durch den Apotheker oder Bader mit Medicamenten auf Kosten des Erbstiftes versehen. Nach einem Todesfalle werden dieselben in dem Spitals-Gottesacker durch den Beneficiaten zur Erde bestattet, wovon:

	fl.	Schill.	Pfg.
der Beneficiat sammt der Messe	1	4	
„ Pflegsbeamte		4	· ·
„ Meßner und Kreuzträger		3	18
die vier Träger	—	5	10
der Todtengräber		2	—
Lohn für die Todtenbahre (die Leilach [Tücher] werden von dem Spitale gegeben)	—	2	

Wenn ein Spitäler Geld hinterläßt, so wird nach Verhältnis das vorhandenen Geldes ein und die andere Seelenmesse gelesen, das übrige aber dem Erbstifte verrechnet. Das Bett des Verstorbenen mit ein Paar Leintücher fällt ebenfalls dem Erbstifte zur Verwendung für die Krankenzimmer und die Meierleute zu, das übrige wird verkauft und dann verrechnet. Das etwaige Garn und der Haar (Flachs) gehört dem Pflegsbeamten. Andere Fahrnisse, mit Ausnahme der Truche, welche dem Erbstifte verbleibt, werden von einem Verstorbenen, wenn er der Stadt angehörte, unter die Stadtarmen und wenn er vom Lande war, unter die Landbevölkerung durch das Los vertheilt.

Jährliche Bestallung und Lidlohn.

	fl.	Schill.	Pfg.
Der Beneficiat hat jährlich . . . . . . 150 fl.	159		
Für die monatliche Seelenmesse . . . . 9 „			
Der Pflegsbeamte von 1746 an in Geld 250	—	—	
Weizen . . . . 6 Metzen			
Korn . . . . 18 „			
Hafer für ein Pferd . . . . 16 „			
Hühnerfutter . . . . 4 „			
Holz, Salz, Essig und Speck nach Bedarf.			
Kerzen . . . . 10 Pfund.			
Jährlich zwei Frischlinge.			
Futter für zwei Kühe, eine Gans, von den Faschings-			
Frischlingen ein Bratl, von dem Mastschwein zwei			
weiße Bratl, 24 Brat- und 12 Leberwürste.			
Von einem geschlachteten Stier oder einer Kuh			
20 Pfund; von den 11 Gänsen die Federn.			

	fl.	Schill.	
Der Messner erhält an ordinari Bestallung . 10 —			
Für die Aufrichtung des heiligen Grabes . 2 4	14	4	—
„ „ monatliche, 1745 gestiftete Messe . 2 —			
„ „ gesammte Vocalmusik 21 4	26	4	—
„ „ Auferstehung von anno 1745 an . 5 —			
Der Turnermeister vermög hochgnädiger Resolution			
vom 27. Februar 1747 an Weizen . . 3 Metzen			
„ Korn . . . . . 8 „			
Der Rauchfangkehrer 12	4	—	
Der Pflasterer (Mundbäcker bei Herrschaften und			
Klöstern) 22			
Item eine Klafter Scheiter.			

	fl.	Schill.	Pfg.
Der Meier bekommt an Besoldung . 18 — —	19		
Für das neue Jahr vom Jahre 1745 an 1 — —			
Der Rossknecht, ordinari . . . . 15 —	15	4	16
Zum neuen Jahr . . . . . . — 4 16			
Der Mitterknecht 6	—	—	
Der Futterschneider 6	—	—	

	fl.	Schill.	Pfg.	fl.	Schill.	Pfg.
Die Meirin Lohn	8	—	—	}		
Zum neuen Jahr	—	6	24	} fl	6	24
Die große Dirne	5	4				
„ kleinere Dirne	7	—				
Der Stadtpfarrer hier für die Quatember-Aemter . .	5	—	—			
„ Uhrmacher für Richtung der Uhr	2	—	—			

Recognition und Schutzgeld.

Dem Herrn Erbvogt werden wegen des ihm aufhabenden Schutz des Erbstiftes nebst dem Fertiggeld jährlich 100 fl. gegeben.

Verehrungen, Spenden und Almosen.

	fl.	Schill.	Pfg.
Am Neujahrstag den Pfarrvocalisten	1	1	2
Dem Turnermeister	1	1	—
Den Nachtwächtern	—	4	16
Den Thurmwächtern	.	3	22
In der Vigil vom heiligen Dreikönig dem Kaplan . . .	1	3	—
Dem Mesner und den Ministranten	. .	3	6
Den Schützen am Frohnleichnams-Tag	—	6	24
„ Franciscanern zu Pupping	—	6	24
„ Minoriten in Enns	.	4	16
„ Barmherzigen Brüdern	—	4	16
„ Paulanern	—	4	16
„ Weißspaniern	.	4	16
„ Domicanern in Steyr	—	4	16
„ zwei Fleischhauerknechten	2	—	—
Dem Schmiedknecht	1	4	—
„ Mühljung und Fuhrknecht	2	—	—
Bei der Michaeli-Spend und für die Eingelegten wird ausgetheilt	50	—	—
Dem Pflegsbeamten ist für die Bettler passiert . . .	10		—

Den Franciscanern in Pupping jährlich gegen 2 Pfund Kraut und ein Fahrtl Dünger.

Den Kapuzinern zu Wels werden jährlich 10 Eimer Kraut eingeschnitten und durch den Holzner zu Finklham zugeführt.

Beilage Nr. III.

Instruction

wie die Spitäler und Meierleute in dem Baron Schifer'schen
Spitalstift zu Eferding sowohl in der Kost als Kleidung zu
verpflegen seien.

1. Alle Sonntag haben die Spitäler und Meierleute zweimal Rindfleisch
Montag, Erchtag, Mittwoch und Pfingsttag nur zu Mittag, jedwede Person
$^1/_4$ Pfund. - 2. Freitag, Samstag und andere Fasttäge zu Mittag entweder
Grieß- oder Mehlkoch, Hirschbrein, Gersten, Arbeis (Erbsen), gedörrtes Obst oder
Ofenweckel, welches unterschiedlich verwechselt wird, und werden genommen zu
dem Mehlkoch 2 Maßl, zu dem Grießkoch 1$^1/_2$ Maßl Brein, Gersten und Arbeis
1 Maßl und 1 Schöpflöffel voll zu den Ofenweckeln, 4$^1/_2$ Maßl Mehl und um
zwei Kreuzer Germ. Auch zu jeder dieser Speis $^1/_2$ Pfund Schmalz; gedörrtes
Obst 4 Maßl. - 3. Alle Quatember-Mittwoch ein Schmalzkoch, dazu kommen
5 Gupfmaßl Grieß und 4 Pfund Butter. - 4. So an einen Feiertag ein Fasttag
einfället, entweder einen Brein oder Ofenweckel mit obiger Maßerei. - 5. Zu
Nacht, außer des Sonntag, eine Säursuppen. - 6. Am Martinitag bekommt
jeder der Spitäler und der Meierleute ein Viertel von einer Gans und bei
4 Pfund schweineres, rohes Bratel, wozu allezeit 3 Frischling gemästet werden.
Die junge Gans aber wird unter dieselben ausgetheilt, dass die ersten zwölf
Spitäler 6 Krägen und 12 Füß, die andern zwölf aber die 12 Flügel, Mägen
und Leber zugetheilt erhalten. Auch wird ihnen gedörrtes Obst vor Dampfsuppe,
süße frische Milch, und jedem um 1 Kreuzer Semmel gegeben. Zu der Dampfsuppen werden abgegeben 2 Maßl Spaltel oder Zwetschken. In deren Ermanglung wird um 7 Kreuzer schwarzer Lebzelten gekauft. Das Bratel und die Gänse
werden roh ausgetheilt und hierzu ein Maßl geriebenes Salz gegeben. -
7. Das Faschingmahl wird gehalten und ihnen dargerricht wie zu Martini, ausgenommen, dass sie keine Gänse haben. Absonderlich aber am Faschingtag
wird neben dem Ordinari Mittag-, das Nacht- und Siedfleisch gegeben. Das
Faschingmahl wird acht Tage vor dem Faschingsonntag gehalten — 8. Zu
Ostern und Pfingsten bekommt ein Spitäler je 10 Eier, die von den Unterthanen gedient werden; den Meierleuten wird von dem Spital an obigen zwei
Festtägen jedem 3 Eier gereicht. — 9. Am Ostertag, zu Pfingsten und Weihnachten erhält jeder zu Mittag 3 Stück kälbernes Bratel, als von einer Brust,
wozu zu der Fölle derselben von dem Spitale 80 Eier müssen genommen werden.
Nieren- und Ruckbratel von zwei Kälbern, welche die Unterthanen dienen
müssen. An diesen Tagen und an dem Neujahrstag bekommen sie auf die Nacht
frisches Rind- und gekochtes kälbernes Fleisch. Fället aber der Weihnachts-
Tag und das Neue Jahr auf einen Sonntag, oder auch der Stephani- oder
Johannes-Tag auch auf einen Sonntag, so wird ihnen das Nacht-Rindfleisch
auf einen anderen Tag in der Woche aufbehalten. — 10. Am heiligen Weihnachts-Fasttag und am Charfreitag zu Mittag Fische oder gemeiniglich jede
Person hiefür 4 Kreuzer in Geld. Item Kraut und Arbeis, auf die Nacht aber
3 Maßl gedörrtes Obst, und am heiligen Weihnachtsabend jede Person worunter

auch die Meierleute begriffen) 12 Aepfel und 4 Böck Nüsse. – – 11. Wöchentlich wird den Meierleuten und Spitälern ein Laib Brot gegeben, der ausgebacken 16 Pfund haben muss. — 12. Wird von dem jährlich geschlachteten Schwein jeder Person, sowohl Spitälern als Meierleuten, eine ellenlange Bratwurst gereicht. In der Fasten hingegen an einem Sonntag haben selbige auf Mittag einen Gugelhupf. Darzu werden gegeben 4 Maß saubere Mehl, ¼ Pfund Schmalz und um 2 Kreuzer Germ. Am Montag: Schupfnudel, dazu roggenes Auszugmehl 4°, Maßl und 2 Pfund Schmalz gegeben werden. Am Erchtag: Ofenweckl, hierzu roggenes Auszugmehl 4½ Maßl, ½ Pfund Schmalz und um 2 Kreuzer Germ. Am Mittwoch: Grieß- oder Mehlknödel. Hierzu werden 4 Maßl Grieß und 4½ Maßl Mehl genommen. Am Pfingsttag: Nocken; hierzu kommen 4 Maßl weizenes Mehl und 2 Pfund Schmalz. Am Freitag: Grießkoch, wozu 1½ Maßl Grieß und ½ Pfund Schmalz abgegeben werden. Am Samstag: 1 Maßl Gerste, wozu ⁴⁄ Pfund Schmalz abgegeben werden. Alle Sonntage haben die Spitäler jeder eine halbe Maß Most oder eine halbe Maß Bier. Am Neujahrstag, Fasching, zu Ostern, Pfingsten, Martini und Weihnachten; auch an ihren ordinari Beichttägen hat jeder Spitäler ein Seitel Wein oder dafür gemeinlich 4 Kreuzer und 1 Kreuzer Semmel. Die Meierleute haben an den benannten Festtägen und, wenn sie ihre österliche Beicht verrichten, jeder eine halbe Maß Most oder Bier und 1 Kreuzer Semmel. Ferners haben auch die Spitäler, welche zur Arbeit noch tauglich und bei nachstehenden Arbeiten mithelfen müssen: nämlich im Spitzgarten mit Heÿgen und Faasen in der Heu- und Grummetmahd, bei dem Einführen des schweren Getreides und beim Einbringen in die Oxen, im Krautabwärmen, im Möhrengraben und -Hapern, in Rübenhapern und -Schälen, in Rübeneinhecheln, in der Krautarbeit, im Küh- und Schweinehüten, im Ackern helfen, alle halbe Tag jedweder ein Stück Brot, wovon achtzehn von einem Laib geschnitten werden.

Die Kleidung der Spitäler betreffend: So überkommen die Mannspersonen alle dritte Jahr am Neujahrstag einen weiß- und blau-melierten, tüchernen Rock mit rothen, tüchernen Aufschlägen, gelb messingenen Knöpfen mit Silberfarb, ungebleichter Leinwand gefüttert; kalbsfellerne ungefärbte Hosen und einen Hut. Item alle dritte Jahr ein blautüchernes Kamisol mit Falten und rothtüchernen Aufschlägen mit obigen Knöpfen und gleichem Unterfutter und weiß- und blau-melierte Socken. Ein paar Schuhe und die Schnallen.

Die Weibspersonen bekommen alle dritte Jahr ein weiß- und blaumeliertes Corset mit rothtüchernen Aufschlägen einen poyenen Unterrock von gleicher Farbe und ein braunzeugenes Mieder. Ingleichen alle dritte Jahr ein blau- und weiß-meliert-poyenes Corset mit rothtüchernen Aufschlägen, eine braune Haube mit trill-sammtenem Vorschuss, weiß- und blau-melierte Socken und ein paar Schuhe mit den Schnallen.

Die kranken Spitäler werden durch den Apotheker oder Bader mit der Medicin auf Unkosten des Spitalstiftes versehen. Ein Verstorbener wird in dem Spital-Gottesacker durch den Herrn Beneficiaten zur Erde bestattet, wofür der Herr Beneficial sammt der heiligen Messe 1 fl. 30 kr. und der Beamte 30 kr. hat. Der Messner und Kreuzträger 27 kr., die vier Träger 40 kr., der Todtengräber 15 kr. bekommen. Für die Bahre ist Macherlohn 15 kr. Die Laden werden von dem Spitale gegeben. Befindet sich nach dem Tode eines Spitälers in Geld, so wird nach Proportion des Vermögens für die abgelebte Seele eine und die andere heilige Messe gelesen, und das übrige Geld aber dem Spitale verrechnet, worüber jederzeit die herrschaftliche Resolution einzuholen ist.

Das Bett mit ein paar Leilachen kommt ebenfalls zu dem Spital in die Krankenzimmer oder wird für die Meierleute applicirt; das übrige muss verkauft und
verrechnet werden. Das Garn und der Haar gehören den Bramten. Die
übrigen Fahrnisse ohne der Truhe (so zutritten das Spital behält) werden von
einem von der Stadt Verstorbenen unter die Städter und von einem Bäurischen
unter die Bäurischen vermög gegebenen Loses vertheilt.

Diese Instruction wird von tragenden Administrations-Wegen pro norma
hiemit ausgefertigt und dem neuangehenden Verwalter Josef Langhayder zu
dem Ende zugestellt, dass über die Verpflegsordnung, so von den gottseligen
Herren Herren Erbstiftern Freiherren von Schifern solchergestalt eingerichtet
und von unfürdenklichen Jahren beobachtet worden, jederzeit genau gehalten,
auch den armen Spitälern nichts abkommen und entziehen lassen solle, widrigenfalls er eine empfindliche Ahndung, wie nicht weniger eine schwere Verantwortung bei Gott zu erfahren haben werde.

Actum bei dem Baron Schifer'schen Spitalstift in Eferding den
8. January 1756.

Georg Brix Freiherr von Hohenek
als Administrator.

Beilage Nr. IV.

Ich Johann Georg Brix

des heil. Röm: Reichs Freyherr von Hohenek, Herr deren Herrschaften
Dorf an der Enns, und Brizenthall, dann der freyherrlichen Hocheneckischen
Senoriats-Güter, Schlisselberg, Gallspach, Trattenek, Prunhof, Trösslberg,
und Stainbach, Ihro Röm: k. k. Apostol. Majestät wirklicher Kämmerer,
Rath und Landrath des Erzherzogthums Oesterreich ob der Ennß, als
Bevollter Administrator des freyherrl: Schifer: Erb-Spital-Stifts in
Eferding,

bekunde hiermit in Kraft dieses offenen Briefes, wo der zu ver-
vernehmen fürkommt:

Nachdeme über dieses Spital kein ordentlicher Stiftbrief vorhanden ist, ein solches aber die in Sachen allergnädigst emanirte
landesfürstl: Generalien ausdrücklich befehlen, dass über all, und
jede Spitäler Stiftbriefe und respec: Ordnung mit Inserirung, wieviel Spitäler, und Arme an der Zahl unterhalten, wie solche verpflegt werden, auch was selbe für geistliche Obligenheiten und
Verrichtungen haben, solchergestalten einrichten, und conscribiren
lassen, wie alles bei diesem Spital von unfürdenklichen Jahren her
beobachtet worden, und zwar betreffen die

Anzahl der Spitäler.

Sollen jederzeit, wie bisher, vierundzwanzig Personen, nämlich zwölf
Manns- und zwölf Weibspersonen, unterhalten und bei deren Aufnahme haupt-
sächlich dahin gesehen werden, dass die anhaltende Person des Werkes der

Barmherzigkeit bedürftig sei, wegen ihrem Alter, Leibesgebrechen, Mühseligkeit und Armut oder besondere Verdienste habe, auf welche eine zeitliche Vogtherrschaft zu regardieren gedenket, und die eigenen Spitaluntertanen allen fremden, wann keine anderen Ursachen vorhanden, vorgezogen werden.

Verpflegung der Spitäler.

Diese werden folgendermaßen verpflegt und haben zu genießen: 1. Alle Sonntag zu Mittag eine Rindsuppe und ein halb Pfund Rindfleisch; auf die Nacht Rindsuppen, Kraut und Rindfleisch. — 2. Montag, Dienstag, Mittwoch und Pfingsttag zu Mittag Rindsuppen, Kraut und Fleisch; auf die Nacht jedesmal eine saure Suppe und Kraut. — 3. Am Freitag, Samstag und anderen Fasttagen zu Mittag entweder Grieß- oder Mehlkoch, Hirsebrein, Gersten, Erbsen, gedörrtes Obst oder Ofenweckl, welches unterschiedlich verwechselt wird; auf die Nacht saure Suppen und Kraut; item wöchentlich jedweder der Spitäler einen Laib Brot, der ausgebacken 16 Pfund wieget. — 4. Am St. Martinstag zu Mittag Rindsuppen, Kraut und Fleisch, neben diesem aber jedwedes ein Viertel von einer Gans und schweinernes Bratel; auf die Nacht Rindsuppen, Kraut, Fleisch und die junge Gans; auch wird ihnen an diesem Tage gedörrtes Obst, zur Dampfsuppen süße frische Milch, und jedem um einen Kreuzer Semmel gegeben. Das Faschingmahl wird ihnen gereicht wie zu Martini, ausgenommen, dass sie keine Gans haben. — 5. Zu Ostern und Pfingsten hat jedweder Spitäler 10 Eier. — 6. Am Ostertag zu Pfingsten und zu Weihnachten jeder zu Mittag Rindsuppen, Kraut und Fleisch, neben diesem aber auch kälbernes Bratel; auf die Nacht Rindsuppe, Kraut und Fleisch. Fället aber der heilige Weihnachts-Tag und das Neujahr, wie auch der Johanni- oder Stephani-Tag an einem Fasttag, so wird ihnen das Nacht-Rindfleisch auf einen anderen Tag in der Woche aufbehalten. — 7. Am heiligen Weihnachts-Fasttag und Charfreitag auf Mittag Kraut, Erbsen und Fische; auf die Nacht aber 3 Maß gedörrtes Obst, besonders aber am heiligen Weihnachts-Abend jede Person 12 Äpfel und 4 Böck Nüsse. — 8. Wird zu anderem von der jährlich geschlachteten Sau zu Schwein jeder Person eine Bratwurst gereicht 9. Alle Sonntag haben die Spitäler jeder eine halbe Maß Most oder Bier. Am Neujahrstag, zu Fasching, Ostern, Pfingsten, Martini und Weihnachten, auch an ihren ordinari Beichttägen jedweder Spitäler ein Seitel Wein, oder dafür vier Kreuzer an Geld und um einen Kreuzer Semmel. — 10. Haben die Spitäler, welche zur Arbeit noch tauglich und bei nachstehenden Arbeiten mithelfen müssen, als: in Aufrichtung der Schreitern in dem Holzstadl und herrschaftlichen Freihaus, im Spitzgarten, im Heigen und in der Grummetmahd, bei dem Einführen des schweren Getreides in die Oeen und auf den Wägen im Lins-, Gersten- und Haferzehent aufzeigen, im Pflanzensetzen, Krautabwärmen, im Möhrengraben und -Hacken, in Rübenhapen, -Schälen und -Hecheln, in der Krautarbeit, in Sau, zu Schwein- und Kühhüten, im Ackern, Eggen und Zuscharren, in Rüben- und Breinhüten; auch die, so oft es die Noth erfordert, dass wegen üblem Wetter oder anderen Zufällen eine Arbeit zum Schaden zu verhüten beschleuniget werden solle, allezeit auf Anschaffung des Spitalverwalters hiezu erscheinen müssen, alle halbe Tag jede Person ein Stück Brot und alle Werktäg in der Früh eine saure Suppe; der Kühhüter jährlich einen Laib, der Sau zu Schweinhüter aber das Jahr hindurch zwei Laib Brot. — 11. Die Kleidung der Spitäler betreffend: so überkommen die Mannspersonen alle dritte Jahr am Neujahrstag einen weiß- und blau-melierten tüchernen Rock mit rothtüchernen Aufschlägen, gelbmessingenen Knöpfen, mit silberfarbener ungebleichter Leinwand gefüttert, kalbsfellene ungefärbte Hosen und einen Hut. Item alle dritte Jahr ein blau-meliert tüchernes Kamisol mit Falten und rothtüchernen Aufschlägen mit obigen Knöpfen und Unterfutter, weiß- und blau-melierte Socken, ein paar Schuhe und die Schnallen. Die Weibspersonen alle dritte Jahr ein weiß- und blau-meliert tüchernes Corset mit rothtüchernen Aufschlägen, einem poyenen Unterrock von gleicher Farbe und ein braunzeugenes Mieder. Ingleichen alle dritte Jahr ein weiß- und blau-meliert poyenes Corset mit rothen Aufschlägen, eine braune Hauben mit trüb-sammeten Vorschuss, weiß- und blau-melierte Socken und ein paar Schuhe mit deren Schnallen. Es werden auch die Spitäler durch Apotheker und Bader mit der nöthigen Medicin auf Unkosten des Spitalstiftes versehen und ein Verstorbener in den Spitals-Gottesacker durch den dasigen Herrn Beneficiaten aus Erde bestattet, wie dann auch für die abgestorbene Seele alle Monat eine heilige Messe gelesen wird. Falls sich nun begibt, dass ein verstorbener Spitäler ein Geld hinterlässt, worüber in Lebzeiten keine letztwillige Disposition gemacht worden, so mit Vorwissen des Spitalverwalters geschehen soll, und gemeiniglich *ad pia legata* verwilliget wird, so wird für die abgeleibte Seele eine oder andere heilige Messe gelesen, das übrige aber dem Spitale verrechnet, welches jederzeit die Vogtherrschaft resolvieren wird. Das Bett mit ein paar Leilachen kommt ebenfalls zu dem Spital, die in die Krankenzimmer appliciert werden; die übrigen Fahrnisse aber ohne der Truchen (so zuzeiten das Spital behält) wird unter die Spitäler vermög gegebenen Loses vertheilet. — 12. Hingegen sind die Spitäler auch schuldig, nachstehende Obliegenheiten zu verrichten, nämlich:

Schuldigkeit der Spitäler.

Bei dem täglich in der Spitalskirche zu haltenden heiligen Messopfer und gestifteten Jahrtägen, dann den monatlichen heiligen Seelenmessen in ihren eigenen Stühlen zu erscheinen, wie auch jährlich viermal, als am Feste des süßen Namen Jesu, am ersten Sonntag nach Ostern, am heiligen Dreifaltigkeits-Sonntag und Rosenkranz-Fest dem Herrn Beneficiaten dieses Spitalstiftes, als ihren bestellten Seelsorger und Pfarrherrn, ihre Beicht abzulegen und das heilige Sacrament des Altares zu empfangen. 13. Sind selbe auch verbunden, ihr ordinari Früh- und Abendgebet von Georgi bis Michaeli in der Spitalskirche in ihren Stühlen, von Michaeli aber bis Georgi in ihrer Gemeinstuben kniend zu verrichten, bei den Litaneien, als am Sonntag bei der heiligen Dreifaltigkeits-Litanei, Montag bei der Litanei für alle christgläubigen Seelen, Erchtag bei der Allerheiligen-Litanei, Mittwoch bei dem Gebet des heiligen Rosenkranzes und bei der heiligen Sebastiani-Litanei. Pfingstag bei der Litanei zu dem süßen Namen Jesu, Freitag bei der Litanei des bitteren Leidens Christi, Samstag bei dem Gebet des heiligen Rosenkranzes und Unser Lieben Frauen Litanei. das gewöhnliche Gebet laut nachzusprechen, auch bei den täglich zu betenden fünf Vater unser und Ave Maria die Mannspersonen den ersten halben Theil und die Weibspersonen die andere Hälfte mit lauter Stimme nachzubeten und für die verstorbene, wie auch noch lebende freiherrlich Schifer'sche Familie zu verrichten. Es erfordert auch ihre Schuldigkeit, dass jedweder gesunde Spitäler einem Kranken auswarte, sofern die Krankenwärterin daran nothwendig verhindert ist, oder mehrere Kranke sich befinden, und andere Umstände es

erfordern. — 14. Ist keinem Spitäler erlaubt, ohne Vorwissen des Spitalverwalters aus dem Spitale zu gehen, viel weniger von dem Gebet oder gar
über Nacht auszubleiben, besonders aber müssen selbe zur Sommerszeit von
Georgi bis Michaeli um 9 Uhr, Winterszeit aber um 8 Uhr, zu welchen Zeiten
das Spital gesperrt wird, zuhause sein. — 15. Solle sich keine Mannsperson in
abseitigen, verdächtigen Orten oder in ihren Kammerln bei einer Weibsperson
antreffen lassen, wie auch mit brennenden Spänen in den Kammerln oder
anderen Orten umgehen, noch weniger bei denen Ställen, Futterböden, Holzhütten oder unter den Dächern Tabakrauchen, wie ihnen dann auch das
Karten- oder Würfelspiel um Geld, eitle unehrbare Gesänge zu singen sowohl
in als außer des Spitales verboten ist. — 16. Sind die Spitäler auch schuldig,
dem Spitalverwalter die gebührende Ehre und allen Gehorsam zu erweisen,
dessen Befehl und Anschaffung allen schleunigen Vollzug zu leisten, auch solle
sich keiner unterstehen, dem Verwalter boshafterweise einzureden oder ehren-
rührerische Worte auszugießen. — 17. Sollte sich nun aber einer unterfangen,
wider übergezogene geistliche Obliegenheiten und Verrichtungen zu handeln,
von dem heiligen Messopfer oder den gestifteten Jahrtägen und den monatlichen heiligen Seelenmessen oder von den täglichen ordinari Gebetern auszubleiben, oder der vorgeschriebenen heiligen Beicht und Communion sich
muthwillig zu entziehen, so solle derselbe nach Gestalt der Dinge mit Abziehung
der Kost auf drei Tage, auch nebst der Kostabziehung des Wochenlaibes verlustig, oder gar neben verlustigter Kost mit achttägigem Arrest bestrafet, bei
wiederholend öfteren oder sehr schweren Gebrechen und gar nicht erfolgender
Besserung aber gänzlich aus dem Spitale gestoßen werden. — 18. Wann die
Spitäler erkranken, so wird denselben eine Krankenwärterin, die hierzu eigens
in das Spital aufgenommen wird, zugestellet, die ihnen auswartet, ihre Betten
(so auch denen geschehen muss, die altershalber ein solches zu thun außer-
stande sind) aufbettet und die Zimmer säubert, selbe zum Gebet anmahnet
und besonders dahin achthaben muss, dass bei gefährlich anscheinender
Krankheit dem Herrn Beneficiaten alsogleich die Erinnerung geschehe, damit
selbe mit den heiligen Sacramenten versehen werden. — 19. Und damit sich
kein Spitäler oder keine Spitälerin mit der Unwissenheit entschuldigen möge,
so wird dem Spitalverwalter hiemit anbefohlen, bei Eintretung eines Spitälers
oder einer Spitälerin ihnen diese errichtete Ordnung klar und deutlich vorzulesen und zur Festhaltung derselben anzumahnen, auch öfters zu wiederholen.

Zu Urkund dessen ist gegenwärtiger Stiftbrief oder Ordnung mit meinem
erbangebornen Insiegel verfertiget worden.

Actum Linz den achten Monatstag Jänner des eintausendsiebenhundert-
zweiundsechzigsten Jahres.

Johann Georg Brix Freiherr von Hochenek
als erbetten und legewalter Administrator.

Beilage Nr. V.

Ich Maria Anna des heiligen römischen Reiches Freiin von Schifer und Sonderndorf

Jerzeit älteste Erbvogtsfrau des hochfreiherrlichen Schifer'schen uralten, Unserer Lieben Frauen Erb-Spitalstift in Eferding entbieten allen und jedem in dem hochfreiherrlichen Schifer'schen Spitale zu Eferding befindlichen Spitälern und Spitalerinnen auf das Emsigste nachzugeben der hier folgenden

Spitäler-Ordnung.[1])

1. Nur jene sollen in das Spital aufgenommen werden, welche der katholischen Religion zugethan, eines christlichen Lebenswandels und ehrlichen Herkommens sind.

2. Die Spitäler sollen täglich der lebenden und verstorbenen Mitglieder der Schifer'schen Familien, insbesondere bei der Messe in ihrem Gebete eingedenk sein.

3. Sollen sie täglich bei der Messe in der Spitalskirche in den ihnen angewiesenen Stühlen anwesend sein; wer ohne Erlaubnis oder gegründeter Ursache davon wegbleibt, dem solle zum erstenmale an diesem Tage die Kost entzogen und selbe dafür einem auswärtigen Armen gegeben werden; ein zweitesmal solle demselben die Kost und das Wochenbrot entzogen werden, bei nicht erfolgter Besserung solle er aber mit Arrest und Entziehung der Kost gestraft werden; derjenige, welcher zwar bei der Messe anwesend, aber in seinem Stuhle sich nicht befindet, dem soll wieder die Kost entzogen werden.

4. Am Namen Jesu-Feste, am ersten Sonntag nach Ostern, am Dreifaltigkeits- und am Rosenkranz-Feste sollen die Spitäler bei dem Spitals-Beneficiaten ihre Beichte ablegen und an dem vorgenannten Tage die Communion empfangen. Wer sich dieser Anordnung muthwillig entzieht, ist mit Arrest und Entziehung der Kost und des Brotes auf acht Tage zu bestrafen.

5. Das Früh- und Abendgebet haben die Spitäler in ihrer gemeinsamen Stube, und zwar das erstere im Sommer um 6 Uhr und im Winter um ½7 Uhr, das Abendgebet um 3 Uhr auf den Knien mit lauter Stimme zu verrichten; die davon ohne Erlaubnis ganz wegbleiben, oder aber zu spät dabei erscheinen, oder unter dem Gebete schwätzen, werden in dem Maße, wie unter Punkt 4 dieser Ordnung angegeben ist, gestraft werden.

6. Sollen die Spitäler ein friedliches Leben führen und einig sein. bei vorgefallenen Beleidigungen soll der gekränkte Theil bei dem Spitalsverwalter Schutz und Recht suchen, der ihnen auch jedesmal an die Hand gehen wird. Zänkische und Mürrische werden entweder durch Leibesstrafen oder Entziehung der Kost und des Brotes gestraft werden.

---

[1]) Zur Vermeidung des schwulstigen Stiles, in welchem dieselbe abgefasst ist, bringen wir sie nur im Auszuge.

7. Soll kein Spitäler ohne Erlaubnis des Verwalters aus dem Hause gehen, oder über Nacht davon ausbleiben. Welche diese Anordnung übertreten, die werden das erstemal mit dreitägiger Kostenzriehung gestraft, das zweitemal wird ihnen nebst der Kost auch der Laib Brot genommen werden und bei nicht erfolgter Besserung werden sie eine Zeit lang Arrest bei Wasser und Brot erleiden müssen.

8. Jedoch ist ihnen erlaubt, manchmal in den Wirtshäusern der Stadt allein oder mit ehrlichen Leuten einen Trunk zu thun, dabei sich aber des Volltrinkens, des Zankens, Scheltens, des Schwörens und unehrbarer Worte und Werke zu enthalten, auch zur Sommerszeit, von Georgi bis Michaeli um 9 Uhr, zur Winterszeit aber um 8 Uhr zuhause zu sein, da um diese Zeit das Spital gesperrt wird. Wer dawider handelt, hat die im Punkt 7 angegebene Strafe zu gewärtigen.

9. Soll sich keine Mannsperson unterfangen, in abseitig verdächtigen Orten oder in ihren Kammern bei einer Weibsperson, es sei eine Spitälerin oder nicht, antreffen zu lassen; Dawiderhandelnde werden die empfindlichste Strafe erleiden müssen, aber auch die, welche um einen solchen Umgang wissen und den Verwalter davon nicht in Kenntnis setzen, werden auch zur Strafe gezogen werden.

10. Ein jedes im Spitale hat sich selbst das Bett zu richten und das Zimmer zu säubern, es sei denn, dass dies wegen hohem Alter oder Gebrechlichkeit nicht geschehen könne; in solchem Falle ist die Krankenwärterin verpflichtet, dies zu thun, sowie auch

11. die Krankenwärterin eines tugendhaften und keuschen Lebenswandels sein solle. Sie hat die Pflicht, den kranken Spitälern mit aller Liebe und Geduld auszuwarten und auch darauf zu sehen, dass die Kranken rechtzeitig mit den Sterbesacramenten versehen werden; darum ist sie auch in das Spital aufgenommen worden.

12. Soll keines mit einem brennenden Spane in der Kammer oder an anderen Orten umgehen, auch keine Glut in die Kammer tragen, noch Tabakrauchen; die letzteren schon gewohnt sind, die sollen dies in der Waschküche oder vor dem Thore thun, durchaus aber nicht bei den Ställen, Futterböden, Holzhütten oder unter den Dächern; wer dagegen handelt, soll auf das Schärfste bestraft werden; es wird nachdrücklichst anbefohlen, auf das Feuer und Licht in den Kammern ein obachtsames Auge zu haben, damit nicht durch ihre Nachlässigkeit eine Feuersbrunst entstehe und dieses mit so großen Unkosten errichtete Spital in Feuersgefahr gerathe. (Im Jahre 1762 brannte das Spital ab.)

13. Sollen sich die Spitäler des Karten- und besonders des Würfelspieles um Geld sowohl in als außer dem Spitale enthalten; zur Ergötzlichkeit könnten sie aber beim Trunk ein ehrliches Spiel ohne Geschrei machen. Statt weltlicher und eitler Gesänge, wie es sich für einen Spitäler nicht geziemt, sollen sie sich mit geistlichen und anderen ehrbaren Gesängen in dem allgemeinen Zimmer, in ihren Kammern oder bei ihrer Handarbeit erlustigen. Die Spieler um Geld sollen mit einer Geldstrafe belegt und solches Geld unter die Armen vertheilt werden; die aber liederliche Gesänge singen, sollen dafür eine ganze Stunde vor dem Altarssacrament in der Kirche auf den Knien beten.

14. Wer Geld in das Spital mitbringt oder sich solches erspart, der soll dasselbe ohne Vorwissen und Zuthun des Verwalters nicht ausleihen;

wer dagegen handelt, wird mit Entziehung der Kost und des Wochenbrotes gestraft.

15. Schon aus schuldiger Dankbarkeit für die Versorgung im Spitale an Leib und Seele, sollen die Spitäler zur Ersparung von Unkosten bei der Meierwirtschaft auch Hand anlegen; es wird ihnen daher befohlen, außer wenn Alter und Gebrechlichkeit dies nicht zulassen, bei folgenden Arbeiten mitzuhelfen, und zwar: bei Aufrichtung der Scheiter im Holzstadel und im herrschaftlichen Freihause; es wird ihnen auch aufgetragen, den Spitzgarten zu heigen, beim Einführen des schweren Getreides in die Oesen mitzuhelfen, auch den Lins-, Gersten- und Haferzehent zu rechen, zu heigen und zu seilen; sie sollen, wenn aufgefordert, Pflanzen setzen, Kraut abwärmen und den Hrein huten, dann bei der gesammten Kraut-, Rüben- und Möhrenarbeit mithelfen, ferner sollen auch, die vom Bauernstande sind, nöthigenfalls ackern, eggen und zuscharren und auch eine Person von selbem Stande im Herbst die Kühe, eine andere aber das ganze Jahr hindurch die Schweine huten. Wenn wegen schlechtem Wetter oder anderer Zufälle manche Feldarbeit beschleunigt werden soll, so müssen diejenigen, welche vom Verwalter dazu aufgefordert werden, sich dabei einfinden. Wer die vorerwähnten, leichteren Arbeiten nicht verrichten wollte, der wäre verpflichtet, eine Ersatzperson zu stellen, insoferne er aber dies unterließe, sollte demselben das Wochenbrot entzogen, verkauft und der Erlös zur Bezahlung der Aushilfe versendet werden. · Schließlich wird den Spitälern auf das Schärfste befohlen, dem Verwalter, der die Person des Erbstifters vertritt, die gebührende Ehre und den Gehorsam zu erweisen, den Strafen ohne Widerrede sich zu unterziehen, da sonst gegen Widerspenstige größere Strafen angewendet werden würden.

* * *

Zum Schlusse dieser Spitalordnung heißt es:

Damit sich nun kein Spitäler oder keine Spitälerin mit der Unwissenheit entschuldigen kann, so wird dem Spitalverwalter hiermit anbefohlen, bei Eintritt eines Spitalers oder einer Spitälerin ihnen diese errichtete Ordnung, wie sie von mir unterschrieben und mit meiner angeborenen adeligen Fertigung gefertigt ist, zu jedweders seinem Wissen und unverbrüchlichen Haltung derselben in ihrem gemeinsamen Zimmer aufzuhängen.

Gegeben in dem hochfreiherrlichen Schifer'schen Freihaus in Eferding den 1. Juni 1777.

Anna Freiin von Schifer und Sonderndorf.

Beilage Nr. VI.

Im sechsten Berichte über das Museum in Linz vom Jahre 1842 ist eine umfangreiche Lebensbeschreibung des Johann Georg Adam Freiherrn zu Hoheneck, Herrn zu Schlißlberg, Prunhof, Trauneck, Gallspach u. s. w. von Anton Ritter von Spaun enthalten. Der Verfasser derselben schöpfte die wichtigsten Lebensmomente Hohenecks aus dessen »Anotationen«, von welchen sich nur mehr sehr wenige Bögen erhalten haben. Es scheint, dass der Beneficiat von Berenberg, der Verfasser des nachstehenden Auszuges, dieselbe Quelle benützte, da seine Angaben von den vom Ritter von Spaun gebrachten nur in sehr wenigen Punkten abweichen.

Kurzer Auszug

des

Lebens des Freiherrn Johann Georg Adam von Hoheneck.

Von Timoteus Werloschnig von Berenberg.

(Spitals-Beneficiat in Eferding von 1743 - 1783.)

Hoheneck wurde geboren am 28. Jänner 1669; nach vollbrachten Studien, sowohl der sechs unteren Schulen, als auch der drei Jahre Weltweisheit, reiste er in die Länder. Er wurde zu Paris nebst anderen Grafen und Baronen gefangen genommen und in die Bastille gesetzt (26. September 1688), nach drei Monaten und sechzehn Tagen aber gegen französische Cavaliere ausgewechselt (11. Jänner 1689).[1] Er vermählte sich 3. Februar 1690 mit Sabina Elise von Stielar zu Kröllendorf. Witwe nach Franz Friedrich von Stiebar, eine geborne Marchin von Gneißenau.[2] Kinder: Anna Sabina Elise, geboren 29. December 1690; Johann Georg Emanuel, geboren 7. August 1692; Johann Georg Leo, geboren 18. Jänner 1694; Johann Georg Trojan, geboren 7. Mai 1692 († als Wiegenkind); Marie Josefa Therese, geboren 25. August 1696; Johann Georg Briccius, geboren 22. April 1698[3] und Marie Rosina, geboren 6. October 1699, starb bald darnach. 1699 wurde Hoheneck Rathrath der Landschaft, im bayerisch-französischen Kriege wurde er im Hausruckviertel Grenz-Magazins-Director 27. November 1702, welchem Amte er mit überaus großem Ruhme, Mühe und Eifer durch 2 Jahre, 5 Monate und 3 Tage vorgestanden bis 30. April 1705. Nach geendigtem

---

[1] Hoheneck wurde auf königlichen Befehl nebst drei Grafen Ahham einem Grafen Sereal, Breda, Kimburg, Nostia und einigen anderen in die Bastille gesperrt. Anlass hiezu gab die in Ungarn auf kaiserlichen Befehl vorgenommene Verhaftung französischer Emissäre, welche thätig waren, dem kaiserlichen Hofe im Osten neue Verlegenheiten zu bereiten. VI. Museums-Bericht, Seite 10.

[2] Else, Märkthin von Gneißenau, Witwe nach Franz Friedrich von Gneißenau, so l. c. Seite 12.

[3] War viele Jahre Administrator des Schifer'schen Erbstifter 1736, 1762, 1780.

Kriege wurde er zum Verordneten der Landschaft erwählt (1706). Nachdem er mit seiner Frau ganz vergnügt 16 Jahre, 11 Monate und 23 Tage gelebt hatte, starb selbe am 30. Jänner 1707. Nach sechs Jahren trat er als Verordneter 1712 aus, wurde aber 1718 wieder gewählt, 1724 trat er wieder aus (55 Jahre alt). Die übrigen dreißig Jahre seines Lebens brachte er mit seinen Herrschaftsgeschäften und bei seiner Familie ganz in der Stille und Einsamkeit auf der Herrschaft Schließberg zu, bis er endlich in einem hohen und ruhmwürdigen Alter (85 Jahre) am 11. August 1754, einem Sonntag, starb.

»Dessen Lobsprüche«: Im Jahre 1700 kaufte er von den Kaut'schen Erben das Schloss Trattenegg. Während des bayerischen Krieges vom 27. December 1702 bis 30. April 1705, da er im Hausruckviertel als GrensCommissär und Magazins-Director angestellt war, hat er alles haarklein aufgezeichnet in einem eigenen Geschäftsbuche und solches der Landschaft übergeben. 1709 kaufte er von Wolfgang Maximilian Spiller die beiden Landgüter Eggendorf und Hueb; 1710 kaufte er von Liebgott, Grafen von Kufstein, die Herrschaft Gallshach; von Franz Ludwig, Grafen von Salburg, die Herrschaft Reehberg und von Gottlieb, Grafen von Thürheim die Güter St. Pantaleon und Steinbach. Hoheneck hat mit außerordentlicher Mühe, Arbeit und Kosten eigenhändig in drei Folianten die Genealogie der oberösterreichischen Landstände geschrieben. Als ein gescheiter und kluger Wirt hat er viel Geld und Gut erworben. Er war ein überaus gelehrter, verständiger und mühsamer Herr, so dass er selbst nach einem Schlaganfall sich angewöhnt hatte, mit der linken Hand zu schreiben, um nur die Zeit nützlich anzuwenden.

— ·· —

Beilage Nr. VII.

Instruction

für einen jeweiligen Pfleger des Schifer'schen Erbstiftes zu Eferding.

Gegeben, gefertiget und gesiegelt von Cäcilia, Gräfin von Sulkowska, geborene Freiin von Schifer und Sonderndorf, de dato Warschau
1. November 1787.

1. Beim Antritte eines jeden Pflegers muss ein ordentliches Hand-, Steuer- und Waisenbuch vorhanden sein oder errichtet werden; die Protokollund Waisenbuch-Führung muss fortan reinlich gehalten werden, um mit den Unterthanen in allen Fällen Richtigkeit zu pflegen und um die landesfürstlichen Anlagen in den gesetzten Terminen abführen zu können. — Als Besoldung erhält der Pfleger jährlich 250 fl., sämmtliche Pflegs- und Abhandlungsgebüren und die Kanzleitaxen; an Naturalien 10 Klafter hartes und 20 Klafter weiches Holz zur Beheizung seiner Wohnung und der Kanzlei, selbe sollen durch die Stiftspferde unentgeltlich zugeführt werden, den Hackerlohn hat der Pfleger aus Eigenem zu bestreiten; dann 6 Metzen Weizen und 18 Metzen Korn, auf ein Pferd 26 Metzen Hafer, dann auf zwei Kühe die Futterei, welche von der Sieg- und Hofwiese von den Meierpferden zugeführt werden soll, dann das nothwendige Stroh zur Streu, als auch das Winterfutter, so jedoch auf des

Pflegers Kosten geschnitten werden soll; Hühnerfutter 4 Metzen, 4 Stöcke Salz à 25 Pfund, 4 Eimer Essig, 10 Pfund Kerzen, jährlich 2 Frischlinge, die vom Spitale gemästet werden sollen. Von dem Spitalmastschweine erhält er 12 Bratwürste, zu Martini statt der Gans 30 kr. in Geld. Von einer im Spitale geschlachteten Kuh oder einem Stiere jedesmal 30 Pfund Fleisch. — Die Pflegerswohnung soll wie bisher im ersten Stock des herrschaftlichen Freihauses sein, dann Stallung für zwei Kühe und die Pferde, Küche und Gewölbe und den Garten zum Nutzgenuss. Die nothwendigen Baureparaturen werden auf Kosten des Spitales gemacht; auf Bequemlichkeit abzielende Veränderungen hat der Pfleger aus eigenem Säckel zu bestreiten.

2. Nebst den mit der Pflegsamtierung verbundenen Stiftsgeschäften hat der Pfleger auf gute Wirtschaft und Vermehrung der Einkünfte bedacht zu sein, die allerhöchsten Vorschriften, Regierungs-Verordnungen und kreisämtlichen Befehle hat er zu vollziehen; insoferne aber etwas zum Nachtheile der Herrschaft ausschlüge, hat er dagegen gründliche Vorstellungen zu machen und nöthigenfalls von Seite der Anwaltschaft die nothwendigen Vorkehrungen zu treffen.

3. Die Rentamts- und Kostenrechnungen sollen immer sechs Wochen nach Verlauf des Naturaljahres der Anwaltschaft vorgelegt werden.

4. Ist eine monatliche Zahlungstabelle über Empfang und Ausgabe und über die Rückstände ebenfalls der Anwaltschaft zu überreichen, so auch

5. ist eine richtige mit der Schuldigkeit übereinstimmende Repartition des Fleischkreuzers, der Schuldensteuer, der Körnereinbusse etc. zu verfassen.

6. Soll der Pfleger eifrig darob sein und fast täglich nachsehen, dass einerseits die bediensteten Meierleute, andererseits auch die Pfründner die ihnen täglich gebührende Verköstigung gut zugerichtet erhalten und dass auch die Meierleute, insbesondere der Meier und die Meierin, welchen täglich aus der Speisekammer die zum Kochen nothwendigen Zugehörungen nach dem hiefür bestimmten Gewichte und nach Ordnung gegeben werden, nichts vertauschen und entziehen, sondern dass vielmehr etwaige Ersparnisse dem Erbstifte zugute kommen und dass auch der den Spitälern an gewissen Tagen gestiftete Trunk an Bier oder Most nicht maßweise, sondern in Viertel- oder Halbeimern beigeschafft werde.

7. Solle der Meier ohne Vorwissen und Gutheißen des Pflegers weder Stroh noch Heu, weder Vieh noch sonst etwas kaufen oder verkaufen. Die Stiftspferde, sowie das Rind- und Melkvieh sollen wohl gefüttert und gepflegt werden. Der Pfleger hat die Stifts- und Spitalgebäude baulich herzuhalten und auf gute Bearbeitung der Stiftsgründe, sei es durch die Meierleute oder die Spitäler, ein obachtsames Auge haben. Es müssen auch alle in die Wirtschaft einschlägigen Vorfallenheiten und Veränderungen der Anwaltschaft angezeigt werden.

8. In Betreff der Waldung ist sich genau an die bestehende Waldordnung zu halten, es darf nach Möglichkeit Holz nur in Scheitern und nicht in Stämmen verkauft werden; das für das Erbstift nothwendige Holz ist durch Handwerker oder andere sichere Leute beizustellen und überhaupt sollen die immer kostbarer werdenden Hölzer und Waldungen auf das wirtschaftlichste hergehalten werden.

9. Die Unterthanen sollen in wichtigen, sowohl gerichtlichen, als außergerichtlichen Vorfällen an den Rechtsbestellten in Linz angewiesen werden, ohne dessen Mitwissenschaft und Meinung soll da nichts geschehen.

Bezüglich der Aufnahme, Verpflegung, Kleidung und der Verpflichtungen der Spitäler hat der Pfleger nachstehende Vorschriften, wie selbe seit unvordenklichen Zeiten bestanden, im Laufe der Zeit aber Aenderungen erfahren haben, zu beobachten: Es sollen wie bisher 24 Spitäler sein, davon 12 männlichen und 12 weiblichen Geschlechtes; bei der Aufnahme soll darauf gesehen werden, dass die aufnehmenden Personen des Werkes der Barmherzigkeit infolge ihres Alters, ihrer Leibesgebrechen und Armut bedürftig seien und dass sie besondere Verdienste haben. Die Spitalsunterthanen sollen bei übrigem gleichen Umständen anderen Bewerbern vorgezogen werden.

Was die Verpflegung der Spitäler und der Meierleute anbelangt, ist Folgendes zu beobachten:

a) Alle Sonntage haben dieselben zweimal Rindfleisch; Montag, Dienstag, Mittwoch und Donnerstag aber nur mittags, jede Person ½, Pfund.

b) Freitag und Samstag und an anderen Fasttagen entweder Grieß- oder Mehlkoch, Brein, Gerste, Erbsen, gedörrtes Obst oder Ofenweckel, womit immer eine Abwechslung zu treffen ist; zu dem Mehlkoch werden 2 Maßl Mehl, zum Grießkoch 1½, Maßl Grieß genommen, zum Brein, der Gerste und den Erbsen 1 Maßl und 1 Schöpflöffel voll. Zu den Ofenweckeln 4½, Maßl Mehl und um zwei Kreuzer Germ. Auch kommen zu jeder Speis ¼ Pfund Schmalz, gedörrtes Obst 4 Maßl. Alle Quatember ein Schmalzkoch, dazu 3 gequirlte Maßl Grieß und 4 Pfund Butter. Wenn an einem Feiertag ein Fasttag einfällt, bekommen sie entweder Brein oder Ofenweckl mit obiger Maßerei, abends außer des Sonntags eine Säursuppe.

c) Am Martinstag bekommt jedes von den Spitälern und den Meierleuten 2 Pfund schweinernen Braten, zu welchem Zwecke drei Frischlinge gemästet werden; auch wird ihnen gedörrtes Obst zur Dampfsuppe und jedem um einen Kreuzer Semmel gegeben. Zur Bereitung der Dampfsuppe sollen 2 Maßl Aepfelspalten oder Zwetschken verabreicht werden, in Ermanglung derselben wird um sieben Kreuzer schwarzer Lebzelten gekauft.

d) Das Faschingsmahl wird wie das zu Martini gehalten, am Faschingtage wird aber neben der gewöhnlichen Mittagskost das Nacht- und Siedfleisch gegeben. Dieses Faschingsmahl wird acht Tage vor dem Faschingsmontag gehalten.

e) Am Ostertag, zu Pfingsten und Weihnachten gebüren jedem Spitäler nebst der gewöhnlichen Kost ein Stück Braten von einer gefüllten kälbernen Brust, zur Fülle derselben werden 50 Eier vom Spitale genommen, dann ein Stück Nieren- und ein Stück Rückenbraten von den zwei Kälbern, so die Unterthanen wechselweise dienen müssen, die dafür je ein Stück Brot und in Geld 1 fl. 30 kr. bekommen. Zum Abendtisch wird an den genannten Tagen, wie auch am Neujahrstag frisches Rindfleisch und gekochtes Kälbernes gereicht. Fällt aber der Weihnachts-, Neujahrs-, Stephans- und Johannestag auf einen Sonntag, so wird das Rindfleisch, welches an diesen Tagen zum Abendtische kommen sollte, für einen andern Tag in der Woche aufbehalten. Am heiligen Abend vor Weihnachten und am Charfreitag bekommen sie Fische oder gewöhnlich jede Person vier Kreuzer, dann Kraut und Erbsen, auf die Nacht 3 Maßl gedörrtes Obst und am Weihnachtsabend jede Person von den Spitälern und den Meierleuten 12 Aepfel und 4 Böcke Nüsse.

f) Den Spitälern wie den Meierleuten wird jedem wöchentlich ein Laib Brot gereicht, der ausgebacken 16 Pfund am Gewichte haben muss. Von dem jährlich geschlachteten Maastschweine erhält jede Person 2 Bratwürste.

g) Da nun dermalen fast allgemein in der Fasten bis auf die letzte Woche Fleisch zu essen erlaubt wird, die Spitäler als meistens gebrechliche Leute den Fleischgenuss nöthig haben, so wird ihnen also auch gegeben: (wie) Sonntag zu Mittag Gugelhupf, dazu sollen genommen werden 4 Maßl sauberes Mehl, ¾ Pfund Schmalz und um zwei Kreuzer Germ. Am Montag Schupfnudel, hierzu kommt roggenes Auszugmehl 4½ Maßl und 2 Pfund Schmalz. Am Dienstag Ofenweckl, dazu 4½ Maßl roggenes Auszugmehl und 2 Pfund Schmalz. Am Mittwoch Grieß- oder Mohknödel, hierzu sind zu nehmen 4 Maßl Grieß oder 4½ Maßl Mehl. Am Donnerstag Nocken von 4 Maßl Weizenmehl mit 2 Pfund Schmalz. Am Samstag ein Maßl Gerste, wozu ½ Pfund Schmalz abgegeben werden.

h) Alle Sonntage haben die Spitäler ein Jedes ½ Maß Most oder ebensoviel Bier.

Am Neujahrstag, Faschings-, Oster-, Pfingst-, Martini- und Weihnachtstag, auch an den gewöhnlichen Beichttägen hat jeder Spitäler ein Seitel Wein oder dafür vier Kreuzer und um einen Kreuzer Semmel. Die Meierleute haben auch an den benannten Festtagen und an ihrem Osterbeichttag ein jedes ½ Maß Most oder Bier und um einen Kreuzer Semmel. Ingleichen muss den Spitälern laut der vorfindigen Stiftbriefe zu den bestimmten Tagen das angeschaffte Geld jedwedem auf die Hand gegeben werden.

Kleidung der Spitäler.

Die Mannsbilder bekommen jährlich zwei weiß- und blau-melierte Röcke von Tuch mit Messingknöpfen und mit silberfarbener ungebleichter Leinwand gefüttert, zwei paar kalblederne, ungefärbte Hosen und zwei Hüte, ebenso zwei weiß- und blau-melierte tücherne Kamisolen mit Falten und Aufschlägen, Messingknöpfen und Unterfutter, zwei paar weiß- und blau-melierte Socken, zwei paar Schuhe und Schnallen. Diese Betheilung soll aber nur so geschehen, dass jeder nur, was nothwendig ist, erhält.

Die Weibspersonen erhalten jährlich weiß- und blau-melierte Corsetten mit Aufschlägen, zwei poyene Unterröcke von gleicher Farbe und zwei braunzeugene Mieder. Ebenso zwei weiß- und blau-melierte poyene Corsetten mit Aufschlägen, zwei braune Hauben mit trübsammtenen Vorschüssen, zwei weiß- und blau-melierte Socken und zwei paar Schuhe mit Schnallen, von welcher Bekleidung sie nur immer das Nöthige bekommen sollen.

Betreffs der kranken und verstorbenen Spitäler.

Die Kranken werden durch den Apotheker oder Bader mit Medicinen auf Unkosten des Erbstiftes versehen; es steht den Kranken frei, die Wahl unter beiden zu treffen. Die Verstorbenen werden in dem Spitals-Gottesacker von dem Beneficiaten conduciert, wofür derselbe mit der Messe 1 fl. 30 kr., der Messner und Kreuzträger 27 kr., die Träger 40 kr., der Todtengräber 15 kr. bekommen; an Macherlohn für den Sarg, wozu aber das Spital die Läden beistellt, werden 15 kr. bezahlt. Wenn in dem Nachlasse eines Verstorbenen Geld oder Fahrnisse sich befinden, so wird nach Verhältnis des Vermögens eine oder die andere Seelenmesse gelesen, der Rest wird aber dem Erbstifte verrechnet, worüber jederzeit die herrschaftliche Resolution einzuholen ist. Das Bett sammt den Leilachen fällt dem Spitale zur Verwendung in den Krankenzimmern oder bei den Meierleuten zu, wenn aber solch ein Bett nicht benöthigt wird, wird es verkauft und der Erlös verrechnet. Andere Fahrnisse mit Ausnahme der Truhe, welche sich das Spital vorbehält, werden von einem Verstorbenen von der Stadt unter die Stadtarmen, von einem vom Lande unter die vom Lande durch das Los vertheilt.

Vorschriften für die Spitäler.

Die noch zur Arbeit tauglichen müssen mithelfen bei der Aufrichtung der Scheiter, sowie im Holzstadel, so auch im Freihause, dann im Spitalgarten beim Heu- und Grummetmähen, bei Einbringung des Getreides in die Oesen und beim Aufladen desselben auf die Wägen, beim Pflanzensetzen, Krautabwürmen, Möhrengraben und -Hacken, im Rübenhapen, Abschälen und Hecheln derselben, bei der Krautarbeit, beim Schweine- und Kühehüten, beim Ackern, Eggen und Zuscharren, beim Rüben- und Breinhüten.

Da von den Unterthanen die vormalige Robot nun abgelöst wurde, so sind die Spitäler auch bei anderen Arbeiten, wie es die Nothwendigkeit erfordert, verpflichtet, sich gebrauchen zu lassen, wozu sie über Aufforderung des Spitalspflegers zu erscheinen haben. Bei solchen Arbeiten bekommt jedwede Person für einen halben Tag ein Stück Brot (ein Laib in 16 Stück getheilt), bei schwerer oder längerer Arbeit aber eine Halbe Most oder Bier, an den Werktagen morgens eine Säumsuppe; der Kuhhirte einen, der Schweinehirt zwei Laib Brot jährlich.

Sämmtliche Spitäler haben betreffs der zu verrichtenden Gebete und der sonstigen Aufführung genau nach der in der allgemeinen Spitalstube aufgehängten Spitalsordnung sich zu benehmen, worüber der jeweilige Beneficiat genaue Obsorge tragen soll. Gleichfalls ist keinem Spitäler ohne Vorwissen des Spitalspflegers aus dem Hause zu gehen erlaubt, viel weniger von dem Gebete oder gar über Nacht auszubleiben, sondern es müssen alle von Georgi bis Michaeli um 9 Uhr, Winterszeit aber um 8 Uhr, wo das Spital gesperrt wird, zuhause sein. Die in der Spitalsordnung enthaltenen Vorschriften müssen jedem Eintretenden vom Pfleger genau vorgelesen werden, damit sich keines mit Unwissenheit entschuldigen könne.

Der Pfleger hat nach dem ihm mitgegebenen genauen Verzeichnisse die Bestallungen, Besoldungen und Deputate aus der Erlöstißcasse zu bestreiten. Der Beneficiat bekommt alle vier Monate 50 fl., jährlich also 150 fl., für die monatlichen Seelenmessen 9 fl., für die anderen Stiftungen das nach den Stiftbriefen Bestimmte. Der Messner hat als Besoldung 10 fl., für die Seelenmessen 2 fl., für die anderen Stiftungen nach den Stiftbriefen, dann bekommt er wöchentlich einen Laib Brot. Der Turnermeister erhält 3 Metzen Weizen und ebensoviel Korn; der Rauchfangkehrer erhält 12 fl. 30 kr., der Pfister 22 fl. und 3 Klafter Scheiter und zur Besoldung 30 fl., zum neuen Jahr 1 fl. Der Rossknecht hat 20 fl. Besoldung, neues Jahr 34 kr., der Prügelknecht 6 fl., der Futterschneider 6 fl., die Meierin 10 fl., neues Jahr 51 kr.; die große Dirn 6 fl., die kleinere 5 fl. 30 kr. Dem Stadtpfarrer werden jährlich für die Quatember-Aemter 5 fl. gegeben. Der Uhrmacher hat als jährliche Bestallung für die Thurmuhr 1 fl. 30 kr. Selbstbei wird noch das von altersher gewöhnliche neue Jahr gegeben, als: den Pfarrvocalisten 1 fl., dem Turnermeister 1 fl. 40 kr., den Nachtwächtern 34 kr., dem Thurmwächter 28 kr., den Barmherzigen

34 kr., den zwei Fleischhauerknechten 2 fl., den Schmiedknechten 1 fl. 30 kr.
dem Mühljungen und Fuhrknecht 2 fl.; der Spitaladiener hat als Besoldung
24 fl., einen Rock, 2 paar Schuhe, 2 Hemden, wöchentlich einen Laib Brot,
2 Klafter Holz und 2 Schilling Wid. Das sogenannte Michaeligespende hat
man gänzlich zu unterbleiben und wird zu anderen heilsameren Zwecken verwendet. Der Rechnungsbestellte des Spitales Dr. Riedl hat zur jährlichen Bestallung
12 fl., für den Stallungsbestand 8 fl., 40 Schwaben Stroh 1 Pfund Kraut und
1 Frischling.

Bei Zweifeln über die in dieser Instruction gegebenen Vorschriften hat
der jeweilige Beneficiat als Bevollmächtigter zu entscheiden. Original-Papier
Spitalarchiv.

Beilage Nr. VIII.

Von dem Schifer'schen Beneficium.

Widel behandelt diesen Gegenstand im zweiten Abschnitte seiner
Schrift und sagt: durch die Zeitläufte und Religionswirren, da selbst
die Schifer lutherisch wurden, seien die Einkünfte dieses Beneficium
verabalieniert und derart vermindert worden, dass schon um das
Jahr 1637 nur mehr ein einziger Priester von allen drei Beneficien
leben konnte, aber nicht allen Obliegenheiten zu entsprechen imstande
war. Der Beneficiat Friedrich Angermayr hat endlich im vorgenannten
Jahre für die Ordnung im Gottesdienste und für die anderen Verpflichtungen eine bischöfliche Instruction erwirkt.

Schuldigkeiten: 1. An Sonn- und Feiertagen nach der Messe das
Evangelium zu verlesen, sind die Messen zu verkünden, das allgemeine Gebet,
die offene Schuld und die Absolution (unterblieb aber schon seit 40 Jahren),
ein Vater unser und Ave für die verstorbenen Schifer und Wohlthäter der
Spitalskirche zu beten. — 2. Auf den beiden Seitenaltären, dem Barbara- und
Benedictus-Altar, in jeder Woche eine Messe für die Schifer und Gutthäter.
— 3. Alle Quatember zwei gesungene Aemter für die Schifer und Gutthäter.
— 4. An der Kirchweihe, das ist am Sonntag vor Mariä Himmelfahrt, Amt,
Predigt und beide Vespern. — 5. Alle Tage eine Ampel im Chore vor dem
Venerabile, den dritten Theil des Oeles hat der Beneficiat zu leisten. — 6. Alle
Frauentage Litanei mit der Antiphon *de tempore*. — 7. Alle Charsamstage die
Aufrichtung eines heiligen Grabes. — 8. Soll ein Beneficiat für das halbe
Rindfleisch, für den dritten Theil einen halben Metzen Korn (der aber dermalen
auf ³/₄ Metzen sich beläuft) am Catharinatag zum Gespende ausgeben.

Genüsse dafür: 1. Zwei Unterthanen; der Amtmann von St. Margareten-
Amt im Langhansenhaus zahlt an Landsteuer 7 kr. 2 Pfg., hat 14 Tage Natural-
robot und Gelddienst 22 kr. 2 Pfg. — Das Pfannsteigütel in Wörth zahlt an
Landsteuer 1 fl. 33 kr., an Robotgeld 1 fl. 30 kr. und Gelddienst 1 fl. 29 kr.

· 2. Gibt das Spital jährlich in Geld bar 140 fl., für Opferwein 10 fl. — 3. Von Grundstücken: Vom Darschbeckfeld 3 Einsetz. in der Langhammer-Point 4, gegenüber der Linzer Straße 3, neben dem Spitals-Gottesacker 1 Einsetz.[*]) Eine Wiese im Sickenfort gibt 3, eine neben dem Lederer-bach 2 Fürthl. Dann der Stadel rechter Hand vor dem Welser Thor an der Linzer Straße und das Gärtlein neben diesem Stadel. Die Aecker und Wiesen sind schon seit vielen Jahren in Bestand gegeben gegen 50 fl. und 2 Fuhren Dünger; drei Oesen des Stadels behielt sich der Beneficiat für das Zehentgetreide.

Zehentholden, welche alle den ganzen Zehent gaben, die ersteren sieben sind von Inn: Der Sax, Engelhartszeller Unterthan, gibt demselben im Hinterfeld von 7, im Aufeld von 4, im Niederfeld von ebensoviel, im Oberfeld von 6, im Parzen von ebensoviel und in der Wies von 3 Landeln. Der Bachmaier, Stadt Eferling'scher Unterthan im obern Werd von 4, im Niederfeld von ebensoviel, im Rohrbach von 5, im Parzen von ebensoviel, in der Angerwies von 2 Landeln und zahlt von einem Fleck, so er zur Wiese liegen gelassen, 7 kr. 2 Pfg. — Der Angermaier, St. Andrä-Beneficiums-Unterthan, im obern Werd von 3, im Rohrbach von 7, in Nieder-feld von 4, im Parzen von 6, in der Angerwies von 1 und in der Laran von 1 Landel. Von einem zu einer Wiese gelassenen Fleck bezahlt er ebenso 7 kr. 2 Pfg. · Der Meindl, Stadt Eferling'scher Unterthan, im obern Werd von 3, im Rohrbach von 6, im Niederfeld von 4, im Hinterfeld von 1, im Parzen von 5, in der Angerwies von 2, im Aspeth von ebensoviel und in der Unterwies von 1 Landl. — Der Strohmaier, Hartheim'scher Unterthan, im Hinterfeld von 5, im Oberfeld von 7, im Parzen von 4 und im Aufeld von 3 Landeln. — Der Pösinger, Unterthan der Herrschaft Freiling, im Hinter-feld von 3, im Oberfeld von 4, im Aufeld von 3 und im Parzen von 1 Landl. Von diesen sechs Zehentunterthanen gibt jeder statt des Blutzehents ein Kandl Schmalz, also zusammen sechs Kändl. · Die Wiesmühle, der Herrschaft Aschach unterthänig, gibt von einem Grundstück, die Schranner-Point genannt, so auf das Saxengut gekommen, von früher 3 Landeln, die aber jetzt zusammen-gesetzet sind. — Der Winklmaier in Straßham, der Herrschaft Aschach unterthänig, im Hinterfeld, das aus dem Bachmaiergut gerissen und von einem, das aus dem Pösingergut gekommen, von 2 und im Parzen gleichfalls von 3 Landeln, so auch aus des Pösingers Gut gekommen und vorher des Ransinger zu Emling waren. — Der Ortner zu Trattwörth, St. Andrä-Beneficiums-Unterthan, im Hinterfeld von 1 Landl, so aus des Saxen Gut gekommen. Der Jehl zu Trattwörth, dem Eferlinger Spital unterthänig, in der Minich-Point, die aus dem Saxengut gekommen ist, von 2 Landeln. Der Märtl zu Trattwörth, Kloster Wilhering'scher Unterthan, im Oberfeld von 3 Landeln, die aus dem Pösingergute gekommen sind. Der Hans in der Prändl-Point, insgemein der Fischer Stephan genannt, dem Spital in Eferding unter-thänig, von einem Landacker. — Landsteuer, Roboigeld, Gelddienst, jährliche Bestallung, Aecker, Wiesen und Zehent, (welch letzterer nach der k. k. Re-präsentation und Kammerzusrechnung 154 fl. 7 kr. 2 Pfg. betragen solle) belaufen sich in Summa auf 309 fl. 9 kr. 2 Pfg.

[*)] Eine Einsetz ist ein Grundausmaß, welches in einem Tage mit einem bespannten Pfluge geackert werden kann. Nach obiger Berechnung sind 11 Einsetz · · 5 Tagwerken.

Abgaben.

	fl.	kr.	Pfg.
1. Dem Mesner für die jährlichen Dienste .	10	—	—
2. Den Ministranten	2	—	—
3. Drei Theile Oel zum ewigen Lichte . .	3	30	—
4. Musikbibale (Trunk) zu Mariä Himmelfahrt	2	—	—
5. Opferwein und Oblaten	12	30	—
6. Den Spitälern wegen des Windstetter-Gutes	4	—	—
7. Gespend am Katharina-Tag	3	—	—
8. Dienst aur Stadt vom Beneficiaten-Haus	—	2	2
9. Abzahlung (Rauschilling wegen des abgebrannten Beneficiaten-Hauses, 1785 aufgehört)	30	—	—
10. Zehentauslagen: Fuhr- und Drescherlohn . . .	50	—	—
11. Kanzleibedürfnis , ...	3	—	—
12. Dominical- oder Vermögenssteuer . . .	65	50	3
13. Fleischaufschlag	6	—	—
14. Subsidium charitativum oder Festungssteuer .	12	—	—
15. Schuldensteuer	15	—	—
16. Körnereinbuße	1	5	—
17. Schulmeister-Groschen	2	48	—

(für alle drei Beneficien)

Zusammen . . 217 . 36 . —
Verbleibt nach Abzug von den Empfängen ein Rest per . 91 . 33 . 2

Die Protokolls-Gefälle von den drei Beneficien, wiewohl ungleich im Betrage, aber *per Centesimam* durch die Landesstelle in Linz ausgerechnet und modificiert, sollen jährlich 291 fl. 46 kr. betragen, werden aber von Jahr zu Jahr minder und geringer. '

Bevor wir noch weiter auf diese Gefälle und herrschaftlichen Kanzleitaxen der drei in eines vereinten Beneficien eingehen, wollen wir noch nach Widels Aufzeichnungen die zwei sozusagen aufgehobenen Beneficien dem Leser bringen.

Das St. Margaret- oder Pucher'sche Beneficium

gestiftet im Jahre 1385. hatte von nachstehenden Unterthanen: vom Maier in Seibelberg, Gartner in Prambach, Weinaierl zu Pruck, Huemer zu Baumgarten, Vökl zu Langstögen, Berngruber; Pözl, Mitter, Hinterleitner, Stockinger, Maurer in Gstoket, Ober- und Unterforinger (letztere sieben von der Pfarre Stroheim); Ober- und Unterraumaier und die Haslbauerweide in der Pfarre Halbach und das Schmidpointhäusl in Langstögen (Pfarre Prambachkirchen); diese hatten zusammen zu leisten an:

	fl.	kr.	Pfg.
Landsteuer .	13	23	3
Robotgeld	25	54	—
Gelddienst	26	7	—

Von einigen Kleinhäuslern und ledigen Grundstücken bezog das Margareten-Stift in Summa 10 fl. 56 kr. 2 Pfg. und an Getreidedienst in Geld abgelöst von drei Unterthanen zusammen 12 fl. Landsteuer und Robotgeld waren zu Lichtmessen und Gelddienst zu Maria Geburt von diesem Beneficium zu leisten.

20

In Natura lieferten selbe von Weizen und Korn je einen Metzen der Maier
in Seibelberg und der Oberforinger:

	Hafer	Heufuhril	Heroll	Hase Schott	Eier
Maier in Seibelberg	Metzen		24	1	120
Der Huehmer . .	„		8		
„ Völkl . . .	„		4		
„ Berngruber . .	„	1	16	1	100
„ Pöstl	„	1	16	1	120
„ Mitter . . .	„	1	16	1	120
„ Hinterleitner .	18 „	1	16	1	120
„ Stockinger . .	. .	. .	16		90
„ Oberforinger .	32 „	1	16	1	60
„ Unterforinger .	8 „	1	16	1	60
„ Oberaumaier .	20 „		12	1	80
„ Unteraumaier .	20 „		12	1	80
	98 Metzen	6	172	9	950

Belaufen sich in Geld angeschlagen auf 85 fl. 51 kr. und mit dem in barem
Geld gelieferten Dienst auf zusammen 144 fl 13 kr.

Abgaben:

	fl.	kr.
Für die Vocalmusik bei den zwei Quatember-Aemtern . . .	4	
Für dieselbe bei zwei Vespern. Hochamt am Margareten-Tag und das Seelenamt vor und nach Quatember	4	
Dem Turnermeister wegen der jährlichen Gottesdienste einen Metzen Korn, großes Maß à	2	
Dem Messner	3	30
Den Ministranten	1	
Dritter Theil Oel zur Lampe in der Kapelle	3	20
Dem Pfarrer für die Aushilfe u. s. f. . . .	—	45
Summe .	18	35

Nach Abzug der Auslagen verblieben 155 fl. 17 kr. 1 Pfg.

Das St. Magdalena- oder Herleinsperger'sche Beneficium

gestiftet im Jahre 1427 für einen Priester, hatte zu Widels Zeit 20 Unterthanen
mit folgenden Leistungen;

	Land-messer			Robotgeld			Gelddienst		Getreide-dienst				Ueberländ		
	fl.	kr.	Pf.	fl.	kr.	Pf.	fl.	kr.	fl.	kr.	Pf.		fl.	kr.	Pf.
Stüllner	2	40		1	30		1	37					—		
Steyrleitner . . .	1	40		1	30			23		—			—		
Schmölzer .	2	—		1	30			45							
Mültaler .	1	10			45			26					—		
Gmeinstrasser .	2			1	30			53	2						
Taxberger . .	1	30		1	30			37	2						
Bauer zu Hilbern .	2	30		1	45		1	—		—			—		
Furtrag .	12	50		8	40		4	31	4				. .		

	Land-steuer			Robotgeld			Gelddienst			Getreide-dienst			Ueberländ		
	fl.	kr.	Pf.	fl.	kr.	Pf.	fl.	kr.	Pf.	fl.	kr.	Pf.	fl.	kr.	Pf.
Uebertrag . .	12	50		8	40		4	31	4						
Rathmaier . . .	1	20		1	—	—	—	39	2				—	—	—
Klein-Rathmaier .	22	—		—	22	2	10	—		—	—				
Baumgartner . . .	1	20		1	45	—	22	2	18	—					
Lacher	1	20		1	45	—	22	2	18						
Baumgartner . . .	1	40		1	30	—	1	15							
Pichler . . .	1	31	—	1	—	—	—	31						—	
Distlberger . . .	2	30		1	37	2	2	15					—	—	
Herzog	2	20		1	37	2	2	15		—	—		—	—	
Zimmermannsgütl .		40		1	15		22	2	7		—	—			
Horabauer . . .		40		1	15		22	2	7		—	—			
Aigner	—	40		1	15		—	22	2	7		—			
Strohmaier . . .		40		1	15		—	22	2	7		—		1	30	
Maurer zu Hart . .	—	.			—		—	30	—		—				
Zusammen .	28	43	2	25	37	2	15	12	2	64	—	—	1	30	

universim 135 fl. 3 kr. 2 Pfg.

Nebst diesen Giltigkeiten war von einigen wenigen Unterthanen die sogenannte Winkelsteuer der Inleute wegen und meistens um Georgi zu leisten; diese betrug in Summe 6 fl. Die Abgaben bei diesem Beneficium, für die Vocalmusik, an den Turnermeister, Pfarrer und andere waren ganz gleich mit denen beim Sanct Margareten-Beneficium, nur kam da noch eine Auslage an den Amtmann hinzu, so dass sie sich auf 30 fl. 35 kr. bezifferten und von diesem Bene-ficium ein Rest von 110 fl. 28 kr. 2 Pfg. verblieb.

Die geistlichen Verrichtungen bei dem Spitals-Beneficium waren zu Widels Zeiten (1783—1789) folgende:

Alle Sonn- und Festtage war die Messe vor dem Hauptgottesdienste in der Pfarrkirche, dabei war das Evangelium deutsch zu verlesen, dann das Gebet für alle Stifter und Stifterinnen zu verrichten und die offene Schuld zu beten. Zu den Seelenämtern wurde ein *Castrum doloris* mit acht gelben Kerzen er-richtet. An den sieben Frauentägen war um 3 Uhr gesungene Litanei und mit Ordinariats-Erlaubnis vom 24. September 1637 auch mit zwei Segen. Von Georgi bis Michaeli war die Messe um 7 und von da an um 7/8 Uhr. Die Spitäler hatten viermal des Jahres Beichttag: zur Winterszeit im Speisezimmer, im Sommer in der Sacristei. Am Communion-Tage bekamen sie eine halbe Speiswein. Für den Gulden, welchen alle Quatemberzeit der Beneficial von den Bezügen des Windstettergutes an das Spital geben musste, erhielt er von demselben ein Schmalzkoch, die Meierin aber 7 kr. Trinkgeld. Am Marcustage sowie am Mittwoch in der Kreuzwoche gieng die Procession in die Spitals-kirche und wieder zurück. Sonntag vor Lorenzi war Kirchweihe; als Spende am Michaelstag bekam der Beneficiat und seine Dienstboten je ein paar Laibel Brot und zu jedem Paar zwei Groschen vom Spitale. Das Gespendbrot am Katharina-Tag wurde benediciert und vertheilt; früher wurden dazu zwei große Metzen, zu die zwei Fohringer dienen mussten, und ein großer Metzen Linsgetreide, den der Beneficiat geben musste, dazu genommen; nun aber wird nach der von hoher Stelle getroffenen Anordnung nur ein großer Metzen Korn und ein halber Metzen Linsgetreide dazu verbraucht. Jedes Paar Laibel Brot muss ein Pfund wiegen; die Spitäler, Meierleute, Siechen und Bruderhäusler bekommen ein jedes ein Paar. Die Vogtfrau, deren Gemahl, der Pfleger und alle in deren Diensten stehende Personen bekommen jedes nebst einem paar Laibel Brot noch zwei Groschen. Dass dieses Brot im Spitale gebacken werden darf, muss die Vogtherrschaft darum ersucht werden; der Pfisterer bekommt dafür nebst dem nöthigen Brennholz noch 12 kr., Trunk und Brot. Von den neueren Jahrtags- und Messenstiftungen, als von der Rudolf Schifer'schen Stiftung (1682), der Stiftung des Beneficiaten Gottfried Klaimb (1732) und des Beneficiaten Nikolaus Sekler (1680) und anderen Messenstiftungen, bezog ein jeweiliger Beneficiat in Summe 115 fl. 15 kr., wovon aber für Kirchenmusik, Aushilfe unter andern 48 fl. 18 kr. Auslagen in Abzug zu bringen waren.

Wir lassen nun auch in Kürze die herrschaftlichen Gefälle von den Unterthanen des Beneficiums folgen, welche Widel unter der Aufschrift: Gewöhnliche Kanzleitag-Ordnung zusammen geschrieben hat.

Fall- und Freigeld. Bei Todfällen verwittibter oder lediger Personen vom ganzen Vermögen von 100 fl. 10 fl.; bei einem Verheirateten, welcher den anderen Theil zum Universalerben einsetzt, wird vom halben Vermögen vom 100 ebenfalls 10 fl. und so auch, wenn andere das halbe Vermögen erben sollten, genommen.

Inventur und Abhandlungs-Gerechtigkeit.

Bei einer Inventur:

	fl.	Schill.	Pfg.		fl.	Schill.	Pfg.
Von 10 bis 50 fl.		2		Von 700 bis 800 fl.	3	2	.
„ 50 „ 100 „	.	4		„ 800 „ 900 „	3	6	
„ 200 „ 300 „	1			„ 900 „ 1000 „	4	.	—
„ 300 „ 400 „	1	2		„ 1000 „ 1500 „	4	4	--
„ 400 „ 500 „	1	6	—	„ 1500 „ 2000 „	4	6	—
„ 500 „ 600 „	2	..		„ 2000 „ 3000 „	5		
„ 600 „ 700 „	2	4		„ 3000 „ 4000 „	5	4	—

Bei einer Abfahrt:

	fl.	Schill.	Pfg.		fl.	Schill.	Pfg.
Von 10 bis 100 fl.	—	2		Von 900 bis 1000 fl.	.	. 4	
„ 100 „ 200 „	—	3	—	„ 1000 „ 1500 „	—	5	
„ 300 „ 400 „		6	—	„ 1500 „ 2000 „		2	—
„ 400 „ 500 „	—	7	—	„ 2000 „ 2500 „	2	2	
„ 500 „ 600 „	1	1	-	„ 2500 „ 3000 „	2	4	
„ 600 „ 700 „	1	2	—	„ 3000 „ 3500 „	2	6	
„ 700 „ 800 „	1	4		„ 3500 „ 4000 „	3	..	
„ 800 „ 900 „	1	6	-				

und so weiter jedesmal von 500 fl. immer um 2 Schill. mehr.

Sterbhaupt. Im Magdalena-Amt nach Befund des Vermögens zu nehmen; im Margareten-Amt nichts.

Annehmen. Wenn eine verwittibte Person das Gut oder Grundstück wieder annimmt, so wird vom halben Vermögen das Annehmfreigeld ausgerechnet und genommen, von 100 fl 10 fl.; wo aber auf ein Kind oder auf Verwandte das Gut oder Grundstück verstiftet wird, so ist das Annehmfreigeld vom Liegenden ebenfalls 10 fl. vom 100. Bei einer Auffahrt wird jedesmal soviel wie bei der Abfahrt gerechnet.

Fertiggeld.

Von		bis		fl. Schill. Pfg.			Von			fl. Schill. Pfg.		
Von	10	bis	25	fl.	— 2	—	Von	400		3	—	—
„	25	„	50	„	3		„	500		3	2	—
„	50	„	100	„	4		„	600		3	4	
„	100	„	150	„	6		„	700		3	6	—
„	150	„	200	„	1 2		„	800		4	·	
„	200	„	250	„	2 2		„	900 bis 1000 fl.		4	2	
„	250	„	300	„	2 3		„	1000 „ 1500 „		4	4	
„	300	„	350	„	2 4	— —						

Was über 2000 fl. geht, von dem wird vom 1000 4 Schill. mehr genommen.

Bei einem Kauf wird als Kauffreigeld von 100 fl. 10 fl. genommen. Auffahrt wie bei dem Annehmen, Fertiggeld ebenfalls wie bei dem Annehmen.

Bei Quittungen ist das Fertiggeld wie oben.

Heebgeld. So man nicht in der Correspondenz steht, so ist über Abzug der anderen Taxen vom Rest 10 fl. vom 100 zu nehmen. Wenn die Erbschaft außer Land geht, sind an das Vicedomat wieder 10 fl. vom 100 zu geben. Wenn ein Kaufschilling aus der Herrschaft kommt, so wird die Abfahrt wie bei den Abhandlungen genommen.

Vermächtnis- und Ausnahmsbrief. Da ist das Fertiggeld wie bei dem Annehmen mit Bezugnahme des auf dem Ausaug liegenden Betrages zu nehmen.

Wechselbrief, hievon wird das Fertiggeld wie bei dem Annehmen gerechnet.

Dienstgeld. Wenn ein Pupille sich vor Abdienung der Waisenjahre verehelicht, so wird nach dem Werte des Gutes oder der Erbschaft die Ablösung nach vier Classen abgetheilt und gilt die erste 4, die zweite 6, die dritte 8 und die vierte 10 fl.

Waisenrait-Taxen. Von einem Capitale, das wirklich verzinst wird, ist vom Hundert pro Jahr 2 Schill. 20 Pfg., wenn es aber nur ein oder zwe Monate Zinsen trägt, ist keine Taxe zu nehmen.

Strafen. Fornicationsstrafe 5 fl. 3 Schill. Was andere Geldstrafen betrifft, sollen solche mit dem Delicto conform sein.

Verwalters-Taxen bei einer Abhandlung Vom ganzen Vermögen je 100 ein Gulden, Exemplargeld vom Geringsten 2 Schill. und vom Höchsten 3 fl.

Hemettuch. Sowohl von den Söldnergütern als von den Auszüglern vom Geringsten 2 Schill. und vom Höchsten 3 fl.

Schreibtax. Das Drittel von des Verwalters Taxe, Hemettuch die Hälfte. Lösgeld wegen Herausschreibung des Inventars, des Kaufannehmbriefes, der Quittungen 24 Pfg., wohl auch 1 fl. 18 Pfg.

Annehmen. Wenn eine verwitwete Person annimmt, so ist vom halben Vermögen des Liegenden und Fahrenden vom Hundert ein Gulden zu geben. Briefgeld wie das Exemplargeld. Der Schreiber hat das Drittel von der Verwalters-Taxe.

Kauf, wie bei dem Annehmen eines Kindes.

Auszug, Brief und Vermächtnis. Briefgeld hat gleiche Bewandtnis mit dem Annehmen. Schreiber das Drittel. Losgeld wie oben.

Quittungen wie die Auszugsbriefe.

Anweisung. Von der Höchsten 4 Schill., von der Mittleren 2 und von der Geringsten 1 Schill.

Waisenraittungen. Von 100 fl. Capital und den Zinsen auf ein Jahr 1 Schill. 10 Pfg., der Schreiber die Hälfte.

Strafen. Des Verwalters Gebür ist davon das Drittel.

Beschau. Für die Bemühung 1 fl. 4 Schill., für Errichtung der Beschaurecesse auf das Höchste 1 fl. 4 Schill.; die Reisenunkosten muss die Partei bezahlen, jedoch ist dabei aller Ueberfluss zu vermeiden. Für das Schreiben eines Briefes sind 2 Schill. 12 Pfg. angesetzt.

Extract, ein solcher aus dem Protokolle 24 Pfg. und was über einen Bogen Papier austrägt, von jedem Bogen dann 24 Pfg., Heiratsconsens 4 Schill., Assecuration 2 Schill.

Verhöre von einem klägerischen Unterthan 1 Schill. 8 Pfg., von einem Auswärtigen 3 Schill. 6 Pfg. Vom Beklagten 1 Schill. 18 Pfg., von Erhebung eines Verhörbescheides 2 Schill. 12 Pfg.

Von den Holden Einschreib- und Abfahrtgeld je 2 Schill. 4 Pfg.

Haar, wenn einer vorhanden, bei einem Bauern und großen Auszügler 4 Pfund, bei einem Söldner und Auszügler 2 Pfund.

Mahlgeld, bei einer Hochzeit, wo gedingt worden, gewöhnlich 1 fl. 1 Schill. 2 Pfg.

Amtmanns-Taxen waren das Drittel von des Verwalters Taxe bei einer Abhandlung, beim Annehmen, Kauf, Quittung, Heirats-, Vermächtnis-, Auszugs- und Wechselbrief.

Waisenraittungen die Hälfte von des Verwalters Taxe.

Schätzgelder vom Mindesten 2 Schill., vom Mittleren 4 Schill. und vom Höchsten 1 fl., der Schreiber desgleichen; dann hat der Amtmann des Magdalena-Amtes auch das Sperrgeld, so gewöhnlich 1 fl. 4 Schill. ausmacht.

Zeugengelder, jederzeit drei, eines zu 1 Schill. 18 Pfg., von welchen der Amtmann eines und die übrigen zwei der Schreiber bekommt.

Hemettuch, die Hälfte von des Verwalters seinem Ausmaß. Sperrgeld wie das Exemplargeld.

Verhöre, wenn ein Unterthan den andern klagt, so ist das Forderungsgeld 24 Pfg., von einem Auswärtigen 1 Schill. 18 Pfg.

Markstein-Setzung. Von Anschlagung der Scheuer (Schnur!) von jedem strittigen Ort 12 Pfg., von einem Hauptmark 1 Schill. 18 Pfg., von einem Kreuzmark 2 Schill., von einem gemeinen Mark 24 Pfg.

Von den Holden. Einschreib- und Abfahrtgeld jedesmal 1 Schill. 2 Pfg. und wenn den Unterthanen zur Ausgab oder anderen obrigkeitlichen Anliegen angesagt worden, dieselben aber dann noch nicht erscheinen und der Amtmann wieder nochmals einen Gang verrichten muss, so hat der Renitent von jeder Meile demselben 1 Schill. zu bezahlen.

Haar, die Hälfte von des Verwalters Haarausmaß.

Mahlgeld, von einem gedingten Hochzeitsmahl gewöhnlich 1 fl. 1 Schill.
2 Pfg., item ist der Amtmann jedesmal unter den Zehrungsinteressenten begriffen.
Zehrungen, bei Abhandlung von jedem 100 fl. einen. Vom Annehmen
des übetlebenden Theiles von 100 fl. 4 Schill., vom Annehmen eines Kindes
vom liegenden Gute von 100 fl. einen, von einer Quittung, einem Vermächtnis-,
Auszugs- und Wechselbrief von 100 fl. 4 Schill., von einem Kauf von 100 fl.
einen und von einer Waisenraittung von 100 fl. 6 Schill.

Urkunden - Regesten.

Wir bringen da im Nachtrage noch einige wenige Regesten
aus Original-Urkunden des in der Kanzlei des Schifer'schen Erbstiftes
in Eferding befindlichen Archives, worin die auftretenden Personen
und angeführten Orte in einiger Beziehung zu denen in unserer Schrift
über das Schifer'sche Erbstift stehen und die vielleicht manchem
unserer Leser nicht ganz ohne Interesse sein werden.

1369, 4. Februar, Salzburg: Lehenbrief des Herzogs Albrecht von
Oesterreich für die Brüder Konrad und Ulrich die Nutz von Hall im
Innthal über alle Lehen an dem Pfannhause und an den Salzknollen dieses
Pfannhauses und was sie sonst noch an Lehen von ihm und seinem Bruder
Herzog Leopold innehaben, wie die Briefe ausweisen. Gefertigt vom Herzog.
Toppel (?) contrasig. Außen: Teuble (?). Siegel fehlt. Original-Pergament.

1415, 3. Februar: Bergrechtsbrief. Jakob Waisendorffer, Amtmann und
Bergmeister zu Königstetten (V. O. W. W.), bekennt anstatt seines Herrn
Albrecht von Ottenstein, dass die Weingärten, welche früher weiland
die geistlichen Frauen Predigerordens zu Tulln innehatten, die seit mehreren
Jahren öde gelegen sind und von welchen seit sieben Jahren weder ihm noch
seinem Herrn Bergrecht und Dienst gegeben wurde, dass er dieselben gerichtlich
eingeklagt und nach Gerichtsbeschluss diese Weingärten für an seinen Herrn
verfallen erklärt wurden, er nun selbe im Namen seines Herrn, dem Hans
Welkartslager und Clara, dessen Hausfrau, verleiht. Der eine dieser Weingärten ist gelegen in dem Glatt, 1½ Joch groß und dient 1½, Bergwein,
grenzt mit einer Seite an Michl Schawnberger von Wighing, mit der andern
an den Berg, genannt die Achleiten, und oben hat Erhart Ender einen Weingarten. Der andere verfallene Weingarten raint an Haidinger von Tulln und
anderhalb an Henslein Frölich. Original-Pergament. Siegler: Waisendorffer
und Bernhard von Rudolfs.

1453, 15. März: Dorothe, geborene von Potendorf, des Hans von
Puchheim Witwe, verkauft im Namen ihres Vetters Siegmund von Puch-
heim und ihrer zwei ungevogten Kinder, Hartneid und Wilburg von
Puchheim, ihren Hof, gelegen zu dem Rueckweins (?)[1] in Ochsenbacher
Pfarre (nun Ferschnitz, V. O. W. W.), der vorher von der Herrschaft Allentsteig
rittermäßiges Lehen gewesen ist und den sie im Namen ihres vorgenannten

---

[1] Sehr wahrscheinlich, wo es jetzt noch in der Ortschaft Rudling zur Hofstatt heißt.

312

Vetters und ihrer Kinder von Marx dem Heß (?) gekauft hat. — dem Peter
von Ochsenbach und seiner Hausfrau. Grunddienst davon an die Herrschaft
Allentsteig jährlich ein Pfund Wiener Pfennig, zu ahaintägen (?) im Jahr ¹/₂ Pfund
Pfennig, zu St Jörgen- und Michelstag ¹/₄ Pfund Pfennig. Siegler: D o r o t h e
v o n P u c h h e i m und Jörg Lembstorffer, Verweser zu Allentsteig, ihr Diener.
Siegel fehlen. Original-Pergament.

1458, 15. Mai: Heiratsbrief des Hans Sunderndorfer zu E i t s i n g (bei
Ried im Innkreis [?]). Seine Hausfrau, Magdalena, Tochter des Jörg Geylhofer
zu Otthering und Wilwe, welche ihm nach des Fürsten A l b r e c h t, Pfalz-
g r a f e n b e i R h e i n, Herzogen in Bayern und Grafen in Voburg Landes-
recht in Oberbayern, 600 fl. rhein. als Heiratsgut zugebracht hat, gibt dafür
zur Widerlage ebenfalls 600 fl. rhein. und versichert ihr die 1200 fl. rhein. auf
nachstehenden ihm eigenthümlichen Besitzungen, und zwar: auf dem Thalhof
und Schmielhof und auf der Luchhueb an den Ort zu Eitsing, dann auf der
Schwaig zu Staudach im Eitsinger und Schwabacher Gericht. Siegler: Sundern-
dorffer und sein Vetter Urban Ottenhofer. Original-Pergament.

1468, 1. Februar: K o n r a d d e r Y d u n s p e y g e r gibt Ulrich, dem
Pfarrer zu Ydunspewgen (Jedenspeigen, V. U. M. B.), zwei halbe Leben zu
Paumgarten in Zisteinsdorfer Pfarre (Zistersdorf, V. U. M. B.), sind freies Aigen,
dann 4 Joch Burgrecht Aecker, gelegen in der Ydunspewger Pfarre im Sun-
dorferfelde, mit Dienst, Zehent und Grund, was alles zusammen 18 Schilling
Wiener Pfennig ausmacht. — zur Kapelle zu Syendorf und verrichtet dabei
für sich und seine Erben auf alle Rechte und auch auf das der Vogtei. Siegel
vorhanden des Konrad Ydunspawger. Original-Pergament.

1552, 19. Februar: Kaufbrief. Margaret, Witwe nach Merthin Strabouer
zu Ablsperg. Wolfgang in der Salzgrub, Liendl auf der Vogkhenau anstatt seines
Kindes Margaret, Hans Auer anstatt seiner Ehewirtin Magdalena, Barbara,
Michel, Dionis, Gillig, Katharina, Agatha, Ursula, Anna und Elsbeth des Martin
Strahmer und seiner vorerwähnten Ehewirtin leibliche Stiefkinder und Enkel
verkaufen dem Michel Strahouer, dermalen seßhaft zu Ablsperg und Ursula,
seiner Hausfrau, den Hof daselbst. Siegler: C o r n e l i u s v o n L a p p i t z z u
S e i s e n e c k (V. O. W. W.) etc. Original-Pergament.

1590, 2. Februar, Zeillern: Hausbrief des A l b r e c h t E n e n c k h l z u
A l b r e c h t s b e r g auf Hoheneck, Goldeck und Zeillern (V. O. W. W.) für Anton
Strohauer zu A l b e r s p e r g in der Zeillinger Pfarre. Enenckhl erneuert ihm den
von C o r n e l v o n L a p p i t z am Mittwoch nach Allerheiligen 1562 gesiegelten,
ihm vorgebrachten Kaufbrief folgenden Inhaltes: Ich Wolfgang Strohofer zu
Leumasstorf, Hans Huber in der Au, Sindelburger Pfarre, Michel zu Leusing,
Stephansharter Pfarre (V. O. W. W.) und Mert am Gerssenberg in Zeillinger
Pfarre, bekennen als Gerhaber des unvogtbaren Kindes Magdalena, weiland
Michel Strohofer zu Albersperg und Ursula, seiner Hausfrau Tochter, dass sie
dem Anton, weiland des Merten Strohofer zu Albersperg und Margaret, dessen
Hausfrau ehelichen Sohn und Margaret, dessen ehelicher Hausfrau — den Hof
zu Albersperg verkauft haben. Siegler war damals Cornel von Lappitz zu
Seissenegg als Grundherr. Original-Pergament.

1594, 5. Januar: Lehenbrief des P h i l i p p J a k o b G r u e n t a l l e r v o n
Kremseck und auf Zeillern etc. Für Wolf Oeder auf der Oed in St. Valentiner
Pfarre um ein Tagwerk Wiesmad zu Rhaming (?) auf der Breitenwiese, welches
er und seine Hausfrau Margaret von Lambrecht Schaudermayr in Peßringer (?)

Pfarre gekauft haben. Lehen der Gruentaller und der Herrschaft Zeillern grunduntertänig und dienstbar. Siegler: Gruentaller. Original - Pergament.

1613, 18. März: Kaufbrief der Elimbeth, Witwe nach Paul Auer am
Ainfaltsberg. der Herrschaft Zeillern untertänig, lautend auf Philipp Mairhofer
und Appolonie, seine Hausfrau, um ihr Gut am Ainfaltsberg. Siegler: Wolf
Friedrich Tattenpekh (Tattenbach) von Wollimel etc. Zeugen: Georg
Maischberger, Hofamtmann zu Zeillern, Niklas Zeillinger, Niklas Hofmüller,
Peter Auer, Hans Haßberger, alle Waidhofener Unterthanen. Original-Pergament.

1616, 19. Juni: Lehenbrief des Wolf Friederich von Tattenpekh
(Tattenbach) von Wollimel etc., lautend auf Wolf Kreuzer am Pfafferlehen in
Sindelburger Pfarre auf Grund eines vom 29. September 1612 von Kreuzer
vorgelegten Zäklerischen Briefes, nach welchem er einen halben Zehent von
der Hofstatt im Weingarten, Lehen vom Stifte Tegernsee, diesen Zehent als
Afterlehen von Martin Zäkhler zu Heimstetten empfangen, welchen
Zehent nun Tattenbach ihm und seiner Hausfrau verleiht. Jahreslicens davon
zu Michaeli 2 Schill. und Steuer 1 Schill. 14 Pfg. Siegler: Wolf Tattenbach.
Original - Pergament.

1616, 29. Juni: Lehenbrief des Wolf Friederich Tattenpek (Tattenbach) von Wollimel, zu Gonowicz, auf Zeillern, lautend auf Philipp Hiekher-
sperger am Zehenthof in der Sindelburger Pfarre und Kathrei, dessen Hausfrau,
auf Grund eines vorgewiesenen Zäkhlerischen Lehenbriefes vom 29. September
1612 um den halben Zehent auf dem Hof zu Tastelberg, item vom Lehen und
drei Hofstätten daselbst, dann vom Hof zu Mayrsberg, welcher Zehent sonst
vom Stifte Tegernsee zu Lehen rührt, von Martin Zäkhler zu Heimstetten kraft erlangten Consens zu Afterlehen getragen wurde, diese Tegernsee'schen Lehen aber von Zäkhler durch Kauf an ihn (Tattenbach) gekommen
sind. Michaelsdienst jährlich 3 fl., Steuer 2 fl. 1 Schill. 18 Pfg, dann Zehent-
pfennig und Freigeld. Siegel: Tattenbach. Original - Pergament.

1619, 20. Januar: Kaufbrief Agathe, des Sebastian Gruber am Steg Witwe,
verkauft ihrem Eidam Stephan Hofer und Margaret, seiner Hausfrau, ihr Gut
am Steg, grunduntertänig der Herrschaft Zeillern. Siegler: Wolf Fried.
Tattenpek (Tattenbach) von Wollimel zu Gonowitz etc. Original-Pergament.

1627, 12. Jänner: Kaufbrief des Paul Auer zu Riedt in Sindelburger
Pfarre, lautend auf seinen noch ledigen Sohn Mert Auer, um das Gut zu Riedt.
der Herrschaft Zeillern grunduntertänig. Siegler: Wolf Friederich, Frei-
herr zu Tattenbach, Gonowitz, Zeillern und Mitterau, Panierherr. Zeugen:
Georg Maschberger, Hofamtmann, Hans Aiglinger zu Igelschwang unter der
Herrschaft Zeillern und Wolf Glaninger am Franzenberg. Original-Pergament.

1628, 15. Februar: Kaufbrief des Christian Haslmair am Pruch und Anna,
seine Hausfrau, lautend auf Hans Kronperger und Barbara, seine Hausfrau,
seinem Eidam, um die Hufstatt am Pruch, der Herrschaft Zeillern grunduntertänig. Siegler: Wolf Fried. Freiherr zu Tattenbach. Herr zu
Gonowitz etc. Original - Pergament.

1636, 1. November: Kaufbrief des Paul Wagner am Naglhof und
Katharina, seiner Hausfrau, lautend auf ihren Sohn Jakob Wagner und Katharina.
dessen Hausfrau, um deren Gut, den Naglhof, untertänig der Herrschaft Zeillern.
Siegler: Wolf Fried. Freiherr von Tattenbach. Original-Pergament.

1638, 22. Jänner: Erb- und Bestätigungsbrief. Wolf Friederich Graf
von Tattenbach verleiht dem Veit Maischberger von Albrechtsberg.

welcher vor kurzem Anna, des Veit Khern zu Albrechtsberg Tochter ehelichte, einen auf beide Konleute lautenden Erbrechtsbrief für den Hof zu Albrechtsberg, der Herrschaft Zeillern unterthänig. Siegler: Graf Tattenbach. Original-Pergament.

1638, 13. Februar: Erb- und Bestätigungsbrief des Wolf Friederich Grafen von Tattenbach, Freiherrn auf Gomowiz etc. für Stephan Gatterpaur und Maria, des seligen Georg Danninger zu Krottendorf Tochter, mit welcher sich Gatterpaur verehelichte. Er bestätiget diesem Ehepaar nun das Eigenthum und Erbrecht des zur Herrschaft Zeillern grundunterthänigen Gutes zu Krottendorf gegen die jährlich übliche Herrenforderung. Siegler: Graf Tattenbach. Original-Pergament.

1638, 8. März: Erb- und Bestätigungsbrief des Wolf Fried. Grafen von Tattenbach etc. für Mathias Oedter in der Schwarzengrub, der Herrschaft Zeillern Unterthan und auch für dessen Ehegattin Katharina, Witwe nach Veit Horfartter am Ort in der Au, mit welcher er sich erst vor kurzem verehelichte, betreffs des vorgenannten Gutes in der Schwarzengrub. Siegler: Graf Tattenbach. Original-Pergament.

1688, 12. Juni. Schloss Hirschbach: Abschied. Siegmund Ladislaus Graf von Herberstein, auf Neuberg etc., Erbkämmerer in Kärnten, niederösterreichischen Landen Beisitzer, bezeugt dem Johann Jakob Mertz von Vöznau, im Bregenzer Wald gebürtig, dass er mit seinem Bruder Friederich Hartmann Grafen von Herberstein als Kammerdiener in die verschiedenen Länder gereist, ferner, dass er darnach noch drei Jahre bei ihm im Dienste geblieben, dann ihn selbst und den Grafen Ferdinand Katzianer durch drei Jahre in die verschiedenen Länder geführt habe; dann bei ihm wieder als Kammerdiener vier Jahre im Dienste geblieben und dass er nach diesen vollendeten Reisen bei seinem seligen Bruder auf der Herrschaft Eckartsau, durch drei Jahre Pfleger und Landgerichts-Verwalter gewesen, im ganzen also durch sechzehn Jahre treue und fleißige Dienste geleistet habe. Graf Herberstein empfiehlt denselben allseitig auf das Beste. Gefertigt und gesiegelt von Graf Herberstein. Original-Pergament.

Register.

138

Inhalt.

www.ingramcontent.com/pod-product-compliance
Lightning Source LLC
Chambersburg PA
CBHW031342070726
47496CB00017B/1423